LES ÉVEILLÉS

Jérôme Camut et Nathalie Hug, respectivement nés en 1968 et 1970, se rencontrent fin 2004 à travers *Malhorne* de J. Camut, la série culte qui a renouvelé le fantastique. La magie opère immédiatement. Depuis, ils se sont mariés et consacrent leur vie à l'écriture à quatre mains.

Paru dans Le Livre de Poche :

LES VOIES DE L'OMBRE
1. Prédation
2. Stigmate
3. Instinct

Jérôme Camut dans Le Livre de Poche :

MALHORNE
1. Le Trait d'union des mondes
2. Les Eaux d'Aratta
3. Anasdahala
4. La Matière des songes

JÉRÔME CAMUT & NATHALIE HUG

Les Éveillés

ROMAN

CALMANN-LÉVY

L'insomnie fatale familiale est une affection mortelle extrêmement rare qui se caractérise par une insomnie rebelle à tout traitement. Ce livre est un hommage à tous ceux qui souffrent de cette maladie et à leur entourage, ainsi qu'à ceux qui se battent pour soulager les familles et chercher des thérapies.

ISBN : 978-2-253-12525-9 – 1re publication LGF

Jamais la vie ne m'aura parue aussi injuste
qu'en ce jour où tu as rejoint ta dernière maison.
Et pourtant, maman, il faudra bien que j'entre à mon tour
dans cette maison sans porte de sortie où nous irons tous.
Et alors, nous nous reverrons, peut-être.
Je l'espère, même si j'ai du mal à y croire.

J. C.

« Tout ce que nous avons à décider, c'est ce que nous devons faire du temps qui nous est imparti. »

J. R. R. TOLKIEN.

Prologue

Comment comprendre cet état intermédiaire entre l'être et le non-être ?

Comment se figurer l'existence sans la conscience ?

Un homme vivait cette impossibilité depuis près d'un an.

Allongé sur un lit étroit, nourri par voie parentérale, branché à un respirateur, changé, lavé, rasé par un personnel attentif, il ne donnait aucun signe d'amélioration. Sans *mieux aller*, l'état végétatif dans lequel il errait risquait de durer. Indéfiniment.

Et pourtant, sa conscience devait bien subsister. Certes, elle pouvait se perdre, mais pas disparaître.

Elle était là, tapie quelque part, coincée semblait-il parmi des dizaines de milliards de connexions neuronales. Dans l'impossibilité de se manifester.

Un corps allongé des mois durant, singeant le sommeil ou la mort, sempiternelle pantomime du vivant endormi, inutile à lui-même et aux autres.

Inutile…

Jusqu'à ce qu'une nuit de décembre, peu de jours avant la fin du mois, les échanges chimiques de l'éveil reprennent. L'homme entama sa remontée vers la surface par un songe, le premier depuis son accident.

D'ailleurs, était-ce vraiment un rêve ?

Manifestement, l'état de veille approchait.

Approchait.

Il avait aimé la vie par-dessus tout, il avait adoré croquer dedans, mordre les chairs, couper un à un les fils de ses marionnettes. Et il ne laisserait pas s'échapper cette occasion de revenir, peut-être la seule avant jamais.

Sa première réaction fut d'avoir peur.

Cet homme, qui allait bientôt se souvenir de son prénom, se demanda s'il était enfermé chez les dingues, en prison, ou libre de ses futurs mouvements. Avant même de recouvrer ses plus importants souvenirs, ceux qui constituaient son identité, il redécouvrit sa véritable nature. Elle était sombre, indubitablement tournée vers le mal.

L'homme ouvrit ses paupières, lentement, effectuant là son premier effort musculaire depuis des mois. La pièce plongée dans la pénombre où il se trouvait allongé n'était pas vide. Quelqu'un se tenait debout près de lui. À ses cheveux blonds, ramassés en arrière par un foulard, il reconnut une femme et pensa qu'il s'agissait d'un ange.

Sa deuxième réaction l'expédia alors aux antipodes de la première.

L'homme ressentit une onde de chaleur traverser son corps pour se concentrer dans la région de son bas-ventre.

Son appétit revenait.

Il avait reconnu dans cet ange sa future marionnette.

Puis sa conscience vacilla.

L'homme ferma les yeux et se laissa délicieusement glisser vers le sommeil. Il était tout simplement en manque de rêve.

PREMIÈRE PARTIE
Les endormis

1

Stanislas Opalikha reposa l'appareil de musculation sur sa base. Il était en nage, ses muscles ankylosés lui lançaient des signaux douloureux.

Et pour cause.

Ce maudit échafaudage l'avait envoyé dans le coma et privé de sept cent trente-quatre jours de sa précieuse existence. Il entendait encore les élingues claquer les unes contre les autres, les ventouses de fixation se désolidariser de la façade en béton, les cris d'alerte des ouvriers.

Il voyait son casque de chantier, arraché par une poutrelle volante. Le sol, toujours plus près, la fuite des objets, autour.

À son réveil, il avait dû réapprendre à bouger, à se connaître. Et le coma donnait au passé de bien curieuses couleurs. Malgré ses efforts, Stanislas éprouvait des difficultés à se concentrer pleinement. Les mois passés dans l'oubli avaient laissé des traces, une empreinte délétère qu'il ne parvenait pas à appréhender pleinement. De lointains instants restaient précis, tandis que d'autres, plus récents, se perdaient dans un épais brouillard.

À sa grande surprise, Stanislas s'était découvert un père et un frère, Grishka, qu'il n'avait, d'emblée, pas appréciés. Cependant, leur arrivée avait fait soudain ressurgir des instants oubliés.

Les petits lapins, au fond du jardin...

Seule sa mère, morte vingt ans plus tôt d'une couche tardive, lui manquait, quand il se rappelait une bribe de son sourire. Mais ces apitoiements, il les rejetait au loin, lorsque les témoins de son appartenance à l'espèce humaine venaient tarauder sa maigre capacité à se repentir. Loin, très loin même.

Stan, comme l'appelait son frère cadet, avait ainsi réacculturé sa vie, récupéré des fragments de ce qui le constituait. Et c'est avec un bonheur incroyable qu'il s'était retrouvé, amoureux quasi passionné de sa propre personne. Parfois, il se prenait à frémir à l'idée qu'il aurait pu détester son ancienne personnalité. Mais la vie avait bien fait les choses. Stanislas s'était épris de lui-même.

Et puis, il y avait eu ce choc, trois semaines plus tôt, alors qu'il terminait tout juste sa séance quotidienne de rééducation ambulatoire. Stanislas avait reçu un souvenir en pleine âme. D'abord le son, puis peu à peu les images. Des images brutalement extraites de l'oubli grâce aux mystères de la chimie des neuromédiateurs.

L'ouverture faisait exactement vingt-cinq centimètres sur douze. Parfaite. Il ne savait pas pourquoi, les souvenirs étaient encore trop flous, mais ces dimensions idéales laissaient apparaître les yeux et le nez de la biche affolée, juste avant la mort.

Magnifique, inoubliable. Stanislas avait joui de ces premières réminiscences avec un bonheur infini. Pourtant, le coma avait occasionné des ravages dans sa mémoire.

Sous le linge blanc, il avait enfin retrouvé un visage.

Et puis son prénom. Claudia.

Elle avait hurlé des jours entiers avant d'accepter son sort. Et presque tout ce temps, Stanislas était demeuré dans son voisinage immédiat. Pour se délecter à l'envi du destin de sa marionnette.

Comment avait-il pu oublier ?

Claudia s'était desséchée sans lui. Elle avait dû hurler dans le noir, le suppliant de revenir auprès d'elle. En vain. Et il n'avait pu déguster ses supplications et ses plaintes. Il n'avait pu recueillir son dernier souffle.

Claudia était morte seule.

Tout ça à cause de ce foutu échafaudage ! pensa-t-il.

Stanislas en éprouva de la frustration, puis de la colère. Il avait été contraint d'abandonner l'une de ses *choses* et cette idée le rendait dingue.

En plein retour de ces souvenirs, il s'inquiéta. Il n'avait pas eu le temps de sceller le caveau qu'il lui avait confectionné. Seule une fausse paroi aisément amovible en masquait l'accès. Et Claudia morte, l'odeur était certainement devenue rapidement écœurante, alarmant les voisins d'abord, les autorités ensuite.

Les autorités.

Un sentiment de puissance l'envahit, balayant ses doutes. Il était beaucoup trop intelligent pour se faire prendre. Près de trois ans s'étaient écoulés et aucun flic n'était venu lui passer les menottes. Personne n'avait établi de lien entre Claudia et ce contremaître, victime d'un grave accident du travail. Personne n'avait fait la relation entre Stanislas Opalikha et cet appartement de Pessac encore vide, destiné à la location estivale.

La police avait bouclé un pauvre type et laissé filer celui que la presse avait appelé l'Embaumeur. Ce tueur multirécidiviste qui se repaissait pendant des jours de la lente agonie de ses victimes, enfermées par ses soins dans d'étroits cachots. Quand *il* reprendrait du service, ils pourraient s'en mordre les doigts et chercher encore longtemps.

Stanislas se savait insaisissable. Bien trop malin.

D'après les archives de la presse, il cumulait sept meurtres, mais s'il se fiait à sa mémoire encore défaillante, il avait déjà seize victimes à son actif.

Claudia était la dernière.

Il se redressa et observa les patients en rééducation. Il y avait là une dizaine de personnes qui transpiraient sur divers appareils. Par les baies grandes ouvertes entraient les parfums de la marée descendante. Parfois, une odeur d'huile solaire se faisait aussi sentir, lui rappelant que des estivants se prélassaient juste à côté de l'Hôpital maritime de Berck-sur-Mer où il était resté pendant des mois, branché à des tuyaux.

Stanislas détourna les yeux.

— J'ai terminé, dit-il au kinésithérapeute qui s'approchait.

— Quels progrès, c'est incroyable ! On aura bouclé le programme plus vite que prévu ! se félicita Stéphane.

— J'ai encore mal aux lombaires, geignit faussement Stanislas. N'interrompez pas les séances, par pitié !

Les deux hommes bavardèrent un court instant, puis Stanislas prit congé de Stéphane. Il voulait au plus tôt retrouver sa chère solitude dans la propriété qu'il avait récemment louée à l'écart de la ville. La maison nichée au cœur de la pinède faisait face à un bunker couvert de tags dont les murs armés atteignaient deux mètres d'épaisseur. L'idée que les nazis avaient bâti pour lui son prochain sarcophage comblait Stanislas d'aise. Il en avait bouché les ouvertures et renforcé la porte. Plus aucun son ne pourrait en sortir. C'était parfait.

La plus idéale oubliette qu'il avait mise au point dans sa carrière de prédateur.

Et il savait déjà qui y prendrait place. Cette infirmière, cette femme peu ordinaire. Stanislas s'était un instant demandé si elle était vraiment humaine. Un ange…

— Allez donc faire le joli cœur en ville, plaisanta Stéphane dans son dos. Ici, je ne les tiens plus !

En s'éloignant, Stanislas sentit le regard du kinésithérapeute fixé sur lui et se demanda s'il se moquait. Il accéléra le pas. Surtout, ne pas penser à *ça*.

Il traversa la passerelle et s'immobilisa devant la porte vitrée de la salle de réunion. Son ange était là. Il accrocha d'un regard glouton la forme qui se mouvait dans la grande salle. Malgré son mètre soixante-dix, la jeune femme paraissait toute petite. Ses attaches fines et sa silhouette diaphane lui conféraient une telle fragilité qu'elle semblait tenir debout comme par miracle. Son joli visage était pâle et marqué par de grands cernes. Elle avait, comme à l'accoutumée, relevé ses cheveux blonds avec un petit foulard qui cachait son front.

Un drôle de sentiment passa dans ses yeux lorsqu'elle le découvrit de l'autre côté de la vitre. Stanislas n'aurait su dire s'il s'agissait de surprise ou de peur. Il n'eut pas le temps de l'observer davantage. Elle se précipita vers le store et le referma.

Il resta un long moment immobile, un vague sourire aux lèvres.

Elle ne pourrait pas lutter. Les forces antagonistes qui gouvernent le monde les avaient mis en relation. Elle devait être une créature éthérée chargée de répandre la lumière autour d'elle. Et lui devait au grand ordre universel de piéger cette belle chose. Et de l'anéantir.

2

Malgré tout l'intérêt qu'il portait au débriefing d'Élise Lamy Saint-Genès, le professeur Jacques Mariani ne pouvait s'empêcher de jeter de rapides coups d'œil à l'extérieur. Orientée plein ouest, la baie vitrée donnait l'impression à l'observateur d'être perché au-dessus de la mer. Du troisième étage de l'immense bâtiment de béton et de brique, les dunes disparaissaient et le regard tombait directement sur les flots. Ce matin-là encore, un ciel nuageux couvrait la Manche de belles lueurs changeantes.

Un bruit de pas précipités sortit Mariani de sa contemplation. Debout devant la porte, raide comme une maîtresse d'école, Élise lui décochait un regard noir.

— Il était encore en train de nous regarder.

— Stanislas ?

Mariani sourit :

— Il vous doit tant !

Élise fronça légèrement les sourcils, haussa les épaules et reprit sa place devant le tableau. Tout en parlant, elle recouvrait la surface blanche et brillante d'une écriture rapide :

— Il existe des rythmes nycthéméraux, des phases plus ou moins longues où elle garde les yeux ouverts. Le clignement de ses paupières est spontané, les mouvements oculaires satisfaisants. Nous avons pu observer quelques bâillements et grincements de dents. Mais l'hypertonie pyramidale est généralisée. La motricité réduite à quelques réflexes, en extension ou en flexion. La réactivité végétative encore disproportionnée par rapport à l'intensité des stimulations.

Élise s'interrompit pour reprendre son souffle. Elle avait parlé trop vite. Sa voix chargée d'émotion était rauque et tremblante. Elle toussota, essuya d'un geste rageur les marques de sueur laissées par sa paume sur le tableau Velleda et reprit :

— Nous n'avons malheureusement observé aucune manifestation des fonctions supérieures. Salah Tounsi n'a pas d'activité gestuelle coordonnée et finalisée. À l'heure actuelle, elle ne donne pas de réponse reconnaissable. J'ai pourtant passé des heures à guetter le moindre signe. Rien.

— Vous avez accompli un excellent travail, Élise. Vous savez bien que personne ne peut affirmer aujourd'hui si elle se réveillera, ni dans quel état.

— C'est trop dur, laissa échapper la jeune femme en s'approchant du médecin assis sur un coin de table. Je ne sais pas si je pourrai supporter cela encore longtemps. Je suis fatiguée.

Le professeur Jacques Mariani lui lança un sourire attendri.

— Prenez un peu de repos, vous avez veillé cette femme pendant des jours. À ce rythme, vous allez vous écrouler. Et l'unité ne saurait se passer de vos services.

Élise se laissa tomber sur une chaise. Elle posa la tête entre ses mains et laissa errer son regard sur les inscriptions qui barraient le tableau.

— Salah, Robert, Bénédicte et Jean-Paul. Sans parler du petit Vincent… Tous là, entre la vie et la mort… plus près de la mort que de la vie.

D'abord simple infirmière, Élise était devenue au cours des années un pilier de l'unité dirigée par Mariani. Efficace, toujours disponible, d'une grande compétence, elle n'avait pas son pareil pour détecter les premiers signes de réveil chez les comateux.

— Salah vient de passer la première frontière, reprit-il après un long silence. Elle garde les yeux ouverts. C'est encourageant, Élise. Vous le savez bien.

L'infirmière pointa d'un doigt tremblant le tableau noirci de notes.

— Vincent ne progresse pas. Robert sort doucement. Quant aux deux autres…

— Nous avons choisi la sédation. Laissez-leur le temps de se reconstruire.

— Si seulement je pouvais faire plus.

— Vous avez besoin de réconfort ? lança-t-il en riant. Voyons, Élise ! Dois-je vous rappeler que sur les dix derniers mois, vous avez obtenu des résultats qui défient les lois de la médecine ? Combien sont-ils ? Combien sont sortis du coma sans séquelles ?

— Six. Dont M. Opalikha qui se porte plutôt bien puisque, apparemment, il passe son temps à traîner dans les couloirs.

Élise avait presque craché son nom, en frissonnant de dégoût.

Mariani se planta devant elle et la releva doucement en la tenant par les épaules.

— Venez là, mon petit.

Il l'enlaça tendrement, comme un père l'aurait fait avec sa fille. Toute menue, elle disparut entre ses grands bras. Mariani portait une longue barbe soigneusement lissée et des cheveux blancs ramassés en chignon sur sa nuque. Son visage affichait en permanence un air bienveillant. Mariani ne souffrait jamais de ces accès de fureur si courants chez les grands patrons. Quand elle se manifestait, sa colère était froide et mesurée. Mais elle suffisait à donner envie à chaque contrevenant de se cacher sous la table.

— Rentrez chez vous, l'encouragea Jacques Mariani

en relâchant son étreinte, je vous retrouve à la visite de ce soir.

— Mais je pars en congé demain ! tenta-t-elle.

— Assister les enfants malades à Necker, vous appelez ça des vacances ! Allez, ne discutez pas !

Il quitta la pièce sans attendre la réponse d'Élise.

La jeune femme s'appuya contre le mur, les yeux rivés sur les noms inscrits au tableau. Salah, Vincent, Robert, Bénédicte et Jean-Paul. Ses endormis. Ils étaient toute sa vie à présent. Tous partis dans des contrées bien vagues.

Seuls. Effrayés. Perdus.

Salah Tounsi était la plus proche du retour. C'est pourquoi elle la veillait inlassablement. Elle sentait que la nuit prochaine serait la bonne. Élise espérait que cette fois encore, elle pourrait ouvrir la porte, une dernière fois.

3

Stanislas vira cinquante mètres derrière la voiture d'Élise. Il accéléra et franchit le carrefour in extremis. La jeune femme avait une conduite nerveuse qui ne correspondait pas à l'idée qu'il se faisait d'elle. Il l'imaginait douce, calme et vaporeuse.

Stanislas décida de se rapprocher pour ne pas la perdre. Après tout, Élise ne devait pas s'attendre à être suivie. Les vitres teintées de son van de location le préservaient de toute façon des regards. Elle quitta l'artère principale qui traverse Le Touquet du nord au sud et remonta une petite rue résidentielle. Parvenue en son milieu, elle ralentit et s'arrêta. Stanislas vit une porte automatique de garage se relever. Élise habitait donc au 17 de cette voie agréable. Il attendit qu'elle gare sa voiture dans le box et stationna la sienne un peu plus loin.

Moins d'une minute plus tard, Stanislas se trouvait tout près de la porte toujours ouverte. Il entendit Élise sortir des sacs, puis fermer le coffre de sa voiture. La sonnerie étouffée du téléphone retentit dans la maison. Élise pesta et grimpa à l'étage.

L'occasion était inespérée. Un grand sourire illumina le visage de Stanislas. Il patienta une quinzaine de secondes et se glissa dans le garage.

Sur sa droite, une porte entrebâillée livrait une volée de marches qui se perdait dans la pénombre. Sans doute était-ce par là que la jeune femme s'était éclipsée. Sur le mur opposé, une porte béait sur une pièce qui tenait lieu de buanderie et de stock. Stanislas s'y dirigea.

Au-dessus, Élise marchait sur du parquet. Ses pas résonnaient fort et sa voix lui parvenait assourdie.

Stanislas pénétra dans la pièce aveugle, se contentant de la lumière extérieure qui inondait en partie le garage. Il fouina une dizaine de minutes.

Les pas précipités d'Élise dans l'escalier le tétanisèrent.

Stanislas se réfugia derrière la porte, dans l'angle, caché par un perroquet surchargé de manteaux. Il devina Élise tout près de lui qui s'affairait autour du lave-linge. Il retint son souffle jusqu'à ce qu'elle quitte le local.

Dans l'interstice entre la porte et le chambranle, il vit Élise jeter un sac de voyage sur la banquette arrière de sa voiture, s'installer derrière le volant, démarrer et reculer en trombe. La porte du garage se referma, l'isolant dans l'obscurité.

Stanislas souffla. Il n'avait pas eu peur mais la jeune femme aurait pu le surprendre, ce qui aurait accéléré le cours des événements, et il n'aimait pas être déstabilisé. Il n'avait jamais aimé ça.

Alors qu'il avait à peine dix ans, il avait enfermé un oisillon blessé dans une boîte à chaussures. Grishka l'avait surpris en train de lui arracher des plumes. Ses cris avaient alarmé leur mère et Stanislas s'était vu infliger une sévère correction. Ce jour-là, il avait décidé d'entraîner son frère dans ses expériences, d'en faire un complice afin qu'il ne le trahisse plus. Ce jour-là, Stanislas avait décidé de ne plus jamais être déstabilisé par quiconque.

Il tâtonna jusqu'à ce que sa main rencontre un interrupteur. Et là, accroché au mur, juste devant ses yeux, un trousseau de clés flambant neuf l'attendait.

Stanislas partit aussitôt dans l'escalier. Une dizaine de marches le menèrent devant la porte d'entrée. Il ignora l'issue et continua son ascension vers le premier niveau. La maison étroite comportait deux pièces par étage. Stanislas déboucha sur un palier qui desservait la cuisine à gauche et le salon à droite. L'ensemble était décoré avec simplicité.

Stanislas débuta son exploration des lieux par la cuisine. Les placards en contreplaqué laqué bleu étaient presque vides. Le réfrigérateur n'était pas mieux loti. Une bouteille de lait entamée, quelques œufs et une branche de céleri fanée qui s'étalait mollement dans le bac. Un reste de café et quelques gâteaux au chocolat traînaient sur une table ronde en marbre. Stanislas trempa ses lèvres dans le breuvage froid et croqua un biscuit. Il resta quelques instants assis, humant l'air de la pièce, puis se décida à poursuivre son exploration des lieux.

Il négligea le salon, qui ne présentait pas d'intérêt, pour grimper à l'assaut du deuxième étage où se trouvaient la chambre d'Élise et la salle de bains. Curieux, il jeta rapidement un coup d'œil au troisième. Sous les combles, il y avait encore deux pièces minuscules, inoccupées. Le papier peint aux motifs un peu vieillots lui indiquait qu'il devait s'agir d'anciennes chambres d'enfants.

Stanislas redescendit et entra dans la salle de bains. Élise ne passait pas beaucoup de temps dans cette maison, c'était évident. Le lavabo et la cabine de douche étaient impeccables, comme s'ils n'avaient jamais servi. Il y avait bien une brosse à dents dans un verre, mais elle paraissait neuve. Des serviettes-éponges immaculées étaient empilées sur une chaise de bistrot.

Dépité, Stanislas se rabattit sur la chambre. Le lit couvert d'un plaid en coton était à peine défait. Il fouilla un peu, sans grande conviction. Les tiroirs de la commode, qui abritaient la lingerie de la jeune femme, exhalaient un doux parfum fleuri.

Vaguement excité, Stanislas passa une main dans son slip. Ses doigts rencontrèrent alors l'objet de sa honte : un pénis de trois centimètres, peut-être le double en érection. Parce que cette chose ridicule pouvait se mettre à gonfler, à se raidir, devenant alors encore plus laide. La nature avait été terriblement cruelle avec lui en le dotant de tous les atouts de la séduction et en le privant de celui qui permettait de conclure. Car Stanislas était un bel homme, à la musculature large, aux traits harmonieux et aux yeux très clairs. Il n'avait pas trouvé le courage de livrer son secret à une armée de chirurgiens pour un résultat plus qu'incertain. Alors en attendant, lorsqu'il allait se baigner, il roulait une chaussette dans son maillot. Pour donner le change.

Par réflexe, Stanislas tira sur son prépuce, comme

il le faisait plusieurs fois par jour depuis son enfance, et il écrasa son sexe, avortant un embonpoint naissant. Puis il libéra sa main et grimaça de dégoût en tournant les talons.

Il fit un rapide plan des lieux et dévala les marches vers le premier demi-étage qui donnait directement sur la rue. La serrure exigea un effort de sa part. Élise ne devait pas utiliser souvent cet accès. Il jeta un coup d'œil à l'extérieur et, ne voyant personne, sortit et referma soigneusement derrière lui.

4

Rappelée d'urgence par la surveillante pour établir les bons de sortie, Élise passa finalement l'après-midi auprès de ses patients. En toute fin de journée, elle effectua une visite avec le professeur Mariani, salua le départ de l'équipe de jour et l'arrivée de celle de nuit. Lorsque son travail fut accompli, elle s'accorda une légère collation et une douche au vestiaire du personnel, puis se faufila dans la chambre de Salah Tounsi.

Le soleil d'un rouge profond s'écrasait mollement sur la ligne d'horizon. Le ciel, zébré de longues filoches de nuages rose et orange, lui fit penser à un gribouillage d'enfant. La mer virait au bleu profond.

Élise releva les stores pour laisser entrer les éclats du crépuscule jusque dans la chambre. Les dernières lueurs du jour caressaient le visage mat auréolé de boucles sombres de la patiente. Victime d'un attentat en Afghanistan, elle reposait dans cette chambre depuis près de trois semaines, branchée en permanence à l'assistance respiratoire. Son bras gauche réduit en bouillie avait été amputé à Kaboul par des médecins militaires. Salah Tounsi, grand reporter, avait failli payer de sa vie son engagement auprès des femmes afghanes.

Élise prit place sur le rebord du lit. Elle dégagea les mèches noires collées par la sueur sur les joues de Salah et épongea son front. Malgré une température maintenue idéale par une climatisation efficace, la patiente présentait régulièrement des accès brutaux de sudation, trempant les draps. Afin qu'elle ne prît pas froid, il fallait la changer deux ou trois fois par jour.

D'un geste, Élise vérifia le bon fonctionnement de la ventilation assistée et de la voie veineuse centrale. Le bip de l'électrocardiogramme était lent et régulier.

— Soixante-six pulsations par minute, tension à 11/9. Tout va bien, Salah, murmura Élise à son oreille.

Le lourd médaillon en or qu'elle portait autour du cou effleura la gorge de l'endormie. Élise le saisit entre ses doigts, le porta à hauteur de ses yeux quelques secondes et le glissa dans son soutien-gorge afin qu'il ne la gêne pas. Ce bijou lui venait de sa mère, morte des années plus tôt. Selon elle, il représentait les armoiries de leurs lointains ancêtres. Le symbole ressemblait à un triangle inversé, traversé par trois branches entrelacées de lierre se rejoignant en son centre. Camille le lui avait offert pour ses dix ans.

Le cœur d'Élise se serra. Elle prit une grande inspiration pour chasser le chagrin, se pencha encore plus près de Salah et posa sa joue contre la sienne.

Une migraine fulgurante la saisit subitement, enfonçant ses doigts de fer dans l'hémisphère gauche de son cerveau et fouillant sa chair. Des larmes ruisselèrent presque immédiatement sur ses joues. Ses bras et ses jambes furent pris de tremblements un court instant.

Élise suspendit son souffle et ferma les yeux le temps de la crise.

Salah respire tranquillement grâce à ses tuyaux. Salah est correctement nourrie grâce à sa perfusion. Où est Salah ?

— Tu as ouvert les yeux aujourd'hui encore, murmura Élise. Maintenant, tu vas devoir avancer un peu plus. Il faut que tu avances.

Élise garda les paupières closes. Elle visualisait Salah, debout, à quelques mètres, son appareil photo entre les mains.

— Lâche-le et viens me rejoindre, l'invita Élise. Avance, je sais que tu en es capable.

Comme aveuglée, Salah tremblait, incapable de faire le moindre geste. Élise sut qu'elle devait aller la chercher elle-même. La douleur frappa son crâne avec une violence inouïe. Elle sentit une première nausée soulever son estomac. Des flashes blancs illuminèrent la chambre, une odeur de pourriture végétale envahit ses narines. Puis elle s'affaissa sur la poitrine de sa patiente, vaincue par la souffrance. Ses perceptions disparurent peu à peu.

Élise se projetait à présent mentalement, debout devant une porte, les mains posées à plat sur un vieux bois noueux. Malgré l'épaisseur apparente de la matière devant elle, elle distinguait Salah de l'autre côté, qui reculait lentement.

— Salah ! N'y va pas, reviens !

Élise appuya sur le panneau de toutes ses forces. Des sifflements stridents emplirent son cerveau. Soudain, elle se retrouva face à Salah, si proche qu'elle respirait le parfum de sa peau.

Salah sembla recouvrer la vue, ses traits étaient détendus. Elle hésita, avança la main vers Élise et toucha le médaillon du bout des doigts. Élise saisit alors ses poignets et la tira brutalement à elle.

La lumière inonda la chambre d'un blanc irréel.

— Élise ? Élise ? Tout va bien ?

Élise ouvrit les paupières. Le mal de tête était toujours là, mais elle distinguait Françoise, la surveillante responsable du secteur. Elle acquiesça. Le sang battait fortement sur sa tempe gauche et sa nuque était raide.

Elle se redressa avec difficulté.

— Ça va, ne t'inquiète pas. J'ai dû m'assoupir, tout simplement.

5

Le sifflement d'un défibrillateur. Les secousses d'un véhicule cahotant sur une route défoncée. Le néant.

La route disparaît sous une fine couche de poussière qui absorbe immédiatement le sang, formant une boue brunâtre. L'air, empli d'une odeur écœurante de métal chaud et de chair grillée. Et la douleur, si forte que Salah ne parvient plus à crier. Prisonnière de la tôle déchiquetée mêlée à son corps, elle manque d'air. Sa gorge irritée se resserre à mesure qu'elle tente de respirer. Un hurlement meurt dans sa poitrine et un voile noir tombe sur sa conscience.

L'enfant au visage boursouflé la fixe d'un œil vide. La couleur rose de la chair arrachée luit doucement. À côté de lui gît un pied couvert de crasse et des dizaines d'oranges éclatées. Un seau en plastique rouge a roulé un peu plus loin.

Le souffle de l'explosion la projette violemment contre un bus garé juste à côté. Salah est un pantin de caoutchouc qui s'encastre dans le capot du car. La peau de son bras se colle au pare-chocs.

Salah dissimule son appareil photo sous le voile qui couvre ses épaules et ses cheveux. Pétrifiée, elle assiste à l'horreur. La femme au vernis à ongles vient de voir rouler ses doigts par terre. Les morceaux de chair sont piétinés. Une immense clameur satisfaite monte aussitôt du premier rang des spectateurs.

Le voile de la burqa se lève à peine sur un regard sombre et magnifique. Ne jamais prendre de photos. Jamais. Les yeux disent non. Définitivement.

La foule se presse aux abords du marché. Les femmes courbées, silhouettes bleues ou grises, baissent constamment la tête et louvoient entre les corps. Immobile, Salah les observe avec un sentiment de pitié et d'admiration, les yeux dissimulés par un tchadri grillagé.

Un lit de coton. Un corps éthéré. Plus de mal. Plus de chair. Juste une forme auréolée d'or dans un brouillard de particules en suspension.

Salah court le long de la route caillouteuse. Elle tient fermement entre les mains son Canon équipé d'un téléobjectif. La course l'essouffle et un point de côté lui barre le flanc. Mais elle doit tenir, si elle ne veut pas prendre une balle et rester là, au milieu des pierres, abandonnée en plein désert.

Salah noue la cascade de boucles brunes qui tombe sur ses épaules et l'enveloppe dans la serviette-

éponge. Elle fixe un long moment son reflet dans le miroir embué de la salle de bains. Ses yeux clairs donnent à la peau mate de son visage anguleux un éclat très doux. Elle jette un coup d'œil par-dessus son épaule. L'homme allongé nu sur le lit ronfle en grinçant des dents. Son sexe forme une drôle de virgule entre ses cuisses. Elle décide alors qu'elle préfère vivre seule.

La jeune femme blonde portait toujours son foulard bleu. Un drôle de médaillon brillait à la naissance de ses seins. Salah n'entendait pas ce qu'elle disait. Pourtant, ses lèvres remuaient et ses mains se tendaient vers elle.

Salah vient de recevoir son diplôme de l'école de journalisme, ses photos du pays vont être exposées. Et ses parents pourront enfin retourner là-bas pour y mourir.

Les arbres malingres de la cité. Le toboggan rouillé et branlant. Le cri des bandes de gamins du bloc à côté. Le chemin de l'école entre les haies, le pain au chocolat avalé pendant la récréation. Salah a encore ce goût délicieux sur le bout de la langue.

Les mains noires de terre, qui étalent les photos du pays sur la table. Les montagnes qu'elle ne connaît pas. Mechtras, au cœur des collines, à quelques encablures de Tizi-Ouzou. Les maisons carrées, la jolie vallée verdoyante surplombée des pics enneigés du mont Djurdjura.

Rabah, son père, assis à table en train de rouler ses cigarettes. Ce père qui l'a affublée d'un prénom d'homme. Ses frères affalés devant la télé, entassés sur une montagne de coussins multicolores. Les rires de sa mère dans la cuisine, quand elle la mitraille de son Kodak jetable.

Zinedine, le benjamin, dévale à toute allure la petite côte derrière l'immeuble, debout sur le porte-bagages de son vélo. Les trois autres applaudissent à tout rompre. La petite serre ses mains menues l'une contre l'autre.

Élise. Oui, c'est ça, Élise. Elle devait rejoindre Élise coûte que coûte. Mais plus elle avançait, plus la jeune femme semblait s'éloigner.

Les hurlements couvrent le bruit de la rue. Des pas qui se précipitent soulèvent la poussière. Salah étouffe. Elle voit des formes se pencher sur un corps privé d'un bras. Elle craint un instant de reconnaître sa propre chair, mais elle peut sentir sa main, la deviner au bout de ses perceptions atténuées. Élise est penchée sur ce corps brisé. Les feuilles remuent sous le vent.

Salah n'avait pas de membres pour se mouvoir. Prise dans une gangue glacée et invisible, elle ne parvenait pas à se faire entendre. Élise, tout près, tenait ses mains devant elle, comme pour repousser une paroi invisible. Les tourbillons de fumée s'évaporaient doucement. Salah tenta de faire un pas. La douleur l'envahit presque aussitôt.

Les grains de sable entrent dans la bouche de Salah. Elle les fait rouler sur son palais desséché. Elle distingue son bras et sa main encastrés dans la tôle noircie. L'os a déchiré les muscles et percé sa peau, formant un angle bizarre avec le reste. Elle regarde ce corps en miettes. La frayeur grandit.

Salah s'éloigna d'Élise pour quitter la douleur qui l'étreignait. La douleur et la peur.

Élise hurla.

Salah flottait.

La lumière du soleil couchant caressait son visage. Une main effleura sa joue et le contact d'un objet froid fit courir des frissons sur sa peau.

Salah reçut Élise en plein cœur. Elle put sentir l'odeur de ses cheveux. Un mélange d'amande et de miel, comme les gâteaux de son enfance.

Une forme vague s'appuyait sur son thorax.

Salah reprit conscience qu'elle possédait une conscience, et que celle-ci allait réintégrer son corps.

Le poids disparut presque aussitôt. Sa gorge irritée tenta de rejeter le tuyau qui violait ses muqueuses.

Salah essaya de cligner des yeux. Elle pouvait deviner les traits fatigués de l'infirmière blonde penchée au-dessus d'elle.

Les voix déformées résonnaient étrangement dans son crâne.

Salah envoya un signal à sa main gauche.

Son doigt bougea à peine.

Elle n'avait plus de main gauche.

Dans le silence de sa chambre, elle voulut faire demi-tour pour échapper au pire. Mais la lourde porte resta fermée. Elle sut d'instinct qu'elle demeurerait close pour toujours.

6

Pierre Delcroix ne dormait pas.

Les bras repliés sous la tête, il attendait vainement la lourdeur des paupières et l'engourdissement de l'esprit. Et plus les heures blanches défilaient, plus ses chances de trouver le sommeil s'amenuisaient. Il s'imaginait sur le quai d'une gare, le regard fixé sur un train qui s'éloignait sans lui. S'il ne s'endormait pas tout de suite, il allait devenir fou.

Il restait pourtant immobile, les poings serrés, le cœur meurtri d'un mélange de désespoir et de résignation.

Pierre n'avait qu'une envie : quitter ce corps devenu soudain trop petit. Son épiderme se couvrait de vagues de frissons. L'angoisse enflait. D'abord tapie dans sa poitrine, elle envahissait à présent ses membres, son bassin et son crâne. Il dut se faire violence pour ne pas se lever, hurler et tout briser sur son passage.

Marie-Jeanne.

L'image de sa mère s'imposa brutalement à lui. Allongée sur un lit d'hôpital, maigre, le teint jaune et les orbites creusées, avec des tuyaux partout et le bip du moniteur cardiaque pour compagnon.

Pierre eut la nausée.

Il chercha dans les tréfonds de sa mémoire un visage souriant. Il ne trouva que ses traits sévères et gris.

Il baissa alors les paupières, inspira lentement et tenta d'oublier ces tristes fantasmes. De toute façon, il n'avait pas revu Marie-Jeanne depuis des années.

Soudain, il crut entendre les cliquetis de la Remington, le tintement métallique accompagnant le retour du chariot, les feuilles de papier s'enrouler avec le bruit si particulier du carbone au milieu. Les souvenirs de mois d'ennui l'assaillirent alors. Presque trois décennies de solitude à deux, avec pour seul horizon les forêts alentour, les prières du soir et ses livres d'étude.

Pierre bondit hors du lit, enfila son jean et dévala l'escalier. Arrivé sur le palier, il se précipita dans la cuisine, traversa le salon plongé dans une chaude et poussiéreuse pénombre pour gagner la terrasse.

L'arrière de la maison de Marie-Jeanne s'ouvrait sur une chênaie magnifique de plus de deux hectares. Pierre pénétra sous la frondaison des grands arbres. L'air embaumait une douce fragrance de pourriture végétale. C'était de loin l'endroit de la propriété qu'il préférait. Un tapis de mousse couvrait le sol et le jardinier laissait des touffes de fougères s'épanouir de loin en loin pour rompre la monotonie d'un relief trop plat pour le contentement de l'œil.

Apaisé, il parcourut la futaie d'un pas nonchalant. Au bout du petit domaine, juste à l'orée de la forêt sauvage, il y avait son havre, un chêne d'une trentaine de mètres qui avait su traverser les siècles.

Enfant, Pierre s'était confectionné une cabane entre deux énormes branches, une cabane solidement arrimée par des cordages. Il ne restait plus rien de cette construction. Rien d'autre qu'une association de mots, gravée à la pointe de son canif sur la plus grosse des deux branches.

Il se dirigea vers le tronc majestueux du vénérable et en caressa la surface. Il passa un long moment, assis entre les racines ligneuses qui couraient sur le sol, à ressasser une fois de plus les causes et les conséquences de ses choix, de sa vie, de ce qu'il avait voulu en faire et de ce qu'elle était réellement. Et le constat, résultat immuable de ses introspections, ne plaidait pas en sa faveur. Élevé et instruit par une mère bigote qui ne quittait pas ou rarement la demeure familiale, Pierre s'était vite révélé un esprit brillant. Il avait avalé les années d'études sans broncher, sans quitter la maison, et suivi l'orientation choisie par Marie-Jeanne. Il deviendrait botaniste. Ce qu'il avait fini par faire.

Quand il avait enfin quitté le giron de Marie-Jeanne,

elle n'avait pu s'empêcher de le mettre en garde contre les dangers qu'il allait rencontrer, à commencer par les femmes, ces créatures sans foi ni loi qui n'auraient de cesse de lui passer la bague au doigt.

Libéré du joug maternel, Pierre s'était merveilleusement épanoui, à l'INRA[1] pour commencer. Pendant des années, il avait repensé l'agriculture hexagonale, tenté de faire table rase des erreurs passées, mis en pratique les principes de cultures complémentaires empruntés aux Amérindiens pour les transposer en France. Son grand rêve d'alors était de réduire à sa plus simple expression l'utilisation des pesticides par des cultures appropriées.

Tout se passait bien. Sa vie allait et venait au rythme des saisons, des récoltes. Il avait loué un studio en ville et passait souvent chez sa mère. Jusqu'à ce qu'il croise la route d'une femme et qu'il soit alors pris au piège dans des filets insoupçonnés.

Évelyne, envoyée par un groupe pharmaceutique pour le soustraire à l'INRA et utiliser ses compétences dans un projet à haute valeur ajoutée.

Pierre n'avait pas su dire non.

Ensemble, ils avaient travaillé sur la mise au point d'un traitement antipaludéen à partir des principes actifs de l'armoise. Une révolution dans un domaine où le plus grand nombre des cas était pratiquement insolvable.

Pierre s'était engouffré dans ces recherches avec une fougue renouvelée. Il trouvait enfin là une possibilité de briller aux yeux de sa mère. Permettre aux populations pauvres de se soigner remplissait admirablement le sacerdoce qu'elle lui avait fixé. Évelyne et

1. Institut national de la recherche agronomique.

lui étaient devenus amants. Pierre débordait de projets auxquels Évelyne ne disait pas non.

Jusqu'à ce qu'un autre département du laboratoire les coiffe au poteau avec une molécule de synthèse. On ne pouvait décemment pas sacrifier quinze années de recherche. Pierre avait fait les frais des lois du capitalisme.

Il avait remis sa démission, persuadé qu'Évelyne le suivrait. Mais la belle avait ri de ses principes. Et lui avait tourné le dos.

Incapable de revenir en arrière, Pierre avait coupé les ponts avec sa vie d'avant et travaillait à présent dans l'arrière-pays niçois pour un vieux paysan qui cultivait des fleurs. L'INRA, sa mère, les femmes, il ne voulait plus en entendre parler.

Table rase.

Jusqu'à ce que l'éclatement d'une artériole à l'intérieur du crâne de Marie-Jeanne le fasse revenir.

Un vent frais commençait à souffler. Pierre sentit le taux d'hygrométrie monter en flèche. Il allait y avoir de l'orage. Il observa quelques minutes encore les branches du chêne monumental se balancer doucement, puis se décida à retourner dans la maison. Avec le retard de sommeil qu'il avait accumulé, mieux valait faire un petit somme avant d'aller à l'hôpital. Et puis, il devait bien se l'avouer, il n'était pas vraiment pressé de revoir Marie-Jeanne.

Incapable de trouver le repos, il tourna longtemps dans son lit manifestement trop petit pour son mètre quatre-vingt-quinze et ses cent dix kilos. Pierre vit alors avec désespoir les premières lueurs de l'aube réveiller les murs ternes de sa chambre. Il pesta, tourna le dos à la fenêtre et enfouit son visage dans l'oreiller.

7

Élise préparait son sac, rassemblant le nécessaire pour ses congés, quand elle entendit un bruit dans le garage. Un tout petit bruit.

Elle suspendit son geste et tendit l'oreille.

Rien. La maison était calme. Seul le chauffe-eau installé dans la buanderie ronronnait doucement.

Le cœur battant, elle se décida à aller jeter un coup d'œil sur le palier. La cage d'escalier était plongée dans le noir. Elle actionna l'interrupteur.

— Il y a quelqu'un ?

Elle n'obtint pas de réponse.

Élise s'assit sur le bord du lit en poussant un profond soupir. Ses mains tremblaient. Encore une hallucination. Une de plus. Ce n'était pas très étonnant. L'absence quasi totale de sommeil l'épuisait tant qu'elle ne pouvait prétendre avoir des réactions normales tout le temps. Et il lui arrivait de plus en plus souvent d'entendre des pas derrière elle, de sentir des odeurs inconnues.

Un soir, le sommeil n'était pas venu. Élise ne saurait dire à quelle période cela remontait. C'était arrivé comme ça, sans signes précurseurs. Installée au chevet d'Oriane, une de ses petites patientes, elle était restée éveillée toute la nuit. Tout comme le lendemain et le surlendemain. Le marchand de sable l'avait oubliée. Et malgré son étonnement, elle tenait debout. Elle ressentait bien de la fatigue, de plus en plus de fatigue. Mais elle parvenait à travailler correctement et deux fois plus.

Persuadée d'être atteinte du syndrome de Jouvet[1],

1. Forme d'insomnie subjective qui laisse au patient le sentiment de ne jamais dormir, alors que les relevés polygraphiques réalisés pendant la nuit prouvent le contraire.

Élise avait reçu cette absence quasi totale de sommeil comme une bénédiction. Un don qui lui permettait de rester des nuits entières auprès de ses patients. Dans le silence des couloirs vides, elle leur tenait la main, les exhortant à sortir du coma, les invitant à la rejoindre dans le monde des vivants. Elle traquait le geste minuscule, folle d'angoisse à l'idée de ne pas être présente lors de leur retour à la conscience. Ce stade douloureux où rêve et réalité se mêlent, où les cauchemars peuvent être si terrifiants que le patient ne se bat plus pour revenir.

Élise parlait des heures, les yeux clos sur des images troublantes. Pendant ces quelques secondes où le sommeil semblait la prendre malgré elle, elle les guidait sur le chemin de l'éveil, les relevait lorsqu'ils tombaient encore plus loin dans les abîmes de l'inconscient.

Depuis quelques mois, elle ne rentrait pas très souvent chez elle. Seulement pour changer de vêtements. Prudente, elle prenait garde à ce qu'on ne remarque pas son manège : Mariani aurait été furieux s'il avait su qu'elle ne dormait plus et en profitait pour travailler nuit et jour.

Élise se dit qu'elle aurait dû le consulter, qu'il aurait certainement trouvé un remède à ses insomnies. Mais elle devait bien admettre qu'elle avait joui de cet état étrange, presque enivrée par ces heures volées. Élise avait la fabuleuse sensation d'avoir le droit de vivre plus que les autres, certainement parce qu'elle se devait de venir en aide à ses endormis. C'était une chance. Un cadeau du ciel qu'il lui fallait assumer jusqu'au bout.

Elle saisit son médaillon entre ses doigts et posa ses lèvres sur le métal tiède.

— Maman…

Camille Lamy Saint-Genès s'en était allée, emportée par un cancer, comme son époux Benoît un an auparavant. Élise n'avait pas pleuré. Pas tout de suite. Elle avait rangé la maison de son enfance, racheté la part de son frère en vidant ses comptes et s'y était installée. Quelques kilomètres séparaient Le Touquet de Berck où elle travaillait, c'était idéal.

Elle aimait cette vieille bicoque, étroite et sombre, aux fenêtres ouvertes sur une petite rue calme du centre-ville. Elle l'avait aménagée de sorte à effacer les traces de sa mère qu'elle adorait. Elle avait ôté les rideaux en dentelle, repeint les poutres en blanc pour éclaircir les pièces, arraché la moquette duveteuse et posé du parquet flottant. Les travaux l'avaient occupée des mois. Lorsqu'elle avait fait le tour de la maison pour admirer le résultat, elle s'était écroulée, dévastée par le chagrin.

Camille avait été une bonne mère. Douce, attentive et prévenante. Sage-femme, elle avait installé son cabinet à deux pas de la maison pour se consacrer à sa petite fille, le travail à l'hôpital devenant trop éreintant. Benoît, son père, était chirurgien. Elle gardait l'image d'un homme bon et juste, le souvenir de ses grands bras qui l'enlevaient en pleine nuit de son lit de fillette pour la couvrir de baisers. Lorsque son frère Charles était arrivé, tout avait changé. Le centre d'intérêt des parents d'Élise s'était déplacé vers le nourrisson aux joues roses et aux cheveux d'un roux marqué, comme ceux de sa mère. Élise, alors âgée de trois ans, en avait gardé une sensation d'abandon qui s'était amplifiée avec les années.

Élise avait fini par en conclure que ses parents avaient plus que toute autre chose désiré un fils. Elle avait donc aussitôt abandonné l'envie de leur plaire à tout prix, oublié ses études de médecine pour se destiner au métier qu'elle rêvait vraiment d'exercer.

La jeune femme bondit sur ses pieds pour achever ses préparatifs. Il était près de quatre heures du matin et son train pour Paris partait à six heures. Avant de se rendre à la gare, elle voulait encore se doucher, arroser les plantes et étendre le linge. Elle plia soigneusement ses affaires dans le grand sac et traversa le couloir pour se rendre à la salle de bains.

Une silhouette sombre attendait immobile dans l'escalier. Élise s'arrêta devant la porte. Encore une vision. Elle ferma les yeux en souhaitant très fort avoir la force d'aller jusqu'à Necker pour faire rire les enfants.

Elle prit une grande inspiration et ouvrit les yeux.

Devant elle, il y avait un homme. Un homme qui lui souriait.

Son sang se glaça.

Devant elle se tenait Stanislas Opalikha.

8

Salah ouvrit les yeux.

Et elle comprit qu'elle venait de faire un premier acte volontaire. Sa vision encore trouble lui donna un aperçu déformé de sa chambre. Elle semblait vaste, les murs clairs. La fenêtre se trouvait certainement sur sa gauche. De là provenait une lueur plus vive.

Salah cligna plusieurs fois des paupières.

La fréquence sonore du moniteur cardiaque accélérait.

Une pensée fugitive lui arracha un sourire. Elle devait être émue.

Puis le noir la happa de nouveau.

À quarante-cinq ans, Salah Tounsi avait été une des dernières Occidentales à couvrir les événements en Afghanistan pendant la chute des talibans. Grand reporter depuis près d'une vingtaine d'années, elle avait été de toutes les guerres, de tous les conflits.

La mort brutale de ses parents, tués par un éboulement dans la région de Tizi-Ouzou, l'avait un temps éloignée des champs de bataille. Elle avait passé quelques semaines auprès de ses frères, puis avait à nouveau été happée par le tourbillon de la guerre en Tchétchénie.

Salah ouvrit les yeux. Cette fois, le soleil entrait dans la chambre et réchauffait les draps. Elle tourna lentement la tête pour regarder la forme sombre qu'elle devinait sur sa droite. La silhouette s'éclaircit, découvrant un homme très grand, habillé de vert avec un drôle de bonnet en papier sur ses cheveux blancs.

Salah étira ses lèvres desséchées et y passa sa langue pour les assouplir.

— Bienvenue dans notre monde, murmura le médecin. Je m'appelle Jacques Mariani. Je suis chargé de veiller sur vous. M'entendez-vous ?

Salah s'étonna une seconde qu'il lui pose cette question et acquiesça.

— Pouvez-vous parler ? tenta-t-il en s'asseyant près d'elle.

— Je veux voir Élise, articula Salah avant de sombrer à nouveau.

De Grozny, Salah avait rallié Kaboul pour rejoindre une tribu pachtoune dans les montagnes du Sud où certaines femmes tentaient d'éduquer leurs sœurs. Elle y avait séjourné quelques mois avant de redescendre vers la capitale pour observer les effets de la chute des talibans sur la vie des femmes. C'est en tentant de venir en aide à l'une d'elles, dans un quartier dévasté de la ville, qu'elle avait été victime de l'attentat qui avait mis un terme à sa vie de grand reporter.

Salah flottait encore, mais, cette fois, elle pouvait entendre distinctement la voix du docteur Mariani l'appeler. Elle le voyait s'agiter près d'elle, vérifier sa perfusion. Elle découvrit qu'elle n'avait plus qu'un bras et l'horreur la fit suffoquer.

Elle essaya de se redresser pour s'asseoir sur le lit.

— Qu'est-ce qui m'est arrivé ? hurla-t-elle.

Sa voix se brisa sur la dernière syllabe. Elle retomba en arrière. Des larmes perlaient à ses paupières.

Le professeur Mariani la regardait d'un air stupéfait.

Rapatriée à Paris à Pâques, Salah était restée quelques jours au Val-de-Grâce puis, avec l'accord de sa famille, avait été transférée au centre de Berck-sur-Mer, réputé pour la compétence de son unité d'éveil.

Au début, ses frères s'enquéraient chaque jour de son état. Puis, ils avaient très vite repris le cours de leurs vies respectives. Seul Zinedine téléphonait encore. Et inlassablement, il entendait la même voix lui répondre qu'il fallait du temps. Beaucoup de temps.

Salah écouta en pleurant Mariani lui raconter comment elle était arrivée au centre. Elle l'entendit lui expliquer qu'elle pourrait bénéficier d'une prothèse, qu'elle avait une chance insolente de sortir du coma avec toutes ses facultés mentales. Qu'il lui faudrait un peu de patience pour rééduquer ce corps meurtri et immobilisé depuis des semaines, qu'elle devrait subir toute une batterie de tests afin qu'ils s'assurent qu'aucune partie de son cerveau n'avait été lésée.

Puis elle laissa son attention vagabonder au-delà des murs de la chambre, vers le ciel dont elle distinguait un morceau à travers la fenêtre. Elle n'avait qu'une envie : sortir, respirer l'air du large, sentir le vent dans ses cheveux. Bouger, vivre, rire.

L'image de la jeune femme blonde qu'elle avait vue dans ses étranges rêves s'imposa subitement à son esprit.

— Je voudrais voir Élise, s'il vous plaît.

Salah sentit une vague de lassitude l'envahir. Elle ferma les yeux et se laissa sombrer lentement. Avant de s'endormir, elle se demanda comment, à peine réveillée, elle pouvait encore avoir si sommeil…

9

Assis dans l'unique fauteuil de la chambre d'hôpital, Pierre tentait de s'intéresser à un magazine prêté par une infirmière.

Marie-Jeanne dormait. Dans la nuit, elle s'était plainte de violentes migraines auxquelles les médecins avaient répondu par un antalgique puissant, efficace, mais aux effets soporifiques manifestes.

Au moins Pierre n'avait-il pas à échanger de banalités avec elle. Les plantes étaient arrosées, le gaz fermé et le courrier relevé. Ils n'auraient pas eu grand-chose à se dire.

Pierre ferma la revue. Il se sentait incapable de se préoccuper de la mode féminine de l'hiver à venir. Quant à son horoscope, il annonçait des changements majeurs dans son existence, comme à presque tous les autres signes astrologiques. Il envisagea un instant avec ironie un monde où tous les Capricorne tombaient amoureux en même temps, les Bélier divorçaient, les Vierge décidaient de parcourir le monde et les Poissons gagnaient au loto.

Ridicule.

Son regard erra dans la pièce, ne relevant rien de particulier sur le crépi légèrement teinté de jaune. Puis il s'arrêta sur le visage de Marie-Jeanne. Elle allait fêter ses soixante-quatorze ans au printemps suivant. Pierre avait du mal à y croire. Marie-Jeanne ne portait pratiquement pas une ride. Une vie de privations ne devait pas marquer. C'est en tout cas l'hypothèse qu'il émit alors. Il ne lui avait pas connu d'homme, jamais. Et en dehors de son père, cet inconnu auréolé de mystère, les cuisses de sa mère ne s'étaient ouvertes que pour le laisser passer, lui.

Du visage de Marie-Jeanne, où traînait une apaisante expression de repos, les yeux de Pierre descendirent le long du drap, jusqu'à la feuille de suivi médical accrochée au pied du lit.

Il regarda les informations griffonnées par une main rapide sans vraiment les lire, l'esprit ailleurs. Pierre tourna ses pensées vers les champs de lavande, les oliviers et, tout à coup, il comprit que quelque chose clochait.

Il fit une mise au point sur la feuille annotée et lut vraiment ce qui y était inscrit. *Delcroix, Marie-Jeanne, soixante-treize ans.* Suivaient des groupes de lettres. Pierre ne chercha pas à les comprendre. Les médecins possédaient leur jargon et l'avaient si bien codifié qu'il échappait à la compréhension du commun des mortels.

Qu'est-ce qui n'allait pas ?

La courbe de température paraissait normale, quant aux médicaments prescrits, Pierre ne pouvait juger de leur réelle efficacité.

Alors quoi ?

Pierre tendit une main vers la feuille et la retira du classeur.

Il se leva, entrouvrit un rideau et la parcourut avec attention. Trois lectures furent nécessaires pour qu'il mette en évidence un détail en apparence anodin.

Marie-Jeanne était du groupe AB. Or, lui était O et, d'après ses souvenirs de cours de physiologie, un enfant issu d'une mère AB ne pouvait pas être O, quel que soit le groupe sanguin du père.

L'inconscient de Pierre n'avait pas oublié.

Il sentit le sang refluer de son visage.

Ma mère ne peut pas être AB... Ils ont dû se tromper, mélanger deux dossiers. Je dois les prévenir.

Au moment où il allait sortir de la chambre, ses perceptions parurent le trahir. Les murs étaient en train de reculer. Pierre se tourna vers Marie-Jeanne, cherchant le pied du lit pour récupérer son équilibre. Le lit n'y était plus. Il tendit les mains en avant au moment où ses jambes se dérobaient sous lui.

— Ha ! cria-t-il en heurtant un objet qu'il ne voyait pas.

Dans son lit, Marie-Jeanne remua en grognant. Le mobilier et les murs venaient de reprendre leur place.

Pierre frotta ses yeux. *Je suis crevé.*

Il quitta la chambre. Dans la salle des infirmières, il trouva Catherine Nicot, la neurologue qui suivait sa mère.

— Vous avez dû faire une erreur, dit-il en entrant sans même frapper, la feuille tendue devant lui. Marie-Jeanne ne peut pas être AB positif !

10

La flamme dévorait le métal, remontant lentement le long de la ligne de jonction des deux plaques verticales. Des gouttes de cuivre tombaient au sol avec des grésillements légers. Sous son masque de soudeur, Stanislas transpirait. Lui aussi laissait échapper de fines parts de lui-même.

Lui aussi se liquéfiait.

Lorsqu'il atteignit le plafond du bunker, il coupa le gaz et descendit de l'escabeau où il se trouvait juché. Il ôta son masque et s'épongea le visage. Puis il recula de deux pas pour valider d'un regard son travail. Un sentiment de fierté monta dans sa poitrine. La soudure était impeccable. Il ne restait plus qu'à monter la dernière cloison de parpaings avant de pouvoir enfin se livrer à son art.

Derrière lui, la bétonnière tournait lentement. Il travailla près d'une heure en sifflotant. Les deux longueurs de parpaings rentraient tout juste. Stanislas pouvait se féliciter de sa précision et de son savoir-faire. Il n'avait pas arpenté en vain les plus gros chantiers d'Europe pendant dix ans.

Le dernier bloc scellé, Stanislas s'accorda une pause. Il voulait être présentable pour ouvrir le rideau à sa belle. Mieux que ça, même, il voulait être parfait. Aussi quitta-t-il le bunker.

Dehors, une ondée avait rafraîchi l'atmosphère. Une

délicieuse fragrance de pin embaumait l'air. Stanislas emplit ses poumons. Il aimait la pureté naturelle. Manifestement, ce jour était propice à son retour parmi les grands prédateurs. Il prit une douche, se rasa et passa une élégante chemise noire. Il la boutonna négligemment, laissant apparaître quelques touffes de poils bruns. Une chaîne à grosses mailles, alourdie par un médaillon en partie masqué par l'étoffe sombre, lui renvoya un éclat doré.

Stanislas sourit. Il massa ses joues avec un baume après-rasage, se brossa les dents et arrangea ses cheveux. Enfin, il alla choisir un flacon de parfum parmi la vingtaine de senteurs qu'il possédait.

— Voyons voir, ma chère, hésita-t-il en gloussant de plaisir. Qu'est-ce qui ira le mieux avec votre peau si délicate ?...

Sa main se referma sur une petite bouteille étiquetée « vanille ». Il la déboucha et porta le goulot sous son nez.

— Non, trop rond, trop... peut-être plus boisé ?

Stanislas renifla un parfum à base d'ambre et grimaça. Il laissa le cèdre de côté également.

— Il lui faut quelque chose de plus frais, de plus fruité, comme la fleur d'oranger, par exemple, ou bien... le néroli ?

Il se hissa sur la pointe des pieds pour attraper les flacons alignés sur la plus haute étagère.

— Lancôme, Rochas, une petite note de thym peut-être ?

Stanislas secoua la tête.

— C'est trop léger pour mon ange...

Il chercha encore, à l'affût de l'odeur idéale, et jeta finalement son dévolu sur une toute petite fiole opaque.

— C'est exactement ce qu'il te faut, se félicita-t-il. Jasmin, mon petit ange. Tu auras une jolie note de cœur… fleurie à souhait, fleur parmi les fleurs.

Il humecta son index et déposa une traînée odorante derrière ses oreilles et sur ses poignets. Puis, dans un geste théâtral, Stanislas offrit son reflet au miroir.

Il se jugeait magnifique. Ses dents blanches, ses yeux bleus bordés de cils très longs, sa peau mate, sans défauts, ses traits réguliers donnaient à l'ensemble un charme indéniable.

Ce charme qui avait tant séduit Caroline, sa douce et jolie Caroline. Elle avait été l'une des plus longues à mourir. Elle avait fini par se rabougrir dans l'obscurité de sa cellule. Mais avant cela, elle avait d'abord exhalé une odeur douceâtre, puis les fluides s'étaient échappés, empuantissant l'atmosphère autour d'elle. Le linge recouvrant son visage s'était collé à sa peau pour s'y mêler intimement, épousant la forme de son visage.

À présent, elle pourrissait quelque part du côté de Marseille, sous des tonnes de béton. Caroline, si belle, si résistante. Si courageuse. Les souvenirs affluaient par vagues, le submergeant d'images plus excitantes les unes que les autres. Il se gava du souvenir de Caroline et de son agonie. Quand il fut satisfait, il retourna dans le bunker d'un pas léger, armé de sa grosse lampe-torche.

Stanislas referma la porte derrière lui et se dirigea vers l'angle de la salle où il venait d'achever ses travaux. Il admira un long moment son œuvre en effleurant du bout des doigts les boursouflures du mortier au niveau des joints.

— Parfait, murmura-t-il.

La structure mesurait environ un mètre de large, deux de haut et quatre-vingts centimètres de profondeur. Juste ce qu'il fallait pour que sa marionnette tienne debout. Pas de possibilité pour elle de s'accroupir, encore moins de s'asseoir. Stanislas était ravi. Le système de sangles en cuir fixé dans le béton par ses soins, nouvelle trouvaille, avait été parfait pour la maintenir contre le mur pendant qu'il lui attachait les mains et les chevilles. Inconsciente, son ange pesait lourd, très lourd et sa faiblesse musculaire le handicapait encore un peu.

Il aurait aimé partager cette nouvelle œuvre avec un véritable amateur. Un être qui pourrait admirer et répandre son génie au-delà des frontières.

— Petit frère, ricana-t-il. Si seulement tu étais là. Tu apprendrais tant…

Stanislas s'approcha de la cloison la plus large. Au milieu, à un mètre soixante du sol environ, il avait fixé une plaque de plâtre qu'il fit glisser sur le côté, grâce à un système de rails.

— Mon ange ?

Il orienta le faisceau de sa lampe vers l'espace ainsi dégagé, éclairant les traits d'Élise. Un large morceau de Chatterton barrait son visage, ne laissant visible que son nez et ses yeux clos.

Il passa sa main dans la fente et tira sur le Scotch d'un coup sec, arrachant un gémissement à la malheureuse. La tête de la jeune femme eut un violent mouvement de recul. Le bruit des os du crâne sur le mur en béton résonna étrangement.

— Doucement, mon ange, souffla Stanislas, le front posé contre la paroi. Ne te casse pas, pas tout de suite !

Il lui lança un long regard, l'exhortant à lui répondre.

Mais Élise ne disait rien. Elle gardait les yeux clos.

Seule l'expression d'horreur indicible figée sur ses traits indiquait qu'elle ne dormait pas.

11

L'après-midi passa lentement. Pierre souffrait de la chaleur. La température ne cessait de grimper et il n'y avait pas un souffle de vent. Et puis, il pensait à sa mère. Cette incompatibilité de groupes sanguins le tourmenta jusqu'à ce que le téléphone sonne et que le monde autour de lui s'effondre vraiment.

Marie-Jeanne était bien du groupe AB, il n'y avait aucun doute possible.

Et qu'est-ce que ça peut foutre ? Après tout, si j'ai été adopté... C'est elle qui m'a élevé, même si ça n'a pas été rose tous les jours.

Il sortit dans le jardin et s'affala dans le fauteuil à bascule. Il rumina de longues minutes, d'interminables minutes au cours desquelles il chercha à comprendre. Puis, quand il en eut déduit qu'il ne parviendrait à rien seul, il retourna dans la maison et commença à fouiller le bureau de sa mère.

Pourquoi ne me l'a-t-elle pas dit ?

Là était toute la question. Marie-Jeanne n'était pas censée mentir.

Marie-Jeanne possédait maints défauts, mais Pierre la savait honnête. À moins qu'une vérité inavouable justifie cette incartade dans ses principes réputés inébranlables…

Ça pourrait expliquer pourquoi je me suis toujours senti le cul entre deux chaises...

Pierre ne dénicha que le livret de famille et un

extrait d'acte de naissance. Rien permettant d'expliquer comment un fils O pouvait sortir du corps d'une mère AB. C'était comme si la vie de Marie-Jeanne avait débuté à la naissance de Pierre. Toute référence passée avait disparu.

Il jeta un regard las sur le bureau en désordre.

Après tout, le mieux est encore de lui poser la question directement.

Affamé, il s'attabla et engloutit la miche de pain et le saucisson achetés la veille. Puis, angoissé à l'idée de passer une nouvelle nuit sans sommeil, il fouilla dans la boîte de médicaments de sa mère. Il y trouva un blister de Stilnox tout juste périmé. Pierre fit tomber un comprimé dans sa paume ouverte et l'avala. Puis il doubla la dose, jugeant que ses cent dix kilos le sortaient du profil de l'insomniaque moyen. Ça n'avait aucun goût.

Il prit alors une couverture légère et s'installa dans la chaise à bascule. Cela faisait longtemps qu'il n'avait pas dormi à la belle étoile. La nuit tombait sur la forêt. Rapidement, Pierre sentit ses membres s'engourdir, ses paupières s'alourdir. Alors, il pensa avoir gagné la partie. Mais cet état ne dura pas. Après une demi-heure d'espoir malheureux où il erra à la frontière du sommeil, il se sentit aussi dispos qu'à la suite d'une nuit de repos.

C'en était assez. Il se leva en furie, avala le reste des pilules blanches, puis il retourna se lover sous la couverture. Avec cette dose massive de Stilnox, il allait dormir vingt-quatre heures d'affilée, c'était certain. Et tant pis pour Marie-Jeanne, il ne la verrait pas et la réponse à sa question attendrait bien un jour de plus. Il ferma les yeux et se donna l'ordre de dormir. Un quart d'heure passa. Pierre savait que les somnifères agissaient rapidement. Il devait se calmer, essayer de penser à des souvenirs heureux.

Ne pas dormir est contre nature. Mais qu'est-ce qui se passe ?

Pierre songea soudain qu'il était peut-être malade. Il imagina une bête tentaculaire tapie dans les circonvolutions de sa matière grise, lui grignotant peu à peu chaque neurone. Mal à l'aise, il se leva et se planta devant le miroir de la salle de bains. « Vous êtes inquiet pour votre mère, ce qui peut expliquer vos insomnies. C'est assez courant. » Pierre s'accrocha aux dernières paroles de Catherine Nicot et rinça son visage à l'eau claire.

Elle doit avoir raison. Si j'avais un cancer, je serais fatigué, amaigri. Je le sentirais. C'est Marie-Jeanne. Je suis mort de trouille, c'est tout.

Incapable de trouver le repos, il s'installa alors devant une feuille vierge et entreprit de dessiner la chênaie. Rapidement, il retrouva son coup de crayon agile. Les branches et les troncs émergeaient de la blancheur du papier avec rapidité et précision. Dessiner lui avait toujours procuré du plaisir. Et après toutes ces années, il recouvrait les mêmes agréables sensations. Il travailla les traits les plus épais au doigt, frottant le papier jusqu'à faire disparaître les coups de crayon, jouant avec les ombres.

Qui es-tu, Marie-Jeanne ? Qui suis-je ?

Quand trois heures sonnèrent à la pendule franc-comtoise, Pierre crut son tourment sur le point de s'achever. Il sentit ses paupières se charger de plomb et bâilla sans discontinuer. Il s'avança lentement jusqu'au premier fauteuil de peur de chasser le sommeil par un mouvement subit et se roula comme il put, calant ses longues jambes sur l'accoudoir matelassé. Puis il ferma les yeux et attendit.

Comme, après quelques minutes, il ne sentait pas cette délicieuse descente vers l'oubli, il dirigea ses pensées vers des images de voyage. Il revisita les sentiers de son enfance, fouillant chaque détail.

Alors qu'il se trouvait mentalement le long des rives du Gard, son errance fut stoppée par une vision curieuse de la chênaie et du grand vénérable. Il sembla à Pierre que les arbres brillaient d'une lumière propre, et que les parfums de l'humus montaient en puissance. Cette vision éveilla sa curiosité. Pierre se leva et sortit dans le jardin.

La nuit était très sombre. Une lune nouvelle rasait la cime des arbres et son minuscule croissant éclairait maigrement le chemin de cailloux blancs. À peine se trouva-t-il sous la frondaison qu'un drôle de sentiment de déjà-vu l'assaillit. Les chênes brillaient faiblement, comme un instant plus tôt, alors qu'il tentait de s'endormir dans le fauteuil. La luminosité était ténue, mais manifeste.

Pierre marcha parmi les arbres. Il ne sut dire s'il ressentait de la peur ou une forme d'excitation. Son cœur lui murmurait qu'il ne craignait rien, aussi continua-t-il de s'enfoncer sous la couverture végétale. En levant le regard, il pouvait distinguer un halo léger parmi les branches qui se ramifiaient pour disparaître derrière les feuilles innombrables. C'était beau à couper le souffle.

Il poursuivit sa découverte jusqu'au grand vénérable. Là, le tronc marquait la nuit d'un pilier beaucoup plus lumineux. Pierre s'arrêta à quelques mètres, ne sachant plus s'il devait approcher. Son cœur battait fort et ses jambes flageolaient.

— Tu perds complètement la boule, mon vieux, dit-il à haute voix.

S'entendre parler ainsi lui sembla presque indécent.

L'air était immobile et la chaleur de la journée, piégée par la frondaison, fabriquait une sorte d'étuve où il se sentait bien.

Pierre avança vers son arbre préféré en murmurant les mots qu'il lui prodiguait enfant. La peur l'avait quitté. Même l'excitation s'était tassée d'elle-même. L'écorce irradiait faiblement, mais cette lueur devint plus forte à l'endroit où il posa sa main. Pierre la retira aussitôt, impressionné par le phénomène. Après quelques minutes, il l'appliqua plus fortement, la laissa un court instant, puis la retira. À présent, il pouvait nettement voir la forme de sa main se découper sur l'écorce. Pierre sentit ses yeux se mouiller. Jamais il n'avait rêvé pareille merveille.

Il voulut en voir plus. L'idée que la lueur provenait véritablement de l'intérieur de l'arbre commença à le tarauder. Aussi finit-il par ramasser un gros caillou pour frapper l'écorce à plusieurs reprises. Au point d'impact, la luminosité s'accrut. Pierre observa de fins écoulements luminescents s'échapper par la blessure qu'il venait d'infliger au végétal.

Il entendit alors un frémissement parmi les milliers de branches qui l'environnaient. Il leva la tête. Là-haut, à vingt mètres du sol, il lui sembla voir s'agiter la forme immense de la partie haute du chêne. Dans le même temps, un grondement muet se fit sentir sous ses pieds.

Cette fois, Pierre n'eut pas à se demander quel type de sentiment était en train de l'envahir. Il fit demi-tour sans réfléchir et se rua vers la maison. Il ferma les rideaux et se réfugia dans la cuisine, dont l'unique fenêtre donnait sur l'allée.

Ce n'est qu'aux premières lueurs de l'aube qu'il risqua un nouveau regard à l'extérieur. La chênaie émergeait de la nuit, simplement vêtue de grisaille, aussi anonyme qu'elle l'avait toujours été.

12

Salah fixait d'un œil morne le vide à la place de son bras gauche. Sa main valide s'approchait lentement du pan de la robe de chambre qui couvrait son épaule. Elle fit un mouvement brusque, se posa sur le tissu et retomba le long de son corps.

— Je n'y arriverai pas, asséna-t-elle avec un air de petite fille butée.

— Vous allez y arriver, dit le professeur Mariani en secouant la tête. Votre réaction est tout à fait normale. Le temps fera le reste.

Salah eut une moue dubitative.

— Je la sens, cette main. J'ai des picotements dans la paume et dans l'avant-bras. C'est terrible de souffrir d'un membre qui n'existe plus.

— Vous voyez, vous commencez à admettre qu'il a été amputé.

Salah lui lança un regard contrarié. Elle détestait qu'il emploie ce mot au sujet de son bras. Amputé. Cela lui paraissait barbare.

— C'est pourtant le cas, Salah, ajouta le médecin, comme s'il avait lu dans ses pensées. Et cette amputation vous a certainement sauvé la vie.

— C'est vous qui le dites, se renfrogna-t-elle.

Elle pivota sur les fesses en poussant avec les jambes et se glissa dans le fauteuil roulant posé à côté de son lit, manquant de tomber.

— Mais vous êtes inconsciente ! s'exclama Mariani. Vous n'êtes réveillée que depuis hier !

— Non, plus maintenant, rétorqua Salah en haussant les épaules. Plus maintenant, répéta-t-elle comme pour s'en convaincre.

Elle poussa le fauteuil jusque devant la porte de sa chambre.

— Quand est-ce que je vais enfin pouvoir sortir ?

— Vous plaisantez ?

Interdit, Mariani la fixa longuement, puis donna un coup de pied dans la porte qui s'ouvrit sur un couloir désert. Il pilota Salah jusqu'à la sortie du service et bifurqua vers la passerelle menant à l'aile de rééducation.

— Où va-t-on ? demanda Salah en se retournant pour voir le médecin derrière elle.

Mariani ne répondit pas et se contenta d'accélérer la cadence. Ils traversèrent ainsi plusieurs services avant de s'arrêter devant l'accès à la bibliothèque.

— Je vais vous montrer ce qu'il est possible de faire pour des cas comme le vôtre.

— Je ne suis pas un cas, docteur. Mon bras a été arraché dans l'explosion d'une bombe. Je suis une manchote.

— Avez-vous déjà vu un manchot ? s'exclama Mariani en poussant le fauteuil jusqu'au milieu de la pièce. Moi, j'en ai observé aux îles Kerguelen.

Les murs étaient en partie masqués par des rayonnages couverts de livres et de dossiers soigneusement étiquetés. Jacques Mariani s'installa sur une chaise face à Salah.

— Je faisais partie d'un groupe d'étude sur le sommeil avec Michel Jouvet, ajouta-t-il en souriant.

— *Le* Michel Jouvet ?

— Oui.

— Et ? Quel rapport avec les manchots ?

Salah se mit à rire, surprise d'être autant à l'aise avec cet homme. Il faut dire que sa tête de Père Noël avait un côté attachant. Et puis, c'est lui qui avait été à ses côtés lors de sa renaissance.

La voix de Mariani la rappela à l'ordre.

— J'ai appris là-bas que les manchots vivaient dans l'hémisphère Sud et qu'ils ne savaient pas voler.

— Alors que les pingouins sont plutôt dans l'hémisphère Nord et qu'eux, au moins, goûtent aux joies du vol plané.

— Mazette !

— Oui, j'ai quelques souvenirs des cours de biologie de mon enfance ! Plus sérieusement, que faisiez-vous avec M. Jouvet à l'autre bout du monde ? Vous étudiiez le sommeil de ces animaux ?

Mariani soupira. Il parut un instant avoir l'esprit ailleurs.

— Professeur ?

— Oui, Salah.

Il planta son regard bleu dans les prunelles claires de la journaliste et se délecta de son impatience.

— Jouvet avait une théorie fort intéressante sur le sommeil paradoxal que nous tentions de démontrer. À ce propos, saviez-vous qu'il était l'inventeur de ce terme ?

— Non, admit Salah.

— Sommeil paradoxal parce que ni veille ni sommeil, expliqua Mariani. Pour Jouvet, il s'agissait d'un troisième état du cerveau. Ce qui a d'ailleurs été prouvé par la suite.

— Et quelle était cette fameuse théorie que vous vouliez établir au milieu des manchots ?

— Michel Jouvet pensait que le sommeil paradoxal était nécessaire à l'individuation psychologique. En d'autres termes, qu'il assurait la programmation génétique du caractère définitif de l'individu.

— La programmation génétique de l'individu ? répéta Salah. Vous voulez dire que…

— … le sommeil paradoxal, le rêve lui-même peut-être – mais il n'a jamais pu l'établir –, maintiendrait actives les synapses responsables des réactions idiosyncrasiques et…

— Idiosyncrasiques ? le coupa la journaliste. Qu'est-ce que ça veut dire ?

— Pardonnez-moi, j'ai tendance à m'emballer quand j'aborde ce sujet ! dit Mariani en riant. Mais c'est tellement agréable de partager ça avec une femme telle que vous !

Les joues de Salah s'empourprèrent. C'est vrai qu'elle prenait aussi beaucoup de plaisir à converser avec le professeur. Curieuse de tout par nature, elle était boulimique de nouvelles informations. Et le rêve n'était pas le sujet le plus ennuyeux qu'elle ait eu à découvrir, au contraire.

— L'idiosyncrasie, reprit Mariani, c'est l'ensemble des dispositions affectives et intellectuelles qui composent la personnalité d'un individu, sa façon de réagir à différents éléments extérieurs, par exemple.

— Le tempérament de chacun ?

— Exactement.

— Si je comprends bien, cette programmation n'agirait pas sur les comportements, innés pour la plupart, mais sur les réactions de chacun, celles qui déterminent le caractère d'un individu. C'est bien ça ?

— C'est à peu près ça.

— Donc, si je suis journaliste, célibataire à quarante-cinq ans et que je ne crois pas en Dieu, c'est probablement grâce à mes rêves, pardon, à mon sommeil paradoxal !

Jacques Mariani sourit.

— C'est assez troublant, ajouta Salah.

— C'est pourquoi l'hypothèse d'une programmation génétique itérative au cours du sommeil paradoxal n'était pas très appréciée par la communauté scientifique, comme vous pouvez vous en douter. Programmation génétique régulière ou récurrente, si vous préférez, précisa Mariani devant la moue d'incompréhension de la journaliste. Cette supposition faisait trop penser au vieux débat sur l'intelligence, le quotient intellectuel, les classes sociales…

— La différence entre les ethnies, les familles… C'est un sujet délicat en effet.

— L'observation aux États-Unis de jumeaux monozygotes séparés à la naissance permettait d'argumenter en faveur de cette théorie, reprit Mariani après un court silence. Des frères élevés à des kilomètres de distance sans savoir qu'ils étaient deux avaient eu des parcours de vie absolument similaires.

Salah s'agita dans son fauteuil, visiblement excitée par la tournure que prenait la conversation.

— J'en ai entendu parler, il y a quelques années de cela ! s'exclama-t-elle. C'était assez incroyable d'ailleurs ! Séparés pendant près de quarante ans, n'est-ce pas ? Ils avaient eu chacun deux femmes avec les mêmes prénoms, ils avaient donné le même nom à leurs enfants, avaient fait les mêmes boulots et mêmes loisirs !

— Ce qui tendait à prouver la réalité du fameux concept de l'hérédité psychologique, en effet ! Mais cette idée n'était admissible que si les cellules nerveuses continuaient à se diviser, ce qui n'est pas le cas !

— Pourquoi ?

— Parce que l'organisation de milliards de connexions entre les neurones nécessiterait un nombre de gènes bien plus grand que celui présent dans l'ADN d'une part, et que, d'autre part, l'influence de l'environnement finirait par en détruire d'autres milliards. Définitivement. C'est pourquoi l'idée d'une reprogrammation périodique s'est imposée.

— Et pourquoi pendant le sommeil paradoxal ?

— Chez les animaux homéothermes, la neurogenèse cesse quelques mois après la naissance, voire juste après, et c'est à cette période précise que le sommeil paradoxal s'installe. Chez les poissons, les amphibiens et les reptiles qui sont poïkilothermes[1], les cellules du cerveau continuent à se diviser et le sommeil paradoxal n'existe pas. La théorie de Jouvet était que l'évolution avait fait apparaître le rêve en même temps que l'homéothermie.

— Waouh ! Le rêve reprogrammerait continuellement le cerveau pour le protéger ? Pensez-vous que c'est en sachant cela que les spetznaz enfermaient leurs opposants dans des hôpitaux psychiatriques et les droguaient aux IMAO[2] ?

— Salah, vous m'impressionnez…

— J'ai passé quelques semaines en Tchétchénie, et croyez-moi, j'y ai vu des choses inimaginables… Ces produits rendent les hommes plus manipulables et vulnérables à tout type de conditionnement psychologique. Et ils suppriment le rêve…

Salah fronça les sourcils et poursuivit son raisonnement.

— Donc, si je comprends bien, le rêve remettrait régulièrement les pendules à l'heure, afin de sauvegarder la diversité… le rêve nous évite de devenir des

1. Animaux dont la température varie avec le milieu.
2. Inhibiteurs de la monoamine-oxydase antidépresseurs.

pantins, des machines. De quelle façon comptiez-vous démontrer ça ?

— Nous ne sommes pas sûrs, je vous l'ai déjà dit, qu'il s'agit du rêve en lui-même, bien que l'idée soit assez séduisante. Trouver une raison à ces hallucinations et voyages nocturnes pouvait en faire un phénomène nécessaire et vital. L'axe de recherche de Jouvet était surtout fondé sur le sommeil paradoxal, facile à mesurer. Mais, pour prouver qu'il avait une origine génétique, il fallait trouver des groupes de comparaison, et pourquoi pas dans des ethnies différentes. La démonstration avait déjà été réalisée chez les souris, il fallait s'attaquer à l'homme.

— D'accord, mais comment l'étudier ?

— Le sommeil paradoxal peut être observé grâce à plusieurs facteurs. Un en particulier nous intéressait : les patterns des mouvements oculaires, en d'autres termes, l'agencement des enregistrements de ces mouvements dans l'espace et le temps. Comment et combien de fois les yeux bougent-ils ? Eh bien, figurez-vous que nous avons trouvé des différences entre les mouvements oculaires des Bassaris, un groupe d'individus vivant aux confins de…

— La Guinée et du Sénégal…

— Et un groupe témoin ! Alors, nous avons voulu confirmer et étudier le sommeil chez les Lapons. Et là, lettres d'insultes ! Impossible ! Les Lapons ne voulaient pas être des sujets d'expérience. Dans un courrier adressé aux nations arctiques, Jouvet a suggéré que s'il pouvait démontrer la différence entre leurs patterns et ceux des Norvégiens, ils auraient un argument supplémentaire pour réclamer leur indépendance…

Salah éclata de rire.

— Et ils ont promis de nous accueillir à coups de fusil… Alors, nous sommes allés voir les manchots aux îles Kerguelen, et nous en avons profité pour étudier le sommeil des chercheurs soumis à des conditions climatiques extrêmes.

— C'est une belle histoire, s'enthousiasma Salah. Vous avez eu de la chance de travailler avec un homme tel que lui…

— C'est lui qui a eu de la chance ! dit-il, un peu taquin.

— Qu'est-ce qui vous a amené à Berck ?

— Comprendre le coma. Et aider les patients à en sortir le mieux possible.

Salah recula son fauteuil avec difficulté et roula jusqu'à la fenêtre. Mariani la regarda faire sans un geste.

— Je vous remercie, dit-elle. J'ai besoin d'y arriver seule.

Salah laissa ses yeux traîner sur la plage, puis murmura d'une voix rendue tremblante par l'émotion.

— Pensez-vous que le rêve est possible durant le coma ?

— À vous de me le dire, Salah, chuchota Mariani.

La journaliste hésita quelques secondes.

— J'ai vu Élise.

Jacques Mariani retint son souffle. Il brûlait de lui demander une explication, mais la pudeur l'en empêchait. Si Salah voulait parler, alors elle le ferait. En aucun cas il ne devait la pousser à décrire son expérience. Mais il savait déjà que Salah n'avait pu rencontrer Élise physiquement. Celle-ci était déjà partie en congé lors de son réveil. Alors, il était vraiment curieux. Il avait déjà entendu parler d'hallucinations très étranges, décrites par des réveillés de son service. Élise y apparaissait à chaque fois.

— J'aimerais beaucoup la revoir, ajouta Salah.

Le professeur Mariani attendit encore quelques

minutes, mais Salah ne semblait pas vouloir préciser sa pensée. Elle semblait toute petite dans ce fauteuil roulant. Sa silhouette se découpait dans le bleu du ciel.

— La sortie du coma se fait lentement. En plusieurs étapes. Si vous me parliez de ce que vous avez vu pendant votre réveil, cela me permettrait de comprendre. D'évaluer au mieux ces différents stades. Nous guettons les signes physiques, ce qui nous permet de suivre au mieux le patient. Mais si ce que vous dites est vrai, cela signifierait que vous aviez déjà repris conscience bien avant… C'est important, Salah.

— Que vouliez-vous me montrer ? demanda-t-elle en se retournant, coupant court à leur conversation.

Déçu, Mariani fit la moue, puis l'entraîna vers une vitrine située à l'autre bout de la pièce. De nombreux types de prothèses pour les membres supérieurs y étaient exposés.

— Vous avez plusieurs solutions, Salah. Il existe différents modèles de prothèses. Celui-ci par exemple est dit passif et de remplacement cosmétique.

— C'est bien pompeux, non ? Pour un vulgaire morceau de plastique.

— D'autres sont dits de traction, continua-t-il en ignorant le sarcasme. Vous pouvez prendre des objets avec la prothèse grâce à une sangle fixée sur l'épaule. D'autres encore, plus perfectionnés, sont reliés à…

— Arrêtez, professeur. C'est gentil, mais je ne veux pas de ces choses-là. Je me débrouillerai sans. Je préfère encore que cet argent serve à en payer une à un petit Afghan !

13

Pierre souffrait jusqu'au fond de ses tripes. Marie-Jeanne était étendue devant lui, inconsciente. Un tube souple s'enfonçait dans sa gorge pour insuffler à intervalles réguliers un air filtré par le respirateur. La vision de Marie-Jeanne ainsi amoindrie lui était difficilement supportable.

Une heure plus tôt, alors qu'il était venu lui demander des comptes, sa mère avait fait une attaque cérébrale. Il avait suffi qu'il lui parle d'adoption pour qu'elle se mette à souffler comme une forge et qu'elle s'écroule, molle comme une poupée de chiffons. Et Pierre culpabilisait, même si la neurologue lui avait assuré qu'il n'y était pour rien.

D'après les médecins, elle ne souffrait pas. La chimie qui parcourait ses veines l'avait expédiée vers des territoires de non-perception. Catherine Nicot lui avait dit qu'elle ne rêvait sans doute pas. Malgré sa formation de scientifique, Pierre admettait cette affirmation avec difficulté. Le non-être, le non-rêve transformaient sa mère en une sorte d'objet qui respirait encore, mais artificiellement… un quartier de viande.

— Marie-Jeanne, murmura-t-il à l'oreille de la vieille femme. Maman… Je n'ai pas voulu te faire de mal. J'ai… j'ai juste compris que je ne pouvais pas être ton fils. Tu comprends, c'est à cause de nos groupes sanguins… AB ne peut pas donner O. C'est tout. Tu comprends, maman ? C'est impossible.

Pierre porta la main inerte de Marie-Jeanne à sa bouche. Il y déposa ses lèvres et resta prostré.

— Ne m'en veux pas, maman, je ne suis pas un mauvais fils. Si j'avais étudié les mathématiques, je n'aurais jamais su. C'est pas de chance, parce que ça ne change rien. J'ai beaucoup réfléchi cette nuit, maman. Je ne dors pas en ce moment, alors j'ai le temps, tu vois ? Et ça ne change rien, rien du tout. Mais ça m'a permis de comprendre beaucoup de choses, par contre. Maintenant, je sais pourquoi j'ignore qui est mon père. Tu ne pouvais pas me le dire parce que tu ne le sais pas. C'est évident ! Je comprends aussi pourquoi tu voulais que je t'appelle Marie-Jeanne. Tu ne voulais pas de mensonges, Marie-Jeanne, jamais. Sauf que tu aurais pu m'expliquer. Je ne t'aurais pas moins aimée. J'aurais peut-être même pu accepter plus de choses...

Pierre retenait ses larmes. Une boule d'angoisse rétrécissait sa gorge. Déglutir devenait douloureux.

— C'est toujours trop tard, dit-il, plus fort cette fois. Pourquoi comprend-on toujours trop tard ? Je t'aime, maman. Alors, reviens ! On s'expliquera quand tu iras mieux. Et que ça te plaise ou non, à partir de maintenant, je t'appellerai maman !

Pierre lâcha la main de Marie-Jeanne et s'adossa au fauteuil. Ses yeux libéraient enfin les larmes retenues pendant tant d'années. Et c'était en torrent qu'elles se déversaient à présent. La vision de Pierre se brouilla. Il ne put bientôt plus rien voir. Alors il ferma ses paupières et laissa libre cours à son chagrin. Toute sa vie, il avait été seul. Si Marie-Jeanne partait, il n'aurait plus aucun lien avec le vivant. Il serait le dernier maillon d'une chaîne dont il ignorait jusqu'aux origines. Quand il comprit qu'il s'apitoyait seulement sur son sort, il sécha ses larmes et rouvrit les yeux.

— J'ai besoin de savoir, maman...

Pierre s'interrompit. Marie-Jeanne s'était volatilisée. La chambre aussi.

À la place, il y avait devant lui un homme d'une cinquantaine d'années. Il portait un tablier taché de sang, lui parlait, semblait-il, mais Pierre n'entendait pas ses paroles. Il voyait bien la bouche de l'homme articuler des mots, mais leur sens lui échappait. Certain d'être de nouveau l'objet d'une hallucination, Pierre se concentra sur la scène. Il voulait savoir ce que son inconscient cherchait à lui montrer.

L'homme lui tendit un petit carnet. Pierre essaya de l'attraper, mais il ne reconnut pas ses mains. Celles qui se tendaient devant lui étaient indéniablement féminines, propres sans être manucurées. Il reconnut la fine bague passée à l'annulaire. C'était celle de Marie-Jeanne, le seul bijou qu'elle s'était jamais autorisée à porter.

Les mains s'emparèrent du carnet, puis disparurent de son champ de vision. Pierre put lire au passage son propre nom sur la couverture cartonnée, écrit à la main en dessous d'un caducée. Ce carnet, il le connaissait. Marie-Jeanne le sortait d'un tiroir de sa commode chaque fois qu'ils avaient dû se rendre chez leur médecin de famille.

Pierre soupira. Son inconscient traquait lui aussi la vérité, peut-être même encore plus férocement que sa partie consciente. Il voulut sortir de cet état, trouver la fenêtre de la chambre d'hôpital, respirer, passer son visage sous le robinet de la salle de bains. Cette expérience était très désagréable.

Il tenta de faire un pas, mais il n'arriva qu'à se déplacer à l'intérieur même de son hallucination. C'est en tout cas ce qu'il déduisit aussitôt, l'esprit étonnamment lucide. Son angle de vue changea alors. Puis le déroulement de la scène devint saccadé. Pierre fut aveuglé par une série de flashes d'une très forte intensité.

Il lui sembla qu'une masse liquide faisait pression sur les parois internes de son crâne. Il sentit un craquement qu'il localisa vers le haut de son front. Pierre empoigna sa tête à deux mains. La douleur lui donnait la nausée.

Il chancela. Son estomac fut secoué de spasmes odieux. Il ne put retenir plus longtemps un flot de bile et se retrouva à genoux sur le sol carrelé de la chambre d'hôpital. Pierre hoqueta quelques secondes, passa le dos de sa main sur ses lèvres et souffla. C'était passé.

Il se remit sur ses pieds avec peine et se dirigea vers la salle de bains. Mais il n'eut pas le temps d'atteindre la porte. La masse liquide qui avait un instant plus tôt envahi ses méninges bougea de nouveau. Pierre fut en une fraction de seconde projeté dans une nouvelle chimère.

L'homme au tablier portait contre lui un bébé vagissant. Et dans ce poupon désagréable, Pierre reconnut ses propres traits. Il voulut dire quelque chose, mais ses mots restaient coincés dans sa gorge. Alors, il tendit une main et, cette fois, son bras entra dans son champ de vision. Mais il fut incapable d'atteindre l'homme. Ses doigts rencontrèrent une substance cristalline qu'il put deviner aux brillances qu'elle reflétait en se déformant légèrement.

Pierre ne bougea plus. Il se crut enfermé. Un sentiment de peur sacrée montait en puissance dans sa poitrine. Il n'osait même plus respirer.

Il y eut de nouveaux flashes. Pierre fut encore frappé par une violente douleur au crâne. Quand il se redressa, l'homme au tablier rangeait des instruments chirurgicaux dans une sacoche en cuir. À côté de lui, une haute fenêtre ouverte donnait sur un parc verdoyant. Dehors, la lumière était crue, éblouissante.

Une femme d'une quarantaine d'années avança dans sa direction. Elle aussi tenait un nourrisson. Pierre pensa qu'il s'agissait encore de lui, mais ce n'était manifestement pas le cas. Le petit visage du bébé endormi ne lui ressemblait pas. Et son crâne portait une épaisse toison bouclée blonde, presque blanche. Pierre avait toujours été brun.

L'homme à la sacoche tendit alors un carnet à la femme.

Pierre se tordit le cou pour voir ce qui était inscrit dessus. La vision avança par bonds saccadés. Pierre n'eut pas le sentiment de bouger vraiment. Pourtant, il se trouva présenté devant le carnet, comme s'il n'avait qu'à demander pour être comblé. Mais il ne comprit pas la signification des lettres. Il était dans l'incapacité d'en déchiffrer le sens. L'agencement des syllabes soigneusement calligraphiées ne lui rappelait rien. Pourtant, il lui semblait bien que l'alphabet lui était familier. Mais le pont entre cette vision et sa raison vacillante ne semblait pas vouloir s'établir.

— Qu'est-ce que c'est ? hurla Pierre dans le silence de la chambre de Marie-Jeanne.

Les formes tourbillonnèrent un instant autour de lui, puis l'image se précisa à nouveau. La femme saisit le petit carnet. Il pouvait voir ses mains trembler.

— Madame Lamy Saint-Genès, voici l'acte de naissance de votre fille Élise.

Le son était déformé, il résonnait dans son crâne douloureux, mais le sens des mots prit soudain toute sa clarté.

— Félicitations.

Le mot se répéta à l'infini dans une sorte de brouhaha de plus en plus étouffé. *Félicitations. Félicitations. Félicitations.*

— Élise Lamy Saint-Genès, dit Pierre tout haut, surpris par le son de sa propre voix.

Elle était plus rauque que d'ordinaire. Il répéta plusieurs fois le nom pour ne pas risquer de l'oublier. Il tenta de se tourner. Il voulait voir Marie-Jeanne. Pierre voulait découvrir de ses propres yeux le prolongement des mains qu'il avait observées quelques instants plus tôt. Mais son hallucination s'interrompit aussi brutalement qu'elle avait commencé.

La chambre de sa mère réintégra sa place. Dans son lit, Marie-Jeanne geignit doucement. Pierre était hagard. Les bras ballants, le visage en sueur, il n'avait qu'une envie : sortir de là, sentir le ciel au-dessus de sa tête, le vent sur son visage. Il réussit à quitter la chambre après de longues secondes d'effort, sans savoir qu'il ne reverrait jamais sa mère.

14

Le sommeil paradoxal serait un moyen d'assurer notre héritage psychologique. Les rêves nous garderaient sur le chemin de l'hérédité, sur le chemin des comportements acquis par l'accumulation des expériences de nos ancêtres. Nous ne nous forgeons pas un caractère, nous le subissons. Nous donneraient-ils des schémas de survie ? Ou n'empêcheraient-ils pas plutôt les phénomènes extérieurs de briser notre individualité ? Les rêves seraient-ils, en quelque sorte, responsables de notre façon d'appréhender les choses ? Seraient-ils là pour garantir la diversité des êtres humains ?

Ce qui signifierait alors que je réagirai toujours en fonction de mes acquis, mais aussi de tout le patrimoine génétique que ma famille trimballe depuis des générations. Je ne suis que le résultat du brassage de milliards de gènes transmis par mes ancêtres, je n'ai donc pas de libre arbitre. Ou seulement celui que mon hérédité me laisse...

Théorie déterministe ? Waouh ! Sommeil paradoxal, rêve ou autre chose, ça fait froid dans le dos !

Salah reprit son souffle, appuyée sur le guidon d'un vélo elliptique, les yeux braqués sur l'horizon. Très loin, probablement à quelques kilomètres, elle pouvait distinguer la forme ramassée d'un paquebot. Elle aurait aimé traverser l'Atlantique en bateau, prendre le temps de se saouler des embruns et du vent du large. Elle imagina un instant qu'elle possédait la vision d'un rapace pour deviner les contours des autres terres, léchées par la même mer. Puis son esprit vagabonda encore plus loin, elle se figura New York en automne, se dit qu'elle aurait adoré flâner dans le quartier français, mais qu'elle n'irait certainement jamais plus là-bas tant que « l'assassin » serait encore au pouvoir. Elle plus que quiconque pouvait parler de ceux que les États-Unis avaient massacrés, de ces enfants, de ces femmes et ces hommes qui vivaient avec la violence et la mort pour unique lendemain.

Serait-ce à cause des rêves que les hommes ne tirent pas de leçons du passé ? Serait-ce eux aussi qui font les dictateurs, les violeurs et les marchands d'armes ? La guerre est-elle un moyen de sauvegarder l'espèce ? Sinon, pourquoi perpétuer ces agissements, pourquoi l'évolution ne s'est-elle pas débarrassée de ce travers ? Dans quelques milliers d'années, nous perdrons certainement notre petit orteil, car il est totalement inutile pour marcher. Il servait aux hommes pieds nus, à ceux qui gravissaient les collines. Dans nos baskets, il est superflu. Alors pourquoi pas la violence ? Si on privait les monstres de sommeil paradoxal, en seraient-ils meilleurs ?

Non, ma fille, là, tu verses dans le trop simple...

Salah avait tourné le vélo vers la fenêtre pour éviter son reflet disgracieux. Elle ne supportait pas encore la vue de cette manche vide, de ce déséquilibre qui lui donnait la drôle d'impression qu'elle allait tomber sur le côté. Elle avait pourtant fait des progrès grâce à la patience de Mariani. Le professeur était resté auprès d'elle jusqu'à ce qu'elle parvienne à regarder ce bout de chair, ce moignon fabriqué à partir de ce qui restait de son biceps et de son triceps. Jusqu'à ce qu'elle l'effleure du bout des doigts.

Est-ce à cause de cette programmation génétique que je sens encore mes doigts ? Non, bien sûr. Il faudra que mon cerveau intègre le fait que je ne puisse plus me servir de ce bras, qu'il ne fait plus partie de moi. Alors, les zones correspondantes finiront bien par devenir paresseuses et par l'oublier. Enfin, j'espère...

Elle imagina cette partie d'elle-même, déchirée, arrachée, collée à la tôle. À l'évocation de l'attentat, Salah manqua vomir. Sa chair pourrissait probablement dans une décharge de Kaboul, avec le reste du car. Puis elle vit des montagnes de membres arrachés, survolées par les vautours.

Stop, ma vieille. Arrête un peu de te plaindre. Tu as eu de la chance. Tu aurais pu crever là-bas.

Salah pensa à Rialha, la jeune Afghane qu'elle avait tenté de soustraire au mariage forcé, juste avant d'être blessée. Un instant, elle la supposa cachée sous sa burqa, quelque part dans la cuisine de la maison. Probablement en train de pleurer. Puis, heureuse, occupée à enseigner l'anglais à de petites Afghanes.

De là, elle tenta de visualiser Zinedine. Mais son visage s'égarait dans le flou de ses souvenirs. Se pourrait-il qu'elle ait perdu une partie de sa mémoire lors de son coma ?

« Vous êtes une miraculée », lui avait dit Mariani. « Vous êtes un cas à part. Je n'ai jamais vu quelqu'un qui passe d'un coma stade 3 à un réveil complet si rapide, sans même une séquelle. C'est incroyable ! Il faudra que je demande à Élise ce qu'elle fabrique. Elle doit avoir un secret… »

Il lui avait tendu la perche plusieurs fois, mais elle n'avait pas souhaité poursuivre cette conversation. Salah pensait avec beaucoup de respect à cette femme dont elle avait ressenti la présence, dont elle avait deviné les traits alors qu'elle était inconsciente. Et avant d'en parler à quiconque, elle souhaitait plus que tout la rencontrer vraiment, la toucher, lui parler, partager avec elle cette étrange expérience.

D'après le professeur Mariani, Élise devait rentrer de congé très prochainement. Salah sentait l'impatience grandir en elle. De l'excitation, de la joie et un peu d'appréhension aussi.

Était-ce un rêve ? Est-ce que le sommeil paradoxal subsiste pendant le coma ? Ai-je vraiment vu Élise ? Était-elle dans la chambre pendant ces visions ? Que faisait-elle ? A-t-elle remarqué quelque chose, ou suis-je la seule à avoir vu des trucs... bizarres ?

Salah acheva sa série d'exercices avec application, posa une serviette sur ses épaules et se dirigea vers les douches. Ses pas étaient encore hésitants mais elle parvenait à marcher seule à l'aide d'une canne, ce qui avait étonné les kinés, habitués à voir leurs patients encore en fauteuil roulant des semaines après leur réveil.

Elle eut quelques difficultés à ôter son tee-shirt, pesta contre sa maladresse et se glissa sous le jet d'eau tiède. Elle ferma les yeux un instant, le bras le long du flanc et profita de la sensation d'un corps resté intègre. Elle tenta de bouger les doigts qu'elle n'avait plus, de serrer le poing, mais elle ne ressentit que de légers picotements. Elle pressa le flacon de savon, rejeta la tête en arrière pour en déposer sur sa poitrine, puis entreprit de se laver. Arrivée à l'épaule gauche, elle serra les dents et laissa sa main glisser le long du bras jusqu'au vide. Son cœur manqua un battement. Elle orienta ses pensées vers les enfants estropiés de Kaboul, vivant dans une ville dévastée, vers les jeunes gens d'Irak, déchiquetés par les mines antipersonnel et, pour la première fois depuis longtemps, elle se réjouit d'être vivante.

Salah acheva de se doucher, se sécha comme elle put et passa un peignoir pour rejoindre sa chambre. Elle laissa son linge sur place, incapable de marcher avec la canne tout en tenant ses affaires. Elle demanderait à une infirmière de les lui rapporter. Elle longea les couloirs tranquillement pour se diriger vers les salles de rééducation individuelles. Elle devait un petit compte rendu de ses activités du matin à son kiné.

— Salah ! Entrez, ne restez pas devant la porte !

Stéphane était occupé à masser un homme d'une trentaine d'années au teint mat et aux yeux clairs.

— Stanislas, Salah. Salah, Stanislas.

— Bonjour, lâcha la journaliste du bout des lèvres.

Elle était mal à l'aise. Incapable d'en expliquer la raison. Peut-être parce que la manche gauche de son peignoir n'était pas restée dans sa poche et que cet homme allongé à moitié nu devant elle était très séduisant.

— Deux fois vingt minutes, dit-elle avant de tourner les talons.

— Vous aussi ? demanda une voix derrière elle.

Salah s'immobilisa sans répondre.

— Elle aussi, un terrible accident en Afghanistan. N'est-ce pas, Salah ? lança Stéphane.

Puis, en s'adressant à son patient qui avait relevé la tête :

— Salah était grand reporter et…

— Elle ne l'est plus, rétorqua Salah la voix tremblante. Désolée, mais c'est encore trop tôt.

Elle se retourna pour saluer les deux hommes et sortit précipitamment de la pièce. Elle accéléra le pas pour rejoindre sa chambre, ce qui accentuait sa boiterie.

Voilà que je ne supporte plus le regard d'un beau mec sur moi. Mais qu'est-ce que j'ai de moins que les autres ? Un bras. Voilà ce que je n'ai pas. Ça doit être horrible pour un homme de faire l'amour à une handicapée. Je ne vais plus plaire qu'à des pervers…

L'horreur de ses pensées la cloua sur place. Comment pouvait-elle être aussi pathétique ? Comment en était-elle arrivée là ? Elle avait choisi d'être célibataire à une époque où seul son travail comptait pour elle. Salah avait décidé qu'un homme dans sa vie ne serait rien d'autre qu'un encombrement superflu. Elle avait une multitude de choses à accomplir, de rêves à réaliser, de vies à adoucir avant de penser à elle. Elle avait eu le choix, là où d'autres ne faisaient que subir. Elle avait préféré la solitude, l'avait bénie, alors que tant d'autres la redoutaient.

Mais à présent, incapable de courir aux quatre coins de la planète, Salah ne voyait plus comment combler le vide de son existence.

15

Debout devant la fenêtre, une bouteille de bière à la main, Pierre observait les arbres du domaine disparaître les uns après les autres dans la grisaille. Bientôt, le soleil serait complètement couché et il voyait se profiler cette nouvelle nuit avec beaucoup d'appréhension.

Il n'arrêtait pas de se repasser les événements des jours passés. Les arbres, l'adoption, Marie-Jeanne… Finalement, il n'y avait pas un lieu où son inconscient ne le poursuivait.

— Pourquoi t'es partie sans rien dire ! cria-t-il vers la forêt. Qui je suis, moi ! Et pourquoi je dors plus !

Il vida d'un trait la bouteille et la lança vers la chênaie.

— Je vais crever, hein ! beugla-t-il encore. Putain, mais je veux pas crever !

Pierre but jusqu'à plus soif. Les bières filaient vers son gosier avec une rapidité impressionnante. De temps à autre, il extirpait sa grande carcasse de la chaise à bascule pour se soulager. Il le faisait à la limite du jardin, dans le feuillage vert foncé d'un bouquet de houx.

Lorsque minuit sonna, Pierre n'avait toujours rien observé de particulier en provenance de la forêt. Il avait éclusé dix canettes sur douze et se sentait prêt à affronter toutes les apparitions possibles. À une heure, il entamait le second pack, acheté en sortant de l'hôpital. L'heure du désespoir alcoolisé semblait avoir sonné.

Pierre se jugeait injustement servi par la vie. Il pensait à Évelyne, avec laquelle il aurait dû se marier et qui avait filé, il pensait à sa mère qui l'avait élevé dans le mensonge. Il songeait aussi à la solitude, cette chère quarantaine qu'il s'était offerte à vie et qu'il n'avait pas vraiment appelée de ses vœux. Pierre pensait à lui, s'apitoyait sur lui-même, maudissait son sort et en voulait finalement à la terre entière. La seizième canette acheva son quatrième litre de bière. Pierre était fin saoul. Pourtant, il ne manqua pas de remarquer le brusque silence qui venait de s'emparer de la forêt.

Il se redressa, quittant cette position avachie qui aurait tant déplu à Marie-Jeanne, et chercha la cause de ce silence soudain. L'étonnante luminosité végétale paraissait sur le point de revenir. Mais cette fois, elle était encore différente. Il semblait à Pierre que la forêt entière l'invitait à la rejoindre.

Malgré son champ visuel réduit par le surdosage d'alcool, Pierre distinguait clairement de fines lignes en provenance des arbres qui couraient sur le sol. Il y en avait partout. Pierre fit le tour de la maison et, sur l'ensemble de son périmètre, la forêt se manifestait par ses racines. Lorsqu'il fut revenu à son point d'origine, il découvrit que toutes ces lignes luminescentes convergeaient en fait vers le grand chêne. Dans l'esprit de Pierre, l'idée d'un combat entre lui et le grand vénérable ne mit qu'une poignée de secondes à se matérialiser. Il voulait que tout cela cesse, pour que la forêt redevienne comme avant, pour qu'il puisse enfin dormir.

— C'est ça, grand con ! se mit-il à brailler. Je vais te la niquer, ta gueule ! Tu vas voir comme je vais te la niquer !

Pierre fonça vers le petit local destiné au matériel et vida les armoires métalliques une à une. Dans la troisième, il trouva ce qu'il cherchait. La tronçonneuse d'abord, puis un bidon d'essence, dont il s'employa à vider le contenu dans le réservoir. Après quoi, cœur et esprit pleins d'une rage aveugle, il courut jusqu'au grand chêne.

Il s'échina plusieurs minutes à faire démarrer l'engin, tirant sur son grand corps en éructant. Mais, quand la mécanique rugit dans la nuit, il grimaça un rictus stupide vers la cime de l'arbre en sursis, un rictus fait de haine alcoolisée et d'imbécillité virile à l'état brut.

Il entama le tronc à un mètre du sol. Il tailla dans la masse épaisse, sortant un à un de grands cônes, laissant de longs trous lumineux dans le corps figé du vénérable. Il lui fallut une demi-heure pour venir à bout de ce que la nature avait mis plusieurs siècles à élever.

Le chêne s'abattit au milieu des siens dans un fracas de branches brisées.

Pierre était trempé de sueur. Son visage rougeaud luisait sous la lueur faiblissante des arbres les plus proches. Pierre arrêta la tronçonneuse. Il avait gagné. Le sentiment de victoire qui le submergea alors disparut presque aussi vite. Pierre commençait à réaliser ce qu'il venait de faire.

Il marcha le long du tronc couché et découvrit, après quelques tâtonnements, l'endroit où vingt ans plus tôt il avait bâti sa cabane. Et là, gravé sur une branche robuste, il y avait encore quatre mots tirés de son esprit d'enfant.

— Le Pierre du Chêne, murmura-t-il, la gorge nouée.

Pierre ne put demeurer là une seconde de plus. Il courut vers la maison où il se calfeutra. Il guetta les bruits de la forêt pendant plus d'une heure, la tête en partie passée dans le conduit de la cheminée. Puis il s'affala dans le canapé du salon où il demeura éveillé, seul, dégrisé et stupide, jusqu'au lever du jour.

16

Stanislas avança sans un bruit dans la nuit du bunker. Il s'approcha de la cloison jusqu'à la toucher et retira d'un seul coup la plaque qui cachait l'orifice. Puis il introduisit sa bouche et son menton à l'intérieur de la geôle.

— Je veux te l'entendre dire, susurra-t-il de sa voix la plus suave. Dis-le-moi et je t'épargnerai encore un jour. C'est important, un jour de plus, tu ne crois pas ?

Il s'écarta du mur qu'il avait lui-même bâti, braqua le faisceau d'une lampe torche sur Élise et observa ses yeux fermés. Ses paupières étaient grises, des cernes profonds transformaient le haut de son visage en un masque de rapace. Élise s'étiolait vite, bien plus vite que les autres. Déjà, avant qu'elle ne tombe entre ses mains, Élise était d'une maigreur presque indécente. Mais là, bloquée contre le mur par les sangles de cuir, ses clavicules saillaient horriblement sous sa peau qui montrait les premiers signes de déshydratation.

— Dis-le-moi ! dit-il plus fort. Je peux te faire du bien, tu sais.

Une larme coula lentement sur la joue de la jeune femme.

Stanislas en observa le parcours, puis il la cueillit du bout du doigt avant qu'elle disparaisse. Il détailla un instant la minuscule goutte salée et la déposa sur sa langue.

— Hum ! se délecta-t-il. Je suis sûr que ton sexe a ce goût délicat. Alors, dis-le-moi.

Stanislas savait qu'Élise saisissait parfaitement le sens de ses paroles. Mais elle persistait à lui refuser son plaisir.

Souvent, ses victimes ne comprenaient rien. Leurs cerveaux affolés ne réfléchissaient plus, leur capacité à raisonner s'annulait. Elles se contentaient de brailler, de tirer sur leurs liens à s'en briser les poignets.

Mais pas Élise. Cette femme était différente. Et d'ailleurs, était-elle vraiment humaine ? Stanislas n'y croyait pas. Elle était trop lumineuse, trop courageuse et puis…

Comment faisait-elle pour ne pas paniquer ? Elle ne pouvait ignorer qu'elle allait mourir. Elle avait forcément entendu parler des exploits de l'Embaumeur dans la presse. Bien sûr, sa dernière victime remontait à près de trois ans, mais tout de même.

Elle n'avait pas supplié son bourreau de la laisser partir. Elle n'avait pas crié, ne l'avait pas imploré. Elle n'avait même pas dit un mot.

Ce fait, extraordinaire aux yeux de Stanislas, la hissait presque au rang de sainte, ce qui le confortait dans son projet de l'anéantir. Mais ce n'était pas tout.

Elle savait, depuis longtemps. Depuis bien avant sa sortie du coma.

Stanislas en était persuadé. Il l'avait vue, alors qu'il se trouvait entre la vie et la mort, maintenu dans le monde des vivants par des appareils sophistiqués.

Il se souvenait d'elle à son réveil, d'elle et de son curieux médaillon qui pendait à présent à son cou comme une sorte de trophée protecteur.

Élise savait et n'avait rien dit. Ce détail intriguait Stanislas. Pourquoi ne l'avait-elle pas dénoncé à la police ? Il se trouvait alors dans l'incapacité de se défendre ou de fuir. Pourquoi ? Malgré tous ses efforts, ses questions allaient probablement rester sans réponse.

Élise était là, à sa merci, et elle parvenait encore à lui échapper.

— Tu as un cancer ou une merde dans ce style, c'est ça ? Je ne fais qu'accélérer les événements…

Stanislas avait crié, une note de désespoir dans la voix.

Élise ouvrit alors les yeux et déposa un regard paisible sur le visage de son tortionnaire. Ses prunelles semblaient limpides comme de l'eau. Ses pupilles contractées par la lumière aveuglante étaient réduites à deux petits points noirs. Elle ne distinguait pas les traits de Stanislas. Ce dernier ajusta la lumière, pour la détourner du visage de la jeune femme. Élise cligna à peine des paupières et passa sa langue sur ses lèvres gercées.

— Tu as soif, mon ange. Je vais te régaler, tu vas voir.

Stanislas saisit un emballage en papier posé dans un sac à ses pieds. Il le déchira et en délogea une sonde médicale stérile. Il découpa soigneusement les deux extrémités du tube souple afin d'obtenir un segment de cinquante centimètres environ. Il déboucha une bouteille d'eau minérale, y plongea le tube et approcha la paille improvisée des lèvres d'Élise.

Il vit avec satisfaction les mâchoires de la jeune femme trembler, lorsqu'elle avança la bouche pour saisir la paille.

— Bois, mon ange, bois.

Élise eut quelques difficultés à saisir l'extrémité transparente, tant Stanislas était d'humeur taquine. Il lui retirait le tube dès qu'elle approchait ses lèvres.

— Allez, mon ange ! lui dit-il en gloussant.

La jeune femme ne quittait pas des yeux cet homme qui riait de son malheur. Elle restait calme, ce qui avait le don d'agacer Stanislas. Il finit par introduire le tube dans sa bouche. Elle le bloqua avec ses dents et aspira de longues goulées de liquide. L'eau était fraîche, délicieusement apaisante. Élise avala les trente centilitres d'un trait et recracha la paille.

Elle fixait à présent Stanislas droit dans les yeux, comme jamais personne ne l'avait fait. Il resta debout devant elle, à l'affût du moindre mouvement de tête, à la recherche d'une expression, d'un sentiment de peur. Mais rien. Élise avait planté ses yeux dans les siens, et c'était comme si personne ne pouvait les en déloger.

Bien que déstabilisé, Stanislas soutint son regard. Aucune de ses marionnettes ne s'était comportée de la sorte, jamais. Il ne pouvait s'agir que d'un ange, d'une sainte ou d'une fée. Cette femme ne pouvait pas être humaine. C'était tout simplement impossible.

— Je t'ai pris ton grigri, murmura Stanislas à quelques centimètres du visage d'Élise. J'ai volé ton âme. Tu ne pourras plus rien contre moi. Et maintenant, je vais regarder ton corps se dessécher, jour après jour.

Élise eut un premier hoquet, puis un autre.

Stanislas n'eut pas le temps de se protéger.

Il reçut un long jet de bile mêlé d'eau sur le menton et sur sa belle chemise noire. Furieux, il saisit d'un geste rageur le cou de la jeune femme entre ses mains et serra.

Alors Élise se mit à rire.

DEUXIÈME PARTIE
Les aveuglés

17

Le commandant Galien Galiano était un homme comblé.

Marié depuis vingt-deux ans à Constance, une femme qu'il qualifiait d'exemplaire, il n'avait pas connu une seule ombre dans sa vie d'homme. Pas plus que dans son parcours professionnel. Il se sentait même toujours aussi épris de son épouse et comprenait mal l'usure du temps clamée par la quasi-totalité de ses collègues. Revenu depuis une quinzaine d'années dans le nord de la France, il avait fini par obtenir une décennie plus tôt un poste à Berck-sur-Mer, sa ville natale. De fait, il avait fréquenté les notables de la ville en culottes courtes, ce qui lui ouvrait bien des portes sans avoir recours à de pesantes paperasseries.

Avant de s'attabler devant ses œufs, Galien enlaça Constance, occupée à faire griller de longues tranches de bacon. Elle s'appliquait avec zèle, certaine de la joie qu'elle allait immanquablement provoquer chez son épais mari.

— Tu es une femme épatante ! glissa Galien dans le cou de Constance.

Sur quoi, il s'attabla, attendit que les tranches huileuses tombent dans son assiette et dévora le tout de bel appétit.

Un coup de klaxon retentit au même moment.

— Combien de fois lui ai-je demandé de ne pas

faire ça ! gronda Galien en se levant. Ces gens-là n'ont décidément aucune manière.

— Galien ! l'interpella Constance, alors que son homme vérifiait la fermeture de son holster. Pas de propos racistes dans ma maison.

— Oui, ma douceur, roucoula Galien. Tout ce que tu veux. Mais on n'est pas à Bab El-Oued, tu ne m'enlèveras pas cette idée de la tête.

Galien déposa un baiser sur les lèvres de Constance et quitta la maison.

La journée était radieuse. Le vent d'ouest encore frais charriait de douces fragrances d'algues en décomposition.

Cette odeur, Galien l'avait sentie toute son enfance. Il dévala les marches qui le séparaient de la grille d'entrée, l'ouvrit et se retrouva devant la voiture de Marouan Chraïbi.

— Bonjour, chef, lança le jeune homme.

— Salut, Starling ! répondit Galien en s'installant sur le siège passager. Tu es encore de mariage aujourd'hui ?

Marouan passa le sobriquet sous silence et se contenta de démarrer. Chaque jour, il klaxonnait et, chaque jour, Galien entamait la conversation par la même phrase. C'était un rituel auquel ils se pliaient depuis le début de leur collaboration, qui remontait à bientôt deux ans. Brigadier, Marouan avait longtemps travaillé à la criminelle à Paris avant de déménager sur la côte d'Opale. Son expérience des homicides était bien plus vaste que celle de Galien, dont la dernière grosse affaire remontait à bien longtemps.

Malgré leur différence de grades, Marouan n'avait rien à envier à son commandant. Il possédait un réseau d'informateurs et de collègues prêts à le soutenir en cas de coup dur et une grande connaissance du terrain.

— Qu'est-ce que tu veux faire ? s'enquit Marouan. Bureau direct où on va piquer une tête ?

— Fais donc un tour du côté de la promenade. Avec un peu de chance, on se fera payer un café.

Marouan s'exécuta en souriant. Il aimait par-dessus tout laisser à son commandant l'illusion d'être le chef. Mais si une affaire d'importance se présentait, Marouan Chraïbi, l'ex-brigadier de la crim' parisienne, prendrait tout naturellement les rênes de l'enquête.

Il fit demi-tour et se dirigea vers la côte.

— Pourquoi tu me demandes si je vais à un mariage ? glissa-t-il au bout d'une minute de silence. On ne klaxonne pas chez moi, tu sais.

— Pas de sirène sur les chameaux ? osa Galien d'un air goguenard.

— Je n'ai jamais mis le cul sur un chameau, et toi ?

Galien examina son ventre rond qui tendait à l'extrême les deux pans de sa chemise.

— J'aurais l'air d'un con !

Une fois de plus, Marouan passa sous silence le fait que ses propres grands-parents étaient arrivés en France vingt ans avant ceux de Galien. Il y avait fait référence lorsqu'ils s'étaient rencontrés, ce qui avait plongé son collègue dans une profonde perplexité. Il ne lui rappela pas non plus qu'il n'avait jamais foulé le désert de ses ancêtres, ou qu'il n'était même pas musulman.

Marouan se contenta d'acquiescer, les yeux rieurs.

Galien s'en aperçut. Un sourire étira ses lèvres charnues. Il aimait bien Marouan. Le jeune homme était discret et bien éduqué. C'étaient là précisément les qualités majeures qu'il recherchait chez ses contemporains. Il avait encore la fougue de ses trente ans, se passionnait pour les affaires difficiles, rêvait de devenir un *profiler*. Il dévorait toute la littérature sur le sujet et regrettait parfois que ses grands-parents n'aient pas plutôt migré aux États-Unis.

Marouan s'engagea sur la promenade, en grande partie déserte à cette heure matinale. Les cafés installaient leurs terrasses, mais les volets des magasins restaient baissés.

Marouan rangea sa voiture sur un emplacement réservé aux livraisons, juste devant le bar où Galien avait ses habitudes.

— On n'en a pas pour très longtemps.

— Mouais, critiqua Galien. C'est comme ça que tu faisais dans ta cité. On ne change pas les vieilles habitudes.

Il claqua sa portière et pénétra dans la salle quasi vide.

— Galien, dit une voix dans son dos. Je vous cherchais.

— Bonjour Jacques, répondit le commandant Galiano en reconnaissant le visage barbu du neurologue. Belle journée, n'est-ce pas !

Le professeur Mariani les invita à s'installer à sa table. Une ombre inhabituelle rôdait sur ses traits.

— Élise Lamy Saint-Genès est une de mes infirmières, attaqua-t-il d'emblée. J'ai bien peur qu'il ne lui soit arrivé malheur.

18

Salah déposa le livre sur la table de chevet et ferma les yeux. Les muscles de son bras étaient douloureux.

Il était à peine cinq heures du matin et elle lisait depuis déjà plus d'une heure.

Ai-je rêvé ? Ai-je tout inventé ?

Ces questions obsédaient tant Salah qu'elle s'était découvert une véritable passion pour toutes les études, les articles ou les ouvrages sur le sommeil et les rêves. Depuis sa conversation avec le professeur Mariani, elle était d'une insatiable curiosité sur ce monde étrange que nul n'avait vraiment exploré.

Plusieurs thèmes avaient retenu l'attention de la journaliste, en particulier le moment précis de l'apparition des rêves. Elle avait besoin de définir avec exactitude ce phénomène si particulier.

Concentrée, elle tentait de rassembler le puzzle de ses nouvelles connaissances. De nombreuses théories, dont celle de la relation entre sommeil paradoxal et rêves, reposaient d'abord sur des hypothèses construites à partir d'observations réalisées chez les souris et les chats.

Ainsi, il est possible d'étudier certaines parties du cerveau chez les animaux en les disséquant. Il suffit d'en ôter une partie pour comprendre à quoi elle sert. C'est enfantin !

Salah grimaça en imaginant les chatons, la cervelle mise à nu et couverte d'électrodes.

Comment connaître le rêve des souris ou des chats ? Finalement, la recherche a ses limites. On dissèque ces pauvres bestioles, on découvre d'hypothétiques centres du sommeil, mais elles ne nous raconteront jamais ce qu'elles voient en dormant ! Et c'est pas demain qu'on bidouillera le système nerveux des humains pendant qu'ils rêvent ! Enfin, j'espère...

Les enregistrements effectués en laboratoire sur des hommes endormis ne dévoilaient qu'une infime partie du mystère. Certains sujets décrivaient des souvenirs oniriques à d'autres stades du sommeil, ce qui allait, comme le lui avait précisé Mariani, à l'encontre de la théorie qui situait le rêve au moment du sommeil paradoxal.

Il avait donc été nécessaire de différencier rêve et activité mentale. Le premier était caractérisé par une richesse sensorielle évidente, ainsi que par une forte présence d'images incohérentes et bizarres, l'activité mentale, plus conceptuelle, se rapprochait davantage de la vie réelle.

Mes visions peuvent-elles être considérées comme des songes ou plutôt comme les divagations d'un esprit perturbé ? Peut-on assimiler le coma à une sorte de sommeil... particulier ?

Salah n'avait encore trouvé aucun témoignage ressemblant à sa propre expérience, malgré de longues heures passées à surfer sur Internet. Elle accumulait les livres et les revues scientifiques empruntés au service, sans pour autant avancer d'un pouce. Certes, elle commençait à cerner certains mécanismes du rêve et du sommeil, mais dès qu'elle tentait le parallèle avec le coma, elle se heurtait à un manque évident de littérature sur le sujet. La plupart des expériences vécues et décrites par les patients s'apparentaient plutôt à des NDE[1].

Salah n'avait pas vu de lumière au bout d'un tunnel, elle n'avait pas croisé les membres disparus de sa famille. Elle n'avait même pas vu de tunnel. Elle avait juste distingué une femme debout derrière une porte. Élise lui avait ouvert et Salah s'était réveillée. Cette vision était bien trop réelle, bien trop étrange pour qu'elle l'oublie. Et surtout, Salah pressentait que sans

1. *Near death experience.*

l'intervention de cette femme, elle serait encore dans le coma.

Je trouverai. Je comprendrai ce qui est arrivé. Il le faut.

Salah venait d'achever la lecture d'un ouvrage ancien que lui avait confié le professeur Mariani. Il s'agissait des écrits du marquis d'Hervey de Saint-Denys, *Les Rêves et les moyens de les diriger,* publié en 1867. Mariani tenait ce livre de son arrière-grand-père, médecin et philosophe. Il constituait une des pièces maîtresses de la bibliothèque familiale.

Salah l'avait littéralement dévoré. Le document relatait plusieurs expériences fascinantes sur les moyens de diriger ses rêves et d'apprivoiser ses cauchemars. Ce concept avait déjà été développé dans des temps plus anciens par Aristote, Descartes et Van Eeden, mais avait été très mal accueilli. Il avait fallu attendre les années 70 pour que deux universités, l'une américaine, l'autre britannique, se penchent sur cette étonnante possibilité qu'un individu reste lucide pendant le rêve, et sa capacité à le signaler aux observateurs.

Ces hommes agissent sur leurs songes, ils y font disparaître des objets, décident de voler. Ils sont capables de se diriger dans cet univers onirique comme s'ils étaient dans le monde réel. Ils parviennent à bouger leurs yeux ou leurs doigts quand ils le veulent afin de signaler leur état de conscience à ceux qui les regardent. C'est fabuleux !

Salah avait tenté l'expérience avant de s'endormir. Elle s'était réveillée le lendemain, certaine d'avoir rêvé, mais avec le sentiment de s'être laissé conduire par son inconscient, sans aucune possibilité de contrôle.

C'est peut-être ce qui m'est arrivé pendant le coma. Un état intermédiaire entre l'éveil et le sommeil, état qui me permettait de voir sans en avoir conscience.

Salah secoua ses boucles noires en fronçant les sourcils.

Mais ce que j'ai aperçu n'était pas le reflet de la réalité. Au milieu de cette chambre, il n'y a pas de porte, enfin, pas ma porte. Et le désert, les montagnes et les Afghanes sont loin...

Salah avait vu Élise pendant qu'elle était inconsciente, et aucune de ses lectures n'avait pu lui apporter un début d'explication. Juste des hypothèses, construites sur des suppositions bien fragiles. Salah avait beau être une femme intelligente et vive, elle n'avait fait que lire quelques bouquins... Elle était bien loin de posséder les connaissances d'un onirologue. Et ses brefs échanges avec Mariani, son visage étonné lorsqu'elle lui avait soufflé le nom d'Élise, allaient tous dans le même sens. Personne ne savait exactement ce qui lui était arrivé, ni comment elle avait pu voir cette femme. Personne.

La journaliste ouvrit les yeux. Il lui restait un moyen d'en avoir le cœur net. Il lui fallait rencontrer Élise au plus vite. Cette dernière devait rentrer de congé dans la journée.

La journaliste attrapa sa canne et se dirigea d'un pas hésitant vers la salle de bains. Elle attacha ses cheveux et passa son visage sous l'eau. Cela faisait maintenant quelques jours qu'elle parvenait à nouer seule une queue-de-cheval. Elle avait demandé un flacon doseur pour le dentifrice et pour tous les autres produits cosmétiques. Ça lui évitait de se battre avec les capuchons et autres tubes de crème.

Finalement, Salah acquérait peu à peu un nouveau sens pratique. Il fallait maintenant compter sur une seule main. Tous les accessoires du quotidien allaient devoir s'adapter. Incapable d'imaginer la vie sans voiture, elle s'était déjà commandé un véhicule spécialement aménagé. Devant les délais de livraison, elle avait opté en attendant pour une occasion bricolée par une des connaissances de son frère.

Zinedine était passé lui rendre visite la veille et Salah lui avait également donné comme mission d'adapter son domicile. Son cadet comptait beaucoup d'amis serviables et il aurait tôt fait de rendre l'appartement de Salah plus pratique. Baguettes sur le plan de travail, fixation pour la pomme de douche, installation d'un lave-vaisselle, d'un système de blocage pour la porte du réfrigérateur… Zinedine avait fait preuve de beaucoup d'imagination. Mais, malgré tous ses efforts, il n'avait pas réussi à la convaincre de se faire poser une prothèse. La journaliste était têtue. Elle ne changerait pas facilement d'avis. Elle saurait se débrouiller seule, s'habituer à son handicap qui ne lui paraissait pas si terrible que ça, en regard de celui d'autres patients du centre.

Impatiente de parler avec Élise, Salah acheva de se préparer et sortit de sa chambre le cœur battant.

19

Deux jours durant, Pierre fouilla dans les affaires de Marie-Jeanne. Cette fois, il avait réuni assez de courage pour s'atteler méthodiquement à cette entreprise. Il avait ouvert un à un tous les dossiers archivés à la cave, ces vieilles chemises cartonnées maintenues closes par des rubans en coton dont certains s'émiettaient au moindre contact.

Il ne quitta la maison qu'en de rares occasions. Et

encore n'allait-il pas très loin. Ses pas le conduisaient immanquablement au pied du grand chêne.

La tronçonneuse était toujours là, posée sur le tronc magnifique, sa chaîne meurtrière offerte aux rayons d'un soleil nouveau dans cette partie du jardin. Un moment, Pierre avait songé à débiter l'arbre pour faire disparaître son forfait, au moins physiquement. Mais il y renonça. Son vieux chêne ne finirait pas en bois de chauffage.

Et, puisque sa mère ne reviendrait sans doute jamais à la propriété, alors le grand vénérable demeurerait ainsi, dans cette posture déplorable, mis à terre par la folie d'un homme.

Pierre s'était recueilli au pied du gisant. Il avait demandé pardon, agenouillé, misérable. Le chêne avait hébergé sa solitude d'enfant. Parfois des jours entiers, de longs samedis et d'interminables dimanches, le vieux végétal s'était transformé en navire, Pierre en capitaine. Ensemble, ils avaient parcouru le globe, arraisonné des voiliers de commerce, sauvé de jeunes femmes des mains de corsaires féroces. Perché dans ses hauteurs, Pierre avait pu se soustraire à la surveillance de Marie-Jeanne. Et maintenant, il était là, couché, moribond par sa faute.

Pierre savait que le chêne allait agoniser pendant des années. Son tronc énorme contenait des milliers de litres de sève. Ses feuilles se flétriraient vite, mais la vie continuerait de sourdre en lui. Au printemps suivant, de nouvelles pousses apparaîtraient, de nouveaux bourgeons s'ouvriraient.

À l'occasion d'une pause dans ses recherches, Pierre avait réussi à établir l'âge du chêne. Cette question l'avait taraudé des années. Au jugé, d'après la circonférence du tronc, il l'avait estimé vieux de quatre siècles. Mais la mesure des stries concentriques de la coupe du tronc venait de le renseigner sur son âge exact. Pierre avait en quelques minutes mis un terme à près de sept cents ans d'un splendide épanouissement.

Un arbre ne meurt jamais, à moins qu'un événement extérieur ne l'y contraigne. Pierre savait cela. Il avait longuement étudié cet embranchement du monde végétal, ses diverses natures, ses étonnantes et multiples réponses aux agressions extérieures. Immobiles, incapables de fuir un prédateur, si vulnérables en apparence, les arbres avaient su s'adapter là où des milliers d'espèces s'étaient éteintes. En regard du reste du vivant, les arbres étaient pratiquement éternels.

Après deux jours de fouille, Pierre conclut qu'il ne trouverait rien dans les décennies d'archives de Marie-Jeanne. Sa mère avait tout gardé, sauf ce qui concernait les origines de son fils. C'était à croire qu'elle l'avait trouvé un matin devant sa porte.

Les nuits n'avaient pas été plus reposantes que les précédentes. Le sommeil n'était toujours pas venu le délivrer de cette veille impensable. Plus depuis… Pierre commençait à perdre le fil du temps. L'absence de repos en effaçait les marques naturelles.

Depuis combien de jours n'avait-il pas dormi ?

En établir un compte précis devenait difficile. Plus d'une semaine en tout cas. Et malgré une étonnante forme physique, Pierre souffrait d'une angoisse permanente. Ne pas dormir du tout était impossible et le spectre de sa propre mort dessinait peu à peu ses contours obscènes.

Pierre voulait vivre. Il ignorait pour quelles raisons au juste, mais il en éprouvait furieusement l'envie. Vivre, aimer, ressentir et partager peut-être. Être aimé aussi, si la vie se montrait enfin clémente avec lui.

Balayant l'angoisse, un sentiment de panique grandissait en lui.

Il le repoussait avec des exercices de respiration. Mais la bête demeurait tapie sous sa raison, jamais très loin de la surface, prête à profiter de la moindre faiblesse de ses défenses. Malheureux d'être seul face à cette terrible insomnie, Pierre fut à plusieurs occasions tenté de joindre le docteur Nicot. Mais jamais il n'alla au bout de cette démarche. Jamais il ne parvint à rompre sa solitude. Consulter un spécialiste, c'était prendre le risque d'entendre un diagnostic fatal.

Pierre décida alors de concentrer sa réflexion sur ses hallucinations. Qu'elles soient surréalistes ne lui échappait pas, mais il ressentait qu'elles n'étaient pas insensées. Cela avait commencé par les arbres, les lumières au milieu de la nuit.

Tout au long de sa vie, Pierre avait focalisé ses efforts sur le végétal. Que sa psyché en état de surchauffe lui montre ses chers sujets d'étude sous un nouveau jour n'avait donc rien de très étonnant. L'ordre naturel des choses ne se concevait pas sans sa part de coïncidences, il le savait bien.

Mais il restait la deuxième hallucination dont il avait été victime. Il avait vu, projeté ou fantasmé une scène dont il possédait inconsciemment un ou plusieurs éléments.

Deux bébés.

Élise et Pierre.

Soit Marie-Jeanne lui avait un jour raconté quelque chose qui s'y rapportait – et de cela Pierre doutait fort –, soit il avait surpris des bribes de conversations entre sa mère et cet homme au tablier taché de sang.

La deuxième hypothèse, difficile à concevoir mais envisageable, pouvait s'expliquer par un souvenir remontant aux premières heures de sa vie. Et finalement, pourquoi pas ? Pierre cherchait une réponse à ses origines. Son subconscient lui en avait proposé une, cachée au creux de sa mémoire depuis trente-cinq ans et qui avait rejailli pour apaiser son tourment.

Deux bébés.

Un nourrisson pouvait-il se souvenir des événements ayant entouré sa naissance ? Car c'est bien de cela qu'il s'agissait. Pierre avait vu cet homme tendre un carnet de santé à Marie-Jeanne. Son propre carnet de santé. En revanche, il n'avait su lire le nom sur l'autre document. Il l'avait entendu.

Était-ce possible ? Un si vieux souvenir ? Bébé, il ne pouvait avoir de réminiscences de lettres et de mots. Mais de sons, oui.

Félicitations. Félicitations.

Un homme au tablier taché de sang. Et un nouveau-né tout blond dans les bras d'une autre femme.

Élise Lamy Saint-Genès.

Ce qu'il ne saisissait pas non plus, c'était le décor de son hallucination, cette chambre lumineuse qui ne ressemblait ni à celle d'une maternité, ni à celle d'un hôpital. Marie-Jeanne avait adopté Pierre. Très probablement de façon illégale. Donc l'accouchement devait forcément avoir eu lieu dans le plus grand secret.

Deux enfants, deux noms. Deux femmes, deux carnets de santé.

Pierre pouvait très facilement entreprendre des recherches. Ce n'était pas très compliqué. Il suffisait de téléphoner aux renseignements. Les Lamy Saint-Genès ne devaient pas courir les rues, que ce soit en France ou ailleurs. En quelques secondes, Pierre serait fixé.

En quelques secondes seulement. Un si lointain souvenir…

Pierre hésita longuement, jusqu'à ce qu'il craque et appelle les renseignements. En quelques minutes, il obtint l'adresse et le numéro de téléphone d'Élise Lamy Saint-Genès. Elle habitait au Touquet. Qui était cette femme ? Pourquoi Pierre avait-il le sentiment que Marie-Jeanne avait tout fait pour lui cacher son existence ? Et si…

Pierre sentit son cœur s'affoler. Deux bébés. Deux carnets de santé.

Et si la réponse se trouvait tout simplement devant ses yeux ?

Deux bébés. Comment savoir ?

Il n'y avait qu'une solution.

20

La corde serrait son cou, mordait sa chair. Elle s'enroulait autour de sa poitrine, glissait le long de ses bras et de ses poignets, longeait ses jambes pour meurtrir ses chevilles. Élise pouvait voir les bourgeons germer sur le bois, gonfler puis s'épanouir pour libérer de petites feuilles blanches qui viraient au vert en se dépliant.

« Mon ange, mon ange, qu'as-tu fait ? »

Le petit garçon avait les mains sur les hanches. Il rit, cracha vers l'autre petit garçon à côté de lui, puis donna un coup de pied au ballon qui vint s'écraser aux pieds d'Élise. Elle tenta de le ramasser, mais la longue tige de métal plantée dans sa chair lui interdisait de se pencher en avant. L'oisillon se mit à grossir, lissa ses plumes noires et se posa sur son épaule. Il picora ses joues et s'attaqua à ses yeux.

La douleur l'empêchait d'avaler sa salive. Elle avait l'impression de se noyer. Elle distingua deux oreilles couleurs caramel dans la sciure de l'aquarium. Elle plongea ses mains dans l'eau et en sortit le petit lapin.

« Il était tout raide, mon ange. Je n'ai pas voulu lui faire de mal. »

L'obscurité tomba dans la salle. La voix du petit garçon se tut. Le silence résonnait d'un étrange écho. Élise crut entendre le ressac.

La conscience d'Élise émergea soudain. Une forte odeur de bile lui souleva l'estomac. Elle comprit qu'elle avait vomi, que sa bouche et son menton étaient encore couverts de déjections séchées. Elle voulut s'essuyer, mais ses mains étaient entravées.

La douleur transperçait ses lombaires et se propageait le long du nerf sciatique, la brûlant jusqu'aux chevilles. Les battements de son cœur s'accélérèrent. Élise avait du mal à respirer. Elle avait l'horrible impression d'être prise au piège dans son propre corps. Un long gémissement s'échappa de ses lèvres entrouvertes.

Élise ne savait pas depuis combien de temps elle était seule. Elle avait bien tenté de compter les secondes, puis les minutes, mais son esprit fatigué était incapable de soutenir le moindre effort de concentration. Elle chassa l'idée qu'elle pourrait rester ainsi pendant des semaines avant de mourir et décida de tenter de soulager sa vessie qui menaçait d'exploser.

« Je dois le faire. Tournez-vous, les filles ! »

Élise n'y arrivait pas, victime de comportements acquis depuis son enfance, d'une éducation qui ne prévoyait pas pour les petites filles l'apprentissage de la miction debout.

— Ne restez pas là à me fixer comme ça !

Élise passait ses examens. À la pause, la file de prétendantes aux toilettes s'était considérablement allongée. Elle savait que si elle n'y allait pas tout de suite, elle ferait dans sa culotte. Elle se dirigea vers les W-C réservés aux handicapés. Ceux-ci n'étaient jamais utilisés, ils n'avaient pas de porte. Elle s'assit sur la lunette, sous le regard effaré de ses camarades d'école. Malgré une envie terriblement pressante, les paires d'yeux posées sur elle la bloquaient totalement.

Élise avait dû supplier ses amies de se retourner.

« Personne ne te regarde. Tu dois le faire. Tournez-vous, les filles ! »

Le liquide chaud coula le long de ses cuisses et éclaboussa ses pieds nus. Le plaisir ressenti était inouï. La tension accumulée dans son bas-ventre se libéra d'un coup. Élise se mit à pleurer. Le noir. Pas une lueur, pas un bruit.

— Je voudrais tant dormir.

Lorsqu'elle avait perdu connaissance, le temps de son enlèvement, Élise avait connu le repos pour la première fois depuis longtemps. Il y avait un segment de sa vie dont elle n'avait pas eu conscience. Un instant durant lequel son cerveau avait pu se déconnecter de la réalité. Un sommeil artificiel, certes, mais le sommeil quand même. Élise se rendit compte à quel point ne pas dormir l'avait épuisée. Une forte odeur de bois pourri envahit ses narines. Élise eut peur des lianes qui pourraient l'étrangler. Elle retint sa respiration.

La sonnerie du téléphone était stridente.
— Allô ? Maman ?
— Élise, ma chérie...
— Comment vas-tu, maman ? Est-ce que tu as reçu tes résultats ?
Le silence.
Élise scruta l'obscurité.
— C'est comme ton père, ma chérie. Comme ton père...
Élise hurla.
— Maman ? Maman !

De violents tremblements agitèrent tout son corps. Élise claquait des dents. Ces mouvements incoercibles la terrorisèrent. Elle espéra que c'était la fin.

— Je voudrais tant dormir, dormir. S'il vous plaît. Dormir. Ici, je ne sers à rien. Je voudrais que ça cesse. Si je ne peux pas être avec mes endormis, je ne sers à rien. Je veux dormir. Dormir. Pitié.

Élise se dit qu'elle aurait dû se retenir, malgré la douleur. Si elle n'avait pas uriné, elle serait peut-être morte.

L'intoxication à l'eau, voilà une manière de s'endormir. Définitivement. Elle se promit de boire le plus possible la prochaine fois et de tout tenter pour ne pas faire pipi. Ainsi, sa vessie pleine n'aura plus d'autre choix que de concentrer les urines, les concentrer encore et encore jusqu'à ce que le trop-plein soit réabsorbé dans les tissus. Ensuite, l'eau passerait des tissus vers les cellules, les faisant exploser. Hémodilution. C'est ce qu'elle avait appris à l'école.

Élise ressentait une furieuse envie de se pencher en avant pour soulager son dos. Les liens qui tiraient ses bras en arrière provoquaient une tendinite dans l'articulation de ses épaules. Cette souffrance quasi intolérable l'expédiait aux limites de la nausée.

Le robinet coulait, l'eau noirâtre débordait de la vasque.

Le couloir était piqué de portes closes.

Des dizaines de mains frappaient contre les panneaux de bois. Mais Élise ne savait pas comment ouvrir ces portes. Elle sentait des vagues de haine et de désespoir la submerger.

Debout dans l'encadrement d'une porte, Salah parlait. Mais Élise ne parvenait pas à entendre ses paroles. Elle tendit l'oreille.

— Bonjour.

Salah disait bonjour du bout des lèvres.

Élise la trouva un peu gauche. Timide.

— Elle ne l'est plus, rétorqua Salah, la voix tremblante. Désolée, mais c'est encore trop tôt.

Élise vit Salah tourner les talons, puis les grandes mains de Stéphane volèrent au-dessus de sa tête.

La mer derrière les vitres.

Les petites fleurs jaunes dans les massifs des dunes.

Et le phare de Berck, rouge et blanc. Blanc et rouge.

Élise baissa les yeux et tira sur son pénis. Elle tira encore, encore, encore...

— Je veux dormir, dormir. Pitié. Je ne veux pas rester là. Inutile, inutile. Dormir. Dormir.

Élise jeta sa tête en avant, puis en arrière.

Elle plongeait au milieu de centaines de petits flacons de parfum. Tous colorés, certains emplis d'un liquide chatoyant. Élise pouvait les entendre tintinnabuler.

Élise jetait sa tête en avant, puis en arrière.

Les coups portés à son crâne résonnaient bizarrement.

La salle s'emplit d'une odeur d'algues.

— Dormir, je veux dormir. Mourir, vite.

Oriane riait aux éclats.

— Arrête, tu me chatouilles.

Élise tendait devant elle des mains très brunes et velues.

Le petit garçon tirait sur son pénis, tant qu'il finit par marcher dessus.

L'autre le regardait en battant des mains.

L'homme en habit de lumière affûtait ses banderilles. De la vapeur s'échappait des énormes nasaux de l'animal, prisonnier dans le noir.

Des visages grimaçants de femmes dansaient une drôle de sarabande autour d'elle. Puis les têtes rétrécirent pour se fondre dans l'obscurité, ne laissant plus apparents que les yeux. Les pupilles dilatées exprimaient une frayeur sans nom. Des dizaines de doigts crochus s'arrachaient la boule de poil couleur caramel. Les tripes jaillirent des entrailles et l'éclaboussèrent.

Élise hurlait.

21

— On dirait un château de princesse ! s'exclama Oriane en désignant l'Hôpital maritime. Regarde, Salah, comme c'est beau !

Le soleil frappait de plein fouet l'ardoise du clocher. Au premier plan, des touffes de petites fleurs jaunes parsemaient la dune. Derrière, les lignes de l'imposant bâtiment rouge sombre se découpaient sur le ciel d'un bleu pur.

— Tu as raison, Oriane, c'est magnifique, murmura Salah.

Elles s'abîmèrent dans la contemplation de l'édifice, main dans la main, un sourire béat aux lèvres. Salah connaissait parfaitement les lieux, mais elle avait pour la première fois l'envie de regarder l'hôpital non pour ce qu'il était, mais avec une âme d'enfant. Les deux ailes majestueuses posées sur le bord de mer donnaient l'impression d'un immense oiseau prêt à s'envoler.

Oriane se retourna vers la Manche en s'extasiant de nouveau.

— Merci de m'avoir emmenée avec toi, Salah. Ici, partout où on regarde, c'est chouette. Là où j'habitais avant, il n'y avait pas la mer.

Oriane portait les cheveux très longs. Salah pouvait voir la cicatrice qui courait de sa tempe à sa nuque. Ses joues et son front étaient parsemés de traces roses et boursouflées. La petite avait eu le visage abîmé par des dizaines de minuscules éclats de pare-brise. Les chirurgiens avaient passé plusieurs heures à lui retirer chaque morceau de verre du nez et de la bouche. Mais certains, oubliés, s'étaient calcifiés et formaient de curieuses boules sous la peau.

Une nuée de mouettes passa devant elles dans une symphonie de cris stridents.

— Elles vont à la baie d'Authie, expliqua Salah. Tu sais, elles sont très gourmandes. Là-bas, il y a les pêcheurs. Les mouettes leur tournent souvent autour pour récupérer du poisson.

Oriane fit la moue.

— Elles sont paresseuses, alors ?

Salah sourit et passa son bras autour des épaules de la fillette. Oriane appuya sa tête contre la poitrine de la journaliste et ferma les yeux avec un soupir ravi.

— Il y a quelques années, les gens qui étaient partis en vacances dans un petit village de Bretagne assistaient à un bien curieux spectacle. À la fin du jour, lorsque tout le monde rentrait de la baignade, des centaines de mouettes arrivaient au-dessus de la plage. Et toutes ensemble, elles tournaient en rond et elles riaient très fort. Comme celles que tu viens de voir passer. Quelques minutes plus tard, on voyait arriver une toute petite bonne femme sur son vélo. Elle longeait la mer, sur la promenade, et ce qui était drôle, c'est que toutes les mouettes la suivaient, comme un nuage au-dessus de sa tête. Et tu sais pourquoi ?

— Elles avaient faim ? demanda Oriane en se redressant.

— Oui ! La petite mamie venait leur donner à manger tous les jours ! Dix minutes avant l'heure, les mouettes se rassemblaient, déjà prêtes à satisfaire leur gloutonnerie ! Et toi, dis-moi, tu es gourmande ?

— J'aimais beaucoup les crêpes de ma maman. Mais tu sais, elle est morte. Et mon papa. Et mon petit frère aussi.

Oriane s'arrêta comme pour reprendre son souffle et reprit.

— M. Mariani m'a dit qu'ils étaient au ciel, mais je sais que c'est des bobards. Quand j'étais morte, j'ai pas vu de ciel et j'ai pas retrouvé maman. Donc, je disais que j'aimais les crêpes, mais maintenant j'aime bien les gâteaux d'Élise. Et toi, t'en fais des gâteaux ?

— Je n'ai pas essayé depuis que j'ai perdu mon bras. Mais je suis sûre qu'avec un peu d'entraînement, j'y arriverai. J'aimais beaucoup confectionner des petits biscuits au miel et aux amandes. Qu'est-ce qu'elle te fait, Élise ?

— Des cookies ! dit Oriane, les yeux brillants. Ils sont drôlement bons ! Je suis pressée qu'elle revienne de ses vacances, elle me manque.

— À moi aussi, glissa Salah. C'est elle qui s'est occupée de toi ?

— C'est elle que j'ai vue quand je suis redevenue vivante. Je l'ai trouvée jolie comme ma maman.

Salah se mordit les lèvres. Elle hésita un instant puis poursuivit :

— J'en suis sûre.

Pourtant rompue à différentes techniques d'interview, Salah se sentait démunie face à la petite. Démunie et malhonnête. Cet instant agréable n'avait lieu que parce qu'elle espérait en savoir plus sur Élise qui n'avait toujours pas reparu. Incapable de poursuivre, elle garda le silence un long moment.

— Je l'aime bien, ajouta Oriane. En plus, elle a dit qu'elle me donnerait son joli collier. Pour quand je serai grande.

Salah sursauta.

— Le médaillon avec le triangle ? demanda-t-elle.

— Oui. Il sera pour moi.

Oriane traça un rond sur le sable, puis un triangle inversé dans ce rond et posa un coquillage au milieu.

— Tu sais ce qu'il veut dire ? s'enquit Salah.

— Élise me disait toujours que c'était un très vieux secret. Et qu'elle rêvait de le connaître un jour…

— Le triangle, reprit Salah, un secret ?

— Oui, chuchota la fillette. Elle a promis que quand elle saurait, elle me le dirait aussi !

Oriane avait dans ses yeux l'éclat du bonheur et de la curiosité. Le mélange était touchant.

— Quand as-tu vu Élise pour la première fois ? continua Salah. T'en souviens-tu ?

— Je sais plus trop.

Oriane sembla réfléchir. Salah se garda de parler de sa propre expérience. Elle ne voulait pas influencer les réponses de la fillette.

— Quand j'étais morte, peut-être… Mais je suis pas sûre. En tout cas, il y avait toujours quelque chose qui m'empêchait de bouger. Et j'étais coincée derrière.

— Alors, mesdemoiselles, on complote ? lança une voix masculine derrière elles.

Salah et Oriane se retournèrent. Une grande silhouette se détachait à contre-jour. L'homme en slip de bain portait une serviette blanche de l'hôpital sur les épaules. Son corps hâlé était très bien proportionné et le renflement de son sexe dans son maillot attira irrésistiblement l'œil de Salah, qui se mit à rougir.

— Stan ! s'exclama Oriane. Tu viens faire un château avec nous ? On allait commencer.

— Bonjour ! marmonna Salah.

Stanislas s'agenouilla à leurs côtés, une main sur le front pour se protéger des rayons du soleil.

— Bonjour, madame le Grand Reporter. Je peux me joindre à vous ?

Il s'installa à côté d'Oriane et lui passa une main affectueuse dans les cheveux.

— Stéphane t'a laissée sortir, ma chérie ? C'est bien ça, tu dois être contente !

— Salah est gentille avec moi. Elle me raconte des histoires.

Stanislas lança un regard moqueur à la journaliste.

— C'est quoi, ça ? C'est toi qui l'as fait ? demanda-t-il à la fillette en désignant le dessin sur le sable.

Salah l'effaça immédiatement du plat de la main pour éluder la question. Stanislas effleura son poignet.

Elle eut un frisson et se dégagea. Elle se sentit soudain gauche, maladroite, laide et vieille.

— Bon, on le fait, ce château ? dit-elle à contrecœur.

— Oui ! Oui ! Oui ! cria la fillette en battant des mains.

La journaliste se mit à creuser le sable, le regard rivé sur ses doigts. Elle cherchait à comprendre pourquoi elle se sentait si mal à l'aise en compagnie de cet homme. Certainement parce qu'elle ressentait pour lui un étrange mélange d'attirance et de répulsion.

22

Calé dans l'encadrement de la porte d'entrée, le commandant Galiano jeta un regard contrarié vers Marouan Chraïbi qui observait attentivement les véhicules garés devant la maison d'Élise.

— Il te faut un carton d'invitation ?

— Ce serait gentil, marmonna le brigadier, préoccupé.

— Allez, Starling, en piste. Et…

Galien laissa sa phrase en suspens, l'accompagnant d'un index tendu vers le haut. Marouan le rejoignit sur le perron, regarda en l'air, puis retourna son attention sur son collègue.

— Et quoi ?

— Affûte ton flair.

Galien s'effaça pour laisser passer Marouan et referma la porte derrière lui.

— Tu t'occupes du sous-sol et moi des étages, ça te va ?

Marouan jeta un regard vers l'escalier qui disparaissait dans l'ombre et fronça les sourcils.

— Parce que c'est moi l'aîné, dit Galien avant que Marouan ait eu le temps d'ouvrir la bouche. De toute façon, en dessous, c'est un garage, alors tu seras vite remonté.

Marouan dévala les marches en maugréant pendant que Galien se hissait au premier étage. Il trouva sans mal l'interrupteur, au pied de l'escalier.

Une lumière crue inonda le garage. Il était vide.

Intrigué, Marouan fureta un moment dans la buanderie, puis il se dirigea vers la porte électrique qu'il actionna, évitant de peu une large tache d'huile de moteur.

Le rideau à lamelles remonta en grinçant, laissant entrer la lumière du jour. Marouan avança sur le trottoir et jeta un rapide coup d'œil sur la plaque d'immatriculation des véhicules garés dans la rue. La voiture d'Élise était bien stationnée à quelques mètres de là.

Il s'approcha, enfila des gants et posa sa main sur la poignée. La portière était ouverte. Il se pencha à l'intérieur. Une odeur de vanille se dégageait d'un sapin en carton accroché au rétroviseur. Avec précaution, Marouan s'installa à la place du conducteur. Il tiqua aussitôt. Le siège était réglé pour un individu de grande taille, or Élise ne dépassait pas le mètre soixante-dix.

Le brigadier fouilla sommairement la boîte à gants et les vide-poches qui ne contenaient que des mouchoirs en papier et des chewing-gums. Il trouva finalement les clés du véhicule derrière le pare-soleil. Il les glissa aussitôt dans une poche en plastique. Puis il s'extirpa de l'habitacle, s'accroupit et examina l'asphalte sous le moteur.

— J'en étais sûr, marmonna-t-il.

Il contourna la voiture, observa le contenu du coffre et retourna dans le garage. Là, il resta un long moment planté devant la tache noire et brillante. Il trempa son index dans l'huile, la huma et ôta ses gants. Puis il referma la porte automatique et retrouva Galien dans le salon.

— La voiture est ouverte, annonça Marouan. Les clés étaient derrière le pare-soleil, et le coffre rempli de bagages. Elle était sur le point de partir. Mais elle ne l'a manifestement pas fait. Pas comme prévu en tout cas.

Galien écouta sans dire un mot. Les soupçons de Mariani commençaient à prendre de la matière.

— Ici, j'ai trouvé deux billets de train, dit-il en pointant la table du salon. Son sac à main et ceci.

Il traversa la pièce et appuya sur la touche lecture du répondeur.

— Personne d'autre n'a apparemment consulté les messages, ajouta-t-il. Écoute.

« Je m'appelle Pierre Delcroix. Je… je ne sais pas comment vous dire ça… c'est trop difficile… je vous rappellerai. »

— Dis donc, il avait vraiment l'air de tenir à lui parler, commenta Marouan lorsque la voix électronique du répondeur énonça son menu. Reste à découvrir ce qu'il avait de si… difficile à dire !

— Récapitulons, soupira Galien. Nous avons une femme de trente-cinq ans qui s'apprêtait à partir en vacances. Elle fait ses sacs, achète ses billets de train, laisse sa voiture ouverte et son sac à main sur la table. Ça sent mauvais.

Galien lança un regard vers Marouan, cherchant une approbation. Comme rien ne venait, il poursuivit.

— Or, cette dame n'est pas partie. Il semblerait même qu'elle se soit volatilisée.

Marouan tournait en rond entre le salon et la cuisine, visiblement inquiet.

— Il y a un truc pas normal.

Il s'arrêta devant la petite table où restaient un verre et des miettes de gâteaux secs puis s'accroupit devant le mur. Des traces noires maculaient la peinture claire. Il remonta l'escalier. D'autres traînées sombres apparaissaient le long du mur et sur les plinthes.

— Elle a été enlevée, lâcha Marouan. Il faut appeler le labo tout de suite.

Galien se précipita sur le palier.

— Qu'est-ce que tu racontes ?

Marouan plissa le front.

— Regarde. On dirait des coups de pied. Et il y a une tache d'huile fraîche sur le sol en bas. Or, la voiture d'Élise n'a pas de fuite. Je viens de vérifier. Imagine. Le type attrape la victime qui se débat, d'où les marques sur la peinture, l'assomme, sort la voiture et entre la sienne pour charger le corps. Ni vu ni connu ! Qu'en penses-tu ?

— Merde !

Galien semblait estomaqué.

— Allons à l'Hôpital maritime, reprit Marouan, elle y passait beaucoup de temps. Ses collègues de travail vont certainement nous renseigner. Petit ami, relations régulières, inimitiés, etc. C'est certainement quelqu'un de son entourage. C'est trop bien ficelé. Ton ami le professeur Mariani est au-delà de tout soupçon ?

Galien, qui s'apprêtait à quitter la pièce, s'arrêta dans le couloir et se retourna vers Marouan.

— Pourquoi cette question ?

— Parce que c'est lui qui a signalé la disparition, dit le jeune homme sans se démonter. Alors il sera le premier sur ma liste de suspects.

— Jacques Mariani est un homme exceptionnel, lui

opposa Galien. Mais tu as raison, Starling, il faut appliquer ce que tu as appris à l'école de police. Même si, cette fois, tu as tort.

— Au fait, t'as rien vu d'autre, toi ? le railla Marouan.

Vexé par la perspicacité et l'insolence du jeune brigadier, Galien disparut dans la cage d'escalier.

— Et prends les clés de la maison avant de descendre, cria-t-il. Elles sont dans le sac, sur la table.

23

Pierre atteignit Le Touquet un peu avant quatorze heures.

Il avait roulé toute la nuit, certain que le mouvement lui apporterait sans doute plus de réponses que l'attente angoissante au chevet de Marie-Jeanne. L'œdème cérébral lié à la rupture d'anévrisme au niveau du lobe frontal ne semblait pas vouloir se résorber. L'état général de la vieille femme se dégradait d'heure en heure, excluant toute intervention chirurgicale. En d'autres termes, Pierre l'avait ainsi supposé, son sort se trouvait maintenant entre les mains de Dieu. Soit elle mourrait, fermant peu à peu les fenêtres de son corps épuisé, soit elle resterait immobile, prisonnière de sa chair.

Tout le temps que prit le trajet, Pierre focalisa ses pensées sur l'asphalte et les numéros qui défilaient sur le tableau de bord de sa voiture. Température, autonomie, distance effectuée, heure et vitesse, il avait de quoi calculer, occuper son cerveau, dériver ses inquiétudes, manie qu'il avait contractée très jeune.

Mais l'étrange tournant que venait de prendre sa vie se révélait plus positif qu'il ne l'avait cru. De longues bouffées d'allégresse montaient régulièrement de sa poitrine. Il les laissait le submerger. Pour une fois, Pierre ne cherchait pas à tout contrôler.

Deux bébés. Un homme taché de sang.

Un accouchement. Un accoucheur. Deux bébés.

Une sœur, il avait probablement une sœur jumelle. C'était la seule explication possible. Lui qui s'était lamenté toute sa jeunesse sur la solitude et les travers de Marie-Jeanne allait à trente-cinq ans découvrir sa vraie famille. Quelqu'un qui partageait son sang, ses gènes et ses racines. Dans sa position, Pierre ne pouvait que remercier le ciel.

Élise Lamy Saint-Genès savait peut-être quelque chose à son sujet. Et même si elle ignorait son existence, peut-être connaissait-elle leurs parents naturels. Pierre l'espérait, mais au-delà de ces attentes secondaires, il allait la rencontrer, elle. Et c'était presque irréel.

Pierre se félicita. Il avait même fini par agir.

Devant l'impossibilité de la joindre directement, il avait laissé un message sur son répondeur. Pierre avait regretté que la boîte vocale diffuse un enregistrement standard. Il aurait aimé entendre sa voix.

Élise.

Il parvint aussi tout au long de la nuit à faire taire ses inquiétudes liées à l'absence de sommeil. Finalement, même s'il devrait tôt ou tard regarder son état de santé en face, ne pas dormir avait au moins un avantage. Il pouvait couvrir une très longue distance sans avoir à se reposer. Et de fait, sur les dix heures de trajet, il ne s'arrêta que deux fois, pour uriner, manger et se dégourdir les jambes.

Il se procura aussitôt un plan de la ville auprès de l'office de tourisme et se mit en quête du logement d'Élise.

La maison lui plut. Elle était discrète, petite et un peu biscornue.

Il l'observa depuis sa voiture pendant un long moment, espérant apercevoir Élise avec, peut-être, un mari, des enfants, pourquoi pas un chien. Il s'en fit une représentation basée sur le petit visage fripé qu'il avait aperçu lors de son hallucination. Jolie, blonde et menue.

Rassuré par ses propres fantasmes, Pierre descendit de sa voiture et marcha vers la maison. Il sonna et attendit, mais personne ne vint à sa rencontre.

Elle était peut-être partie en vacances. Pierre s'en voulut de ne pas y avoir songé et espéra qu'elle travaillait et n'était pas encore rentrée.

Dépité, il gagna le centre-ville, puis la longue plage du Touquet.

Quinze heures sonnèrent à l'église la plus proche. Pierre avait faim. Un crabe, des huîtres, une araignée de mer et des coquillages l'occupèrent deux heures durant. Un temps que Pierre passa à imaginer comment il allait aborder Élise, échafaudant tous les scénarios de conversations possibles, selon ce que la jeune femme saurait de ses origines.

À dix-sept heures trente, il fit une deuxième tentative. Puis une troisième, une heure plus tard, et ainsi de suite, jusqu'à ce que la nuit tombe et qu'il se lasse de marcher dans le centre-ville.

Il chercha alors un hôtel. Sans doute ne dormirait-il pas plus cette nuit que les précédentes, mais il ne pouvait pas passer son temps dans les cafés ou dans sa voiture. Il n'en avait pas le cœur et préférait se gaver de programmes télévisés. Ça l'occuperait.

Une faim tenace le fit ressortir deux heures plus tard. Pierre trouva un restaurant ouvert sur le front de mer. On y servait des grillades, ce qui lui convint parfaitement. Pierre aimait manger, c'était même l'une de ses principales sources de plaisir.

Il entamait à peine une pièce de bœuf de six cents grammes lorsqu'une vague migraine le mit mal à l'aise. Il attribua cette sensation passagère à l'ambiance très bruyante du restaurant encore bondé à cette heure tardive et dévora son plat. Mais il ne put le terminer. La céphalée s'intensifia et bientôt une nausée comme il n'en avait jamais connu l'obligea à sortir.

Dehors, l'air frais du large lui fit du bien. Après la chaleur désagréable de la salle enfumée, il apprécia ce semblant de pureté iodée et décida de faire quelques pas sur la plage. La marée avait retiré très loin les eaux. Pierre eut tout à coup le désir d'y tremper ses pieds et, pourquoi pas, de se baigner.

Il dévala l'escalier qui ouvrait le front de mer sur la plage et s'éloigna vers l'obscurité. Ses premiers pas le firent passer près de couples en grandes confidences, puis il ne rencontra plus personne, sitôt qu'il fut sur le sable mouillé.

La nausée réapparut soudain, alors qu'il se trouvait à trois cents mètres du dernier réverbère. Pierre fut obligé de s'arrêter. Il avait le souffle court et son estomac se révoltait. Après quelques secondes, il dut mettre un genou à terre. Son crâne était comme serré dans un étau. Il prit sa tête à deux mains et poussa un gémissement de douleur. Jamais il n'avait ressenti pareille souffrance.

Le mal reflua légèrement. Pierre espéra que c'était terminé, mais une seconde vague le submergea. Il tenta vainement de se redresser pour retourner vers la civilisation. Comme cela lui était arrivé quelques jours plus tôt, alors qu'il se trouvait dans la chambre de Marie-Jeanne, Pierre éprouva une sorte de liquéfaction de son cerveau.

Il tomba en avant, le visage écrasé contre le sable qu'il n'eut jamais le sentiment de toucher.

24

— Tu ne vas quand même pas moisir ici, t'es en pleine forme ! s'exclama Réjane Koska en regardant Salah avec une moue légèrement moqueuse.

La cinquantaine sèche, une auréole de cheveux décolorés autour du visage, Réjane faisait invariablement penser à Meryl Streep. Elle ne portait pas un vêtement sans griffe ni une paire de chaussures à moins de trois cents euros. Elle disposait d'un sac à main pour chaque tenue et d'une tenue adaptée à chaque moment de la journée. Paradoxalement, c'est loin de la mode et des paillettes qu'elle s'était fait un nom. Réjane Koska dirigeait depuis une dizaine d'années un grand magazine d'information à diffusion nationale. Elle faisait partie de ces rares personnes qui avaient eu le privilège de publier les articles et les photos de Salah à plusieurs reprises. Au fil du temps, elles avaient tissé un lien solide, fait de coups de gueule, de confidences et de bons moments passés autour d'un verre.

— J'ai besoin de rencontrer Élise. C'est important pour moi.

— Toujours aussi obsessionnelle, à ce que je vois !

Salah tournait la cuiller dans sa tasse en fixant le mouvement de sa main.

C'est vrai que lorsqu'elle avait une idée derrière la tête, Salah ne laissait jamais tomber. C'est ainsi qu'elle avait pu réaliser ses plus beaux reportages, obtenir les visas les plus difficiles. Grâce à sa volonté et à une opiniâtreté presque maladive.

— Cette femme était auprès de moi lorsque je me suis réveillée. Il s'est passé quelque chose de spécial, j'en suis sûre.

— Quoi ? demanda Réjane.

— Difficile à expliquer sans passer pour une cinglée !

Salah garda le silence. Réjane en profita pour commander un café et une part de tarte aux pommes. Les deux amies s'étaient retrouvées en fin de soirée à la terrasse d'une brasserie de Berck réputée pour la qualité de ses desserts.

— Explique-moi quand même, je te promets de ne pas te faire chanter !

Salah grimaça un sourire.

— Je suis restée près de trois semaines dans le coma, à un stade relativement avancé. D'après le professeur Mariani, je suis une miraculée.

— Quel rapport avec cette Élise ?

— Je ne sais combien de temps avant de me réveiller au juste, j'ai fait des rêves. J'ai eu l'impression d'avoir conscience d'exister, tout en n'ayant aucune perception de mon corps. J'étais dans un endroit que je ne pourrais pas te décrire. C'était… ni bien ni mal. Et dans ce lieu étrange, il y avait une porte. Une lourde porte en bois. J'ai le souvenir de l'odeur du chêne, des moulures dans le panneau. Et derrière cette porte, il y avait Élise.

Réjane, qui coupait sa tarte, suspendit son geste et lança un regard interrogateur à Salah.

— Tu as vu ton infirmière à travers cette porte, c'est ça ?

— Oui. Et j'ai distingué des détails très précis. Ses traits tout d'abord, les motifs en étoile de son foulard. Un carré de tissu bleu qu'elle portait pour tenir ses cheveux. Et son médaillon. Une grosse pièce ronde, probablement en or, ciselée d'un triangle inversé.

Pendant qu'elle parlait, Salah dessinait avec application les motifs du médaillon sur une serviette en papier.

— Regarde, dit-elle en la tendant à son amie. Qu'en penses-tu ?

Réjane examina le croquis attentivement.

— Je te suggère de me le laisser. Je vais faire des recherches dès ce soir en rentrant. Nous avons publié un article sur les grandes familles françaises le mois dernier et ton dessin me fait penser aux figures qu'on trouve sur les blasons.

— C'est possible.

— Pourquoi ce médaillon t'intéresse-t-il ?

— Je l'ignore. Il m'est apparu tellement clairement, il est resté si précisément gravé dans mon esprit que je ne vois pas comment il ne pourrait avoir son importance.

— La clé du mystère ?

— Peut-être…

— Ça me plaît de jouer les Indiana Jones avec toi ! Et ça me changera un peu de ce rôle de sorcière que j'endosse à longueur de journée à la rédaction.

Réjane éclata de rire et chaussa ses lunettes noires avec une mimique qui se voulait comique.

— Arrête, Réjane. Indiana Jones, l'aventure, c'est mort…, glissa Salah.

— Tu rigoles ?

— Pas vraiment. Attache-toi le bras droit dans le dos, je te rappelle que je suis… j'étais gauchère ! Donc immobilise ton bras directeur et vois comment tu te débrouilles ! Et n'oublie pas d'avoir une jambe en vrac aussi !

— Tu ne vas pas arrêter, quand même.

— Kaboul, Bagdad, tout ça, c'est terminé pour moi. Ce serait beaucoup trop dangereux. Et puis va charger un appareil d'une main, tu m'en diras des nouvelles !

— Passe au numérique, ma grande ! Tu étais la dernière à travailler sur pellicule.

Salah dédaigna la proposition de Réjane et poursuivit.

— Et les faits divers, c'est pas mon truc, alors… Tu veux que je te dise ? Je ne sais pas ce que je vais faire. En bossant toutes ces années, j'ai amassé assez de fric pour vivre le restant de mes jours. Alors, je ne vais peut-être plus rien faire, justement.

Réjane regarda Salah comme si elle était devenue folle.

— Tu n'es pas sérieuse !

— Honnêtement ? Peut-être. Je passe par différentes phases. Certaines ressemblent fort à de l'angoisse.

— Tu ne vas pas t'apitoyer sur ton sort. C'est pas toi, ça.

— Regarde-moi, Réjane. Je ne suis plus très jeune, je suis handicapée et…

Réjane l'interrompit avec un geste d'agacement :

— Donc tu as vu cette Élise pendant ton coma ? Et pas une seule fois après ?

Estomaquée, Salah mit quelques secondes à répondre, le temps d'admettre que ce changement de sujet était finalement le bienvenu.

— Non, pas une seule fois, elle était déjà partie

quand je me suis réveillée. Mais le plus bizarre là-dedans, c'est que c'est lorsqu'elle a ouvert la porte et qu'elle m'a tirée vers elle que je m'en suis sortie.

— Donc tu l'as vue !

— Non ! Je n'ai vraiment repris conscience que le lendemain.

Réjane termina sa tarte et avala son café sous les yeux gourmands de Salah, qui avait juste demandé un verre d'eau, de peur de ne pouvoir couper son gâteau sans aide.

— Tu ne t'appellerais pas Salah Tounsi, je crois que je t'enverrais à Sainte-Anne.

— Merci. Ça fait du bien de pouvoir en parler. Je ne voyais pas vraiment à qui me confier ici. Le professeur Mariani aimerait en savoir plus, mais je voudrais rencontrer Élise avant.

— Et qu'attends-tu pour le faire ? Tu es bien plus prompte à réagir, habituellement !

— Élise a disparu, se navra Salah. Elle devait reprendre le travail ce matin et elle n'est pas venue. Le professeur est fou d'inquiétude, il a mis la police sur le coup.

— Tu as pu obtenir plus d'infos ?

— Les deux types qui m'ont interrogée m'ont demandé de rester sagement en dehors de ça.

— Ta réputation t'a précédée, à ce que je vois ! se moqua Réjane.

— Et ce n'est pas le plus âgé des deux qui m'a surprise. Le gamin semble à peine sorti de l'école, pourtant il a immédiatement compris à qui il avait affaire ! Il a un sens aigu de l'humain, celui-là. Et ça, c'est fort.

— Que comptes-tu faire ?

— Attendre. Attendre le retour d'Élise, ou, au moins, savoir ce qu'elle est devenue. Cette femme m'a sauvé la vie, j'en suis sûre.

25

Pierre demeura le visage écrasé contre le sable quelques secondes seulement, mais dans son esprit, le temps s'étira démesurément. Il reprit conscience avec un merveilleux sentiment d'apaisement. À travers ses paupières closes, les doux rayons du soleil caressaient ses pupilles dilatées. Il pouvait sentir des odeurs diverses, sans parvenir à toutes les identifier. Une note très prononcée de monoï couvrait les autres, masquant les plus subtiles.

Il se leva et constata qu'il restait une frange de sable sous ses pieds. Puis, comme il tentait de faire un pas en avant, le sable disparut. Il se baissa pour saisir la terre mouillée. Il ressentait le besoin de toucher cette matière, d'en évaluer la consistance.

Je rêve que je rêve. Je n'ai jamais été lucide comme ça. Je ne devrais peut-être pas...

La terre ne se laissa pas attraper. Elle refusa tout contact. Pierre fit plusieurs tentatives avant de s'apercevoir qu'une matière translucide l'en empêchait. Alors il se souvint avoir eu cette même sensation curieuse lorsqu'il se trouvait au chevet de Marie-Jeanne. Sa vision et la représentation qu'il se faisait de lui-même étaient séparées par une fine paroi transparente.

Pierre commença aussitôt à douter. Rêvait-il ou se trouvait-il devant une nouvelle hallucination ? Il demeura dans l'incertitude, mais extrêmement conscient de chaque détail. Il percevait la caresse du soleil sur sa peau, sentait les parfums puissants de l'humus.

Une odeur très fortement musquée le fit se retourner. Son univers vira en même temps que lui, ce qui le conforta dans l'idée qu'il rêvait. Et là, à une dizaine de mètres de l'endroit imaginaire où il se tenait, un taureau énorme martelait le sol de son sabot.

L'animal était magnifique, puissamment musclé. Une fine couche de transpiration luisait sur son pelage d'un noir profond. Ses cornes infléchies vers l'avant mesuraient chacune près d'un mètre. Un homme apparut alors, tout aussi surdimensionné. Il ne portait qu'un pantalon court, échancré. Il tenait dans sa main droite un sabre et dans la gauche un morceau d'étoffe pourpre. Sur son poitrail, un petit médaillon doré rebondissait au rythme de ses pas.

Pierre jugea ce pendentif curieusement féminin. Il n'avait pas sa place sur cet homme qui transpirait sa virilité dans chacune de ses attitudes.

L'homme chargea le taureau en poussant un cri de victoire. L'animal réagit dans la seconde. Le choc fut effroyable. L'homme saisit les cornes effilées et stoppa la course de son adversaire. Puis il fit ployer le cou épais dont les veines saillaient à se rompre. Lentement, le museau descendit vers le sol. Les meuglements rauques devinrent des plaintes.

L'homme abattit alors son sabre vers le cou de l'animal. La lame s'enfonça entre deux vertèbres jusqu'à la garde. Le taureau s'effondra. Ses pattes s'agitèrent quelques instants, puis il demeura sans mouvement, énorme masse de viande sanguinolente.

L'homme se retourna. Ses yeux injectés de sang lançaient des éclairs et son sexe dessinait une protubérance énorme sous son pantalon. Il observa Pierre curieusement, puis il s'élança et s'évapora en quelques pas.

Pierre découvrit alors qu'un dessin avait remplacé le taureau, un dessin naïf aux traits épais. Puis un mur se matérialisa sous le dessin. Du béton, un béton ancien dont l'armature en métal dégoulinait de coulures de rouille.

Pierre voulut s'en approcher, mais il renonça. Le taureau et son dessin, le béton, tout avait été transformé en… Il reconnut une avenue de Paris, un hôtel dans lequel il avait fait l'amour avec Évelyne.

Pierre essaya de diriger son rêve vers cette scène, pour la vivre une seconde fois. Tout était tellement réaliste autour de lui.

Mais la maîtrise des images lui échappa. Son champ de vision fila à travers les rues et s'introduisit dans un chantier pratiquement achevé. Il pénétra dans le sous-sol d'un immeuble où flottait une odeur de peinture.

Pierre aperçut les éclairs lancés par une sorte de gyrophare plaqué contre un mur. Il l'observa un instant, fasciné par cette lumière tournoyant dans un rythme curieux. Puis il fut comme propulsé dans une pièce aveugle. Et là, au gré des brefs flashes de la lampe, Pierre vit le visage d'une femme. Il devina qu'elle se tenait emprisonnée derrière une cloison. Et dans ce masque horrifié aux cernes noirs de fatigue, Pierre reconnut, sans l'avoir jamais vu, le visage d'Élise Lamy Saint-Genès.

Il projeta aussitôt ses mains en avant, pour attraper un parpaing, tirer dessus, la délivrer du mal absolu qui la retenait.

Mais là encore, Pierre ne put rien toucher.

Alors, il voulut fuir cette vision atroce. Élise le regardait et dans ses yeux, Pierre lisait de l'effroi.

Une masse d'eau tourbillonnante s'engouffra dans la pièce. Pierre fut emporté. Il retrouva le sable de la plage du Touquet, constata que la marée l'avait rejoint.

Curieusement, il voyait encore les flashes de la lampe. En une seconde, il comprit qu'il s'agissait d'un phare. Mais le rythme n'était pas le même que dans son rêve. Le phare qu'il apercevait tournait plus lentement.

Pierre se leva. Il était trempé. Le goût abominable de ce cauchemar ne le quittait pas. Il avait vu sa sœur séquestrée, bientôt morte sans doute, et il voulait quitter cet endroit. Il commença par remonter vers la ville, mais les façades du front de mer oscillaient étrangement. À certains endroits, la pierre disparaissait pour laisser place à de troublants panoramas. Pierre devinait sans en être absolument certain des scènes du monde entier. Sur l'étendue de sable qui le séparait de la rue, des ombres bougeaient également. En s'approchant, il sut à l'odeur de quoi il s'agissait. Des parfums sophistiqués se mélangeaient à des effluves corporels. Les gémissements et les mots crus qu'il entendit ensuite firent disparaître les doutes qu'il pouvait encore avoir.

Pierre tourna le dos à ces scènes lubriques et s'élança sur le sable mouillé. En quelques minutes, les ultimes lumières du Touquet moururent derrière lui. Pierre longea les dunes sur deux kilomètres, puis il s'affala au pied d'un pin.

Plus aucune hallucination ne l'assaillit de la nuit.

Pierre laissa son esprit se calmer. Il avait à présent autant peur du sommeil que de la veille prolongée.

26

Le commandant Galiano était demeuré toute la matinée à l'Hôpital maritime avec l'équipe du professeur Mariani. Il avait interrogé les médecins, les infirmières, les aides-soignantes, le personnel d'entretien et de maintenance.

Et le portrait qui commençait à se dessiner dans son esprit le laissait encore plus dubitatif que la veille.

Tout le monde pensait connaître Élise. Mais dès qu'il avait été question de préciser les goûts de la jeune femme, ses relations ou même ses plus simples plaisirs dans l'existence, les interlocuteurs n'avaient su qu'arrondir leurs lèvres sur un grand vide.

Élise était une infirmière assidue, patiente, dévouée, presque acharnée. Sur ce point, l'équipe de Mariani était unanime. Mais pour dire qui elle était vraiment, Galien ne pouvait compter que sur sa capacité à extrapoler.

Pas un de ses collègues n'était un jour allé avec elle au restaurant, au bowling ou même à la plage. Aucun ne lui connaissait de petit ami ou de simple relation. Le nom de Pierre Delcroix n'évoquait rien pour personne, nul n'avait vu Élise en compagnie d'un homme, ou même d'une femme, étrangers au service. C'était à croire qu'Élise n'avait aucune existence privée.

Galien ne comprenait pas.

Il sortit de l'hôpital et fit quelques pas sur la promenade. L'ambiance et l'odeur du centre de rééducation commençaient à lui peser. Marouan ne tarderait plus. Lui s'était coltiné les mêmes questions et les mêmes réponses avec les équipes de nuit. Galien lui avait donc tout naturellement accordé une petite rallonge de sommeil.

Le commandant voulut descendre sur la plage pour jouir du spectacle donné par les estivants, mais le sable pénétra aussitôt dans ses chaussures de ville. Il fit machine arrière en pestant et prit place sur un banc. Occupé à secouer ses chaussettes, il n'entendit pas Marouan approcher.

— Un coup de main ? glissa le jeune homme en se plantant devant Galien.

Galien se sentit stupide, d'autant plus que le simple fait de remettre ses chaussettes lui arrachait de grands soupirs. C'est dans ces moments qu'il songeait sans grande conviction à se lancer dans un régime drastique.

— A-t-on idée de fourrer du sable partout, aussi !

— C'est vrai ça ! abonda Marouan. La municipalité devrait bétonner la côte.

— J'avais oublié que tu t'y connaissais côté sable.

— Du neuf sur la disparue ? le coupa Marouan.

— Cette femme n'a pas de vie ! ragea Galien. On ne peut pas travailler vingt-quatre heures sur vingt-quatre, tout de même.

— Faut croire que si. Tu devrais peut-être demander à ton pote le professeur comment c'est possible.

Galien se leva pour lacer ses chaussures, ce qui eut pour effet de faire jaillir un bouton de sa chemise.

Marouan le ramassa et le glissa dans la main de Galien.

— Dans mon désert, dit-il sur un ton perfide, les gens bien en chair sont considérés comme des gens riches. Là-bas, tu n'aurais rien à craindre pour ton avenir.

Galien ravala une insulte et fourra le bouton dans la poche de son pantalon.

— Rien ne vaut les chemises italiennes, gronda-t-il. Celle-là, c'est de la camelote. En attendant, allons demander à Dieu de nous expliquer ce mystère, puisque ses saints ne savent rien.

Jacques Mariani avait un visage embarrassé.

Comme il avait l'habitude de le faire, Galien n'y était pas allé par quatre chemins.

— J'ai fermé les yeux, répondit enfin le professeur. Élise ne quittait pas longtemps le service. Je crois qu'elle s'arrangeait pour partir avec l'équipe de jour et revenait une ou deux heures plus tard. Après mon départ en fait.

— Vous voulez dire qu'elle faisait ses huit heures, qu'elle rentrait prendre une douche et qu'elle s'enfilait après ça une nuit complète de travail ?

Mariani toussa pour cacher le trouble qui s'emparait de lui.

— Elle est infirmière, voyez-vous. Mais elle se comporte comme un médecin. Je veux dire qu'elle en sait presque autant que moi sur nos patients plongés dans le coma. Elle lisait tout ce qui se publie sur ce sujet.

— Pourquoi en parlez-vous au passé ? l'interrompit Marouan.

Le professeur jeta un regard incrédule vers le brigadier.

— Je ne vous suis pas.

— Ne vous offensez pas, intervint Galien. Il est un peu tatillon. Mais à sa décharge, il faut que je vous précise qu'il était encore récemment à l'école de police. Là-bas, on vous apprend que l'un des principaux suspects dans une affaire criminelle est justement celui qui déclare la disparition de la victime.

— Quelques années à la crim' du XIe, c'est plus qu'une bonne école, corrigea Marouan, vexé.

— Ah, comprit Mariani en ignorant la précision du brigadier. Je suis donc un criminel potentiel.

— Pour lui, oui, acquiesça Galien. Et pour moi aussi, si je ne vous connaissais pas. Mais ce n'est pas le cas. Donc, vous disiez que vous aviez avec Mlle Lamy Saint-Genès un médecin parfait rémunéré au salaire d'une infirmière, c'est bien cela ?

— Élise n'est pas une femme ordinaire, répondit Mariani en lançant un regard un peu triste à Marouan. Elle semblait fatiguée, mais elle tenait le coup. Je lui ai conseillé de se reposer, croyez-moi. C'est une tête de mule.

— Savez-vous si elle travaillait sur ce rythme depuis longtemps ? reprit Galien.

— Je vous l'ai dit, j'ai fermé les yeux et je n'aurais pas dû, se blâma Mariani. À présent, je voudrais surtout savoir comment elle va, ce qu'elle fait, s'il ne lui est rien arrivé de fâcheux.

— De ce côté, nous n'en savons encore rien, l'informa Galien. Le brigadier Chraïbi et moi-même avons interrogé l'ensemble de votre personnel, et nous sommes arrivés à la même conclusion. Élise Lamy Saint-Genès était une ombre, ce qui ne va pas nous aider à la retrouver.

27

— Deux fois vingt-cinq, cinquante, hurla Élise. Deux fois vingt-sept… Deux fois vingt, plus… Je n'y arriverai pas… Cinquante. Vingt-cinq, vingt-sept. Oh ! Mon Dieu, je deviens folle !

Élise avait de plus en plus de mal à respirer, à se concentrer pour tenter de raisonner, de calmer les douleurs et toutes ces angoisses qui la submergeaient.

Elle avait essayé de se retenir d'uriner jusqu'à ce qu'elle n'en puisse plus, en vain. Elle craquait et finissait par mouiller ses cuisses et ses pieds nus. L'absence totale d'hygiène faisait monter vers ses narines les odeurs écœurantes fabriquées par sa propre chair. Ses muqueuses étaient fortement irritées et elle souffrait d'horribles démangeaisons. Incapable de se soulager, elle se contorsionnait comme elle pouvait, pour faire passer les picotements. Elle avait sans cesse la sensation que des milliers d'insectes grouillaient entre ses cuisses.

Élise hurlait sans relâche, espérant un miracle, consciente qu'il n'y en aurait pas. Elle cria jusqu'à ce que ses cordes vocales, épuisées, finissent par la lâcher.

Le petit garçon lui souriait en ramassant des cailloux.

L'angoisse de vivre encore des jours et des jours ainsi était terrifiante. Elle sentait le parfum de la folie effleurer son esprit, mais il ne s'y installait pas. Élise était en pleine possession de ses facultés intellectuelles, bien que celles-ci soient ralenties. Elle percevait exactement l'horreur de sa situation, elle pouvait voir, quand il venait la nourrir avec des jus de fruits bourrés de protéines, la noirceur et la détermination de son bourreau. Elle savait qu'elle ne sortirait pas vivante de cet endroit, mais elle ignorait totalement combien de temps son calvaire allait encore durer.

Elle avait tenté de remonter le cours du temps, de se remémorer les plus beaux souvenirs de son enfance. Mais Élise était invariablement rattrapée par les terribles souffrances physiques qu'elle endurait, bloquée dans cette position, debout. Son dos et ses jambes n'étaient plus que des masses de muscles durs, les nerfs rugissaient d'être ainsi coincés et lançaient des signaux vers ses membres immobilisés.

Le petit garçon, accroupi à côté d'un énorme chartreux endormi, remplissait un sac avec ses cailloux. Ses yeux très clairs étaient fendus d'une pupille oblongue. Le deuxième garçonnet caressait l'animal en souriant benoîtement.

Elle avait maintes fois remercié le ciel d'avoir bloqué son transit et lui avoir évité le pire. Mais, malgré le peu de nourriture que Stanislas lui faisait prendre, les matières s'étaient accumulées dans ses intestins gonflés de gaz, lui infligeant de violents spasmes abdominaux.

Élise hurlait sa douleur, son désespoir, sa rage d'être enterrée vivante. Mais lorsque son tortionnaire arrivait, elle gardait les dents serrées, au prix d'un immense effort.

Le chat bondit sur Élise toutes griffes dehors. Il lui crachait sa haine. Elle pouvait voir sa queue arrachée dans une flaque de sang, au milieu de petits cailloux blancs.

Stanislas restait des heures face à elle, observant ses moindres mouvements, cherchant la faille dans son regard fixe, traquant la petite larme qui perlait au bord des paupières. Il guettait le moment où elle allait le supplier de l'achever, il riait de ses crises de myoclonie, quand elle finissait par ressembler à une poupée de chiffons agitée de tremblements incoercibles. Il prenait un plaisir infini à passer ses doigts sur ses cernes de plus en plus noirs, tirant sur sa peau desséchée.

— Mon ange… mon ange. Ta jolie lueur pâlit, mon bel objet, ma petite chose fragile. Tu vas te racornir, te rider. Petit à petit, tes lèvres vont s'étirer et découvrir tes dents, dans un dernier sourire. Veux-tu me sourire, mon ange ?

Élise ferma les yeux pour éviter la lumière brutale de la lampe torche de Stanislas. À travers ses paupières, elle pouvait voir danser des formes rougeâtres.

— Tu dors, mon ange ?

Élise retint un sanglot.

Élise longeait l'immense couloir sombre, piqué de dizaines de portes closes sur d'étroites chambres. Chacune d'entre elles abritait un endormi. Élise effleurait les clenches du bout des doigts.

Oriane, Salah et les autres. Ouvrir ces portes pour les libérer. C'est tout ce qu'elle avait souhaité. Et il y avait eu cette ombre. Cette menace tapie derrière une aura rassurante. Élise avait libéré le mal. Sans le vouloir.

Salah. Oriane.

Élise ouvrit les yeux sur l'obscurité. Dans le bunker, il n'y avait plus un bruit. Elle suspendit sa respiration.

Stanislas était assis dans l'angle opposé.

Il écoutait avec tendresse le souffle rauque de sa proie. Il percevait presque les battements de son cœur.

La voix cassée d'Élise monta dans le noir.

— Vingt-huit fois deux. Cinquante-six. Cinquante-six cailloux blancs. Tous blancs ? Tous blancs. Cinquante-six petits cailloux pour faire tomber la queue du chat.

Stanislas ébaucha un sourire.

— Comment as-tu deviné, mon ange ?

28

Le petit matin cueillit Pierre dans de bien sombres pensées. Toute la nuit, il avait ruminé le sens de ses hallucinations. Et toute réflexion faite, il ne pensait pas avoir dormi une seule seconde. L'incroyable douleur qu'il avait ressentie avant de s'effondrer sur le sable avait dû lui faire perdre connaissance, rien de plus.

Il ne se décida à bouger que lorsque les rayons du soleil passèrent par-dessus la dune. Depuis toujours, il avait préféré la compagnie des arbres à celle des hommes. Le tournant que prenait son existence allait dans cette même direction.

Dans l'incapacité d'interpréter ce qui lui arrivait, Pierre pouvait tout de même déduire certaines choses. La forêt étrangement éclairée mise à part, il n'avait eu de fortes hallucinations qu'à proximité de gens, qu'il connaissait ou pas. Pierre sentait qu'il y avait là un début de piste, mais il n'avait pas la plus petite idée de l'endroit où elle pouvait bien le mener.

En dehors de ce premier point, Pierre constatait un autre fait. Ses hallucinations ne s'étaient manifestées que la nuit – sauf pour ce qui concernait l'épisode Marie-Jeanne –, et très tard de préférence.

Ces déductions ne l'avançaient pas, mais au moins lui procuraient-elles la sensation de retrouver un peu de prise sur le cours étrange que prenait sa vie.

À six heures trente, il quitta la pinède et prit le chemin du Touquet. Il risquait fort de réveiller Élise, mais il ne pouvait se permettre de la rater une fois encore. Si elle n'était pas partie en vacances, alors il voulait la rencontrer au plus tôt.

Personne ne répondit à ses coups de sonnette

répétés. Pierre fulmina quelques minutes, faisant les cent pas devant la maison, puis il gagna son hôtel pour se restaurer et prendre une douche. Il se rendit ensuite dans une papeterie, acheta deux carnets et partit s'installer à une terrasse de café sur le front de mer.

Il commanda un grand chocolat et laissa errer son regard sur la Manche, puis sur les premières familles qui descendaient vers les vagues, les parents chargés de grands sacs et les enfants, des ribambelles de marmots, piaillant d'excitation. Pierre songea qu'il n'avait jamais connu de vacances à la plage. Jamais Marie-Jeanne n'avait émis le désir de venir se coller aussi intimement à d'autres êtres humains.

Il ouvrit le premier carnet et commença à griffonner ce qu'il conservait de ses hallucinations de la veille.

Élise Lamy Saint-Genès derrière des agglos.
La peur. Elle est terrorisée.
Un taureau énorme. Un homme. Toréador.
Une lumière qui tourne. Un gyrophare ? Un phare ?
Une tête de taureau.
Un dessin. Du béton. Des tonnes de béton.
Un taureau sur un mur.
Un médaillon.
Du sexe, beaucoup de sexe.

Pierre releva la tête. Cette occupation ne le satisfaisait pas. Relater le contenu de ses délires ne le mènerait pas très loin. Il devait pousser plus avant, constater, déduire.

Élise va mourir.
Élise Lamy Saint-Genès.
Élise est morte ?
Qui lui veut du mal ?

Le taureau, le taureau, qui est le taureau ?
Gémeaux, jumeaux, sommes-nous connectés ?

Pierre repoussa le carnet. Il ne distinguait aucun fil conducteur dans ces mots jetés sur le papier, aucun sens. Et pourtant, il était persuadé qu'il y en avait un. Même si l'éventualité qu'il verse peu à peu dans une forme de folie ne le quittait pas complètement, Pierre croyait en la puissance de l'esprit. Et il était convaincu que des faits remontant aux premières heures de la vie pouvaient réapparaître des années plus tard, intacts, livrés par le subconscient au raisonnement de l'être lucide. Il se plongea de nouveau dans son carnet et commença à le remplir de souvenirs et de croquis divers. Portraits de sa mère, du domaine, de son grand chêne. Dessins de ses hallucinations et de ses derniers rêves avant que le sommeil ne l'abandonne définitivement. Plus loin il pourrait remonter dans son passé et plus sa théorie s'en trouverait renforcée.

La journée s'étira lentement. Pierre garda sa chambre d'hôtel, d'où il téléphona à de nombreuses reprises au domicile d'Élise, sans laisser de message.

Plusieurs fois, il fut tenté de se rendre au commissariat, certain que la jeune femme se trouvait réellement en danger. Mais avec un taureau, un gyrophare et un toréador pour seuls indices, on ne le prendrait pas au sérieux.

En désespoir de cause, il décida alors de faire exactement les mêmes choses que la veille. À vingt-trois heures, il quitta son hôtel et commanda une grillade au restaurant pour noctambules. Il ne lui restait plus qu'une heure à patienter avant de se rendre sur le sable mouillé, là où la folie l'avait pris vingt-quatre heures plus tôt.

29

Salah regardait le sol lorrain approcher peu à peu. Une légère nappe de brume suivait le cours d'un petit ruisseau. Les parcelles jaunes et vertes des champs piquaient la terre ici et là, de part et d'autre des méandres de la Moselle. La journaliste pouvait voir distinctement la saignée de la ligne à grande vitesse couper les monts boisés pour traverser la vallée. La piste d'atterrissage était bordée de pâturages parsemés de moutons et de vaches, de deux ou trois villages et d'un gigantesque complexe de tôle affichant ostensiblement le logo de la Poste.

— Le nouveau centre de tri, murmura-t-elle. En pleine nature. Il faut croire que c'est la mode. Des gares au milieu des betteraves dans le Nord, des aéroports au milieu des vaches ici. Finalement, la guerre des territoires est partout. L'être humain est un incorrigible imbécile.

Salah avait quitté précipitamment l'hôpital très tôt le matin même. Elle avait à peine eu le temps de laisser une lettre au professeur Mariani et d'embrasser Oriane, encore endormie, avant de sauter dans un taxi pour Orly. Réjane lui avait envoyé un fax l'informant qu'un billet d'avion pour Metz-Nancy l'attendait au comptoir d'enregistrement d'Air France.

Le message de Réjane était bref, mais assez efficace pour sortir Salah de sa torpeur et réveiller l'instinct de la journaliste. « Rendez-vous à midi avec Madame la comtesse Aline Saulxures de Jaulny. Moyens illimités. »

Au moment où les pneus du train d'atterrissage hurlaient sur l'asphalte, Salah eut la vision du professeur Mariani, inquiet devant son lit vide. Il était certes d'accord pour qu'elle quitte l'établissement bientôt, mais il lui avait prescrit trois mois de repos dans une maison de convalescence et au moins encore autant de séances quotidiennes de kiné. Il restait en outre toujours persuadé qu'elle devait envisager le port d'une prothèse et rencontrer des spécialistes pour améliorer la motricité de ses membres.

Salah dut patienter quelques minutes après l'atterrissage, le temps que l'avion se vide de ses passagers. Aline Saulxures de Jaulny lui avait fait envoyer un véhicule et elle avait encore besoin d'aide pour descendre de l'appareil avec ses bagages.

Après plus d'une demi-heure de trajet en rase campagne, le taxi s'engagea sur une route caillouteuse bordée de peupliers. Salah regardait le paysage, surprise de le trouver agréable et coloré. Une enfilade d'édifices bas, probablement des écuries, bordait le chemin. Puis la silhouette colossale du château se dressa devant ses yeux. La partie la plus haute du bâtiment en L comptait quatre étages et face à la bâtisse principale, deux tours carrées se dressaient curieusement dans le parc.

Salah s'extirpa du véhicule et se dirigea vers le magnifique perron.

Malgré ses soixante-dix ans, Aline Saulxures de Jaulny accourait pour l'accueillir. Elle lui serra la main énergiquement. Cette femme avenante mit Salah tout de suite à l'aise.

— Salah Tounsi ! C'est un honneur pour moi. Entrez vite. Le taxi s'occupera de vos bagages.

— Madame la comtesse, essaya la journaliste.

— Ici, tout le monde m'appelle Aline. Cela fait bien longtemps que j'ai troqué les cuillers en argent pour relever les manches et retaper cette ruine !

Elle précéda Salah dans l'immense hall du château.

Un double escalier en pierre blanche disparaissait sous des échafaudages, le sol était jonché de bâches en plastique.

— J'occupe l'aile ouest. Presque tout le reste est interdit d'accès, tant que la toiture et les planchers ne seront pas réparés… et ce n'est pas demain la veille !

Les deux femmes suivirent un long corridor voûté avant d'entrer dans la cuisine. Celle-ci était entièrement restaurée. Une cheminée monumentale occupait un pan entier de mur. Aline avait fait installer un piano très large sur lequel mijotaient plusieurs plats. Au centre de la pièce, une table en chêne disparaissait presque sous un monceau de pelures de légumes.

Aline débarrassa rapidement et proposa à Salah de prendre place.

— J'ai cuisiné une ratatouille pour le déjeuner. Et je vous passerai ma chambre. Hors de question de vous laisser aller à l'hôtel !

Salah acquiesça en souriant. Elle n'avait aucune envie de refuser l'offre d'Aline pour une chambre en ville, froide et impersonnelle.

— Merci.

— C'est moi qui vous remercie d'être venue. Je me demandais combien de temps j'allais encore attendre avant que quelqu'un ne vienne me parler du triangle.

Intriguée par une entrée en matière aussi rapide, Salah sortit le croquis de son sac et le posa devant Aline.

— C'est bien ça ! s'exclama cette dernière. Ce triangle versé et traversé par des branches ne se trouve nulle part dans l'héraldique. Et Dieu sait si mon mari a passé des années à tenter d'en percer le mystère. Il est mort sans savoir, le pauvre. Je vais vous expliquer, ajouta Aline devant la mine étonnée de Salah.

Aline ouvrit le grand buffet de la cuisine et en sortit une toile soigneusement pliée qu'elle étala sur la table.

— Voici une reproduction des armes de la famille telles qu'elles étaient avant la Révolution. Et là, telles qu'elles sont à présent.

Aline désigna le blason sculpté dans le mur, au-dessus du manteau de la cheminée. Salah comprit immédiatement. Sur le plus ancien des deux, le triangle inversé ne figurait pas et les armes se trouvaient disposées différemment.

— Le nouveau blason est écartelé, expliqua Aline. Ce qui veut dire qu'il contient quatre quartiers : dans le premier, vous pouvez observer le chapitre de la cathédrale représentant l'évêché de Verdun, dans le deuxième, la croix à une traverse de Toul, dans le troisième les couleurs argent et sable pour Metz. Le triangle inversé burelé d'argent et ses trois branches d'or entrelacées sont apparus dans le quatrième. Rien à voir avec celui des Jaulny d'avant la Révolution où, comme vous pouvez le voir, les détails étaient sur un seul et même champ rehaussé d'une bande de gueules chargée de trois alérions d'argent.

— Quand exactement a eu lieu le changement ?

— La brisure remonte à 1802. Mon trisaïeul, monseigneur de Jaulny, évêque de Toul, a été excommunié par le pape Pie VI pour des raisons obscures. Tout ce que nous savons, c'est qu'il a récupéré une partie du domaine de l'évêché comprenant pour la plupart des bois tout près d'ici. Il est mort très peu de temps après. Sur sa pierre tombale, il a fait graver les nouvelles armoiries de la famille. C'est sa sœur, Marie-France, qui a hérité du tout et qui s'est occupée du domaine grâce à une alliance avec les Saulxures, autre grande famille lorraine.

— Rien à voir avec les Lamy Saint-Genès ?

Aline secoua la tête. Elle prit place face à Salah après leur avoir servi un jus de fruits.

— Je ne pense pas. En tout cas, pas à ma connaissance. Mais vous savez, c'est un petit monde ! Après le coup de fil de Mme Koska m'annonçant votre visite, j'ai cherché la trace de ce nom dans les archives conservées par mon mari. Rien. Nous n'avons aucun lien connu avec cette famille, du moins pas après le XVIIe.

— Si. Ce triangle, murmura Salah en laissant son regard errer sur la toile. Ce triangle vous relie. Il m'a guidée jusqu'à vous. Mais pourquoi ?

— Je l'ignore. Ce qui est certain, c'est qu'il y a très peu de blasons avec un triangle de ce type. Habituellement, il scinde le champ en deux. Il ne représente pas une figure à lui seul. Charles-Henri, pour qui cette recherche était devenue une obsession, n'en avait retrouvé que trois. Mais aucun n'était semblable à celui-là.

Aline se leva et commença à s'affairer dans la cuisine.

— Vous avez faim ?

— Oui ! s'exclama la journaliste.

— Alors mangeons. Après, je vous fais visiter ma ruine. J'ai quelque chose d'autre à vous montrer.

30

Marouan, absorbé par son jeu de cartes sur l'ordinateur, n'entendit pas Galien entrer dans le bureau. Ce dernier déposa son holster et son arme sur la table et ressortit prendre deux cafés au distributeur. Lorsqu'il revint en claquant la porte derrière lui, Marouan sursauta en râlant :

— Tu ne peux pas être plus discret ?

— T'as rien d'autre à foutre, Starling ? rétorqua Galien. C'est pour t'amuser que tu n'es pas passé à la maison ce matin ?

Marouan releva la tête en frappant sa tempe de son index.

— C'est pas marqué chauffeur, là.

— Café ?

Galien n'attendit pas la réponse de son coéquipier et posa un gobelet devant lui.

— Une touche de lait en poudre et double dose de sucre.

— T'es trop gentil.

Marouan quitta le jeu de solitaire, ouvrit un nouveau fichier et lança une impression en soupirant. Il détestait devoir s'interrompre au milieu d'une partie. Il avait dû se faire violence pour ne pas envoyer son commandant sur les roses. Après tout, cela faisait déjà des heures qu'il travaillait et il avait droit à une petite pause sans subir les remarques de Galien.

— Tiens. Admire !

Galien saisit les quelques feuilles crachées par la vieille imprimante.

— Pierre Delcroix. Travaille pour Jean-Marie Fontaine. L'Escarène en Provence. Ancien chercheur à l'INRA devenu agriculteur. Pas mal ça ! A toujours payé ses factures, pas de casier. Le vieux chez qui il crèche depuis quatre ans est formel. C'est un gars sans histoires. Il a quitté le coin pour s'occuper de sa mère hospitalisée à Alès. A priori, n'a jamais entendu parler de Mlle Lamy Saint-Genès.

— Je ne pense pas qu'il faille chercher dans cette direction, expliqua Marouan. Il vient d'arriver en ville.

Il a pris une chambre au Touquet. Il passe ses journées sur la plage ou à se goinfrer au resto. S'il avait enlevé l'infirmière, il ne se comporterait pas de cette façon.

Galien fronça les sourcils et lança un regard noir à Marouan.

— Arrête de l'appeler l'infirmière. Ça la déshumanise. Tu dis Mlle Lamy Saint-Genès ou Élise, mais pas l'infirmière.

— Tu ferais mieux de te préoccuper de ce que je te dis plutôt que de la manière dont je le dis. Le jour où on aura une vraie scène de crime sur les bras et que le SRPJ et le légiste parleront de victime, cadavre ou que sais-je encore, tu vas tomber dans les pommes ?

— Putain, Starling, qu'est-ce que tu peux être con !

Marouan avala son café et fit glisser une haute pile de dossiers devant Galien.

— La fiche de tous les patients traités au centre depuis les deux dernières années. Mariani nous a donné carte blanche pour tout vérifier. Ça te dit ?

— Tu vois un handicapé enlever Mlle Lamy Saint-Genès ? ricana Galien. Un type en chaise supersonique ! Ajoutons le personnel et la famille des patients.

Il s'installa à son bureau et partagea la pile de dossiers en deux.

Épluchons, épluchons, de toute façon il n'y a pas d'autre piste, reprit-il. Le relevé sur place n'a rien donné. Pas d'empreintes fichées. Alors…

— Ce pourrait être le type qui est sorti de chez elle ce jour-là. On devrait convoquer tout le monde et faire des relevés ADN.

— Tu vois le merdier ? Tu te crois où ? On est à Berck, ici, pas dans ta foutue capitale, ni dans un épisode des *Experts*.

— Tu regardes ça, toi ? s'exclama Marouan en riant. Ben, j'aurais jamais cru !

— Je m'instruis.

Galien plongea son nez dans les dossiers de l'hôpital et se mit à les feuilleter méthodiquement.

— Vu que la voisine de Mlle Lamy Saint-Genès se souvient finalement que le type est sorti de chez elle en voiture, on peut en déduire qu'il marche sur ses deux jambes, marmonna-t-il. On n'a qu'à trier les dossiers et s'occuper d'abord des patients valides.

— Pourquoi on tombe toujours sur des témoins trop bourrés ou trop vieux pour relever les plaques ? Une camionnette blanche ou grise, marque indéterminée, ancien ou nouveau modèle… rien, quoi ! s'exclama Marouan.

— Tu veux que je te dise ?

Marouan fit tourner sa chaise en s'amusant du couinement qu'elle faisait.

— Vas-y.

— C'est une affaire à la con. Personne ne se volatilise comme ça.

— Sauf que là, on a une femme au bord de l'épuisement, exploitée par ses collègues, une femme dont personne ne se souciait, que personne n'avait envie de connaître vraiment. Sauf le cinglé qui l'a enlevée.

— Tu exagères, contra Galien. Jacques Mariani était très attaché à elle. Il appelle tous les jours pour avoir de ses nouvelles.

— Ça n'excuse pas son laxisme…

— Ça n'en fait pas non plus un voyou !

— On devrait bosser avec Lille. Ça nous faciliterait les choses, avança Marouan. Avec les collègues du SRPJ, ce serait plus simple de comparer les empreintes directement plutôt que de se taper toute cette paperasse.

— Je ne veux pas de ces cow-boys chez moi, grinça Galien. On est encore capables de mener l'enquête nous-mêmes.

31

— Tenez, ma chère, enfilez ça !

Aline tendit une combinaison de peintre à Salah, puis un casque. Les deux femmes s'apprêtaient à visiter la tour est du château, encore en travaux.

— L'escalier est sûr, mais pas les planchers. Tout est pourri depuis la tempête de 1999. Les deux tiers des ardoises se sont envolées. Et aucun couvreur du coin n'a accepté de jouer les funambules. Résultat, j'ai attendu près d'un an avant de trouver un charpentier prêt à réparer les dégâts.

Salah se débattait avec la combinaison en papier. Elle marmonna :

— La plaie !

Elle finit par s'asseoir pour passer ses jambes dans le vêtement jetable et se contorsionna pour enfiler la manche.

— Pouvez-vous me la fixer ? demanda-t-elle.

Aline s'empressa de l'aider à ajuster l'habit. Elle s'était déjà changée, troquant son jean contre la même tenue que Salah.

Désolée, mais c'est nécessaire. Vous verrez !

— Je n'en doute pas, Aline. Mais j'ai encore quelques difficultés à me débrouiller seule. Pourtant, il le faudra bien.

— C'est arrivé en Afghanistan, n'est-ce pas ?

— Oui. À Kaboul. Mais je m'en suis bien tirée. Là-bas, des milliers d'enfants sautent chaque année sur des mines.

— J'ai lu nombre de vos articles. Vous êtes une femme très courageuse.

Salah sourit en posant son casque sur sa tête. Elle

parvint à le fixer d'une main et lança un petit cri de satisfaction.

— Et vous, une femme très belle et surtout, adorable.

Puis elle ajouta d'un air plus léger :

— Ce sera gagné quand je parviendrai à cuisiner une ratatouille comme la vôtre. L'épluchage des légumes, ça va être coton ! Qu'y a-t-il là-haut ?

Salah déballa son ordinateur de poche et passa la lanière autour de son cou.

— La chambre de notre évêque. C'est une des plus belles pièces du château. La vue sur la campagne y est magnifique. Venez.

Salah et Aline se dirigèrent vers le hall d'entrée et bifurquèrent en direction de l'escalier. La comtesse lui indiqua un passage sous l'échafaudage et commença l'ascension.

— Attention, Salah. Il y a du plâtre par terre et c'est assez glissant. Tenez-vous bien.

Les ouvertures sur l'extérieur étaient décorées de vitraux datant du XVIIIe siècle reprenant les figures du blason.

— C'est magnifique, dit Salah en pointant du doigt les petits carreaux multicolores.

— Lorsque le soleil se lève, les couleurs dansent sur le mur opposé. C'est pourquoi j'ai décidé de réhabiliter la montée d'escalier. Le spectacle est grandiose. La famille Saulxures maîtrisait cet art depuis des générations. Ce sont eux qui ont reproduit les armoiries des Jaulny.

Salah s'arrêta devant le triangle. Par chance, le vitrail était à la bonne hauteur. Les détails lui apparaissaient beaucoup plus précisément que sur le blason de la cheminée.

— Ils utilisaient du verre et des émaux pour les parties plus opaques. C'est une spécialité du nord de la région. Les émaux de Longwy, vous connaissez ?

— Oui. J'en ai déjà entendu parler. Mais je n'en avais jamais vu d'aussi près.

Salah tendit la main pour effleurer les bords du triangle et les rameaux entremêlés. Les feuilles, matérialisées par des éclats de verre courant sur plusieurs tons, allaient du plus clair au plus foncé. De petits fragments blancs figuraient des fruits.

— Ce n'est pas du lierre. Ce serait plutôt du gui, non ? demanda Salah.

Aline hocha la tête.

— C'est possible…

— Le gui était utilisé par les druides… Qu'est-ce que cela ?

Au centre du triangle, là où les rameaux se rejoignaient, Salah sentit quelque chose mordre la pulpe de son index. Elle se haussa sur la pointe des pieds. Le centre du triangle était représenté par un éclat sombre.

— Qu'est-ce que… Oh, zut !

Le fragment se détacha, roulant sur le sol.

— Je suis désolée, s'exclama Salah.

Aline ramassa le morceau de verre et l'enveloppa dans un mouchoir en papier.

— Ne vous inquiétez pas, ça se recolle !

— Je ne vois pas très bien. Avez-vous un tabouret ?

Salah pouvait distinguer une forme dans le vide laissé par l'éclat détaché.

— Pas d'imprudence. Je vous trouve ça tout de suite.

Aline revint quelques instants plus tard avec un escabeau de trois marches qu'elle cala contre le mur. Elle aida Salah à se stabiliser et resta près d'elle.

— Que voyez-vous ?

Salah ne répondit pas aussitôt. Elle passa plusieurs fois son index sur la minuscule partie découverte. Au fond, un trait de peinture dorée figurait une clé.

— Regardez !

Salah se poussa pour laisser la place à Aline.

— C'est étonnant ! Ils ont peint en dessous. Décidément, cet endroit recèle bien des surprises. Venez, Salah. Vous allez aimer ce que j'ai à vous montrer.

À contrecœur, Salah détacha son regard du triangle et suivit Aline vers le dernier étage.

Le centre du triangle représente une clé. Mais la clé de quoi ?

En haut des marches, le sol défoncé était impraticable. Des planches de contreplaqué permettaient d'accéder à la pièce principale. Les deux femmes empruntèrent le chemin prudemment. La vieille dame tenait la main de Salah.

— C'est plus sûr au fond. Encore quelques mètres et nous serons sur du béton.

La porte d'accès à la chambre de l'évêque était très basse et voûtée, comme la plupart des huis du château. Aline et Salah baissèrent la tête et s'engagèrent dans une grande salle carrée, piquée de fenêtres sur les trois murs extérieurs.

— Nous y voilà ! s'exclama Aline.

Les yeux de Salah mirent quelques secondes à s'habituer à la pénombre. La salle était vide. Les ouvertures étroites laissaient entrer très peu de lumière.

La comtesse se dirigea sur sa droite et actionna sa lampe torche.

— Regardez, Salah !

Les murs recouverts d'enduit avaient été nettoyés à plusieurs endroits, révélant une fresque de facture ancienne.

— Probablement l'œuvre de notre évêque !

Salah put contempler différentes scènes de la vie du Christ, peintes avec naïveté et simplicité. Les personnages et les objets, colorés avec soin, étaient entourés d'un large trait sombre. Le choix des pigments avait été judicieux. L'ensemble était très réussi.

Salah approcha la lumière du mur pour observer les détails de la fresque. L'ombre accrocha un relief sous la scène de la crucifixion. Une forme dentelée, irrégulière et gravée à même la pierre, entourait le dessin. Il y avait trois points en triangle, disposés sur les bras et la base de la croix.

— Une carte, annonça Aline. C'est une carte. Et les côtés du triangle prennent apparemment naissance au centre de trois villes, vous ne croyez pas ? Pour moi, ce sont les trois villes du blason familial.

Salah s'accroupit et tendit la lampe torche à Aline.

— Éclairez-moi, s'il vous plaît, je vais prendre des photos.

La journaliste fit plusieurs clichés et s'installa près d'une fenêtre.

— Les contours de la carte ne me rappellent aucun pays connu. Les frontières ont tellement changé au cours des années. Cette représentation date certainement de l'époque de l'évêque. Mais elle peut être encore plus ancienne.

— Si ta vie n'a pas de sens, fais que ta mort en ait un, murmura Aline.

— Qu'est-ce que c'est ? demanda Salah.

Aline soupira.

— C'est la devise de la famille de Jaulny. L'évêque l'a marquée un peu partout.

Sur les indications d'Aline, Salah éclaira le haut de la porte, puis elle fit le tour des fenêtres. Les mots en latin étaient gravés dans une belle écriture.

Tua quoniam vita nihil docet, fac ut mors tua documento sit.

La journaliste sentit son cœur se serrer. Ces témoignages du passé, cachés depuis près de deux siècles, revenaient au jour pour ses yeux. Elle se sentit alors comme investie d'une mission : déchiffrer le mystère de ce triangle pour Élise.

— Croyez-vous au destin, Aline ? demanda Salah.

— Je préfère croire au libre arbitre. Ça me rassure d'imaginer que je ne suis pas le simple pantin d'un Dieu qui déciderait à ma place. Et vous ?

Salah pensa aux rêves étranges où elle avait croisé Élise. Ces songes qui reprogrammaient toutes les nuits son cerveau afin qu'elle conserve son intégrité psychologique. Ces images du médaillon qui l'avaient conduite jusqu'ici.

— Je ne pratique plus depuis longtemps. La guerre m'a fait perdre la foi. Mais je pense au fond de moi que le plus important n'est pas le temps que je passerai sur cette terre, mais plutôt ce que je devrai y accomplir. Je ne crois pas au hasard. Je ne suis pas ici par hasard.

— La vie m'a privée de Charles-Henri. Rester seule et retaper cette ruine a été ma décision.

Aline essuya une larme.

— Je vais transmettre les photos à Réjane, annonça Salah. Elle devrait pouvoir trouver ce que cette carte représente.

La journaliste effleura les touches de son ordinateur de poche. Puis elle releva brusquement la tête et s'exclama :

— Attendez !

Elle se précipita vers la fresque.

— Aline, vous devez bien avoir un mètre et un crayon ?

— Qu'avez-vous en tête, ma chère ?

— Je vais localiser le centre du triangle. La clé.

Aline trouva le nécessaire dans une caisse à outils laissée dans le corridor.

Salah positionna le mètre entre les deux points matérialisés par les clous sur les poignets du Christ et en mesura le milieu. Elle relia cette position à la pointe basse du triangle. Puis elle reproduisit la même opération avec les deux autres côtés de la figure géométrique. Les trois lignes ainsi tracées se croisaient précisément au centre, au niveau du sexe du crucifié.

Salah retourna à la lumière et acheva de transmettre le message.

— Voilà, Aline. Il ne nous reste plus qu'à attendre la réponse. Ils ont tout le matériel nécessaire à Paris. J'ai demandé à recevoir les coordonnées géographiques de ce point. Vous avez raison, Aline. Ce triangle est une carte. Et nous devons découvrir ce qu'elle représente.

32

Lentement.

La déraison s'était emparée de l'esprit de Pierre lentement.

Il avait bien senti un vague malaise en quittant le restaurant. Il s'était assis un instant sur le sable sec, le temps de se remettre. Et puis il était reparti, guettant le moindre signe, à l'affût de tout ce qui allait se passer. Pierre voulait ardemment reprendre les rênes de son destin. S'il ne parvenait plus à dormir, il était alors nécessaire qu'il mette cette incapacité à profit.

Si, comme il commençait à le croire, son état lui permettait de lire des signes autrement indéchiffrables dans l'immense flot d'informations du quotidien, alors il se devait de les interpréter. Pour lui, et surtout pour Élise, qu'il risquait de ne jamais connaître s'il ne triomphait pas.

À cent mètres du rivage, la sensation de liquéfaction de son cerveau réapparut. C'était comme si l'eau appelait l'eau. Pierre nota cette réflexion et poursuivit. Cette fois, la modification de ses perceptions se fit de manière plus subtile. Son champ visuel se rétrécit, son odorat s'aiguisa et il était à présent capable de sentir chacun de ses poils se soulever sous l'action du vent.

Pierre apprécia ce sentiment décuplé de vie. Mais le revers de la médaille surgit alors sans crier gare. Une douleur atroce s'empara de son crâne. Pierre tituba. Comme la veille, il pressa ses mains sur ses tempes, de toutes ses forces.

Il ne perdit pas connaissance. Son corps tomba sur le sable. Il garda les yeux ouverts, se rendant compte que l'univers entier se tordait étrangement et il demeura là, étendu sur le sol, jusqu'à ce que la douleur le quitte, aussi soudainement qu'elle était apparue.

Alors, Pierre se redressa. Ne pouvant plus compter sur ses sens, il décida de rester tranquillement assis en attendant d'autres signes.

La lumière du soleil revint tout à coup. La plage avait de nouveau disparu et Pierre ne parvenait pas à s'orienter. Tout simplement parce qu'il n'y avait rien. Rien d'autre qu'une couleur grise où chatoyaient des nuances de mauve.

Ce n'est qu'ensuite que déferlèrent des images d'un réalisme extraordinaire. Il y eut d'abord un flot de gens qui avança vers lui, l'engloba pour disparaître ensuite. Pierre observa autant de visages qu'il put. Il ne reconnut personne. Il se dit qu'il devait avoir croisé ces gens la veille, un mois ou des années plus tôt. Ou qu'il les avait vus dans des magazines, des films ou sur des photos. Il ne se croyait pas capable d'inventer autant de faciès en une fois. En revanche, sa mémoire recelait trente-cinq ans de souvenirs visuels.

Pierre sortit son carnet et nota scrupuleusement tout ce qu'il distinguait. L'exercice était terriblement difficile, son écriture saccadée. Mais il tint bon. Il devait garder coûte que coûte une trace de ces images.

Après la foule, il aperçut la tête du taureau qu'il avait vu la veille. Mais cette fois, elle ressemblait à un tag.

Pierre décida de se focaliser sur ce dessin. Ce taureau énigmatique devait d'une façon ou d'une autre être lié à sa quête. C'est à cet instant que des flashes surexposèrent la scène. Le toréador refit son apparition. Il portait à présent une grande chemise blanche et ce médaillon que Pierre avait jugé si féminin. Il tendit la main pour l'attraper et découvrit qu'un triangle brillait en son centre. Mais là encore, son hallucination l'empêcha d'appréhender la matière.

Pierre se jeta en avant, mais il glissa sur le sol. L'homme avait fait un pas en arrière et lui lançait un regard inquiet. Après quoi, il déguerpit. Pierre se releva pour apercevoir la forme éthérée de l'homme s'évanouir dans une obscurité nouvellement tombée, un taureau surdimensionné sur ses talons. Pierre s'élança. Cette fois, il avait conscience de mélanger réalité et hallucination. Il pouvait sentir le sable sous ses chaussures. Une longue vague de la marée montante le trempa jusqu'aux chevilles.

Alors il courut, allongea ses foulées, ébranla son grand corps musclé perclus de fatigue. Bientôt, ses poumons le brûlèrent horriblement. Pierre souffrait, mais il accéléra encore. Il voulait comprendre.

Et la connaissance commença à pénétrer sa raison.

La lumière qu'il avait vue la veille, tout près du corps mourant d'Élise, cette même lumière qui zébrait la scène, il la voyait à présent en face de lui. Elle passait dans le ciel, au-dessus des dunes, en provenance de Berck-sur-Mer.

Pierre força son allure. Le taureau était à peine visible et il ne voulait pas le perdre. Il lui échappa pourtant, à mi-chemin entre la plage du Touquet et celle de Berck.

Pierre se retrouva seul. Il ralentit et finit par s'arrêter. Il était en nage et psychologiquement très amoindri. Tout ce qu'il conservait de son expérience hallucinatoire se réduisait à un long faisceau lumineux qui balayait l'océan à intervalles réguliers.

33

Stanislas se réveilla en sursaut. Le poste de télévision hurlait.

Il chercha la télécommande et la trouva sous son coude. Il coupa le son et secoua la tête. Le rêve qu'il venait de faire lui laissait une curieuse impression de peur mêlée d'excitation. Un sentiment de déjà-vu traînait aussi à la surface de sa conscience. Qui était cet homme dont il conservait parfaitement les traits en mémoire ? Il était certain de ne jamais l'avoir croisé et, pourtant, son visage lui était familier.

Stanislas se leva et alla se rafraîchir au robinet. L'eau directement tirée du puits était glacée. Il se sentit aussitôt mieux, mais la sensation désagréable d'être traqué perdura. Et il ne pouvait souffrir plus longtemps ce sentiment d'insécurité. Il lui fallait agir. Vite.

Il se glissa au-dehors et tendit l'oreille.

Seuls des grillons faisaient entendre leur parade nuptiale. Stanislas traversa la cour, ouvrit la porte du bunker et s'approcha de la paroi derrière laquelle se trouvait Élise.

La jeune femme respirait doucement.

— Tu me le dis, mon ange ? Dis-moi comment tu as fait…

Stanislas n'eut qu'un soupir pour toute réponse. Et un léger sanglot.

— Tu ne veux pas partager… Je peux te contraindre, tu sais que je le peux ?

Élise secouait lentement la tête en serrant les dents.

— Ça peut encore durer des jours… Des jours et des nuits, mon ange de lumière.

Il passa deux doigts dans la mince ouverture et effleura la joue de la jeune femme, qui eut un violent mouvement de recul.

Stanislas n'insista pas. Il ne se sentait pas d'humeur taquine. Il se cala contre la paroi de béton, les jambes repliées sous les fesses.

Le silence s'installa dans la noirceur du bunker, lourd et chargé de colère. Les deux êtres séparés par le mur en parpaings et les plaques de tôle pouvaient presque palper leur ressentiment. Et pour Stanislas, il devenait difficile à supporter. Il attendit, guettant le premier signe de reddition de sa proie.

Un mot, une toute petite phrase. Cet instant sublime où elle allait parler pour abréger ses souffrances. Et lui livrer enfin son fabuleux secret.

Mais il n'obtint pour toute réponse que le souffle rapide d'Élise, terrorisée par sa présence.

Les souvenirs affluèrent.

Grishka aussi avait haleté comme ça, la première fois.

Stanislas avait posé les mains de son frère sur le fusil. Il lui avait appris à palper l'arme et à apprécier le poids du canon. Il lui avait montré comment viser pour toucher la proie au meilleur endroit, l'abdomen palpitant du lapin, couvert de poils blancs, prêt à exploser sous l'impact. Et à libérer les tripes fumantes.

Grishka haletait, comme Élise à cet instant.

Stanislas se redressa.

Elle ne parlerait pas.

Il devait admettre qu'il avait fait fausse route. Il n'obtiendrait jamais rien d'elle. Pas de cette façon. La force mentale de sa prisonnière était immense.

Élise savait. Élise avait un secret qu'il convoitait. Élise était entrée dans sa tête, à l'instant même de sa sortie du coma. Elle devait être capable de lui expliquer ces sensations de déjà-vu. Elle qui avait deviné ses bêtises d'enfant le mettrait sur les traces de cet homme dont la présence résonnait comme une menace.

N'était-elle pas un être de lumière ?

Stanislas ne put s'empêcher de lâcher un profond soupir.

— La réponse se trouve ailleurs.

Les mots jaillirent de sa bouche alors que la solution germait déjà dans son esprit dérangé.

— Pourquoi n'y ai-je pas songé plus tôt ? murmura-t-il en se redressant vers la fente où il devinait deux yeux brillants. Je vais te faire parler, mon ange. Ah, oui, tu peux me croire. Tu vas même me supplier de t'écouter…

34

Stanislas se gara à deux cents mètres de l'entrée principale de l'Hôpital maritime, au plus près des accès à la baie. Il plia soigneusement une housse à vêtements et la glissa sous sa chemise. Après quoi, il gagna la plage et se faufila dans la nuit. Il longea discrètement la façade arrière du long bâtiment à la recherche d'un passage. Pour avoir séjourné des semaines dans l'établissement, il savait que le personnel laissait certaines fenêtres ouvertes pendant la nuit, surtout en été.

Trois accès s'offraient à lui. Le premier ouvrait sur la salle commune, occupée par une demi-douzaine de personnes affalées devant une télévision. Il le négligea. Trop de monde et trop éloigné de son objectif. Le deuxième était incertain. Un rideau lui cachait la vue, mais des voix et des éclats de rires lui parvenaient.

Stanislas se dirigea vers l'extrémité nord de l'hôpital. Là se trouvait la troisième fenêtre ouverte. Il y jeta un regard et aperçut le dos large et rond de Françoise, l'infirmière-chef. Elle était plongée dans la lecture d'un magazine. Sa main allait et venait entre un paquet de biscuits et sa bouche.

— Tu finiras bien par lever ton gros cul de là, murmura-t-il pour lui-même. Quand tu auras terminé de te goinfrer.

Stanislas dut patienter une demi-heure, assis contre la balustrade qui délimitait le chemin de promenade. Il en profita pour se représenter l'action qui l'attendait. Une fois dans la salle, il devrait prendre le couloir sur sa gauche, passer une, deux, trois, quatre portes, traverser un couloir perpendiculaire à celui qu'il emprunterait et ouvrir l'accès coupe-feu. La petite dormait dans la première chambre du service, au plus près de la salle des infirmières. Stanislas savait qu'elles étaient peu nombreuses la nuit et, à cette heure tardive, probablement somnolaient-elles à moitié, les fesses rivées sur leur chaise.

Lorsque Françoise quitta le local de permanence, Stanislas ne perdit pas de temps. Il fondit sur la fenêtre et sauta sur le rebord, puis se laissa glisser discrètement à l'intérieur de l'hôpital.

Là, il sortit un couteau de la poche arrière de son pantalon et attendit, écoutant attentivement les bruits de la nuit.

Comme il n'entendait rien, il risqua un regard dans le couloir. Il n'eut que le temps de reculer. Françoise avait fait demi-tour et revenait vers lui. Stanislas chercha un endroit où se cacher. Il n'y en avait pas. Aussi se colla-t-il dans le seul angle mort de la pièce, près de la porte. Avec un peu de chance, l'infirmière ne le verrait pas.

Mais il changea d'avis dès que Françoise fut de retour. Elle sentait un parfum bon marché qui ne couvrait pas son odeur corporelle. Stanislas ne l'avait jamais aimée. Françoise avait toujours un petit sourire accroché aux coins des lèvres quand il la croisait. Elle s'était occupée de lui, alors qu'il errait dans le coma. Il ignorait si elle était allée jusqu'à le laver, mais quoi qu'il en soit, elle ne pouvait ignorer son… Stanislas ne réussit pas à achever sa pensée. C'était trop désagréable. Celle qui venait de se projeter dans son esprit déviant était en revanche beaucoup plus à son goût.

Stanislas fit un pas dans le dos de la surveillante et l'exécuta en silence, d'un geste rapide, une main plaquée sur sa bouche pour qu'elle ne puisse pas donner l'alerte. Le couteau à désosser trancha la gorge sans rencontrer d'obstacle. Stanislas laissa le corps s'affaisser, puis toisa Françoise. Le regard affolé que lançait la grosse femme ne lui plut pas. Il s'agenouilla à ses côtés et frappa méthodiquement les yeux exorbités.

Il ne se releva pas aussitôt. L'odeur du sang lui donnait le vertige. Il profita des derniers gargouillis provenant de la gorge ouverte, se félicita de sa virtuosité à manier une lame et de son audace. À partir de cet instant, il allait éliminer tous ceux qui se mettraient en travers de son chemin. Et peu importerait la manière. Il allait prouver à son ange qu'il était capable de massacrer un humain chaque jour, s'il le désirait.

En toute impunité…

— Pauvre truie, murmura-t-il à l'attention de Françoise.

Il quitta la pièce presque à regret et passa la double porte coupe-feu. Le couloir était désert. Quelques veilleuses jalonnaient chichement le service. Seule une salle était éclairée, à quinze mètres devant lui.

Stanislas tendit l'oreille. Des voix de femmes lui parvenaient, assourdies.

Personne ne viendrait le déranger. Il avança alors lentement dans le couloir et ouvrit la porte de la chambre d'Oriane. Là aussi, une ampoule de faible intensité portait sur le lit une lumière faite d'ombres et de doux rougeoiements.

La gamine dormait à poings fermés.

Stanislas déposa la housse sur une chaise, sortit une fiole de chloroforme de sa poche et en imbiba une serviette qui traînait là.

Il plaqua le linge humide sur la bouche et le nez de la petite, puis il attendit quelques secondes. Il fit alors glisser la housse le long de la fillette, l'ouvrit, et souleva Oriane dans ses bras. Il fut surpris par la légèreté de l'enfant et se prit à sourire. Puis il acheva sa besogne. Il glissa le corps dans la housse et la referma. Il allait la charger sur son épaule quand il se rendit compte qu'un détail clochait. Il redescendit la fermeture Éclair d'une vingtaine de centimètres, de quoi laisser le petit visage apparent.

Ainsi enveloppée, Oriane ressemblait à une marionnette miniature. Stanislas sentit son cœur se gonfler d'orgueil teinté d'un amour malsain. Puis il se souvint du cadavre de Françoise et se hâta d'emporter Oriane vers ses lugubres projets. Au dernier moment, il aperçut la peluche qui ne quittait pas la fillette. Il songea qu'elle lui poserait moins de problème s'il ne la séparait pas de cet horrible matou sans queue et le coinça sous son bras.

Stanislas avança dans le couloir comme une ombre, passa la porte coupe-feu et se dirigea vers la salle de permanence. Les yeux de l'enfant s'étaient ouverts. La dernière chose qu'ils virent avant de se refermer fut une peluche qui tombait par terre et roulait jusqu'à un mur blanc.

35

Oriane creusait le sable de ses petites mains.

Salah caressait ses cheveux.

Le soleil baissait sur l'horizon, agrandissant les ombres sur la plage.

Élise vomit de longs traits de bile. Elle avait peur et cette émotion lui faisait plus de mal que la douleur elle-même.

Le chat sans queue miaulait des notes suraiguës qui lui vrillaient les tympans. Il lui crachait son haleine fétide au visage. Ses poils longs étaient doux comme de la soie.

Son odeur, celle du chocolat.

Élise se souvint que la petite fille avait une peluche qui sentait bon. Un gros chat aux moustaches arrachées, maintes fois recousu.

« Pourquoi n'y ai-je pas songé plus tôt ? Je vais te faire parler, mon ange. Ah, oui, tu peux me croire. Tu vas même me supplier de t'écouter... »

Les phrases menaçantes du gros chat résonnaient dans sa tête.

Le martèlement des sabots. Le monstre noir et luisant prêt à charger l'homme en chemise blanche.

Une migraine atroce frappa les tempes d'Élise. Ses yeux secs et brûlants la démangeaient tant qu'elle crut devenir folle.

— Non ! Pas elle !

Élise sentit l'odeur caractéristique du chloroforme sur son nez et sa bouche. Une étoffe humide l'empêchait de respirer. Elle voulut hurler mais aucun son ne s'échappa de ses lèvres desséchées. Elle sentit des mains puissantes la soulever. La peur. Une indicible peur l'envahit.

Élise ! Élise !

La petite voix d'Oriane retentissait dans son crâne dévasté par la douleur. Son cœur palpitant semblait broyé par un gant de fer. Élise fut secouée par un violent sentiment d'urgence. Elle voulut bouger pour libérer l'enfant, mais les liens mordaient sa chair. Des éclairs blancs illuminèrent le bunker. Elle pouvait distinguer, dans un brouillard halluciné où tout s'était déformé, les murs blancs des couloirs de l'hôpital, les lampes du plafond défiler en rythme à la place du sol.

— N'aie pas peur, Oriane. Je vais venir te chercher !

Les portes à l'envers. Les palmiers dans les bacs renversés. Et sa tête et son corps qui bougeaient de bas en haut. Les lignes se courbaient dans une danse bizarre. Élise. Élise. Élise. Élise.

Élise frappa brutalement son front sur les parpaings. Encore. Plus fort.

— Oriane ! Non ! Laisse-la ou je me tue !

Le bureau de Françoise, l'infirmière de nuit, collé au plafond. Et les dossiers qui volaient et remontaient doucement.

— Ne la touche pas ! Non ! Pas la petite !!

Les jambes couvertes d'un pantalon sombre et les chaussures qui battaient en rythme. Clac. Clac. Clac.

Élise hurla et hurla encore, à s'en déchirer la gorge. Elle voulait sortir de cet enfer, briser cette horrible prison. Et sa tête cognait droit devant. La douleur fut d'abord fulgurante, puis elle s'atténua progressivement.

Françoise et son sourire sanglant, d'une oreille à l'autre, à l'envers dans le brouillard.

— Maman !

Le gros chat sans queue roula dans le couloir jusqu'au mur blanc.

Élise percevait la terreur de la petite et frappait toujours. Un coup. Encore un. Un liquide gluant se répandit sur ses yeux et brouilla sa vision.

— Je vais mourir ! Je vais mourir ! hurla-t-elle.

Élise se cogna. Encore, encore plus fort.

Les muscles raidis de son cou se crispèrent à la base de son crâne.

Elle se libéra enfin. Les blocs de pierre se fracassèrent.

Élise sembla flotter quelques instants face à son corps brisé. Elle ne se reconnut pas. Elle erra alors dans la noirceur du bunker, puis traversa l'épaisse paroi.

Près des dunes, elle rencontra un homme. Très grand. À l'âme très douce. Elle caressa sa joue. Elle sut qui il était et son cœur se remplit de joie.

Elle jeta un dernier regard sur le littoral et referma la lourde porte derrière elle.

36

Depuis deux heures, Pierre cherchait pourquoi son hallucination l'avait abandonné au beau milieu de la plage, quelque part entre Berck-sur-Mer et Le Touquet. Il avait tout d'abord fouillé l'immense étendue de sable, puis les dunes et s'était finalement introduit dans la longue pinède qui bordait la côte. Surexcité, il avait parcouru l'endroit en tous sens, s'arrêtant parfois pour prendre des notes. C'est ainsi qu'à la faveur du clair de lune, il avait couvert plusieurs pages de triangles, traquant ce qu'ils pouvaient bien symboliser, essayant d'y faire entrer le phare, le taureau et l'homme qu'il avait pourchassé.

Mais, devant l'inutilité de ses efforts, il avait cédé à l'agacement et s'était remis sur pied. Il avait besoin de transpirer, d'évacuer par l'échauffement de son corps l'inaptitude de son esprit.

Il retourna alors à son point de départ sur la plage et chercha à se remettre dans les conditions initiales de l'hallucination. La lumière du phare tournait lentement. Quelque part, des moteurs de voitures rugissaient. Pierre attendit un long moment, immobile, le visage dans le vent frais. Mais il ne voyait, ne ressentait aucun signe, aucune manifestation sensorielle. Sa psyché ne fabriquait aucune image.

Un triangle. Un taureau, du béton, un tag. Élise.

En désespoir de cause, il escalada la dune et observa les environs. La mer était d'un noir d'encre et la pinède se perdait rapidement dans une obscurité épaisse. Pierre décida de traverser cette forêt.

Du béton armé. Un tag. Un taureau.

Ce n'est qu'auprès des hommes qu'il pourrait trouver Élise.

En redescendant la dune, il eut une brève vision d'elle venant à sa rencontre. Elle marchait très légèrement au-dessus du sable. Elle paraissait épuisée, mais il reconnut ses traits. Bouleversé, Pierre s'arrêta et lui ouvrit ses bras. La frêle silhouette s'approcha.

— Où es-tu ? hurla-t-il.

Il tourna sur lui-même, complètement désorienté. La main d'Élise effleura son visage qui se couvrait de barbe. À travers le brouillard de ses larmes, il vit la jeune femme lui adresser un sourire lumineux et disparaître.

Stanislas verrouilla la portière doucement. Il ne voulait surtout pas réveiller la petite. Il se tint un instant au milieu de la cour, partagé entre l'idée de l'étendre sur son lit ou de la montrer tout de suite, encore endormie, à Élise.

Les aboiements d'un chien le décidèrent. Il entra dans la maison et installa directement Oriane dans sa chambre. Non. Il n'allait pas faire entrer la fillette dans le bunker. Il allait procéder autrement.

Au petit matin, lorsqu'elle se réveillerait, il devrait être à ses côtés. D'abord pour lui expliquer que le professeur Mariani la lui avait confiée, qu'avec Élise, ils avaient prévu de l'emmener en vacances. Après des mois de rééducation, cette petite avait besoin de changer d'air. Et elle aimait tant sa chère Élise…

Pour finir, il devrait la convaincre que les gros chats sans queue, c'était fait pour les bébés. Oriane était une grande maintenant. Elle aurait droit à une jolie poupée toute neuve.

Stanislas se félicita. Il jugeait ses arguments excellents.

Ensuite, il forcerait Élise à être obéissante. Il lui laisserait entendre les cris de joie de la fillette jouant dans la cour… ou la menacerait de tuer un innocent par jour. Depuis que cette idée lui avait traversé l'esprit, il se sentait terriblement puissant.

Satisfait par la simplicité avec laquelle les événements de la nuit s'étaient déroulés, Stanislas recouvrit Oriane d'une couverture et quitta la chambre.

Il se débarrassa de la housse et de la bouteille de chloroforme et redescendit au rez-de-chaussée. L'après-coup de l'excitation commençait à se faire sentir. Stanislas avait les yeux fatigués et une langueur s'emparait de son corps. Pourtant, il rechignait à aller se coucher. Ses rêves s'étaient peuplés de curieux accents réalistes qu'il commençait à redouter.

Il choisit alors de veiller le reste de la nuit.

Pour tenir, Stanislas rangea ses affaires. Il avait été suffisamment imprudent. Avant son accident, il lui importait peu de laisser des traces et des preuves de son passage un peu partout. Aujourd'hui, il voulait rendre justice à son art, prévenir le péril, analyser et gérer au mieux ses nouvelles activités.

Son travail s'acheva avec le lever du jour. Stanislas ressentait une intense fatigue, mais elle était contrebalancée par la satisfaction d'avoir agi.

Il pouvait à présent se faire plaisir et annoncer la bonne nouvelle à son ange. Incapable d'attendre plus longtemps, il traversa le jardin et déverrouilla la porte du bunker.

Pierre mit un moment avant de repartir. Il avait été ébranlé par cette silhouette tant espérée qui venait de s'évanouir sous ses yeux. Perdu, il tenta en vain de retrouver son odeur dans les effluves libérés par les pins. Il louvoya entre les troncs, les mains tendues, le prénom d'Élise sur les lèvres. Mais rien ne vint.

Il s'enfonça à regret sous le couvert des arbres. La forêt bruissait de mille petits bruits. Lorsqu'il s'approcha des zones habitées, les murmures de la pinède s'estompèrent. Il fit aboyer quelques molosses, s'illuminer les fenêtres de plusieurs maisons. Il les évita soigneusement, persuadé qu'un chien n'avait rien à faire dans son histoire.

Une centaine de mètres plus loin, il traversa une route départementale et s'arrêta, incertain de la direction à prendre. Il décida finalement de se fier à son instinct. Dans ses hallucinations, la lumière clignotante s'était toujours trouvée sur sa droite. Il garda le phare à trois heures et s'enfonça dans une nouvelle pinède. Celle-ci n'était pas entretenue par les services de protection du littoral. Pierre dut se battre contre d'épais buissons de ronces pour avancer. Il serra les dents et tendit sa volonté vers l'image d'Élise.

Lorsqu'un quart d'heure plus tard, il gagna l'aire dégagée d'un chemin privé, ses jambes de pantalon étaient en lambeaux et ses avant-bras sanguinolents dans la lumière du jour naissant.

Stanislas nota avec plaisir que l'odeur d'urine avait franchi un degré supplémentaire en son absence. Il y en avait aussi une autre, mais Stanislas n'arriva pas à lui donner une origine. Elle avait un goût fade et léger.

Il empoigna sa lampe torche et la braqua sur le visage d'Élise.

Ce qu'il découvrit alors lui ôta toute réaction pendant quelques secondes. Sa marionnette s'en était allée, de son propre chef, par des chemins sur lesquels il ne pourrait pas la suivre. Son ange s'était échappé sans lui avoir livré tous ses mystères.

Un long hurlement de colère monta de sa gorge. Fou de rage, Stanislas cria longtemps, jusqu'à perdre haleine. Il dut se battre pour ne pas démolir son œuvre et molester le corps de la traîtresse.

C'était la première fois. Son premier ratage. Son premier échec.

Il décida aussitôt que ce serait le dernier.

Il sortit de sa poche un mouchoir blanc qu'il jeta sur le visage de la malheureuse. Ce serait aussi le dernier.

Stanislas Opalikha devait impérativement mettre un point final à cette collection-là. L'Embaumeur allait mourir avec cette terrible expérience. Ce serait sa dernière œuvre. Celle d'un moribond.

L'homme sorti du coma avait muté. Il était de la race des meilleurs. Il avait appris à garder le contrôle. Il savait prendre des décisions, échafauder des plans. Il appréciait l'art de la traque. Il apprenait peu à peu celui de la transparence. Il allait enfin laisser libre cours à toutes ses pulsions. Et maîtriser son destin.

Stanislas Opalikha allait prendre un nouveau chemin. Plus grandiose. Plus excitant. Plus meurtrier encore. Il déposa calmement la torche électrique sur la table et quitta le bunker sans même le refermer.

Un cri déchira le silence du point du jour. Le sang de Pierre se glaça. La voix était manifestement celle d'un homme, mais Pierre ne put statuer sur ce qu'elle exprimait. Haine, colère ou désespoir, tout y était.

Il fut aussitôt sur ses pieds.

Pierre remonta le sentier en courant et se heurta bientôt à une grille fermée. De l'autre côté de l'ouvrage en fer forgé et du haut mur d'enceinte, il y avait une voiture stationnée devant une maison ancienne. Poussé par une curiosité insatiable, Pierre actionna le loquet. La porte était verrouillée.

Dans le jardin, la lumière du jour montait graduellement. Les oiseaux piaillaient un peu partout dans les arbres et sur les toits. Stanislas se sentait en dysharmonie complète avec ce décor. Il n'avait plus qu'une idée en tête, se coucher, fermer les yeux sur ce cauchemar, oublier sa marionnette sanglante, laide. Muette. Différente de ce qu'il avait espéré.

L'idée de tourner définitivement la page ne chassait pas toute l'amertume de l'échec. Il avait encore des difficultés à admettre qu'il n'avait su arracher à Élise le secret de son extraordinaire capacité.

Il gravit rapidement les marches jusqu'au premier

étage. La forme immobile de la petite lui indiqua qu'elle dormait d'un sommeil paisible.

— Et toi, que sais-tu ? Tu as vu Élise, tu te souviens de son médaillon… Tu sais comment elle a fait ?

Épuisé par sa nuit de veille, Stanislas repoussa ces questions à plus tard. Il serait toujours temps d'interroger la gamine, et ce serait plus facile qu'avec Élise. La candeur et l'innocence se livraient toujours sans retenue. Il n'aurait qu'à recueillir ces paroles quand bon lui semblerait.

Il referma la porte et entra dans la chambre voisine, puis se dirigea directement vers la fenêtre pour baisser les volets. Mais il suspendit son geste, stoppé dans son élan par une scène improbable. Il y avait un homme debout devant la grille. Sa taille, sa corpulence, sa silhouette, la couleur de ses cheveux, tout correspondait à celui qui hantait ses rêves.

Stanislas recula d'un bond pour ne pas être vu. En quelques secondes, il réussit à maîtriser sa respiration et ralentir sa fréquence cardiaque. Il s'approcha lentement du carreau. Il vit l'homme essayer d'ouvrir la porte, puis disparaître derrière le mur d'enceinte.

37

Pierre longea l'édifice sur une trentaine de mètres et buta contre une excroissance en béton. Aux ferrures rouillées qui saillaient de la masse, il sut qu'il avait devant lui une construction militaire, sans doute un blockhaus de la Seconde Guerre mondiale. Il en avait déjà croisé plusieurs dans les environs du Touquet.

Et là, peint à la bombe à un mètre du sol, il découvrit un tag en forme de tête de taureau.

Rien en cet instant n'aurait pu dissuader Pierre de poursuivre. Il devait pénétrer dans cette maison, la fouiller de fond en comble. Il ignorait si Élise s'y trouvait, mais cette demeure avait un lien avec elle et les hallucinations dont il était victime.

Il revint donc à son point de départ et escalada la grille, sans se soucier des pointes en fer sur lesquelles il manqua s'empaler. Il se précipitait vers la maison quand son regard fut attiré par la porte béante du bunker. Pierre n'hésita pas. La tête de taureau se trouvait sur ce bâtiment. C'était donc à l'intérieur de celui-ci qu'il devait se rendre.

Il y entra sans prendre garde, obnubilé par son obsession de sauver Élise. Mais il s'arrêta aussitôt. L'obscurité était épaisse et une forte odeur d'excréments empuantissait l'air. La porte, bien qu'ouverte, était trop basse et mal orientée pour laisser entrer suffisamment de clarté.

Pierre tâtonna à la recherche d'un interrupteur. Lorsqu'il eut accompli un tour complet de la pièce, il se risqua en son centre. C'est là qu'il buta contre une table. Ses mains en parcoururent la surface et rencontrèrent une lampe torche.

Au moment où le faisceau partait vers le plafond, la porte se referma derrière lui. Pierre fit volte-face, tira de toutes ses forces sur la poignée, en vain.

— Ouvrez-moi ! hurla-t-il en tambourinant sur la paroi métallique. Ouvrez, bordel !

Il s'époumona plusieurs minutes, frappa la porte, se jeta dessus, épaule en avant, rien n'y fit. La construction était solide.

Stanislas écouta une poignée de minutes les appels furieux puis plaintifs de l'homme, en se gargarisant de sa propre suffisance. Il avait été malin, très malin, mais il comprenait aussi l'avertissement envoyé par le destin. Il avait été imprudent de ne pas prêter attention aux signes. À présent, il allait se reprendre, rester aux aguets, ne pas donner aux malfaisants la possibilité d'interrompre son œuvre.

Il chargea ses sacs dans la voiture et monta à l'étage. Sa main se referma sur le manche du couteau à désosser.

— J'en fais quoi ? se demanda-t-il, encore incertain. Une gamine de cet âge, c'est un vrai boulet.

— Brillant comme tu es, tu vas bien trouver la solution, se répondit-il aussitôt. Et si cette petite te servait de bouclier ? Un père et sa fille…

— Magnifique !

— Intelligent ! reprit Stanislas. Et peut-être te permettra-t-elle de ne plus te laisser surprendre !

— Elle est si mignonne… si… craquante. Mmm…

L'image du visage d'Oriane encadré dans la housse lui revint. Il avait beaucoup aimé cette version miniature de ce qu'il appelait son péché mignon. L'idée de commencer un nouveau type de collection jaillit dans son cerveau malade. Finalement, Stanislas s'aperçut que l'avenir lui souriait. Des petites filles, des inconnus, quelle importance ? Le monde était vaste, rempli de futures victimes, encore insouciantes, inconscientes du danger qui les guettait.

— Elle ne se moquera pas, murmura-t-il en glissant le couteau dans sa ceinture. Non, celle-là ne se moquera pas. Jamais !

Pierre cessa de tirer sur la porte en métal. Elle ne céderait pas.

Il braqua la lumière le long des murs, fouina un peu partout, mais ne découvrit aucun objet susceptible de l'aider à sortir.

Pierre avait besoin de réfléchir. On n'enferme pas les gens comme ça, sans raison. Celui qui avait fait ça risquait de revenir. Et il ne serait probablement pas armé de bonnes intentions.

Il se laissa glisser le long d'un mur. Il fallait qu'il se calme, qu'il utilise son intelligence pour se tirer de ce mauvais pas.

Mais toute capacité de raisonner disparut quand le rayon de la lampe torche s'arrêta sur le mur opposé, à moins de deux mètres du sol. Il y avait là un parpaing manquant dans la cloison et derrière ce vide, Pierre devina qu'il y avait quelqu'un.

L'horreur vint une poignée de secondes plus tard, lorsqu'il se fut approché de la forme énigmatique dont le visage avait été recouvert d'un linge maculé. Pierre sut aussitôt qu'il s'agissait d'Élise.

— Mon Dieu, murmura-t-il dans le silence épais du bunker.

Il tendit une main timide, rejeta le mouchoir humide et releva le visage pour y chercher la vie. Mais il ne la trouva pas. Du sang avait coulé sur le nez et le front de la jeune femme et sa chair était mâchée par les coups reçus.

Élise était morte et, à en croire le sang qui n'avait pas eu le temps de coaguler, il l'avait manquée de peu.

38

— Je ne vous cache pas que je suis ravie de voir le domaine se transformer en antenne de la presse parisienne ! Pour une fois qu'il se passe quelque chose ! Vous savez, en dehors de la brume et des corbeaux, ici, c'est assez mort !

Salah éclata de rire en lançant un regard complice à Réjane Koska qui venait d'arriver au château avec des nouvelles toutes fraîches.

— N'exagérez-vous pas un peu, Aline ? s'exclama la journaliste. Il fait beau, le ciel est bleu, les champs de tournesols sont magnifiques ! Moi, ce que je dis, c'est que ça manque plutôt d'hommes, par ici !

— Les ouvriers reprennent les travaux bientôt ! Patience, gente dame ! Il y en aura bien quelques-uns à votre goût ! gloussa Aline.

— Quelle horreur ! s'écria Réjane, pour qui la douceur d'une femme était bien plus confortable qu'une toison suante et un grain de peau irrégulier.

Aline précéda les deux femmes dans la cuisine, devenue le centre névralgique du château. Les photos des fresques de l'évêque avaient été punaisées sur un tableau de liège, ainsi qu'une reproduction des armoiries de la famille. Une mappemonde trônait sur la table.

— Je vois qu'on s'organise ! s'exclama Réjane en ouvrant sa mallette.

— Un café, un thé ? s'enquit gentiment Aline, pendant que Salah prenait place face à la rédactrice.

— Café, s'il vous plaît, comtesse. Merci.

— Pour moi aussi, Aline. Ce sera parfait, glissa Salah.

L'hôtesse prépara un plateau, y disposa des tranches de cake et du café frais.

— Je suis heureuse de vous accueillir, Réjane, curieuse également. Qu'est-ce qui vous a fait vous déplacer jusqu'ici ?

— Une bonne raison, vous pouvez en être sûre,

Aline. Sinon, Madame ne se promène jamais et reste les fesses collées à son fauteuil de ministre, répondit Salah.

— Salah… tu exagères !

— Je t'ai toujours dit qu'un peu de marche ferait du bien à tes hémorroïdes !

Réjane haussa les épaules en faisant la moue.

— Alors, dites-nous, s'exclama Aline en pouffant.

Elle s'installa à côté de la journaliste.

— Vous êtes vache avec elle, je trouve, chuchota-t-elle.

Elle servit le liquide fumant, sucra chaque tasse et distribua le gâteau.

— Sean Galloway. Ça ne vous dit rien, comtesse ? articula Réjane.

La vieille dame acquiesça, l'air assombri.

— Si, bien sûr. Une étrange histoire. C'est arrivé il y a huit ans. Mais quel est le rapport ?

— Quoi ? Qui est ce Sean Galloway ? s'interposa Salah. Ne me faites pas de cachotteries, vous deux !

— Allez-y comtesse, je compléterai, dit Réjane en sortant des dossiers cartonnés de son sac.

Aline haussa les sourcils, intriguée. Elle plongea ses lèvres dans le breuvage brûlant et avala une tranche de cake avant de se lancer.

— D'abord, Réjane, veuillez cesser de m'appeler comtesse. Je dois vous dire que ça me barbe.

Réjane grimaça un consentement muet.

— À quelques kilomètres d'ici, reprit Aline, un homme a été sauvagement assassiné. Il paraît que son visage et sa tête étaient réduits en bouillie. C'était un industriel américain, un homme très riche. Personne n'a jamais vraiment su ce qui lui est arrivé et ce qu'il faisait là.

— Chez vous, ajouta Réjane.

Salah se pencha vers la comtesse et posa sa main sur son bras.

— En effet, lâcha Aline, le bois où on a retrouvé le corps appartient au domaine. Il fait partie des parcelles que l'évêque a ramenées dans le giron familial lors de son excommunication.

— Quel est le rapport entre cette affaire et notre triangle ? demanda Salah.

— J'ai réussi à localiser ta fameuse clé, Salah. Le centre du triangle.

Réjane déballa une représentation très ancienne de l'Europe continentale qu'elle étala sur la table. La forme gravée sur la fresque était clairement reconnaissable.

— Voici le royaume d'Austrasie, mesdames, au cœur de l'empire de Charlemagne. Ce royaume englobait des régions appelées aujourd'hui Hollande, Belgique, Champagne, Lorraine, Alsace et Rhénanie. Et ici, à la place des trois points du triangle, trois villes !

— Verdun, Metz et Toul, murmura Aline. C'était juste sous nos yeux. Le blason de l'évêque nous donnait tous les indices !

— Et le centre…

— Correspond au bois de l'évêché de Toul dont votre ancêtre a hérité !

— CQFD, laissa tomber Salah.

— C'est incroyable, dit Aline, et enfantin ! Pourquoi n'y ai-je pas pensé plus tôt ?

— Il fallait avoir un atlas en tête, ma chère. Ou être professeur d'histoire !

— Alors, c'est ainsi que tu as fait le lien entre le bois et ce Galloway !

Réjane ouvrit un autre dossier et en sortit des copies de coupures de presse.

— J'ai trouvé l'info assez rapidement. Cette affaire

de meurtre a défrayé la chronique. Aucune piste et, surtout, aucune empreinte, aucune trace. L'énigme est restée totale. Mais ce n'est pas tout ! Le dossier complet révèle qu'on a trouvé plusieurs feuilles de papier froissées sur la scène de crime et dans les poches du malheureux.

— Ne me dis pas que…, murmura Salah.

— Si. Sur ces papiers, il avait griffonné des triangles avec un point au centre.

Une vague de frissons submergea Salah. Aline était pâle.

— On ne nous en a jamais parlé, balbutia-t-elle.

— La police n'a rien trouvé à l'époque et ils n'ont pas fait le lien avec votre blason. Il faut dire qu'on ne se balade pas avec ses armes sur le front ! lança Réjane sur un ton acerbe. Par contre, j'ai pu récupérer les coordonnées de sa famille à New York et j'ai eu Ruth Scott, sa sœur, en ligne. Une femme charmante qui a accepté de me donner quelques informations sur lui. Sean Galloway était un homme d'affaires intraitable, célibataire et passionné par son histoire familiale. Il était obsédé par ces triangles inversés, mais Ruth n'a jamais su d'où il tenait ça. En revanche, elle m'a appris qu'il faisait des recherches sur ses ancêtres. Il voulait écrire un livre. Les Van Der Groen, ancêtres des Galloway, membres de la Compagnie néerlandaise des Indes occidentales, s'installent sur l'île de Manhatte en Amérique au début du XVIIe siècle, pour fonder New Amsterdam, rebaptisée New York en 1664 ! Ils ont emporté avec eux le personnage de saint Nicolas *(Sinter Klaas)*, coutume néerlandaise qui deviendra là-bas Santa Claus, l'équivalent de notre Père Noël. Il était sûr que les Galloway étaient à l'origine de cette tradition et il cherchait à le prouver à tout prix. Son voyage en Europe était l'occasion de remonter aux racines de la légende familiale.

— As-tu récupéré les documents ou le manuscrit ? demanda Salah.

— Non. Tout a mystérieusement disparu après sa mort.

— Zut ! Comment savoir alors ce qu'il faisait ici ? Se peut-il que vous soyez issus de la même famille ? ajouta Salah en se tournant vers la comtesse.

— C'est peu probable. Comme je vous l'ai déjà dit, nous connaissons nos ascendants jusque vers 1650 et nous n'avons pas de lien avec des familles venant du nord de l'Europe. Ou alors, ça remonte à beaucoup plus loin, et là, j'ai bien peur qu'on n'en retrouve pas de trace.

— De toute façon, si j'ai bien compris, le triangle apparaît avec l'évêque, donc fin du XVIIIe, s'exclama Réjane. Les Galloway étaient déjà partis pour les Amériques !

— Si son histoire familiale est liée au mythe de saint Nicolas, c'est normal qu'il soit venu dans le coin. C'est le patron de la région, expliqua Aline. Tous les gens d'ici fêtent le saint. Cela fait partie de nos traditions.

— C'est vrai, dit Salah. Ça peut expliquer sa présence en Lorraine. Mais pas ses dessins de triangles. Il avait probablement décodé la carte et il devait chercher quelque chose de particulier dans ce bois. Il est peut-être même mort pour ça.

— Tu ne crois pas que tu y vas un peu fort, là ?

Les trois femmes se regardèrent un long moment en silence.

— C'est ce que nous devons découvrir. Qu'y a-t-il dans ce bois ?

— Ça y est. Notre Salah est sur une piste. Et elle ne va pas la lâcher ! lança Réjane.

La journaliste ignora la moquerie, attrapa le dossier de Sean Galloway et le parcourut rapidement.

— J'ai fait fermer l'accès au bois depuis la tempête. C'est truffé de bombes de la Première Guerre mondiale, et avec tous ces arbres arrachés, on ne sait jamais, dit Aline.

— Nous allons y aller, ce sera le seul moyen d'en avoir le cœur net. Les coordonnées obtenues grâce à votre croquis sont assez précises. Il faudra chercher dans un rayon de deux ou trois kilomètres. Avec un GPS, rien de plus simple, proposa Réjane. Salah ? Qu'en penses-tu ?

Salah était plongée dans la lecture du dossier. Elle tournait les pages avec des gestes brusques.

— Où a-t-il bien pu trouver ce triangle ? Comment est-il arrivé jusqu'ici ? marmonnait-elle. Pourquoi ?

— Ruth m'a dit qu'il avait fait graver ce signe sur le mur de sa maison, assortit d'une maxime. Regarde, Salah, c'est écrit là.

La journaliste releva la tête.

— Où ça ?

Réjane feuilleta rapidement la pile de documents et pointa les dernières lignes dactylographiées d'une page cornée.

— « Si ta vie n'a pas de sens… »

— Fais que ta mort en ait un.

La voix de la vieille dame tremblait lorsqu'elle répéta la maxime de ses ancêtres.

— Si ta vie n'a pas de sens, fais que ta mort en ait un. Mon Dieu, comment est-ce possible ?

39

Le commandant Galiano était appuyé contre la balustrade du ponton de la promenade Debeyre, le regard perdu sur l'horizon. Les mouettes batifolaient autour de lui en poussant des cris stridents, quelques joggeurs arpentaient la plage à petites foulées rapides. Le jour se levait à peine sur Berck.

Il était quatre heures du matin lorsque Jacqueline avait découvert le corps de la surveillante du service gisant dans une mare de sang. Elle avait aussitôt appelé la police. La disparition d'Oriane avait été constatée par Marouan, le premier arrivé sur les lieux. Il avait rapidement fait le tour des chambres, et c'est devant le lit vide de la fillette qu'il avait compris l'ampleur du désastre.

— Tu as un don de voyance, ma parole, Starling ! T'es bien le premier brigadier de France à appeler le SRPJ à la rescousse la veille même des faits. Une vraie Mme Irma. Comment on dit déjà, chez toi ?

Marouan ne sourcilla pas et lâcha :

— Va te faire foutre, néocolonialiste.

Malgré son ressentiment vis-à-vis de l'initiative de Marouan, qui avait contacté Lille sans son accord, Galien devait bien admettre que la présence des enquêteurs du SRPJ était plus que nécessaire, vu la tournure que prenaient les événements. D'une simple disparition, on passait à un meurtre sauvage et à l'enlèvement d'une fillette de douze ans.

— Tu n'as pas pensé que ça pouvait être elle ?

Galien regarda Marouan comme s'il était devenu fou.

— Tu rigoles ?

— Personne n'a rien vu. Qui te dit qu'Élise Lamy

Saint-Genès n'a pas voulu emmener la petite et qu'elle a été dérangée par la victime ?

— Tu recommences, Starling, gronda Galien. La victime, comme tu dis, était mon amie depuis plus de dix ans. Elle s'appelait Françoise Perrin. Et elle est morte, bordel, saignée comme un porc !

Galien se rendit compte que la comparaison n'était pas très heureuse et se mit en colère pour masquer son chagrin.

— Tu n'es qu'un petit merdeux, Chraïbi. T'as la grosse tête parce que tu viens de la crim'. Mais ce n'est pas pour ça que tu es un bon flic ! Tu ferais mieux de garder tes hypothèses de taré pour toi !

Marouan se planta face à son commandant et le fixa avec insistance.

— On a une femme qui disparaît du jour au lendemain, une personnalité fragile, au bout du rouleau. Qui te dit qu'elle n'a pas pété les plombs ?

— L'instinct, affirma Galien avec force. Et puis, tu la vois vraiment égorger et bourrer de coups de poing une femme qui faisait le double de son poids ?

— Alors soit. Ce n'est pas elle. Mais qui alors ?

— La première question qu'il faudrait que tu te poses, blanc-bec, c'est : est-ce que les deux affaires sont liées ?

— À mon avis, oui. Avec deux disparitions et un meurtre dans la même unité en moins d'une semaine, c'est certain.

— Donc, c'est un familier du coin. Ou quelqu'un qui traînait dans les environs…

Marouan hocha la tête. Son regard s'éloigna du visage de Galien pour suivre une haute silhouette maigre qui se dirigeait vers eux. Il fit un signe de la main à l'homme qui approchait d'un pas rapide.

— Galien, je te présente Joseph Lieras, SRPJ de Lille.

— Capitaine ! dit Galien en lui tendant une main franche et énergique.

— Dis donc, Marouan, dit le capitaine Lieras en s'adressant au brigadier, c'est un véritable carnage, il n'a pas fait dans la dentelle, ton type. Et tu avais raison, les empreintes relevées sur place sont les mêmes que celles du dossier que tu nous as fourni. En revanche, rien dans le Fnaed[1].

Galien lança un coup d'œil interrogateur à Marouan.

— Ce ne sont pas celles d'Élise, expliqua le jeune homme, mais d'autres relevées dans la cuisine de sa maison.

— Pourquoi tu ne m'as rien dit ? lui reprocha Galiano en se renfrognant.

— Il s'agit d'un homme, pointure 42-43, entre un mètre soixante-quinze et un mètre quatre-vingts. Race blanche, impulsif, inconnu des services, annonça Marouan avec un petit air satisfait. Il sème ses empreintes, laisse des traces. Il se croit puissant, intouchable. Un vrai cinglé, un instinctif. Le meurtre de Françoise n'était pas nécessaire. Il pouvait enlever la petite sans problème, l'hôpital est ouvert aux quatre vents. Mais elle devait le dégoûter. Il doit y avoir plus d'une dizaine de profils concordants parmi le personnel de l'hôpital et les patients. Pourquoi pas un traumatisé crânien sorti du coma ou de rééducation depuis quelques mois ? Suffisamment pour développer assez de force musculaire pour assassiner Mme Perrin et soulever une petite fille.

— Quelle démonstration ! s'exclama Galien. Bravo, Starling, t'as pas volé ton surnom. Moi, je rentre à la

1. Fichier national des empreintes digitales.

brigade. Vous me passerez un coup de fil quand vous vous serez décidés à collaborer.

Le commandant Galiano tourna les talons et s'éloigna d'un pas rageur.

— Il est toujours comme ça ? demanda le capitaine Lieras.

— Non. Mais ça fait des années qu'il s'occupe de tôle froissée et d'accidents de baignade. Il a la volonté de bien faire, pas la méthode, c'est tout.

Les deux hommes reprirent le chemin de l'hôpital, empruntant le petit ponton en bois qui franchissait les dunes.

— Tu lui as fait ton numéro ?

Marouan hocha la tête.

— Il n'est même pas allé sur la scène de crime. Je voulais juste lui donner une petite leçon, c'est tout.

— C'est pas terrible.

— Il m'emmerde à longueur de journée avec des histoires de désert, rétorqua Marouan. Il me prend pour un gamin. Et puis, je ne t'ai pas appelé pour que tu me casses les pieds, toi aussi.

— Tu dis que la première victime était une infirmière ?

— Oui. Disparue. Volatilisée. Il doit crécher dans le coin. Maison avec sous-sol, endroit isolé. Il y a des habitations comme ça derrière les dunes.

— Un tueur en série ?

— Alors là, j'en sais fichtrement rien. Je dois d'abord entrer les nouvelles données et les transmettre à l'Anacrim[1]. Le problème, c'est que pour l'instant, je n'ai pas vraiment de mode opératoire. L'assassinat de

1. Centre d'analyses criminelles.

la surveillante est un accident. J'en suis certain. Et tant qu'on n'a pas retrouvé Élise Lamy…

Lieras hocha la tête.

— C'est la juge Rivière qui a été saisie du dossier.

— La vieille pie. Elle ne va pas me laisser faire mon boulot, celle-là, râla Marouan.

— Elle vous a déjà enlevé l'affaire. C'est pour nous.

Marouan haussa les épaules en levant les yeux au ciel.

— Ne fais pas le con, capitaine, tu me laisses bosser quand même ?

— Pas de conneries, c'est clair ?

— Promis, si je le trouve, je t'appelle d'abord, je l'interpelle ensuite !

— Starling, ça te va bien, il a raison ton boss !

— Enfoiré de Chinois !

Les deux hommes éclatèrent de rire. Marouan était soulagé de retrouver un ex-collègue et ami sur l'enquête. Un homme sur qui il pouvait compter en toute tranquillité. Ce n'est pas qu'il n'appréciait pas Galien, mais son allure débonnaire, son fichu caractère et son incapacité à courir plus de vingt mètres sans cracher ses poumons ne lui inspiraient pas vraiment confiance.

— Le corps a été descendu en chambre froide, précisa Lieras. Le légiste arrivera en fin de journée. Pour ce qui est de la petite, on a activé le plan Alerte-Enlèvement.

— Le type a dû garer sa voiture près des accès, indiqua Marouan. On devrait envoyer l'IJ jeter un œil par là. Il est passé par le côté nord, directement dans le bureau de la surveillante et je suppose qu'il est ressorti par là et a longé la baie.

— OK.

— Moi, je vais rentrer et continuer d'examiner les dossiers des patients et du personnel de l'hôpital à la loupe. J'ai une vague description, mais c'est déjà ça. Je suis certain que notre homme est parmi eux. Élise ne sortait pas, elle ne faisait que bosser, nuit et jour. Je ne vois pas où il aurait pu la rencontrer, si ce n'est ici.

— Dis-moi, tu t'emmerdes pas trop, à Berck ? demanda soudain le capitaine.

Marouan lança un franc sourire à son collègue qui le dépassait de deux têtes. Lieras était surnommé « le Chinois » par sa brigade, clin d'œil à un autre de ses collègues marseillais très célèbre. De mère asiatique et de père français, il avait hérité des cheveux noirs et des yeux bridés d'un côté et d'un visage poupin de l'autre. Le mélange donnait un résultat étonnant, mais avenant et chaleureux. Marouan et Lieras avaient travaillé deux ans ensemble lorsqu'ils patrouillaient dans la région parisienne.

— C'était mon choix. Prendre l'air. Quitter un peu le terrain pour avoir le temps de suivre des cours de psychologie et de profilage. Galien ne le sait pas, mais je passe mes nuits à potasser des dizaines de profils et de dossiers en attente. C'est Stéphane de l'OCRB[1] qui m'a branché sur le Salvac[2].

— Tu ne laisseras pas tomber la crim', hein ? Si t'étais resté à Paris, tu serais déjà capitaine.

— On est tous là pour une seule raison, Joseph. Alors, tu sais, brigadier ou capitaine, quoi qu'il y ait sur ma brème, je m'en tape.

1. Office central de répression du banditisme.
2. Logiciel de croisement des affaires non résolues.

40

Aucun souffle ne sortait de sa bouche. Son pouls ne battait plus.

Jamais Pierre n'avait éprouvé une souffrance psychologique aussi violente. Devant le visage tuméfié de celle qui aurait dû être sa sœur pour la vie, il avait sombré dans un sentiment de vide absolu. Durant les premières secondes, il n'avait rien ressenti, rien d'autre qu'un appel d'air à l'intérieur de lui-même. Ce puits au fond invisible avait provoqué une peur primale dans son esprit. Pierre s'était vu mourir. Et c'est justement ce qui l'avait sauvé.

L'idée qu'Élise puisse rester enfermée une seconde de plus lui était devenue aussitôt intolérable. Alors, pour une fois, sa puissante musculature lui avait servi à quelque chose. Un à un, il avait desserti les parpaings, avec une rage méthodique, un acharnement qu'il ne se connaissait pas. Une à une, les briques de ciment avaient volé à travers le bunker, jusqu'à ce qu'il accède aux plaques de métal que Stanislas avait soudées entre elles pour rendre son sarcophage impeccable.

À coups de poing, Pierre avait fait sauter les soudures, pour enfin accéder au corps d'Élise.

Les lanières qui la maintenaient debout se délièrent sans effort. La jeune femme tomba dans ses bras comme un sac informe. Pierre la reçut et l'emporta au plus loin de son cercueil de béton. Il la garda longtemps sur les genoux, pleurant à chaudes larmes sur son visage abîmé, incapable de réagir autrement.

Il voulut lui redonner un peu de dignité. Il la coiffa comme il put en passant ses grands doigts dans sa chevelure poissée de sang. Il tenta d'essuyer avec sa chemise les traînées rouges qui endeuillaient son visage. Il parla tout près de son oreille, pour lui dire sa solitude, son enfance sans elle.

Pierre était certain qu'ils se seraient aimés, qu'ils auraient rattrapé le temps perdu, qu'ils seraient devenus inséparables.

Puis, quand il fut à court d'émotions, quand le chagrin trop violent l'eut vidé de sa capacité à s'apitoyer, Pierre chercha une façon de sortir. Le raisonnement revenant, il admit que personne ne viendrait les délivrer, à moins que ce ne soit pour le tuer, lui aussi.

Il imagina le bunker de l'extérieur et trouva aussitôt la solution. Il fallait bien qu'il ait été conçu pour qu'un canon puisse en sortir, sinon à quoi bon ?

Pierre installa délicatement Élise à terre et fouilla les parois du rayon de la lampe. Il ne fut pas long à trouver. À un mètre cinquante du sol, deux rangées de parpaings comblaient le vide initial qu'il cherchait. La sortie n'était plus loin.

Il brisa la table sur un pilier de soutènement, arracha l'un des pieds et s'en servit pour marteler les agglos. En dix minutes, un vent frais se mêla à l'air vicié de la vieille casemate.

Pierre déposa le corps d'Élise sur le rebord de l'ouverture. Il ne pouvait envisager de la laisser dans cet endroit malsain et puant. Il se laissa ensuite glisser vers l'extérieur et tomba au pied de la tête de taureau. Revoir ce dessin lui glaça le sang. Tout était indiqué et il n'avait su voir les signes que trop tard.

Lorsqu'il reprit Élise dans ses bras, il n'avait aucune idée de ce qu'il allait faire. Comme un automate, il longea le mur, passa devant la grille, constata qu'elle était à présent ouverte et que la voiture avait disparu.

Il n'entra pas dans la maison. Dans son esprit, tout ce qu'il pouvait y trouver n'était que mort et désolation. Il tourna au contraire le dos au portail et s'éloigna sur le chemin. De temps à autre, il lançait un regard perdu vers le visage d'Élise, qui dodelinait au rythme de ses pas.

Trois cents mètres plus loin, le chemin s'achevait sur une route secondaire. Pierre s'y engagea. Pendant quelques minutes, il fut seul. Puis il entendit une voiture approcher.

Pierre se retourna. Son besoin d'aide était immense.

La voiture ralentit et s'arrêta presque à son niveau. Mais elle redémarra sur les chapeaux de roue et disparut en direction de Berck-sur-Mer.

Pierre ne fut pas même capable d'appeler pour retenir le conducteur.

Il tomba à genoux et enfouit son visage dans la poitrine d'Élise.

À présent, il pouvait hurler.

41

— Aline nous avait prévenues, c'est un vrai champ de bataille, ici ! s'exclama Réjane en écartant les branchages qui gênaient l'accès à la zone déterminée par le triangle.

Les arbres avaient été jetés pêle-mêle par une forte tempête. Il régnait dans le sous-bois un fouillis de branches cassées et de souches arrachées. Les troncs des hêtres, brisés en leur milieu, lançaient leur blessure vers le ciel comme des centaines de doigts accusateurs. Le bois dévasté avait une allure sinistre, mais la nature avait déjà repris ses droits. Une agréable odeur de champignons et de mousse effleurait leurs narines. De jeunes pousses toutes vertes rejaillissaient des racines découvertes et les chênes encore debout étalaient leur frondaison dense dans le vide laissé par les arbres abattus.

Salah et Réjane avaient quitté le château tôt dans la matinée afin d'explorer les bois de l'évêché. Aline n'avait pas souhaité les accompagner.

— Je suis trop vieille pour ce genre d'expédition, avait-elle avancé. Je préfère vous attendre sagement ici. Je vous mitonnerai des bons petits plats, comme ça !

La comtesse avait tout de même veillé à ce que Salah et Réjane ne partent pas à l'aventure sans un minimum de matériel. Elle leur avait prêté son 4 × 4, des tenues adaptées à la marche en forêt, une petite pelle de camping – au cas où – et elle leur avait donné le numéro du garde forestier.

— Soyez prudentes, tout de même !

Réjane avait réglé son GPS sur les coordonnées du centre du triangle et déterminé ainsi un rayon de recherche optimal.

— Il y aura forcément une marge d'erreur. Les gravures de l'évêque ne peuvent pas indiquer l'endroit au millimètre près.

— C'est sûr, avait rétorqué Salah sur un ton plutôt sinistre.

— Écoute, ma vieille, avait répondu Réjane, pour calculer l'endroit exact, ils sont partis de la nef des cathédrales. On ne pouvait pas faire mieux.

— C'est intelligent, avait ajouté Aline. Elles ont toutes plusieurs siècles d'existence. C'est probablement ce qu'ont fait aussi les auteurs de la carte. Ce sera parfait.

— On n'allait pas prendre le supermarché du coin,

c'est sûr ! avait marmonné Salah en assemblant ses affaires.

Elle avait choisi d'emporter son appareil photo et ses jumelles.

— Mais qu'est-ce que tu as ? Tu n'arrêtes pas de faire la gueule !

Salah n'avait pas répondu. Elle avait déposé un baiser sur la joue ridée d'Aline et s'était installée dans le véhicule tout-terrain. Réjane avait achevé de charger leur équipement et l'avait rejointe dans l'habitacle.

— On y va ! Tu me guides ?

Le visage fermé, Salah avait allumé le GPS et déplié une carte sur ses genoux.

— À droite au bout de l'allée.

Le chemin s'était fait en silence. Les deux femmes avaient laissé la voiture à l'orée du bois, récupéré les sacs et s'étaient enfoncées sous les arbres.

Leur progression était fortement ralentie par l'entrelacs de branches et de troncs reliés par une variété de lierre débordante de vie.

« Si vous apercevez des obus, notez bien l'endroit ! Et n'y touchez pas ! »

Réjane avait souri aux recommandations de la comtesse. Salah avait haussé les épaules. Arrivées aux abords de la zone à explorer, Réjane avait découpé des petits rubans rouges pour délimiter le terrain et marquer les endroits dangereux.

— Point n° 1. Ouest-sud-ouest. Tu m'aides, Salah ?

Un juron étouffé lui parvint dans un bruissement de feuilles et de brindilles.

— Mais qu'est-ce que tu fabriques !

Salah venait de trébucher sur une racine pour la deuxième fois depuis leur arrivée dans le bois.

— Tu fais n'importe quoi !

Salah se releva, épousseta son jean couvert de terre

et de feuilles pourries, se laissa tomber sur un tronc d'arbre couché en travers du sentier et posa sa main sur ses yeux.

— J'ai eu le professeur Mariani ce matin. Oriane…, articula la journaliste. Elle a disparu de l'hôpital cette nuit. Et Françoise a été assassinée.

— Qui ? Que s'est-il passé ? demanda Réjane en s'accroupissant face à son amie.

Salah, incapable de parler, se mit à pleurer. Réjane lui tendit un morceau d'essuie-tout dans lequel elle se moucha bruyamment.

— Je ne sais pas ce que je fous là, à crapahuter dans les bois, hoqueta-t-elle. Élise n'est pas réapparue, la petite est…

Salah se pencha et posa sa tête contre l'épaule de Réjane.

— J'en ai vu des horreurs, au Moyen-Orient, j'ai pris mon impuissance à aider les autres en pleine gueule, mais là… c'est trop. Je vais retourner à Berck, Réjane. Je dois retourner là-bas. Ici, je suis inutile.

— C'est là-bas que tu le seras, murmura Réjane. Que veux-tu faire ? Tu sais combien nous sommes mal vus lorsqu'il y a ce genre d'affaires et…

— Ce n'est pas un « genre d'affaires », la coupa Salah. Il s'agit d'un meurtre, de la disparition d'une femme et de l'enlèvement d'une gamine de douze ans, handicapée qui plus est. Ça fait beaucoup, tu ne trouves pas ?

Réjane passa ses doigts sous le menton de Salah et souleva son visage.

— Je vais téléphoner à Joseph. C'est certainement lui qui va prendre l'enquête en main. J'aurai toutes les informations.

— Tu ne comprends pas. Je les ai abandonnées

toutes les deux. Élise, Oriane. Tout ça pour courir après un foutu triangle.

— Une carte. Un crime non élucidé. Un mystère. Une énigme qu'Élise portait autour du cou. Ne crois-tu pas que ça en vaille la peine ? N'est-ce pas pour ça que tu es venue ? Pour lui apporter des réponses ? Tu n'es pas flic, Salah. Tu es journaliste, tu es là pour faire éclater la vérité. N'as-tu jamais envisagé que tout ça puisse être lié ?

— Quoi ? Cet amerloque assassiné ici même il y a huit ans et une petite fille qui a tout perdu dans un accident de voiture ? Un triangle inversé qui a traversé l'Atlantique et un saint local ? Qu'est-ce que tu racontes ?

— Où est ton sens critique ? Où est ton flair ?

— Où est mon bras, Réjane, où est ma vie ?

Salah renifla et essuya les larmes qui perlaient à nouveau à ses paupières. Elle n'avait jamais imaginé souffrir autant des séquelles de l'attentat, elle avait stupidement espéré qu'en oubliant le mal, il disparaîtrait.

— J'ai passé des heures à m'entraîner pour sortir le Canon de mon sac, l'armer, régler et changer les objectifs. Je ne suis même pas sûre de pouvoir continuer à développer mes films moi-même. Je n'arrive pas à nouer tes petits rubans rouges de merde pour baliser le terrain, je…

— Tu es ridicule, termina Réjane. Et j'aimerais vraiment que tu arrêtes de t'apitoyer sur ton sort. Tu veux que je te rappelle mes quatre-vingts centimètres de cicatrice sur le bide, tu veux que je te fasse un dessin sur les douleurs du cancer, l'horreur de la chimio et l'enfer de la mort qui te fait signe le jour de tes trente ans ?

Réjane avait dit cela d'une voix où tremblait la

colère. Agacée, elle se releva pour nouer un ruban autour d'une branche de charmille.

— Point n° 2. Sud-ouest-sud.

— Je suis désolée, lâcha la voix de Salah dans son dos. Tu as raison. Il faut continuer à chercher ici.

— Commencer, tu veux dire. Tes atermoiements nous ont pris du temps, vieille chieuse !

Salah attrapa le couteau et ouvrit la marche.

— Aline m'a prêté un bouquin sur saint Nicolas. C'est vraiment leur truc dans le coin, dis donc ! lança Réjane.

— Et ? As-tu trouvé un rapport avec le triangle ?

— Non. Pas du tout. Saint Nicolas était l'évêque de Myre, ville de Lycie en Asie Mineure. La Turquie actuelle.

— Je sais, ma belle, grinça Salah en repoussant brutalement des branchages d'épineux qui s'accrochaient à son pantalon. Je connais ma géographie.

— Il a vécu entre le IIIe et le IVe siècle après Jésus-Christ.

— Quel rapport avec la Lorraine ?

— L'évêque de Myre a séjourné quelque temps à Bari, en Italie, après sa visite au pape. Il a tant marqué les esprits que des siècles après sa mort, alors que les Turcs menaçaient l'Asie Mineure, les marins de Bari ont volé ses ossements pour les ramener dans leur ville. En 1090, un Lorrain originaire de Port, un village proche d'ici, a rapporté d'Italie une phalange du saint. Une église a été construite peu de temps après, puis une basilique pour abriter la relique, quatre siècles plus tard. La ville a été rebaptisée Saint-Nicolas-de-Port.

— Et alors ? C'est une belle histoire, c'est tout. Ça ne nous avance à rien.

Réjane posa ses mains sur les épaules de Salah et la fit pivoter.

— Effectivement, mais tu devrais jeter un coup d'œil au bouquin. C'est très intéressant de voir comment l'histoire peut devenir légende. Comment, dans l'action généreuse d'un homme, on peut envisager le miracle d'un saint, des siècles plus tard.

— C'est maintenant qu'il faudrait un miracle ! On n'a aucune idée de ce qu'on cherche ici ! dit Salah en se dégageant de l'étreinte de son amie. Tiens, ajouta-t-elle en lui tendant le couteau, j'en ai assez d'ouvrir la route. J'ai mal au bras.

— Une clé, suggéra Réjane en attrapant le gros canif. On cherche une clé.

Salah ne répondit pas. L'angoisse la prenait aux tripes. Elle ne pouvait s'empêcher d'imaginer le pire lorsque ses pensées se tournaient vers Élise et Oriane.

Les deux femmes marchèrent en silence, balisant minutieusement le terrain. Salah sentait la douleur fuser le long de ses jambes affaiblies, mais elle ne voulait pas se plaindre. Alors, elle suivait Réjane, les yeux rivés sur le sol, les dents serrées.

Il était presque midi lorsqu'elles décidèrent de faire une pause déjeuner. Aline leur avait préparé des sandwiches au thon et confectionné un gâteau au chocolat.

Réjane et Salah s'installèrent au pied d'un grand chêne épargné par la tempête. L'arbre pluricentenaire déliait d'énormes racines qui faisaient office de sièges de fortune. Elles pique-niquèrent dans la même ambiance lourde et désagréable. Salah n'avait guère envie de parler et Réjane avait abandonné l'idée de redonner le sourire à la journaliste. Elles avalèrent leur casse-croûte et achevèrent le gâteau avec du café tiède.

— Je vais faire pipi, annonça Salah en se levant. Tu peux me passer l'essuie-tout ?

Réjane finit de ranger les restes et tendit le rouleau à Salah.

— On ferait mieux de rentrer. J'en ai assez de ton caractère de cochon.

La journaliste lui lança un petit sourire triste et s'éloigna de quelques pas, vers une légère déclivité provoquée par la chute d'un arbre immense. La souche arrachée avait emporté des arbustes avec elle et profondément remué la terre.

Salah contourna le creux, déboutonna son jean et le fit glisser maladroitement le long de ses jambes. Puis elle s'accroupit pour uriner.

Elle observa le jet fumant éclabousser le sol et dégouliner en formant une rigole sombre. Le liquide évacua une mince couche de terre et révéla une petite plaque rouillée, gravée de numéros. Salah s'essuya, remonta son pantalon et tenta de saisir l'objet entre ses doigts protégés de papier. Il était trop enfoncé. Elle devait dégager la terre tout autour.

— Putain, il fallait que je pisse dessus ! maugréa-t-elle.

Elle dégagea la boue délicatement.

— Réjane, viens voir avec le couteau ! s'écria-t-elle.

La pointe du canif permit de libérer la plaque métallique, mais cette dernière était accrochée à une chaîne.

— C'est une plaque militaire, Réjane. Aide-moi, je vais chercher la pelle.

Réjane planta ses doigts dans la terre et commença à gratter.

— Fais gaffe, j'ai fait pipi, là ! précisa la journaliste en revenant sur ses pas.

— T'as des gants ? Non. Alors pas le choix.

— T'es dégueulasse !

Salah retourna près des sacs et saisit la petite pelle.

— Oh ! Merde, Salah ! Merde !

Salah se précipita vers son amie et s'agenouilla près

d'elle. Des lambeaux de toile noirâtre apparaissaient entre les petites mottes boueuses.

— Je crois qu'il y a quelqu'un là-dessous ! murmura Réjane d'une voix tremblante.

— Mais non…

Salah souleva délicatement le tissu pourri.

Juste en dessous, la pâleur d'un crâne acheva de la convaincre.

TROISIÈME PARTIE
Les oubliés

42

Les mains crispées autour du volant, Oriane gardait les yeux fixés sur le compas, la lettre W rivée sur la ligne de mire. Dans son esprit, le monde entier tenait dans cette sphère entourée d'eau, gardienne des secrets de l'univers. Aussi ne jetait-elle que de rares coups d'œil vers l'avant, pourtant encombré d'embarcations de toutes tailles. Stanislas s'en chargeait pour elle. Lui seul gardait le contrôle du bolide, paré à toute manœuvre d'évitement.

Le bassin d'Arcachon vibrait sous la chaleur. Ses eaux remuantes étaient sillonnées de barques de pêcheurs, de voiliers, de planches à voile et de bateaux à moteur. Mais le danger le plus immédiat résidait dans ces dizaines de scooters des mers qui se répandaient en nuées bruyantes.

Stanislas jubilait. À la barre du puissant hors-bord double cabine loué le matin même, avec pour seul obstacle une ligne d'horizon sans cesse repoussée, il éprouvait la joie du prédateur certain d'être sous peu satisfait.

La soudaine matérialisation de l'homme de ses rêves ne pouvait être qu'un avertissement des forces cosmiques. Et s'il y avait survécu, cela signifiait que le destin lui octroyait un blanc-seing. Stanislas avait évité de justesse un piège à sa mesure. Il se sentait invulnérable.

Une main sur la poignée des gaz, l'autre crispée sur

l'épaule gauche d'Oriane, il jetait sur ses contemporains brillant d'huile solaire le regard dédaigneux d'un empereur triomphant.

— C'est où, ta plage imaginaire ? demanda la petite fille, interrompant provisoirement l'orgueil délirant de Stanislas. Je ne la vois pas.

L'homme ténébreux abaissa ses yeux vers le corps amoindri de l'enfant. Puis il releva la tête et scruta l'horizon, une main tendue au-dessus de ses arcades sourcilières.

— C'est que tu n'es pas assez grande, Dora, répondit-il en souriant. Pas encore, mais patience, je la vois déjà, moi.

Oriane dévoila ses petites dents dans un sourire candide. Elle raffolait de ce jeu que lui avait proposé Stanislas le matin même, alors qu'il lui coupait les cheveux en un carré très court pour, avait-il raconté, faire un pied de nez à la chaleur de juillet.

— Si on se donnait de nouveaux prénoms. Comme des aventuriers, par exemple, pour passer incognito.

Oriane avait froncé les sourcils quelques secondes, puis son visage s'était éclairé.

— D'accord, mais c'est moi qui choisis !

Les lèvres de Stanislas s'étaient tant étirées que ses canines avaient surgi, agressives et carnassières.

— Bien sûr, ma chérie, c'est toi qui choisis.

La petite était si malléable, si docile. Stanislas s'était douté qu'elle proposerait elle-même leur nouvelle identité et il était certain qu'elle respecterait la règle du jeu. Peut-être même serait-elle plus intraitable que lui sur ce point.

C'est ainsi qu'après une courte réflexion, Oriane s'était affublée du prénom saugrenu de Dora et que Stanislas avait hérité du diminutif de Robert. Les jours suivants, leur bateau allait ainsi résonner de Bob par-ci ou de papa Bob par-là. Quant à Élise, qui devait sous peu les rejoindre, aux dires de Stanislas, elle deviendrait Aurore, pour des raisons qu'Oriane n'eut pas à expliquer.

La cause de Stanislas fut ainsi entendue avant même qu'il ait eu le temps d'achever un carré approximatif, qualifié de *dégradé* pour excuser son manque de savoir-faire. Et pour s'amender, il se rasa intégralement le crâne et y appliqua ensuite une crème bronzante.

— Voilà, acheva-t-il, la tête ronde comme un œuf. Je suis un corsaire et toi, la fille du corsaire. Ça te plaît ?

— Oh oui !

Oriane avait applaudi en éclatant de rire, ravie d'avoir trouvé auprès de cet adulte un véritable compagnon de jeu. Son enthousiasme avait encore grandi lorsque Stanislas lui avait montré comment masquer ses vilaines cicatrices sous un fond de teint clair. Il lui avait même autorisé un brillant à lèvres et un rose sur les joues.

— La voilà, notre plage ! désigna subitement Stanislas.

Oriane eut beau se tordre le cou, elle ne parvint à voir que de l'eau.

— Où ça ? Y a rien ici…

— C'est que la fille du corsaire ne sait pas encore voir, la sermonna-t-il gentiment. La plage imaginaire ne se montre pas à toute heure, mais maintenant…

À une centaine de mètres devant la proue de leur bateau, plusieurs bancs de sable émergèrent de la surface des flots.

— La marée descend, Dora, poursuivit Stanislas.

Quelques minutes plus tard, une tache blonde marquait nettement le début du rivage attendu.

— J'ai compris ! s'exclama Oriane. Mais c'est tout petit, tu m'avais dit qu'il y aurait d'autres enfants. On peut à peine tenir à deux.

— Sache, jeune fille, que Bob n'a qu'une parole. Et quand il dit que tu verras des gamins de ton âge, c'est que tu en verras. D'ailleurs, regarde tous ces bateaux autour de nous ! Eh bien ils attendent que le banc de sable se découvre pour venir s'y installer.

Les circonstances s'accordèrent aux propos de Stanislas. En un quart d'heure, la mer se retira si vite qu'un banc de plusieurs centaines de mètres accueillait les premiers estivants. Il y avait là des familles entières, glacières et parasols en main.

Stanislas mit à l'eau la petite annexe louée avec le bateau et y déposa délicatement Oriane. Avant de s'y installer lui-même, il descendit en cabine sous prétexte d'y récupérer leur repas et en profita pour équiper son slip de bain du renflement adapté à sa carrure. Lorsqu'il ressortit au grand jour, une main chargée d'un panier copieusement garni, il se surprit à faire saillir ses pectoraux, galvanisé par son insolente beauté.

Très vite, il jugea ses efforts grotesques. Séduire l'enfant était inutile. C'était même précisément ce qu'il appréciait en sa compagnie. Il embarqua dans l'annexe, fit démarrer le moteur et mit le cap sur le banc accueillant.

— Tu vas voir, dit-il tout bas à l'oreille d'Oriane. Tu vas raffoler de cet endroit, j'en suis sûr.

43

Marouan marqua un temps d'arrêt devant le monceau de gravats qui jonchait le sol du bunker. Les premières équipes arrivées sur place avaient déjà investi les lieux. Des projecteurs éclairaient la scène de crime et des bâches protégeaient les zones susceptibles de receler des empreintes ou du matériel génétique.

Mais cela ne l'empêcha pas de comprendre immédiatement ce qui s'était produit. Il restaura mentalement l'édifice de parpaings et de plaques de tôle, il imagina la fente de quelques centimètres libérant les râles de la captive, il vit clairement l'éclat de ses prunelles affolées.

Marouan prit une grande inspiration, enfila une paire de gants en latex et s'approcha du mur. Les liens de cuir étaient solidement fixés dans le béton. Il saisit délicatement les lanières. Elles étaient maculées de sang séché.

Tu l'as assommée, salopard, ou alors droguée. Puis tu l'as suspendue par là, comme un quartier de viande, pendant que tu montais les agglos. S'est-elle réveillée, t'a-t-elle regardé l'emmurer vivante ?

Le fond de ce qui restait de la prison d'Élise était assombri par de longues traînées de sang où poissaient des mèches de cheveux clairs.

Comment as-tu fait pour la massacrer comme ça ? Comment as-tu pu passer tes mains à travers l'ouverture ? Et surtout, pourquoi ? D'habitude, tu es moins pressé.

Marouan recula de quelques pas et s'agenouilla.

Je veux comprendre. Je dois savoir si c'est toi qui as fait ça.

Il entreprit d'écarter les parpaings et réunit les plaques de tôle. Puis il les assembla soigneusement pour déterminer leur place initiale et mesurer ainsi la taille de l'ouverture que l'assassin avait laissée à Élise.

— Qu'est-ce que tu fabriques ? lança une voix dans son dos.

Marouan tourna la tête et plongea son regard dans celui de Joseph Lieras, accroupi près de lui.

— Je vérifie quelque chose.

— Peut-on savoir quoi ? Tu devrais laisser ça à l'IJ, tu ne crois pas ?

Marouan termina son puzzle tranquillement, ignorant les soupirs agacés de son capitaine.

— Vingt-cinq centimètres sur douze environ. Une chose est sûre, il est constant dans sa perversité, celui-là, marmonna le jeune brigadier en se relevant.

Les deux hommes sortirent du bunker et firent quelques pas dans la cour qui grouillait de monde.

— Trouvons un endroit tranquille, proposa Marouan. J'ai un truc pas terrible à te dire.

Lieras suivit son collègue le long du bunker. Ils escaladèrent l'enceinte grillagée de la propriété et s'assirent côte à côte sur le sable, le dos appuyé contre le béton tagué. Des morceaux de parpaings gisaient au pied du bâtiment, un peu plus loin, juste devant les ouvertures.

— Quelle bestiole ! Je me demande bien ce que l'artiste a voulu dire, en dessinant un truc pareil.

— Tu ne le trouves pas beau ? demanda Marouan en riant. Moi, j'aime !

— Ce serait pas ton petit côté banlieue qui ressort ?

Marouan se contorsionna pour suivre du doigt le pourtour de la tête du taureau.

— Simple, net, efficace. Pas de coup de bombe superflu. Tu retrouves la puissance et la liberté en quelques traits.

Joseph Lieras haussa les épaules et s'alluma une cigarette.

— Allez, Marouan, dis-moi ce que tu fabriquais dans le bunker.

— Je mesurais l'ouverture que ce salaud lui a laissée, expliqua Marouan. Jo, est-ce que tu te souviens de cette gamine de quinze ans que nous avons ramassée dans un placard, il y a quatre ans ?

Lieras fronça les sourcils.

— Tu penses à quoi exactement ?

— La gamine avait été empalée sur un balai. Le malade qu'on avait retrouvé sur place ne cessait de dire : « Vingt-cinq sur douze, c'est l'idéal. » Tu te rappelles ?

— Oui, bien sûr que je me rappelle de Gérard Petit. Il avait laissé une ouverture pour la regarder mourir, il l'avait ligotée au mur avec des lanières de cuir, et le balai, c'était pour empêcher l'écoulement des fluides après la mort.

— Ici, ça n'était pas vraiment nécessaire. L'endroit est suffisamment isolé pour qu'il se passe de ce genre d'horreurs.

— Qu'est-ce qui te fait penser que c'est l'Embaumeur ? Depuis Paris et la mise sous écrou de Petit, il ne s'est plus rien passé !

— C'est la même ouverture, les mêmes attaches. Et comme rien à l'époque n'a filtré dans la presse, ça ne peut pas être un copieur. Je suis prêt à parier qu'il a rempilé.

Un sourire narquois se dessina sur les lèvres de Lieras.

— Il est mort. Gérard Petit s'est suicidé il y a deux ans.

Marouan laissa son regard errer un instant sur l'horizon. Il aimait les couleurs de ce ciel parsemé de nuages effilochés.

— L'Embaumeur est de retour, Jo. L'ouverture à

hauteur de visage, c'est son mode opératoire. Il a beau évoluer, il n'en reste pas moins qu'il ne peut pas s'empêcher de respecter certaines cotes. C'est lui qui a assassiné Élise. Petit n'était probablement qu'un complice… comme le mec que tu viens d'arrêter.

— Ou un pauvre type laissé là pour payer à sa place.

— C'est vrai, souffla Marouan. Gérard Petit a avoué. Ce n'est pas le premier qui fait ça. Écoute, j'ai traqué ce psychopathe pendant des années. Pour moi, c'est clair. Les liens sur le mur, l'ouverture, la cellule trop petite pour que les victimes puissent s'asseoir. Vingt-cinq centimètres sur douze, c'est lui.

— Tu oublies un détail. La signature de l'Embaumeur. Elle est absente cette fois. Pourtant, il laissait toujours la même.

Marouan fouilla dans sa poche et en extirpa un sachet en plastique contenant un morceau de tissu maculé de sang.

— Tu parles de ça ?

Lieras saisit la pièce à conviction et l'observa un long moment.

— Où tu l'as trouvé ?

— Par terre. Un peu plus et tes hommes piétinaient les preuves. Tu devrais me dire merci !

Le capitaine jura.

— Qu'est-ce que ça foutait là ?

— Aucune idée. Mais c'est intéressant…

Lieras lança à Marouan un regard interrogateur.

— La dépersonnalisation de la victime est un élément fondamental dans sa démarche. Ce n'est pas lui qui a ôté ce linge.

— De plus, ajouta Marouan, cette fois, il n'a pas regardé sa proie mourir de faim ou d'épuisement. Il l'a massacrée.

Lieras se leva d'un bond.

— Viens, dit-il en se dirigeant vers la cour. On va interroger le suspect. Si tu as raison, alors on est dans la merde. Parce que ici, on n'a rien. Juste les mêmes empreintes qu'à l'hosto et la tache d'huile dans la cour.

Lieras accéléra le pas.

— Rien ? répéta bêtement Marouan. On a quand même un type qui se baladait avec le corps ! C'est pas rien, ça !

— Il a l'air d'un barge. À mon avis, on ne va pas en tirer grand-chose.

— Un complice ? Un témoin ?

— J'espère qu'il va nous donner des éléments. Parce que avec un proprio laxiste qui loue sa baraque au black et des traces de pneus lambda… On n'ira pas très loin ! Qu'est-ce qui ressemble plus à une camionnette blanche qu'une camionnette blanche ?

— Putain, Jo. Moi, j'ai déjà passé des heures sur les dossiers du personnel de l'hôpital et sur celui des patients. J'ai au moins vingt candidats potentiels. Et ce n'est pas terminé. T'es sûr qu'il n'y a aucune autre piste ?

— Malheureusement, le plan Alerte-Enlèvement n'a toujours rien donné. On a juste la preuve que la petite était ici. Les gars ont retrouvé sa chemise de nuit.

Marouan soupira.

— Jo, j'ai bien peur qu'il soit déjà trop tard.

44

Salah poussa la porte de la tour sud du château. Le panneau s'ouvrit en grinçant légèrement. Une vague odeur de bois pourri et de champignons monta jusqu'à ses narines. Elle referma derrière elle et s'engagea dans la volée de marches en pierre jaune de Moselle. Les rayons du soleil traversaient les vitraux des hautes fenêtres, illuminant les murs de couleurs chatoyantes. Le spectacle était encore plus beau que dans le double escalier du château. Les ouvertures, étroites, étaient percées au centre de chacune des parois de la tour, ponctuant son ascension de formes dansantes.

Les larmes aux yeux, elle gravit les cent sept marches d'un pas lent et régulier. Ses lèvres remuaient à peine, mais sa voix rendue rauque par le chagrin rebondissait sur les vieilles pierres avec un écho bizarre.

— Élise. Mon Élise. Pourquoi ? Tu aurais pu être mon amie, ma sœur. Qui es-tu, toi qui m'as visitée dans mes rêves et qui disparais à mon réveil ? Quelle étrange créature peut ainsi toucher le cœur d'un être humain et l'abandonner quelques heures plus tard ?

Salah caressait les murs de ses doigts vagabonds. Le salpêtre fleurissait dans les jointures irrégulières comme de minuscules cristaux de glace. Il se détachait sous son index avec un léger bruissement de sable.

— Qui étais-tu ? Pourquoi m'as-tu envoyée ici ? À qui vais-je bien pouvoir dévoiler les secrets de ta famille ?

L'image du crâne blanchâtre ruisselant de boue s'imposa soudain à son esprit. Salah frissonna en arrivant en haut de la tour.

L'air vibra des battements d'ailes de quelques pigeons effrayés qui s'envolèrent dans un nuage de plumes et de poussière. Le toit à quatre pentes recouvert d'ardoises laissait passer quelques rais de lumière. La charpente, probablement d'origine, était piquée, humide et envahie de nids d'hirondelle.

Salah s'installa dans un coin de la salle et releva les genoux pour y poser son menton.

— Qu'est-ce qu'il me reste, Élise ? Ton joli visage, la force de tes bras qui m'attirent à toi, ton nom, un triangle et un squelette perdu dans un bois. Pourquoi toi ? J'ai passé tant d'années à zigzaguer entre les mines et les coups de fusil, tant de jours et de nuits sur les champs de bataille et je n'y ai laissé qu'un bras. Toi, tu veillais sur nous, tu nous rendais la vie et il a fallu que ton chemin croise celui d'un monstre… Dois-je croire à la destinée ? Ou est-ce que la vie ne frappe qu'au hasard ? Va où tu veux, meurs où tu dois… Où est la vérité dans tout ça ?

Salah soupira. L'annonce de la disparition tragique d'Élise avait été un véritable choc. Réjane avait pris d'infinies précautions pour lui annoncer la triste nouvelle, mais sa pudeur et son attention n'avaient pas soulagé la peine de Salah, d'autant plus que la police de Berck restait sans nouvelles de la petite Oriane.

— Je ne peux rien faire. C'est horrible. Je me sens si… inutile.

Une colombe se posa sur le rebord d'une des meurtrières qui s'ouvraient sous les toits et lança un doux roucoulement. Salah leva les yeux. L'oiseau blanc portait un fin liseré de plumes grises autour de son cou gracile. Il observait la journaliste en penchant la tête d'un côté, puis de l'autre.

— Qu'est-ce qu'il y a, le piaf ? T'as peut-être un truc à me dire ?

La colombe sembla hésiter une fraction de seconde, puis s'élança sous le toit dans un ballet périlleux. Elle sauta de poutre en poutre, vola en rond et se risqua sur le plancher jonché de débris.

Salah retint sa respiration et tendit sa main tremblante devant elle.

L'oiseau avança peu à peu. Ses pattes fines claquaient sur le plancher.

Tic. Tic. Tic.

Dans la maison de son arrière-grand-mère en Kabylie, il y avait un pigeonnier où Salah aimait se réfugier enfant. Un pigeonnier déserté depuis longtemps par ses habitants à plumes, mais où il lui semblait parfois entendre leurs petits pas délicats.

La colombe s'arrêta à quelques centimètres de la main de Salah. Dans ses yeux tout ronds, il y avait comme de la curiosité.

— Viens là, ma belle, murmura-t-elle la voix tremblante.

L'oiseau pencha encore la tête plusieurs fois et s'envola pour se percher sur le rebord pierreux.

Salah prit une longue inspiration et enfouit son visage dans son bras. De gros sanglots la secouèrent pendant quelques secondes. Quelques secondes durant lesquelles elle oublia la tour, le château et la poussière. Il lui semblait voir Élise dans le brouillard de ses larmes, Élise auréolée de ses cheveux blonds, un sourire aux lèvres.

Une vague de frissons naquit sur sa peau lorsqu'elle sentit la caresse d'une plume sur sa nuque. Les larmes de Salah se tarirent aussitôt. Elle redressa lentement la tête, les paupières closes.

La douceur d'un duvet chaud effleura sa joue.

Salah ouvrit lentement les yeux. L'oiseau s'était posé sur son épaule et une pupille noire reflétait son propre regard. La journaliste tendit sa main et toucha avec précaution le dos et les ailes de la colombe qui se glissa dans sa paume.

Avec une infinie douceur, elle nicha l'animal entre ses cuisses serrées, fouilla dans sa poche et lui tendit quelques miettes d'un des gâteaux à la cannelle qui accompagnaient toujours les cafés d'Aline. L'oiseau picora les restes sucrés.

Salah songea qu'elle venait de passer dans un autre monde. Elle reposa la colombe sur son épaule et se leva lentement, certaine qu'elle allait s'envoler au moindre faux pas. Mais la boule de plumes blanches serra ses pattes et enfouit sa tête dans la masse de cheveux noirs en roucoulant.

La journaliste descendit les marches le cœur allégé, émerveillée par cette rencontre.

— À toi qui voulais tant savoir, Élise, je te le promets. Je trouverai. Je chercherai toute ma vie s'il le faut, mais je comprendrai.

Salah gagna ainsi le rez-de-chaussée de la tour, où Réjane l'attendait.

— Ne fais pas de gestes brusques, lança-t-elle, je suis accompagnée.

Salah rejoignit Réjane au pied de l'escalier, un grand sourire aux lèvres.

— Regarde, dit-elle, j'ai une nouvelle copine.

La rédactrice en chef lui lança un regard interloqué.

— Qu'est-ce que c'est que ça ?

— Une colombe !

— Oui, je le vois, mais comment…

Salah passa devant Réjane et sortit dans le parc. L'oiseau regarda autour de lui et prit son envol vers les grands charmes. La journaliste le suivit des yeux un instant, puis se tourna vers son amie.

— Je vais l'appeler Élise.

Réjane eut un sourire moqueur.

— Tu te reconvertis ? Et d'abord, comment sais-tu que c'est une femelle ?

— J'en sais rien.

Salah lança un coup d'œil vers les arbres où la colombe avait disparu et ajouta :

— T'as du neuf ?

— Comment te sens-tu ?

— Mieux, beaucoup mieux, murmura Salah. Viens, faisons quelques pas.

Les deux femmes s'avancèrent vers les allées de graviers blancs bordées de pareterres de pensées multicolores.

— Elle fait un boulot extraordinaire, ici, dit Réjane.

— C'est sa maison. Et je crois que sa maison, c'est sa vie. C'est étrange d'ailleurs. Je pense que ça n'a jamais été le cas pour moi. Ma maison, c'est les gens.

— Et toi, tu es la maison des oiseaux maintenant.

Réjane et Salah pénétrèrent sous la frondaison dense où s'entremêlaient des frênes, des charmes, des hêtres et des chênes. La fraîcheur soudaine chassa la lourdeur presque suffocante de l'été lorrain.

— Je viens de recevoir un e-mail des autorités allemandes. On a trouvé l'identité de notre squelette.

— Bien ! s'exclama Salah. Dis-moi tout !

L'excitation grandissait en elle et balayait peu à peu ses doutes. Certes, Salah avait beaucoup de chagrin, elle était pétrifiée à l'idée qu'il puisse arriver malheur à la petite Oriane, mais elle ne se sentit d'un coup plus du tout inutile. Ici, elle tenterait avec l'aide d'Aline et de Réjane de percer le mystère du triangle, de rendre justice à la famille Lamy Saint-Genès et à l'incroyable pouvoir d'Élise. Cette mystérieuse capacité à réveiller les gens perdus dans le coma était réelle, Salah en était convaincue.

— Les gendarmes du coin sont très coopératifs, grâce à notre chère Aline. Ce qui nous facilite grandement la tâche, je ne te le cache pas. Donc, notre inconnu est un soldat de la Wehrmacht, un sous-officier porté déserteur en 1944. Werner Hecking.

— Rien à voir avec notre histoire, murmura Salah, une pointe de déception dans la voix.

— Nancy va envoyer un anthropologue judiciaire pour tenter de découvrir les circonstances exactes de sa mort.

— Les bombardements alliés, probablement.

Salah soupira. Elle attendait autre chose. Un lien avec le triangle, un nouvel indice. Au lieu de cela, elle se retrouvait avec le cadavre d'un soldat allemand, mort plus de soixante ans auparavant.

— Ne te décourage pas, Salah. Ça peut être une piste. Nous ne devons rien négliger. Il lui reste deux neveux à Ludwigshafen. Figure-toi qu'ils ont conservé ses dernières lettres. Notre homme avait une fiancée, ici. Sa chère et tendre se nomme Noémie Charbonneau.

— Se nomme, tu dis ?

— Oui ! C'est une institutrice à la retraite qui n'a jamais quitté son village. Et nous allons lui rendre une petite visite ! Elle habite tout près ! Qui sait, elle aura peut-être des choses intéressantes à nous raconter !

Comme pour ponctuer la fin de l'entretien, un bruissement d'ailes leur fit lever la tête. Salah tendit instinctivement sa main devant elle. L'oiseau blanc au collier gris se posa sur son index et dansa d'une patte sur l'autre pour conserver son équilibre. Sous les yeux ébahis de Réjane, Salah approcha doucement ses lèvres de la petite tête ronde, déposa un baiser sur le duvet clair et libéra l'oiseau, qui s'envola vers la tour où il avait probablement construit son nid.

45

Tout l'après-midi, Oriane s'était amusée avec deux enfants de son âge. Au début, ils lui avaient posé des questions. Le handicap dont elle souffrait les intéressait beaucoup. Les questions avaient été brutales, entières et sans complexes. Oriane aurait sans doute répondu la vérité, qu'elle avait eu un accident, qu'elle seule y avait survécu, qu'elle était une petite fille bien malheureuse, mais pas Dora. Le personnage créé le matin même avait réagi dans la seconde. Son père Bob et elle faisaient le tour du monde en bateau et ils avaient essuyé une tempête cataclysmique. Leur navire avait sombré et des rochers lui avaient brisé les jambes. Mais elle se remettait. Bob avait acheté un nouveau bateau et, ensemble, ils s'apprêtaient à partir pour retrouver sa mère. À moins qu'elle ne les rejoigne bientôt. D'ailleurs, c'était plutôt pour cette version qu'elle penchait. Aurore viendrait sous peu jouer avec eux, ici même, sur ce banc de sable paradisiaque, rare endroit de la côte landaise à ne pas disparaître sous le nombre des touristes.

À présent, elle observait du pont le banc disparaître sous les assauts de la marée. Jamais elle n'avait imaginé que la mer pouvait monter si vite.

— Tu dois te reposer maintenant, lui lança Stanislas depuis la cabine. La journée sera encore longue.

— Je ne suis pas fatiguée, se plaignit la fillette.

— Taratata, répondit aussitôt Stanislas. Je viens te chercher.

— Oh, s'il te plaît, Bob ! tenta Oriane.

— Arrête avec ça, gronda Stanislas.

Il se pencha pour enlever le corps léger dans ses

bras robustes et se tint un instant contre le bastingage, une sombre idée en tête.

— Plus de Bob quand nous sommes seuls, c'est compris ? murmura-t-il à l'oreille de l'enfant. Sinon, plouf Oriane.

L'ombre qui s'était attardée sur son visage disparut en un clin d'œil.

Oriane ne dit plus un mot. Malgré son jeune âge, le sens des paroles de Stanislas ne lui avait pas échappé. En une seconde, il venait de ruiner des jours de mise en confiance. Elle se recroquevilla dans ses grands bras et demeura immobile, jusqu'à ce qu'elle se retrouve allongée sur sa couchette.

Stanislas s'aperçut du changement d'attitude de la fillette. Il s'assit près d'elle et tenta de l'amadouer. Il n'était pas question qu'elle raconte la vérité aux enfants, le lendemain, quand ils retourneraient sur le banc de sable.

— J'ai dit ça pour rire, tu penses bien.

Oriane se retourna maladroitement. Le poids de ses jambes, qui réagissaient très peu aux injonctions de son cerveau, la gênait considérablement. Lorsqu'elle se fut stabilisée sur le côté, elle jeta vers Stanislas un regard chargé de reproches.

Stanislas allongea son bras vers le visage de la petite, la main prête à caresser sa joue. Oriane faillit avoir un mouvement de recul, mais elle réussit à se contrôler. Elle laissa aboutir le geste de Stanislas.

— Tu me donnes le collier d'Élise ? dit-elle tout à coup.

La main de Stanislas se retira.

— Non ! asséna-t-il sans autre explication.

— Elle avait promis de me l'offrir. Pourquoi tu l'as ?

Stanislas se renfrogna.

— Je n'ai pas à me justifier aux yeux d'une gosse.

— Elle a dit que c'était son porte-bonheur et qu'il serait pour moi !

Oriane venait de jeter ça d'un trait et sur un ton beaucoup plus violent qu'elle ne l'aurait voulu.

— Tu ne l'auras jamais ! articula Stanislas. Tu m'entends ? Jamais !

— Mais pourquoi ? Pourquoi t'es méchant comme ça ? Élise, elle, me l'aurait donné.

— Non !

— Méchant ! Et puis, c'est de ta faute si j'ai plus mon doudou ! Pourquoi on est là, d'abord ? Je veux rentrer ! Je ne veux plus rester avec toi !

— Tais-toi !

— Je veux mon doudou ! Je veux mon gros chat ! hurla-t-elle.

— On l'a perdu ! C'est tout. Arrête, maintenant, tenta-t-il dans un ultime geste d'apaisement.

Mais sa voix se faisait menaçante. Stanislas était exaspéré. Il sentait que bientôt, il ne parviendrait plus à se maîtriser.

Grishka l'avait poussé à bout, une fois.

Il avait ri. Parce que son sexe était dressé, minuscule, ridicule.

— La tour Eiffel ! s'était-il exclamé en suffoquant.

Fou de rage, Stanislas l'avait frappé. D'abord avec la serviette de bain. Mais cela n'avait pas suffi à le faire taire. Le sèche-cheveux avait volé dans la salle d'eau, manquant de peu le visage du cadet. Mais Grishka riait de plus belle. Alors, il avait attrapé le tabouret placé devant la coiffeuse et l'avait brisé sur le crâne de son petit frère, faisant éclater son arcade sourcilière. Stanislas avait ensuite observé Grishka se tordre de douleur, la paupière gluante de sang. Les battements de son cœur s'étaient ralentis. Le calme était revenu.

— T'es méchant ! Je veux rentrer ! martelait Oriane avec des petits cris aigus.

— Ça suffit ! cria Stanislas en levant brusquement son bras au-dessus du visage de l'enfant.

Pétrifiée, Oriane vit la main descendre vers ses yeux. La paume claqua sèchement la joue rosée de soleil.

Stanislas s'extirpa comme un fou de la cabine et gagna le pont. Là, il vérifia l'accroche de l'ancre, remit l'annexe à flots, s'y installa et vira plein gaz vers le Cap-Ferret.

En quelques heures, Oriane se retrouva plongée dans un sentiment d'abandon qu'elle n'arrivait toujours pas à verbaliser. Ses parents et son frère l'avaient définitivement laissée, tristement livrée aux scalpels. Elle revoyait les corps ensanglantés, disloqués à côté d'elle. Elle pouvait encore sentir l'odeur du sang et des gaz d'échappement. Et elle ne savait comment appréhender ces pensées immondes, assassines, qui assombrissaient son âme d'enfant.

Oriane voulut mourir. Le seul adulte en dehors d'Élise en qui elle avait eu confiance venait de se montrer sous son véritable visage. Ses mots furent alors sans concession. Stanislas Opalikha appartenait désormais à la race des méchants. Mais il tenait sa vie entre ses mains.

Oriane tenta d'amoindrir sa rancœur envers ceux qui l'avaient confiée à un tel homme. Elle ravala ses maux et tendit son esprit vers ce qu'elle avait deviné de bon chez Stanislas.

Elle attendit, le cœur ballotté par ces sentiments contradictoires, à l'image de son corps, prisonnier de lui-même et doucement bercé par les vagues de l'Atlantique. Elle voulut fuir la cabine mais, dans un premier temps, elle ne parvint qu'à choir sur la moquette râpeuse. Elle éprouvait un tel besoin de lumière qu'elle réussit, au prix d'efforts surhumains, à pousser la porte et gagner ainsi le couloir central du bateau. Mais jamais elle n'accéda au poste de pilotage, définitivement placé en dehors de sa portée par un stupide escalier de quatre marches.

Ce ne fut pourtant pas faute d'essayer. Oriane possédait dans son cœur une rage, une hargne peu communes pour une enfant de son âge. Mais rapidement, la douleur tapie dans son corps meurtri se réveilla. Bientôt, son bassin ne fut plus qu'un puits de souffrance, ses jambes la lancèrent tant qu'elle en gémit et les éclats de pare-brise sur son visage rallumèrent un feu dévorant.

Alors, elle finit par se blottir au pied de la première marche, un œil rivé sur la clarté faiblissante du jour, l'esprit tourné vers le retour de Stanislas.

46

La miniature de Napoléon Bonaparte trônait sur l'étagère depuis près de dix ans. Et pendant cette décennie, le bras droit de l'empereur avait désigné sur la mer un point imaginaire qu'il était le seul à connaître précisément. Là-bas, Londres grouillait des descendants de l'amiral Nelson, la gare de Waterloo charriait son contingent de banlieusards et le square de Trafalgar hébergeait les mêmes pigeons qu'ailleurs en Europe continentale.

Galien s'en approcha. Ses doigts épais se refermèrent sur l'empereur, vestige d'une collection avortée des années plus tôt. Il était couvert de poussière. Galien soupira. Napoléon avait été un personnage essentiel de l'histoire. Il ne méritait pas une pareille disgrâce.

Il s'apprêtait à l'épousseter quand trois petits coups sur la porte l'interrompirent. Il reposa la statuette et fit mine de se plonger dans la lecture d'un rapport.

— Oui ! grommela-t-il après quelques secondes.

La porte s'ouvrit sur un homme de petite taille, au crâne dégarni et à la mine rondouillarde.

— Ah, c'est vous, toubib, l'accueillit Galien. Terminé ?

— Il est en état de choc, répondit le médecin. J'ignore quels sont vos projets le concernant, mais je doute que vous en tiriez quelque chose pour le moment.

— Rien ne presse, rétorqua Galien avec un geste évasif. Sa victime est déjà morte.

Le médecin haussa les sourcils. Il ne semblait pas apprécier l'humour du policier. Il referma la porte sans un mot, laissant s'éteindre dans la solitude le petit sourire apparu sur les lèvres de Galien.

Le commandant hésitait sur la conduite à tenir. Il brûlait d'interroger le suspect. Depuis qu'il avait croisé Pierre Delcroix, Galien ne doutait pas un instant de sa culpabilité. Une carrure impressionnante, des mains d'assassin et un regard trouble, fatigué. Galien l'avait déjà jugé et condamné. Alors, pour une fois qu'il tenait à sa merci une de ces ordures, il rêvait d'obtenir ses aveux. Et puis, les circonstances de son arrestation ne plaidaient pas en sa faveur. Sa chemise, couverte de sang, le désignait mieux que toute autre preuve.

Dans l'esprit de Galien, Delcroix avait vraiment la gueule de l'emploi. Lorsque la voiture de patrouille était arrivée à sa hauteur, il s'était accroché au corps d'Élise Lamy Saint-Genès comme un possédé. Pas une seconde, Galien ne pouvait envisager que le désespoir ait été le moteur de cette réaction. Galien avait tranché. Pierre Delcroix s'était comporté comme un braconnier à qui l'on aurait tenté de soustraire son gibier.

— En l'absence de Lieras, dit-il tout haut, je suis le plus haut gradé présent au commissariat. Il m'appartient donc de mener les interrogatoires.

Le commandant savait que c'était faux, qu'il n'en avait pas le droit, pas plus que Marouan d'ailleurs. Mais une furieuse envie de damer le pion à son subalterne le taraudait au point de l'aveugler.

Galien trancha ainsi en sa faveur, sans plus se soucier des conséquences de son entêtement. Il quitta son bureau et fila tout droit vers la salle d'interrogatoire.

Pierre Delcroix s'y trouvait, avachi sur une chaise qui disparaissait entièrement sous sa carrure, les coudes posés sur ses genoux et la tête basse.

Galien referma doucement la porte derrière lui. Il fit un signe d'acquiescement vers l'agent. Sa présence était nécessaire. Puis il s'installa face à Pierre, sortit de sa poche un dictaphone, enclencha l'enregistrement et le posa sur la table.

— Monsieur Delcroix, commença Galien. Je suis le commandant Galiano et je vais procéder à votre interrogatoire.

Devant lui, la masse recourbée de Pierre ne bougea pas.

Le commandant égrena lentement la date et l'heure ainsi que le nom du planton présent, puis s'adressa de nouveau au suspect.

— Bien, je commence. J'aimerais préciser les circonstances de votre… arrestation. Que faisiez-vous sur cette route départementale avec le cadavre d'Élise Lamy Saint-Genès ?

Galien avait prononcé ces mots sur un ton volontairement neutre. Il attendait à présent une réaction de la part de Pierre, réaction qui tardait à se manifester.

— Comprenez-moi bien, monsieur Delcroix, le relança le commandant. Il est important que je sache pourquoi et comment vous vous trouviez là.

Pierre n'esquissait toujours pas l'ombre d'un mouvement. De temps à autre, un sanglot muet faisait tressauter sa grande carcasse.

Galien serra involontairement les poings et décida de changer d'angle d'attaque.

— Connaissiez-vous Mlle Lamy Saint-Genès ?

Galien patienta. Aucune réponse.

— Monsieur Delcroix, vous me comprenez, n'est-ce pas ? Répondez à la question, je vous prie. Connaissiez-vous Mlle Lamy Saint-Genès ?

Une colère sanguine grouillait au cœur de ses tripes. Il se maîtrisa pourtant et reposa la même question.

— Connaissiez-vous Mlle Lamy Saint-Genès ?

Galien tenta de maîtriser sa respiration. Il restait immobile, les yeux rivés sur Pierre qui ne réagissait pas.

— Depuis combien de temps connaissez-vous Élise Lamy Saint-Genès ? reprit-il après quelques minutes de silence.

L'attitude butée de Pierre exaspérait Galien. Il se tourna vers le planton.

— Le toubib lui a filé quelque chose ?

L'agent secoua la tête avant de retourner à ses ongles, qu'il s'appliquait à curer avec minutie.

Galien se replaça face à Pierre et coupa le dictaphone.

— Écoute-moi bien, mon petit père, rugit Galien. Je ne saurais trop te conseiller de répondre à mes questions, s'il te reste une petite chance de te disculper, c'est tout de suite ! Tu m'as compris ?

Pour la première fois, Pierre redressa la tête. Il avait les traits tirés. Sa peau luisait d'une sueur mêlée de saletés et ses yeux profondément cernés faisaient penser à un animal malade. Il observa Galien une demi-seconde, leva son regard vers le planton avant de revenir sur le commandant.

— C'était ma sœur, dit-il avec difficulté. Élise était ma sœur…

Puis il baissa la tête et se mura dans le silence.

À partir de cet instant, les efforts de Galien restèrent vains. Aussi, après un quart d'heure, il quitta la salle d'interrogatoire et partit lancer une recherche d'état civil sur son ordinateur.

47

Le corps plié en deux, Noémie Charbonneau entourait de jeunes plants de tomates d'une attention toute particulière. Vêtue d'un tablier marron de la même couleur que ses cheveux clairsemés, elle binait la terre avec une application que Salah trouva touchante. La journaliste donna un coup d'épaule à Réjane. Celle-ci, plongée dans la consultation de ses e-mails, restait immobile au milieu de la voie privée menant au jardin de la vieille dame. Le terrain très étroit s'étirait sur une bonne centaine de mètres, jusqu'à un petit cours d'eau au chant agréable. Il était bordé de lilas déjà fanés et de mirabelliers aux branches courbées sous le poids des fruits encore verts.

Réjane ne leva la tête qu'au bout de quelques secondes.

— T'es sûre que c'est elle ? murmura-t-elle. Elle a quatre-vingt-cinq ans passés. Celle-ci fait beaucoup plus jeune.

Salah eut un petit sourire et s'approcha doucement du grillage.

— Bonjour, madame. Je m'appelle Salah Tounsi.

— Bonjour, mes enfants, répondit la vieille dame tout en poursuivant son ouvrage. Je ne vous attendais pas si tôt !

Réjane s'avança à la hauteur de Salah.

— Bonjour. Je suis Réjane Koska.

Noémie Charbonneau releva enfin la tête et leur tendit un coude ridé par-dessus la clôture. Salah et Réjane, un peu maladroites, effleurèrent la peau tannée par le soleil.

— Je termine ça et je suis à vous. Venez, l'entrée est un peu plus haut.

Noémie Charbonneau avait une voix posée, un visage agréable et des yeux noirs cerclés de lunettes en métal. Son regard pétillant et son franc sourire charmèrent immédiatement ses deux visiteuses.

Salah et Réjane longèrent le chemin jusqu'à une porte en bois, puis remontèrent tranquillement l'allée bétonnée du potager. Elles admirèrent les rangées ordonnées de carottes et de petits pois, les massifs de bégonia, salivèrent devant les fraises et les petites salades vert tendre.

— Vous faites ça toute seule ? demanda Salah en arrivant.

Noémie essuya ses mains sur sa blouse et hocha la tête.

— Tous les jours que Dieu fait et ce depuis plus de trente ans. Vous savez, à mon âge, on ne dort plus guère. Alors je me lève avec le soleil, et qu'il vente ou qu'il pleuve, qu'il fasse chaud ou qu'il gèle, je fais toujours un petit tour dans mon jardin. Et puis, ajouta-t-elle d'un air triste, depuis la mort de mon mari, je m'ennuie. Ici, le temps passe plus vite. Et je fais le bonheur de mes enfants et de mes petits-enfants !

— Sans doute ! s'exclama Réjane. Vos fraises ont l'air délicieuses !

Noémie attrapa une cuvette en plastique et la tendit à Réjane qui rougit de confusion.

— Allez nous en cueillir quelques-unes. J'ai encore un pot de crème fraîche et du bon sucre de canne. Nous partagerons le dessert en bavardant !

Salah et Noémie remontèrent l'allée côte à côte, jusqu'à une tonnelle couverte de vigne, pendant que Réjane s'attelait à ramasser les fraises.

— Dites-moi, Salah. Vous avez piqué ma curiosité. Que puis-je faire pour vous ? demanda Noémie en s'asseyant sur un banc en fer forgé à l'abri du soleil.

— Revenir loin dans votre passé. Très loin même, dit Salah en s'installant face à elle.

La vieille dame hocha lentement la tête. Ses yeux se mouillèrent de larmes.

— Vous venez pour Werner, c'est ça ?

Salah comprit à cet instant que Noémie n'avait jamais su ce qu'il était advenu de son amant. Son cœur se serra.

— Nous l'avons retrouvé, Noémie, dit-elle avec une extrême douceur. Dans le bois, tout près d'ici.

Noémie baissa la tête et essuya ses joues. Il parut à Salah qu'elle avait subitement vieilli d'une décennie.

— Werner et moi avions à peine vingt ans lorsque nos routes se sont croisées. L'amour nous a foudroyés. L'époque était sombre. C'était l'Occupation. Mes frères étaient au front et nous avions à peine de quoi manger, mes sœurs et moi. Werner venait nous approvisionner en cachette.

La voix de la vieille dame se brisa. Salah avança sa main et serra les doigts glacés de Noémie entre les siens.

— Il n'est donc jamais parti… Il avait promis, ajouta cette dernière.

Réjane s'approcha, la bassine pleine de fraises sous un bras, hésita une seconde devant le visage défait de Noémie et s'éloigna vers la maison.

— Il y a ce qu'il faut dans la cuisine d'été, à droite en entrant, dit l'octogénaire d'une voix brisée.

— Ne vous en faites pas, je trouverai ! lança Réjane avec un geste de la main.

Noémie la regarda s'éloigner.

— Elle est convenable, votre amie. Discrète, pudique. Juste comme il faut.

— Oui, acquiesça Salah, c'est quelqu'un de bien. Allez-vous y arriver, Noémie ?

— Oh ! Oui. Vous m'apportez la réponse que j'attends depuis plus de soixante ans. Le choc est rude. Mais je crois qu'il était nécessaire. Ainsi, je partirai en paix.

— Prenez votre temps.

Noémie lança un sourire lumineux à Salah.

— Werner aussi était quelqu'un de bien. Courageux, volontaire malgré son jeune âge. Il avait été mobilisé à dix-sept ans alors qu'il n'avait jamais tenu une arme de sa vie. Après avoir combattu au front, il a été envoyé ici, à Jaulny, pendant l'Occupation.

— Comment vous êtes-vous rencontrés ? demanda Salah.

— Les Boches fouillaient les maisons et les caves à la recherche des Juifs, exécutaient des familles entières lorsqu'elles avaient eu le malheur d'aider ces pauvres gens. À cette époque, l'enfer était ici, sur terre, et la Lorraine avait beau être annexée, je crois qu'ils ne se sont jamais vraiment sentis chez eux et qu'ils nous le faisaient payer. Werner était responsable de notre rue. Quand il est entré, la première fois, nous étions terrorisées. Mes sœurs et moi avions trouvé refuge à la cave. Je me souviens très bien de sa silhouette dans l'escalier. Et puis, sa voix…

Salah serra encore plus fort les doigts de Noémie.

— Il était très grand. Ses yeux étaient d'un vert profond, comme celui des feuilles au plus fort de l'été. Son visage était irrégulier, mais empreint d'une telle douceur. Il m'a tendu la main et m'a délicatement relevée. Mes jambes tremblaient tant qu'il a dû me soutenir pour m'aider à remonter à l'étage. J'étais déjà folle de lui. Il est venu chaque jour. J'attendais ce moment avec toujours plus d'impatience. Il a fallu près de deux semaines pour que nous échangions nos premiers mots. Presque un mois pour que nous décidions de nous retrouver dans la cour, à l'abri des regards. Je n'espérais qu'une chose : malgré l'horreur de la guerre, à cet instant, je souhaitais qu'elle ne cesse jamais.

Noémie s'arrêta quelques secondes pour regarder Salah. Elle retira sa main et caressa doucement la manche vide de la journaliste.

— Vous avez rencontré cette folie qu'est la guerre, n'est-ce pas, mon petit. Où était-ce ?

— En Afghanistan. Un attentat, à Kaboul.

— Pouvez-vous comprendre ce que j'ai ressenti ?

— Je crois, Noémie. Je crois.

Salah mentit pour ne pas peiner son hôtesse. Pas un instant au cours de sa vie elle n'avait prié pour qu'une guerre dure à jamais. Mais elle dut admettre que sa route n'avait pas croisé ce *Werner* après lequel elle ne courait même pas.

— Vous êtes une femme courageuse, reprit Noémie. Par nature. Je ne l'étais pas. Je suis devenue forte grâce à lui. Il était ma seule raison de vivre. Lorsqu'il a disparu, je suis morte. J'ai cessé d'aimer. Je l'ai haï. J'ai pleuré toutes les larmes de mon corps. Je l'ai cherché des années durant. À la Libération, ils m'ont rasée, appelée la Boche. Certains, ici, me nomment encore ainsi. Mais je m'en moquais. Je voulais Werner. Il devait me revenir.

— Que faisait-il dans ce bois ? demanda Salah.

Noémie lança un coup d'œil vers l'entrée de la cuisine. Réjane arrivait à petits pas, les bras chargés d'un plateau.

— Je crois que le dessert est prêt ! s'exclama-t-elle.

Salah aida son amie à disposer sur la table les ramequins emplis d'une mousse rosée.

— Vous les avez écrasées ! C'est parfait !

Les trois femmes engloutirent les fraises dans un silence presque religieux. Ce fut Noémie qui reprit la parole, les lèvres encore bordées de crème.

— Le village n'était plus sûr. Les racontars allaient bon train et Werner craignait pour ma vie et la sienne. Je suis née ici, à Jaulny. Et je connaissais les environs comme ma poche. Dans le bois, il y avait une grotte. C'était parfait. Nous avons alors décidé que Werner s'y cacherait le temps que la guerre s'achève.

— Mais les bombardements alliés ont dévasté la forêt…, glissa Réjane.

— Je n'ai jamais su s'il était mort ou s'il avait fui.

Noémie haussa les épaules.

— Maintenant, je sais, ajouta-t-elle. Werner m'aimait.

Un roucoulement leur fit lever la tête dans un bel ensemble. Une colombe au collier gris venait de se poser sur la tonnelle, juste au-dessus d'elles.

— Élise…, murmura Salah.

— Tu es cinglée, dit Réjane en riant. Elles se ressemblent toutes !

Comme pour démentir ses paroles, l'oiseau s'envola, tourna quelques instants dans le jardin et se posa sur la table devant Salah.

— Ça alors ! s'exclama Noémie. Vous avez un petit compagnon.

Salah avança lentement sa main vers la colombe, qui vint se percher sur son épaule.

— C'est une vieille connaissance, je crois, dit la journaliste en souriant.

— Pourquoi cette grotte ? N'était-ce pas dangereux ?

Noémie secoua la tête et détourna les yeux de la colombe.

— Pour moi, c'était comme une évidence. Werner n'était pas la première personne à y trouver refuge. Il y avait trois salles en enfilade et tout au fond, une sorte de petite niche taillée dans le roc, avec une paillasse. C'est là que Werner dormait. C'était un lieu étrange et idéal. Probablement vieux de plusieurs milliers d'années.

— Qu'est-ce qui vous fait dire ça ? demanda Salah, le visage enfoui dans le plumage de la colombe.

— C'était plein de signes gravés. Il y en avait partout sur les murs. Des triangles. Des triangles dans le mauvais sens. Je n'avais encore jamais vu ça auparavant.

48

Le grand toréador vêtu de noir chevauchait sa monture. Ses jambes disparaissaient dans la chair épaisse et ruisselante de l'énorme animal. En guise de pommeau, il tenait d'une main son pénis, dressé vers l'azur teinté d'ocre, provocant, guerrier, gigantesque protubérance de chair gorgée de sang et d'orgueil. De l'autre, il enserrait une multitude de fils tendus, légèrement luminescents, qui partaient dans la nuit comme une grande toile d'araignée.

Autour de cet homme-taureau, une multitude de jeunes femmes se pressaient. Leurs mains étaient prolongées par ces fils. Elles suivaient docilement le rythme des pas de la créature. En tête de cette marée de femelles captives venait une jeune blonde magnifique. Son visage était neutre.

La main sur le pommeau lâcha l'appendice et stoppa l'animal. Un doigt se déplia et souleva délicatement l'un des fils. La femme de tête se retourna.

Cette fois, son visage se déforma dans une expression de panique, mais sa bouche demeura scellée. La main tira le fil. Incapable de résister, la femme affolée vint se coller contre le flanc du taureau. Elle se contorsionna dans un simulacre de danse, puis elle se dessécha en un instant, se racornit à l'image d'une momie amérindienne. Les doigts virevoltèrent dans l'air quelques secondes, puis jaillirent vers un nouveau fil.

Mais un événement imprévu figea la scène. Une lueur venait d'apparaître.

Cent visages se tournèrent. Cent expressions neutres virèrent à la surprise. Et parmi ces faciès, un seul douta. Car dans cette clarté se matérialisa la silhouette d'un homme. Il était grand, très grand et très solidement bâti. Le nouvel arrivant quitta la zone vivement éclairée et se rua à la rencontre du monstre. Et dans son élan énergique, sa bouche s'ouvrit sur un cri de triomphe.

L'espace d'une seconde, l'homme-taureau pensa contre-attaquer, mais sa main lâcha les fils, le privant du rempart vivant de ses vestales. Il se trouva aussitôt vulnérable et un vent de panique souffla sur ses certitudes.

Stanislas se réveilla en sursaut. Il demeura quelques secondes blotti contre la paroi convexe de la cabine, persuadé de se trouver encore en danger. Puis il alluma la veilleuse. La lumière artificielle chassa ses derniers doutes. Il était sauf. Il s'habilla en hâte et monta sur le pont.

Un fin croissant de lune rasait l'horizon, lâchant sur les eaux grises de l'océan un halo blafard. À cent mètres de l'endroit où Stanislas avait jeté l'ancre, un carrelet sur pilotis marquait d'une ombre l'à-plat argenté du bassin d'Arcachon. Dans les mouvements réguliers des vagues, il distinguait des petits points clairs, sans doute des mouettes. Plus loin, quelques réverbères permettaient de localiser le Cap-Ferret. En dehors du clapotis de l'eau contre la coque, la nuit était silencieuse, l'air doucement tiède.

Stanislas inspira longuement. Un sentiment de plénitude le gagna.

Comment avait-il pu à ce point se fourvoyer ?

Ses cauchemars ne représentaient pas une menace, mais autant de signes où il pouvait deviner un avenir possible. Ce qu'il lui fallait à présent, c'était interpréter ses rêves et agir. Son accident, le coma, sa dernière victime même, tout avait été placé sur sa route pour le préparer à ce nouvel état !

C'était si limpide.

Stanislas s'estimait trop pour imaginer la défaite. Même la mort n'avait pas réussi à le prendre. Alors, il n'allait pas se laisser intimider par un homme. Celui-là aurait toujours un rêve de retard.

— Je vais te trouver, murmura-t-il dans le vent. Je vais te trouver et te renvoyer au néant.

Il allait s'habituer à naviguer dans ces images oniriques et apprendre à contrôler ce pouvoir immense. Alors il serait prêt.

Stanislas effleura le médaillon qui ne le quittait plus. C'était lui, son sésame. Tout simplement.

Il gagna la proue du bateau, arqua son corps vers le ciel et plongea dans les eaux sombres. À l'instant où sa tête toucha les flots, l'image d'Oriane s'imposa à son esprit. Pour vaincre, il ne pouvait s'embarrasser de cette fillette capricieuse. Oriane devait disparaître, évacuer le monde des vivants dont elle n'était finalement qu'un encombrement futile.

À deux mètres sous la surface, il vit même un aspect positif à son odieux projet. Il allait abréger les souffrances psychologiques de cette gamine, livrée à elle-même jusqu'à la fin de ses jours, à jamais gangrenée par la culpabilité d'avoir survécu à sa famille. Oriane rejoindrait sous peu les siens. Si Dieu existait, elle pourrait bientôt embrasser son papa et sa maman.

49

— Mais qu'est-ce qu'il a foutu, bon Dieu ! s'exclama Lieras, blanc de colère. On ne peut pas le laisser seul deux minutes ! Je vais m'occuper de son cas vite fait. Ça fait un bail que ce gros con devrait être à la retraite !

Marouan et Lieras étaient rentrés à la brigade dans la soirée pour interroger Delcroix. Mais ils s'étaient heurtés à un mur de silence. Pierre était resté prostré, le visage enfoui entre ses grandes mains. Il avait laissé échapper de temps en temps un sanglot ou un soupir, mais n'avait pas réagi une seule fois aux questions des deux policiers.

— Ne t'en prends pas à Galien, tempéra Marouan en entrant dans la salle de repos. Il a juste voulu bien faire. Tu sais, ça fait des années qu'il n'a pas bossé sur un homicide. Il n'arrive même plus à entendre le mot meurtre sans pâlir.

Les deux hommes s'installèrent sur des fauteuils en similicuir suranné dont la mousse de remplissage apparaissait en maints endroits et, dans un mouvement commun, posèrent leurs pieds sur la petite table basse.

— Raison de plus pour l'écarter définitivement de cette affaire. Il n'a qu'à s'occuper des vols de serviettes de plage ou de la circulation.

— Ce n'est pas le moment de réduire nos effectifs. Cette affaire sent le roussi, si tu veux mon avis. On va avoir besoin de toutes les compétences pour y arriver.

— Tu crois que je ne le sais pas ?

Marouan se releva et jeta un coup d'œil dans le couloir.

— La psy ne devrait pas tarder, non ? demanda-t-il.

— Laisse-lui le temps d'arriver.

— Galien a fait du bon boulot, relança Marouan. Il a déjà rassemblé les éléments qui prouvent définitivement que Delcroix n'est pas le tueur. Péage, itinéraire, relevés de carte bancaire, visite à l'hôpital où est soignée sa mère. Non seulement il n'était pas là quand Élise a été enlevée, mais il a un alibi pour le meurtre de Françoise. Deux personnes sont prêtes à témoigner qu'il s'enfilait un steak à cette heure-là.

— Désolé, mon vieux, mais ce qui m'intéresse, c'est que ce type parle et qu'on retrouve la petite.

— Delcroix n'a peut-être rien à voir avec ça. Et si c'était le hasard ?

Lieras ferma les dossiers posés sur ses genoux et releva la tête vers le brigadier.

— Je ne te comprends pas, Marouan. Hier, sur la scène de crime, tu me parles d'un complice éventuel, et là, tu fais machine arrière. Je t'ai vu te foutre ouvertement de la gueule de ton commandant, et maintenant, tu pleures pour que je ne le massacre pas ! Qu'est-ce que tu veux ?

— Galien n'est pas un mauvais bougre. Il avait juste besoin d'être un peu remis à sa place, c'est tout.

— Marouan, t'es un trou du cul ! lança Lieras en riant. Bon, je vais lui demander de jeter un œil sur les notes qu'on a trouvées dans les affaires de Delcroix, mais il ne prend que des photocopies. Les carnets, tu les gardes. Deux avis valent mieux qu'un. Et puisque tu ne veux pas nous le vexer, il n'a qu'à aller faire un tour dans la chambre d'hôtel où Delcroix était descendu au Touquet. Ça l'éloignera un peu du suspect. Mais pas tout seul, il prend un collègue avec lui.

— Merci, Jo.

— Récapitulons ! poursuivit Lieras, ignorant la réplique de Marouan. Comment Delcroix a-t-il trouvé le bunker, alors qu'on était tous sur le coup, s'il n'est pas son complice ? Pourquoi a-t-il déclaré à Galien être le frère d'Élise alors que l'état civil nous prouve que c'est faux ? À quoi ça rime ? Pas de trace d'adoption, pas de lien de parenté ! Ils ne sont même pas cousins ! C'est quoi, ce délire ?

— Jo. Il y a quand même un truc bizarre. Delcroix et Mlle Lamy Saint-Genès ont exactement la même date de naissance ! Regarde ! Le 1er décembre de la même année.

— Et alors ? Ça n'en fait pas des jumeaux, Marouan, et tu le sais bien. Une coïncidence n'est pas une preuve, et l'absence de coïncidence est anormale, statistiquement parlant.

— T'en fais pas un peu trop, là, capitaine ? Et s'il disait vrai ? insista le jeune brigadier.

— L'état civil a parlé, assena Lieras, alors intéressons-nous plutôt aux faits. Quel est le lien entre Delcroix et le tueur ? Et surtout, comment l'Embaumeur, si c'est lui, a-t-il pu franchir tous les barrages et s'évanouir dans la nature avec une gosse handicapée ?

— Il est mobile, répondit Marouan à contrecœur. L'Embaumeur est mobile. C'est la seule possibilité. Il doit savoir qu'en bougeant, il sera plus difficile à localiser. Il faut vérifier les locations de voiture, les camping-cars. Je ne le vois pas prendre le train avec une gamine paralysée, mais on ne sait jamais. Je te l'ai déjà dit, ce type est un instinctif, un cinglé qui se croit invincible. Il ne calcule pas. Il agit selon les événements. Il s'adapte. La surveillante était sur sa route, il l'égorge. Oriane était vulnérable, il l'enlève. Et Delcroix…

Lieras se leva d'un bond en frappant la table du plat de la main.

— Bon sang, Marouan ! On a raté quelque chose ! Comment était le bunker quand on est arrivé ?

— Les ouvertures avaient été murées, les gravats à l'extérieur ! Delcroix était sûrement enfermé avec la victime ! s'exclama Marouan.

— Attends ! le tempéra Lieras, les mains tendues devant lui. Pas de conclusion hâtive ! Ça ne veut rien dire. Leur association a peut-être tourné au vinaigre !

Marouan secoua la tête.

— Je ne crois pas, Jo. Je ne vois pas ce type comme ça. Je te parie ma chemise qu'il a lui-même ôté le mouchoir du visage de la victime. Il ne supportait pas l'acte de dépersonnalisation du tueur. Ce n'est pas son complice. Il faut que je retourne le voir. Seul. J'arriverai peut-être à quelque chose.

La porte du bureau s'ouvrit sur une femme d'une quarantaine d'années, petite, cheveux courts et mâchoire légèrement prognathe.

— Pas sans moi ! lança-t-elle en riant.

Marouan resta planté au milieu de la pièce, sans voix.

La nouvelle venue entra dans la salle de repos.

— Salut, Lieras. Tu nous présentes ?

— Claire Alésé, Marouan Chraïbi.

Le jeune brigadier refusa la main tendue et se contenta d'un bref signe de tête.

— Claire a bossé deux ans avec les plus grandes équipes américaines de *profilers* et..., annonça Lieras.

— On y va ?

Marouan ne le laissa pas terminer sa phrase et s'engagea dans le couloir qui menait aux salles d'interrogatoire, Claire sur ses talons.

La psychologue travaillait déjà depuis plusieurs années avec la brigade criminelle. Elle était habituée à l'accueil mitigé que lui réservaient la plupart du temps ses collègues enquêteurs.

— Je ne suis pas là pour marcher sur vos plates-bandes, jeune loup, mais pour vous filer un coup de main !

— Je n'ai pas besoin de votre coup de main, la psy. Je sais que ce type est innocent.

— Allons voir ça ensemble. Deux avis valent mieux qu'un.

Marouan et Claire prirent place face à la glace sans tain. Dans la pièce voisine, Lieras était en train d'installer Pierre Delcroix.

— C'est joli comme surnom, Starling. Ça vous va comme un gant !

Marouan fronça les sourcils.

— Vous n'allez pas vous y mettre, vous aussi !

— Ne le prenez pas mal. C'est même un compliment. On parle beaucoup de vous à la crim'.

— Qu'est-ce que vous voulez, maintenant ? Me cirer les pompes ? Allez-y, si ça vous chante. Moi, je suis bien ici. Je n'ai pas besoin de me noyer au milieu des psys pour être meilleur. Je *suis* le meilleur.

— Bravo.

— C'est comme ça.

Claire s'approcha de la vitre. Pierre Delcroix était assis face à elle, le regard fixe et vide, les mains sur les genoux. Ses traits creusés trahissaient une grande fatigue.

— C'est une véritable force de la nature ! Dites-moi, Marouan, depuis quand Pierre Delcroix est-il ici ?

— Environ huit heures.

— S'est-il restauré ?

— Non. Il a tout juste accepté de boire un peu d'eau.

— Il ne dort pas. Ce type ne dort pas depuis un bon bout de temps.

— À quoi voyez-vous ça ? demanda Marouan stupéfait.

— Regardez, ses mains, son corps tout entier tremble. Ça s'appelle des myoclonies. On voit souvent ces symptômes pendant les crises de petit mal des épileptiques. Ce sont des faisceaux de muscles qui deviennent incontrôlables. Les cernes, aussi, le regard fixe et les pupilles dilatées. Il faut lui faire une prise de sang. Il est peut-être sous l'emprise de drogues. Si c'est le cas, il peut péter les plombs à tout instant. Dites-moi, j'ai lu vos premières conclusions. C'est gonflé !

— Que voulez-vous dire ?

— L'Embaumeur a été arrêté et incarcéré !

— Erreur judiciaire, lâcha Marouan.

— En tout cas, ce n'est pas Delcroix. C'est certain.

— Je suis d'accord. De plus, il a de bons alibis ! La question posée est plutôt : a-t-il pu être complice ?

Claire et Marouan fixèrent Pierre un long moment. Ce dernier releva la tête. Il semblait complètement désorienté. Il avança les mains, comme pour repousser d'invisibles assaillants. Puis il se redressa, vacilla sur ses jambes et se mit à tourner en rond en pleurant.

— Vous voyez, il a une hallucination. Il faut vraiment le prendre en charge. Rapidement. Il est malade.

— A-t-il pu commettre un meurtre dans cet état ?

— Allons le vérifier ! s'exclama Claire.

Elle s'élança hors de la pièce et pénétra dans la salle d'interrogatoire, sous le regard médusé de Marouan.

— Elle est cinglée !

Tout en suivant la psychologue des yeux, il composa le numéro de l'hôpital et demanda qu'un médecin soit dépêché sur les lieux le plus vite possible.

De son côté, Claire resta un moment dans un angle de la pièce, à une distance respectable de Pierre Delcroix.

Ce dernier était penché au-dessus de la table, dont il nettoyait la surface. Il caressait le bois avec douceur. Claire s'approcha lentement. Marouan s'était posté juste derrière la porte, prêt à intervenir.

Pierre plongea son regard dans celui de la psychologue et approcha ses doigts de son visage. Il chercha le contact, comme un aveugle, puis effleura tendrement ses cheveux blonds.

— Élise…, murmura-t-il, les lèvres tremblantes. Regarde…

Claire ne bougea pas d'un pouce. Elle ne semblait pas éprouver de peur. Marouan commença à regretter son attitude orgueilleuse. Cette femme avait du cran.

— Je suis là, Pierre, l'encouragea la psychologue.

Pierre ferma les yeux. Des larmes sourdaient au coin de ses paupières striées de vaisseaux violacés. Il projeta ses paumes dans la direction de Marouan et les maintint ainsi, comme s'il voulait repousser un assaillant.

Il demeura dans cette position quelques secondes, puis ses bras retombèrent le long de son corps.

— Dis-moi, Élise, chevrota-t-il. Dis-moi comment tu peux courir après ce qui te suit ? Dis-moi comment faire pour le rattraper ?

50

Aline Saulxures de Jaulny avait passé sa vie à restaurer le domaine de ses ancêtres aux côtés de son mari, Charles-Henri. Elle était originaire de la région, comme lui. Comme lui, elle n'avait pratiquement jamais franchi les frontières. Comme lui, elle avait couru pendant des années après un mystère dont les racines s'ancraient profondément dans sa terre natale. Maintenant que certains éléments étaient découverts, elle regrettait de n'avoir su trouver la bonne direction plus tôt, afin de partager cette quête avec l'homme qu'elle chérissait. Ainsi, chaque jour, elle ne pouvait s'empêcher de se rendre au fond du parc où reposait son mari. Elle s'asseyait sur un banc en pierre partiellement recouvert de lierre, juste devant l'entrée du caveau familial. La haute chapelle ouvragée datait du XVIIe siècle. Aline avait fleuri les alentours, repiqué çà et là les essences préférées de Charles-Henri, rendant ainsi l'endroit plus agréable. Chaque jour, elle parlait à son homme, lui racontait ses découvertes, ses déboires et ses peines. Et chaque fois, elle repartait vers le château l'âme en paix, le cœur moins lourd. Sans ces rendez-vous quotidiens, elle n'aurait jamais eu le courage de poursuivre les travaux de restauration du domaine ou les recherches sur le blason familial.

L'arrivée de Salah et de Réjane dans la vie de la comtesse avait été une véritable bénédiction, un bol d'air frais, une aubaine pour cette vieille solitaire rompue aux travaux difficiles et aux monologues au fond des bois. Elle avait enfin de vrais échanges avec d'autres êtres humains. Des conversations passionnantes bien loin des directives qu'elle donnait au charpentier ou au jardinier.

Aline terminait tout juste le récit de sa journée au fantôme de Charles-Henri quand Salah la rejoignit. La soirée était déjà bien avancée et le bois se parait de belles lueurs. L'odeur de la mousse et des rosiers accrochés au caveau enchantèrent Salah.

Elle prit place auprès de la comtesse en lui plantant un baiser sur la joue.

— Quel bel endroit, Aline. Vous êtes une véritable fée. Comment va ma châtelaine préférée ?

Aline tendit à Salah un petit bouquet qu'elle venait de confectionner.

— Elle parle aux morts.

— Et obtient-elle des réponses ?

— Bien peu, malheureusement. Il m'arrive parfois de rêver de lui. J'ai la sensation qu'il tente d'entrer en contact avec moi. Mais au réveil, c'est encore plus difficile. Le manque est terrible.

Salah respira l'odeur des roses qu'elle tenait entre ses doigts.

— Élise Lamy Saint-Genès était une femme exceptionnelle, murmura-t-elle. J'aurais tant aimé qu'elle vous rencontre. J'aurais tant aimé la rencontrer.

— Qui était-elle ? demanda Aline.

— Elle a pris soin de moi lorsque j'étais dans le coma. Je l'ai vue, alors que j'errais dans des contrées bien mystérieuses. Je suis certaine que c'est elle qui m'a ramenée à la conscience.

— Comment expliquez-vous cela ?

— Je ne l'explique pas. Ces rêves étaient si réels. J'ai le souvenir d'une femme qui m'était proche, alors qu'elle m'était totalement inconnue. C'est comme si je l'avais aperçue dans un autre plan de la réalité. J'aime assez l'idée qu'il existe un monde parallèle. Le monde des rêves.

Aline hocha la tête en soupirant.

— Je trouverais cela merveilleux. Lorsque je rejoins mon mari pendant la nuit, je le sens, je le touche. Et c'est si… parfait.

— Le rêve est un monde étrange et fascinant. Je ne saurais dire si mes rencontres avec Élise faisaient partie de ce qu'on appelle les songes, ou s'il s'agissait d'hallucinations liées à mon état, mais peu importe. J'ai rencontré cette femme. J'ai vu ce médaillon qu'elle portait autour du cou. J'ai vu ce triangle qui m'a menée jusqu'à vous. Savez-vous que le rêve a une réelle importance dans l'équilibre de la psyché humaine ? Savez-vous qu'il conditionne en grande partie notre tempérament, notre caractère ? La manière dont nous conduisons notre vie ?

Aline se leva pour toucher du doigt le nom de son époux gravé sur les montants de la chapelle.

— J'ai rêvé un jour qu'on m'enterrait auprès de lui. J'assistais avec bonheur à mes propres funérailles, je n'aspirais qu'à une chose, reposer au côté de mon homme. Lorsque les ouvriers eurent fini leur ouvrage, que la porte se fut refermée sur nos deux corps réunis, j'eus la vision de nos noms qui s'entremêlaient sur la pierre. Pour l'éternité. Ne pensez-vous pas plutôt que c'est l'inverse ? Que c'est notre caractère, la manière dont nous menons notre vie qui conditionnent nos rêves ?

Salah rejoignit la comtesse. D'un même élan, les deux femmes s'enfoncèrent dans la partie boisée du parc, en direction de l'étang qui s'étendait en forme de croissant de lune sur près d'un hectare.

— Je ne saurais dire si la théorie du professeur Jouvet est avérée. Mais elle est intéressante et, surtout, troublante. Les rêves, le sommeil paradoxal seraient apparus au cours de l'évolution pour garantir ce que l'on appelle l'individuation psychologique. Vous savez comme moi que le brassage génétique est fondamental pour assurer la pérennité de l'espèce humaine et sa diversité. Ainsi, le caractère de chacun, la manière dont il conduit sa vie, fait ses choix ne peuvent s'inscrire dans les brins d'ADN, trop courts pour transmettre autant de données. Le rêve serait le garant de la transmission génétique du tempérament, en quelque sorte. Il nous remettrait sur les rails chaque nuit.

— Fabuleux ! s'exclama Aline.

— Troublant ! Excitant, même ! Les directions que nous prenons tout au long de notre existence ne sont que le résultat de ce que nos ancêtres nous ont transmis. Pas de libre arbitre, Aline. Pas de réel choix ! Vous étiez conditionnée à aimer Charles-Henri ainsi, à rester ici pour restaurer cette ruine magnifique et donc me rencontrer ! Vous auriez pu tout vendre et parcourir le monde, si vous n'aviez pas rêvé !

— Je trouve cela extrêmement rassurant, finalement. Je ne suis que l'aboutissement de milliers d'années d'évolution. Je ne suis que le dernier maillon vivant d'une longue chaîne de rencontres, de destinées, de vies vécues… Pas de libre arbitre, peut-être. Mais un chemin tracé. Quelle différence ? Dieu ou la génétique ? L'âme ou la science. Peu m'importe, finalement.

Aline et Salah débouchèrent sur les berges de l'étang où s'ébattaient des dizaines de cygnes et de canards. L'eau d'un beau vert était à peine ridée par un léger souffle d'air frais.

— Werner Hecking s'était réfugié dans une grotte. Connaissiez-vous l'existence d'un tel endroit ? demanda Salah.

— Non, pas du tout ! s'écria Aline, les yeux brillants. Décidément, ce bois recèle bien des surprises.

— Il va falloir trouver l'entrée, Aline. Elle a vraisemblablement été enfouie par les bombardements de 1944.

— C'est dangereux, Salah.

— D'après Noémie, les murs de cette grotte sont couverts de triangles inversés.

— Pourquoi ne suis-je pas surprise ? dit Aline en souriant. Pensez-vous que Sean Galloway recherchait cet endroit quand il est mort ?

— Oui. Et je crois aussi que cette grotte abrite cette fameuse clé dissimulée au centre du triangle. Nous allons devoir constituer une équipe pour commencer les fouilles dès que possible. Êtes-vous d'accord ?

— Évidemment, Salah ! C'est merveilleux. Oh ! Comme je regrette que Charles-Henri ne fasse pas partie de l'aventure !

51

La basse mer était prévue à dix heures ce jour-là. Aussi n'y avait-il pas encore grand monde sur les bancs de sable quand Stanislas attacha le bout de l'annexe à l'arrière du bateau. Il revenait d'Arcachon et avait attendu l'ouverture des boutiques pour faire quelques emplettes.

Dans le petit canot pneumatique, un paquet occupait pratiquement toute la place. Il était emballé dans du papier doré et ficelé avec un ruban argenté.

Stanislas attendit que l'annexe se stabilise, rangea le colis et partit chercher Oriane. Il trouva la fillette à l'endroit où il l'avait laissée, dans la cabine qu'elle pensait bientôt partager avec Élise. Elle l'accueillit avec un sourire triste, un peu forcé.

— Je me suis excusé, dit Stanislas. Alors ne fais pas cette tête-là.

Il l'emporta sur le pont et la fit descendre dans l'annexe.

— C'est ça, ma surprise ? dit-elle en désignant le paquet.

Stanislas leva les yeux au ciel.

— Je peux regarder ce que c'est ?

— Quand on aura débarqué sur la terre ferme, pas avant. Et en plus, je crois que ta petite copine d'hier est déjà là. Ce sera parfait.

L'annexe buta contre le sable. Stanislas sauta dans l'eau et tira l'embarcation au sec. Puis il débarqua Oriane, l'installa à une vingtaine de mètres du rivage et déposa devant elle le paquet tant convoité.

La fillette essaya pour commencer de défaire l'emballage sans l'abîmer, mais sa curiosité l'emporta sur sa patience. Elle déchira le papier. Tout ce temps,

Stanislas l'observa. Il prenait un immense plaisir à voir les petites mains détruire ce qu'une vendeuse avait réalisé avec soin.

Oriane ne comprit pas la nature de son cadeau. Tout ce qu'elle voyait, c'était un panneau de bois peint d'un mètre vingt de longueur sur quarante centimètres de large, replié en plusieurs épaisseurs solidarisées par des charnières dorées.

— C'est quoi ? dit-elle sur un ton vaguement déçu.

— Attends, je vais t'aider.

Stanislas déplia les éléments et dressa l'ensemble sur le sable. À l'intérieur, il y avait un sac en velours suspendu à un crochet.

Oriane tendit le bras et l'attrapa. Sa main fébrile fouilla l'intérieur, en sortit deux marionnettes et une paire de petits rideaux rouge foncé. Aux cris excités qu'elle poussa alors, Stanislas comprit qu'il avait touché juste.

Pendant que la fillette s'essayait au maniement des pantins, Stanislas enfonça la base des panneaux dans le sable, pour stabiliser le frêle édifice. Le théâtre portait des couleurs vives qu'il jugea disgracieuses. Mais ce qui importait, c'était qu'Oriane le trouve à son goût. Elle allait avoir droit à un vrai plaisir de gosse, sans doute le dernier.

Aussi Stanislas installa-t-il les rideaux et vit arriver avec plaisir la fillette dont Oriane s'était entichée la veille. Bob retrouva aussitôt sa place dans leurs relations et Dora s'émerveilla qu'autant de bonnes surprises puissent survenir en même temps. En une poignée de minutes, les deux gamines convinrent d'une histoire et se distribuèrent les rôles. Aurore allait attendre son prince charmant.

Avant de commencer le spectacle, la petite camarade d'Oriane se leva pour estimer son public. Stanislas fut particulièrement ému de voir ce buste de femme miniature apparaître dans le cadre de bois peint. Il regretta qu'Oriane ne puisse en faire autant.

Deux gamins s'installèrent à ses côtés et lancèrent des cris d'encouragement. Stanislas se leva et fit le tour du théâtre de marionnettes. Il voulait observer sa créature. Lui seul savait que le compte à rebours était lancé.

Oriane était aux anges, son visage paraissait illuminé de l'intérieur. Stanislas aimait cette dualité, cette multiplicité du champ des possibles. Lui se prenait pour Dieu. Et de fait, il possédait une longueur d'avance sur sa victime.

Stanislas visualisa Oriane enfermée dans son théâtre de marionnettes. Il se plut à en rabattre le double rideau. Où se trouvait-elle alors, morte ou vivante ? Derrière son piège de bois bariolé de couleurs vives, le corps d'Oriane pouvait aussi bien ne plus exister. Ou ne jamais avoir existé. Comme le chat de Schrödinger. Cette pensée lui donnait le tournis.

Morte ou vivante ? Vivante ou morte ? Se pouvait-il qu'elle soit les deux en même temps ?

Stanislas se plaisait à imaginer totalement en son pouvoir cette fillette prépubère au corps cassé. Pour lui, les autres n'étaient que des instruments entièrement dédiés à son plaisir. Si l'existence pouvait basculer d'un côté ou de l'autre en fonction de l'observateur, cela revenait à minimiser l'importance de cette existence. Les autres n'existaient que parce qu'il les observait. Sans lui, les vivants s'évanouissaient dans cette boîte à chat. Avec lui, ils reprenaient de la matière.

Ce qui lui plaisait dans cet instant privilégié où Oriane connaissait l'un de ses derniers moments de bonheur, c'était qu'il en était l'auteur. Et qu'il pouvait le faire cesser, despote régnant sur un monde où tout n'existait que pour le magnifier à ses propres yeux.

52

Marouan resta un long moment devant la porte vitrée de son bureau, les yeux rivés sur Claire Alésé. Il pouvait l'observer à loisir à travers les lamelles poussiéreuses des stores. Elle s'était installée à sa place en prenant soin de faire des piles avec les dossiers en cours et faisait des recherches sur Internet. Concentrée, elle fronçait les sourcils, son front ridé et sa bouche réduite à un simple trait blanchâtre. Marouan pensa un instant qu'elle ressemblait à un hamster, puis chassa cette idée pour revenir à de meilleurs sentiments. L'arrivée de Claire sur l'affaire était plus que bienvenue. Elle était certainement la première à envisager réellement un retour de l'Embaumeur. Elle connaissait parfaitement le dossier pour avoir été experte de la défense auprès des tribunaux, lors du procès de Gérard Petit. Elle n'avait jamais cru à la culpabilité de ce pauvre type, mais elle n'était pas parvenue, malgré un dossier très étayé, à convaincre les jurés de son innocence.

Cette fois, Marouan et Claire s'entendraient pour que la vérité éclate. Il n'y aurait pas de seconde erreur judiciaire. Claire s'était spécialisée dans l'étude du comportement des tueurs en série des années plus tôt. La psychologue était opiniâtre et, surtout, très douée. Elle était convaincue depuis toujours que l'étude comportementale des criminels et de leurs victimes pouvait être décisive dans la recherche et l'arrestation du coupable. Les meurtres en série la fascinaient depuis sa plus tendre enfance. Son père, flic, avait été abattu, alors qu'elle entrait en sixième, par des braqueurs qui sévissaient alors dans le sud du pays, laissant derrière eux près d'une dizaine de victimes. Elle n'avait eu depuis qu'une volonté : comprendre. Elle faisait partie de cette nouvelle race d'enquêteurs, ni juge ni flic, encore mal acceptée par le système français. Mais elle ne doutait pas un instant que les autorités trouveraient un jour un réel bénéfice au profilage des tueurs en série.

Marouan soupira. La tâche à accomplir lui semblait soudain immense.

Ensemble, ils avaient tenté de décrypter les carnets de Pierre Delcroix, sans grand succès. Les informations griffonnées ne pouvaient avoir de sens que dans l'esprit de son auteur. Certaines pages, couvertes de figures géométriques, les laissaient particulièrement perplexes. Les seuls éléments en rapport avec l'enquête étaient des mots simples, répétés de nombreuses fois, qui permettaient de localiser le bunker sans pour autant dévoiler le moindre indice sur leur origine.

Claire s'était attelée à répertorier toutes les affaires non élucidées à ce jour susceptibles de faire rouvrir le dossier de l'Embaumeur. De son côté, Marouan avait épluché la trentaine de dossiers qu'il avait sélectionnés d'après les fiches de l'hôpital, médecins, personnel et patients confondus. Mais aucune piste sérieuse ne permettait encore de faire avancer l'enquête. Le jeune brigadier regardait le temps passer, monstrueux compte à rebours, menace implacable sur la vie d'une fillette dont les chances de survie s'amenuisaient avec le parcours de la trotteuse.

Joseph Lieras coordonnait l'Alerte-Enlèvement, étudiait les centaines d'appels de témoins, gérait les barrages routiers et l'enquête sur le terrain. Mais, malgré les efforts de tous les services de police et de gendarmerie, le ravisseur et la fillette demeuraient introuvables. Le capitaine et le juge Rivière avaient refusé d'ébruiter l'hypothèse de la réapparition de l'Embaumeur tant qu'il n'y aurait pas de certitude. Et cette décision, prise pour éviter les mouvements de panique en période estivale, rendait l'enquête encore plus délicate et périlleuse.

Quant à Galien, après avoir perquisitionné la chambre d'hôtel de Pierre Delcroix, il était rentré chez lui pour tenter de déchiffrer à son tour les carnets de notes de Pierre. Il avait quitté la brigade tard dans la soirée et n'avait encore donné aucune nouvelle.

Marouan se décida à entrer. Il posa la main sur la poignée de la porte et poussa le panneau lentement. Claire leva la tête, déplissa les lèvres et lui envoya son plus joli sourire.

— Salut, Starling. T'as du neuf ?

Marouan contourna le bureau, s'approcha de la psychologue et lui murmura à l'oreille :

— Les tueurs en série sont en majorité des sadiques sexuels qui ont le sentiment d'exister grâce à la mort et la domination de l'autre. Tuer provoque en eux une sorte de cataclysme émotionnel, un phénomène s'apparentant à l'orgasme, plus familièrement appelé le syndrome de Dracula.

— Michel Bénézech ! Dis donc, tu connais tes classiques, toi !

— Veux-tu que je me transforme en Dracula ? susurra Marouan en posant ses mains sur les épaules de Claire.

— Oh ! Non ! J'ai oublié mes gousses d'ail !

Marouan prit place face à sa collègue en souriant.

— Alors, appelle-moi Marouan. Ou Chraïbi. Ou brigadier. S'il te plaît…

Claire éclata de rire. Un rire franc et joyeux.

— Je suis ravie de collaborer avec toi, jeune loup ! Bon, dis-moi tout !

Le brigadier poussa une chemise cartonnée devant Claire.

— Il y en a vingt-neuf exactement. Tous ont été en contact avec Élise Lamy Saint-Genès, aucun n'a d'alibi pour la nuit du meurtre. Ils correspondent au profil, âge, taille, pointure. Douze d'entre eux sont des patients ou ex-patients, dix travaillent à l'hôpital, deux sont des saisonniers embauchés à la cantine, trois des proches ayant visité des malades. Les autres sont des voisins et des ouvriers. Je n'y crois pas trop, mais j'ai préféré en parler avec toi avant de les écarter.

— Tu as bien fait.

Marouan sentit ses joues s'empourprer. Il toussota, saisit la bouteille posée à ses pieds et avala une gorgée d'eau.

— Je voulais m'excuser pour l'autre fois. Je n'ai pas été très…

— Ne t'en fais pas, Marouan. Toi et moi, on est comme des clébards. On se renifle le cul d'abord, on cause après !

Marouan pouffa.

— T'es pas vraie, toi ! s'exclama-t-il.

La psychologue éclata de rire. Marouan la trouva pétillante.

— Comment va Delcroix ? demanda-t-elle.

— La prise de sang n'a rien donné. La garde à vue a été interrompue. Pour l'instant, il se repose à l'infirmerie. Le toubib lui a donné un cocktail de plantes pour qu'il roupille un peu.

— Le pauvre. Je suis sûre qu'il n'a rien à voir avec l'Embaumeur. Il a un avocat, au moins ?

— On lui en a collé un d'office. Il débarque demain matin. Tu sais, ici, ils sont assez… cool…

Claire leva les yeux au ciel.

— Bon, j'ai repensé à tout ça, lança Marouan. Je

crois qu'il faut revoir le profil du tueur. Je ne saurais pas te dire pourquoi, mais j'ai le sentiment qu'il change de mode opératoire. C'est peut-être une piste.

— OK ! Reprenons.

Claire tapa quelques mots sur le clavier et lança une impression. Marouan saisit les feuilles au fur et à mesure tout en écoutant la psychologue.

— Si on se cantonne à ce qu'on sait de lui, on peut dire qu'il s'agit plutôt d'un psychotique. Un tueur désorganisé, spontané, qui dépersonnalise ses victimes – dans ce cas précis, en recouvrant son visage avec un mouchoir blanc –, laisse beaucoup d'indices sur la scène de crime et abandonne le corps sur place.

— Pas si bordélique que ça, je trouve ! Il repère un endroit isolé, construit la cage avec une ouverture standardisée et part à la chasse. Ça ressemble plus au plan d'un type organisé qu'aux délires d'un barge, tu ne crois pas ?

— C'est vrai. Il n'en reste pas moins qu'il n'a pas d'antécédents, pas d'empreintes au fichier. Je dirais qu'il est sexuellement incompétent, solitaire et d'une intelligence moyenne.

— Mais il cherche à échapper à la police… Avec succès.

Claire acquiesça.

— C'est le type même de tueur qui n'entre dans aucune des classifications que tu as piquées au FBI. Pas de bol, Claire. Il va falloir improviser !

La psychologue fit la moue. Elle devait bien admettre que Marouan avait raison.

— Les deux premières victimes ont été retrouvées dans une baraque, sur un chantier abandonné, reprit Marouan. Et les trois dernières dans des immeubles en construction. Il semble qu'il soit prudent, mais pas suffisamment pour effacer toute trace de son forfait.

— Il s'en fout complètement, tu veux dire. Il doit se croire insaisissable.

— Pour l'instant, il a réussi.

— D'après toi, pourquoi laisse-t-il cette ouverture à la con ?

— Aucune idée. Veut-il voir, être vu ? Pour quelles raisons respecte-t-il toujours ces mêmes cotes ? La dernière victime répertoriée était dans un appartement en travaux, enfermée dans un placard dans lequel il avait découpé une ouverture de vingt-cinq centimètres sur douze.

— Pauvre gosse.

Un long silence s'installa.

— C'est quoi, vingt-cinq sur douze ? Ça doit bien correspondre à quelque chose ?

— On a déjà cherché, en vain. Ces dimensions ne sont pas courantes. En tout cas, pas pour des photos ou des cadres, pas pour des fenêtres, trop grand pour un masque, trop petit pour un passage… et le rapport ne donne rien. Si, deux et des poussières.

— Je vois…, souffla la psychologue.

— Tu sais, Claire, je me sens impuissant. Et c'est ce qu'il y a de plus difficile dans ce job. Savoir qu'on est peut-être à côté de la plaque et qu'à cause de ça, une gamine va mourir.

— Accepter qu'il est possible de ne jamais atteindre la vérité, c'est un premier pas. Accepter que notre intime conviction ne va pas suffire à sauver la peau d'un innocent en est un autre.

— C'est pas pour ça que je bosse, merde !

— Continuons, Marouan. Oriane et Pierre Delcroix attendent qu'on se creuse les méninges pour les sortir de là.

— Bon. On peut dire qu'avec sa dernière victime,

il a pris de l'assurance. Avant ça, il œuvrait plutôt dans des endroits isolés.

— C'est un voyeur. C'est ainsi qu'il se satisfait sexuellement.

— Un malade, glissa le brigadier en grimaçant.

— Toutes ses victimes sont des victimes d'opportunité. Il ne les choisit pas. Elles sont vulnérables, à portée de main. Au mauvais endroit, au mauvais moment. Deux gamines, une octogénaire et trois femmes d'entre trente et quarante ans.

— Des victimes de sexe féminin. Élise, Françoise et Oriane confirment cette hypothèse.

— C'est parce qu'elles sont plus fragiles, précisa Claire. Les tueurs en série sont des lâches.

— A-t-on suivi la piste des chantiers ?

— Ça n'a rien donné, à l'époque. Mais ça vaut peut-être le coup de vérifier. Je vais renvoyer un e-mail au Salvac.

— Si on suit ton raisonnement, notre homme est désorganisé, impulsif. Jusque-là, il ritualisait la scène de crime en recouvrant la tête de la victime avec un mouchoir blanc. À présent, il est moins patient, il tue autrement. Pourquoi ?

Claire haussa les épaules.

— Il faudrait en savoir plus sur lui. D'où il vient, dans quel milieu il a grandi…

— Comment localiser son premier crime ? demanda subitement Marouan.

— Ils chassent souvent près de leur territoire, au début, lâcha la psychologue.

— La première victime recensée était dans la région parisienne.

— Marouan, on ne sait pas si c'est la première. Et c'est bien le problème. Nous avons déjà émis l'hypothèse qu'il bossait sur des chantiers, je te l'ai dit. Tu sais combien de bâtiments nouveaux sont construits chaque année ? Imagine qu'il laisse les corps sur place. Une fois dans les fondations, personne ne peut les retrouver.

— C'est diabolique.

— Mais ça ne nous avance pas. Nous sommes incapables de le localiser, ou de lui établir un itinéraire précis. Il a frappé aux quatre coins de la France, de manière totalement aléatoire. Et aucun logiciel à l'heure actuelle ne nous permet de recouper les disparitions avec les chantiers ayant eu lieu sur le territoire. D'autant plus qu'il peut très bien s'agir de gros comme de petits chantiers !

— Mauvais plan, râla Marouan. Donc, d'abord il séquestre des femmes qu'il regarde mourir à petit feu, maintenant il se lâche et massacre à tout-va. Tu ne trouves pas que c'est un peu bizarre pour un psychotique ? Comment contrôle-t-il ses pulsions ? Quand perd-il le contrôle ? Quand a-t-il basculé ?

— C'est là que la science trouve ses limites. Ne te méprends pas. Je lui trouve beaucoup de points communs avec les tueurs désorganisés. Mais je ne prétends pas tout connaître de lui. Honnêtement, je n'en sais rien, Marouan. Cet homme est déroutant. Habituellement, ils sont stressés pendant l'acte. Ils n'ont pas le souci majeur de terrifier leur victime avant de la tuer. Or, lui le fait. Ce qui veut dire qu'il sait maîtriser sa rage.

— Sauf dans le cas de Françoise.

— Mais elle n'était pas une proie. Elle était un obstacle. Si c'est la première fois que ça lui arrive, ça veut dire qu'il a vraiment évolué.

Marouan fouilla un instant dans ses affaires et tendit une liasse de feuilles dactylographiées à la psychologue.

— J'ai cherché ce qui pouvait lui correspondre sur les dix dernières années. Je pense qu'on peut lui attribuer trois autres meurtres. Mais rien depuis l'arrestation de Petit.

Claire secoua la tête.

— C'est là que ça ne colle pas, Marouan. Je ne crois pas que ce type de meurtrier soit capable de prendre des congés. S'il n'a pas sévi, c'est soit qu'il était en taule, soit qu'il avait quitté le pays, soit qu'il était tout simplement dans l'impossibilité d'agir.

Marouan frissonna.

— Admettons qu'il se soit constitué une collection de trophées. Il a très bien pu se satisfaire de ça. Regarde, le BTK[1] a tenu des années sans tuer. Avec les photos et les affaires récupérées sur les lieux, il pouvait revivre sa jouissance à l'infini !

— Le problème, c'est que rien ne manquait dans les effets personnels des victimes. Et je ne crois pas vraiment que l'Embaumeur ait été du style à prendre des photos. Il aime trop regarder ses victimes mourir à petit feu. C'est vraiment ça, son truc.

— Alors, quoi ? Qu'est-ce qui a bien pu empêcher ce type d'agir pendant des années ?

Claire plissa les yeux.

— Dis-moi, jeune loup. Quel est le point commun entre Élise, Françoise et Oriane ?

— L'Hôpital maritime. Le service du professeur Mariani.

— Alors ?

---

1. Dennis Rader, alias BTK (« Bind them, Torture them, Kill them »), d'après le surnom qu'il s'était lui-même donné ; tueur en série qui a sévi pendant trente ans dans la petite ville de Wichita aux États-Unis entre les années 70 et 2000.

Claire regarda Marouan avec intensité. Il sut à cet instant qu'ils étaient enfin sur la bonne voie.

— Il était dans le coma pendant ce temps, s'exclama-t-il. Oui, c'est ça ! Il était tout simplement dans le coma !

53

Tôt le matin, les pelles avaient commencé leur besogne fastidieuse. Jean-Jean, le jardinier du domaine de Jaulny, avait tout d'abord fureté dans le bois. Le vieux bonhomme, ancien agriculteur à la retraite, s'était laissé inspirer par la terre. Pendant une bonne heure, il s'était promené sous les arbres, les yeux rivés sur le sol à la recherche d'anciennes traces du passage des hommes, pestant contre le parfum capiteux de Réjane, qui s'était finalement laissé distancer.

En revanche, Salah n'avait pas quitté la sphère immédiate du curieux enquêteur. Elle ne se parfumait jamais et ne se maquillait plus depuis son accident.

Le bois montrait encore par endroits les cicatrices de la Seconde Guerre mondiale. Les obus de l'artillerie alliée avaient laissé des trous profonds au plus d'un mètre cinquante.

Jean-Jean s'en souvenait très bien. Il n'avait pas huit ans à l'époque, mais ce genre de cataclysme de fer et de feu marque à vie la mémoire d'un gamin.

Tout au long de sa fouille, Salah avait entendu grommeler le paysan. Elle n'avait pu comprendre le sens de ses paroles. Seuls quelques mots aboutissaient dans son conduit auditif, miraculeusement épargnés par le salmigondis incessant du jardinier.

— Les arbres, comprit-elle. Pas assez vieux. Pas de pierres.

Alors elle eut une idée assez réaliste de la méthodologie rustique de Jean-Jean. Il cherchait à se représenter le bois tel qu'il avait été soixante ans plus tôt.

Salah considéra le vieil homme avec respect. C'était Aline qui, la veille au soir, avait proposé d'utiliser ses talents plutôt que de faire intervenir tout de suite un archéologue.

— La terre, avait-elle argumenté, il ne connaît que ça. Mais il la connaît bien. J'ai même entendu dire qu'il savait trouver des sources ! Et puis, vous faites ce que vous voulez de mon avis, mais une fois que vous aurez laissé fouiller un archéologue dans le bois, s'il trouve quelque chose, nous aurons les Monuments historiques sur le dos, et puis la DRAC par-dessus le marché, et sans doute aussi la Société départementale d'archéologie. Et alors là, faites-moi confiance, vous n'aurez même pas le droit de visiter. J'en sais quelque chose !

L'affaire fut ainsi entendue. Jean-Jean s'occuperait de dénicher l'accès à la grotte citée par Noémie Charbonneau.

Après une heure passée à arpenter le bois, il avait fini par ne plus s'occuper que d'une petite parcelle, dans le tiers supérieur de la colline et assez éloignée de l'endroit où les restes de Werner Hecking avaient été découverts par Salah.

Et là, alors qu'il martelait la terre de sa godasse ferrée, Salah vit sa colombe se poser sur la branche basse d'un jeune chêne.

— C'est ici qu'il va falloir retrousser ses manches ! interpella Jean-Jean sur un ton qui ne souffrait aucun commentaire. Ici, les gars, au boulot !

L'expression utilisée était abusive, car, dans ce

vocable, Jean-Jean parlait à son petit-fils, Valentin, qui avait bien voulu se prêter contre monnaie sonnante à cette nouvelle fantaisie de la comtesse de Jaulny.

Salah aurait aimé participer, mais manier une pelle avec seulement un bras était inimaginable. Quant à Réjane, elle proposa bien de relayer l'un des deux hommes à plusieurs reprises, mais elle se vit éconduite à chaque tentative. Le monde de Jean-Jean était peuplé de principes vieillots qui ne distribuaient pas de pelles aux dames.

Trois heures durant, les trous se multiplièrent. Jusqu'à ce que l'endroit de leur fouille n'émette plus ce son mat à la profondeur escomptée. Par chance, la roche mère se trouvait sous un peu moins de quatre-vingts centimètres de terre. Ils venaient de trouver l'entrée, cela ne faisait pas l'ombre d'un doute.

Alors, ils redoublèrent d'efforts, butèrent finalement sur un pan de roche incliné et le suivirent de plus en plus profondément pour dégager un trou béant sur une nuit souterraine.

Salah en eut le souffle coupé. Même Réjane ne put cacher son émotion et ses mots furent à la hauteur de son ressenti.

— Putain ! articula-t-elle avec difficulté. Ça existe vraiment !

En une demi-heure, une entrée assez large fut dégagée. Jean-Jean pénétra en premier dans la grotte, repoussant fermement les quasi-suppliques de Salah qui réclamait ce privilège. Valentin aida les deux femmes à descendre et ferma la marche.

Salah eut une pensée attendrie pour Noémie Charbonneau et Élise, après quoi, elle prit pied dans une salle au plafond bas et pria muettement pour que Jean-Jean cesse de marmonner.

Réjane la rejoignit dans les secondes qui suivirent.

Du rayon de leurs lampes, les quatre inquisiteurs fouillèrent l'espace obscur, révélant des tas de bois et des morceaux de roche effondrés.

À l'opposé de l'entrée, leur lumière se perdait dans une deuxième salle. Salah s'y dirigea aussitôt. D'après la description que lui en avait faite Noémie, la niche où avait séjourné Werner se trouvait au fond de la troisième salle.

Parvenue sur le seuil de la première partie de la grotte, Salah chercha le dernier accès. Il se situait sur sa droite et avait été taillé en forme d'arc roman.

La salle du fond était beaucoup plus longue et étroite que les précédentes. Elle partait dans les profondeurs de la colline, à l'aplomb de son sommet. Et au fond de ce tunnel au tracé biscornu, Salah découvrit ce qu'elle s'attendait à y trouver : une niche de deux mètres de profondeur avait été creusée dans la pierre blanchâtre. Un paquetage en lambeaux y traînait encore, avec un fusil de la Seconde Guerre mondiale rongé par la rouille.

Salah se promit qu'elle rendrait ces objets à Noémie, puis elle braqua sa lampe sur la paroi. Et là, parmi des dates et des messages sur lesquels elle ne s'attarda pas tout de suite, d'innombrables triangles étaient gravés. Certains s'inscrivaient dans des crucifix, d'autres se trouvaient au centre de cercles, d'autres encore portaient des symboles tout autour de leur tracé.

Salah ne put retenir ses larmes. Elle venait enfin de trouver un lien avec Élise. Tout cela n'avait pas été vain. Alors elle se promit qu'elle mènerait ses recherches jusqu'au bout. Elle comprendrait et rendrait à cette femme, à qui elle devait la vie, l'entièreté de son mystère.

54

Le soleil s'aplatissait sur l'horizon, énorme et rougeoyant. Quelques nuages très étirés rasaient l'astre, fondant leurs nuances violacées dans une incroyable débauche de couleurs. Le moment était calme, idéal. Les eaux du bassin semblaient faites d'huile.

À cette heure où la plupart des bateaux avaient regagné leur place au port, des nuées de mouettes et de sternes accomplissaient enfin leur prédation sur les bancs de poissons sans être dérangées. Elles plongeaient par dizaines, effectuaient une courte apnée sous la surface et regagnaient les airs, une partie de leur dîner coincée dans leur bec.

Adossé contre le pare-brise de la cabine de pilotage, Stanislas observait le ballet des grands oiseaux blancs. L'ordre naturel l'émerveillait. La réussite des volatiles frôlait les cent pour cent. Stanislas ne se lassait pas du spectacle, et, malgré la fatigue, il se plut à se figurer lui-même comme un élément dominateur de cette chaîne immuable.

Lui aussi se devait d'atteindre la perfection.

Cette réflexion le fit se retourner. Les bancs de sable s'étalaient à quelques centaines de mètres de lui, créant un ultime morceau de France entre la dune du Pilat et les États-Unis. De l'activité touristique de la journée, il ne restait que de rares embarcations, dont la plupart ne tarderaient plus à prendre le chemin du retour. Stanislas avait tout son temps. À présent, il possédait les tenants et les aboutissants de son existence, de ses choix.

Stanislas savait réagir, s'adapter, faire front quand les circonstances l'y poussaient et une forme aiguë de narcissisme lui interdisait pratiquement toute introspection. Pourtant, il avait compris une chose : les trois années passées dans le coma lui avaient laissé le meilleur de lui-même. Seuls les souvenirs satisfaisants avaient su s'accrocher à la surface de sa mémoire. Le reste, les atermoiements, les anicroches, les ulcères de l'âme, les échecs et les moments de honte, tout était parti dans l'oubli du non-être, envolé, disparu, pour dresser vers sa conscience la statue d'un être parfait.

Dans l'azur impeccable, un goéland immense attira son regard. Il le suivit, jusqu'à ce qu'il se pose sur le banc de sable le plus proche.

Stanislas voulut y voir un signe. Cet oiseau ne pouvait s'être arrêté là par hasard. Aussi projeta-t-il mentalement le crime qu'il s'apprêtait à commettre, à cet endroit précis, le lendemain soir. Il vit la bouteille de chloroforme, qui attendait sur la table de la kitchenette. Le mouchoir, qu'il humecterait légèrement. Le visage strié de cicatrices d'Oriane, pour qui il ne nourrissait ni amour ni haine. L'espace d'un clignement de paupières, il s'imagina sur le banc de sable, l'annexe tirée au sec, Oriane inconsciente, encore étendue, l'ancre qu'il utiliserait, le théâtre de marionnettes, qui ne résisterait sans doute pas à la marée, et les fils, ses chers fils de nylon tant aperçus dans ses rêves, qu'il attacherait aux doigts de la fillette. Pour que cela fasse vrai. D'abord, creuser un trou profond, pour enfouir l'ancre, puis enrouler la chaîne autour des hanches d'Oriane. Il faudrait serrer, quitte à lui arracher un cri dans son sommeil. Après quoi, il dresserait le théâtre, ferait glisser les nœuds, qu'il avait déjà préparés, autour des doigts et des chevilles, en ferait un fuseau.

Et puis attendre, retourner dans l'annexe et lutter contre la marée montante et le Teychan. Il faudrait prendre un bidon d'essence car le moteur contenait à peine trois litres, ce qui était insuffisant pour regagner la terre ferme.

Stanislas estimait à une heure trente le temps nécessaire pour que les eaux recouvrent le corps de l'enfant. Il serait donc indispensable de lui faire respirer une nouvelle dose de chloroforme, sans quoi elle se mettrait à hurler.

Voilà, c'était parfait. Il suffirait d'emporter une lampe torche.

Stanislas lança son plus beau sourire au soleil couchant.

Demain, il se lèverait sur une journée de grâce. Oriane, d'abord, rencontrerait son destin. Ensuite, il prendrait le temps de préparer sa nouvelle vie et il retournerait à Berck-sur-Mer pour suivre la trace de son ennemi. Même s'il ne lui était pas apparu les dernières nuits, Stanislas pouvait encore sentir sa présence comme un souffle glacial sur sa joue.

Cet homme-là devait disparaître.

Stanislas, lui, était de la race des vainqueurs.

55

— Si vous déconnez, répéta Claire, nous le perdrons.

— Pas de problème, répondit Lieras, une main posée sur la poignée de l'accès à la salle d'interrogatoire. On fera ce qu'il faut. Comptez sur nous.

Devant l'insistance du capitaine Lieras, la psychologue avait autorisé un nouvel interrogatoire de Pierre Delcroix, après qu'il eut pris un peu de repos. L'absence totale d'indices et l'échec du dispositif

Alerte-Enlèvement amenuisaient peu à peu les chances de retrouver Oriane vivante, les policiers le savaient. Le seul lien avec le tueur restait Pierre Delcroix.

Tous conservaient ces données en tête. Sans une collaboration rapide du suspect, ils échoueraient.

— En douceur et on ne joue pas au chat et à la souris, affirma Marouan, qui n'était pas à convaincre.

— Ni aux assistantes sociales, ajouta Claire. Pierre Delcroix n'est pas un imbécile. Vous devez le mettre en confiance. Il est fatigué, non, dire qu'il est épuisé serait plus exact.

— C'est tout de même dans cet état qu'on obtient en général des aveux, argua Lieras.

— Pas avec lui, contra Claire. Il est sujet à des hallucinations. Allez, assez discuté, en piste, messieurs !

Soucieuse d'une avancée rapide de l'enquête, Claire avait longuement briefé Lieras et Marouan pour qu'ils ne brusquent pas Pierre. Dans son état, il pouvait à n'importe quel moment devenir incontrôlable. Claire avait insisté sur ce point, certaine qu'elle pourrait ainsi éviter à Pierre d'être malmené par les policiers. Elle avait également obtenu d'eux qu'ils parlent l'un après l'autre et évitent les techniques d'interrogatoire croisé ou en rafale.

Lieras et Marouan entrèrent dans la salle où les attendait Pierre, tandis que la psychologue partait dans la pièce attenante rejoindre l'avocat commis d'office dont le prévenu n'avait pas voulu entendre parler.

Claire avait décidé de rester derrière la vitre sans tain. Trop de monde risquait d'affoler Delcroix.

Les ordinateurs et les policiers du Salvac et de l'Anacrim travaillaient sans relâche sur les pistes découvertes par Marouan et Claire. L'idée que l'Embaumeur avait repris du service avait étonné, puis avait progressivement été acceptée comme une éventualité. Le professeur Mariani collaborait sans poser de questions, impatient de rendre justice à Élise, Françoise et Oriane.

Tout le monde était à son poste et fournissait le maximum.

Il ne restait plus qu'à entendre le récit de l'unique témoin.

Pierre Delcroix était assis face à une table, un café chaud entre les mains. Il semblait très absorbé et passait ses grands doigts sur le pourtour du gobelet. Il ne releva pas la tête lorsque Lieras et Marouan prirent place face à lui.

Joseph Lieras posa les carnets de Pierre sur la table. Ils étaient emballés dans des sacs en plastique transparent soigneusement étiquetés.

— Monsieur Delcroix, nous avons encore quelques questions à vous poser. Je vous demanderai de répondre le plus précisément possible. Avez-vous bien compris ?

Pierre hocha la tête sans quitter le gobelet des yeux. Il trempa son index dans le café et le porta à sa bouche.

— J'ai connu mieux, dit-il.

Marouan ne put s'empêcher de sourire. Il tourna la tête en direction du miroir sans tain et adressa un clin d'œil à Claire postée derrière.

— Avez-vous bien compris ? répéta Lieras.

— Oui.

Pierre leva enfin les yeux vers ses interlocuteurs. Son regard ne s'attarda pas sur le capitaine. Il glissa vers le jeune brigadier et s'y arrêta. Il sembla à Marouan que Pierre s'ancrait en lui, s'accrochait à son visage comme un naufragé à une bouée.

— Comment et quand avez-vous rencontré Élise Lamy Saint-Genès ?

— Je ne l'ai jamais vue. En dehors de…

Pierre déglutit difficilement.

— De quoi ? demanda Lieras.

— Du jour où je l'ai retrouvée…

— Vous avez affirmé que Mlle Lamy Saint-Genès est votre sœur. Or, rien ne l'indique.

— C'est vrai. Pouvez-vous me rendre un service, s'il vous plaît ?

Intrigué, Lieras lança un regard bref à Marouan.

— Dites-nous, proposa le brigadier avec gentillesse.

— Élise… N'est-elle pas née le 1er décembre 1973 ?

— J'en étais sûr, souffla Marouan.

Pierre baissa les yeux.

— S'il vous plaît, dites-moi…

— C'est exact, répondit Lieras d'un ton plus sec. Mais savez-vous combien de personnes sont nées le même jour que vous ?

Pierre avala une gorgée de café. Des larmes perlaient à ses paupières.

— Et vous ? murmura-t-il. Le savez-vous ?

Les policiers restèrent muets.

— Nous avons été adoptés tous les deux, reprit Pierre, j'en suis certain. Peut-être n'était-elle même pas au courant.

— De quelle façon l'avez-vous appris ?

Pierre observait le léger tremblement qui agitait ses mains et ridait la surface du café.

— OK, poursuivit Lieras. Donc, vous apprenez que vous avez une sœur jumelle et vous tentez de la contacter. C'est bien ça ?

Pierre acquiesça.

— Je n'ai pas réussi à la joindre. Et puis, c'est là que les visions ont recommencé.

Lieras fronça les sourcils, visiblement contrarié. Il avait convenu qu'il fallait interroger Pierre Delcroix non plus comme un suspect, mais plutôt comme témoin. Cependant, les divagations de ce dernier l'agaçaient.

— Comment êtes-vous arrivé jusqu'au bunker ?

Pierre grimaça un sourire triste. Comment pouvait-il raisonnablement répondre à une telle question ?

Lieras montra une photo d'Oriane à Pierre.

— Avez-vous déjà vu cette petite fille ?

Pierre secoua la tête.

— Je ne crois pas. Mais elle était peut-être là-bas. Qui est-ce ?

Lieras s'apprêtait à poursuivre quand Marouan leva une main.

— Je peux ? demanda-t-il à son collègue.

Un rapide signe de tête du capitaine l'encouragea. Marouan se redressa du fond de sa chaise et posa les coudes sur le bureau.

— Nous sommes persuadés que vous n'avez pas assassiné Mlle Lamy Saint-Genès. Mais, quoi qu'il en soit, et même si vous êtes aussi innocent que vous le prétendez, votre présence sur les lieux a un rapport évident avec le crime. C'est ce que nous nous employons à comprendre.

Pierre jeta vers Marouan un regard soupçonneux teinté d'incrédulité. Il cacha sa gêne en frottant longuement son visage de ses paumes ouvertes.

— Êtes-vous d'accord pour tout reprendre depuis le début ? le relança Marouan.

Le policier parlait doucement. Il utilisait un ton avenant, sans brusquerie.

— Vous dites être le frère de Mlle Lamy Saint-

Genès. D'où tenez-vous cette information, puisque, d'après les fichiers de l'état civil, vous n'avez aucun lien de parenté ?

Les mâchoires de Pierre se crispèrent.

— Vous allez me prendre pour un fou, commença-t-il sans oser terminer sa phrase.

Marouan s'aperçut de la gêne de son interlocuteur. Il ne fallait plus le laisser réfléchir.

— Ne vous inquiétez pas pour ça, lui répondit-il aussitôt. Racontez-nous comme ça vous vient.

— Il y a trois semaines, non quatre, enfin, je ne sais plus très bien au juste…

Pierre expira longuement avant de poursuivre.

— Je ne dors plus depuis trois semaines, acheva-t-il. C'est long, trois semaines sans se reposer une minute, vous n'imaginez pas comme c'est long.

Il laissa son regard errer dans la pièce. Il sembla à ses interlocuteurs que Pierre avait oublié jusqu'à leur présence.

— C'est ça, marmonna Lieras. Trois semaines sans dormir, ben voyons.

Marouan observa Lieras un instant. Celui-ci secoua la tête.

— Que s'est-il passé, monsieur Delcroix ? Votre mère a été hospitalisée à cette date, je ne me trompe pas ?

Une lueur d'intelligence ranima les yeux de Pierre.

— C'est exactement ça, affirma-t-il. Marie-Jeanne a fait un accident vasculaire.

— C'est elle qui vous a dit que vous aviez une sœur ?

— Je suis fatigué, marmonna Pierre. Si vous saviez comme je suis fatigué !

— Je vous promets que ça ne va pas durer longtemps, l'encouragea Marouan. Mais pour répondre à votre question, cette petite fille s'appelle Oriane et elle a été enlevée il y a deux jours. Nous pensons que la personne qui l'a kidnappée est aussi celle qui a assassiné Élise Lamy Saint-Genès. Nous aimerions que vous nous aidiez à la retrouver avant qu'il ne soit trop tard.

Derrière la vitre sans tain, Claire ne perdait pas une miette de l'entretien.

— C'est bien, l'encouragea-t-elle. Il faut qu'il pense que tu es de son côté.

Dans la salle d'interrogatoire, Pierre ne partageait pas l'optimisme de la psychologue.

— Laissez-moi partir d'ici, suppliait-il les policiers. Si vous saviez par quoi je passe. J'ai peur…

Marouan fronça les sourcils et Lieras commença à tapoter nerveusement ses doigts contre la couture de son pantalon.

— De quoi avez-vous peur, monsieur Delcroix ? Vous êtes en sécurité ici…

— Laissez-moi rire ! le coupa Pierre. Je ne suis plus en sécurité nulle part. Et puis, je ne connais pas cette gosse. Désolé, je crois que nous n'avons pas la même version de l'histoire en tête.

Lieras cessa de tripoter son pantalon et reprit part à l'entretien.

— Racontez-nous la vôtre dans ce cas, dit-il en tentant de garder son calme. Nous n'attendons que ça.

— C'est assez simple en apparence, rétorqua Pierre. Je ne dors plus depuis des semaines et j'ai des hallucinations. Ça vous parle ?

— Vous voulez dire des rêves prémonitoires ?

Lieras lança un regard interrogateur vers la vitre sans tain. Marouan en profita pour lui couper l'herbe sous le pied.

— Si je dis que votre mère vous a annoncé l'existence de votre sœur et que vous vous êtes mis à sa recherche, je suis dans le vrai ?

— Oui, lâcha Pierre, exténué. Maintenant que vous savez que je suis innocent, laissez-moi partir.

— Admettons que nous vous laissions tranquillement quitter ce commissariat, intervint Lieras. Où iriez-vous ?

— Chez moi, dans le Midi. Et je chercherais le moyen d'arrêter ce cauchemar.

— Vous rentrerez chez vous dès que nous aurons compris ce que vous êtes venu faire à Berck.

— Je vous l'ai dit, soupira Pierre. J'ai essayé de retrouver ma sœur et…

— Vous n'êtes pas arrivé à temps, l'encouragea Marouan. Nous avons trouvé la trace de vos appels sur sa messagerie, ce qui plaide en votre faveur. Mais il y a un point que nous ne comprenons pas. Vous êtes arrivé il y a trois jours, vous avez pris une chambre au Touquet, nous avons vérifié tout ça. Mais comment avez-vous fait pour trouver l'endroit où était séquestrée Mlle Saint-Genès ? Nous ne pouvons pas nous contenter du hasard…

Pierre regarda les deux hommes tour à tour, puis il concentra son attention sur le bout de ses doigts.

— C'est une histoire de fou, lâcha-t-il d'une voix chevrotante. J'ai des hallucinations, je vous l'ai dit. Pas des rêves, des visions. C'est comme ça que j'ai su où elle était. J'ai vu un homme, toujours le même, plusieurs fois.

Cette fois, même Marouan se lassait des affabulations ou des délires de leur suspect. N'importe qui savait qu'il était impossible de ne pas dormir. A fortiori pendant trois semaines. Mais Pierre Delcroix semblait persuadé de son fait. Il ne voulait visiblement pas entendre parler de rêves, fussent-ils prémonitoires.

Marouan faillit le reprendre, puis il se souvint des recommandations de Claire. Il fallait jouer le jeu jusqu'au bout, rester en apparence du côté du suspect.

— Vous pourriez nous le décrire ?

— Brun, grand, musclé…, tenta Pierre. Un beau visage, très beau même, des yeux clairs, je pense. Il portait un habit de toréador.

Sa voix s'éteignit quelques secondes pendant lesquelles il demeura prostré sur sa chaise. Lorsqu'il releva son visage vers les policiers, ses yeux brillaient d'une émotion contenue.

— À quoi ça sert de me poser vos questions ? Vous ne me croyez pas. Quoi que je puisse dire. Je sais que j'ai la tête du parfait assassin. Vous m'avez trouvé avec le corps d'Élise dans les bras. Je ne peux pas expliquer comment. Alors pourquoi continuer ?

— Parce que certains détails nous chagrinent, répondit Marouan. Tout simplement. Et que nous n'avons pas pour mission d'enfermer des innocents. En revanche, je peux vous dire que si nous étions sûrs de votre culpabilité, nous ne resterions pas tranquillement là à bavarder avec vous comme nous le faisons. Alors faites un effort et essayez de nous donner un détail qui puisse nous permettre d'identifier cet homme.

Pierre se redressa. Le ton qu'avait employé Marouan lui donnait enfin un peu d'espoir.

— Il avait un pendentif curieux sur le torse. Une sorte de médaillon assez vieillot, un peu comme…

Pierre cherchait une comparaison. Finalement, il n'avait pas réussi à détailler précisément le bijou au cours de ses hallucinations.

— Je ne sais pas très bien, mais quelque chose de gros et de féminin, en or sans doute. Avec un triangle. Enfin, je crois.

Lieras se leva sans un mot et quitta la salle d'interrogatoire.

— Il se fout de nous, ou alors c'est un vrai cinglé ! dit-il à Claire dès qu'il l'eut rejointe. Mais je pencherais plus volontiers en faveur de ma première proposition.

— Je ne sais pas, opposa la psychologue. Il y a un moyen simple de trancher, c'est de procéder à une analyse ADN. On sera vite fixés sur sa filiation avec la victime.

Lieras la regarda comme si elle avait proféré un blasphème.

— Et puis après ? gronda-t-il. Quand bien même il serait son frère, ça ne l'empêcherait pas de l'avoir assassinée, que je sache !

Sur quoi, il sortit sans autre explication.

56

Lieras ne revint au commissariat que deux heures plus tard. Il trouva Marouan et Claire en grande conversation dans la salle de repos.

— Où est Delcroix ? demanda-t-il aussitôt.

— En cellule pour la nuit, l'informa Marouan. Et toi, tu t'es calmé ?

Lieras ignora l'allusion à l'agacement manifeste dont il avait fait preuve au cours de l'interrogatoire.

— On va le faire revenir en salle ! lâcha-t-il.

— Écoute, Jo, tenta Marouan. Il est bientôt vingt et une heures. Ce type a déjà quasi un pied en HP. Alors, il va falloir penser à le ménager un peu…

— J'ai encore un truc à vérifier, gronda Lieras. Je

viens de l'Hôpital maritime. Mariani connaît le bijou dont parle Delcroix, mais il n'appartient pas à un patient, c'était celui d'Élise Lamy Saint-Genès.

— On n'a pourtant rien retrouvé dans le bunker, ni sur Delcroix.

— Exact, poursuivit Lieras. Ce qui veut dire que le tueur l'a embarqué. C'est le genre de bijou rare qu'on peut utiliser pour l'avis de recherche. Alors, je dois être sûr que Delcroix parle bien du même.

— Certaines hallucinations se basent sur des faits réels, avança Marouan. Imaginons que Pierre ait réellement vu ce médaillon, même s'il y a très longtemps, et que le bijou de ses visions y corresponde, ne peut-on pas imaginer que le visage du toréador soit celui du meurtrier ?

— Tu plaisantes ?

— Pourquoi pas ? affirma Claire. Il suffit que Delcroix ait entrevu le visage du tueur lorsqu'il l'a enfermé dans le bunker. Ou que son inconscient ait enregistré ses traits. Si Pierre a connu Élise petite et qu'il a vu le médaillon, ça suffit aussi ! Ça vaut quand même le coup d'essayer, non ?

Lieras ignora la remarque de Claire et se tourna vers le brigadier.

— Plutôt que d'écouter les délires de Delcroix, j'ai téléphoné à ceux qui le connaissent. Jean-Marie Fontaine, le vieux chez qui il habite depuis quatre ans dans le Midi, connaît Pierre depuis son enfance. Et il certifie que Pierre Delcroix n'a pas de sœur, ajouta Lieras en regardant Claire. Il n'a d'ailleurs pas de père non plus. J'ai joint par téléphone certains de ses anciens collègues de l'INRA. Aucune connaissance de fratrie. En revanche, ils dressent tous le portrait d'un type parfaitement sympathique, enfin, le tableau idéal pour une erreur judiciaire.

— Tu en arrives enfin à la conclusion qu'il ne connaissait pas la victime ? hasarda Marouan.

— En tout cas, s'il l'a connue, c'est il y a un bail, maugréa Lieras. De toute façon, ce n'est pas lui. Nous savons qu'il n'a pas pu enlever Oriane, puisqu'au même moment, il dînait au restaurant en présence de plusieurs témoins.

— Et puis, renchérit Claire, les empreintes du tueur ne sont pas les siennes !

— Toujours exact ! Tout me porte à croire qu'il a découvert récemment l'existence de cette sœur, ou, plutôt, que sa mère a voulu qu'il croie une chose pareille. Pourquoi ? Je n'en ai aucune idée. Mais j'ai bien l'impression que Delcroix est sincère. Conclusion, on le fait remonter !

Cinq minutes plus tard, Pierre était de retour en salle d'interrogatoire. Cette fois, Claire demeura avec les trois hommes.

Lieras posa une feuille de papier devant le prévenu et lui tendit un stylo.

— Dessinez-moi le bijou que vous avez vu au cours de vos hallucinations, dit-il sur un ton autoritaire.

Pierre observa Lieras un instant. Puis il s'empara du stylo et se pencha sur le papier. Il réfléchit un long moment, le visage penché au-dessus de la feuille blanche, avant d'y jeter de grandes lignes. Quelques traits noirs suffirent à coucher une esquisse assez fidèle de ce que Pierre gardait en mémoire.

Lieras sortit alors une feuille de sa poche, qu'il déplia et posa à côté du dessin de Pierre. Et là, côte à côte, les dessins criaient leurs similitudes. Celui réalisé par Mariani montrait plus de détails, mais les deux ébauches tentaient manifestement de reproduire le même sujet.

— Moi, je ne veux pas entendre parler de visions ou de don de double vue, décida Lieras quand ils eurent fait raccompagner Pierre en cellule. Je vais rapporter une réalité factuelle. Pierre Delcroix cherchait Élise Lamy Saint-Genès et il l'a trouvée. Il a croisé le tueur en tentant de sauver la jeune femme, et il va faire un portrait-robot. Le suspect a volé le médaillon d'Élise, c'est pourquoi on ne l'a pas retrouvé sur les lieux. Donc il permettra de faciliter l'identification, si le tueur l'a toujours en sa possession. Je vais appeler le proc' pour lui transmettre les éléments et mettre un terme à la garde à vue. En l'état actuel de nos recherches, rien ne nous permet de prouver que Pierre Delcroix a pris part de près ou de loin à l'enlèvement de la petite Oriane et à la mise à mort de Mlle Saint-Genès.

57

Salah décida de s'asseoir à l'entrée de la grotte. Réjane venait tout juste de quitter les lieux pour raccompagner Aline au château. La septuagénaire avait prétexté devoir s'occuper du dîner. En réalité, fouiller les vestiges de la grotte fatiguait son cœur malade.

Salah avait promis de ne pas s'aventurer seule dans le labyrinthe souterrain. Car en dehors des salles principales, les trois femmes avaient trouvé plusieurs accès à d'autres, plus exiguës, parfois très étriquées, voire dangereuses. Des passages étroits reliaient certaines et l'un d'entre eux, découvert dans l'après-midi, partait dans l'obscurité sur une distance inconnue. Pas une n'avait osé s'y risquer. Il se dégageait de cet endroit une forte odeur de pourriture végétale, d'humidité malsaine qui les avait rebutées.

Salah leva les yeux au ciel. Après plusieurs heures passées sous terre, dans une poussière qu'elles généraient par leurs simples déplacements, apercevoir un carré de bleu était revigorant. Les rayons du soleil traversaient la frondaison obliquement, révélant d'innombrables toiles d'araignée et les fines nervures du feuillage.

Salah chercha sa colombe dans les arbres, en vain. Elle ne l'avait pas revue depuis la veille et une légère inquiétude nouait son estomac. Elle chassa cette sombre pensée et se concentra sur ce qu'elle, Aline et Réjane avaient découvert dans les grottes.

Sur le sol de la première salle, sous un amoncellement de pierres et de terre, Salah et Réjane avaient retiré les restes tordus d'une porte en métal. L'accès avait donc été fermé de longue date. La serrure encore en état présentait un poinçon aux armoiries des Saulxures de Jaulny, ce qui donnait un indice sur son ancienneté. Le triangle inversé y figurait, elle ne pouvait donc pas être antérieure à la Révolution française.

Aline avait été très émue par cette découverte. Il existait une clé au château, une clé dont son mari avait fébrilement cherché la serrure pendant des années.

Cette porte à terre, tordue comme un morceau de plastique brûlé, prouvait qu'un obus s'était abattu sur l'entrée. Salah en avait tiré une conclusion : Werner Hecking était sans doute mort en fuyant le déluge du feu allié. Il avait manqué de peu son rendez-vous avec Noémie Charbonneau.

Les premières investigations des lieux avaient été décevantes. En dehors de la niche et des triangles gravés, les trois salles n'offraient rien de particulier, à part deux petites carrioles au bois rongé à l'extrême.

C'est dans les cellules annexes que les trois femmes avaient récolté une multitude d'objets.

Dans chacune, des puits d'un mètre de profondeur creusés dans la roche recelaient des preuves du passage de nombreuses personnes. Ces puits, cachés à la vue par une dalle, avaient trahi leur présence par le son creux que leur couvercle de pierre renvoyait sous le talon. Dans leur empressement à découvrir le rôle de cette grotte dans l'énigme posée par le médaillon d'Élise, Réjane et Salah n'avaient pas pensé à mettre au point une méthode de fouille. Elles avaient extirpé les affaires pêle-mêle pour les étendre sur le sol poussiéreux. Et là, dans la lumière des lampes, des manteaux, des chapeaux, de vieilles paires de chaussures avaient émergé de la nuit. Tout se trouvait dans un état de délabrement avancé et pour certaines pièces, il était impossible de définir quelle avait été leur utilité.

Un examen des poches de certains vêtements avait alors permis de nouvelles découvertes. On eût dit qu'un prêteur sur gages s'était installé dans ce bois et avait disparu sans laisser de traces. Les doigts fébriles des deux femmes avaient rencontré des bagues, de vieux peignes, des paires de lunettes et des monnaies anciennes. C'était à n'y rien comprendre.

Salah, Réjane et Aline avaient échafaudé les théories les plus biscornues pour expliquer la présence d'une telle quantité d'objets personnels, mais aucune ne cadrait avec la situation. Certains bijoux, visiblement de grande valeur, excluaient une cache de bandits de grand chemin. Il n'y aurait alors eu aucun sens à ce que les artefacts soient restés sous terre. Les vêtements, pourquoi pas, mais pas l'argent ni les bijoux.

Une autre hypothèse était que des gens étaient passés là, y avaient séjourné et en étaient repartis en se dépossédant de leurs biens terrestres. Cela n'avait aucun sens.

Salah repassa mentalement le film de leurs découvertes. Les effets trouvés dans les trois puits semblaient remonter le temps. Les dates frappées sur les monnaies s'étalaient de la première moitié du XVIIe siècle jusqu'au début du XXe. Cette simple constatation était terriblement excitante. L'énigme d'Élise s'inscrivait dans le temps, avant même le changement du blason des Saulxures de Jaulny à la fin du XVIIe siècle.

Salah pressentait qu'il se cachait là un mystère bien plus ancien encore. Elle brûlait d'envie de comprendre. Et comme elles n'avaient pas eu le temps de fouiller chaque puits, Salah se leva. Il fallait qu'elle y retourne.

Elle jeta un dernier regard vers les branchages. Sa colombe devait filer le parfait amour, loin des préoccupations des hommes.

Elle alluma sa torche et se glissa sous la colline.

L'image de l'étroit couloir qu'elle n'avait pas osé emprunter l'obsédait. C'était là qu'elle devait se rendre, même s'il lui en coûtait.

Le tunnel était bas, moins d'un mètre soixante, aussi dut-elle courber l'échine pour s'y introduire. Elle avança dans cette posture malaisée sur une courte distance et buta sur une volée de marches taillées dans le roc.

Là, Salah douta de la sécurité de son entreprise, mais la présence de cet escalier l'engagea à poursuivre. Les anciens ne s'étaient pas échinés à creuser ainsi pour rien. Alors, prudemment, elle descendit dans la nuit minérale. Lorsqu'elle posa les pieds sur un sol plan, Salah estima qu'elle devait se trouver à une trentaine de mètres sous le niveau de l'entrée de la grotte.

Le tunnel était en bon état apparent. La peur au ventre, le souffle court, elle poursuivit son investigation.

Elle dut marcher de nouveau le dos courbé. Le rayon de sa lampe explorait les parois à toute allure. Salah nourrissait une phobie profonde pour les araignées et son esprit commençait à fantasmer sur des spécimens surdimensionnés dans cet environnement dont elle ignorait tout.

— Il n'y a rien à bouffer ici, dit-elle à voix haute pour se rassurer. Fonce, ma fille, tu n'as rien à craindre.

De fait, elle ne rencontra aucun signe de vie tout au long de ce nouveau passage.

Salah perdit rapidement toute notion de distance. Le boyau ne partait pas en ligne droite, mais zigzaguait. Sans doute les bâtisseurs avaient-ils évité des zones de roche trop dures à excaver.

Elle se contenta d'avancer, poussant sa volonté à continuer. Ces galeries avaient tenu des siècles. Le risque qu'elles s'affaissent justement ce jour-là, parce qu'elle s'y trouvait, était faible. Il suffisait de ne rien déranger, de ne pas faire de bruit. Passer simplement pour Élise, pour elle-même.

Salah n'était pas superstitieuse. Elle se retournait pourtant régulièrement, chassant l'obscurité qui la suivait du rayon de sa lampe, songeant avec inquiétude qu'elle n'avait pas emporté de piles de rechange. Alors elle se hâta. L'idée qu'elle puisse se retrouver seule dans cet endroit oublié était paniquante.

Un murmure d'eau en mouvement l'avertit bientôt qu'un changement allait survenir sur son parcours.

Salah ralentit et s'arrêta. Le rayon de sa lampe n'éclairait plus rien. L'espace d'une seconde, elle crut son pire cauchemar arrivé, mais un coup d'œil vers sa torche la rassura. Elle fonctionnait normalement.

À ses pieds, juste devant elle, de nouvelles marches beaucoup plus larges que les précédentes partaient dans l'obscurité. C'était de là que provenaient les bruits d'eau. À l'oreille, Salah devinait qu'un grand espace béait droit devant. Elle braqua la lampe vers le bas et entraperçut un sol boueux où se faufilait un ruisseau.

Plus loin, des stalactites d'une dizaine de mètres formaient une masse luisante. Le lent travail de l'eau à travers le calcaire s'arrêtait à près de quatre mètres du sol. De leurs pointes tombaient d'innombrables gouttes qui ridaient la surface de petites vasques creusées dans des concrétions à dominante dorée. Apparemment, la surface boueuse du sol devait par temps humide recevoir un lac souterrain.

Salah ressentit comme de la timidité face à ce spectacle totalement inattendu. En descendant les marches érodées par l'eau, elle pensa qu'il était temps de retourner vers Réjane, que s'aventurer seule dans un tel endroit n'était pas raisonnable. Mais elle ne trouva pas la volonté de s'arrêter.

Au bas de l'escalier, elle plongea ses chaussures de marche dans une épaisse couche de vase. Sa progression fut ralentie. La gangue de terre aspirait ses pieds, créant l'illusion que ce lieu cherchait à la retenir.

L'effort lui arracha des cris. Mais elle vainquit en quelques minutes le fond boueux du petit lac asséché. Elle put même boire un peu de cette eau cristalline retenue au creux des vasques et filtrée par des dizaines de mètres de roche.

— Qu'est-ce que c'est bon, grogna-t-elle dans ce silence de cathédrale naturelle.

Avec sa lampe, elle fouilla la grotte. À vue d'œil, celle-ci semblait à peu près ronde et mesurait une cinquantaine de mètres de diamètre. Et elle était vide, totalement vide. En dehors des concrétions situées sous les stalactites et du ruisseau qui traversait l'endroit de part en part, il n'y avait rien.

On ne creuse pas un tel merdier pour une flaque d'eau, songea-t-elle, dépitée.

La déception était à la hauteur de l'excitation qui l'avait précédée. Salah était sur le point de capituler quand une ombre en creux attira son regard. Elle fit tourner la bague de sa lampe pour en concentrer le rayon et scruta la nuit, à l'opposé de l'escalier.

Un trou naissait dans la roche, à l'endroit où le ruisseau disparaissait.

— Au point où j'en suis..., murmura-t-elle.

Elle se servit du lit du ruisseau pour progresser plus rapidement et se tint en quelques instants au pied d'une excavation dont elle ne pouvait voir l'issue. À deux mètres du bord, l'eau ruisselait plus loin, sous une roche claire aux reflets irisés.

Mais elle s'entêta et se contorsionna comme elle put, se risquant même à s'asseoir dans l'eau froide. C'est en essayant de se relever que le pire se produisit. Le pied de Salah dérapa sur la roche glissante. Elle tenta de s'accrocher, mais sa main ne rencontra aucune aide. Deux mètres plus bas, son corps fut accueilli par une eau bouillonnante et glacée. Dans la chute, la lampe rebondit sur un rocher et s'éteignit.

Même au plus fort des conflits qu'elle avait couverts, Salah n'avait jamais ressenti une telle panique. Son bras valide et son moignon battirent l'air un long moment avant qu'elle se rende compte de la faible profondeur du trou d'eau.

Elle se redressa et tâtonna les parois du bout de ses doigts. Il n'y avait aucune aspérité, pas une anfractuosité sur laquelle elle aurait pu se hisser.

Salah eut une pensée assassine tournée vers son

entêtement. Elle était prisonnière des ténèbres, à des dizaines de mètres sous terre et ne pouvait plus compter que sur la perspicacité de Réjane.

Alors elle se mit à hurler.

58

Prêt depuis la veille au soir, Stanislas n'avait eu qu'à tendre la main.

Le chiffon, la bouteille de chloroforme, les fils, le petit théâtre, l'ancre et sa lourde chaîne. Et puis Oriane, plongée dans un sommeil artificiel, livrée au pouvoir d'un homme maléfique qui ne s'épanouissait que dans la douleur de ses contemporains.

L'eau avait submergé les bancs rapidement.

L'assassin n'avait pas perdu une miette du spectacle.

Stanislas alluma le projecteur du bord et braqua son large faisceau vers les eaux remuantes. Il voulait une dernière image, un souvenir à garder précieusement pour le laisser ressurgir dès qu'il le désirerait.

Après une minute de recherche, le puissant rayon se posa sur une zone blanchâtre. Stanislas retint sa respiration. Il tenait l'objet de sa quête. Il ouvrit des yeux gourmands pour se repaître de la scène macabre, mais une masse sombre vint occulter son plaisir.

Stanislas ne comprit pas tout de suite de quoi il s'agissait. Il pensa à un grand poisson, pourquoi pas un squale, ou à une méduse de belle taille.

Des couleurs vives renvoyèrent alors le rayon de la lampe. Le théâtre de marionnettes venait de remonter à la surface. Et là, par l'association du principe de la poussée d'Archimède et la qualité des nœuds de Stanislas, Oriane eut un dernier mouvement. Ses bras se tendirent vers la surface. On aurait dit qu'elle lui demandait de le rejoindre.

Stanislas en eut le souffle coupé. Il ne pouvait espérer plus belle image. C'était parfait. Aussi éteignit-il sa lampe torche. Un moment aussi idéal ne pouvait pas durer.

Il démarra et se dirigea vers le large. Lorsqu'il fut à deux miles des côtes, il mit le moteur au point mort, sortit un rouleau d'adhésif et s'en servit pour désactiver la sécurité de la poignée des gaz. Puis il fit glisser l'annexe à l'eau et y déposa la lampe torche allumée et un sac étanche rempli de vêtements.

Après quoi, il utilisa l'intégralité de l'adhésif pour immobiliser le volant et accéléra progressivement pour observer la bonne tenue de son dispositif.

Lorsque le bateau atteignit la vitesse de vingt-cinq nœuds, il se retourna, chercha le rayon de la lampe dans la nuit et plongea dans sa direction.

La marée montante l'aida à rejoindre l'annexe rapidement. Lorsqu'il s'y hissa, le ronronnement du moteur était à peine audible. Le bateau filait vers le large, avec six heures de carburant à son bord.

À cinq cents mètres des côtes, Stanislas éventra les boudins du pneumatique, qui coula presque aussitôt, emporté vers le fond par le poids du moteur 9/9.

Il nagea jusqu'à la pointe du Cap-Ferret. Là, il se changea et disparut parmi la foule des noctambules.

59

— Je ne peux pas le croire, murmura Claire, décontenancée.

Elle se tenait devant le bureau de Marouan, situé dans un angle du salon et parcourait rapidement une feuille à peine sortie du fax.

Ils avaient quitté la brigade immédiatement après l'interrogatoire de Pierre. L'heure déjà avancée et les messages envoyés au Salvac, toujours sans réponse, les avaient convaincus d'entreprendre eux-mêmes le croisement des fichiers dont ils disposaient. Ainsi espéraient-ils découvrir au plus vite l'identité du suspect définie par leur profil : un homme dans la force de l'âge, ayant travaillé sur des chantiers, entrepreneur ou encore routier. Un homme hospitalisé à Berck, qui serait sorti du coma depuis suffisamment longtemps pour être en état d'assassiner deux femmes et d'enlever une petite fille.

Le travail était colossal. Lorsqu'un individu semblait correspondre, encore fallait-il lancer des recherches sur les différents fichiers et les recouper avec les affaires connues ou des meurtres non élucidés. Et cela faisait déjà plusieurs heures que Claire et Marouan s'abîmaient les yeux sur les écrans d'ordinateurs et les archives de l'Hôpital maritime, tenant le coup à grand renfort de café et de petits gâteaux.

— Quoi ? demanda Marouan sans lever la tête. Qu'est-ce que tu ne peux pas croire ?

Claire arracha la feuille de l'appareil et la tendit au jeune brigadier.

— Tiens, vois par toi-même.

Marouan la parcourut rapidement. Puis il s'assit, un air d'incrédulité sur le visage.

— Suicide ?

— Suicide, répéta benoîtement Claire en se laissant tomber à son tour sur le canapé.

— Ce n'est pas vrai. C'est impossible !

— Tu l'as dit toi-même. Personne ne peut faire ça à travers une si petite ouverture, murmura Claire. Et encore, tu n'as pas tout lu.

Marouan posa le fax sur la table basse et entreprit de lire le rapport du légiste à voix basse.

— Absence d'atteinte hépatique, cardiaque, rénale et d'atteinte des nerfs périphériques. Les lésions anatomopathologiques mises en évidence sont limitées au système nerveux central et constituées d'une triade évocatrice : a) mort neuronale importante, b) présence de vacuoles dans le neuropile et c) hyperastrocytose. Je ne pige rien. C'est quoi, tout ça ?

— Tu vas vite comprendre.

— Ces observations anatomopathologiques correspondent à une atteinte ciblée du système nerveux central faisant invariablement penser à une encéphalopathie. Quoi ? Encéphalopathie ? C'est quoi, ce délire ?

— Il n'y a pas de délire, Marouan. Et la suite fait froid dans le dos.

— Après lecture des antécédents de la patiente et au vu de son âge, il semblerait que l'on soit en présence de la maladie de Creutzfeldt-Jakob.

Marouan s'arrêta, estomaqué.

— Continue.

— La configuration de sa prison, reprit-il d'une voix mal assurée, exclut totalement une intervention extérieure. Les symptômes de l'affection qui entraînent la démence dans cent pour cent des cas au stade terminal, ainsi que de fortes myoclonies, peuvent expliquer ce geste désespéré. Attends, c'est pas ce qui arrive à Delcroix, le truc avec les muscles ?

— C'est ça, Marouan. Les myoclonies.

— Tu crois qu'il a ça lui aussi ?

— Je ne sais pas, malheureusement. Mais il va falloir en parler au toubib. Si c'est ça, le pauvre vieux n'en a plus pour très longtemps.

— Il se pourrait qu'il soit de la même famille qu'Élise, alors ! s'exclama Marouan. Si cette saloperie est génétique ?

— Patience, jeune loup, l'information est trop grave pour la prendre à la légère. Ce que je te propose, c'est d'en parler demain matin au briefing, et on verra avec Jo. D'accord ?

— J'y crois pas, reprit-il en ignorant la proposition de Claire. Tu sais ce que ça veut dire, aussi ? Regarde ce que le légiste a écrit là : une tentative de strangulation n'est pas à exclure, mais celle-ci n'a pu entraîner la mort.

— Oui, cela signifie que le type qui l'a enfermée et torturée ne payera pas pour son crime. Enlèvement, séquestration et actes de barbarie tout au plus. C'est…

— Dégueulasse.

Claire crut voir une larme perler aux cils de Marouan. Elle détourna le regard et s'approcha de l'ordinateur.

— Regarde, jeune loup, et ne désespère pas.

Marouan se leva en poussant un profond soupir et s'approcha du bureau. L'écran montrait trois fiches de suspects. Mais une seule attira l'œil du jeune homme, qui sentit son cœur bondir dans sa poitrine. Le portrait avait d'étranges similitudes avec la description que Pierre en avait fait.

— Ça peut donner des hallucinations, Creutzfeldt-Jakob ?

— Je l'ignore, Marouan. Je l'ignore. Pourquoi ?

— C'est si bizarre. Il sait tellement de choses…

Marouan secoua la tête. Et si c'était vrai, pensa-t-il. Et si Pierre Delcroix était atteint de la maladie de Creutzfeldt-Jakob ? Était-il possible que les hallucinations issues de son cerveau malade leur donnent des éléments susceptibles de les conduire au tueur ?

— Du délire, c'est du délire, marmotta-t-il.

— Quoi ?

Marouan secoua la tête. Il hésitait encore à verbaliser l'idée improbable qui germait dans son esprit. Qui était ce Pierre Delcroix ? Un médium ou un illuminé ? Certaines affaires avaient avancé ainsi, grâce au concours de magnétiseurs ou de voyants, mais Marouan s'était toujours interdit d'y porter le moindre crédit. Trop d'incertitudes, trop de risques. Il lui fallait des preuves, des faits et non les élucubrations sorties d'un cerveau dérangé.

Marouan pointa un doigt tremblant sur une des photographies.

— Il nous l'a donné, regarde.

La psychologue lut à voix haute les données livrées par l'ordinateur.

— Stanislas Opalikha, né à Prague. Contremaître. Quarante ans. Différents permis de travail pour six pays européens. Dernière résidence connue à Bordeaux. Hospitalisé à Berck pendant trois ans. En ambulatoire depuis six mois. Oh, mon Dieu ! Marouan, on le tient !

Le jeune brigadier sortit de la pile de dossiers un classeur dans lequel il avait consigné toutes les affaires non résolues qu'il imputait à l'Embaumeur.

— Écoute ! Claudia Gimenez, trente-trois ans. Découverte morte, emmurée vivante sur un chantier à Pessac. Vite, trouve-moi le dernier employeur de ce type ou, mieux encore, le lieu de son accident !

Claire étala les archives de l'hôpital sur la moquette.

— Grouille, supplia Marouan. Si c'est ça, on va montrer la photo à Delcroix avant qu'il disparaisse dans la nature !

Il fallut encore quelques interminables secondes à Claire pour isoler la bonne fiche.

— Voilà ! Je l'ai, s'écria-t-elle. Il est tombé d'un échafaudage. Fractures multiples et traumatisme crânien. Accident survenu à Pessac, Gironde.

Marouan s'agenouilla à côté de la psychologue et posa un baiser sur sa joue.

— Merci.

60

Le sandwich manquait cruellement de goût.

Pierre mastiquait lentement, tentant d'y trouver du plaisir, mais le boulanger devait avoir oublié le sel, ou alors c'était le jambon, ou le beurre, ou la somme des trois.

C'est marrant. Ces flics bouffent tout le temps. À force de manger de la merde, ils finiront bien par en faire !

Sa réflexion le fit sourire.

Si on est ce qu'on mange, je me demande bien à quoi je vais ressembler d'ici quelques jours.

Son visage s'assombrit. Il pouvait sentir sa peau le tirailler. La sensation était identique à celle d'un masque d'argile appliqué trop longtemps. Tout son corps se crispait et c'était très désagréable. Il acheva le sandwich et ouvrit le sac en papier qui accompagnait son repas.

Pendant près d'une heure, il avait contribué à dresser un portrait-robot de l'assassin présumé d'Élise. Après quoi, on lui avait demandé ce qu'il voulait manger et Pierre, sans trop y croire, avait commandé un sandwich et des beignets à la crème pâtissière. Depuis sa prime enfance, Pierre raffolait de ces desserts suintant l'huile. Et, contre toute attente, sa demande était arrivée un quart d'heure plus tard.

Il engloutit les trois beignets coup sur coup, puis s'adossa confortablement au fauteuil. Son estomac satisfait lançait des signaux de contentement auxquels il s'abandonna. Il ferma les yeux, profitant de cet instant de répit inespéré.

Depuis combien de temps n'avait-il plus connu ce calme des sens et de l'esprit ? Ses souvenirs l'emportèrent vers sa rencontre avec Évelyne. C'était là que sa vie avait basculé. Là que sa volonté avait failli. Et même s'il s'y risquait parfois, il ne pouvait pas s'en prendre à cette femme pour laquelle il avait nourri un amour sincère. Il avait été dupé, mais, après tout, le monde ne fonctionnait-il pas essentiellement sur les faux-semblants et la tromperie ?

Des chuchotements interrompirent le cours de ses pensées.

Pierre garda les yeux fermés. Il préférait rester tranquille. Mais les voix perdurèrent. Il tenta en vain de saisir quelques bribes de mots. On aurait dit que de nombreuses personnes parlaient à voix basse autour de lui.

Alors il ouvrit les paupières et jeta un regard dans la pièce.

Comme il s'y attendait, il n'y avait personne. Pourtant, il entendait toujours ces curieuses palabres, mystérieuses et lointaines.

Dans le couloir, deux policiers escortaient un noctambule aviné. Sa bouche s'ouvrait dans un cri dont Pierre ne percevait curieusement rien.

— C'est quoi ça, encore ? !

Sa voix lui parvint, mais déformée et amoindrie, comme s'il était sous l'eau. Une angoisse diffuse ravagea son cœur. Pierre se leva d'un bond. Il manquait d'air. Sa première idée fut d'ouvrir une fenêtre, mais il suspendit son geste quand il découvrit ce qui se trouvait au-dehors.

Il n'y avait plus rien.

Le commissariat donnait sur la plage. Plus tôt dans la journée, Pierre avait pu le constater. La marée était haute et d'innombrables touristes s'entassaient alors sur une bande de sable minuscule.

Plus rien.

Pierre se retourna.

Le planton, je dois rejoindre le planton.

Les voix dans sa tête s'amplifièrent. À présent, des milliers de bouches hurlaient une plainte proche du désespoir. La porte en verre qui séparait le bureau du couloir se trouvait toujours à sa place, mais le flic, le mur, les pièces voisines s'étaient évaporés. Et dans cette impensable absence de matière, quelque chose se dessinait, sans toutefois se laisser suffisamment entrevoir pour satisfaire l'œil.

Pierre ne comprenait pas.

Il baissa les paupières. Peut-être que tout disparaîtrait alors, tout serait de cette façon renvoyé vers les contrées enfouies de son cerveau malade. Peut-être parviendrait-il en la niant à refermer la boîte de Pandore de sa propre démence.

Les voix s'interrompirent brutalement. Pierre éprouva ce silence soudain comme un vide, à tel point qu'il dut se retenir au bureau. Toucher quelque chose le soulagea un peu. Tout ne s'était pas évaporé. Il demeurait une parcelle de réalité à laquelle il s'accrocha comme un désespéré.

Mais son répit fut de courte durée.

Ce qu'il n'avait fait qu'entrevoir dans le néant commençait à prendre forme. De chaque côté de son petit univers intact, une foule de personnes se ruait dans sa direction. L'énorme masse faite de corps et de visages était parcourue de mouvements semblables à des vagues monstrueuses.

Alors, Pierre eut peur, pour la première fois.

Incapable de bouger, il retint son souffle. Ses doigts serraient le bord du bureau si fort que ses phalanges exsangues tranchaient sur l'à-plat noir du revêtement synthétique.

— Tu es un délire ! hurla Pierre en ouvrant les yeux. Tu n'existes pas !

En une fraction de seconde, son univers bascula. Les marées humaines furent submergées par une eau qui semblait bien réelle, celle-là. De ce déferlement surgit le toréador, qui affichait à présent le visage grossier du portrait-robot. Étendu dans sa main droite, le corps sans vie d'une fillette minuscule gisait, les jambes coupées, les cuisses écartées sur un sexe de femme.

Pierre détourna le regard. Cette vision choquait un tabou profondément enfoui dans son inconscient. Il chercha un détail auquel se raccrocher et vit une montagne de sable derrière le toréador. Il pensa distinguer des oiseaux qui planaient au-dessus de son sommet et se rendit compte qu'il s'agissait de deltaplanes. Tous étaient pilotés par des femmes aux visages momifiés. L'une d'elles fonça vers Pierre. Cette femme avait été belle, très belle même.

Lorsqu'elle se tint debout devant lui, l'aile delta avait disparu.

Sa bouche s'ouvrit sur une ombre d'une noirceur absolue.

— Élise s'est suicidée, dit-elle avec une voix rauque aux accents très masculins. Tu es arrivé trop tard, Delcroix. Trop tard, d'une heure à peine. J'ai vu ce que tu as écrit, espèce de malade ! Tu avais tout prévu, hein ! Tu m'entends ?

Pierre tendit les bras vers ce qu'il pensait être une nouvelle manifestation de son esprit. Mais ses mains se refermèrent sur des épaules bien réelles. Le contact chaud le surprit. Le visage de Galiano remplaça celui de la malheureuse.

— Bas les pattes, disait-il, ou je te fais coffrer pour tentative de coups et blessures sur un officier de police.

Le retour à la réalité fut brutal. Pierre sentit une vague de haine l'envahir. Il poussa violemment le commandant contre le mur.

— Tu veux jouer à ce petit jeu ! hurla Galien. Tu sais tuer des femmes sans défense, mais on va bien voir ce que tu vaux contre un homme !

Et il se jeta sur Pierre.

Malgré la fatigue accumulée depuis des semaines et le stress de la garde à vue, Pierre n'eut aucun mal à terrasser le policier. Il le plaqua contre le sol et s'assit de tout son poids sur sa poitrine. Puis il s'appliqua à marteler son visage de ses poings énormes. Galien hurla, mais ses cris furent sans effet sur la détermination aveugle de Pierre.

L'intervention du planton fut inefficace. Trop jeune à son poste sans doute, il fut expédié dans le couloir, où il roula au sol.

Marouan arriva au même instant. Devant le danger que courait Galien, il réagit dans la seconde et arracha la matraque à la ceinture du planton toujours à terre.

Puis il se rua dans le bureau et asséna un coup sec sur la nuque de Pierre.

61

Lorsque sa voix commença à s'érailler, Salah tenta de se raisonner. Elle devait trouver un moyen de sortir rapidement de là. La température de l'eau ne devait pas dépasser quinze degrés et ses membres inférieurs s'engourdissaient déjà. Elle tâtonna de la main le fond boueux du ruisseau et trouva bientôt la lampe. Elle paraissait intacte.

Salah actionna l'interrupteur à plusieurs reprises, sans succès. Alors elle la cogna contre la roche. La lumière revint à la troisième tentative.

Salah bénit le ciel et le fabricant dans la langue de ses ancêtres.

Pour une fois que Dieu était grand…

Pendant un long moment, elle garda les yeux fixés sur l'ampoule. En cet instant, il n'existait pas de bien plus précieux au monde.

Puis elle prit conscience que ce minuscule filament incandescent ne brillerait pas éternellement. Elle devait agir.

Le conduit par où elle avait glissé mesurait un peu plus de deux mètres à partir de la surface de l'eau. Salah ragea contre sa petite taille. Il n'y avait aucun espoir de sortir seule de ce côté.

Alors, elle se tourna vers le fond opposé. Là, le ruisseau partait dans une galerie étroite où il disparaissait à sa vue derrière la masse de la roche. Par chance, il restait un espace d'une vingtaine de centimètres entre la surface de l'eau et le plafond. Suffisamment pour qu'elle tente l'aventure.

— Allons, courage, ma fille. Tu as connu bien pire !

Salah avança d'un pas, puis de deux. Le sol partait en pente douce. Elle poursuivit, le rayon de sa lampe braqué devant elle. Bientôt, le niveau de l'eau atteignit ses épaules, puis elle dut incliner sa tête sur le côté pour ne pas boire la tasse. Sa respiration se fit de plus en plus rapide. La panique la gagnait de nouveau.

Elle fit une pause. Un pas de plus et elle découvrirait ce qui se cachait derrière le coude du tunnel. En se retournant, Salah voyait encore l'endroit où elle était tombée, à moins de quinze mètres de sa position.

Elle pouvait toujours rebrousser chemin.

Mais elle pensa à Élise, à sa promesse. En quelques secondes, Salah vit défiler devant ses yeux les visages de toutes ces femmes afghanes pour lesquelles elle n'avait rien pu faire. Elle revécut l'explosion du bus, les morceaux de métal tordus, sa propre chair éclatée, la douleur, la folie. Alors, elle n'eut plus de doute. Même dans les pires circonstances, Salah était déterminée à atteindre le prochain point. Il y avait toujours un pas de plus à accomplir. Jusqu'à ce que la mort la délivre de son ignorance.

Alors, elle reprit sa progression. Le lieu, le moment et les circonstances de sa mort lui étaient inconnus. Mais elle était intimement persuadée que sa dernière heure n'était pas venue.

Un pas de plus. Le rayon rasait la voûte. Sa joue frottait douloureusement contre la roche. Le niveau de l'eau monta encore. Salah redressa la tête et la maintint inclinée en arrière. À présent, sa bouche se trouvait en partie sous la surface. Elle dut respirer par le nez.

Pas de panique. Pas de panique. Il y a forcément quelque chose de l'autre côté.

Elle avança ainsi sur une dizaine de mètres. L'espace entre le plafond et la surface se réduisait de plus en plus. Il restait à peine assez de place pour garder la lampe hors de l'eau.

Et puis, tout à coup, les sons de sa respiration, étouffés par la masse liquide, lui furent renvoyés normalement. Le plafond rocheux avait disparu.

Salah avala une goulée d'air frais. Elle avait réussi. Elle ignorait où elle était arrivée, mais le simple fait de pouvoir remplir ses poumons sans entrave était une victoire merveilleuse.

Un bref tour sur elle-même lui fit comprendre qu'elle venait d'accéder à une nouvelle salle souterraine. Sur sa droite, le rocher affleurait la surface de l'eau et, un peu plus loin, il y avait même un semblant d'escalier très érodé qui partait dans l'obscurité.

Salah sentit une vague d'allégresse l'envahir.

En quelques pas, elle sortit du ruisseau. À présent que la peur avait disparu, les sensations physiques revenaient. Salah se mit à grelotter.

Elle entama l'ascension de l'escalier avec beaucoup de prudence. Le ruissellement de l'eau avait érodé les marches, les rendant très glissantes.

Un peu plus haut, les marches étaient plus sûres. Salah compta une trentaine de paliers jusqu'à ce qu'elle prenne pied sur un sol plan.

Elle ne comprit pas aussitôt ce que dévoilait le rayon de sa lampe.

Une masse occupait le centre d'une salle anguleuse aux parois bosselées. Mais à la forme trop parfaite du bloc de pierre, elle sut qu'une intention humaine s'était ici manifestée.

Salah avança lentement, certaine qu'elle s'apprêtait enfin à découvrir ce qui l'avait conduite dans cet endroit hors du temps.

Devant elle se trouvait une sorte d'autel sculpté dans un bloc de pierre très claire. Il ne portait aucune inscription ni même la moindre fioriture sur son pourtour. Salah ne s'attarda pas sur l'artefact et concentra toute son attention sur ce qui se dressait derrière. Un énorme pilier descendait depuis la voûte, large de trois mètres. Sa base avait été ouverte en une sorte de cadre de porte monumentale. Ses montants finement sculptés représentaient des animaux, des hommes et des végétaux entassés les uns sur les autres.

Le cadre ne portait aucun gond ni système de fermeture qui se serait désolidarisé avec le temps. Cette porte n'ouvrait sur rien.

Derrière, un deuxième pilier, beaucoup plus fin celui-là, bouchait la perspective. Et là, à hauteur d'homme, un texte gravé sortit de la nuit dans le rayon de sa lampe. Salah s'approcha, le cœur battant.

Mais une nouvelle déception l'attendait. Le sens des mots lui échappait complètement. Non seulement certains disparaissaient sous des concrétions dues au ruissellement, mais, en plus, elle ne possédait que de maigres connaissances en latin. Elle suivit soigneusement du doigt les caractères anciens, cherchant des bribes de souvenir, sans succès. Au bout de quelques minutes d'acharnement, elle réussit néanmoins à déchiffrer un nom.

— Melicca, dit-elle tout haut. Melicca. Qui es-tu ?

Sa voix rebondit sur les parois de la crypte, comme une question sans réponse.

Déçue et pestant contre son inculture, elle fouilla la salle. Elle devrait être patiente. D'autres lui traduiraient ce qu'elle ne pouvait comprendre.

Elle prit alors conscience qu'un détail manquant la taraudait. Nulle part elle n'avait vu de triangle. Pourtant, c'est par lui qu'elle était arrivée jusque dans cet endroit improbable. Elle éclaira encore le pilier et l'arche sculptée, cherchant des motifs gravés ou dessinés, mais elle ne trouva rien.

Le triangle lui apparut alors mentalement, après quelques secondes. C'était le plan lui-même de la salle qui le représentait. Et la porte se trouvait au centre.

Elle resta un instant interdite et bouleversée par sa découverte. L'endroit était empreint d'une magie indéfinissable qui la touchait au plus profond d'elle-même.

— Élise, si seulement tu étais là…

Salah essuya une larme et se fit violence pour explorer la crypte. Il lui fallait rapidement trouver une issue avant que les piles moribondes de sa torche ne la livrent à l'obscurité.

Le faible rayon de sa lampe s'arrêta sur une niche où était recroquevillée une forme humaine. Un crâne luisant accrocha la lumière.

Salah frissonna. Les orbites sombres semblaient la fixer. Le reste du squelette disparaissait sous un morceau d'étoffe, probablement du chanvre. Elle n'osa pas soulever le linge. Un autre squelette se trouvait à droite du premier, lui aussi reposait dans une minuscule alcôve.

Salah fit alors pivoter sa torche et ce qu'elle vit lui arracha un cri de stupeur. Des dizaines de restes humains peuplaient les parois de la crypte. Il y en avait partout. Certains étaient recroquevillés, d'autres allongés dans de larges cavités naturelles creusées par l'érosion. Salah ne put s'empêcher de penser aux catacombes.

Son investigation lui donna raison. Dans un angle mort de la salle, elle trouva une pile d'os et de crânes soigneusement rangés.

Tant de corps laissés ici. Tant de morts. Pourquoi ?

Salah abandonna sa quête macabre pour se replacer au centre de la salle.

Elle se sentait étrangement en paix, au milieu de tous ces squelettes.

Pourtant, quelques instants plus tôt, Salah avait eu peur, très peur. Ce sentiment de panique, elle l'avait déjà éprouvé durant une fraction de seconde, à Kaboul. L'explosion de la bombe avait été si brutale. Mais elle n'avait alors pu entrevoir sa propre disparition.

En revanche, son passage dans le siphon avait été beaucoup plus long. Elle avait eu le temps d'éprouver son dégoût pour les eaux sombres et sa peur de la mort. Son subconscient s'y était délecté de fantasmes rampants, gluants, grouillant d'une vie imaginaire. Elle s'était vue en train de pourrir dans cette boue glacée. Elle avait eu le temps d'imaginer la lente agonie qui l'attendait, si personne ne la retrouvait.

Dans cette crypte, tout était différent. Pour une fois, la présence de défunts ne lui inspirait aucune horreur, aucun désespoir. Elle avait la conviction que tous ces gens étaient venus dans cet endroit volontairement.

Elle s'assit sur une petite concrétion en forme de banc et laissa errer son regard sur sa merveilleuse découverte.

Y avait-il un rapport avec cette colonne gravée ? Était-ce un passage ? Vers l'au-delà ? Salah sourit. Était-ce le berceau d'une nouvelle religion, la salle de sacrifice d'une secte inconnue ?

— Tu es trop impatiente, ma fille. Tu n'as aucune notion d'archéologie, tu es douée en géopolitique certes, mais nulle en histoire. Enfin, pas très calée. Cherche là où tu sais !

Sa voix rebondit à nouveau sur les parois de la crypte, la ramenant à la réalité. Salah était seule, sans aucun moyen de contacter les secours et surtout incapable de faire machine arrière.

— Réjane ! cria-t-elle. Ouh ouh ! Réjane !

La soif et la faim attaquaient sournoisement son organisme épuisé par le stress et le froid. Ses muscles endoloris la faisaient terriblement souffrir. Le désespoir s'installa peu à peu dans son esprit.

L'émerveillement d'avoir découvert la crypte était à la hauteur du traumatisme. Même dans ses rêves les plus osés, son imagination n'avait su projeter un tel reflet du réel. Salah vit avec horreur sa lampe clignoter puis s'éteindre.

Elle hurla jusqu'à s'en briser la voix.

— Réjane !

À bout de forces, terrorisée, Salah s'allongea sur le banc, où elle sombra bientôt dans un sommeil étrange.

62

Pierre Delcroix semblait enfin dormir, mais le tracé des appareils infirmait les apparences. Pourtant, il gardait les paupières closes. Ses traits étaient détendus et de grands cernes noirs auréolaient ses joues creusées. Ses mains, posées sur sa poitrine, étaient agitées de tremblements. En revanche, il respirait calmement.

Jacques Mariani était debout au pied du lit. Les yeux fixés sur les moniteurs, il caressait sa longue barbe en marmonnant.

— C'est impossible. Impossible. Deux cas groupés sur plus de six milliards, c'est statistiquement impossible. Je dois me tromper.

Le professeur avait personnellement pris Pierre en

charge, dès son arrivée à l'Hôpital maritime. Son patient très agité avait tenu des propos confus, mais le médecin s'était refusé à le placer en isolement. À ses yeux, le jeune homme n'était pas dangereux. Il manifestait seulement les symptômes d'un épuisement total. Mariani l'avait donc reçu dans son bureau, comme n'importe quel patient.

Pierre avait parlé d'Élise. Il avait libéré son chagrin, sa frustration de ne pas avoir connu celle qu'il appelait sa sœur. En retour, Jacques Mariani lui avait offert des bribes de cette vie dont il ignorait tout. Il lui avait confié cette complicité qui les liait dans le travail, son regret et sa douleur. Il lui avait dit combien les couloirs de l'hôpital résonnaient encore du pas léger de la jeune femme. En écoutant le professeur, Pierre avait enfin traversé le pont et rallié l'autre rive. Ainsi, les souvenirs de Mariani pouvaient devenir siens.

Soulagé de trouver enfin de l'aide, Pierre avait accepté de faire tous les tests nécessaires, passant le plus clair de son temps à noircir des pages entières de croquis et de notes ou à se gaver de fruits et de gâteaux.

Mariani lui avait d'abord fait une prise de sang. Puis il avait mesuré l'activité métabolique de son cerveau à l'aide d'un tomographe à émission de positons. Enfin, il avait installé Pierre dans une chambre individuelle à côté de son bureau pour procéder à une polysomnographie[1].

Mariani était convaincu que son patient ne simulait pas cette insomnie rebelle. Il présentait tous les signes

1. Enregistrement continu et simultané de différentes variables physiologiques pendant le sommeil : électroencéphalogramme, électromyogramme des muscles jambiers et du muscle mentonnier, électro-oculogramme.

cliniques d'une affection neurologique rarissime, comme Élise Lamy Saint-Genès quelques semaines plus tôt.

L'infirmière était morte à petit feu, en partie sous ses yeux, et cela lui était insupportable. L'horreur de sa fin, sa séquestration et le désespoir de son geste avaient anéanti Mariani. Il détestait son aveuglement, son égoïsme. Il regrettait de n'avoir su lire entre les lignes, parce que le dévouement de l'infirmière et son abnégation faisaient tourner le service et allégeaient son propre emploi du temps. Il avait une furieuse envie de vomir sur cet être opportuniste qui comptait en cachette dans son bureau ce que lui rapportaient les bons résultats d'Élise.

Le professeur Mariani étouffa un sanglot.

Pierre avait affirmé que la jeune femme était sa jumelle, et l'étrange similitude entre les deux cas ne pouvait être due au hasard. Il restait à effectuer les tests ADN pour confirmer une hypothèse que Mariani était déjà prêt à accepter. Il était en effet très probable que l'affection mortelle d'Élise et de Pierre soit génétique. Cependant, l'hypothèse de la forme familiale de la maladie de Creutzfeldt-Jakob, même si elle répondait à presque tous les critères diagnostiqués, ne satisfaisait pas pleinement le professeur. Il n'aurait su dire pourquoi. Peut-être espérait-il tout simplement un miracle.

L'irruption soudaine du capitaine Lieras et de Marouan Chraïbi dans la chambre sortit le professeur Mariani du marasme où le plongeaient ses pensées. Il posa son index sur ses lèvres, demandant aux policiers de garder le silence.

— Je ne dors pas, articula péniblement Pierre en ouvrant les yeux.

Le professeur s'approcha du lit et se pencha sur son patient.

— Comment vous sentez-vous ?

— Je vous en supplie, trouvez ce qui m'arrive. Je n'en peux plus.

— Tenez bon, Pierre. Ces tests sont nécessaires. Ils nous éclaireront sur votre pathologie, c'est certain.

Pierre hocha la tête et pointa Marouan du doigt.

— Je peux lui parler ? Je sais qu'il a quelque chose à me montrer.

Marouan lança un regard entendu à Lieras. Le capitaine haussa les épaules et rejoignit le professeur Mariani qui s'apprêtait à quitter la chambre.

— Vas-y, je dois m'entretenir avec le professeur.

Le brigadier s'installa dans le fauteuil placé au chevet de Pierre. Le patient lui parut soudain vulnérable. Sa barbe naissante marquait d'une ombre son teint blafard. Il n'avait plus rien de ce fauve vociférant qu'ils avaient dû maîtriser à la brigade quelques heures plus tôt.

— Vous avez vu comme ils me surveillent ? murmura Pierre en secouant les câbles reliés aux moniteurs. Avec ça, je ne peux même plus penser tranquillement. Sans compter qu'une caméra capte mes moindres faits et gestes.

— Il leur faut des preuves à eux aussi.

— Je les connais bien, ces lascars. J'en fais partie.

Marouan acquiesça.

— Il n'y a pas grand-chose que je ne sache de votre passé.

— Je suis toujours suspect ? Je croyais que c'était terminé ?

— Nous connaissons l'identité du tueur. Mais nous voudrions comprendre comment vous êtes arrivé sur place. Vraiment.

Pierre se redressa tant bien que mal. Marouan l'aida en ajustant ses oreillers.

— Montrez-moi sa photo, dit Pierre en plantant son regard dans celui du brigadier.

— Comment ? s'exclama Marouan.

Le brigadier ne pouvait cacher sa surprise. L'homme était étonnant, déroutant même.

— Je n'ai pas la réponse à votre question. Je ne sais pas comment je sais. Ne pouvez-vous pas accepter les choses ainsi ?

Marouan secoua la tête.

— Il me faut des faits, répondit-il en sortant la photo de Stanislas Opalikha.

Pierre saisit le cliché et le lâcha aussitôt, une expression de dégoût sur le visage.

— Ça va ? s'inquiéta Marouan, un peu désemparé.

Pris de nausées, Pierre mit quelques secondes à se calmer, puis il dit, la voix tremblante :

— J'ai vu une petite fille sans jambes, perdue dans l'eau près d'une montagne de sable d'où s'élançaient des deltaplanes. Cet homme était avec elle. L'âme de cet homme est noire, très noire.

— Quoi d'autre ?

— Ça bougeait un peu, comme dans un train rapide, ou comme le roulis d'un bateau. On aurait dit une scène du théâtre de Guignol. Et ça sentait fort l'iode et les pins. C'est tout ce que je sais.

— Mais…

— Faites vite !

Pierre était au bord de l'évanouissement.

— Faites vite, jeune loup, chuchota-t-il.

63

Joseph Lieras laissait errer son regard sur la foule des estivants étendus sur la plage. Leur impudeur, la quasi-nudité des femmes lui répugnaient. Il détestait cet étalage de chair rougie par le soleil, ces slips de bains moulants, ces parasols aux couleurs criardes. Il rêvait de virer tout ce monde insouciant et ignorant de l'horreur des derniers jours pour profiter de la vue, de cette nature qui ne redeviendrait plus jamais sauvage.

Le cadavre d'Oriane avait été découvert gisant sur un banc de sable, juste en face de la dune du Pilat. Les premières constatations établissaient que l'enfant était morte noyée, harnachée à l'ancre d'un bateau retrouvé à trois cents kilomètres des côtes. Un hors-bord loué quelques jours plus tôt par un certain Stanislas Opalikha.

Lieras ne put s'empêcher d'imaginer le petit corps blafard, la peau rongée par le sel et collante d'algues. Il serra les poings, furieux de n'avoir rien pu faire. L'identité du tueur avait été découverte quelques heures seulement après la mort de la fillette. Quelques heures qui auraient suffi à changer le cours des choses.

— On a tout fait, Jo. Le temps joue contre nous. Et ce pourri le sait parfaitement. Il n'a même pas pris la peine de donner un faux nom.

— Les gars sur place n'ont pas retrouvé le médaillon, glissa Lieras en se tournant vers le jeune brigadier.

— Et alors ?

— Et alors rien. Je pars dans une heure. Le procureur m'attend là-bas. Tu me faxeras ton rapport au plus vite.

Marouan comprit que son capitaine souhaitait arrêter là leur collaboration. Il n'était pas vraiment surpris.

L'Embaumeur était un bien trop gros poisson pour un brigadier de Berck-sur-Mer, fût-il à l'origine de son identification.

— Delcroix avait parlé d'une montagne de sable, de l'odeur des pins et…

— Arrête, Marouan. Je ne veux plus entendre parler de ce genre de conneries. Les délires de ce type en train de crever m'importent peu. Si l'affaire a avancé, c'est grâce à tes recherches, à ta connaissance du dossier et tes techniques de profilage, c'est tout.

— Alors, pourquoi tu me vires ? demanda Marouan, certain de connaître la réponse.

— Je fais partie du SRPJ de Lille. Pas toi.

— Putain, Jo. Depuis quand tu bosses comme ça ?

— Depuis que tu prêtes l'oreille à la bonne aventure.

— Tu veux bien arrêter de te voiler la face ? Delcroix possède un don et il peut nous aider à retrouver Opalikha. Tu le sais !

Lieras s'approcha de Marouan et posa les mains sur ses épaules.

— Tu veux que je donne ces infos au magistrat ? Excusez-moi, monsieur le juge, mais nous savions que le suspect était à Arcachon parce qu'on a vu une montagne de sable et senti l'odeur des pins ? Tu te fous de moi !

— Pierre Delcroix a retrouvé Élise avant nous, tenta Marouan. Il a vu le médaillon. Et il a noté des infos dans ses carnets qui peuvent nous mettre sur la trace du tueur.

— Stop ! s'écria Lieras en s'éloignant vers le bureau. Tu ne vas pas m'apprendre mon job. On a son portrait, son nom, on peut remonter le cours de sa vie, connaître ses fréquentations, son parcours professionnel, ses dernières adresses. Et découvrir de nouveaux cadavres. L'Anacrim est déjà en train d'étudier la liste des affaires non résolues en recoupant les disparitions et ses lieux de travail au cours des dix dernières années. On a tous envie de le mettre hors-service, moi le premier.

Marouan songea qu'il avait déjà fait ce travail, que son collègue perdait du temps, mais il se tut. Lieras ramassa les dossiers posés sur le bureau et les rangea dans son sac. Le jeune brigadier le regardait sans bouger.

— Salut, Marouan, dit-il en quittant la pièce. On se reverra quand tu te seras décidé. Tu n'es pas fait pour les chiens écrasés. Il y aura toujours une place pour toi à la crim'.

Marouan resta quelques minutes les yeux dans le vague, les pensées tournées vers les derniers mots de Pierre Delcroix.

— Vite, jeune loup, murmura-t-il.

Marouan hésita, jeta un coup d'œil à sa montre et s'installa à son bureau. Avant de se rendre à l'enterrement d'Élise, il avait encore un détail à régler. Il rassembla ses notes et un double des conclusions du légiste, des photocopies des carnets de Pierre et de la photo de Stanislas Opalikha. Puis il attrapa un stylo dans le pot à crayons et entreprit de rédiger une lettre à l'attention de son commandant. Ses doigts tremblaient à peine.

Cher Galien, écrit-il avec un petit sourire, *veuillez prendre note de ma demande de mutation. J'ai trois semaines de congés en retard. À prendre avant fin octobre. Je ne crois pas que nous retravaillerons ensemble.*

QUATRIÈME PARTIE
Les initiés

64

Jamais Stanislas ne s'était senti aussi fort, aussi serein. Et pourtant, il devait bien admettre qu'il se trouvait dans une incroyable position de vulnérabilité. En quittant le bassin d'Arcachon, il s'était rendu à Bordeaux, profitant du premier bus en partance, certain qu'au milieu de la foule, il passerait inaperçu. Et son intuition lui avait donné raison.

Mais dès le lendemain, au réveil, alors qu'il se régalait d'un copieux petit déjeuner dans sa chambre d'hôtel, un flash d'informations diffusé sur LCI l'avait laissé pantois.

Son visage s'étalait à la une. Stanislas Opalikha, l'Embaumeur, le tueur en série, avait été identifié. Toutes les polices de France le traquaient.

Un mélange d'orgueil et de crainte avait alors envahi son esprit, lui interdisant dans un premier temps toute réflexion. Puis, à force de voir et de revoir le bulletin, il s'y était habitué.

À présent, il échafaudait des plans d'évasion, comptant sur l'incompétence des forces de l'ordre et les quelques transformations qu'il avait apportées à sa chère personne. Par chance, Stanislas n'avait pas encore réglé sa chambre. Et il ne le ferait pas. En revanche, il devait très vite découvrir comment se sortir de là.

Puisque son identité était connue, ses comptes bancaires devaient déjà être bloqués. Il faudrait trouver d'autres sources de revenus.

Stanislas passa ses moyens d'action en revue. Dans la foule, il pourrait repérer une proie, mais il lui faudrait être prudent. Il ne volerait pas le sac d'une vieille dame devant la Poste. Non. Il allait dévaliser une bourgeoise bordelaise ou deux. En s'amusant.

Stanislas se félicita. Depuis sa sortie du coma, il se jugeait meilleur, plus affûté, plus structuré. Finalement, cet accident qu'il avait tant honni se révélait bénéfique. Et ce n'était pas le moment de tout gâcher en précipitant les choses.

Cette première nuit sur la terre ferme avait été riche en images oniriques de toutes sortes. Il se souvenait avoir plié en accordéon des cartes à jouer longues comme des guirlandes, vu une femme très brune se tartiner de crème hydratante et manger ses cigarettes pour lutter contre les rides. Il avait dépecé un porc et joué au ballon avec son frère Grishka. Absurde.

Au matin, les rêves avaient été plus flous, mais à forte charge érotique. Stanislas s'était réveillé avec une érection, ce qui ne lui était pas arrivé depuis des années.

Il repoussa le plateau du petit déjeuner et s'étira. Ses sensations physiques étaient bonnes. Peu à peu, il retrouvait son corps d'avant la tragédie. Il frotta vigoureusement son sexe dressé du plat de la main, les yeux fixés sur la télévision jusqu'à ce que la tension libère son bas-ventre.

Puis il se leva et s'habilla.

— Pas de douche, se conseilla-t-il. C'est mieux pour attirer les salopes.

Aussi ne fit-il qu'un court séjour dans la salle de bains. Le millimètre de cheveux laissé par la tondeuse faisait comme une ombre sur son crâne. Stanislas se plaisait ainsi. Sa virilité l'épanouissait davantage et cette image le flattait. Il ne fit que raccourcir sa barbe de deux jours et se brossa les dents. Puis il enfila ses chaussures et sortit.

Stanislas déambula dans Bordeaux une partie de la journée. Il s'aventura dans le quartier de son enfance, malgré la surveillance dont sa famille faisait sans doute l'objet. La maison n'avait pas changé. Il subsistait du rose bonbon de la façade une nuance pâle très amoindrie, décolorée par le soleil. Les rosiers étaient en fleur, la pelouse bien tondue et le portail fraîchement repeint.

Il fit le tour du jardin, longea les haies qui le bordaient sans être inquiété. Il aperçut son père, assis sur la terrasse, partageant une bière avec Grishka. Les deux hommes ne se parlaient pas.

Stanislas souhaita à son cadet de profiter pleinement de ses derniers moments de farniente. Bientôt, il allait devoir réapprendre. Stanislas ne pouvait tolérer que son élève ait abandonné le côté sombre du monde. Si Grishka n'était pas de la race des meilleurs, alors il devrait disparaître.

Il quitta le lotissement de son enfance sans nostalgie pour revisiter d'autres quartiers où il avait séjourné.

Malgré une intense envie, il parvint à s'interdire de passer devant l'immeuble où devait encore sécher l'une de ses victimes. À Pessac, ils avaient retrouvé Claudia. Mais pas Charline. La proximité de son cadavre lui donna un féroce appétit.

En fin d'après-midi, après un soigneux repérage des bars et quelques emplettes, Stanislas retourna à son hôtel. Il attendit un bon moment avant d'y pénétrer, assis sur un banc à cent mètres de l'entrée, épiant les passants, traquant la possible présence de flics en planque.

Manifestement, personne ne l'avait reconnu.

De retour dans sa chambre, il s'accorda une sieste, puis commanda un plateau-repas à la réception.

Vers vingt-deux heures, en pleine forme, Stanislas enfila l'ensemble en lin acheté dans la journée. Il ne lui restait presque plus de liquidités, mais le résultat valait ce sacrifice. Cette beauté ravageuse allait payer à coup sûr. A fortiori auprès de la catégorie de femmes qu'il visait en particulier.

Alors, fort de ses atouts maîtres, Stanislas se rendit dans le cœur touristique de Bordeaux. Il négligea la terrasse d'un grand hôtel et s'installa dans la salle douillette d'un piano-bar.

Il commanda un gin-fizz et jaugea le potentiel des clientes.

Devant lui, à quelques tables, deux femmes l'observaient déjà en enchaînant quelques simagrées de séduction. La plus âgée frôlait la quarantaine. Elle était aussi pimbêche que celle de son rêve. La cible parfaite. Quant à sa cadette, elle devait tout juste atteindre trente ans.

Ce jeu-là, Stanislas le connaissait sur le bout des doigts. S'il en avait eu le talent, il aurait pu en préciser les règles, comme un zoologue le ferait dans un documentaire animalier.

Il fallait laisser roucouler les proies, leur montrer qu'elles ne le laissaient pas indifférent, sans pour autant prendre les devants. Surtout avec une quadragénaire. Une chose était claire : à cet âge, si les femmes ne savaient pas toujours ce qu'elles voulaient, elles savaient en revanche ce qu'elles ne voulaient plus. Et dans ce cas précis, la plus âgée n'était pas là pour se faire draguer. C'était elle, la prédatrice sexuelle. Et peut-être même s'enorgueillissait-elle de former la plus jeune. Elle ne cherchait qu'une coucherie d'un soir, une débauche à trois sans doute.

Stanislas donna le change, par petites touches légères, leur laissant le sentiment qu'elles avaient l'ascendant sur cette relation naissante. Jusqu'à ce que, dans un bel ensemble, elles s'installent à sa table et qu'il leur propose aussitôt de quitter cet endroit manquant indubitablement d'intimité. La plus jeune esquissa une dernière gêne teintée d'excitation. Quant à l'autre, ses yeux brillaient déjà de concupiscence.

65

Des cris étouffés se mêlaient à la chanson du rêve. Il était question d'une poule montée sur un mur. Mais le songe montrait tout autre chose. L'inconscient de Salah lui proposait de revisiter sa vie. Depuis qu'elle s'était endormie, la journaliste s'en était retournée dans maints endroits de son enfance et de son parcours d'adulte. Mais quel que fût le moment choisi par sa psyché, il s'achevait par l'explosion d'une bombe dans une rue de Kaboul.

Frigorifiée, Salah peinait à se réveiller. Une part lucide d'elle même tentait de quitter cette torpeur poisseuse où elle s'était réfugiée pour congédier la peur, l'angoisse et la faim. Pourtant, malgré ses efforts, elle sombrait dans le sommeil à chaque tentative.

Et toujours ces sons presque liquides qui scandaient son prénom.

Le pare-chocs fonçait droit sur elle. À droite, il y avait un enfant, un jeune garçon de moins de dix ans. Un sourire étonné s'était figé sur son visage crasseux.

À gauche, le marché grouillait de monde.

Salah ne s'était pas rendu compte à quel point elle

avait emmagasiné les détails. Des effluves de chair boucanée et d'épices ressurgissaient. Une odeur qu'elle chérissait. Le parfum de la vie par la promesse d'un ventre rempli.

Et puis…

De l'autre côté de la rue, une femme la regardait, unique silhouette immobile dans un univers tourbillonnant.

Comment avait-elle pu ne pas la voir jusqu'à cet instant ?

Comment ?

Elle ne portait même pas de burqa…

Élise était à Kaboul.

Élise était.

Élise.

— Viens me rejoindre, l'invita Élise. Avance, je sais que tu en es capable.

Salah tendit les bras vers ce fantôme.

— Salah ! Salah ! répétait Élise. Salah !

Salah tendit la main. Tout son corps se projetait vers cette apparition. Quand ses yeux s'ouvrirent sur les ténèbres de la crypte, son corps bascula dans le vide. Elle sentit sa main disparue s'accrocher aux dernières bribes de son rêve. Puis elle fut durement accueillie par la roche.

— Élise ! implora-t-elle, à mi-chemin entre le réel et cette dernière image de Kaboul. Élise, non !

Son épaule encaissa le choc. Ses souvenirs retrouvèrent leur place dans l'écoulement du temps.

Elle s'était endormie quand la lampe l'avait abandonnée à l'obscurité.

Le rêve était trop beau. Élise n'avait jamais mis les pieds à Kaboul.

Elle se redressa, la main tendue dans la nuit, marmonnant pour elle-même des suppliques de petite fille.

Un son très étouffé lui parvint alors.

Salah tendit l'oreille. Dix secondes plus tard, elle entendit la même chose. Et, malgré la déformation des sons liée aux coins et recoins des parois minérales, Salah sut que c'était son nom que l'on criait quelque part.

— Par ici ! hurla-t-elle. Je suis là, Réjane, je suis là !

Une minute à peine après qu'elle eut commencé à s'égosiller, une lumière monta sur sa droite. Salah éprouva une reconnaissance formidable pour ses sauveurs. Jamais elle n'avait autant eu envie de sentir la chaleur d'un corps.

La source de lumière apparut alors, éblouissante, prolongée par le bras robuste de Valentin.

— Elle est ici ! cria-t-il en se retournant.

Il l'aida à se relever.

— Ça fait plus de dix heures que nous vous cherchons, la renseigna-t-il. Qu'est-ce qui vous a pris ?

— J'ai trouvé la clé, balbutia Salah. La clé…

Ses jambes se dérobèrent sous son poids. Valentin la retint de justesse.

Et quand le jeune homme la prit dans ses bras, toutes les émotions vécues sous terre eurent raison de Salah. Elle s'évanouit, retournant aussitôt vers l'étonnante matière de ses rêves.

66

La plus âgée des deux femmes se nommait Maud Bérengé. Elle habitait à deux pas de la place des Quinconces, dans un hôtel particulier de la grande bourgeoisie bordelaise. Stanislas se félicita de sa bonne fortune. Le gibier de cette nuit se révélait de premier ordre.

L'autre, Véra, était une pimbêche. Stanislas sut qu'elle ne vivrait pas longtemps. Ils s'enfoncèrent sous le porche d'une bâtisse cossue et pénétrèrent dans un large vestibule où chaque meuble, chaque bibelot transpirait l'argent et le temps suspendu. Ils empruntèrent un des escaliers de service pour déboucher sous les combles, dans les anciens quartiers du personnel transformés en garçonnière par la maîtresse des lieux.

Stanislas fut alors livré à lui-même. Ses deux hôtesses s'éclipsèrent sitôt arrivées dans le salon mansardé pour, dirent-elles, se rafraîchir, rehausser leur apparence par de savantes applications de maquillage, voire se parfumer habilement le sexe.

Stanislas les écouta un instant pouffer de plaisir et en profita pour appréhender les lieux. Dans la cuisine, il découvrit un splendide assortiment de couteaux neufs. Manifestement, l'appartement ne servait pas de lieu de vie.

Stanislas hésita entre deux ustensiles et se décida finalement pour le plus court. Il serait aisément dissimulable dans la poche arrière de son pantalon.

En regardant dans l'éclat du métal, il imagina comment il allait procéder. D'abord, isoler sa première victime, c'était important. Il la ferait passer dans une pièce voisine du salon et la truciderait rapidement. Il ne fallait pas qu'elle ait le temps de crier, surtout pas. S'il la ratait, alors Maud mêlerait ses décibels à ceux de son amie et son affaire serait compromise. Stanislas n'envisageait plus l'échec. C'était simple d'égorger une femme, surtout lorsqu'elle s'attendait à être prise comme une truie.

— Vous pouvez ouvrir une bouteille de champagne ? cria Maud depuis sa chambre. Il y en a dans le frigo, tout en bas ! Encore une minute, nous arrivons !

Véra rejoignit Stanislas la première, elle ne portait plus qu'une nuisette finement brodée. La soie épousait talentueusement sa silhouette.

Stanislas aurait aimé s'amuser un peu avec elle. Il aurait pu l'attacher, la bâillonner, arracher ses atours d'aguicheuse et frotter son scxc sur elle avant de l'expédier ad patres. Mais son compte bancaire ne valait certainement pas le sacrifice prématuré de Maud. Et puis, Stanislas savait d'expérience qu'il ne satisferait pas sa libido ainsi. Le sang, la douleur, l'effroi de ses victimes le portaient bien plus haut dans sa propre jouissance que des attouchements non consentis.

— Maud a besoin de plus de temps pour se refaire une beauté, l'âge certainement, gloussa Véra dans un petit rire de gorge que Stanislas jugea charmant. Pour peu, il l'aurait épargnée. Elle lui facilitait si bien la tâche.

Elle ondula aussitôt vers Stanislas et se lova contre lui. Ses mains fébriles déboutonnèrent la chemise légère et s'attardèrent sur la poitrine broussailleuse de Stanislas. Sa bouche entrouverte laissait échapper des pctits grognements de plaisir. Stanislas se laissa faire. La caresse était agréable. Mais son contentement se mua en courroux dans la seconde où les doigts de Véra s'acharnèrent sur sa braguette. La chaussette qu'il avait placée dans son slip s'écrasa aussitôt sous la pression de la main conquérante.

La surprise qui passa dans les yeux de la jeune femme se mua en mortification. Cela ne lui était, sembla-t-il, jamais arrivé. Mais elle n'eut ni le loisir de s'en étonner ni celui de s'affairer plus efficacement.

Stanislas attrapa le couteau et le planta dans la gorge

offerte, tout droit jusqu'à la garde. De son autre main, il saisit les cheveux de la malheureuse et tira sèchement la tête en arrière.

Véra ne cria pas. La lame venait de sectionner les cordes vocales. Ses yeux affolés exprimaient une incompréhension totale. Pour la énième fois de sa vie, Stanislas se figura une biche aux abois, incapable de bouger, saisissant un peu tard que la mort emploie bien des visages pour se manifester.

Il relâcha sa tête et empoigna un coussin sur le canapé. La belle n'était pas encore morte. Ce n'était plus qu'une question d'angle d'attaque. Stanislas coucha Véra sur le flanc, retira la lame et l'enfonça de nouveau. La carotide sectionnée libéra un flot de sang carmin qui se répandit sur le coussin judicieusement placé.

La biche venait de se transformer en porc.

— Tu mérites enfin ton prénom, murmura-t-il à l'oreille de sa victime. Petite truie. Finies les branlettes. Terminé !

Lorsque le corps eut un dernier soubresaut, Stanislas ressentit une onde de plaisir secouer son bas-ventre. Décidément, le meurtre était autrement plus exquis que le coït ou la masturbation. Pas besoin de s'agiter de façon ridicule comme des animaux en chaleur. Il suffisait de trancher net dans les chairs, d'apprécier le jaillissement du sang et d'écouter les gargouillis délicieux de la femelle saignée. C'était même plus jouissif que de les regarder se décharner. Plus rapide, certes, mais beaucoup plus intense.

Stanislas ricana. Il faisait partie de ces élus qui savaient.

Si l'humanité se mettait à fonctionner sur ce modelà, la terre finirait très vite en un immense charnier. Heureusement, ils n'étaient que quelques-uns. Cela leur laissait le choix, un merveilleux terrain de chasse. Une source intarissable de plaisir.

Stanislas se releva. Il avait assez divagué. Il souleva le corps de Véra, l'emporta dans la cuisine et le déposa dans un grand placard au milieu des produits d'entretien. Puis il partit s'inspecter dans le miroir de la salle de bains.

Du sang maculait son beau costume en lin. Stanislas jura en se postant derrière la porte de l'appartement. Maud ne tarderait pas à revenir. Elle devait s'attendre à le retrouver en posture alléchante, le membre tendu entre les lèvres expertes de sa jeune amie, mais si elle voulait en profiter à son tour, un minimum de célérité était de mise.

67

Jacques Mariani trempa ses lèvres dans le café brûlant. C'était déjà le troisième et il n'émergeait toujours pas complètement. Depuis l'admission de Pierre Delcroix dans son service, il n'était pas rentré chez lui pour se reposer. Monsieur Pompon devrait se contenter du fruit de sa chasse.

Toutes les six heures, le professeur s'octroyait une pause au bar de la plage. Il avait besoin de quitter les murs rouges de l'Hôpital maritime de temps en temps pour respirer l'air du large. Et se souvenir.

La disparition d'Élise et de Françoise avait été un choc terrible pour tout le personnel. La fin tragique d'Oriane les avait anéantis. Pourtant, il restait peu de place pour les plaintes et les remords. Il avait fallu agir vite, prendre les décisions nécessaires au remplacement des deux infirmières. Mariani avait dû reconnaître le corps de la petite orpheline, organiser l'enterrement et faire en sorte qu'elle soit inhumée le même jour qu'Élise. Auprès d'elle, dans le caveau de la famille Mariani. Il avait obtenu sans mal l'accord de Charles Lamy Saint-Genès, trop distant et détaché pour avoir la moindre envie de se charger des obsèques. Sa sœur était une étrangère, un vague souvenir, un fantôme. Après la mort de ses parents, Charles avait peu à peu coupé les liens avec elle. Et à l'annonce de la cause de son décès, cette tant redoutée « maladie de la vache folle », il avait même renoncé à se déplacer.

Mariani fronça les sourcils. Qu'ils étaient incompréhensibles, ce détachement, cette indifférence. Comment pouvait-on abandonner ainsi sa propre sœur, une femme si dévouée, si douce ?

— Alors, Jacques, préoccupé ?

— On le serait à moins, rétorqua Mariani d'un ton bourru.

Galien Galiano s'installa face au professeur et commanda un chocolat au lait.

— Le cœur, expliqua-t-il. Je tachycarde. Constance me tanne pour que je tienne encore quelques années, alors elle m'a collé au chocolat.

— Pourquoi pas ? Le cacao, c'est un excitant bien meilleur que le café. Finalement, c'est un choix malheureux comme un autre.

— Vous rigolez ? demanda Galien, pas vraiment certain d'avoir bien compris.

— Non ! C'est bourré de sérotonine, un antistress, et de phényléthylamine, un cardiotonique. Je crois que c'est plutôt pour ses propriétés antidépressives et stimulantes qu'elle vous l'a conseillé !

— Je l'ignorais.

— À première vue, votre épouse, non !

Galien sourit pour la première fois depuis des jours. Et c'était bon. Il dégusta son chocolat avec un plaisir non feint.

— Où est votre jeune brigadier ? demanda Mariani. On ne vous voit pas souvent tout seul ?

— Parti voler de ses propres ailes. Ce petit con a les dents qui rayent le parquet. L'uniforme de brigadier de Berck est trop étriqué pour lui. Je pense qu'il va se faire muter à la crim'.

Galien était amer. Le départ de Marouan l'avait fortement contrarié, mais il n'avait rien tenté pour le retenir. Il devenait trop arrogant et le commandant ne tolérait plus ses airs supérieurs. Finalement, il le préférait encore quand il jouait au gamin tout juste sorti de l'école. Il avait un peu l'impression d'être utile. Mais, après la démonstration de Marouan sur la scène de crime à l'hôpital, Galien avait abdiqué. Le commandant détestait être pris en défaut et ridiculisé devant les types du SRPJ. Il n'était jamais devenu enquêteur et ne le digérait toujours pas. Trop peu d'ambition, lui avaient dit ses instructeurs.

Sa réussite, c'était sa maison du bord de mer. Avec Constance. Et ça lui suffisait bien, tant qu'un jeune blanc-bec ne venait pas lui casser les pieds.

— C'est quoi cette histoire de Creutzfeldt-Jakob ? reprit Galien.

— C'est étonnant, j'en conviens. À part les quelques cas liés à l'ESB et à l'histoire du sang contaminé…

— Responsables, mais pas coupables ! ne put s'empêcher d'alléguer Galien. Assassins…

— Il existe certaines formes génétiques, continua Mariani en ignorant la remarque du commandant. Qui se développent plus tôt.

— Saloperies.

— Je crains que Pierre Delcroix ne soit malade lui aussi, poursuivit Mariani avec un tremblement dans la voix. Mais je ne peux encore rien affirmer. D'après les conclusions du légiste, Élise souffrait bien d'une encéphalopathie. Et Pierre Delcroix présente des signes cliniques évidents d'une grave affection de ce type. La probabilité que deux étrangers en soient atteints en même temps et dans le même secteur est quasi nulle. J'attends les conclusions de l'analyse ADN, mais je n'ai pas vraiment de doutes. Je vous parie qu'ils sont effectivement frère et sœur.

Galien secoua la tête.

— C'est impossible ! J'ai tout vérifié à l'état civil.

— Attendons les résultats définitifs, si vous voulez. Mais vous devriez considérer qu'ils aient pu être adoptés illégalement. Ce ne serait pas la première fois que ça arrive. Je vous l'ai dit, le mal dont ils souffrent tous les deux est suffisamment semblable pour que la question se pose.

— Comment auraient-ils attrapé cette saleté ?

— Un gène dominant, ce qui veut dire qu'il suffit qu'un de leurs parents ait été atteint… Galien, il s'agit d'une maladie mortelle, extrêmement grave et incurable. Si le patient est porteur du gène muté, il y a cent pour cent de chances qu'il développe le mal et qu'il décède en quelques mois.

— Merde !

Galien ne savait plus vraiment quoi dire. Alors, il se contentait de répéter le mot de Cambronne en secouant la tête d'un air navré.

— C'est apparemment une nouvelle variante de la maladie, reprit le professeur, jusque-là uniquement décrite après transmission par viande contaminée. Or, chez Pierre Delcroix, en plus des douleurs dans les jambes et des troubles neurologiques, j'ai pu observer un syndrome dépressif et une insomnie, ce qui est inhabituel dans la forme héréditaire classique.

Mariani soupira avant de préciser :

— Au stade terminal, il y a détérioration des facultés intellectuelles, puis démence. Ce qui explique le suicide d'Élise, j'en suis persuadé.

— Mais d'où viennent les visions de Delcroix ?

— Ce ne sont pas vraiment des visions, Galien. Aussi troublant que cela puisse vous paraître. Ce sont des hallucinations. Son cerveau étant atteint par la maladie, il y a une activation anormale des zones de la perception. Les cellules qui analysent les stimuli externes sont excitées et produisent des images, des sons, voire des odeurs qui n'existent pas.

Galien fit une grimace d'incompréhension. Ce jargon médical, il le détestait parce qu'il ne l'avait jamais appréhendé avec facilité. C'était comme les mathématiques. Il n'avait tout simplement aucun appétit pour la logique désincarnée. Et ce n'était pas à son âge qu'il allait commencer à faire des efforts.

— Pouvez-vous être plus clair, professeur ?

— Le monde n'est pas tel que nous l'imaginons. Les couleurs et les sons, par exemple, n'existent pas dans l'univers comme nous les voyons. Par le biais des cinq sens, notre cerveau interprète et transforme ces vibrations afin de nous fournir une représentation de ce qui nous entoure. Représentation que notre cerveau analyse ensuite pour nous permettre d'évoluer dans l'espace. Mais nos sens sont limités et ne nous donnent qu'un petit aperçu de notre environnement. Vous n'entendez pas les ultrasons, vous ne voyez pas les infrarouges. Nos organes sont incapables d'accéder à certaines fréquences. C'est ainsi. Voilà ce qu'est la perception.

— D'accord. Mais où voulez-vous en venir ?

— La perception peut être erronée. Si le cerveau interprète mal ce qu'il voit, par exemple, nous sommes alors victimes d'un mirage ou d'acouphènes. Il arrive également que le cerveau fonctionne seul, sans stimuli extérieurs. Ce sont les hallucinations. Et ce qui les caractérise, c'est la force de conviction de la personne qui les subit. Elle est persuadée de voir et d'entendre réellement toutes ces choses.

— Il y a de quoi devenir fou, non ?

— Plutôt. Le phénomène hallucinatoire est très complexe. Il peut être lié à des pathologies neurologiques, comme c'est le cas pour Pierre Delcroix. Et psychiatriques. J'aimerais d'ailleurs qu'il soit suivi. Je crains beaucoup pour sa santé mentale.

— Ce n'est pas un mystificateur, alors ?

Mariani tapota l'épaule du commandant.

— Non, Galien. Ce n'est qu'une victime. Mais vous ne pouviez pas le savoir.

Galien se mordit la lèvre inférieure. Il avait été dur avec Delcroix.

— C'est troublant, tout de même, plaça-t-il pour donner le change.

— Dans son cas, la dégénérescence des cellules nerveuses engendre tout un tas de symptômes compliqués. Les troubles du sommeil sont souvent associés à des hallucinations. Il suffit qu'il soit passé une fois devant la maison où était Élise, qu'il ait remarqué le tag en forme de taureau, ou, mieux, enregistré une activité suspecte qu'il n'a pas su analyser sur l'instant, et son esprit a restitué ces éléments lors de ses crises hallucinatoires. Quant à ce qu'il perçoit réellement de l'écoulement du temps, c'est encore une autre affaire ! Il y a une distorsion entre le temps rêvé et le temps réel.

— Le nom d'Élise ?

— Entendu dans l'enfance, si son histoire est vraie. Sinon, souvenez-vous. Cette année, une grande chaîne nationale a enregistré une émission spéciale sur le service et l'Hôpital maritime. Élise a été interviewée. Si Pierre Delcroix a regardé la télé ce jour-là, ça suffit.

— Ce serait une énorme coïncidence ! opposa Galien. Si Élise était bien sa sœur.

— Je sais, obtempéra Mariani. Cette version me semble tirée par les cheveux. Je préfère nettement l'information recueillie dans l'enfance, puis oubliée.

— Et le type. Il a décrit le type, tout de même !

— Vous m'avez dit que Pierre était allé sonner plusieurs fois chez Élise. C'est peut-être là qu'ils se sont croisés. Vous savez, il n'y a pas de secret. La science démystifie bien des choses. Savez-vous qu'on sait très bien comment expliquer les phénomènes de décorporation ?

— Qu'est-ce c'est que ça, encore ?

— Ces gens qui ont l'impression que leur âme sort de leur corps et qu'ils flottent dans leur chambre.

— J'ai entendu parler de ça.

— Des chercheurs ont démontré que lorsqu'on excitait une zone spécifique du cerveau liée à la perception, on arrivait à ce même résultat. La représentation corporelle est troublée. Le cerveau projette une image de soi devant nous ou en dessous de nous. Beaucoup ont dû abandonner l'illusion d'une âme qui se promenait…

— Dommage, vous ne trouvez pas ?

— Aimez-vous l'idée de l'immortalité ?

Galien laissa vagabonder son regard dans la salle. Ce bistrot, il le connaissait par cœur, pour y être venu chaque matin depuis près de vingt ans. Rien n'avait changé. Ni la décoration assez sommaire, ni la couleur des rideaux. Les murs avaient un peu jauni et la patronne s'était ridée. Le temps était passé. Plus discret qu'ailleurs.

— Pourquoi pas, soupira-t-il. Pourquoi pas ?

68

Lorsqu'elle se réveilla, Maud Bérengé ne réalisa pas immédiatement où elle se trouvait, ni pourquoi ses membres ne répondaient pas aux ordres de son cerveau. Elle tenta de bouger, sans succès. Mais son dernier souvenir heurta sa conscience avec la violence d'un uppercut. Elle se mit à gémir. Un goût de sang se mêlait à sa salive et elle respirait avec difficulté. Des mains frôlèrent sa tête, fouillèrent dans sa chevelure et libérèrent ses yeux du bandeau qui les aveuglait.

Maud découvrit alors avec horreur que son corps, entièrement nu, était enroulé dans un film plastique alimentaire, des chevilles à la bouche. Le long ruban la serrait si fort qu'elle ne pouvait respirer complètement.

Assis sur la table basse juste devant elle, Stanislas l'observait. Le regard bienveillant qu'il lui jeta l'expédia au comble de l'horreur.

— J'ai trouvé quatre cartes bancaires, dit-il, très calme. J'ai fait ma part du travail. À toi maintenant de me prouver que tu es de mon côté.

Maud se tétanisa.

— Y a-t-il quelqu'un d'autre, ici ?

La malheureuse secoua la tête. Stanislas ferma les yeux et respira profondément. Puis il choisit une des cartes bancaires étalées à côté de lui et la tendit audessus des yeux de Maud.

— On va commencer par celle-là, déclara-t-il. Visa platinium. C'est signe de bonne santé financière en général. Alors, je vais compter jusqu'à neuf et quand je serai sur le bon numéro de ton code, tu me fais signe, d'accord ?

Maud montra qu'elle avait compris.

Stanislas commença.

— Zéro, un, deux, trois…

Maud venait dc hocher la tête.

— C'est deux ou trois ? Deux ?

Nouvel acquiescement, Stanislas nota le chiffre et passa au suivant.

En vingt minutes de ce manège fastidieux, il possédait les codes des quatre cartes bancaires. Alors, fort de sa moisson, il abandonna sa victime et sortit retirer de l'argent dans plusieurs distributeurs automatiques autour de la place des Quinconces.

Lorsqu'il réintégra l'appartement avec six mille cinq cents euros en poche, il découvrit Maud sur la moquette, à mi-chemin entre le canapé et la cuisine.

— Vilaine fille ! gronda Stanislas. Je t'avais pourtant bien dit de ne pas bouger.

Il bourra le corps à terre de coups de pied, visant le bas-ventre et les seins comprimés dans le plastique. Puis il la saisit par les cheveux et la tira derrière lui jusqu'à la salle de bains. Là, il la souleva et la jeta dans la baignoire.

— Tu ne pourras plus te sauver ! commenta-t-il en coupant la lumière.

Stanislas partit explorer le reste de la demeure, armé de son couteau. Il acquit rapidement la certitude que la maison était déserte. Maud avait dit vrai.

Il remonta dans l'appartement, ferma la porte et se vautra sur le canapé.

Les coussins sentaient le sang et l'urine. Il les jeta

au loin et alluma la télévision. Il n'était pas encore minuit.

Dans quelques heures, il pourrait retourner au distributeur. Et il se plaisait même à imaginer réitérer ces larcins sur plusieurs jours. Le temps jouait pour lui.

69

Lorsque, après vingt-quatre heures de repos, Salah redescendit dans la grotte, elle découvrit qu'en son absence, ses amies n'avaient pas chômé.

Le chemin d'accès à la crypte était sécurisé par une main courante. Les sous-sols de la colline sortaient de la nuit éternelle, éclairés par de puissants projecteurs alimentés par un générateur qui ronronnait près de l'entrée. Les câbles avaient été fixés aux parois de la grotte par des dégaines et des mousquetons, pour éviter tout risque de court-circuit en cas de forte pluie.

Depuis la veille, une nouvelle personne avait rejoint Salah et Réjane. Devant l'incroyable découverte de la nécropole et de la crypte, les deux femmes avaient accepté la proposition d'Aline. Certes, elles ne voulaient pas que la nouvelle se répande à travers le pays, mais elles devaient bien admettre les limites de leurs compétences.

Aussi avaient-elles vu arriver avec soulagement un jeune docteur en archéologie. Deux ans plus tôt, Frédéric Dupuis avait mis au jour les fondations datant du XIe siècle du mur d'enceinte oriental de la propriété. C'était un passionné. Ce travail, il l'avait accompli pour la beauté de l'art, sur son temps de vacances.

Les trois femmes s'étaient toutefois entendues sur

un point : il n'était pas question de parler d'Élise ni de son médaillon. Moins Dupuis en saurait sur les origines de leur découverte, moins il serait enclin à ébruiter quoi que ce soit. Il suffirait de lui raconter que le jardinier du domaine avait découvert le cadavre de Werner Hecking et l'entrée des grottes pendant l'entretien du bois.

Âgé d'une quarantaine d'années, l'homme portait le ventre rebondi des épicuriens qui s'assument et une barbe très fournie où se dissimulaient les lèvres charnues d'un jouisseur. Ses yeux noirs pétillaient derrière des lunettes en écaille, unique coquetterie de son accoutrement suranné.

Devant le saccage des fosses des premières salles, Dupuis avait soupiré. Confuses, Aline et Réjane comprenaient un peu tard qu'une fouille s'accompagne de méthode.

Dupuis n'avait émis aucun commentaire désagréable, aucune critique.

— Si ça ne vous ennuie pas, avait-il lâché sur un ton affable, je prends la direction des opérations. Pas une information ne sortira de notre cercle restreint, mais pour qu'il y ait information, il faut un minimum de rigueur. Et là, passez-moi l'expression, mesdames, mais c'est le bordel.

Il s'en était ensuite allé de sa démarche lente et étonnamment chaloupée pour un homme de sa corpulence. Et il n'avait pas été déçu de sa visite.

Salah passa alors le plus clair de ses journées dans les grottes, aidant de son mieux Frédéric Dupuis dans son travail. Valentin les épaula grandement, jugeant cette aventure beaucoup plus intéressante que ses vacances habituelles.

De son côté, Réjane consacra l'essentiel de son

temps à l'étude des archives de la famille Saulxures de Jaulny. D'après elle, c'était là que se cachaient sans doute des éléments essentiels à leur quête de sens. Elle laissait à Salah les plaisirs de la terre, de la roche et des restes humains.

En quelques heures, Dupuis, Valentin et Salah vidèrent entièrement les trois salles et les fosses. Les vêtements en lambeaux, informes et pour beaucoup méconnaissables, furent déposés dans des cadres de bois, parmi des dizaines d'objets de toutes sortes. En plus de ce qu'elles avaient déjà découvert, il y avait là, selon les époques marquées par strates d'entassement, de nombreuses pièces de monnaies anciennes, des bijoux, des armes blanches, des briquets à mèche, des crucifix, des chapelets, des fourneaux de pipes et une quantité d'objets trop ravagés par le temps pour que les néophytes en définissent la nature.

Dupuis restait penché sur les artefacts, se murmurant des commentaires à lui-même, essayant d'établir un lien entre tous ces biens abandonnés là par leurs propriétaires. La valeur de certains le laissait extrêmement dubitatif.

Pour sa part, Salah répertoriait ce qu'elle ne reconnaissait pas dans la catégorie *Trucs et machins* pour ne s'attarder que sur les objets clairement identifiables. L'argent récolté l'excitait particulièrement. Sur les faces de ces petites pièces se trouvaient des dates, des effigies de monarques ou d'empereurs, des certitudes. Et parmi ces nouvelles trouvailles, des pièces encore plus anciennes avaient été mises au jour…

La première journée de fouilles était sur le point de s'achever. Dehors, le soleil descendait rapidement. Debout au milieu des cadres en bois, Dupuis regardait pensivement les centaines d'objets épars.

— Manifestement, ils étaient tous chrétiens, maugréa-t-il en frottant sa barbe.

— C'est assez logique dans le coin, non ? se moqua Salah.

Depuis la mi-journée, la journaliste rongeait son frein. Elle comprenait parfaitement l'utilité de ces recherches, mais elle brûlait de voir l'archéologue s'atteler à ce qui la passionnait vraiment : la crypte et la nécropole.

— Si on arrêtait là pour aujourd'hui, se contenta-t-elle de dire. Je suis fourbue.

— J'allais vous le proposer, rétorqua Frédéric. Aline a dû nous préparer une régalade comme il faut. Et puis, demain sera votre jour.

Salah prit un air étonné.

— On attaque les salles du bas, précisa Frédéric. Heureuse ?

— Évidemment, lâcha Salah. Ce n'est pas que ce travail-là soit inintéressant, mais…

— Vous êtes bien une journaliste. Le sensationnel, rien que le sensationnel.

Devant la mine faussement boudeuse de Salah, Dupuis éclata de rire. Puis il l'entraîna vers l'extérieur et coupa le groupe électrogène.

Ils y retrouvèrent Valentin. Le jeune homme venait d'achever un système de fermeture de l'entrée. Dorénavant, personne ne pourrait pénétrer sans leur autorisation. Quelques minutes plus tard, le trio s'extirpait du tout-terrain prêté par Aline.

Salah, qui portait encore le deuil d'Élise, se sentait enfin décontractée, parée malgré son corps défaillant à soulever des montagnes.

Mais cet esprit de fête fut tué dans l'œuf dès que Réjane ouvrit la porte du château pour venir à leur rencontre. Salah devina immédiatement qu'une catastrophe venait de se produire. Elle s'immobilisa au milieu de la cour et sentit son cœur se serrer. En passant devant les deux hommes, Réjane leur fit signe de s'éloigner. Puis elle s'approcha de son amie et l'enlaça.

— Ils ont retrouvé la petite, murmura-t-elle à son oreille.

Salah se pétrifia. Elle ne voulait plus rien entendre.

— Le légiste affirme qu'elle est partie sans souffrir, souffla Réjane.

Salah s'écroula dans les bras de son amie. Le chagrin la submergea totalement. Son corps, soudain trop lourd pour ses jambes tremblantes, s'affaissa sur lui-même. Et pendant un long moment, elle fut incapable de parler, le visage enfoui dans le chemisier de Réjane, qui la supportait difficilement. Aussi se retrouva-t-elle à genoux à son tour. Et là, les deux femmes mêlèrent leurs larmes, unissant leur chagrin dans une étreinte désespérée.

70

Quand Stanislas se réveilla, le jour entrait à grands flots par les fenêtres du salon. Sur une table basse, une horloge numérique en forme de Cadillac indiquait 11 h 35. Son corps en sueur avait trempé les draps.

Stanislas venait de faire un songe idéal. Un rêve dont il fut immédiatement persuadé qu'il s'agissait d'un souvenir enfoui au plus profond de lui.

Le bâtiment dressé sur trois étages était biscornu. Au rez-de-chaussée et au premier étage, des dizaines de petites salles grises, poussiéreuses, hautes et très étroites, aux murs transpirant de salpêtre, ouvraient de maigres fenêtres grillagées sur un parc magnifique.

Dans ce rêve étrangement réaliste, Stanislas avait senti le bâtiment gronder, se mouvoir lentement, onduler dans un simulacre de vie. Des frissons couvraient encore sa peau. Mais cette énergie irradiante trouvait son origine autant dans l'excitation que dans la peur.

Cet endroit, coincé pendant des mois dans un recoin de sa mémoire, venait de faire surface. Et avec lui réapparaissait le plus formidable bouleversement de son ancienne vie. C'est là qu'à dix-huit ans, Stanislas s'était vengé pour la première fois, là que dans un déferlement de haine sa main avait perpétré le forfait originel.

Stanislas vibrait d'une émotion incroyable. Le rêve était la clé d'entrée. À présent, ses souvenirs affluaient. Il revoyait les lieux avec une extraordinaire abondance de détails. C'était beau à couper le souffle.

Mentalement, il replongea à l'intérieur du vieil hôpital psychiatrique partiellement réaffecté en site de tournage. L'entrée par la nationale 20, la longue allée bordée d'arbres centenaires, droite, toute droite jusqu'à la mairie, projet fou d'un richissime industriel du XIXe siècle. Puis à gauche, par des allées secondaires. Les bâtiments portaient les noms de provinces françaises. Stanislas travaillait aux abords du Normandie sur une insignifiante série télévisée. Mais celui qui le happait littéralement, le plus beau de tous et le plus inquiétant en même temps, portait gravées sur son fronton les six lettres du mot Savoie.

Stanislas lâcha un petit rire satisfait. Il avait nourri le projet de devenir réalisateur. Quelle ironie de la vie, quel impensable fourvoiement ! Lui, un saltimbanque, un pseudo-artiste du faux-semblant et des paillettes !

Lamentable !

Le rez-de-chaussée, les étages, les appartements désaffectés du chef du pavillon des fous. Et puis les sous-sols, d'admirables sous-sols, un véritable labyrinthe qui courait sous les dizaines d'hectares du domaine, reliant les pavillons entre eux. On pouvait sans recevoir la moindre goutte traverser l'hôpital par le pire des orages.

Et là, quelque part dans ces souterrains aux innombrables recoins, se cachait le cadavre desséché de sa première marionnette, celle par qui la véritable sensation de vivre était finalement arrivée.

Stanislas éprouva un sentiment assimilable à de l'amour pour cette jeune femme. Et il n'eut plus qu'une idée, la revoir. Avant de se mettre en chasse du colosse, avant de comprendre quelle était la nature du pouvoir d'Élise, il devait retourner là-bas, dans cette banlieue parisienne, dans cette grisaille de gens et de bruits où le prédateur était né.

— Belle journée, Maud ! hurla-t-il en se tournant vers la salle de bains. Encore deux ou trois ponctions sur ton compte en banque et je te libère de…

Une idée stoppa net son monologue. Le visage de Grishka venait de s'imposer dans son esprit. C'était le moment de le faire entrer dans la danse. Il n'allait tout de même pas quitter la région sans prendre soin de lui !

Il sauta sur ses pieds et gagna la salle de bains. Son premier geste fut d'aller vérifier que sa biche n'avait pas bougé. Le plafonnier de la salle de bains tira Maud des ténèbres. Ses yeux exorbités exprimèrent l'espace d'une seconde toute l'horreur de la nuit.

— Ta voiture, chérie, elle est où ?

Dans l'incapacité de parler, Maud ne put qu'agiter la tête.

— Dans la rue ?

Maud répondit par l'affirmative.

— C'est quel style ? Un 4 × 4 sombre avec vitres teintées et petit nécessaire pour laver ta chatte dans la boîte à gants, c'est ça ?

Maud tremblait de tout son corps.

— Un 4 × 4 noir ? hurla Stanislas. Réponds, où je te fourre avec le balai à chiottes !

Cette fois, Maud réussit à satisfaire son tortionnaire.

— Pauvre conne, va, lâcha Stanislas en refermant la porte. C'est débile d'être aussi prévisible.

71

Jacques Mariani observait son patient à travers la vitre de la porte de la chambre. Pierre Delcroix était attablé face à la fenêtre, ouverte sur la baie d'Authie. Son grand corps amaigri était penché en avant et sa tête rentrée dans ses épaules. Apparemment, il écrivait, mais ses gestes saccadés donnaient une impression de confusion.

De temps à autre, Pierre interrompait son manège et relevait la tête vers la fenêtre. Il fermait les paupières et se calmait quelques instants, comme s'il cherchait un détail dans son univers chimérique.

Mariani prenait lui aussi des notes. Les symptômes s'alignaient, parfois contradictoires, s'apparentant à plusieurs pathologies à la fois. Mais ce qui serrait le cœur du professeur, c'était le visage de son patient. Terne, grisé de fatigue et de peine, les pommettes commençant à saillir vilainement sous la peau. Pourtant, des corps et des visages amoindris, il en avait vu au cours de sa carrière. Mais ils restaient immobiles, en général.

Des bruits de pas dans le couloir le firent se retourner. Marouan Chraïbi avançait vers lui.

— Bonjour, professeur.

— Bonjour, brigadier. Je vous croyais parti vers d'autres cieux. Plus cléments ou plus passionnants.

— Les nouvelles vont vite.

— C'est l'avantage des petites villes.

— Ou l'inconvénient. Finalement, on ne peut pas faire un geste ici sans que tout le monde soit au courant.

Jacques Mariani entraîna Marouan vers des fauteuils beiges installés un peu plus loin dans la galerie.

— Venez, nous serons plus à l'aise ici.

Les deux hommes s'installèrent face à face. Les dunes illuminées par un franc soleil semblaient à portée de main.

— C'est le plus bel endroit de la terre, murmura le professeur. J'aime tant cette plage et ces couleurs si particulières. Comment pouvez-vous avoir envie de partir ?

Marouan eut un petit sourire. Il n'avait pas encore pris de décision concernant son avenir professionnel. Officiellement, il était en congés.

Ce qu'il voulait, c'était poursuivre l'enquête, traquer Opalikha sans les entraves administratives des services de police. Le SRPJ n'avait rien trouvé à Arcachon, la famille du tueur avait été interrogée, sans succès. Le père de Stanislas Opalikha refusait l'idée que son fils puisse être un monstre. Et les yeux de son frère Grishka brillaient d'une admiration malsaine à l'évocation de son aîné. Mais aucun d'entre eux n'avait pu donner des éléments susceptibles de les conduire au repaire du meurtrier. Pourtant, Marouan en était certain, Stanislas Opalikha s'était réfugié quelque part, dans un endroit familier. Et pour le retrouver, il fallait plonger dans son histoire criminelle, dénouer les fils de son passé.

— Je n'ai pas encore décidé, glissa Marouan. Je voudrais comprendre comment ce type a évolué. Comment le coma a modifié son attitude.

Mariani haussa les épaules dans un geste d'impuissance.

— M. Opalikha était un patient modèle, un homme charmant. Il avait beaucoup de courage, il a suivi ses séances de rééducation assidûment. Jamais je ne l'aurais cru capable de…

La voix du professeur se brisa.

— Est-ce que le coma peut expliquer un changement de comportement ? enchaîna aussitôt Marouan. Peut-on devenir un psychotique organisé ?

— Que voulez-vous dire ? demanda Mariani, soulagé de se concentrer sur des questions cliniques.

— Son mode opératoire a toujours plus ou moins varié en fonction de la situation. Mais sa signature, jamais.

— Expliquez-moi.

— Je ne peux vous livrer trop de détails, mais je vais tenter de vous éclairer. Il a toujours tué en enfermant ses victimes et en laissant une ouverture de la même taille devant leurs visages.

Mariani frissonna de dégoût. Il ne put s'empêcher d'imaginer Élise dans son sarcophage de pierre, ses yeux emplis de terreur et de larmes.

— C'est grâce à ce mode opératoire, continua Marouan, que nous avons compris que c'était lui l'Embaumeur. Or, si on considère le meurtre de Françoise comme un « accident », celui d'Oriane a été ritualisé. Mais de façon inédite, ce qui est assez peu courant. Et puis, fait nouveau, Opalikha semble peu à peu se préoccuper des traces qu'il laisse derrière lui. J'ai la sensation qu'il se méfie des conséquences de ses actes. Je pense maintenant qu'il a un autre objectif que satisfaire uniquement ses pulsions meurtrières.

— Quel but pourrait-il viser ? Il ne construit rien…

— C'est bien là toute la difficulté du dossier. Quand il enferme ses proies pour les regarder mourir en ayant soigneusement préparé leur prison, il agit comme un tueur organisé. Quand il fuit en laissant des indices sur place, ou quand il assassine une personne qui se trouve sur son chemin, il est plutôt impulsif. Et ça ne cadre pas avec ce que je connais des méthodes de profilage. Bien que je déteste cette idée, il faudrait que je parvienne à le mettre dans une case pour le retrouver. Et le mettre dans une case, ça signifie être capable d'anticiper ses réactions et de comprendre son mode de fonctionnement.

— Le comportement humain est bien trop complexe. Celui qui aimerait le décoder, idéaliste… Vous n'aurez qu'une vague indication en tentant de mettre votre tueur dans une case, comme vous dites. Et vous risquez de le voir vous échapper définitivement !

— Peut-être… Mais si je ne tente rien…

— Tout ce que je peux vous dire, le coupa Mariani, c'est qu'il souffre encore d'amnésie. Et c'est courant après un coma prolongé. Opalikha est un individu secret. Il n'a jamais voulu se confier aux psychologues du centre qui l'ont aidé à recouvrer partiellement la mémoire. Mais si vous voulez mon avis, il est plutôt du genre psychotique. Ne serait-ce qu'à cause de son handicap.

Marouan haussa les sourcils.

— Son sexe est très petit, précisa Mariani. Ce n'est pas à proprement parler un micropénis, mais ça y ressemble. Il ne doit pas dépasser deux centimètres. Je l'ai souvent surpris à se rouler une chaussette dans le slip pour cacher son infirmité.

— Il n'a donc pas d'activité sexuelle ?

— Je suppose que ses organes fonctionnent bien. Il n'est pas carencé en hormones. Mais les rapports sont sérieusement compromis avec un outil de cette taille.

— Pourquoi n'est-ce pas au dossier ?

— Justement parce qu'il n'y a pas de troubles endocriniens. Ce type a un sexe minuscule, c'est tout.

— C'est une information capitale. Ça peut expliquer sa haine des femmes. Opalikha a certainement subi des humiliations pour en arriver au passage à l'acte ! Merci, professeur. Cet élément précise mon profil psychologique.

— Je le souhaite. Je n'aime pas l'idée que ce cinglé rôde encore par ici.

— Oh, il doit être loin et le secteur est surveillé. Au fait, comment va Pierre Delcroix ? Je peux le voir ?

— Il dessine. Venez.

Mariani se leva, aussitôt suivi par Marouan.

Pierre ne se retourna pas quand les deux hommes entrèrent dans sa chambre. Il paraissait totalement absorbé par ce qu'il faisait.

Un tapis de feuilles griffonnées ensevelissait la petite table. Marouan reconnut l'écriture hachée des carnets. Entre les lignes, le patient avait réalisé plusieurs croquis, des triangles inversés et un visage de femme, toujours le même. Un nez rond, des lèvres pleines, des pommettes hautes.

Le visage était dessiné de face, de profil ou de trois quarts. Marouan pensa un instant qu'en faisant défiler rapidement les dessins, on obtiendrait un petit film.

Il imagina sans mal les traits s'animer, la fille sourire.

Pour Marouan Chraïbi, il ne fit aucun doute que cette femme avait un lien avec Opalikha. Mais il n'en dit rien. Il n'était pas encore prêt à assumer ses nouvelles croyances. Dans son esprit, Pierre était un être exceptionnel, capable de voir dans l'âme du meurtrier comme il avait vu dans la sienne. Il savait lire au plus profond des êtres. Et il lui importait peu de comprendre comment.

— Bonjour, jeune loup, susurra Pierre en tendant la main.

Marouan s'avança le cœur battant à tout rompre.

Comment sait-il ? Comment fait-il ?

La première fois, il n'avait pas été certain d'avoir bien entendu. Cette fois, il n'y avait plus de doute, Pierre l'avait appelé jeune loup. Personne ne connaissait ce surnom que seule lui donnait Claire.

La paume du brigadier disparut entre les grands doigts de Pierre.

— Tenez, je vous ai fait des dessins.

72

Salah pesta encore contre son manque d'habileté. Le chemisier récalcitrant refusait de se laisser dompter.

Une nuit gangrenée par le chagrin l'avait épuisée. Elle ne s'était endormie que très tard, le sommeil hanté de visions étranges.

À sept heures, le chant d'un coq l'avait extirpée d'un songe agréable. Elle avait gardé sur sa peau la sensation de caresses langoureuses et le souvenir du plaisir charnel. L'image du beau Stanislas, énigmatique et terriblement séduisant, trop rapidement croisé à l'hôpital, avait une nouvelle fois perturbé ses rêves.

Partagée entre la honte et le désir, Salah avait posé ses doigts sur son sexe et leur avait imprimé un mouvement lent et régulier, jusqu'à l'orgasme.

Alors, sa psyché meurtrie s'était réfugiée dans une somnolence collante d'où elle n'émergea qu'en milieu de matinée. Avec les mêmes conséquences détestables. La réalité, brutale, s'était de nouveau imposée.

Oriane avait été assassinée.

Son petit corps traumatisé gisait inerte, à tout jamais. Et Salah ne comprenait pas comment un homme pouvait s'en prendre ainsi à tant d'innocence.

Elle refusa de le qualifier de monstre. Cela reviendrait à nier son appartenance à l'espèce humaine. Et ce serait une erreur.

Celui qui s'en était pris à Oriane, quelles que fussent ses motivations et sa perversité, n'en était pas moins un être humain. Une part de sa personnalité ressemblait forcément à celle de Salah. Et cette idée lui laissait une horrible impression de dégoût. Ils partageaient obligatoirement des gènes. L'humanité n'était pas si grande.

Elle abandonna l'idée d'enfiler le chemisier. Après tout, ses vieux sweat-shirts seyaient davantage au travail qui l'attendait. Et puis, avec ce genre de vêtements, elle commençait à se débrouiller correctement. Elle s'apprêtait à en prendre un dans le placard de sa chambre quand un mouvement attira son regard.

La colombe venait de se poser sur le rebord de la fenêtre. Du bout du bec, elle cogna doucement sur un carreau. Le cœur de Salah bondit dans sa poitrine.

Elle ouvrit le battant avec précaution. La colombe tourna sa tête sur le côté et braqua son œil tout rond vers Salah. Pendant quelques secondes, elles s'observèrent sans bouger.

Salah chercha un instant à percer le sens de cet instant. Puis elle renonça. La connaissance des signes était intuitive. Si elle ne comprenait pas tout de suite, c'est qu'elle n'était pas prête.

Le ronronnement d'un moteur résonna dans la cour.

La main posée sur le plumage de l'animal, Salah jeta un regard en contrebas. Valentin et Frédéric déchargeaient le fruit des fouilles.

En les observant, Salah songea à tout abandonner. Les antiquités qui s'entassaient à l'arrière du pick-up avaient soudain perdu de leur intérêt. La crypte elle-même pouvait bien rester dans l'oubli, avec son texte illisible, ses restes humains et son mystère. Face au meurtre abominable d'Oriane, tout devenait vain. Le réel perdait de sa consistance.

Un claquement de portière rebondit sur les murs du château.

La colombe s'envola aussitôt. Elle monta droit vers les nuages, puis bascula par-dessus le toit pentu couvert d'ardoises. Salah n'observa pas son vol jusqu'au bout. Un cumulus avait focalisé son attention. Dans les formes cotonneuses, elle voyait distinctement les contours d'un corps d'enfant. Il était recroquevillé en chien de fusil.

Salah ne put retenir une larme.

Pour la deuxième fois depuis peu, son esprit égrena une prière en arabe apprise lorsqu'elle était toute petite.

Alors elle retrouva sa force de caractère.

Élise et Oriane allaient être inhumées dans quelques jours et Salah avait décidé qu'elle les accompagnerait.

D'ici là, il y avait encore beaucoup de choses à faire.

73

Cela faisait plusieurs heures que Stanislas attendait près de la maison de son père. La voiture de Maud était idéale. Derrière les vitres teintées, il ne pouvait être vu. Quand Grishka quitta enfin le pavillon, il était seul.

Stanislas avança lentement le 4 × 4 jusqu'à sa hauteur et abaissa la vitre.

— Monte ! ordonna-t-il.

Estomaqué, Grishka s'arrêta net. Il lança un regard craintif aux alentours et, incapable de désobéir, se hissa sur le siège passager.

— Qu'est-ce que tu fous là ? demanda-t-il, la voix mal assurée. La maison doit être surveillée.

— Les flics ont d'autres chats à fouetter apparemment, lança Stanislas en démarrant en trombe. Ça ne te fait pas plaisir de me voir ?

Grishka avait l'air terriblement gêné.

— C'est pas ça, réussit à dire le cadet. Mais, après ce que tu as fait…

— Qu'est-ce que j'ai fait ? vociféra Stanislas.

— Papa en est malade, tu sais.

— Papa a toujours été malade. C'est un lâche, une couille molle. Pas comme nous. Tu te souviens des lapins ?

L'évocation du souvenir étira un sourire malingre sur le visage de Grishka. Il se souvenait évidemment de ces malheureux lapins qu'ils élevaient au fond du jardin pour le seul plaisir de s'exercer au tir avec le fusil de chasse de leur père. Parfois, quand ils dénichaient du gros calibre, l'objectif avoué consistait à transformer l'animal en un amas de chair informe. Les éclaboussures qui piquaient leurs visages trop proches devenaient des peintures de guerre.

— C'était des jeux de gosses, répondit Grishka.

— Bien sûr… Comme le chat…

— Tu l'as fait…

— Tu n'as pas aimé, peut-être, rétorqua Stanislas avec un sourire mauvais. Peut-être que c'est à toi que j'aurais dû la couper. Ça t'éviterait de vider le compte en banque du vieux pour baiser n'importe qui, n'importe où… et de choper des saloperies !

Grishka ne dit rien. Stanislas n'avait pas posé de question, il paraissait sûr de son fait. Et il savait que ce sujet n'était pas matière à plaisanterie avec son frère.

— J'ai une surprise pour toi, renchérit Stanislas.

— Quel genre ?

— Dans le genre que tu aimeras, murmura Stanislas en souriant.

— C'est chez qui ? questionna Grishka, quand son aîné eut refermé la porte de l'hôtel particulier.

Sans répondre, Stanislas s'engagea dans l'escalier, puis s'arrêta à mi-étage. Grishka se tenait toujours au pied des marches, un air incertain sur le visage.

— Viens, je te dis. Je ne l'ai pas encore tuée ! Je t'attendais !

Grishka se sentait coincé. À présent qu'il se trouvait seul avec son frère, il n'en menait pas large. Les réactions de Stanislas avaient toujours été imprévisibles et le coma n'avait pas dû arranger les choses. Il le suivit, irrésistiblement attiré, une peur sans nom accrochée aux entrailles.

Une odeur fade le saisit dès qu'il pénétra dans l'appartement.

Stanislas s'en aperçut et ouvrit les fenêtres. Puis il tira les doubles rideaux, plongeant la pièce dans la pénombre.

— Attends-moi ici, j'en ai pour deux minutes, dit-il en s'éloignant dans un couloir. Sers-toi. Il y a du whisky.

Grishka ne se le fit pas dire deux fois. Il avait grand besoin d'un remontant.

Il avala les deux premiers verres d'un trait, puis s'en servit un troisième, plein à ras bord. Son regard faisait la navette entre la porte et l'endroit où Stanislas avait disparu. S'il décidait de fuir, c'était maintenant.

Mais Grishka était dans l'incapacité de prendre une décision. Il avait toujours couvert les forfaits de son frère. Cela avait commencé très tôt, avec les fourmis qu'ils brûlaient ensemble dans le jardin, à l'abri des regards. Ce petit jeu avait dans un premier temps passionné Stanislas. Mais rapidement, l'odeur de la chitine brûlée ne l'avait plus excité. Il lui fallut autre chose. Les abeilles, les souris moribondes rapportées par le chat qu'ils achevaient avec des tournevis, et le chat lui-même. Le pauvre animal avait craché toute la force de ses poumons avant de se vider complètement devant les yeux ravis de Stanislas.

La queue du chat avait fini comme trophée, nouée au cordon de leur sac de bille, jusqu'à ce qu'elle pourrisse et échoue dans la poubelle. Il y avait eu ensuite les lapins... Et Pouchkine, le yorkshire de leur grand-mère, surnommé Poupouche, qui avait terminé ses jours pendu dans la cave. Là, à onze ans, Stanislas avait eu son premier orgasme sous les yeux terrifiés de Grishka. Les râles paniqués du chien, son petit corps désarticulé gigotant dans tous les sens, son pénis rose et dégouttant jaillissant de son fourreau, son agonie, tout avait contribué à l'exciter au plus haut point.

Après cet épisode, les frères avaient été séparés, chacun placé dans une pension différente. Leur mère était morte loin d'eux et leur père avait sombré dans une dépression alcoolisée. Les années s'étaient écoulées ainsi. Grishka, éloigné de la tentation, du frère déviant, avait essayé d'oublier.

Puis, à l'annonce des premiers meurtres de l'Embaumeur, il avait été rattrapé par sa fascination. Il avait collectionné les coupures de presse et les reportages consacrés à ce terrible assassin, rêvant à la même gloire, se gavant de détails sordides.

À présent, il était à quelques mètres de lui. Stanislas, son frère autant chéri que redouté, Stanislas et l'Embaumeur ne faisaient qu'un. Lorsque les forces de police avaient débarqué chez eux pour les interroger, son père s'était effondré, comme s'il avait toujours redouté cet instant. Lui, en revanche, avait tenté de cacher une immense fierté.

Longtemps, il s'était demandé comment Stanislas avait pu se ranger.

À présent, il possédait la réponse. La folie de Stanislas n'avait pas faibli. Elle s'était nourrie des affres de l'adolescence et des frustrations de l'adulte pour s'exprimer dans une explosion de meurtres et d'horreurs.

Perdu dans ses pensées, Grishka sirotait son whisky affalé sur le canapé. L'alcool atteignit rapidement son cerveau ébranlé, le berçant dans une douce euphorie et calmant sa peur. Il entendait Stanislas siffloter une mélodie à la mode. Ces instants de paix, prélude à la violence qui se préparait, le rassérénèrent.

Grishka se leva pour se resservir. Il chancelait.

— Voilà, c'est prêt ! dit Stanislas dans son dos. Mais, tu ne penses qu'à ta gueule !

— Débrouille-toi, lança Grishka d'une voix pâteuse.

— Sers-moi tout de suite !

La note de brutalité qui sourdait dans le ton de Stanislas alarma Grishka. Il devait faire amende honorable. Il s'exécuta et s'accroupit près de la table basse. Stanislas, presque nu, le bassin entouré d'une serviette éponge, s'était installé sur le canapé.

— *Nasdarovié !* clama-t-il.

Grishka prit le verre et le leva.

— *Nasdarovié.*

— Et cul sec !

Stanislas vida le sien sans respirer. Grishka fit de même.

— Viens maintenant, ordonna Stanislas.

Il traversa le salon, longea le couloir et ouvrit la porte d'une chambre.

— Excuse-moi pour l'odeur, expliqua-t-il. Elle s'est chié dessus, la salope.

— Qui ? osa Grishka depuis le salon, la déglutition soudain difficile.

— Viens, je te dis, s'impatienta Stanislas.

Grishka maudit l'alcool qui embrouillait déjà ses perceptions. En moins de cinq minutes, il avait ingurgité un tiers de la bouteille.

Il fit un premier pas, excité et terrifié, persuadé de bientôt commettre une erreur irréparable. Incertain, il longea le corridor en s'appuyant sur les cloisons.

Puis il s'arrêta sur le pas de la porte. Là, sur un lit recouvert de satin, une femme entièrement enveloppée dans du plastique transparent roulait des yeux affolés.

Grishka ne faisait plus un geste. Il ne savait s'il était choqué ou excité par cette scène.

— Bah quoi ! le provoqua Stanislas. Tu ne veux pas jouer ?

Il lui tendit une paire de ciseaux et l'invita à le rejoindre près du lit. La femme se contorsionnait. Elle ressemblait à une grosse chenille.

— Viens, ajouta Stanislas en s'asseyant auprès de sa victime. Viens, tu vas voir comme c'est bon.

Il joignit le geste à la parole et planta les lames dans les hanches de la femme pour découper un morceau de plastique. Un filet de sang s'écoula lentement de la blessure. Les yeux de Maud s'exorbitèrent et des gémissements s'étouffèrent dans sa bouche close.

— Viens ! hurla Stanislas. Viens toucher ! Viens essayer !

Comme un automate, Grishka se retrouva assis sur le lit, de l'autre côté du corps offert.

— Je ne peux pas…

— Regarde, c'est facile !

Stanislas leva les ciseaux au-dessus du corps et transperça à plusieurs reprises les cuisses de sa victime qui tentait vainement de se débattre.

— Allez ! Trouillard !

Grishka ne bougeait pas. Il gardait les yeux rivés sur les gestes de son frère qui s'acharnait en haletant sur le corps soudain inerte.

— Elle s'est évanouie, cette conne !

Stanislas reposa les ciseaux et entreprit de réanimer la malheureuse.

— Regarde comment il faut faire.

Il frappa le visage de Maud à plusieurs reprises, jusqu'à ce qu'elle se redresse en gémissant.

— C'est reparti ! beugla-t-il, surexcité.

Stanislas entreprit de découper le plastique autour des seins et du sexe, tailladant les chairs au passage. Grishka regardait, impuissant et fasciné, la main sur sa braguette déjà gonflée.

— Vas-y ! Achève-la ! tenta-t-il.

— Viens, lopette, le harcela Stanislas. Viens jouer !

Il enfonça les ciseaux dans la poitrine et entre les cuisses de Maud. Ses mouvements étaient saccadés, il gémissait de plaisir. Il s'acharna encore quelques minutes, à califourchon sur le corps sanguinolent. Ses cuisses nues crissaient au contact du plastique alimentaire.

— Tu es magnifique, dit Grishka d'une voix tremblante.

Stanislas sortit brutalement de l'état second dans lequel il se complaisait depuis quelques minutes et lança un regard moqueur à son frère.

— Toi, tu n'es qu'une merde. T'es incapable de ça. Tout juste bon à te branler. Sale voyeur.

Grishka s'aperçut qu'il tenait son sexe dans sa main. Son pantalon baissé était maculé de sperme.

— Range-moi ça où je te la coupe pour de bon ! hurla Stanislas en brandissant les ciseaux. Et disparais, connard ! Incapable ! Putain de voyeur ! J'ai pas besoin de toi !

Stanislas bondit hors de la chambre en le bousculant violemment.

Lorsqu'il sortit de la douche quelques minutes plus tard, il trouva Grishka dans le salon. Pendu au lustre avec les embrasses du lourd rideau de velours, il se balançait lentement. Des gouttes d'urine sourdaient du pantalon pour tomber sur le parquet avec la régularité d'un métronome.

Impassible, Stanislas scruta le nœud coulant que son frère avait confectionné, apprécia la façon dont il avait accroché les cordelettes sur la suspension et fixa longuement son regard vitreux.

Le plâtre du plafond se fendillait dans trois directions. Bientôt sans doute, une plaque entière se désolidariserait et Grishka chuterait. Ce dernier mouvement résumerait son existence.

— Pauvre con ! murmura Stanislas.

Puis il s'en désintéressa, fourra les billets de banque et les cartes de crédit dans un sac de voyage appartenant à Maud et quitta l'appartement. La porte claqua sèchement, abandonnant les cadavres à la chaleur de l'été.

74

Calé par trois volumineux oreillers, Pierre avalait un croissant. Un second l'attendait sur une petite table à roulettes, à côté d'un nouveau bloc de papier et d'une boîte de crayons de couleur.

Dans un coin de la chambre, le professeur Mariani achevait de vérifier les appareils de mesure et les électrodes de l'encéphalographe.

— Je ressemble à un rat de laboratoire, glissa Pierre avec une grimace.

— Vous ne croyez pas si bien dire !

Mariani lui lança un sourire chaleureux et ajouta :

— Je n'en ai jamais vu d'aussi gros !

Pierre éclata de rire. Un rire éraillé, mais franc et libérateur.

— Parlez-moi encore d'elle.

Mariani positionna un rouleau de papier sur les appareils et prit place à côté de Pierre.

— Élise est arrivée un matin, toute menue dans son manteau élimé. Elle avait l'air d'un petit animal affolé, mais avec la volonté d'apprendre et surtout de bien faire. Elle a rapidement trouvé sa place auprès des patients. Elle était d'une douceur, d'une gentillesse. Vous n'avez pas idée…

Mariani étouffa un sanglot. Il ne se remettait pas de la mort d'Élise. En son for intérieur, il aurait aimé avoir une fille comme elle. La douleur et le remords ne le quittaient plus.

Il ferma les yeux et la revit dans la salle de réunion, son air pincé devant la porte, râlant après Stanislas Opalikha. Puis il imagina Oriane flottant entre deux eaux, le visage blanc, et Françoise, allongée dans une mare de sang. Le service de l'hôpital avait été amputé de trois de ses plus belles âmes. Et les fantômes des disparues hanteraient encore longtemps le cœur de tous ceux qui y travaillaient. De tous ceux qui le traverseraient.

— J'aurais tellement aimé la rencontrer, murmura Pierre. J'ai vécu quelques jours dans l'espoir de retrouver enfin cette moitié de moi-même qui a tant manqué à ma vie. Comment ma mère a-t-elle pu…

— Vous en êtes certain, n'est-ce pas ?

— Je ne l'ai tenue dans mes bras que quelques instants. C'était…

Pierre fut incapable de continuer. Il enfouit son visage entre ses mains et libéra son trop-plein de chagrin. Mariani se glissa plus près de lui et l'entoura de ses bras. Les deux hommes restèrent un long moment ainsi, chacun rassuré par la présence de l'autre.

Pierre ferma les yeux et laissa son esprit errer sur cette plage où il avait croisé la forme éthérée de sa sœur, alors qu'elle était en train de mourir. Il se repassa sans relâche ces images d'un trop court bonheur. Un instant intangible, l'illusion d'un lien qui aurait dû être indestructible et qui n'avait même pas eu le temps d'exister vraiment.

— Ce que j'ai ressenti, poursuivit-il en se redressant, c'était comme une lame de fond. Un déferlement d'amour et de désespoir. Je n'oublierai jamais. Jusqu'à mon dernier souffle.

Pierre posa ses mains sur les bras du médecin.

— Je vais bientôt mourir. Et ça ne me fait pas peur. Mon seul regret sera de n'avoir jamais su d'où je venais.

— Nous allons tout faire pour comprendre, Pierre. Si vous êtes infecté par le prion, votre maladie est rare. Suffisamment rare pour qu'elle nous permette de retrouver vos véritables origines.

— Vous voulez dire que ce qui va me tuer pourrait…

Pierre fut incapable d'achever sa phrase. Mariani se leva et se posta devant la fenêtre, tournant le dos à son interlocuteur. Des larmes perlaient à ses paupières.

— Dans l'hypothèse où vous souffrez d'une forme familiale de Creutzfeldt-Jakob, la prévalence de ce type d'affection est infime. Et toutes les maladies à prions sont obligatoirement recensées par l'Institut de veille sanitaire. Chaque cas doit être déclaré et répertorié. C'est ainsi par exemple qu'on sait que seule une centaine de familles au monde est concernée par cette maladie. Donc beaucoup moins en France.

— Se pourrait-il que ce soit autre chose ?

Mariani ne bougea pas. Il semblait réfléchir.

— Dites-moi, professeur, y a-t-il un espoir pour que ce soit autre chose ?

Le professeur se tourna vers Pierre. Il avait un air sombre.

— Je ne le sais pas encore, Pierre. Pour l'instant, tout n'est qu'hypothèse. Il est certain qu'Élise souffrait d'une encéphalopathie dégénérative. Le légiste est formel sur ce point. Mais nous ne savons pas exactement de quel type d'affection elle était atteinte. Maladie familiale, iatrogène ou sporadique ? Aucune idée. Pour cela, il faut attendre les résultats de l'expertise génétique. Celle-ci nous dira si le mal est lié à une mutation génétique, comme je le crois, à une transmission périphérique par de la viande contaminée ou alors à une transfusion, par exemple. Élise a été opérée d'une appendicite quand elle était enfant. Juste à l'époque de l'affaire du sang contaminé.

— Quelle horreur !

— Oui, Pierre. Nous avons malheureusement eu quelques cas en France. Et la période d'incubation de ces maladies est parfois si longue qu'il nous est presque impossible d'en retrouver l'origine. Sauf s'il s'agit d'une mutation génétique.

— Mais Élise et moi sommes frère et sœur, j'en suis certain ! Et je suis malade, comme elle !

— Pierre, vous êtes un scientifique. Vous savez que je ne peux pas me baser sur des suppositions. Votre insomnie est rebelle, certes. Mais elle peut s'expliquer et elle n'est installée que depuis peu. Même si ces quelques jours vous ont paru longs. Il existe des maladies qui entraînent une insomnie de ce type. Des insomnies heureusement réversibles. Ces cas sont rares, mais ni plus ni moins que la forme familiale de Creutzfeldt-Jakob. Alors, pourquoi se précipiter ? Tout espoir n'est pas perdu, vous comprenez ?

Pierre hocha la tête.

— Malheureusement, poursuivit le professeur, cela peut prendre quelques semaines. C'est pourquoi je vous garde en observation. Si vos liens de parenté sont affirmés par les tests, je pourrai alors m'orienter vers l'encéphalopathie pour affiner mon diagnostic.

— Je ne comprends pas. Pourquoi attendre les résultats d'Élise ? Ne pouvez-vous pas me tester, moi ?

— C'est fait, Pierre. Nous avons prélevé des échantillons de votre sang et devrions avoir rapidement les résultats concernant votre lien de parenté. Mais pour ce qui est du caryotype, c'est plus long. Et puis, il est hors de question que je dissèque votre cerveau ! ajouta Mariani, amer. Comprenez-vous ?

— Je crois. Vous n'écartez pas l'idée de la forme familiale de Creutzfeldt-Jakob parce que Élise et moi en avions tous les deux les symptômes, mais vous n'avez aucune preuve ?

— C'est un peu plus compliqué. Les lésions du cerveau d'Élise font penser à cette maladie. Pour les symptômes, c'est vrai en partie, mais…

— Mais mes hallucinations et mon insomnie vous posent un problème, c'est ça ?

— En quelque sorte. C'est pourquoi je vous demande d'être patient. J'espère vraiment pouvoir vous donner une bonne nouvelle.

Mariani acheva ses branchements dans un silence de plomb.

— Vous êtes prêt ? demanda-t-il.

Après le départ de Marouan, Jacques Mariani avait proposé à son patient d'enregistrer l'activité de son cerveau pendant les crises hallucinatoires. Pierre présentait depuis peu quelques phases de sommeil superficiel. Son corps s'agitait alors de tremblements, de mouvements bizarres, non coordonnés. Et il ne montrait aucune activité ressemblant de près ou de loin au sommeil paradoxal. L'insomnie était totale.

L'inquiétude du professeur Mariani grandissait. Il avait pourtant tenté tous les types de traitements à sa disposition, sans résultat. Le cerveau de Pierre refusait de connecter son système anti-éveil, lui interdisant tout sommeil réparateur.

En trente ans de carrière, Jacques Mariani n'avait jamais rencontré un cas pareil. La maladie de Pierre demeurait un véritable mystère. L'hypothèse d'une nouvelle mutation de la maladie familiale de Creutzfeldt-Jakob lui paraissait être la meilleure. Cette terrible affection allait entraîner la mort de son patient dans des délais assez brefs, peut-être même trop courts pour qu'il ait le temps de faire un diagnostic. Pourtant, il ne pouvait s'empêcher d'espérer. Une explication différente existait certainement et, pourquoi pas, accompagnée d'une solution médicale ou chirurgicale. Une chance, même infime, de sauver la vie de Pierre Delcroix. Mariani trouverait là une occasion de se racheter, d'expier son aveuglement face à la maladie d'Élise.

Pierre s'agita soudain, sortant Mariani de ses pensées lugubres. Le patient gardait les yeux fixés sur le mur en face de lui et semblait perdu.

— Je vois, s'écria-t-il. Je vois…

Mariani se précipita vers ses instruments de mesure. Les aiguilles s'affolaient. L'encéphalogramme de veille était fortement perturbé et le cœur de Pierre atteignait près de cent cinquante battements par minute. Ses jambes tremblaient.

— Il y a… Ils sont tous là ! Ils sont tous enfermés… Élise ! Élise est là. Docteur ? Élise est là, juste à côté de vous !

Pierre criait. Son visage se déformait sous le coup d'une peur ou d'une douleur intense. Mariani le regardait sans bouger. Il en était incapable.

Pierre arracha le drap qui le recouvrait et l'expédia dans la chambre. Puis il se leva pour s'écrouler aussitôt sur le sol dallé.

Mariani se précipita sur lui pour le relever, mais Pierre l'en empêcha.

— Je vous en supplie ! implora-t-il d'une voix éteinte. Laissez-moi partir d'ici. Ils sont trop nombreux, trop nombreux !

75

— Puisque, manifestement, vous ne voulez pas avancer pas à pas, comme l'exige le noble art que j'exerce, alors allons-y, laissons parler la matière.

Frédéric Dupuis se tenait devant Aline, Salah et Réjane. Toute la matinée, avec l'aide de Valentin, il avait installé dans les anciennes écuries du château tout ce que les puits des grottes avaient livré. L'archéologue avait jeté son dévolu sur ce bâtiment, utilisant judicieusement les box pour séparer les artefacts par lieu de découverte.

— Qu'avons-nous là, en somme ?

Il parlait lentement, appréciait chacun de ses mots, goûtait l'instant, s'en délectait même.

— Je sais, vous mourez de savoir ce que j'ai en tête, mais laissez-moi vous faire une démonstration. Un minimum de rigueur ne peut pas nuire.

Frédéric s'éloigna vers l'un des box, aussitôt suivi par le trio.

— C'est ici que nous avons entreposé les vestiges les plus anciens. Et contrairement à ce que la logique nous indiquait, ils ne se trouvaient pas dans le puits le plus proche de l'entrée, ni même dans le plus éloigné. Il semble que le hasard ait guidé nos étranges enfouisseurs.

Dupuis fit une courte pause, se régalant de l'impatience qui naissait sur les visages de ses interlocutrices.

— Comment je le sais, me direz-vous ? L'histoire, mesdames, l'histoire de France. Et je suis certain, Aline, que vous seriez arrivée à la même conclusion que moi sans mes services.

— Mais encore ? lança cette dernière. Et si vous cessiez de tourner autour du pot ?

— Les monnaies sont notre fil conducteur. J'ignore pourquoi les visiteurs de la grotte ont abandonné leurs valeurs dans ces puits, mais ils l'ont fait. Bijoux, argent, vêtements, tout est resté là. Pourquoi leurs dépouilles ont-elles ensuite été placées dans la crypte ? Je l'ignore aussi. Mais les monnaies que j'ai pu identifier avec certitude nous font remonter au XIIe siècle. Et je n'ai pas terminé. Je pense même avoir trouvé un bronze de Constantinus, ce qui nous ramènerait au IVe siècle ! En revanche, beaucoup de pièces nécessiteront un patient travail de restauration.

— C'est aller un peu vite en besogne ! opposa Réjane. Les squelettes de la crypte n'ont peut-être aucun rapport avec tous ces objets.

— Mais alors, qui sont-ils ? la relança Dupuis. Si deux phénomènes inexplicables aussi proches l'un de l'autre ne sont pas liés, alors nous sommes devant une quasi-impossibilité statistique !

— J'abonde dans le sens de Frédéric, dit Salah. Les squelettes ne portent aucun habit, hormis certains qui sont enroulés dans un lé de tissu. C'est plus logique. Ces gens sont venus jusque dans cette grotte, ont tout abandonné et sont ensuite descendus dans la crypte.

— Admettons, protesta Réjane. Mais ils sont descendus pour y faire quoi ?

Salah réfléchit un court instant.

— Ils sont descendus pour y mourir, Réjane, lâcha-t-elle en pesant chacun de ses mots. Je ne vois pas d'autre explication.

— C'est difficile à croire, objecta Aline. Vous voulez dire qu'ils seraient *volontairement* venus mourir dans cet endroit ?

— Non, répondit Salah. Sur ce point, personne ne pourrait trancher. Pas en l'état.

— Pour Hecking, on sait que c'était un accident.

Mais Sean Galloway, alors ? Que faisait-il là ? demanda Réjane. Il voulait finir ses jours ici avec les autres ? C'est complètement loufoque, non ?

Salah haussa les épaules.

— C'est pourquoi je compte me consacrer dès à présent à traduire le texte gravé sur le pilier de la crypte, intervint Dupuis. Enlever les concrétions qui recouvrent les lettres d'abord, et le traduire ensuite. C'est notre unique chance de comprendre. Et puis, j'ai découvert quelque chose ce matin. Venez avec moi.

Dupuis changea de box et fouilla du regard les objets exposés.

— Voyons, où les ai-je mis… Il faudrait nettoyer tout ça, ce n'est pas raisonnable de travailler ainsi ! Ah, voilà.

Sa main jaillit vers un objet terne.

— Je me suis attardé sur ce briquet, dit-il en levant sa trouvaille devant les yeux des trois femmes. Et j'ai bien fait. Tenez, prenez-le.

Salah fut la plus prompte à se saisir de l'antiquité. Elle la fit tourner dans sa main. Sur la tranche, le propriétaire du briquet avait fait graver son nom : Édouard Nathié.

— Eh bien voilà, dit Réjane, qui venait de lire la même chose que Salah par-dessus son épaule. Il nous manque un numéro de téléphone et l'affaire est réglée.

Devant la mine dépitée de Frédéric Dupuis, Réjane ravala son humour.

— Il date de quand, ce briquet ? relança-t-elle pour donner le change. Début du XXe ?

— Mon grand-père maternel en avait un qui ressemblait beaucoup à celui-ci, dit Aline. Il doit remonter à plus longtemps.

— Je dirais deuxième moitié du XIXe, allégua Dupuis. Ça et le nom, c'est un début de piste !

— En effet, s'enflamma Réjane. Un nom, c'est une réponse. Je vais vous trouver le pedigree de ce M. Nathié. Le seul problème, c'est qu'ici, Internet est ravitaillé par les corbeaux. Aline, que diriez-vous de m'accompagner à Nancy ? J'ai une amie qui travaille pour *L'Est républicain*. Elle ne pourra pas me refuser d'utiliser son poste quelques heures. Et puis, je ne vous cache pas qu'un petit café en terrasse me ferait le plus grand bien.

Ravie, Aline suivait déjà Réjane dans la cour quand Salah les retint.

— Attendez une seconde, les filles ! Il y a des noms sur les murs de la niche où se trouvait le paquetage de Werner Hecking, il n'y a qu'à…

— C'est fait, la coupa Dupuis. Je les ai notés hier dans la journée. Mais un seul est clairement lisible. Pour les autres, les moisissures et le temps ont fait leur travail d'usure.

— Alors, qui est-ce ?

— Virgile Macare. Et c'est suivi d'une date : 15 août 1807.

— Tout ce que vous voulez, apprécia Réjane. Autant lancer des recherches sur les sites de généalogie avec le plus de références possible. Nous serons joignables sur nos portables. Bonne journée, les mineurs de fond. Nous, nous partons en goguette.

Salah et Dupuis regardèrent les deux femmes s'éloigner.

— Elle est toujours comme ça ? demanda l'archéologue.

— Non, répondit Salah. En général, elle est bien pire. Ce doit être l'air de la campagne qui la ramollit.

— J'aime assez ce genre de femmes.

— Alors, il va falloir vous faire une raison, répondit Salah sans prendre de gants. Sur le plan de la séduction, envisagez plutôt Réjane comme une concurrente.

Dupuis se renfrogna. Il ne s'attendait pas à cette déconvenue. Salah s'en aperçut et s'excusa d'avoir été trop franche.

— Oh, ne vous en faites pas, la rassura-t-il. Côté sentiments, je fonce toujours droit dans le mur. Je ne dois pas être fait pour ça. Que diriez-vous d'aller au charbon ? Je voudrais faire des prélèvements sur les squelettes pour les soumettre à une datation.

76

Claire venait d'achever le profilage des victimes identifiées de Stanislas Opalikha. Il y en avait treize au total, sur une période estimée à sept ans. La première avait été assassinée alors que Stanislas atteignait tout juste ses vingt ans. Toutes ou presque avaient été enfermées selon le même mode opératoire, enterrées vivantes derrière une fausse cloison, avec pour seule ouverture une fente de vingt-cinq centimètres sur douze. Elles étaient mortes de faim et de soif. Toutes, sauf les trois dernières. Élise s'était suicidée, Françoise avait été égorgée et Oriane noyée.

Le coma de Stanislas avait indéniablement eu des répercussions sur sa façon d'agir. Avant son accident, il respectait certaines règles, il n'aurait jamais tué sans s'entourer de son rituel, sans recouvrir le visage de ses victimes. Il n'aurait jamais laissé une de ses proies lui échapper. Il avait changé et la mutation semblait profonde. Une part de lui-même était restée dans ce long sommeil, Claire n'en doutait pas. Mais ce qu'elle ne comprenait pas, c'étaient les motivations de l'individu. Jusque-là, il avait choisi ses victimes au hasard, en fonction de ses rencontres. Il avait enlevé les plus vulnérables, des femmes qui n'avaient pas eu de contact direct avec lui. Et jamais plus d'une au même endroit.

Cette fois, il s'était attaqué à deux infirmières et à une petite patiente du service où il avait séjourné pendant des mois, s'exposant fatalement aux soupçons des forces de l'ordre. Après le suicide d'Élise, il avait abandonné son mode opératoire, assassinant Françoise de façon impulsive et noyant Oriane selon un nouveau rituel. En opérant de la sorte, plus mobile et plus dangereux que jamais, Stanislas Opalikha se transformait en un tueur aléatoire, impossible à décrypter.

Claire sentit le découragement l'envahir. Elle avait passé des heures sur cette affaire et ne pouvait toujours pas donner la moindre piste aux enquêteurs.

— Qu'est-ce qui s'est passé ? dit-elle tout haut. Je n'arrive pas à te cerner. Où es-tu, que prépares-tu ?

La psychologue leva le nez de ses dossiers et étira ses muscles endoloris. La nuit très avancée lui laissait à peine deux heures avant le départ de son train pour Paris. L'idée de partir la contrariait, mais elle ne pouvait rester là indéfiniment. D'autres enquêtes attendaient son expertise.

Claire accueillit les petits coups frappés à la porte avec soulagement. Marouan avait promis de passer lui dire au revoir et elle ne l'attendait plus vraiment. Elle bondit sur ses pieds pour lui ouvrir et se jeta dans ses bras.

— Salut, jeune loup ! J'ai bien cru que tu m'avais posé un lapin !

Un peu surpris, Marouan se laissa étreindre. Puis il se jeta sur le lit.

— Tu veux un scoop ? s'écria-t-il.

— Raconte !

Claire s'allongea sur le matelas à ses côtés.

— Il en a une toute petite !

— Quoi ? dit la psychologue en riant.

— Une minuscule ! Il ne peut pas baiser !

— Marouan…

Claire s'assit en tailleur, les mains croisées sous son menton.

— On est bon ! affirma-t-elle. Le profil était juste ! Pas d'activité sexuelle normale. Le plaisir par le meurtre. Et une première victime recensée à vingt ans.

— Il a commencé avant. C'est forcément à l'adolescence que les choses se sont déclenchées. Quand il s'est aperçu que la nature l'avait sous-équipé.

— Tu te rends compte de ce que tu dis ? Heureusement que tous les hommes mal lotis ne finissent pas comme ça !

— C'est là qu'il faut chercher, continua Marouan. Une bistouquette de deux centimètres, ça laisse les filles de marbre, ou ça les fait marrer. Si on identifie la première victime, celle qui s'est moquée de lui au point de le pousser au meurtre…

— On le retrouve ? C'est ce que tu veux dire ? Tu ne juges pas ta théorie un peu… hasardeuse ?

— Pas du tout, je crois même que c'est en remontant dans son passé qu'on arrivera à le coincer. Il est devenu trop imprévisible. Avant, il avait un mode opératoire. Et c'est ce qui le perdra !

— Tu n'es pas bête, toi !

— Tu en doutais ? lança Marouan en souriant. Crois-moi, paumé comme il est depuis son coma, c'est là qu'il va aller. Il a été itinérant toute sa vie. C'est forcément là qu'il va se réfugier. J'en suis sûr. Sur les lieux de son premier passage à l'acte. C'est un endroit chargé émotionnellement pour lui, un endroit où il va reprendre des forces, peut-être même se souvenir de qui il est vraiment. Un petit retour aux sources !

Claire grimaça.

— Sauf que s'il est amnésique…

— Mariani m'a dit qu'il avait déjà commencé à recouvrer la mémoire avec les psys du centre. Espérons que le processus se poursuit. C'est le seul moyen de mettre la main dessus. Le psychotique commence à tuer autour de chez lui ou dans la zone qu'il fréquente habituellement. Le père de ce cinglé a juste dit qu'il faisait des petits boulots sur la région parisienne. Si je compte bien, c'était donc à la fin des années 80. De toute façon, je prends le pari. D'autant plus que j'ai une piste !

Marouan étala les dessins et les notes de Pierre sur le lit.

— Tu ne penses tout de même pas que…

— Pierre Delcroix m'appelle jeune loup, affirma Marouan avec force. Tu peux me dire comment il sait ?

Claire secoua la tête.

— Il a donné le portrait d'Opalikha, il savait où le débusquer. Et là, il m'a offert spontanément ses dessins. Regarde, c'est toujours la même fille. Comme celle des carnets. Si Delcroix est « branché » sur le tueur, comme je le crois, alors cette personne est quelqu'un d'important pour lui. Sa mère, sa maîtresse d'école, sa petite amie…

— Ou sa première victime ! Tu te rends compte que tu mènes une enquête sur les dires d'un illuminé et sur des hypothèses plus que bancales ?

Marouan se leva et fit les cent pas dans la chambre comme un lion en cage. Les mots de Claire l'exaspéraient. Comment expliquer ces étranges phénomènes sinon ? Comment cette maladie avait-elle provoqué de telles hallucinations chez Pierre ? Par quels mécanismes donnait-elle à sa victime cette aptitude à voir des événements sur le point de se produire, ou déjà passés ? Pierre était en possession de certaines informations qu'il n'avait pu collecter autrement. Les notes relevées sur son carnet et versées au dossier étaient éloquentes. Il ne pouvait s'agir d'élucubrations. Dans la confusion des mots, il y avait une part de réalité, des bribes de faits avérés impossibles à inventer. En tout cas, pas avec une telle précision.

Malheureusement, Marouan n'était pas médecin. Il n'aurait certainement jamais de réponse. Mais étaient-elles vraiment nécessaires ? Ne pouvait-il pas se contenter d'y croire, tout simplement ?

— Prends-moi pour un fou, je m'en contrefiche, déclara-t-il enfin. Tout le monde a besoin de trouver une explication rationnelle à cette histoire et tant mieux. Hallucinations, délires, hasard, maladie de Creutzfeldt-Jakob, tout ce que tu veux. Aujourd'hui et pour le temps qu'il faudra, je suis un flic en vacances. Je suis un homme qui entend la parole d'un autre. Un homme qui en écoute un autre. Et, que ça te plaise ou non, je suivrai cette piste.

77

Installés dans des chaises longues au milieu du parc, Salah et Frédéric sirotaient en silence un cocktail de fruits frais. Ils venaient de passer la journée dans la crypte, les yeux rivés sur des restes humains, cherchant à comprendre la raison de leur présence dans un lieu aussi insolite. L'étude inachevée des squelettes indiquait déjà plusieurs éléments troublants. Il semblait qu'aucune des personnes décédées là n'avait connu de mort violente. L'état des articulations et des dentitions, dans la plupart des cas, montrait que la mort les avait emportés dans la force de l'âge. Il n'y avait aucun enfant, mais pas de vieillards non plus.

Encore lovés dans une position de repos, tout près de leurs anciens maîtres, les ossements de plusieurs chiens et d'un chat avaient attisé leur curiosité.

En cours d'après-midi, Frédéric avait commencé à nettoyer le texte gravé sur le second pilier de la salle. Il avait déjà isolé des mots en latin mais, faute de phrases encore lisibles, le sens de l'ensemble échappait encore totalement à l'archéologue. Salah n'avait que peu contribué à ce patient travail, trop difficile pour elle. Elle avait mitraillé les squelettes et les parois de la crypte avec son vieux Leica. Quoi qu'il puisse arriver à présent, il resterait une trace de cette nécropole.

— Vous savez que nous aurions dû faire une déclaration à la gendarmerie depuis belle lurette pour la découverte de ces ossements ? dit soudain Frédéric Dupuis.

Salah se tourna vers lui, s'extirpant ainsi des pensées douloureuses qui l'assaillaient dès qu'elle relâchait sa concentration.

— Je sais, répondit-elle, on le fera, plus tard. Il suffira de différer la date et de nous entendre sur une version commune.

— Tout de même, d'un point de vue archéologique, ce n'est peut-être pas un chantier majeur, mais il est très intéressant de par son originalité.

— Nous voulons travailler tranquillement, lâcha Salah sur un ton plus rude qu'elle ne l'aurait voulu. Mais ne vous inquiétez pas, tout rentrera dans l'ordre et nous vous laisserons même la paternité de sa découverte.

Dupuis faillit rétorquer que cela lui était égal, mais il se ravisa.

— Merci, se contenta-t-il de dire. J'apprécie.

Il reporta son attention sur les arbres du parc. Un léger vent tiède bruissait dans les feuillages.

— Pourquoi diable le plan de cette crypte est-il triangulaire ! émit-il après une courte pause.

Salah sursauta. Ces derniers temps, la chaleur avait un effet soporifique sur elle.

— Si c'est tout ce qui vous échappe, se moqua-t-elle, alors nous sommes proches de la fin !

— Tout de même, bougonna Dupuis. C'est la première fois que je rencontre une configuration aussi tordue. Pourtant, depuis que l'homme bâtit, il en a fait de toutes les formes. Avouez que le triangle n'est pas ce qui vient en premier à l'esprit !

— Les pharaons ne seraient pas de votre avis, éluda Salah.

— Pour ce qui est de l'extérieur, je vous l'accorde. Mais, à ma connaissance, les salles internes ne présentent pas de plan triangulaire.

— Et nous sommes bien loin de l'Égypte.

— Non, non, il y a quelque chose qui m'échappe avec cette histoire de triangle. Il y en a partout sur les murs dans les grottes, mais pas dans la crypte, c'est bizarre… Ça n'arrête pas de me tourner en tête…

Le bruit d'un véhicule en approche sauva Salah de cette conversation dont elle redoutait l'issue.

— Les voilà ! s'exclama-t-elle en se levant d'un bond.

Elle marcha vers la cour où Réjane venait de se garer, abandonnant Frédéric à ses questions.

— L'une d'entre vous a-t-elle parlé du triangle et

d'Élise à Frédéric ? demanda-t-elle à voix basse quand elle fut parvenue à hauteur du véhicule.

— Salut, ma poule ! rétorqua Réjane en fronçant les sourcils. C'est gentil de le demander. La journée a été bonne ?

— Arrête, Réjane. Répondez-moi tant qu'il n'est pas à portée de voix.

— Un accord est un accord, s'offusqua Aline. Personne n'a rien dit.

— De quoi veux-tu qu'il se doute ? Une femme a été assassinée dans le nord du pays. Il n'a jamais été fait mention de triangle dans les médias. Alors, soigne ta parano et laisse couler. Il se pose des questions parce que c'est dans sa nature.

Réjane claqua la portière et regarda dans la direction de Frédéric.

— Il est intelligent, pour un mâle, exprima-t-elle avec sérieux. Comme quoi…

Elle n'acheva pas sa phrase et emboîta le pas d'Aline.

— Ah, au fait, se souvint Salah. Frédéric, il en pince pour toi.

Réjane s'arrêta net et prit un air faussement estomaqué.

— Mince, siffla-t-elle. Ça, c'est la tuile. Comment lui faire comprendre sans le vexer qu'il est franchement trop velu pour moi ?

— C'est fait, je l'ai affranchi.

— Et ? Il a réagi comment ?

Salah se contenta de hausser les épaules et s'éloigna vers les chaises longues.

— Garce, commenta Réjane en souriant.

Elle s'accorda quelques secondes de concentration pour affronter le regard de Frédéric sans éclater de rire, puis elle gagna le dernier transat vacant.

— Résultat de la journée, annonça-t-elle en s'asseyant, ma copine de Nancy est toujours aussi mignonne et elle a une connexion digne de ce nom.

Frédéric réussit à sourire, mais une gêne légère déformait ses traits.

— Quant à Édouard Nathié, il est né le 28 octobre 1856 au lieu-dit des Brûlots, près de Pierrefitte-sur-Aire. Évidemment, nous n'avons pas trouvé trace de son décès. C'est étonnant d'ailleurs. Je ne m'étais jamais demandé ce que l'état civil faisait des personnes disparues. Eh bien, rien. Cet homme-là n'est finalement jamais mort !

— Où est-ce ? demanda Salah, qui connaissait les longues digressions dont Réjane était capable.

— D'accord, je fais court. C'est un petit village près de Commercy, à une cinquantaine de kilomètres d'ici. Quant à Virgile Macare, nous n'avons rien sur lui. Mais ça viendra. J'ai appelé le journal et j'ai mis Anthony sur l'affaire. Tu te souviens peut-être de lui, c'est ce grand gamin timide de quarante-cinq ans qui vit toujours chez sa mère.

Le front de Salah se plissa, mais le souvenir ne revint pas.

— Aucune importance, poursuivit Réjane. Notre idée est la suivante : puisque le hasard nous a conduites jusqu'à la grotte, alors qu'est-ce qui a guidé les autres, Nathié, Macare et consorts ? Qu'est-ce qui relie tous ces gens ? Réponse : pas la moindre idée, mais ils appartiennent peut-être à la même famille, au sens large, bien sûr. Anthony doit être à l'heure qu'il est sur son ordinateur en train de fouiller les sites de généalogie. Et vous, avec vos nonosses, ça progresse ?

Frédéric passa sous silence le vocable utilisé par Réjane et fit un bref exposé de l'avancement des fouilles.

— Il faut une bonne raison pour venir mourir sous terre quand on a entre trente et cinquante ans, vous ne croyez pas ? commenta Réjane.

— Et pourtant, aucun ne porte de trace de blessure, affirma Frédéric. Pas de crâne fracassé, pas de coups de couteau, pas de chaînes ou quoi que ce soit dans le genre. Bien sûr, nous n'avons pas eu le temps de les examiner tous, mais nous sommes à peu près certains qu'ils sont descendus de leur plein gré !

— En gros, on piétine, argua Réjane.

— Faire tourner les gens en bourrique est son passe-temps favori, dit Salah en voyant le visage de l'archéologue se décomposer. Laissez-la parler. Quand nous aurons nettoyé tout le texte de la crypte, elle fera moins la maligne.

Réjane offrit son plus joli sourire à ses détracteurs et posa une main sur le bras d'Aline.

— À aucun endroit, il n'est fait mention d'une grotte ou d'autre chose dans les documents de la famille. Notre comtesse me certifie que le bois est passé dans la famille de Jaulny à la fin du XVIIIe par son aïeul, alors évêque en mal de diocèse. Avant cette date, il appartenait à l'évêché de Toul. Je crois que nous devrions vérifier ça dès demain. Et découvrir bien sûr si les archives de l'Église recèlent une trace de la crypte. Et comme Aline est connue comme le loup blanc en Lorraine, elle nous a déjà obtenu un rendez-vous avec un documentaliste des très saintes archives de Nancy. Voilà ce que j'appelle du concret !

78

Jacques Mariani referma sans un bruit la porte de sa maison. Derrière les vieux arbres du parc, le soleil se levait, mais de lourds nuages endeuillaient la matinée sur le point de naître. Les commerçants allaient se frotter les mains. Sur la côte d'Opale, les journées estivales grisées comme celle-ci étaient bonnes pour les affaires.

Mariani marcha jusqu'à sa voiture. Les graviers crissaient sous ses pas. Comme chaque matin, juste avant de s'installer derrière le volant, il se retourna pour embrasser du regard la demeure familiale héritée de ses parents. Cette bâtisse démesurée, avec ses quatre colonnes en façade qui lui donnaient un air suranné, il la devait à son arrière-grand-père paternel, Félicien Mariani, médecin chef de la Grande Muette. Le vieux bonhomme aux moustaches raffinées, dont le portrait trônait encore au pied de l'escalier central, avait fait sa carrière en Indochine. Il en avait rapporté un goût excessif pour les alignements de colonnes blanchies à la chaux et les bambous, dont plusieurs variétés envahissaient certaines parties du parc.

Mariani y avait grandi. Chaque fois qu'il claquait la porte, cent vingt-cinq années de souvenirs familiaux partaient dans l'oubli et le silence jusqu'à son retour.

Personne en dehors de lui n'occupait plus cet endroit fait pour une famille nombreuse. Aucune ribambelle d'enfants n'y avait chahuté depuis des années. Seul un vieux matou arrivé un beau jour de septembre, sans doute oublié par des aoûtiens repartis vers leurs quarante-sept semaines de labeur annuel, partageait les lieux avec le professeur. Mariani n'avait pas eu le cœur de le laisser à la porte, d'autant plus que l'animal s'y était habilement pris pour se faire aimer.

Depuis bientôt sept ans, les deux célibataires vieillissants passaient ainsi leurs soirées ensemble. Mariani dans la bibliothèque ou près de la cheminée selon la saison, et le chat généralement lové sur ses cuisses.

Monsieur Pompon, ainsi le chat avait-il été baptisé, dormait dix-huit heures par jour et passait le reste du temps dans les bambous de Félicien, quand il ne traquait pas d'hypothétiques mulots dans les combles.

Pour l'heure, il devait rêver à d'impossibles chasses. Monsieur Pompon atteignait un âge respectable et l'arthrite gagnait son arrière-train.

Mariani soupira et mit le contact.

Après vingt minutes de route sans avoir croisé le moindre véhicule, il gara sa voiture sur le parking réservé au personnel de l'Hôpital maritime. Il avança lentement jusqu'à voir disparaître derrière la calandre la plaque qui portait son nom. Sa vie était faite d'habitudes. Les graviers qui crissent, la calandre devant la plaque, les clés de son bureau dans une main, le planning de la journée à l'esprit, l'évolution des patients, parfois, leur installation durable dans le coma, souvent. Et son entêtement à vouloir les en sortir, toujours.

Mariani passa l'accueil en saluant le personnel de nuit et se dirigea vers son service. Contrariant ses habitudes, il ne se rendit pas directement à son bureau. Au moment de poser la main sur la poignée de la chambre de Pierre Delcroix, il respira profondément. Ce patient n'était pas comme les autres, il lui posait un problème médical auquel il n'avait jamais été confronté. Mais ce n'était pas son incapacité à le résoudre qui gênait le professeur. Delcroix souffrait, de tous les états possibles de la souffrance, et il ne pouvait rien pour lui. Rien de plus que la sévérité du verdict qui tomberait bientôt.

Jacques Mariani se força à esquisser un sourire et poussa la porte.

La fenêtre grande ouverte et le lit défait l'alertèrent aussitôt. Mariani jeta un coup d'œil dans les toilettes, mais Pierre ne s'y trouvait pas.

Il fila vers la salle des infirmières et n'obtint pas de réponse satisfaisante. Personne n'avait vu Pierre depuis plusieurs heures. Il avait bien déambulé une partie de la nuit dans les couloirs, plus ombre que véritable présence humaine, puis il s'était terré dans sa chambre.

Mariani donna l'alerte auprès du personnel de sécurité et quitta aussitôt le bâtiment pour gagner la plage. À cette heure matinale, elle était encore déserte. Si Pierre s'y était réfugié, il le trouverait facilement.

Sa quête fut exaucée. Une forme sombre était recroquevillée dans un creux entre deux dunes, à trois cents mètres de l'endroit où il se tenait. Mariani s'y précipita.

Pierre ressemblait à un gros fœtus. Il grelottait de tout son corps et gardait son visage caché derrière ses bras.

— Pierre ! Ce n'est pas raisonnable, vous allez prendre froid.

Pierre sursauta, mais ne changea pas de position.

Mariani s'agenouilla et l'attrapa par les épaules pour tenter de soulever le haut de son corps.

— Faut pas que je reste à côté des autres, réussit à dire Pierre entre ses dents serrées. Je peux plus…

— Mais pourquoi ? lui demanda doucement Mariani.

— Ils… ils me font peur !

Mariani soupira. Il se sentait démuni. Pour les avoir étudiées pendant des années, il savait combien les hallucinations pathologiques pouvaient être éprouvantes.

— Qui vous fait peur ?

Pierre déplia un bras et le tendit vers l'Hôpital maritime.

— Eux !

Mariani hésitait sur le sens exact des mots de Pierre.

— Tous ceux qui travaillent à l'hôpital sont là pour vous soigner, Pierre, tenta-t-il. Personne ne vous veut de mal.

— Ils sont déjà dedans, se lamenta le malheureux. Vous ne pouvez rien pour eux ! Élise pouvait… Élise est…

Pierre regarda enfin Mariani. Les marques de fatigue sur son visage étaient encore plus profondes que la veille.

Mariani s'aperçut alors que le pantalon de son patient était trempé d'urine. Les désordres liés à sa pathologie s'accéléraient.

— Il faut vraiment rentrer vous mettre au chaud, l'encouragea-t-il, se forçant à employer un ton presque enjoué.

— Non, souffla Pierre. Je n'irai pas. Et vous ne pouvez pas m'y obliger. Je ne veux plus respirer à côté d'eux. Vous m'entendez ? Plus jamais !

Mariani en convint. Rien ne pouvait obliger un patient à se faire soigner. Pourtant, il se sentait comme en dette vis-à-vis de celui-ci. Alors, en une seconde, il trouva la solution.

La grande maison coloniale allait accueillir un nouvel hôte, avec tout le matériel nécessaire à sa surveillance médicale. Les chambres vides ne manquaient pas. Il pourrait même en allouer une autre à l'infirmière libérale qu'il lui faudrait bien employer pour le seconder.

— Venez, dit Mariani en tendant une main à Pierre. Vous allez vous installer chez moi. Je suis un peu grincheux et mon chat est perclus de rhumatismes, mais ma maison a l'avantage d'être isolée.

79

Nue au milieu de sa chambre, Salah affrontait son reflet dans le miroir.

La silhouette qui lui avait valu quelques beaux compliments s'en était allée. Les femmes de sa famille tendaient à s'arrondir dès la trentaine passée. Salah avait tenu longtemps. Indubitablement, elle ne s'était pas adonnée à la même nourriture que ses aïeules. Mais à présent, cela avait perdu tout intérêt. Son bras amputé la rendait à jamais laide. Elle pouvait bien bouffer jusqu'à s'en faire crever, elle ne gâcherait qu'un tableau déjà lacéré.

Elle se positionna de trois quarts.

De ce point de vue à peine différent, sa silhouette paraissait intacte. Son épaule gauche disparaissait derrière la masse de son buste. Salah se retrouvait telle que dans son souvenir.

Mais elle savait qu'elle se bernait elle-même.

Du bout du pied, Salah fit pivoter la psyché. Le miroir ne montra plus que les poutres ouvragées du plafond.

Elle enfila un tee-shirt et se mit au lit.

Il était à peine vingt-deux heures, mais, ce soir, elle n'avait pas trouvé assez d'énergie pour veiller avec Aline et Réjane qui jouaient aux échecs dans la cuisine. Quant à Frédéric, il profitait de la complicité d'un ami du CNRS pour dater les prélèvements effectués sur les squelettes de la crypte.

Plus tôt dans la journée, Réjane avait reçu de précieuses informations d'Anthony. La généalogie était sur le point d'éclaircir une partie du mystère.

D'après le collaborateur de Réjane, Nathié et Macare étaient bien des parents éloignés et l'un des embranchements de la famille de Galloway, les Van Der Groen, était directement relié aux Macare. Tous les patronymes trouvés dans la grotte avaient donc un lien généalogique. Ce point étonnant avait été éclipsé en début de soirée par une nouvelle révélation d'Anthony : Nathié avait un descendant encore vivant en ligne directe, un certain Henry Malveil.

Le château craquait de toute part. La vieille bâtisse semblait s'exprimer à travers les mouvements de sa structure.

Incapable de trouver le sommeil, Salah attrapa le livre sur saint Nicolas emprunté à la bibliothèque d'Aline. Elle l'ouvrit, mais renonça après le prologue. Tourner les pages d'une seule main l'irritait. L'ouvrage, trop lourd, avait tendance à se refermer dès qu'elle en lâchait la base.

Chaque geste du quotidien se transformait en épreuve, même lire. Pourtant, Salah se refusait à acheter le pupitre spécialement conçu pour les gens dans son état. La voiture adaptée était nécessaire, voire vitale. Mais elle n'allait pas se promener avec tout le matériel. Lire, cuisiner, se doucher, changer les draps, tout devenait si compliqué… Salah pouvait le nier de toutes ses forces, elle n'acceptait pas entièrement son infirmité.

D'un mouvement rageur, elle reposa le livre et éteignit la lumière.

Mais le sommeil ne vint pas. Les visages d'Élise et d'Oriane tournaient dans sa tête avec les noms de

Nathié, Macare et Malveil. Les squelettes de la crypte, le triangle, le pilier gravé et les montants sculptés de cette drôle de porte tourbillonnaient en même temps, l'expédiant dans une chaîne sans fin de questions auxquelles elle ne possédait pas la moindre réponse.

Depuis quelque temps, seule la mort venait à sa rencontre.

80

Mise en valeur par une splendide journée d'été, la maison de Mariani était superbe. Et pourtant, assis sur la terrasse, Pierre sentait un froid intense lui glacer les os. Alors il s'était permis de fouiller dans les armoires à la recherche d'une couverture.

Un peu plus tôt, il avait repéré dans la bibliothèque plusieurs ouvrages médicaux, mais leur lecture demandait un effort dont Pierre se sentait incapable. Il ne maîtrisait pas assez le vocabulaire spécifique de la neurologie. Et une profonde fatigue psychique ralentissait ses facultés intellectuelles.

Alors, lassé de chercher à s'occuper coûte que coûte, Pierre se contenta d'attendre. L'ombre de sa propre mort planant sur chaque seconde, il pouvait bien essayer de jouir de l'instant.

Mariani reparti pour l'hôpital, Pierre avait la journée devant lui. Il s'était farouchement opposé à ce qu'une infirmière vienne le chaperonner. La solitude, cette chère solitude après laquelle il languissait depuis tant de jours, se présentait enfin.

Dans son champ de vision, les rangées de bambous

rapportés d'Indochine par l'aïeul du professeur se balançaient doucement dans le vent.

Pierre les observait avec plaisir. Il connaissait les particularités si étonnantes de ce végétal. Leur mode de croissance, simplement basé sur l'étirement des cellules de la jeune pousse, leur conférait une souplesse sans pareille en même temps qu'un manque de plasticité exemplaire. Quiconque tentait d'en couper une tige à la hachette l'apprenait à ses dépens.

Sans doute Mariani ignorait-il qu'il possédait devant sa porte ce trésor d'ingéniosité. Pierre se promit de le lui dire. Les plantes n'existaient pas uniquement pour égayer les jardins. Elles étaient le fruit de centaines de millions d'années d'évolution. Comme l'espèce humaine, ni plus ni moins. Et comme le chat de la maison, qui venait de surgir d'un bosquet, la langue virevoltante sur ses babines humides.

— Ah, te voilà, Monsieur Pompon, souffla Pierre tout doucement. A-t-on idée de donner un nom pareil à un matou ? Viens !

Le chat hésita un instant, puis il bondit sur les genoux de Pierre, où il se lova aussitôt. Pierre éprouva immédiatement de la tendresse pour cet animal. Ses grandes mains osseuses caressèrent le pelage encore gorgé de la chaleur du soleil.

Le chat se retourna, offrant son ventre en toute confiance, le poitrail vibrant de ronronnements. Ses babines s'étiraient, dévoilant une dentition abîmée, un petit bout de langue coincé. De temps à autre, une de ses pattes s'élançait vers le visage de Pierre, allant jusqu'à le toucher, toutes griffes rentrées.

Pendant quelques instants, il n'exista plus que ce chat, la chaleur qu'il dégageait et le bien-être dans le cœur de l'homme.

Alors qu'il sentait toujours le poids de l'animal sur

ses genoux, Pierre le vit soudain se lever, s'étirer et sauter à terre.

Puis, de façon tout aussi étonnante, son point de vue s'affaissa, et il vit par les yeux du chat. Tout devint aussitôt plus précis. La maison prit de la hauteur, les couleurs se modifièrent et, surtout, la luminosité augmenta de manière impressionnante.

Abasourdi par les capacités de son propre cerveau, Pierre ne fit pas un geste. Les sons du jardin lui parvenaient comme amplifiés par un casque audio. Au loin, un chien aboyait et, parmi les stridulations des insectes, il percevait le grattement d'un mulot.

Le point de vue tournoya et se précipita sur la chatière. Instinctivement, Pierre se jeta en arrière, puis il sourit de sa réaction. Les mouvements étaient si vifs, les perceptions si tangibles ! Mais ces phénomènes étaient directement liés au mal dont il souffrait et Pierre, loin de s'en délecter, décida soudain d'agir. Il devait abolir la dictature de son inconscient.

Aussi tenta-t-il de se lever, mais il ne distinguait rien de la façade de la maison, ni de la chaise longue sur laquelle il était assis, ni du chat, dont il sentait toujours le poids sur ses jambes.

Alors, faute de pouvoir intervenir, il assista impuissant aux délires de son cerveau. Les perspectives des couloirs s'étiraient, les meubles prenaient une hauteur démesurée. Il vit, coincée sous une latte du parquet, une forme argentée couverte de poussière.

La patte de Monsieur Pompon essaya de l'attraper, mais elle ne réussit qu'à pousser l'objet un peu plus loin. Le chat se lassa et quitta le dessous de l'armoire. Il déguerpit d'un trait, zigzagua dans le couloir et sauta sur le lit de Mariani. Le professeur y était assis. Il regardait les yeux rougis une photographie dont Pierre ne distingua pas l'image. Pierre chercha à diriger le point de vue vers cette photo, mais un bruit extérieur retentit dans sa tête. Une portière venait de claquer.

Pierre retrouva aussitôt ses perceptions habituelles.

Sur ses genoux, le chat dressa une oreille. Ses yeux s'ouvrirent, puis il bondit vers Mariani qui approchait.

— Ça continue, bredouilla Pierre, exténué. Je me prends pour un chat à présent.

Le visage de Mariani trahissait une gravité plus grande encore que d'ordinaire.

— Il y a un problème ? demanda Pierre, pas très certain de vouloir entendre la réponse. Vous apportez la sentence, c'est ça ?

Mariani s'assit sur les marches qui menaient à la terrasse, à deux mètres de Pierre.

— Non, Pierre, il s'agit d'autre chose... Le capitaine Lieras m'a téléphoné il y a une demi-heure. L'hôpital d'Alès vient de le prévenir du décès de votre mère.

Pierre s'en voulut aussitôt. Le soulagement qu'il ressentait trahissait un égoïsme gigantesque. Il avait craint pour lui-même. Mais une deuxième vague d'émotion déferla sur son raisonnement. Et celle-là, il ne put la rejeter sous la pression de sa morale. Avec le décès de sa mère, tout espoir de connaître la vérité sur ses origines venait de disparaître.

À jamais.

81

Marouan Chraïbi avait poussé les meubles du salon contre les murs, déménagé le matériel hi-fi dans la chambre à coucher, empilé les livres et les disques dans un coin, roulé le tapis persan sur un tas de coussins aux motifs orientaux. Puis il avait étalé sur le sol des copies agrandies des carnets de Pierre Delcroix ainsi que ses derniers croquis. Il les avait d'abord rangés par ordre chronologique, puis il lui avait paru plus judicieux de les trier par thèmes. Devant la fenêtre, il avait disposé les esquisses du taureau et tous les mots relatifs à la maison où Élise avait été séquestrée, au milieu, la silhouette d'un toréador et le portrait de Stanislas Opalikha. Juste devant lui, de nombreux visages, tous grimaçants, et les dessins de la mystérieuse jeune femme. Les autres représentations restaient sur le côté, en évidence. Les bâtiments et les paysages d'abord, puis les formes plus abstraites, comme le triangle inversé, qui revenait quasiment à toutes les pages.

Malgré des heures de recherches, Marouan n'avait pas trouvé de correspondance entre le portrait de l'inconnue et les fichiers des personnes disparues. Il avait tout tenté, d'abord la France, puis la base de données d'Interpol, sans succès. Aucune femme ou jeune fille correspondant au dessin n'avait disparu à la fin des années 80. L'extension des recherches sur la décennie n'avait pas été plus fructueuse. Pourtant, il était certain que la réponse se trouvait là, sous ses yeux. Il lui fallait simplement interpréter les visions de Pierre Delcroix. Il avait bien tenté de transposer la technique utilisée par l'artiste pour retrouver la maison par déduction. Il avait suivi son parcours du Touquet à Berck en longeant la plage et en suivant la pinède, le phare toujours à trois heures. Mais il n'était pas parvenu à l'appliquer aux autres croquis. Le visage et le corps de la jeune fille, pourtant fourmillant de détails, représentés plus d'une dizaine de fois sous différents angles et dans différentes postures, ne livraient toujours pas leur mystère.

En désespoir de cause, Marouan s'était efforcé d'identifier les traits inconnus en cherchant également dans les affaires classées et non résolues. Sans plus de résultat.

À présent, il triait les croquis, mettant de côté tout ce qui concernait Élise, la maison au bunker et le triangle, se limitant à Stanislas Opalikha et aux portraits féminins. Il s'intéressa alors aux phrases et aux associations de mots recopiées dans les carnets autant que sur les dessins. Lorsqu'il fut certain qu'il n'y avait aucune corrélation entre les mots et les croquis, décision qu'il prit plus par instinct que par certitude, il les recopia sur son bloc. Pour Marouan, ces visions ne pouvaient contenir une logique. Il s'agissait d'un univers onirique complètement incohérent où se mêlaient fantasme et réalité. Ce qu'il fallait, c'était parvenir à dissocier les deux.

Pendant qu'il se servait un café, Marouan tenta de se souvenir de son dernier joint de marijuana. Il espérait ainsi se mettre en condition pour comprendre. En vain. Les souvenirs remontaient à plusieurs années, et le voyage avait été de courte durée. Il avait eu la sensation de planer dans un monde flou empli de couleurs et du vacarme assourdissant de l'océan retransmis par un CD.

Marouan dut rapidement admettre l'inefficacité de cette méthode.

Je devrais peut-être me faire un rail, songea-t-il avec amertume.

L'enthousiasme du début retombait progressivement. Pourtant, Marouan y avait cru, malgré les sarcasmes de Claire qui l'avait taquiné jusque sur le quai de la gare.

— Tu ferais mieux de t'en tenir aux faits, jeune loup. Ces élucubrations ne te mèneront nulle part, crois-moi. Pour décrypter ces carnets, il faudrait être dans le cerveau de Pierre Delcroix. Et tu n'y es pas, loin de là. Ce type a peut-être un don. Ou peut-être pas ? Tu sais bien que, souvent, tous ces phénomènes ont une explication rationnelle. Tu devrais chercher comme tu en as l'habitude. Sur le terrain, dans les indices et dans les preuves. C'est là que tu trouveras ta réponse. Nulle part ailleurs.

Les paroles de la psychologue résonnaient dans son esprit comme une menace. Se pouvait-il qu'il soit sur la mauvaise voie ? Lui, d'habitude si pragmatique, si terre à terre, se mettait à croire à une autre façon de voir les choses. Était-ce une erreur ?

Je crois que Pierre Delcroix a des visions. Je pense qu'il a un don. Et je veux me servir de ce don pour retrouver un tueur en série. Il n'y a pas de quoi en faire toute une histoire.

Marouan se mit à rire. Il rit de la situation et de lui-même. Après tout, pourquoi pas ? Il avait si souvent critiqué les magnétiseurs et autres charlatans qui se précipitaient sur les grosses affaires criminelles tels des vautours. Avait-il eu une mauvaise intuition ?

Impossible.

Il secoua la tête avec force et reprit sa place, à genoux devant les feuilles étalées par terre, sa tasse de café posée juste à côté.

Les dessins de Pierre montrant Stanislas Opalikha avaient tous un point commun. Stanislas n'apparaissait jamais vraiment comme un homme ordinaire. Pierre l'avait représenté habillé en toréador, ou alors mi-homme mi-animal. Taureau ou cheval, monstre ou guerrier. Les croquis étaient réalisés d'une main habile et certains fourmillaient de détails, indéchiffrables au premier regard. Marouan se remit au travail, écartant les plus sommaires pour ne garder que ceux qui semblaient pouvoir être interprétés différemment. Il procéda de la même façon pour les portraits de femme. Certaines figuraient seules, d'autres en groupe. Certaines étaient nues, d'autres enveloppées d'une sorte de crayonné qui plongeait leur corps dans une gangue sombre et floue.

Il restait à présent une dizaine de croquis. Saisi d'une intuition, Marouan plaça l'homme taureau au centre. Les doigts de la créature étaient prolongés de liens très fins qui se perdaient dans la marge de la page. Il associa à l'image centrale la représentation d'un groupe de femmes d'où partait également le même genre de filaments.

— C'est un puzzle…, murmura-t-il. Il n'a pas eu la place de tout mettre sur une page.

Marouan assembla les autres fragments du dessin. Certaines copies avaient été agrandies et les proportions avec les dernières esquisses de Pierre n'étaient plus respectées. Le brigadier bondit sur ses pieds et se jeta sur la pile de dossiers enfouie sous les coussins.

— C'est où ? maugréa-t-il. Putain, Marouan, si tu étais un peu moins bordélique !

Quelques minutes après, il brandissait les copies originales. Il repositionna l'ensemble avec soin et se releva pour regarder le résultat.

L'ensemble était saisissant.

Un paysage apparaissait en entier. Il était fait de monts et de dunes parsemées de pins, de vagues déferlant sur l'océan. Le soleil, énorme et bas sur l'horizon, se reflétait dans le regard noir de l'homme taureau dirigé vers les femmes. Son visage très réaliste transpirait la haine.

Marouan frissonna de dégoût. L'homme tenait son sexe énorme dans une main. Les fils fusaient de ses doigts pour s'accrocher aux femmes. Ils les entravaient, pénétrant leurs bouches et leurs yeux.

Marouan s'aperçut que les visages étaient tous les mêmes. C'était celui du dernier dessin. Il n'avait pas avancé d'un pouce. Il posa son bloc sur ses genoux et étudia ses notes.

— « Taureau, sœur, phare, lumière, carlingue, toile, la vague. » Bon, ça ne veut rien dire. « Montagne de sable, forêt de pins et guignol. » Pourquoi, bordel ! « Ils hurlent ! » « L'œil est le vecteur, l'œil peut tout connaître. »

Cette dernière phrase avait été griffonnée des dizaines de fois.

— Qu'est-ce que ça veut dire ? s'interrogea Marouan. « Comment poursuivre ce qui me suit ? La ville des fous. Réveillez-moi. Endormez-moi… » Mince alors ! Y a rien du tout ! Je ne comprends rien du tout !

Marouan soupira. Il jeta le bloc en travers de la pièce.

— Je ne laisserai pas tomber. C'est sous mon nez, j'en suis sûr. Bon, s'il a eu besoin de plusieurs feuilles c'est que… Pourquoi il ne pouvait pas faire ça sur une seule page ? Réfléchis, Marouan. Allez, fais fonctionner tes méninges, bon sang ! Alors… pourquoi ? C'est qu'il n'avait pas assez de place. Parce qu'il y avait trop de détails.

Il se pencha sur la représentation et scruta chaque trait, chaque courbe. En vain.

— Si ce n'est pas un détail… c'est un ensemble de détails.

Marouan se releva et se positionna au-dessus de l'ensemble des croquis.

— Ce n'est pas elle, murmura-t-il. J'ai déjà vérifié. Où te caches-tu ? Elle est importante pour toi. C'est la première, celle qui a tout déclenché. Celle qui a fait que tu as tué toutes les autres.

Le regard de Marouan s'arrêta sur les filaments qui reliaient le bourreau à ses victimes. Peu à peu, une nouvelle forme s'imposa à son esprit, comme une image d'Épinal. Et les traits de celle qu'il cherchait depuis des heures lui apparurent subitement.

— Oh, la vache !

Le visage de la nouvelle venue portait des pommettes hautes. Ses yeux s'étiraient en amande et sa peau était piquée de plusieurs grains de beauté qui représentaient la Grande Ourse.

Sous le choc, Marouan fut incapable de bouger pendant un long moment.

Puis, lorsqu'il eut repris ses esprits, il alla chercher une feuille de papier-calque. Avec d'infinies précautions, il reproduisit le visage de celle qui allait, il en avait la conviction, le conduire au repaire de l'assassin.

82

Henry Malveil habitait Savigny, un village en partie abandonné, perdu au milieu des collines de la Meuse.

Il restait de sa vie passée les devantures fanées de la coopérative, le rideau définitivement baissé de la boucherie sur la place de la Mairie et quelques ballots de foin pourris, entassés dans les champs alentour.

L'école, privée d'élèves depuis un quart de siècle, servait de dépotoir à la commune. Il s'y entassait le matériel inutilisé et le trop-plein des greniers des amis du maire, en poste depuis quarante ans. Les volets clos des maisons d'agriculteurs cachaient la poussière et les toiles d'araignée. Toutefois, un œil averti pouvait déceler, ici ou là, le visage flétri d'un vieux resté au pays pour y mourir.

Les deux rues principales se croisaient au cœur du village. La première reliait un pont posé sur la Meuse à un chemin caillouteux destiné à se perdre dans la forêt. L'autre sillonnait les champs et les bois jusqu'au prochain village, à quelques kilomètres de là.

Aline avait commandé un taxi pour Salah. La journaliste avait accueilli cette initiative avec enthousiasme. Elle ne se sentait pas encore prête pour les longs trajets en voiture.

Avant de se rendre chez Henry Malveil, Salah avait tenu à longer l'artère principale. Elle aimait s'imprégner des lieux, sentir les odeurs et rencontrer les gens. Chaque petit détail pouvait l'informer sur l'ambiance locale. Ainsi, elle comprendrait peut-être pourquoi les vieux restaient ici, pourquoi les commerces s'étaient tous éteints et pour quelle raison Malveil n'avait pas bougé de ce bourg moribond.

Salah s'était désaltérée au lavoir où l'eau coulait, fraîche et transparente. Elle avait contourné la petite église romane et remonté la rue jusqu'à la sortie du village dans un silence de plomb. Les oiseaux semblaient absents et l'air vibrait sous le soleil.

Durant sa visite des lieux, Salah ne croisa pas âme qui vive.

Alors, après une demi-heure, vaincue par la chaleur, elle laissa ses pas la conduire jusqu'au domicile d'Henry Malveil.

Elle fondait tant d'espoirs sur cette rencontre. Malveil était le dernier d'une lignée dont certains membres étaient venus mourir dans la crypte. Malveil était probablement le gardien, ou l'héritier ignorant, de plusieurs siècles de mystère.

Salah ne savait pas comment cet homme allait la recevoir, s'il allait accepter de lui parler. Elle regretta un instant l'absence de Réjane, restée auprès de Frédéric pour nettoyer la colonne de la crypte, puis elle rassembla son courage, prit une grande inspiration et frappa à l'entrée.

La porte de la grande maison couverte de vigne vierge s'ouvrit presque aussitôt sur un homme très bien bâti, à la peau fine et hâlée. Selon les données récupérées par Réjane, il avait plus de soixante-dix ans. Ses traits étaient réguliers, son nez fin et son sourire charmeur. Les yeux d'Henry Malveil étaient clairs, du même vert que ceux d'Élise. Leur ressemblance était telle que Salah dut se faire violence pour retenir ses larmes. Elle tendit sa main affreusement moite au vieil homme, incapable de dire un mot.

— Bonjour, madame, dit-il en écrasant ses doigts. Que me vaut le plaisir ?

La journaliste grimaça en retirant sa main.

— Bonjour, monsieur Malveil. Je m'appelle Salah Tounsi. Je suis une amie d'Élise.

Salah avait parlé d'une traite. À la mine ironique d'Henry Malveil, elle redouta un instant d'avoir tout gâché.

— Élise ? Élise qui ? Connais pas, rétorqua-t-il en secouant la tête.

Salah fouilla dans sa poche et lui tendit la reproduction du triangle.

— Élise, répéta-t-elle benoîtement.

L'homme jeta un rapide coup d'œil au croquis, hésita une fraction de seconde et déplaça lentement sa grande carcasse pour laisser entrer la journaliste. Soulagée, elle le suivit à travers une vaste grange, un cellier où ronronnait une machine à laver, puis dans une cour ceinte de hauts murs. Il s'avança jusqu'à une table ronde abritée sous un parasol et lui offrit de s'asseoir face à lui. Un carré de gazon parsemé de sapins nains et de pâquerettes égayait l'endroit. La maison formait un U autour de la cour et une volée de marches en comblanchien menait au jardin perché trois mètres plus haut.

Henry Malveil servit deux verres d'eau glacée et articula :

— Où avez-vous trouvé ça ?

Salah déglutit avec difficulté et entreprit de raconter brièvement à son hôte les événements qui l'avaient menée jusqu'à lui. Le médaillon, le château, les armoiries et enfin la grotte. Elle passa volontairement la crypte sous silence. Si l'homme savait quelque chose, alors il parlerait.

— Qu'est-ce que j'ai à voir avec tout ce cirque ? Et vous ? Qui êtes-vous exactement ?

— Je suis journaliste, lâcha Salah bien malgré elle.

— Nous y voilà. Je vous trouve bien culottée, madame. Vous entrez chez les gens sous de faux prétextes pour obtenir des informations qui ne vous regardent pas !

Salah comprit alors qu'elle n'obtiendrait rien si elle ne lui donnait pas plus de détails.

— Nous cherchons à comprendre ce que signifie ce signe sur le médaillon et…

— Qui ça, « nous » ?

Salah se maîtrisa pour répondre avec politesse.

— Je suis aidée dans mes recherches par la propriétaire du bois où nous avons trouvé la grotte. Aline Saulxures de Jaulny.

— C'est bien pompeux comme nom, ça ! s'exclama Henry Malveil.

— Le triangle nous a menés jusqu'à une caverne perdue dans les bois où nous avons trouvé les restes de certains de vos ancêtres, poursuivit Salah. Deux lignées ont été identifiées. Celle d'Édouard Nathié et celle de Virgile Macare. Nous sommes persuadés que tous ces membres de votre famille se sont rendus dans cet endroit pour y mourir. Nous voudrions comprendre pourquoi.

— Foutaises ! proclama-t-il après l'avoir écoutée avec attention. Je n'ai jamais entendu parler de ça. Avez-vous le médaillon ?

Salah hocha la tête avec un air désolé. Elle n'aurait pas la réponse à ses questions. Manifestement, Malveil, dernier de la famille, ne savait rien de la crypte. Salah perdait tout espoir de percer le mystère des bois.

— Personne ne sait où il est, répondit-elle, terriblement déçue. Mais je l'ai vu autour du cou d'Élise, peu de temps avant sa mort.

Salah se borna à décrire une maladie foudroyante et fatale.

— Élise est morte ? Vous auriez pu le dire tout de suite.

Salah se contenta de faire la moue en haussant les épaules.

— Dommage, murmura Malveil sur un ton légèrement cynique. Et l'autre, où il est ?

Salah haussa les sourcils en signe d'incompréhension.

— *L'autre ?*

— Vous ne pigez rien, décidément. Pour une journaliste, ce n'est quand même pas sérieux.

Salah, agacée, lui lança un regard noir.

— Vous n'êtes pas obligé d'être désagréable, monsieur Malveil. Je crois que nous avons tous les deux beaucoup à apprendre l'un de l'autre. Et nous aurions tort de ne pas en profiter.

Henry Malveil abandonna le regard soupçonneux

qu'il affichait depuis quelques minutes et se pencha vers la journaliste.

— Où est votre bras ? Que vous est-il arrivé ?

Salah toucha son flanc gauche cruellement vide et baissa la tête.

— Allons, ne faites pas la timide. Ça fait des années que je n'ai pas reçu de visite. Alors, là, une journaliste, kabyle et mutilée à la fois, ça m'intéresse. C'est pas un accident de voiture, au moins ?

— Vous êtes un type odieux ! s'exclama Salah.

— Et vous, une oie blanche ! Ne connaissez-vous donc pas la nature humaine ? Ne savez-vous pas à quel point elle adore se délecter de la souffrance des autres ? Ce n'est pas ce qui vous fait vibrer, vous, en particulier ?

Piquée au vif, Salah expliqua par le menu ce qu'elle avait fait de sa vie pendant des années. Les champs de bataille, les villes en ruine, les monceaux de cadavres. Elle lui raconta comment elle était arrivée à Kaboul, comment son bras s'était collé à de la tôle brûlante, alors qu'une bombe arrachait le ventre d'un petit garçon à quelques mètres de là.

— Vous avez fait la guerre, vous aussi, glissa-t-il, une pointe d'admiration dans la voix.

— En quelque sorte, répondit Salah.

— Moi, je les ai toutes faites. Sans une seule égratignure… Le monde est injuste, n'est-ce pas ! Mon plus jeune frère a vu la tête de sa fiancée arrachée sous le feu de l'ennemi, avant de tomber, lui-même victime de tirs croisés. J'ai assisté à l'agonie de mes parents, brûlés vifs dans l'incendie de leur maison. Et j'ai ramassé le corps de mon cadet, Martin, battu à mort par les gars du village. Parce qu'il était amoureux. Pas de chance, vous en conviendrez.

Salah avala son verre d'eau avant de se resservir.

— Qui est *l'autre* ? demanda-t-elle.

Henry Malveil se leva et s'engouffra dans la maison sans lui répondre. Il revint quelques instants plus tard, une petite boîte coincée entre ses grandes mains.

— Vous avez gagné le droit de savoir, madame. Tenez, dit-il en poussant le coffret devant Salah.

Elle l'ouvrit en retenant son souffle. Le médaillon frappé du triangle était là, accroché au bout d'une chaîne, fidèle à ses souvenirs. Elle passa un doigt tremblant sur les ciselures. À l'intérieur du couvercle, elle pouvait lire la devise de la famille.

— « Si ta vie n'a pas de sens, murmura-t-elle, fais que ta mort en ait un. »

— Il n'a pas bougé de son écrin depuis soixante-douze ans, commenta Henry Malveil. Il me vient de ma grand-mère, Jeanne Bocarre. Nous en avions reçu chacun un, le jour de notre naissance. Depuis des générations, la tradition familiale voulait que chaque nourrisson en possède un et le transmette à son tour à sa descendance. Je n'ai jamais su ce qu'il représentait et ça m'est égal. Ce machin n'a rien empêché. Dans la famille, on est tous voués à mourir comme des rats.

Salah sentit son cœur bondir dans sa poitrine.

— Les médaillons ont été fabriqués par mon arrière-grand-père, un Nathić, continua Malveil. Je ne peux pas dire combien il en circulait dans la famille. Êtes-vous sûre d'en avoir vu un identique ?

— Certaine. Élise portait toujours ce médaillon, elle le tenait apparemment de sa mère. J'ai promis de découvrir la vérité. Élise a tant fait pour moi.

Malveil reprit la boîte pour la fermer et murmura :

— Alors, vous avez vu celui de Martin. Jean, mon aîné, a été enterré avec. Il n'avait pas d'enfant et c'était bien mieux comme ça.

— Comment est-il arrivé entre les mains d'Élise ?

Avez-vous des connexions avec la famille Lamy Saint-Genès ?

— C'est donc ainsi qu'elle s'appelle… Et l'autre ? Quel est son nom ?

— Quel autre ? Je ne comprends pas.

— Une terrible malédiction plane sur notre famille, bougonna Henry Malveil, ignorant la demande de Salah. Voilà tout. Ça fait des générations que les enfants de la famille grandissent avec la peur d'être frappés par ce mal un jour ou l'autre. Et ce médaillon est censé nous protéger. Enfin, je crois.

— Racontez-moi cette histoire, monsieur Malveil. S'il vous plaît.

Le vieil homme soupira.

— Chaque matin, je remercie le ciel de m'être endormi. Et chaque soir, j'implore le Seigneur de me laisser le repos. Tous les membres de ma famille sont morts, fous, abandonnés de Dieu. Je suis resté seul toute ma vie pour ça. Pour arrêter la malédiction. Pour arrêter le mal. Martin, mon jeune frère, n'a pas voulu. Il travaillait comme bûcheron dans un village, tout près d'ici. Il avait construit sa cabane au milieu des bois. C'était un brave gosse, intelligent et débrouillard. Mais dans le village, tout le monde disait qu'il ne fallait pas approcher les Malveil, cette malédiction nous suivait où que nous allions. Les femmes nous évitaient, de peur d'être maudites à leur tour. Les gens craignaient un regard, un sourire. Vous ne pouvez pas imaginer. Moi, j'étais le gardien du presbytère. Solitaire, dévoué à notre curé et à notre Seigneur. Foutaises ! J'étais une ombre parmi les ombres. Un pestiféré. Martin, lui, était plus insouciant. Il sortait, fréquentait d'autres jeunes gens en cachette. Je me sentais responsable de lui. Mais je ne pouvais l'empêcher de vivre sa vie. Quand il a engrossé la fille des bourgeois du coin, Élisabeth

Baron, il a creusé sa tombe. On l'a retrouvé dans les bois, quelques mois plus tard. Martin avait été battu à mort. Et personne n'a jamais su ce qu'il était advenu de sa petite fiancée. Pendant près de quinze ans. À la mort de M. et Mme Baron, leur fille aînée est rentrée au village pour vider la maison. Et c'est à cette occasion que je lui ai demandé des explications. Élisabeth avait accouché dans le plus grand secret de deux enfants, un garçon et une fille, confiés par son père aux bons soins d'une sage-femme et d'une bigote.

Salah sentit une vague de frissons parcourir sa peau.

— Connaissez-vous la date de l'accouchement ?

— Non. Martin est mort au début du mois de décembre 1973. C'était à cette période.

— Si Élise était la petite fille, elle avait donc un frère. Où est-il, quel est son nom ?

— Je l'ignore, madame la journaliste. Je n'ai jamais su ce qu'il était advenu des deux petits.

— Et leur maman, Élisabeth ?

— La gosse avait à peine seize ans. Elle est morte en couches.

— Et… et le médaillon ? Comment est-il arrivé jusqu'à Élise ?

— Martin l'avait offert à sa dulcinée en gage d'amour. Elle a dû le donner à l'accoucheuse en la suppliant de le confier à son enfant. Pas de chance, il y en avait deux. La sage-femme ayant emporté la petite fille avec elle, je suppose que c'est ainsi que votre Élise l'a récupéré.

83

Mariani claqua la porte de son bureau derrière lui, remonta la galerie d'un pas rapide et sortit sur l'arrière du bâtiment pour rejoindre la promenade Debeyre. Il salua au passage quelques enfants de retour de la plage, puis escalada les dunes pour s'installer dans le sable, face à la baie d'Authie, à l'endroit même où il avait retrouvé Pierre.

Les mouettes, râleuses à cette heure de la journée, offraient leur ballet incessant aux derniers promeneurs. L'air était chargé d'une forte odeur d'algues. Mariani emplit ses poumons de ces effluves saturés d'iode et s'allongea sur le dos, les bras croisés derrière la tête.

Les nuages d'altitude s'enroulaient les uns sur les autres. Il suivit leur lent parcours pendant quelques minutes, l'esprit vagabond. Puis il se concentra sur le souvenir qu'il gardait du visage d'Élise, ses traits fragiles, son doux sourire, et tenta de le superposer à celui de Pierre Delcroix. La ressemblance n'était pas évidente, loin de là. Ils étaient même si différents. Pourtant, la génétique ne mentait pas. Ils sortaient tous deux du même ventre et portaient les mêmes gènes. Pierre Delcroix et Élise Lamy Saint-Genès étaient bien jumeaux. Et les enfants avaient vécu à plusieurs centaines de kilomètres de distance sans soupçonner un instant qu'ils auraient dû être deux.

Mariani se demanda si cette séparation avait eu un impact sur leur vie respective. Avaient-ils grandi dans un total épanouissement ou avec un manque intangible, impossible à définir mais pourtant si présent ? Ce manque qu'il avait lui-même ressenti à la mort de sa petite sœur, alors âgée de deux ans.

Élise lui avait confié qu'elle avait été délaissée par

sa mère à la naissance de Charles et qu'elle en avait terriblement souffert. Que se serait-il passé si la mère biologique d'Élise et de Pierre les avait gardés tous les deux ? Pourquoi avaient-ils été séparés, abandonnés, confiés dans le plus grand secret aux soins de deux étrangères ?

Tant de questions. Si peu de réponses.

Jacques Mariani tenait pourtant une piste. Le lien de parenté avéré entre Pierre et Élise tendait à confirmer l'origine génétique de leur affection. Il fallait maintenant déterminer exactement quel type de mal les avait emportés et entreprendre des recherches dans les fichiers de l'Institut de veille sanitaire. Il ne savait pas encore s'il pourrait accéder aisément à ces informations, mais il s'en moquait. Ce qui comptait vraiment pour lui, c'était de donner à Pierre les réponses qu'il n'avait su offrir à Élise. Déterminer les causes de ses souffrances et, pourquoi pas, lui rendre ses véritables racines. Leurs véritables racines…

Le résultat définitif des caryotypes d'Élise et de Pierre tardait. Alors, dès l'annonce des tests ADN, Jacques Mariani avait contacté un confrère spécialisé dans les maladies génétiques et obtenu un rendez-vous téléphonique dans la soirée. La conversation entre les deux hommes avait duré près d'une heure. Ils avaient échangé leurs points de vue sur les symptômes de Pierre. Les mots valsaient encore dans le crâne de Mariani comme une sarabande infernale.

Fuseaux de sommeil, activité delta et complexes K diminués. Sommeil paradoxal perturbé, forte activité hallucinatoire. Hyperactivité sympathique, légers problèmes moteurs, premiers troubles sphinctériens. Encéphalopathie dégénérative, gliose astrocytaire. Absence exceptionnelle de plaques amyloïdes, présence d'une insomnie rebelle et de faibles myoclonies.

Forme familiale de Creutzfeldt-Jakob. Variante inconnue. Envisager la possibilité d'une autre maladie à prion. Rechercher une mutation D178N sur le gène PRNP du chromosome 20. Et faire un western blot[1]. Mutation sur le chromosome 20 et western blot. Autre maladie à prion. Laquelle ?

Jacques Mariani se redressa en marmonnant :

— Western blot. Protéine prion. Mutation. Tu parles… Il vaudrait mieux admettre qu'on est dans le flou total !

Il épousseta sa blouse et remonta la promenade d'un pas lent, les pensées fixées sur Monsieur Pompon qui devait l'attendre assis sur les marches du perron. Mariani n'avait pas envie d'annoncer à un homme qu'il avait perdu sa sœur jumelle. Officiellement. Dans le cas particulier de Pierre Delcroix, cela revenait à le condamner à mort.

84

Marouan Chraïbi avait un quart d'heure d'avance. Il coupa le moteur de sa voiture et attrapa les dossiers posés sur la banquette arrière. Pour la centième fois, il ouvrit la chemise cartonnée qui contenait des photographies, plusieurs procès-verbaux et les photocopies des dessins de Pierre Delcroix.

Deux jours plus tôt, le nouveau logiciel de reconnaissance faciale de l'Anacrim avait établi avec quatre-vingt-dix pour cent de certitude que le portrait

1. Dosage spécifique des protéines codant pour la protéine prion qui permet d'affirmer ou d'infirmer un diagnostic.

fragmenté réalisé par Pierre correspondait à celui d'une personne portée disparue depuis dix-sept ans.

Solange Duplessis, tout juste majeure, n'avait plus été revue par sa famille depuis lors. Le cliché fourni à la police par ses parents montrait une jeune femme au visage piqueté de grains de beauté et aux yeux rieurs d'un bleu très pâle. L'une de ses oreilles, légèrement décollée, lui donnait un air attachant.

Marouan retint un frisson. Depuis qu'il avait découvert le visage caché dans les dessins de Delcroix, il savait qu'il tenait enfin la piste de l'Embaumeur.

Son étau allait se resserrer, même si l'expression réussissait à le faire sourire de dépit. Lieras lui avait permis d'utiliser les moyens de la criminelle, mais sans lui adjoindre la moindre aide humaine.

Marouan enquêterait seul, sur ses congés. Lieras fermerait les yeux. Lui ne croyait pas aux talents particuliers de Delcroix.

L'horloge aligna ses aiguilles sur neuf heures. Marouan ferma la chemise et quitta sa voiture. Il remonta l'allée le cœur léger. Dans peu de temps, il en saurait enfin un peu plus.

Une femme d'une quarantaine d'années, au regard triste et aux traits ingrats, l'accueillit avant qu'il ne sonne.

— Vous arrivez bien tard, monsieur Chraïbi, lança-t-elle sèchement. Solange s'est volatilisée il y a près de vingt ans. Et aucun d'entre vous n'a jamais trouvé une seule piste.

Coutumier de ce genre de réflexions, Marouan haussa les épaules et serra les dents.

— Je dois partir dans cinq minutes, ajouta la femme en s'effaçant devant le policier. Alors, faites vite. Café ?

— Avec plaisir, souffla-t-il.

Marouan entra et suivit Laurence Duplessis jusque dans sa cuisine.

— Qu'est-ce qui peut vous faire croire que vous allez retrouver ma sœur ?

— Je ne sais pas si je vais arriver jusque-là, dit Marouan. Disons que de nouveaux éléments concernant d'autres affaires me dirigent vers Solange.

— Un témoin, dix-sept ans plus tard ? lâcha Laurence Duplessis, interloquée. J'ai du mal à y croire.

— Et pourtant, il y a de ça. Vous étiez proches ?

— Comme deux sœurs peuvent l'être. Je ne vois pas très bien quoi vous raconter à vrai dire. Solange était assez insouciante, alors que moi, je bossais. Je suppose que c'est le privilège des cadets. Elle avait dix-huit ans et papa lui avait loué un studio à Paris. Comme ma fac était à deux pas de la maison, je n'y avais pas droit. La petite chérie, elle, ne devait pas se fatiguer dans les transports !

Marouan ignora la réponse de son interlocutrice. Il ne tenait pas à laisser Laurence Duplessis se répandre sur de vieilles querelles familiales. Il ouvrit la chemise en prenant soin de ne pas exposer les dessins de Pierre.

— Connaissez-vous cet homme ? demanda-t-il en faisant glisser la photographie de Stanislas Opalikha sur la table. Essayez de l'imaginer avec vingt ans de moins.

Laurence fronça les sourcils. Elle fixa la photo quelques instants, puis la repoussa vers Marouan.

— Non, jamais vu. Qui est-ce ?

— Vous ne regardez pas la télévision, vous ne lisez pas les journaux ?

— J'ai un doctorat en physique nucléaire, monsieur Chraïbi. Je travaille sur un nouveau prototype de réacteur et je dois avouer que mon quotidien vole assez loin des infos. Mais pour vous répondre, non, je ne regarde pas la télévision. D'ailleurs, je n'en ai pas. Qui est cet homme ?

— Un tueur en série.

— Et ma sœur aurait croisé sa route, c'est ça ?

— Je le crois, en effet.

Marouan était déçu. Il avait espéré que le criminel aurait fréquenté Solange.

— Ma sœur et moi ne partagions pas tout, vous savez, ajouta Laurence comme si elle devinait les pensées du policier. Je vous l'ai dit. Je planchais dur et elle papillonnait à Paris. Des études de réalisation audiovisuelle ! Ça ne m'a jamais paru très sérieux. De toute façon, elle était délurée, elle se fichait des autres. Elle revenait à la maison quand elle voulait. Elle rapportait son linge sale et puis elle disparaissait sans donner de nouvelles, parfois pour quinze jours ou trois semaines.

— Et vos parents ? Qu'en disaient-ils ?

Laurence servit une tasse de café qu'elle déposa devant Marouan.

— Sucre ?

— Non, merci.

— Mes parents sont décédés à trois mois d'intervalle. Ils ne se sont jamais remis de la disparition de Solange. Je crois que le pire pour eux a été de ne pas savoir. Moi, ça me convient assez, je dois l'avouer. Les jours où je vais bien, je l'imagine en vie et heureuse. Les autres fois, il m'arrive de pleurer la mort de ma petite sœur. Vous voyez, je m'accommode très bien de mes névroses !

Marouan sortit du pavillon le moral plombé. Tout ce qu'il avait pu obtenir de Laurence Duplessis, c'est que sa sœur, peu de temps avant la période présumée de sa disparition, avait décroché son premier boulot sur un tournage de série télévisée. L'aînée avait été plus que méprisante pour sa cadette.

— Stagiaire ! avait-elle lâché. Vous vous rendez compte ? Mes parents se sont saignés pour lui payer des études et elle leur a ramené un poste de stagiaire !

Marouan s'installa derrière son volant et réfléchit. Finalement, l'information pouvait être importante. Dix-sept ans plus tôt, les producteurs français de séries ne devaient pas être nombreux.

Il s'empara de son téléphone et entreprit un travail fastidieux de recherche. Deux heures plus tard, il tenait enfin la liste des séries produites sur le territoire national à cette époque. Il y en avait neuf au total.

À présent, il lui fallait s'intéresser aux sociétés privées chargées de leur fabrication. Le jeune brigadier devrait s'armer de patience.

Il décida néanmoins de changer de lieu. Sa voiture, surchauffée par le soleil, se transformait peu à peu en fournaise.

Marouan démarra et se gara devant le premier bar qu'il croisa.

— Vous avez un fax ? demanda-t-il au patron en présentant sa carte. Un fax et un double-crème. Au fond de la salle, s'il vous plaît.

Recueillir la liste des intermittents ayant travaillé sur chaque série demanda du temps et de la persévérance. Les secrétaires de production stagnaient pour la plupart largement au-dessus de leur seuil de compétence. Mais, en acharné de la traque, Marouan alla jusqu'au bout. Et cet objectif qu'il visait depuis des semaines arriva entre les mains du patron du bistrot, sous la forme d'un long listing de salariés de l'industrie du spectacle.

Il trouva le nom de Solange Duplessis tout en bas de la septième page et, quelques lignes plus bas, dans le premier tiers du huitième feuillet, celui de Stanislas Opalikha.

Marouan dut lutter contre une formidable envie de crier sa joie. Il songea à contacter Pierre Delcroix. C'était à lui qu'il devait cette découverte grâce à laquelle il interpellerait peut-être bientôt l'Embaumeur. Il devait à cet homme sa part de vérité. Lui qui sombrait peu à peu dans la folie serait sans doute heureux d'apprendre qu'un policier le croyait vraiment, qu'il n'était pas fou.

Il tenta à plusieurs reprises de joindre Jacques Mariani, sans succès. Aussi poursuivit-il ses investigations téléphoniques.

Il ne demeurait plus qu'une information à découvrir : le lieu du tournage.

Et le meilleur moyen pour y parvenir, vu l'incompétence des secrétaires, restait encore de joindre les responsables de production.

Joël Sitruk, producteur, le renseigna immédiatement. La majeure partie de la série avait été tournée dans l'enceinte et les bâtiments de l'hôpital psychiatrique de Ville-Évrard, en banlieue parisienne. Il ne gardait aucun souvenir de Stanislas Opalikha. En revanche, il avait reçu la visite de deux policiers qui enquêtaient sur la disparition de Solange Duplessis. La jeune femme ne s'était tout simplement pas présentée un matin à son poste. Elle avait donc été remplacée sur-le-champ. Les intermittents du spectacle formaient à son idée une population pas toujours très fiable.

Un dernier appel mit Marouan en relation avec le secrétariat de direction de l'hôpital. Il ratait de quelques minutes le cadre chargé des relations avec l'audiovisuel. Mais il serait là dès huit heures, le lendemain matin.

Marouan prit rendez-vous et raccrocha. Il était seize heures trente.

Il régla sa note et décida de rallier Paris. Il irait au cinéma pour se changer les idées et peut-être rendrait-il visite à ses parents, même si, dans la cité où il avait grandi, on appréciait peu les policiers, quelles que fussent leurs origines.

85

La chambre funéraire était d'une laideur banale. Un portrait du Christ trônait au-dessus du radiateur recouvert d'une tablette en contreplaqué où s'alignaient des prospectus. Des rideaux bordeaux cachaient la lumière du jour, des vases du plus mauvais goût accueillaient des fleurs en tissu poussiéreuses. L'alcôve qui abritait les cercueils d'Élise et d'Oriane était protégée par des paravents en lattes de bois vernis.

Mariani avait refusé les bouquets du personnel de l'hôpital qui arrivaient par dizaines. Ils étaient entassés dans l'entrée et cachaient les fauteuils et la table du petit salon d'attente.

À quoi bon des roses pour celles qui ne pourront ni les voir ni les sentir.

Le professeur était arrivé avec les dépouilles. Il avait demandé la fermeture du cercueil d'Oriane lors de la mise en bière, incapable de laisser le petit corps inerte à la vue de ceux qui assisteraient aux funérailles.

Celui d'Élise, en revanche, n'était pas scellé. Pierre avait émis le souhait de voir une dernière fois celle qui allait tant lui manquer.

Planté devant la machine à café, Jacques Mariani

était accablé de chagrin. Comme un somnambule, il avait suivi l'employé de la morgue jusqu'à la chambre funéraire, grognant à chaque nouvelle livraison de fleurs. À présent, il tentait de recouvrer des forces pour les heures à venir.

Le caveau des Mariani allait s'enrichir de deux nouvelles venues. Il les avait aimées, peut-être plus que ceux qui pourrissaient déjà sous la lourde dalle gravée. Lui qui n'avait plus de famille en gagnait une dans la mort. Et l'épreuve allait être terrible.

L'heure n'était plus aux regrets, Jacques Mariani le savait. Pourtant, devant le petit cercueil et le visage maquillé d'Élise, il n'avait pu s'empêcher de refaire l'histoire. S'il avait été plus présent, plus attentif, s'il avait lu les rapports des psychologues, s'il avait pris soin de surveiller Opalikha, aurait-il pu éviter le pire ?

Bien sûr que non. Mais la culpabilité le gagnait. Imaginer une autre destinée pour ces deux êtres qu'il chérissait tant lui donnait un peu de réconfort. Élise aurait pu adopter la petite, prendre du repos, travailler à mi-temps et profiter de l'existence.

— Foutaises ! marmonna-t-il. Profiter de quoi ? Élise portait en elle le gène d'un tueur bien plus redoutable que tous les Stanislas Opalikha de la Terre !

Avec des gestes lents, il attrapa un gobelet en plastique, enfonça une capsule de café dans la machine et appuya sur le bouton. Le percolateur crachota avant d'expulser un liquide brun à l'odeur de brûlé.

Il resta encore un long moment, le regard dans le vague, tentant de chasser l'image des deux corps alignés dans l'oubli, juste à côté.

Le grincement de la porte d'entrée le fit se retourner.

Pierre Delcroix venait d'arriver. Mariani avait refusé qu'il participe à la torture des dernières formalités. Il lui avait demandé de se reposer et avait commandé un taxi pour qu'il le rejoigne quelques instants avant le départ pour l'église. Mariani avait organisé un office religieux sobre. Le prêtre, d'abord hésitant, prétextant que les enfants de Dieu ne pouvaient recevoir les derniers sacrements lorsqu'ils avaient décidé de quitter le monde des vivants par eux-mêmes, avait fini par céder devant la fureur et le désespoir de Mariani. Élise et Oriane n'avaient certes jamais montré d'attachement particulier à Dieu, mais celui de Mariani était fortement ancré dans son cœur et, tout curé qu'il était, Paul Hérault ne pouvait refuser une messe à un homme qui fréquentait déjà son église lorsqu'il portait des culottes courtes. Et puis, Mariani avait des arguments bien plus convaincants que le rapport d'un légiste. Sa contribution à la restauration des vitraux de la petite église de Berck-sur-Mer avait été plus que conséquente.

Pierre s'avança lentement vers le professeur. Très amaigri, des cernes de plus en plus marqués sous les yeux, il semblait à peine tenir sur ses jambes. Dans son costume sombre agrémenté d'une cravate noire, il paraissait comme rongé de l'intérieur.

— Elle est là ? demanda-t-il d'une voix brisée. Elle est comment ?

Les deux hommes restèrent un moment face à face, les yeux dans les yeux. Le chagrin qu'ils partageaient les avait rapprochés.

— Merci, ajouta Pierre. Je n'aurais pas su comment faire. Je n'ai même pas su pour ma mère.

Devant la volonté de Pierre de ne pas être présent à l'enterrement de celle qui l'avait élevé et qui lui avait volé sa vie, Jean-Marie Fontaine avait pris les obsèques de Marie-Jeanne en charge. Le vieux paysan n'avait pas insisté. C'eut été inutile, il le savait.

Comme il avait compris qu'il ne reverrait plus jamais celui qui avait partagé sa vie pendant quatre ans.

Mariani accompagna Pierre jusqu'à l'alcôve. Ils avancèrent dignement, dans un silence pesant. Aucun n'aurait su exprimer le chagrin, la douleur et l'impuissance qu'ils éprouvaient à cet instant.

Pierre s'approcha lentement du cercueil d'Élise.

Le choc fut si violent qu'il tomba à genoux.

Sa sœur était allongée là, devant lui, pâle et belle comme si elle avait été seulement endormie. C'était la première fois que Pierre voyait distinctement son visage. Les traits d'Élise étaient visibles, un peu tirés, ses lèvres pincées. Mais il pouvait imaginer son sourire fleurir sur sa bouche. Elle était si semblable à la vision qu'il avait eue d'elle sur la plage.

Il souhaita un instant qu'elle l'ait vu elle aussi, dans cet endroit trouble où l'âme errait juste avant la mort. Il s'accrocha au rêve qu'ils étaient tant liés, qu'elle avait ressenti sa présence jusque dans sa chair, qu'elle avait senti son soutien durant ses derniers instants.

— Pourquoi ne m'as-tu pas attendu ?

La souffrance de Pierre était immense. Pourtant, il pressentait que, bientôt, il serait à nouveau près d'elle, qu'il existait un lieu de lumière où ils finiraient par se retrouver et, peut-être, faire enfin connaissance. Ce monde étrange où il se rendait de plus en plus souvent ces derniers temps, cet univers magique caché derrière la lourde porte.

L'image de l'homme sombre s'imposa alors à son esprit.

Terrifié, Pierre se releva pour toucher du bout des doigts le visage de sa sœur. Le contact qu'il redoutait, froid et impersonnel, se révéla étrangement doux.

— Dis-moi ce que je dois faire. Dis-moi comment le mettre hors d'état de nuire..., chuchota-t-il.

Jacques Mariani se retira à cet instant. Pierre le sentit quitter la pièce dans son dos. Sa vision se troubla. Il voulut essuyer ses larmes, mais ses yeux étaient secs. Il se raidit et posa les mains sur celles de sa sœur, croisées sur sa poitrine.

— Dis-le-moi.

Pierre crut voir bouger les lèvres d'Élise à travers un brouillard de particules brillantes. Il se pencha vers elle, tentant de recueillir un souffle improbable.

Le visage d'Élise s'approcha du sien et tout son corps se détacha du cercueil. La chambre funéraire se volatilisa.

Pierre était debout dans un couloir aux nombreuses portes closes. Élise se tenait à ses côtés. Il put nettement sentir la douceur de sa paume sèche caresser la sienne. Il ferma ses grands doigts sur les siens. Son cœur débordait de joie et d'un amour immense. Ils se tenaient presque collés l'un à l'autre, peau contre peau. Pierre eut alors le sentiment qu'ils ne formaient qu'un. Un corps à deux têtes, deux cœurs et pourtant une seule âme. Dans les yeux d'Élise, il pouvait voir défiler sa vie à toute vitesse. Il distingua un petit garçon et sut que c'était Charles. Puis il reconnut Camille et découvrit Benoît, le père adoptif. Il entendit les cris de joie de la petite fille accrochée à son cerf-volant sur la plage, puis perçut son désespoir à la naissance de son frère. Il entendit aussi des bribes de cours, assis sur un banc au milieu d'autres étudiants, il écouta enfin la voix de Mariani résonner dans les couloirs de l'hôpital.

Élise l'entourait, comme une vapeur virevoltante.

— Je t'aime, murmurait-elle.

Ils avancèrent ensemble dans le long corridor. Pierre reconnut le phare et le taureau. Puis il vit des triangles éthérés s'avancer vers lui et se superposer juste devant ses yeux, formant une immense arche de pierre sculptée.

Tout au fond du couloir, il y avait une forme lumineuse. Pierre crut reconnaître un homme très grand en habit d'évêque.

Élise se détacha soudain de lui et s'avança vers une porte sombre. Elle semblait hésitante et perdue. Pierre vit sa sœur poser la main sur la poignée et ouvrir avec précaution. Un terrible sentiment de danger le cloua sur place.

— Ne fais pas ça ! hurla-t-il.

Mais Élise ne pouvait pas l'entendre.

Pierre regarda avec effroi le panneau s'ouvrir sur une forme sombre et mouvante. L'homme en noir se précipita vers lui. Il sentit des liens mordre ses poignets et ses chevilles, d'effroyables images d'animaux éclatés et de corps en décomposition s'imprimèrent sur sa psyché malmenée.

Pierre hurla.

Il se frappa la tête contre un parpaing, sentit la morsure du béton sur son front, le sang dégouliner dans ses yeux. Son pantalon se mouilla d'une urine malodorante, il tira sur son pénis devenu minuscule. Un gros chat sans queue lui cracha sa haine au visage.

Puis l'homme en noir s'éloigna et se jeta sur Élise.

Impuissant, Pierre le vit investir le corps de sa sœur qui s'écroula devant lui.

Toutes les portes du couloir s'ouvrirent en même temps, libérant des dizaines de silhouettes humaines qui se regroupèrent pour se dématérialiser sous ses yeux.

Élise était à nouveau près de lui, sa main dans la sienne.

Pierre put enfin entendre sa voix, claire et gaie.

— Pierre, mon frère, mon amour, lui dit-elle en riant. Laisse donc la porte close au tourbillon des choses.

86

Salah Tounsi ne parvenait pas à détacher son regard de la grande silhouette de Pierre Delcroix, debout juste devant elle. Il lui paraissait solide et fragile à la fois. Cet homme, cette force de la nature ressemblait à un squelette articulé en costume, maintenu droit par un piquet. Elle ne pouvait distinguer son visage, mais elle devinait sa douleur aux sanglots qui secouaient sa carcasse.

Lorsque Mariani lui avait dit que le frère d'Élise serait présent, le cœur de Salah avait manqué un battement. En accompagnant la jeune femme à sa dernière demeure, Salah avait rencontré le deuxième enfant abandonné. La journaliste avait trouvé un nouveau sens à ses recherches sur la crypte. Elle pourrait transmettre ses découvertes au dernier maillon de la chaîne.

La cérémonie religieuse s'était déroulée dans une grande émotion. Au passage du petit cercueil d'Oriane, une vague de murmures avait traversé l'assemblée et fait frissonné Salah. Elle avait eu du mal à retenir ses larmes. Pourtant, elle s'était préparée à cette terrible journée. Elle s'était juré d'être forte, pour les vivants, pour Pierre Delcroix, à qui elle devait la vérité.

Salah avait souhaité dire au revoir à Élise et à Oriane, même si, dans sa conception de la mort, ces deux-là étaient déjà bien loin. Pour Salah, l'existence de l'âme avait été fortement perturbée par ses nouvelles connaissances sur le sommeil et le rêve. Si les songes n'étaient que des messages chimiques envoyés par le cerveau pour reprogrammer l'individu, qu'en était-il de l'âme ?

Élise souffrait d'une terrible maladie génétique. Pierre aussi. Cette affection étrange et terrifiante avait poussé leurs ancêtres à bâtir un sanctuaire pour y mourir en paix.

Salah trembla.

Qu'en était-il au début du siècle dernier ? Comment ces hommes et ces femmes vivaient-ils avec cette menace ? Henry Malveil lui avait longuement décrit les privations, la douleur de cette famille rejetée de tous. N'avaient-ils pas été brûlés pour sorcellerie au Moyen Âge ? Ou emprisonnés, voire exécutés ou traités comme des animaux de laboratoire ?

Il ne restait à ces êtres que très peu d'espoir. La crypte leur avait probablement servi de refuge dans leurs derniers instants, loin de tous ces regards malveillants. L'existence de l'âme n'était-elle pas un ultime rêve pour oublier l'impensable issue à laquelle ils étaient condamnés ?

Dieu n'était-il pas une invention humaine ? Une nécessité, un nouvel artifice de l'évolution pour assurer la pérennité de l'espèce ? Au même titre que la couleur des peuples ou leurs caractéristiques physiques ?

Salah ne connaissait pas les réponses.

Dieu, l'âme. L'éternité.

D'après Mariani, chaque événement avait une explication rationnelle. Il ne voulait pas laisser de place aux chimères. Il cherchait dans la biologie et la physique une réponse aux énigmes de la vie. Était-il dans le vrai ? Ou était-il lui aussi guidé par sa peur de la mort ? Mariani craignait-il d'imaginer un monde tournant sans lui ?

Salah soupira et se repassa le fil des dernières semaines. Elle s'était surprise à prier dans le silence de sa chambre. Comment en était-elle arrivée là ?

La guerre, les massacres d'innocents l'avaient définitivement écartée de l'idée d'un Dieu attentif, grand organisateur d'un univers évoluant vers un mieux-être. Et elle refusait l'idée d'un Dieu vengeur ou spectateur passif de mises à mort.

Les croyants se réjouissaient du libre arbitre.

Salah croyait en la théorie de Jouvet.

Nous sommes tous des êtres sophistiqués, résultats de millions d'années d'évolution. L'ADN existe. Nous en avons la preuve. Mais l'âme...

Salah regarda le cercueil d'Élise descendre dans la fosse. Elle imagina son corps raide et froid et se persuada qu'elle n'était plus là. Élise n'avait pas eu besoin de sa chair pour être vivante aux yeux de Salah. Là était tout le paradoxe.

Alors, âme ou physiologie ?

Esprit ou interconnexions neuronales ?

Cela n'avait finalement pas vraiment d'importance.

Elle n'avait pu la rencontrer, elle ne savait pas comment elle lui était apparue, mais elle allait rendre un homme à ses origines, une sœur à son frère. Simplement parce qu'elle avait vu dans le triangle l'ultime message d'une lignée d'humains désespérés.

Le cortège avait escorté les dépouilles jusqu'au petit cimetière, sous un soleil radieux. Mariani et Pierre avaient tenu à ouvrir la marche, suivis par le capitaine Lieras, le commandant Galien Galiano et quelques-uns de leurs collègues. Salah s'était mêlée aux curieux et au personnel de l'hôpital.

À chaque pas, elle s'était accrochée aux dernières images qu'elle conservait d'Oriane. Son sourire, ses petites mains dans le sable chaud, son adorable visage abîmé et ses yeux rieurs.

À présent, elle tentait désespérément de chasser la haine qui enflait dans sa poitrine à l'évocation de Stanislas Opalikha. Elle ne parvenait pas à se pardonner certains fantasmes auxquels elle s'était abandonnée en pensant à lui.

Tu ne pouvais pas savoir, se répétait-elle.

Mais, inlassablement, elle se voyait allongée sur son lit, sa main entre ses cuisses, ses pensées tournées vers cet homme magnifique.

Qu'est-ce qui l'avait attirée vers lui ? Son physique, indubitablement. Son regard. Il l'avait détaillée comme un homme jauge une jolie femme. Un éclat de désir dans les prunelles. L'avait-elle imaginé ?

Salah eut envie de vomir.

Elle avait joui en imaginant ce monstre couché sur elle, en rêvant d'une nouvelle vie de femme. Elle avait tant envie de plaire, d'oublier son handicap. Pourquoi avait-il fallu que ce soit lui ?

Elle quitta ses lugubres pensées, les mâchoires serrées et les yeux fixés sur le petit cercueil d'Oriane ballotté par les cordages qui le descendaient dans le caveau.

Au revoir, ma puce.

Bouleversée, Salah se détourna et s'éloigna en courant presque. Elle s'effondra sur un banc placé un peu plus loin, le visage enfoui dans son bras. Puis elle suivit la fin de l'inhumation assise là, immobile, incapable de s'approcher.

Elle regarda les gens s'éloigner du caveau par petites grappes. Seul Pierre restait devant la tombe. Mariani, Galien et sa femme la saluèrent en passant. Le professeur posa un baiser sur sa joue humide et lui murmura :

— À plus tard. Courage, Salah. Courage.

La galerie vitrée de l'hôpital allait être rebaptisée « galerie des Trois Anges » en mémoire d'Élise, Oriane et Françoise. Jacques Mariani avait invité la presse, le maire et quelques sommités de la ville.

Salah n'avait pas souhaité s'y rendre.

Elle avait proposé au professeur de raccompagner Pierre à la grande maison coloniale où ils se retrouveraient tous dans la soirée.

Restait à approcher l'homme.

Salah laissa passer encore de longues minutes. Elle observa le camion des ouvriers manœuvrer et les hommes en descendre, la cigarette aux lèvres.

Pierre Delcroix tourna la tête vers eux. Son regard effleura le visage de Salah, vide et brillant de larmes. La journaliste lui fit un signe de la tête. Écrasée de chagrin, elle restait accrochée à son banc.

Pierre hésita, la fixa encore un moment avant de se décider. Il s'avança alors lentement vers elle et prit place à ses côtés.

Ils pleurèrent tous les deux sans se regarder. Puis, dans un même mouvement, ils se levèrent et marchèrent côte à côte, longeant les allées bordées de fleurs et de plaques commémoratives.

— Je déteste ces endroits, marmonna-t-il.

— Allons sur la plage, voulez-vous ?

Ils mirent environ dix minutes à rejoindre la promenade Debeyre, qu'ils suivirent sur quelques centaines de mètres avant de trouver un endroit un peu tranquille. Les premiers baigneurs investissaient déjà les lieux, bardés de serviettes de plage et de matelas gonflables.

— Je déteste ces gens qui s'amusent, grogna Pierre.

— Allons sur une île déserte, voulez-vous ?

Pierre ébaucha un sourire.

— Je crois que je vous aime bien.

— Moi aussi, glissa Salah.

Ils s'installèrent entre deux dunes, à l'abri du vent et du soleil, face à la mer. Ils s'abîmèrent longtemps dans la contemplation du vol des mouettes et de la course effrangée des nuages de haute altitude.

— C'est beau, ici.

— Rien ne me paraîtra jamais plus beau.

— Je n'en suis pas si sûre, répondit Salah d'une voix énigmatique.

Pierre tourna son visage vers celui de Salah.

— Avez-vous connu ma sœur ? Avez-vous eu cette chance ?

Salah secoua la tête.

— J'aurais beaucoup aimé, Pierre. Je l'ai rencontrée, en quelque sorte. Mais c'est difficile à expliquer.

— Je crois savoir comment.

Cette fois, la surprise déforma les traits tendus de Salah.

— Voulez-vous m'éclairer ? ajouta-t-il.

La journaliste prit une grande inspiration.

— Je m'appelle Salah Tounsi. Je travaillais à Kaboul lorsque j'ai été victime d'un attentat. Je suis restée près de trois semaines dans le coma.

Ainsi Salah débuta son récit. Elle décrivit à Pierre son réveil, la présence d'Élise et le triangle sur son médaillon. Pierre l'écouta, attentif et silencieux. Il semblait à peine surpris par ces révélations.

— C'est pourquoi nous avons décidé, Réjane et moi, conclut-elle, de trouver l'origine de ces armoiries.

Pierre renifla.

— J'ai perdu ma sœur, ma mère adoptive. Et je vais bientôt mourir. Mais vous êtes là. Et vous voulez me faire croire que vous allez me rendre ma vie ? Qui suis-je ? D'où je viens ? Pourquoi avons-nous été séparés ?

— Pierre, les recherches ont été fructueuses. Grâce à ce médaillon, nous avons retrouvé vos origines ! Nous savons qui vous êtes. Et qui était Élise !

Pierre Delcroix regarda Salah comme si elle avait été transparente.

— Pierre ?

Il se mordit les lèvres.

— Vous avez encore un oncle en vie, ajouta-t-elle. Son nom est Malveil. Henry Malveil.

— Malveil. Pierre et Élise Malveil. Pierre et Élise, répéta-t-il.

Pierre était sous le choc.

Salah s'approcha et glissa son bras valide autour des larges épaules parcourues de tremblements.

— Malveil… Pour un homme qui ne dort plus, c'est presque trop beau !

Salah fronça les sourcils. Elle ne connaissait pas ce détail. Mariani lui avait exposé ses craintes face à la santé de Pierre. Il lui avait dit combien il souffrait de ces hallucinations qui le déconnectaient régulièrement de la réalité. Mais il n'avait pas parlé d'insomnie.

— Il a beau me brancher à toutes ces machines, il ne l'accepte que très difficilement. Cela fait des semaines que je ne dors plus.

— C'est impossible ! s'exclama Salah.

— Vous voyez…

Pierre lui parla alors de ses angoisses, de l'horreur de ces nuits sans sommeil, de ce corps qui lui échappait peu à peu.

— J'ai une foutue saloperie qui me bouffe le cerveau, qui m'envoie des images terrifiantes. Et qui ne me laisse aucun répit. Une foutue mutation génétique.

— Quelque chose qui frappe votre famille depuis des siècles, apparemment, suggéra Salah. Un mal mystérieux. Implacable.

Salah lui raconta en détail comment, à partir du triangle, elle avait découvert la grotte, la crypte et reconstitué la lignée des Malveil. Elle lui narra l'histoire de sa naissance, la malédiction et la peur de ceux qui avaient assassiné Martin, son père. Elle acheva son récit en lui tendant une petite boîte.

— Un cadeau de votre oncle. Il n'a jamais eu d'enfant et Martin n'en possédait qu'un. Il vous revient naturellement.

Pierre ouvrit le coffret et saisit le médaillon entre ses doigts tremblants. Il détailla les ciselures et passa la chaîne autour de son cou.

— Je l'ai vu. Il était partout dans ma tête. J'ai aussi vu une grande arche. Avec des signes gravés. C'était magnifique. Et au loin, il y avait un homme en habit d'évêque.

Salah sursauta. Elle n'avait pas parlé de l'évêque de Toul, ni décrit la crypte à Pierre. Quand il lui tendit une feuille de papier chiffonnée couverte de dessins représentant parfaitement l'arche, elle retint un cri de surprise.

— C'est impossible…

— Je dois aller là-bas, Salah. S'il vous plaît. Pouvez-vous m'y conduire ?

87

Le soleil descendait sur l'horizon. Il était presque vingt et une heures et la propriété de Jacques Mariani retrouvait enfin son calme habituel.

Seul le capitaine Lieras s'attardait encore. La conversation qu'il entretenait avec le professeur et Salah le laissait dubitatif à l'extrême. Pour lui, Pierre Delcroix était un simple malade, embarqué malgré lui dans une affaire criminelle dont les ramifications lui échappaient. Il ne comprenait toujours pas comment il avait pu trouver Élise et, puisque son état de santé périclitait, il ne le saurait sans doute jamais.

Une partie de l'enquête, menée autour de Stanislas Opalikha et qui avait permis de retrouver son frère pendu dans un hôtel particulier de Bordeaux en compagnie de deux autres cadavres, ne serait peut-être jamais résolue. À moins que la police ne l'attrape, ce qui n'était pas impossible. Mais son passé criminel ne plaidait pas pour cette éventualité. Opalikha était un tueur pervers, peut-être pas très intelligent mais malin, rusé, discret et très opportuniste.

Mariani prêchait pour sa paroisse. Lieras l'avait écouté avec beaucoup d'intérêt. Pour le scientifique, les hallucinations de Pierre, celles qui avaient mené son patient jusqu'à sa sœur, ne pouvaient être que des bribes de souvenirs enfouis, d'états de conscience altérée entre lesquels il était incapable d'établir un pont. Son être tout entier se délitait peu à peu. Pierre ne se souvenait pas, tout simplement. Il avait obligatoirement croisé Opalikha à un moment ou à un autre, à Berck ou ailleurs, dans un passé très proche ou plus lointain. Tout le reste, les visions, l'extralucidité après laquelle Marouan Chraïbi s'accrochait, ne pouvait être que fantasmes brandis devant l'ignorance. En cela, il rejoignait la position défendue par Lieras.

De son côté, Salah parlait peu. Elle ne se résolvait pas à raconter la découverte de la crypte, des ossements, de la lignée de malheureux sans doute atteints de la même pathologie qu'Élise et Pierre, *via* une longue chaîne d'êtres humains maudits par leur naissance.

Pas devant un policier.

Et comme elle n'avait pas trouvé un moment pour s'en ouvrir à Jacques Mariani au cours de cette journée pénible, Salah attendait le départ de Lieras avec impatience. Elle participait à la conversation du bout des lèvres, rongeant son frein, plus par convenance que par véritable intérêt.

— Vous ne trouvez pas que ça fait un peu beaucoup ? s'insurgea-t-elle soudain.

— Beaucoup de quoi ? dit Lieras en relevant le nez de son verre.

— Beaucoup de hasards et de coïncidences ! acheva la journaliste.

— Mon métier est fait de ce genre de choses, exposa le capitaine. Quand j'ouvre une enquête, je vois d'abord des faits bruts. Et puis ensuite arrivent justement ces hasards et ces coïncidences dont vous parlez. Ce n'est qu'en approfondissant la connaissance du suspect que cette interprétation disparaît. Et ça a toujours été comme ça. Dans tous les domaines, n'est-ce pas, professeur ?

— Pour ma part, intervint Mariani, je dois admettre que je peux me tromper sur le cas de Pierre. Finalement, il me sort de mon train-train. En général, je m'occupe de personnes plongées dans le coma. Lui est à l'opposé de cette situation. Il est en éveil permanent. Bien sûr, dans les deux cas, on peut parler de troubles de l'éveil. Mais je possède bien plus de compétences dans un sens que dans l'autre. Quoi qu'il en soit, la chimie de…

— Il fait quoi, là, s'il ne dort pas ? le coupa Lieras en désignant Pierre.

Mariani se retourna vers la pergola. Pierre s'était installé sous son ombre rafraîchissante, dans une chaise longue rembourrée d'un matelas et d'un oreiller. Il gardait les yeux clos, son grand corps amaigri tremblait légèrement et des spasmes faisaient tressaillir l'une de ses mains posées sur son ventre.

— Non, il ne dort pas, observa Mariani. Je lui ai

fait passer des examens sous IRM et, même dans ces phases de repos apparent, son cerveau reste en éveil. C'est une situation abominable. Imaginez un peu ne plus trouver le sommeil pendant des semaines ! C'est inhumain.

— Je rentre à Lille demain à la première heure, lâcha Lieras. Ma direction ne juge pas utile de poursuivre l'enquête depuis Berck-sur-Mer ou Bordeaux. Et moi non plus, d'ailleurs. Je vais vous laisser.

Il vida son verre et se leva.

— Merci encore pour votre accueil, professeur Mariani. Madame Tounsi, ce fut un plaisir. Faites mes amitiés à Réjane.

Mariani accompagna Lieras jusqu'à sa voiture, stationnée dans l'allée. Puis il rejoignit Salah. Il s'assit en poussant un profond soupir.

— Ça se termine, dit-il en regardant ses paumes. Oui, cette journée aura été difficile, mais ô combien nécessaire.

— Professeur Mariani, attaqua alors Salah, je vais emmener Pierre avec moi.

— Pardon ? Vous voulez l'emmener où ?

Salah prit une grande bouffée d'air tiède avant de se lancer.

— Le médaillon d'Élise, professeur.

— Eh bien, quoi ? Qu'est-ce qu'il a, ce médaillon ?

Mariani semblait agacé.

— Calmez-vous, professeur, le tempéra Salah. Pierre est d'accord.

La voix de Mariani se fit plus rude que d'ordinaire.

— Il est d'accord pour quoi, exactement ? Vous avez vu dans quel état il est ? Cet homme va mourir. J'ignore dans quel délai mais ce n'est plus qu'une affaire de semaines, de jours peut-être.

— Eh bien, justement, il n'est que temps.

— Expliquez-vous, que diable !

Salah raconta alors tout ce qu'elle avait découvert depuis son départ de l'Hôpital maritime. Le médaillon, les armoiries des Saulxures de Jaulny, le triangle apparu à la fin du XVIIIe siècle, le château, Aline, et enfin la crypte et ses sépultures. Elle n'omit aucun détail. Il était important que le scientifique puisse bâtir une architecture intellectuelle cohérente.

— C'est... incroyable ! lâcha-t-il à la fin de l'exposé de la journaliste. Incroyablement délirant, même. Mais la matière est indubitable. Qu'est-ce que...

Mariani cherchait ses mots. Il ne voulait pas paraître crédule et, pourtant, l'histoire de Salah fonctionnait si bien. Il avait beau la tourner en tous sens, il n'en isolait pas la faille.

— Qu'est-ce qu'ont donné les caryotypes de vos squelettes ?

Questionner Salah sur un sujet qu'il maîtrisait lui permettait de donner le change.

— C'est en cours, tiqua-t-elle. Seules ces analyses nous donneront la preuve que tous les ossements appartiennent bien à des ascendants d'Élise et de Pierre et qu'ils souffraient tous du même mal. Apparemment, la tâche n'est pas aisée. Les os sont très abîmés, extrêmement anciens pour la plupart.

— Mais vous me disiez que vous en aviez identifié certains ?

— C'est la généalogie qui nous a permis de relier Sean Galloway, Nathié et Macare, expliqua Salah. Malveil, de son côté, nous a livré la véritable histoire d'Élise et Pierre.

— Extraordinaire ! répéta Mariani plusieurs fois.

Il réfléchit en silence un long moment. Salah le laissa faire, persuadée qu'il ne s'opposerait plus au départ de son patient.

— C'est extraordinaire !

— Vous radotez, le taquina Salah.

— Vous avez raison, mais avouez qu'il n'y a pas d'autre mot.

— Je ne cesse de me le répéter, confia la journaliste. Maintenant, il faut comprendre la signification de cette arche. Est-ce un passage, un mémorial ou que sais-je ? Et surtout, pourquoi ? Pourquoi tous ces gens sont-ils venus mourir là ?…

Mariani se leva d'un bond.

— Il faut qu'ils cherchent sur le chromosome 20 ! s'exclama-t-il.

Cette fois, ce fut au tour de Salah d'arrondir les yeux.

— Quel labo travaille sur les squelettes ? demanda-t-il sans laisser à Salah le temps de respirer.

— Un département du CNRS à la fac de sciences de Nancy.

— Parfait, je les appelle tout de suite. Il faut absolument qu'ils cherchent sur le chromosome 20.

— Euh… je peux comprendre ?

— Pour découvrir si les ancêtres d'Élise et de Pierre souffraient de la même affection, comme semble le dire votre M. Malveil, alors nous pouvons le prouver. Et pour le prouver, il faut explorer l'ADN au bon endroit. Oui, c'est ça ! Jamais ils ne trouveront s'ils ne savent pas où chercher. C'est grand, le génome, vous savez ! Vous avez pu établir un lien de parenté entre certains d'entre eux grâce à des arbres généalogiques, c'est très bien, mais pour moi, ce n'est qu'un début. Il faut maintenant aller plus loin. Il faut tout d'abord démontrer qu'ils souffraient de la même maladie et… Oh ! Mon Dieu ! On pourrait même avec un peu de chance déterminer quand a eu lieu la mutation ! Nous serions devant un cas patent de Creutzfeldt-Jakob ou autre maladie à prion… avec des preuves sur des siècles et, pourquoi pas, ses origines !

Mariani fonça vers sa maison, où il disparut, laissant Salah tenter de comprendre ce qui l'avait si rapidement enflammé.

Ses yeux se posèrent sur Pierre, toujours allongé sur la chaise longue.

Elle se félicita de la réaction de Mariani. Il allait être un allié de taille dans sa quête. Avec son concours, Pierre aurait peut-être le temps de connaître l'entière vérité sur le sens de sa vie. Et sans doute aussi sur celui de sa mort prochaine.

— J'ai eu quelqu'un à Nancy, clama Mariani en ressortant de la maison. Ce sont des couche-tard. Vous pensez, leurs séquenceurs valent une fortune, alors ils les rentabilisent au maximum !

Il allait rejoindre Salah quand Pierre grogna puis se leva lentement.

— J'y vais, j'y vais, souffla-t-il en grimaçant. Je sais où il est…

— Qu'est-ce qu'il a ? demanda Mariani en regardant Salah.

— Aucune idée, répondit-elle. Mieux vaut l'accompagner.

Pierre entra dans la demeure, monta directement au premier étage en se tenant à la rampe de l'escalier. Puis il gravit plus lentement les degrés du second escalier. Salah et Mariani le suivirent de près, parés à le soutenir en cas de défaillance. Pierre emprunta un couloir, hésita et ouvrit une porte sur sa droite.

— C'est la chambre que j'occupais quand j'étais enfant, murmura le professeur. Je ne vois pas bien…

Pierre traversa la pièce et se campa devant une grande armoire en bois. Il la contourna, posa ses mains sur le côté du meuble et poussa dessus de toutes ses forces. Lorsqu'il l'eut déplacée d'un mètre, il se mit à quatre pattes et scruta les lattes du parquet.

— Ciseaux, grommela-t-il sans relever la tête. J'ai besoin d'une paire de ciseaux !

Perplexe, Jacques Mariani s'exécuta sans broncher. Il revint une minute plus tard avec l'instrument demandé. Pierre introduisit les ciseaux dans un trou du plancher et les inclina dans toutes les directions, allant jusqu'à tordre les lames. Son manège souleva légèrement une latte, de telle sorte qu'il put y glisser deux doigts.

— Mais il va me casser la baraque ! s'indigna Mariani.

Un craquement sourd mit fin aux cent cinquante années de bons et loyaux services de la latte de chêne. Mais Pierre n'en eut cure. Un sourire charmant illumina même son visage quand il plongea la main dans le trou béant.

Lorsqu'il la retira, il tenait entre ses doigts un petit objet en métal terni.

— Monsieur Pompon va être content, dit-il avec un rire enfantin. Il n'y arrivait pas.

— Qu'est-ce que c'est ? demanda Salah.

Mariani avait le souffle court.

— C'est…, essaya-t-il de dire.

— Pompon ? cria Pierre. T'es où, le matou ?

— Eh bien, allez-vous parler ? le relança Salah. On dirait que vous avez vu le diable.

— C'est un insigne militaire qui appartenait à mon grand-père, susurra Mariani.

— Et après ? Ça ne vaut pas tout ce remue-ménage, tout de même.

— J'ai eu droit à trois mois de punition à cause de cette babiole. Mon père y tenait beaucoup et mon frère s'est défaussé sur moi. Je ne l'ai jamais retrouvée…

— Voilà qui est réparé, acheva Salah, très pragmatique.

— À un détail près, reprit Mariani. Je suis absolument certain que Pierre n'est jamais monté à cet étage.

— Vous ne croyez toujours pas aux visions de Pierre ?

— Des hallucinations ! gronda Mariani, décontenancé. Pas des visions, Salah. C'est différent ! Mais comment est cc possible ? J'ignorais où était cet insigne. Je ne pouvais donc pas le lui souffler.

— Pierre semble avoir une sorte de don. Se peut-il qu'il soit médium ? Se peut-il que la voyance ait une explication… disons, scientifique ? Médicale ?

Mariani lui lança un regard dubitatif.

— Une dégénérescence du cerveau, des hallucinations… Si c'est le cas, si la médiumnité s'explique, alors je trouverai. De toute façon, ajouta le professeur en quittant la pièce, quand on est convaincu du rôle des rêves dans l'individuation psychologique, on ne croit pas en Dieu. Ni aux miracles !

88

L'homme était sympathique, quoiqu'un peu m'as-tu-vu. À l'entendre, il connaissait tout, possédait un bras incroyablement long et l'hôpital ne tenait que grâce à ses compétences.

En réalité, David Grousset, ex-cadre technique de l'APHP, s'était vu offrir un placard vingt ans plus tôt. Il gérait depuis lors les tournages de films dans l'enceinte de l'hôpital psychiatrique de Ville-Évrard.

— On a eu jusqu'à quinze cents patients ici, vous vous rendez compte ? était-il en train de commenter.

Depuis un quart d'heure, Marouan écoutait patiemment l'exposé de Grousset. Un industriel du XIXe siècle, accablé par le sort des combattants revenant de Crimée, s'était lancé dans le projet pharaonique de cette cité médicale initialement prévue pour le repos. Une mairie portant son nom était sortie de terre, puis une église, un théâtre, des dizaines d'hectares de parc, une forêt et même un lac, depuis longtemps transformé en marais interdit au public.

La nuit avait été longue pour le brigadier, qui écoutait distraitement tout en se frottant les yeux régulièrement. Une séance au Max Linder, son cinéma préféré de la capitale, puis un restaurant où il avait sympathisé avec une bande de jeunes soiffards inhumant la vie de célibataire de l'un d'entre eux. Tout cela s'était achevé à cinq heures du matin par une soupe à l'oignon improvisée chez le postulant à la vie maritale. Un bon moment imprévu, mais qui enveloppait ses perceptions dans un léger brouillard renforcé par le monologue de son interlocuteur.

— Je vous conduis ?

Grousset venait d'interrompre sa diatribe et regardait Marouan, un léger sourire au coin des lèvres.

— Pardon ? demanda Marouan, tiré de ses pensées par le silence soudain.

— Le tournage qui vous amène s'est déroulé dans deux bâtiments, le Savoie et le Normandie. Je me propose de faire une petite visite.

— Je n'attendais que ça, confia Marouan en se levant.

Grousset attrapa un énorme trousseau de clés qu'il fit tourner dans sa main.

— Ça ouvre tout Ville-Évrard ! dit-il fièrement.

Ils sortirent du bâtiment administratif et montèrent dans une vieille 4L de service.

— Vous avez du nouveau sur la disparition de cette jeune femme ? demanda Grousset.

— Peut-être, éluda Marouan.

Grousset conduisit le brigadier dans les deux anciens pavillons pour aliénés qui avaient été utilisés pour le tournage sur lequel Stanislas Opalikha et Solange Duplessis avaient travaillé quelque temps.

Ils les visitèrent entièrement. Les caves intéressèrent particulièrement le policier. Elles étaient constituées de fosses en pierre maçonnée qui descendaient à dix mètres sous terre. De là partaient des galeries interminables, empruntées par les canalisations d'eau et de chauffage de l'hôpital. À certains endroits, des accès murés indiquaient l'emplacement d'autres souterrains. Marouan cacha son excitation. L'Embaumeur pouvait avoir trouvé dans ces lieux sombres d'infinies possibilités de caches pour ses victimes.

Après cette longue investigation, Grousset l'entraîna dans l'ancienne morgue de Ville-Évrard. Les tables de travail, percées de trous pour l'écoulement des liquides corporels, sortirent de l'obscurité sous une lueur blafarde. Tout était gris, d'une tristesse infinie. Dans une pièce voisine, d'antiques caissons frigorifiques béaient dans la pénombre, offrant au regard des chariots en bois patinés par le frottement d'innombrables corps.

Marouan retrouva la lumière du soleil avec plaisir.

— Ambiance intéressante, apprécia-t-il. Mais glauque !

— Vous avez forcément aperçu cet endroit dans des dizaines d'épisodes de séries policières.

— J'en doute, répondit Marouan. Je ne regarde pas ce genre de programmes.

— Pourquoi donc ?

— Vous avez déjà vu un commissaire de quatre-vingts ans courir après un malfrat, un flingue à la main ? Moi, jamais !

Grousset allait répondre quand son téléphone sonna.

— Excusez-moi, dit-il en décrochant. Oui ?

Par discrétion, Marouan s'éloigna de deux pas.

La morgue se situait à l'extrémité d'un long bâtiment en U dont la mairie formait le plus petit segment. Au milieu de la cour, une église dressait son clocher pointu couvert d'ardoises moussues. Chaque entrée était reliée aux autres par des allées couvertes, qui elles-mêmes rejoignaient une coursive centrale.

Les architectes du XIXe siècle avaient conçu le centre pour que les médecins puissent aller et venir sans s'inquiéter des intempéries. De part et d'autre de l'église, trois cèdres majestueux balançaient leurs ramures dans le vent.

L'endroit inspirait la paix et le repos. Marouan avait du mal à imaginer que des centaines de malades mentaux aient pu vivre là. Il s'y était sans doute déroulé bien des expériences pour tenter de les soigner. La chimie, les chocs électriques, les thérapies de tous acabits avaient dû faire ici bien des ravages.

— Je dois vous laisser, se navra Grousset. J'ai un écrivain qui voudrait visiter le bâtiment Île-de-France. Vous savez, c'est celui où Camille Claudel a séjourné. Je vous raccompagne ?

— Merci, déclina Marouan. Je vais marcher un peu.

— Alors, à bientôt. Vous êtes garé loin ?

— Parking visiteurs.

— Un petit quart d'heure en flânant, énonça Grousset d'un air entendu. À bientôt peut-être.

Marouan fut soulagé de voir partir son hôte. Il avait besoin de silence pour réfléchir : l'endroit s'y prêtait idéalement. Il contourna la morgue et remonta les bâtiments côté jardin, la forêt domaniale sur sa droite.

Une idée lui était venue, alors qu'il suivait Grousset dans sa visite. Certaines hallucinations de Pierre Delcroix trouvaient peut-être une explication partielle. Marouan se souvenait des propos de Mariani. Le professeur lui avait expliqué que son patient voyait des scènes anodines qui se répétaient à l'infini, de courtes visions incompréhensibles. Ces hallucinations pouvaient correspondre à des prises de vues cinématographiques. C'est peut-être ce que Pierre Delcroix avait voulu illustrer avec ces multiples portraits identiques qui semblaient prendre vie quand on les faisait défiler.

Peut-être, c'était mince.

Marouan marcha jusqu'au bâtiment Savoie. C'est là qu'une demi-heure plus tôt, il avait ressenti le plus de sensations confuses. Il ignorait quelle en était la cause, mais il voulait en avoir le cœur net. Au besoin, il repasserait voir Grousset pour obtenir la clé.

La porte principale était fermée. Marouan fit le tour du pavillon. Sur l'arrière, le jardin clos était toujours parfaitement entretenu par l'équipe de jardiniers du domaine. Il franchit le muret d'enceinte et remonta jusqu'à la vieille véranda qui avait dû servir de jardin d'hiver. Sur les trois portes arrière, une bâillait de quelques centimètres. Marouan examina la serrure et constata qu'elle avait été forcée et, aux stries brillantes sur le métal, il sut que le forfait était très récent.

Son cœur s'emballa légèrement.

Marouan toucha la crosse de son automatique à travers sa veste. En théorie, il n'aurait pas dû se promener avec, mais il se félicita de sa présence.

Il poussa la vieille porte.

Le grincement engendré par ce geste lui sembla assourdissant. Marouan retint son souffle et attendit un instant. Les murs décrépis absorbèrent l'onde sonore, rendant au bâtiment un calme presque tangible.

De la véranda, Marouan pénétra dans une petite salle où se tenaient encore des vestiges de sanitaires. Cette fois, il sortit son arme et la braqua devant lui.

Il s'engagea dans le couloir du rez-de-chaussée. Une légère sueur perlait sur son front. Il essaya de faire le vide dans son esprit, pour ne s'occuper que de ses sens. Oublier Stanislas Opalikha, sa première victime, le fait qu'il marchait dans le même bâtiment que l'assassin dix-sept ans plus tôt était primordial.

Il ne perdait pas de vue ce qui l'amenait là. Le profil psychologique d'Opalikha indiquait qu'il était susceptible de revenir sur le lieu de son premier crime. Une forme de sentimentalisme morbide guiderait sans doute ses pas, s'il se trouvait dans une position de repli ou de fuite. Mais Marouan ne devait surtout pas laisser ses émotions le dominer. Avancer, rester prudent, réagir au bon moment, voilà quel était son travail.

Alors il continua, faisant front devant chaque porte, la gueule de son canon en première ligne.

La fouille du rez-de-chaussée ne donna rien, celle du premier étage non plus. C'est en visitant le second, découpé en anciens appartements de fonction, qu'il entendit un bruit. Apparemment, cela provenait du bas. Marouan se jeta dans l'escalier, utilisant le mur de gauche comme appui.

Il allait revenir dans le couloir quand il vit une silhouette passer furtivement devant lui. La rapidité de la scène l'empêcha d'identifier ce que l'intrus tenait dans sa main. Instinctivement, Marouan roula à terre pour se placer dans un angle qui le protégerait d'un tir possible.

— Halte ou je fais feu ! hurla-t-il.

Mais personne ne lui répondit. Marouan se releva.

Des bruits de pas diminuaient dans le couloir. Le policier eut juste le temps d'apercevoir dans quelle direction le fuyard s'en était allé. Il s'agissait d'un homme, un mètre quatre-vingts environ, le crâne rasé.

Tu prends ton portable et tu appelles des renforts ! s'encouragea-t-il.

Mais il n'en fit rien. Marouan n'avait prévenu personne de sa visite à Ville-Évrard. En toute logique, Lieras trouverait le lendemain matin l'avis de recherche de Solange Duplessis sur son bureau, accompagné du portrait réalisé par Pierre Delcroix.

Marouan voulait Opalikha pour lui tout seul. Il s'élança vers le fond du bâtiment, là où se trouvait l'accès aux sous-sols, et ne ralentit sa course qu'une fois parvenu devant l'épaisse porte ouverte sur une nuit moite.

Au bas d'une nouvelle volée de marches, Marouan s'arrêta. S'il ne voulait pas prendre le risque que le suspect s'échappe, il devait agir vite, mais il devait respecter un minimum de prudence. Alors, il écouta quelques secondes les bruits de la cave. Puis il alluma sa Maglite et poursuivit.

Une quinzaine de mètres plus loin, il buta sur des moellons gisant sur le sol. Le rayon de sa torche fouilla les murs jusqu'à ce qu'il découvre un passage ouvert dans un accès condamné.

Marouan hésita. Il détestait l'idée de se mettre à quatre pattes pour passer de l'autre côté. Mais un autre bruit l'encouragea. Il n'y avait pas une minute à perdre.

Il s'accroupit et dirigea le rayon dans le trou. Un nouveau souterrain s'ouvrait de l'autre côté. Marouan eut du mal à comprendre tout de suite ce qu'il voyait. Il concentra le faisceau sur une paire de jambes décharnées dont les pieds ne touchaient pas le sol.

Marouan réprima un frisson. S'il ne se trompait pas,

alors il se tenait près de la dépouille de Solange Duplessis.

Marouan s'allongea sur le sol et rampa sous le mur. Le moellon arriva trop vite et trop fort pour qu'il puisse l'esquiver. Sans doute l'Embaumeur s'était-il plaqué contre le mur, les jambes de part et d'autre du trou qu'il avait lui-même pratiqué.

Sans doute.

Marouan n'aurait jamais le loisir de l'apprendre. Le moellon lui brisa le nez. Sa bouche s'ouvrit sur un cri qui ne franchit pas ses cordes vocales. Son visage embrassa le sol de terre battue, puis il sombra dans l'inconscience.

CINQUIÈME PARTIE
Les Éveillés

89

Vingt-cinq centimètres sur douze. La minuscule ouverture était masquée par une trappe coulissante. Et de ce côté-ci de la porte, Stanislas ne pouvait en actionner le mécanisme. Il s'époumonait pour qu'on le sorte de là, mais il savait bien que personne ne viendrait.

Où avait disparu Solange ? Par où s'en était-elle allée ?

Cette petite salope venait de lui jouer un tour bien cruel. Il ne lui restait d'elle qu'un carré de soie blanc, gravé à ses initiales. À plusieurs reprises, Stanislas l'avait humé, reniflé, léché même, tentant de retrouver ce parfum délicat qui l'avait rendu fou de désir. En vain.

Ivre de colère, il se jeta sur la porte matelassée, sur les cloisons, elles aussi recouvertes d'un épais rembourrage. Cet endroit avait été imaginé pour protéger ses occupants contre leur propre violence.

Ici, sa force physique ne lui serait d'aucun secours.

Stanislas frémit dans son sommeil. Il se retourna sur le matelas jauni et craquelé d'où s'échappaient par endroits des touffes de laine malodorante.

Sa gorge émettait de curieux grondements.

Ce rêve le traumatisait depuis des années. Il revenait régulièrement, sans crier gare, par bribes, ou même parfois accompagné d'une si tangible impression de réalité qu'il mettait des heures à se dissiper.

Solange avait le visage adorable d'un personnage de Michel-Ange. Un fouillis de boucles blondes encadrait une bouche mutine, un nez légèrement en trompette et de grands yeux clairs, charmants et malicieux à la fois. Et ces petits grains de beauté !

Une jolie tête d'ingénue…

… enfermant l'esprit d'une garce.

Stanislas avait craqué pour la jeune femme au premier regard. Mais du côté de Solange, rien. Lui travaillait à la construction des décors. Il déambulait en bleu de travail, de la peinture et de la sciure plein les cheveux. Quand la belle le regardait, il était transparent. Elle aspirait à d'autres complaisances, exposant ses atours séducteurs devant quiconque pourrait servir son plan de carrière.

Les murs de la cellule de contention étaient crasseux, désespérément blafards dans le rai de lumière qui jaillissait sous la porte.

Le temps s'y était arrêté.

Le silence palpable paraissait surnaturel. Il laissait au cœur de Stanislas toute latitude pour exploser entre ses tempes sur un rythme binaire, insupportable.

Le temps n'existait plus.

Il ne restait plus que lui, dans sa misérable position, réduit à l'état de bête par la plus jolie des garces.

Des heures entières, il avait attendu qu'on vienne le délivrer. Mais le pavillon où il se trouvait ne servait pas au tournage sur lequel il travaillait. Personne ne se présenterait. L'équipe au complet fêtait le centième épisode mis en boîte.

À la nuit tombée, les murs se mirent à onduler.

Une existence remplie d'une lumière projetée par

un inconscient délirant vibra pour elle-même. Stanislas avait basculé. De ces instants passés à guetter le moindre bruit, il imagina un projet démentiel.

Plus jamais on ne scellerait son sort. D'amant fantasmé éconduit, humilié, Stanislas rivaliserait de génie avec les plus grands prédateurs. Et l'ébauche du bel homme qu'il allait devenir l'y aiderait grandement. Pourvu qu'on vienne le libérer, il exposerait à la face du monde quel formidable mâle il était. Et il commencerait par épingler Solange sur son tableau de chasse.

Les poings du dormeur se décrispèrent. Les souvenirs honnis s'étaient dissipés. Le meilleur était à venir.

Des murs matelassés sortirent des ombres par dizaines. Tous ceux qui avaient été réduits là à l'état de loques vinrent lui tenir compagnie. Ils et elles, ultimes résidus de décennies de peur emmagasinés par la matière, furent libérés par l'appétit féroce de Stanislas. L'effroi le quitta complètement. Et de belles certitudes s'imposèrent.

À présent, son rêve établissait un pont avec un passé beaucoup plus proche.

Les pieds posés de part et d'autre du passage qu'il avait ouvert dans le mur, Stanislas attendait. Le moellon qu'il tendait à bout de bras au-dessus de l'ouverture allait sous peu rencontrer le visage de ce sale flic de Berck-sur-Mer.

Le bruit fut délicieux. L'inconscient en ébullition de Stanislas s'en délecta plusieurs fois. Puis le rêve sauta les étapes suivantes, accélérant l'écoulement du temps.

Marouan était attaché par les poignets et les chevilles sur une croix en X, une belle croix robuste confectionnée avec deux étais empruntés à un souter-

rain voisin. Dressée contre le mur, son œuvre avait belle allure.

Juste en face des restes desséchés de Solange.

Et dans la lumière vibrante des bougies, le corps tailladé à maints endroits ressemblait à un Christ magnifique.

Stanislas s'approcha de sa victime gémissante. Il colla son visage à quelques centimètres de celui de Marouan.

Mais un phénomène auquel il ne s'attendait pas se manifesta alors. Les paupières boursouflées du policier dégonflèrent d'un coup. Puis ses traits se fondirent en ceux d'une nouvelle personne.

Le cœur de Stanislas s'emballa. Ce ne pouvait pas être...

Sa main jaillit vers la gorge offerte et la serra si fort que les phalanges blanchirent. Mais cette violence ne servit à rien. Le visage de sa victime ne manifesta aucune douleur. Les traits se précisèrent au contraire, révélés par une lumière très crue venue de nulle part.

Stanislas reconnut avec effroi l'homme qui le poursuivait depuis des jours et des jours. Sa bouche s'ouvrit et, pour la première fois, il entendit la voix de son ennemi.

— Tu mourras avec moi. Tu mourras avec moi et tu seras maudit !

Stanislas se réveilla en sursaut. Quelques secondes encore, il ne sut s'il avait rêvé. Aussi scruta-t-il les environs immédiats d'un œil d'animal traqué, la peur au ventre. Puis sa conscience prit le dessus. Stanislas réussit à sourire de sa méprise, mais le visage de son ennemi laissa une empreinte durable dans son âme.

Il se leva et quitta sans un bruit les anciens appartements de fonction où il avait élu domicile. Il descendit à la cave et se faufila sous le mur.

Le flic n'avait pas tout raconté. Stanislas se faisait fort de l'obliger à livrer ce qu'il savait sur Élise et sur ce grand type qui le pourchassait.

90

Les turbines du biréacteur ronronnaient doucement. Salah tentait de suivre un film sur son lecteur portable de DVD. Mais elle se gavait seulement d'images. Ses pensées vagabondaient sur la cascade d'événements qui l'avait conduite jusque dans cet avion, perché à trois mille mètres d'altitude, quelque part entre Lille et Metz-Nancy. En remonter le cours lui donnait le vertige, et Salah se complaisait dans ce tourbillon.

De l'autre côté de la travée, Pierre fixait la porte du poste de pilotage. Il avait tout juste réussi à se coincer dans le fauteuil, et ne bougeait pas d'un pouce. À intervalles réguliers, il fermait les yeux en poussant de profonds soupirs.

L'état de Pierre s'était stabilisé depuis qu'ils avaient quitté Berck-sur-Mer. À croire que, livré à lui-même, il reprenait un semblant de contrôle sur son corps. Sa main droite tremblait encore légèrement, tremblement qu'il dissimulait sous une revue distribuée par la compagnie aérienne. Son visage, de plus en plus profondément marqué, faisait penser à celui d'un toxicomane.

Salah détourna son regard de l'écran pour fixer Pierre. Cet homme qu'elle connaissait à peine l'émouvait profondément. Son chemin de vie avait fait de lui un solitaire, un handicapé de l'affect, sans femme ni enfant.

À présent, il ne lui restait plus que quelques mois ou quelques semaines à vivre. Et même pendant cette période incertaine, il ne connaîtrait pas la paix.

Salah se demanda si Pierre éprouvait du chagrin à l'idée de disparaître.

Par réflexe, elle massa l'extrémité de son bras. Elle prit soudainement conscience de la chance insolente dont elle avait bénéficié. Elle allait vivre. L'heure de sa mort n'était connue de personne, hormis d'un hypothétique Créateur auquel elle ne croyait plus. Et cette différence avec le destin de Pierre lui permettait de respirer librement, de nourrir des envies, de se projeter dans l'avenir. Salah frémit à l'évocation de cette pensée. Connaître au mois près la date de sa propre mort était quelque chose d'abominable.

Ses yeux se mouillèrent de larmes. Personne ne méritait un sort pareil, pas même un criminel, quelle que soit la cruauté de ses actes.

Le visage de Pierre, jusque-là impassible, fut parcouru de tics. Ses mains et ses jambes, prises de tremblements, s'agitèrent, expédiant le journal et la bouteille d'eau sur le sol.

— Non !..., hurla-t-il en se tournant vers Salah. Pas maintenant...

Sa voix très rauque semblait sortir du fond de son être. Dans les yeux exorbités de Pierre, Salah lut une horreur profonde, une révolte impuissante aussi.

— Qu'est-ce qui se passe ? demanda-t-elle d'un air inquiet en détachant sa ceinture.

Pierre avançait dans l'allée, le dos courbé, les bras tendus en avant. Ses mains cherchaient à attraper l'invisible et battaient l'air en tous sens. Salah rattrapa le malheureux au moment où il s'affalait sur la moquette. Mais elle ne put rien faire pour le retenir.

— Pierre ! Merde, répondez-moi !

De son bras valide, elle essaya de le retourner. Les cent kilos de Pierre l'en empêchèrent. L'un des passagers lui vint en aide. À eux deux, ils réussirent à étendre le malade et à déboutonner sa chemise.

— Pierre ! cria Salah en giflant son compagnon. Pierre, revenez avec nous !

Pierre ouvrit les yeux. Il écarta les bras et les jambes dans une curieuse posture.

— Tu mourras avec moi, cria-t-il vers le plafond. Tu mourras avec moi et tu seras maudit !

Après quoi, il hurla, comme si une douleur aiguë venait de le traverser. Salah et le passager le soutinrent tandis qu'il se relevait lentement et le menèrent tant bien que mal jusqu'à son fauteuil. Une dizaine de secondes plus tard, Pierre vomit entre ses jambes un mélange de bile et des maigres aliments qu'il avait ingurgités le jour même.

— Le jeune loup, réussit-il à dire à Salah entre deux hoquets. Marouan, il a besoin d'aide !

91

Marouan sentit une haleine tout près de lui.

Il devait encore avoir perdu connaissance.

Son œil droit ne s'ouvrait plus et le gauche se soulevait à peine.

— Tu sais déjà qui je suis, flicaille, lui susurra Stanislas à l'oreille. Tu le savais avant d'arriver, puisque tu es venu ici. Je ne suis donc pas obligé de te tuer pour couvrir mes arrières. Tu comprends ?

Marouan articula un « oui » rapide.

Pendant l'absence de Stanislas, il avait pu faire le point. Il ne possédait pas l'âme d'un héros. Définitivement pas. Tout le haut de son visage le faisait horriblement souffrir. Opalikha n'y était pas allé de main morte. Pas plus qu'il n'avait retenu son geste quand la pierre était venue frapper son nez et son arcade sourcilière.

Marouan avait repris conscience des heures plus tôt dans ce souterrain sordide. Face à lui, le visage desséché de Solange Duplessis semblait le fixer de ses orbites creuses, à travers ce qui semblait être les restes d'un morceau de tissu. La malheureuse avait attendu la mort debout, le corps maintenu contre un épais tuyau en fonte par quatre lanières habilement placées à hauteur de ses chevilles, de ses hanches, sous ses aisselles et sur son front. Son cadavre se tenait encore dans cette position verticale, sans doute grâce à un artifice de son bourreau.

La mort avait dû venir lentement, par déshydratation. À dix mètres sous terre, derrière un mur épais et plusieurs portes solidement bâties, personne n'avait pu l'entendre hurler.

À son réveil, toutes les facultés intellectuelles de Marouan avaient été anéanties par une terrible frayeur. Tout d'abord, l'idée de sa mort imminente ne l'avait pas quitté. Puis, le temps passant, il s'était surpris à espérer que Stanislas avait peut-être fui, même si la position d'extrême vulnérabilité dans laquelle il se trouvait plaidait pour une tout autre éventualité. Entièrement nu, ses quatre membres entravés, le jeune brigadier se savait offert aux pires abominations.

Marouan avait hurlé, imploré. Il était passé par toutes les phases de la panique. Il avait juré qu'il pardonnerait, qu'il oublierait jusqu'au nom de son tortionnaire. Il aurait vendu père et mère si l'homme qui le tenait en son pouvoir le lui avait demandé.

Mais Stanislas Opalikha ne s'était pas montré. Il attendait, à quelques mètres de là, l'esprit entièrement concentré sur les gémissements de Marouan.

Ce manège dura une vingtaine d'heures.

De temps à autre, Stanislas s'éclipsait discrètement pour remplir un besoin vital. Il s'en allait alors sans un bruit vers des horizons plus ensoleillés et revenait, sans se presser, certain de sa totale maîtrise de la situation.

Lorsqu'il décida de passer à l'action, Stanislas trouva Marouan dans l'état auquel il s'attendait. Le jeune policier ne saignait plus et délirait, le corps en manque d'eau et de nourriture. Les excréments qui maculaient son entrejambe indiquaient une nette baisse de sa volonté.

Une première fois, il jeta sur le supplicié un seau d'eau fraîche.

Quand Marouan émergea, ce fut pour hurler de plus belle. Il s'égosilla comme jamais il ne pensait le faire un jour. Mais il ne maîtrisait plus rien. La peur de mourir, celle plus grande encore de souffrir dans sa chair lui avaient retiré toute dignité. Lui qui se pensait incorruptible, dur à la douleur et coriace en toute occasion, n'eut même pas besoin d'être torturé pour vomir tout ce qu'il savait, et bien plus encore.

Mais Stanislas se moquait éperdument des intrigues policières, qu'elles le concernent ou pas. Il dressa à sa proie le portrait d'un homme très grand, solidement bâti. Il donna des détails sur son visage, sa façon de marcher et même le timbre de sa voix. Marouan comprit très vite de qui il s'agissait. Contre toute attente, le psychopathe ne s'intéressait pas à lui.

Le jeune brigadier était acculé, il devait prendre une décision. Et s'il ne jugeait pas des plus brillant le constat auquel il était parvenu, il ne pouvait rien y changer. Là, écartelé sur cette croix sommaire, face au cadavre de Solange Duplessis, avec la mort qui se reflétait dans son œil valide, il avait perdu tous ses réflexes professionnels. Peut-être lui restait-il une chance de s'en sortir vivant. Et cette chance, cette infime lueur qui éclairait encore son devenir, il allait la saisir.

Alors Marouan raconta tout. Il expliqua d'où venait Pierre, ce qu'il était venu chercher à Berck-sur-Mer, son lien avec Élise Lamy Saint-Genès, il n'omit aucun détail, pas même son récent transfert chez Jacques Mariani. Son débit de parole ne se tarit qu'au moment d'évoquer les étranges facultés de Pierre. Et c'est justement ce qui passionnait Stanislas.

Il encouragea le policier, le câlina de paroles doucereuses, murmura dans le silence des sous-sols des mots que seule une mère aurait pu dire à son fils malade. Ce comportement inattendu terrorisa Marouan. Si bien que le malheureux, incapable d'articuler la moindre parole, ne sut que geindre, tentant sans succès de se recroqueviller.

Stanislas approcha alors une bouteille d'eau des lèvres du malheureux. Il connaissait bien les différents stades par lesquels passaient ses créatures.

Marouan se désaltéra autant qu'il le put, sans restriction de la part de son tortionnaire.

— Maintenant, tu vas tout me dire sur lui.

Une lueur démente illuminait le regard de Stanislas.

— Je… je ne sais rien d'autre, souffla Marouan.

Les mains de Stanislas jaillirent vers la gorge du jeune brigadier.

Sous la pression des doigts, le sang cessa d'affluer

vers le cerveau de Marouan. Ses yeux se révulsèrent presque aussitôt et son corps entier se tendit.

Stanislas s'en rendit compte et hésita.

Il n'avait pas encore tout appris de Marouan et il fallait qu'il se décide vite. Privé d'oxygène, le cerveau mourrait sous peu.

Malgré lui, son regard descendit vers l'entrejambe de Marouan. Il vit alors ce qu'il évitait de regarder depuis des heures. Bien que rabougri à cause du froid et de la peur, le sexe du policier était de taille normale.

Et cette vision était intolérable. Stanislas lâcha le cou de sa victime et s'empara du couteau qui ne quittait pas la poche de son pantalon.

La tête de Marouan s'affaissa sur le côté.

Alors Stanislas éleva la lame et l'abaissa à toute vitesse. Une fois, deux fois. Du sang jaillit en abondance des taillades, preuve que le cœur battait toujours. La troisième tentative fut la bonne. Le tranchant aiguisé avec soin par Stanislas acheva de sectionner les corps caverneux. La verge tomba sur le sol.

Marouan ne bougeait pas.

Les bras croisés sur la poitrine, Stanislas observait avec intérêt le lambeau de chair encore attaché au corps du policier.

Ils étaient enfin à égalité.

92

Salah n'attendit pas l'arrêt de l'avion pour allumer son téléphone. Dès qu'il fut connecté au réseau, elle joignit le capitaine Lieras pour le prévenir du danger que courait Marouan Chraïbi. Mais en raccrochant, et bien qu'elle lui ait fourni de nombreux détails troublants, elle ignorait si elle avait su le convaincre.

Pierre avait récupéré les maigres forces qui lui restaient. Il n'aspirait plus qu'à une chose : respirer librement, loin des blouses blanches, du matériel d'imagerie médicale et des pronostics catastrophistes de Mariani. Même l'air surchargé de kérosène brûlé du tarmac de l'aéroport de Metz-Nancy lui apportait ce plaisir recherché. Chaque pas représentait une victoire sur son devenir, amputé si radicalement par un couac soudain de ses chromosomes.

Pierre comprenait parfaitement ce qui lui arrivait. À l'INRA, il avait manipulé le génome de certaines plantes, pour les renforcer, augmenter leur valeur nutritive, accélérer leur croissance ou leur permettre de résister à des climats de plus en plus arides. Tout était programme, duplication de programme. Rien ne pouvait échapper à cette loi du vivant.

Pierre avait accepté sans tiquer les théories de Jouvet sur l'individuation psychologique. Cette vision du monde ne s'opposait pas à la sienne. Elle ne tuait ni la religion de Marie-Jeanne, doctrine dans laquelle il avait grandi, ni la sienne propre, qui ne savait que faire d'un dieu.

Alors que le comportement individuel, l'inclinaison des destinées ou même les rêves soient affaires de programmation génétique ne l'effrayait pas. Cela n'enlevait rien à la merveilleuse beauté du monde, à la nature et à la complexité du vivant.

— Vous venez ? dit la voix de Salah dans son dos. Aline et Réjane nous attendent.

Pierre cessa de humer l'air pollué et se tourna vers Salah.

— Je suis désolé pour ce qui s'est passé dans

l'avion, dit-il en marchant à ses côtés. Je ne contrôle plus grand-chose.

— J'ai mieux à faire que de vous juger.

— Si j'étais un gosse, ce serait plus facile, grommela-t-il. Je n'ai pas l'âge de porter des couches. Je ne suis plus assez jeune pour ça, ni assez vieux. J'ai le cul entre deux chaises. Et un pied dans la tombe aussi.

Salah s'arrêta à quelques mètres de la porte d'entrée du hall d'embarquement.

— Écoutez-moi, Pierre. Vous pensez que j'ai l'âge de ne plus attacher mes lacets toute seule ? Vous croyez vraiment qu'une femme puisse se permettre une horreur pareille ?

Salah tendit vers Pierre son bras amputé.

— OK, je ne vais pas mourir dans quelques semaines, poursuivit-elle. J'ai eu de la chance. Mais moi aussi, je suis dans la merde, et pour plus longtemps que vous !

Pierre réussit à sourire. Salah ne prenait pas de gants et n'affichait pas de visage complaisamment douloureux lorsqu'elle lui parlait. Il appréciait cette femme simple et directe.

— Vous êtes magnifique, Salah, lui glissa-t-il. J'aurais aimé vous rencontrer plus tôt.

La journaliste sentit que son visage s'empourprait. Elle souhaita que la lumière artificielle des lampadaires donnerait le change et tourna les talons.

— Ce n'est vraiment pas le moment, dit-elle en s'éloignant.

Pierre l'entendit mâchonner quelques mots dont il ne comprit pas le sens. Il sourit de plus belle, puis la rattrapa dans le hall.

— Je ne voulais pas être indélicat, expliqua-t-il. Simplement…

Pierre n'acheva pas sa phrase. L'arrivée de deux nouvelles venues l'en empêcha. Le jeune homme apprécia aussitôt la compagnie d'Aline et de Réjane. Elles aussi envoyaient des signaux simples dans leur relation avec les autres.

En route pour le château, Pierre s'aperçut qu'il s'était sans doute privé de beaux moments par le passé. Son extrême prudence vis-à-vis du genre humain l'avait isolé. Or, exception faite de ses proches, il n'avait jamais laissé à ses contemporains la possibilité de dévoiler leur véritable nature.

L'erreur venait de lui, pas des autres.

Ces pensées ternirent le voyage. Il ne disposait plus du temps nécessaire pour inverser cet état de fait. Mieux valait jouir de ce qui lui restait, en espérant que la fin ne soit pas trop douloureuse.

Pierre émit donc tout naturellement le souhait de se rendre dès son arrivée dans la crypte, mais les trois femmes s'y opposèrent fermement, Salah en tête.

— C'est casse-gueule et vous n'êtes pas en grande forme, argumenta-t-elle. Qu'est-ce qu'on va faire avec nos bras cassés en cas de malheur ?

Pierre tenta de plaider sa cause, arguant qu'il n'irait sans doute pas mieux le lendemain et qu'il ne voyait donc pas pourquoi il devrait encore patienter.

— J'ai dit non, conclut Salah, sous les yeux stupéfaits d'Aline et de Réjane. Demain, il fera jour. Vous n'allez pas mourir cette nuit, n'est-ce pas ?

Le voyage s'acheva dans un silence gêné.

Dès que la voiture entra dans son domaine, Aline reprit les choses en main. Elle présenta la demeure à son invité, résuma l'histoire de la famille et installa Pierre dans la plus grande des pièces disponibles. Elle avait spécialement fait rouvrir l'aile en travaux pour le recevoir dans d'excellentes conditions. Il opposa aussitôt qu'il ne dormait pas et n'avait donc pas besoin d'une chambre, mais Aline fut intraitable.

— Vous devriez tout de même essayer, insista la châtelaine. Qu'est-ce que vous avez à perdre ? Et si je vous préparais une petite tisane ?

Pierre la regarda avec stupeur. Cette femme faisait montre d'un optimisme à toute épreuve, doublé d'un aveuglement moyenâgeux.

— Vous avez raison, dit-il, battant en retraite. C'est vrai que je n'ai pas essayé depuis longtemps.

L'affaire fut ainsi entendue. Tout le monde ressentait une profonde fatigue. À vingt-trois heures, les quatre occupants du château avaient rejoint leurs quartiers, après avoir débattu brièvement de la spectaculaire hallucination de Pierre survenue au cours du vol.

Une demi-heure plus tard, les femmes dormaient profondément.

93

Pierre comptait les fissures qui craquelaient le plafond. La douche lui avait fait du bien. Sa décision de ne plus porter de couche aussi. Il demeura ainsi un long moment, allongé sur le lit, les bras repliés sous la nuque, puis il se releva et gagna silencieusement le parc. Il avait besoin de l'odeur de la forêt, de l'herbe encore chaude et du contact du vent sur sa peau.

Les plantes avaient été des repères tout au long de son existence. Les jours passés l'en avaient privé. C'est donc avec un plaisir infini qu'il les retrouva, dans le parc du domaine des Saulxures de Jaulny.

Pierre jeta son dévolu sur un splendide tilleul et

s'installa à sa base, avec une pensée attristée pour son grand chêne.

Il demeura ainsi toute la nuit, changea d'emplacement à plusieurs reprises, jusqu'à ce qu'aux alentours de quatre heures, la luminosité montante éclipse celle, plus ténue, qui courait d'arbre en arbre à la surface du sol.

Tout était à sa place. Pierre se sentait prêt à affronter la terre de ses ancêtres. Il resta encore près d'une heure ainsi, l'esprit vagabond, mais une nouvelle hallucination vint troubler ces instants de paix.

Il se vit dans un avion, debout au milieu d'une travée, les mains posées de chaque côté de la carlingue. L'image que lui envoyait son cerveau était si nette qu'il tendit les mains en avant pour toucher son propre visage. Mais une autre main se superposa aux siennes et caressa sa joue.

Il se retrouva allongé dans une herbe d'un vert lumineux, couvert de milliers de pétales de fleurs. De longs cheveux noirs couvraient son torse.

Il sentit le désir monter en lui, puissant et réparateur. Il avait la sensation qu'un feu inondait ses muscles.

Ragaillardi, il se releva et se dirigea vers le château. L'aube naissante colorait de rose les vieux murs de la façade. Il poussa lentement la porte d'entrée et bifurqua immédiatement sur sa gauche. Il longea un long corridor et s'arrêta devant la porte de la chambre de Salah. Pierre entrouvrit le panneau. Son regard s'arrêta sur le visage de la femme endormie. Sa beauté le toucha.

Il s'avança le cœur en paix, s'allongea à côté d'elle avec précaution et posa une main sur ses cheveux. La matière était chaude et vivante, douce comme du satin.

Salah ouvrit les yeux et lui sourit.

Elle posa sa tête au creux de son épaule, gigotant comme un chat qui s'installe et referma les paupières.

Puis elle laissa courir sa main le long du ventre de Pierre, lui arrachant des frissons.

Il ôta délicatement le peignoir dans lequel elle s'enveloppait pour dormir, dévoilant son corps meurtri, sa peau mate et veloutée.

Ils se découvrirent ainsi, par touches légères, confiants et déjà complices.

Puis Salah se glissa contre lui jusqu'à ce que leurs sexes s'effleurent, puis se soudent.

— C'est étrange, souffla-t-elle en haletant. Je rêvais de vous.

L'espace d'un instant, Pierre et Salah oublièrent les blessures du corps.

Ensemble, ils décidèrent que ce matin-là, ils pouvaient enfin le laisser exulter.

94

Monsieur Pompon lové sur les genoux, Jacques Mariani goûtait le calme et la fraîcheur du début d'une journée d'été. Toute la nuit, il avait ressassé les événements des derniers jours. Il avait écouté la maison craquer de toute part, comme si elle se ramassait sur elle-même et s'étirait dans l'ombre. Le sommeil tardant à venir, il avait tenté d'imaginer le calvaire de Pierre Delcroix, prisonnier de son cerveau. Allongé dans la pénombre du salon, les membres engourdis par la fatigue, Mariani avait laissé divaguer son esprit pendant des heures. Le sommeil l'avait emporté là, au petit matin.

À présent confortablement installé sous la pergola, il sirotait un café noir. Il se sentait découragé. Le départ de Pierre et de Salah lui laissait un goût amer, une sensation d'inachevé.

Il lui restait encore tant de mystères à élucider, tant de choses à apprendre de la science. Quelle était donc cette affection étrange qui avait pesé sur une même famille pendant des siècles ? Comment cette maladie avait-elle provoqué de telles hallucinations chez Pierre ? Par quels mécanismes biochimiques donnait-elle à sa victime cet étrange don de voyance ? Avait-ce été le cas pour Élise ? Et pour tous les autres ?

Mariani était convaincu que Pierre Delcroix possédait un don. Depuis qu'il avait retrouvé l'insigne militaire de son aïeul sous les lattes du plancher, il n'en doutait plus.

Pourtant, des preuves, le professeur en avait eu avant.

Mais il avait refusé de voir l'évidence. Pour lui, un phénomène sans explication devenait bien trop difficile à gérer, voire à digérer, pour qu'il daigne s'en encombrer. Après tout, c'était un pragmatique, un homme enraciné dans un réel complexe. Depuis son séjour aux îles Kerguelen, il avait abandonné toute idée du divin. Définitivement. Il ne s'en était pas aperçu tout de suite. Il avait fallu assimiler l'information, poursuivre l'étude des travaux de Jouvet pour s'en convaincre. Cette théorie de l'individuation psychologique par les rêves était si tentante, si séduisante.

Il est certain que les rêves ont une fonction biologique. Alors, pourquoi pas tout le reste ? Voyance, lubies ou visions, colère ou résignation. Si chacun de nos choix n'est finalement que l'aboutissement des milliards de parties de jambes en l'air de tous mes ascendants, à quoi bon ?

Jacques Mariani n'avait ni le gène de la foi, ni celui de la crédulité. Il lui avait fallu du temps pour admettre que Pierre possédait des facultés extraordinaires face auxquelles, lui, le grand spécialiste, se trouvait un peu perdu.

Comment son patient avait-il découvert ce minuscule insigne perdu depuis cinquante ans, ces quelques grammes de métal argenté qui avaient finalement réussi à renverser sa vision du monde ?

Au fil des jours, Mariani avait appris à apprécier Pierre. Il connaissait son parcours professionnel et le jugeait peu enclin à la mystification.

Alors, par quel mécanisme de la biochimie Pierre Delcroix était-il parvenu à une telle clairvoyance ? Se pouvait-il qu'il y ait une explication scientifique à la médiumnité ? Dans cette hypothèse, Mariani serait alors face à une première médicale. Pouvait-il envisager que la mutation d'une zone du chromosome 20, si les résultats s'avéraient tels, soit à l'origine d'une des plus grandes énigmes de l'histoire ?

— Eh bien, je n'en sais fichtre rien ! marmonna-t-il pour conclure cette longue succession de questions sans réponses.

Un craquement dans l'escalier le fit sursauter.

Mariani se retourna et tendit l'oreille.

Un nouveau grincement le décida à se lever. Il posa le chat sur son fauteuil et entra dans la maison. Le chant des oiseaux s'engouffrait dans le hall. Mariani referma la porte derrière lui et jeta un coup d'œil vers la montée d'escalier.

— Béatrice ? C'est vous ?

Il n'obtint pas de réponse. Mais il entendait nettement des pas dans la bibliothèque.

— Béatrice ?

Mariani fronça les sourcils. Son aide ménagère ne venait en général qu'après son départ. Il sentit ses oreilles bourdonner, signe d'une élévation de sa tension artérielle. Les événements des derniers jours le laissaient augurer du pire. Et si le tueur s'était introduit chez lui ?

Jacques Mariani tenta de chasser cette idée affolante. Stanislas Opalikha n'avait aucune raison de s'attaquer à lui. Il gagna lentement la cuisine et saisit un long couteau effilé. Puis il se dirigea vers son bureau, l'arme brandie devant lui.

Pour calmer son cœur qui s'emballait un peu trop à son goût, il inspirait à longues goulées. Jacques Mariani fouilla ainsi toute la maison. Il ne trouva personne.

Soulagé, il se dirigeait vers la terrasse quand Monsieur Pompon se précipita sous le canapé en crachant.

Le professeur lâcha son couteau.

— Bonjour, lança quelqu'un derrière lui.

Jacques Mariani sentit une onde de frissons parcourir ses bras, puis descendre jusqu'à ses reins. Il serra les dents, tétanisé, les yeux fixés sur le tranchoir qui gisait à ses pieds.

Stanislas Opalikha s'approcha, le contourna et récupéra le couteau.

— Vous allez vous blesser, ricana-t-il.

— Monsieur Opalikha, murmura Mariani, la voix tremblante. Que faites-vous chez moi ?

— Où est la cave ?

Le ton utilisé par Stanislas ne souffrait aucune discussion. Mariani se dirigea lentement vers le couloir.

— Qu'allez-vous me faire ?

Stanislas sourit à pleines dents.

— Que voulez-vous que je vous fasse ?

Mariani manqua d'à-propos. Stanislas lui glaçait les sangs.

— Je ne suis pas un monstre… juste un homme sorti du coma. Peut-être connaissez-vous un bon psychiatre ? Je fais beaucoup de cauchemars ces temps-ci, et ça me rend nerveux.

Mariani ne parvint pas à répondre. Il s'engagea dans l'escalier de la cave, cherchant des yeux le moindre outil qui pourrait lui servir d'arme. Et il regretta amèrement de ne pas être un peu plus bricoleur. En dehors des ustensiles de ménage rangés là par Béatrice et d'une imposante collection de vieilles malles, il n'y avait rien.

Arrivé en bas, il indiqua à Stanislas la porte de la réserve, espérant qu'il se contenterait de l'enfermer afin de couvrir sa fuite.

— Parfait ! se réjouit Stanislas. Ce sera parfait !

Mariani entra dans le réduit. Les murs disparaissaient derrière des étagères surchargées de provisions.

— Que voulez-vous ? demanda Mariani en faisant face au tueur.

Stanislas Opalikha sourit.

— J'ai déjà trouvé ce que je veux !

Il lui montra le papier sur lequel il avait griffonné l'adresse de la comtesse de Jaulny.

— J'ai eu une bonne partie de la nuit pour ça ! Vous parlez fort au téléphone.

Mariani déglutit avec difficulté.

Opalikha était dans sa maison depuis plusieurs heures déjà. Ce qui signifiait que s'il avait voulu le tuer, il avait eu maintes occasions de le faire. Cette idée rasséréna le professeur, qui reprit alors un peu d'espoir.

— Pourquoi ?

— Pierre Delcroix. Je vais l'anéantir. Et emporter son secret avec moi !

Dans la faible lumière de la cave, les yeux de Stanislas Opalikha brillaient d'une lueur mauvaise.

— Je ne vous veux pas de mal, professeur. Vous avez pris soin de moi. Le problème, c'est que si je vous laisse en vie, vous allez me trahir et…

— Mais…, tenta Mariani.

— Ne me coupez pas ! le menaça Stanislas. Je vous aime bien. Alors je vais vous laisser le choix. Dites-moi juste comment vous souhaitez mourir. Et je vous exaucerai. Vous avez quelques notions d'anatomie. Vous devez savoir comment mourir proprement.

Jacques Mariani sentit une larme rouler sur sa joue. Il aurait aimé profiter de sa retraite et s'éteindre au milieu de ses bambous, comme son grand-père.

— Le cœur, s'entendit-il dire.

Ce furent ses derniers mots.

Le coup fut porté avec une violence inouïe.

Le corps de Mariani s'écroula en arrière, emportant avec lui les étagères dans un fracas épouvantable.

Stanislas sortit de la réserve, verrouilla la porte et remonta les marches quatre à quatre. Il trouva sans peine les clés et les papiers de la voiture de Mariani. Trois minutes après avoir assassiné l'homme à qui il devait la vie, il quittait la propriété.

Monsieur Pompon se terra quelques heures avant de sortir de sa cachette. Il s'étira de tout son long, goûtant avec délice le calme revenu. Puis il lissa son pelage avec application jusqu'à ce que la sonnerie du fax l'attire dans le bureau.

L'appareil crachait des feuilles. Le chat observa la scène, attentif. Puis, lorsque le silence revint dans la grande maison vide, il bondit sur le bureau et donna un coup de patte sur la pile de feuilles encore tièdes.

Il glissa, manqua tomber. Vexé, il s'acharna sur le papier. Ses griffes lacérèrent les documents jusqu'à les réduire en charpie.

Si Monsieur Pompon avait su lire, il aurait alors connu les résultats des analyses du laboratoire nancéien. Ceux que Mariani attendait avec tant d'impatience…

95

Les doux roucoulements de la colombe au collier gris réveillèrent Salah. Elle se sentait délicieusement bien. Elle entrouvrit les yeux en cherchant Pierre du bout des doigts, mais la place à côté d'elle était vide. Un regard dans la chambre suffit à la rassurer. Pierre était accoudé au rebord de la fenêtre.

Salah glissa sans un bruit sur le matelas et tendit le cou.

Les larges mains de son amant caressaient le corps de l'oiseau. Entre ses paumes, l'animal semblait fragile. Il aurait pu le briser si facilement. Mais ses gestes manifestaient une délicatesse que Salah percevait encore sur sa peau.

Elle sentit son cœur se serrer. Cette nuit, dans les bras de Pierre, elle avait touché du doigt la plénitude. Et cette félicité restait intacte avec le lever du jour.

Salah étira ses muscles engourdis par le sommeil en bâillant. Les premiers rayons du soleil réchauffaient déjà sa peau nue. Elle ignora son peignoir, s'approcha de Pierre et l'entoura de son bras valide.

— Je l'ai appelée Élise, chuchota-t-elle.

La colombe la fixa de son œil rond, lissa son plumage et picora doucement la paume de Pierre.

— Longtemps j'ai pensé que je ne regretterais pas ce monde…

Pierre s'interrompit. Il ressentit l'angoisse soudaine de Salah et n'en fut pas étonné. Il savait qu'il avait enfin rencontré celle qui lui correspondait.

Il quitta alors l'oiseau des yeux et se tourna vers Salah. Elle se tenait devant lui, impudique, magnifique. Ses longs cheveux noirs caressaient ses épaules et la peau de son petit ventre rebondi était couverte d'un fin duvet brun.

— Je me sens belle, Pierre, souffla-t-elle en levant ses yeux brillant de larmes vers lui. Et cela ne m'était pas arrivé depuis longtemps. Merci.

La colombe s'envola vers la cime des arbres.

— Vous êtes belle, Salah, dit Pierre avec difficulté. Pleinement, entièrement belle. J'aimerais tellement avoir encore un peu de temps.

— Il y a peut-être…

Cette fois, ce fut au tour de Salah de s'interrompre. Et Pierre n'acheva pas pour elle cette phrase qu'il honnissait tant. L'espoir s'en était allé avant même qu'il ait entrevu sa silhouette trompeuse. Son état s'aggravait. Cette nuit n'avait été qu'un court répit, une parenthèse miraculeuse dans sa descente aux enfers.

— Je ne veux pas finir comme ça ! gronda-t-il en s'éloignant vers le centre de la pièce. Vomir, délirer, faire sous moi comme un vieillard. Je ne veux pas vous imposer ça !

Salah ne parvenait pas à lui répondre. Et pourtant, des mots rassurants jaillissaient de son cœur, sans pour autant franchir la barrière de ses lèvres. Pierre était un homme jeune et fort, vigoureux et tendre. Son esprit brillant, sa douceur et son intelligence en faisaient un être follement attirant. Salah ne voyait pas le corps qui abandonnait son hôte, mais l'âme, touchante et si proche de la sienne.

— Promettez-moi que vous ne m'abandonnerez pas, ajouta Pierre en s'asseyant sur le lit. Promettez-le-moi !

Salah le regardait, les yeux brillant d'émotion.

— Je ne veux pas, murmura-t-elle. Ce n'est pas…

— Juste ? acheva Pierre en baissant la tête. Qu'est-ce qui est juste en ce monde ? C'est la justice qui vous a enlevé un morceau de vous-même ? C'est la justice qui m'a caché Élise toute ma vie pour me la rendre assassinée ? C'est la justice qui nous a placés sur le même chemin à quelques jours de ma mort ? Je ne vois pas de justice dans tout ça. Non, vraiment pas !

Salah soupira.

— Je n'ai jamais rien promis à quiconque, de toute ma vie, dit-elle très vite. Promettre ne veut rien dire pour moi. Mais je serai là, Pierre. Jusqu'à…

— La fin ? murmura-t-il.

— Oui.

Luttant contre les larmes qui perlaient à ses paupières, elle enfila rapidement un pantalon et un tee-shirt et prit place à côté de lui.

— Je vous ai rencontré grâce à la ciselure d'un médaillon que portait une femme que je n'ai jamais vue.

— Je vois des choses et je ne sais pas ce qu'elles sont. Des images, des sons et des odeurs fabriqués de toutes pièces par mon cerveau malade. Et qui viennent de tout ce que j'ai vu, entendu, puis oublié ces trente dernières années…

— Je crois que le hasard n'a pas sa place dans notre histoire.

— Le destin, Salah. Mais pourquoi ?

— Peut-être un signe ?

— Vous avez dit avoir rêvé de moi…

Les joues de Salah rosirent.

— Pierre, c'était très…

Le jeune homme se pencha vers elle et posa les lèvres dans ses cheveux.

— Érotique ?

Il se releva sans attendre sa réponse.

— Vous savez quoi ? Nous sommes deux cinglés ! Maintenant, conduisez-moi à cette crypte, Salah. Il me tarde vraiment d'y être.

96

Pierre marqua un temps d'arrêt en entrant, puis il avança lentement, guidé par Salah qui l'entraînait de salle en salle.

Frédéric avait fait un travail remarquable. Les fosses étaient nettoyées et identifiées. Partout où les explorateurs avaient découvert des objets, il avait déposé un état des lieux exact. Les parois de la grotte où avaient été gravés noms ou dates étaient éclairées.

— Ici, nous avons retrouvé le briquet d'Édouard Nathié. Là, le nom de Virgile Macare. Il y a encore des dizaines d'objets à identifier.

Pierre ne parvenait pas à émettre un son. Il ressemblait à un petit enfant devant une montagne de jouets.

Salah le conduisit vers la niche couverte de triangles.

— C'est grâce à ces signes que nous avons décidé d'explorer les lieux. Si Noémie Charbonneau ne nous en avait pas parlé, nous n'aurions jamais cherché.

Pierre s'installa dans la niche et observa les triangles gravés. Il suivait leurs contours du bout des doigts.

— Venez, c'est en bas que se trouve la grande salle.

Pierre se releva. Ils descendirent l'un derrière l'autre, silencieux et heureux de se trouver là ensemble.

Lorsqu'ils parvinrent face à l'arche, Salah s'effaça pour laisser Pierre appréhender seul le lieu. Elle s'installa sur le banc pour l'observer attentivement. En le regardant, Salah comprit qu'il était celui qu'elle attendait. Depuis toujours.

Le bruit de l'eau et la danse des reflets sur les parois de la crypte rendaient le site fascinant. Pierre se tenait debout devant la porte de calcaire, immobile, cherchant à percer le mystère de cet endroit hors du temps.

Ému aux larmes, il regardait les dépouilles de ses aïeux. Ces inconnus, ses pères qui avaient foulé la terre avant lui. Ils avaient aimé, s'étaient mariés et avaient fondé une famille. Peut-être parfois juste à temps, juste avant de vivre ici leurs derniers jours. Comment s'y étaient-ils rendus, comment en avaient-ils appris l'existence ?

Ces détails lui échappaient et il sentait qu'il n'aurait jamais toutes les réponses. Les recherches archéologiques se déroulaient sur des mois, des années, alors que lui ne disposait au plus que de quelques semaines.

Pierre s'éloigna alors de l'arche pour passer à côté de chaque dépouille, de chaque monceau d'os et de crânes. Il resta quelques secondes devant chacun de ses aïeux, recueilli dans une prière muette. Pierre était Pierre parce que sur des centaines d'années, ces gens s'étaient rencontrés, aimés ou détestés, avaient vécu, étaient morts. Pierre incarnait le résultat du hasard ou de la providence. Et surtout, il était un enfant de l'amour. Lorsqu'il parvint devant le dernier corps, recroquevillé sous un linge grisâtre, il laissa échapper un sanglot. Tous, semblait-il, avaient connu le même destin que lui et cette conviction suffisait à gommer en partie la solitude dont il souffrait.

Pierre retourna vers l'autel. Sa main glissa sur la surface lisse du monolithe. Il en éprouva la froideur, la dureté, chercha à créer un lien avec les siens, ceux de son sang qui avaient accompli ici les mêmes gestes.

Mais la roche garda pour elle le souvenir de contacts anciens.

Pierre contourna alors l'autel et vint se placer devant le portail qui formait la base du pilier monumental au centre de la crypte. Ses yeux dévorèrent chaque figurine sculptée. Pierre identifia des hommes, des animaux et des plantes.

— Voici une trinité bien païenne, souffla-t-il pour lui-même. Trois et…

Il fouilla le pilier du regard, en fit un tour complet et revint à son point de départ.

— Pas un seul symbole chrétien.

— Nous avons fait les mêmes constatations, murmura Salah.

Elle venait de se planter devant Pierre, de l'autre côté du portail, et se sentait très petite face à lui.

— Une trinité représentée au centre d'un triangle, ajouta Pierre. Et je suis le dernier…

Il fit un pas en avant pour franchir la porte virtuelle. Cette fois, Salah demeura à ses côtés. Ils découvrirent ensemble le texte gravé sur le second pilier. Les concrétions de calcaire avaient disparu.

La voix grave de Pierre prononça alors les mots dans le silence extraordinairement plein de la crypte.

— *Salve, proles Meliccae Viroduni primi patris. A Deo quae te dicis derelictam esse, in te fidei lucem custodi. Myrensis homo cum transibit Quadrivium trium ararum Clave frueris qua animae ad Deum redeunt. Tua quoniam vita nihil docet fac ut mors tua documento sit.*

Pendant que Pierre lisait, Salah s'était peu à peu rapprochée de lui. Lorsque sa voix s'éteignit, leurs mains se mêlèrent dans un geste commun.

Ils se repurent de cet instant jusqu'à plus soif. Chacun priait à sa façon pour qu'il ne cesse jamais, pour que plus aucune parole ne soit prononcée.

Ils prièrent comme des enfants, mais dans un recoin de leur esprit, ils savaient l'un comme l'autre que dehors, la roue cruelle du temps continuait de tourner.

97

Le capitaine Lieras n'avait eu aucune difficulté à localiser la voiture du brigadier Chraïbi. Le parking visiteurs de l'hôpital de Ville-Évrard était surveillé jour et nuit. Les gardiens du site avaient immédiatement déclaré aux services de police la présence d'un véhicule suspect.

Il n'aurait pas su dire pourquoi, mais après l'appel de Salah, Joseph Lieras avait senti ses tripes se nouer. Il avait beau rejeter l'idée que Pierre Delcroix possédait un don particulier, celui-ci avait une fois encore donné des détails suffisamment précis pour inquiéter le capitaine.

C'est donc avec une drôle d'appréhension que ce dernier avait fait boucler le secteur et le bâtiment Savoie. Une angoisse sourde, de celles qu'il n'avait plus ressenties depuis longtemps. Cela remontait peut-être à ses premières affaires de flagrant délit, quand une balle perdue pouvait à jamais changer le cours de sa vie. Il avait été chanceux, jusque-là. Mais cette fois, il ne pouvait compter sur la providence. Il s'était entouré d'une quinzaine d'agents de la brigade d'intervention dirigée par le commandant Sébastien Fontes. Lieras appréciait beaucoup cet homme discret.

Malgré le caractère étrange des sources de Lieras, Fontes n'avait pas discuté. La vie d'un flic, qu'il soit en vacances ou à la retraite, bon ou mauvais, n'avait pas de prix pour lui.

En attendant d'être rejoint par son collègue de Lille, Fontes avait préparé un plan d'investigation des lieux, obtenu un mandat en bonne et due forme. Si un flic était prisonnier là-dessous, il fallait agir au plus vite. Même s'il devait bien s'avouer que la probabilité pour que des hallucinations les mènent à une scène de crime était bien faible.

— Prêt ?

— Prêt, répondit Fontes. On se déploie ! Groupes 1 et 2 en route ! cracha-t-il dans le talkie-walkie.

Les deux hommes avancèrent les premiers, côte à côte, armés de lampes torches. Le hall était encombré d'un fatras de matériel médical obsolète. Deux escaliers desservaient les étages et un seul descendait au sous-sol.

— Bassaud, Costa, au premier ! Muller, Gabriel, avec nous ! Les autres, comme prévu !

En moins de cinq minutes, les hommes de Fontes investirent les bâtiments sur les trois niveaux. Les locaux étaient vides.

— Il n'y a rien là ! Qu'est-ce qu'il a dit au juste, ton gars ? demanda Sébastien Fontes.

Joseph Lieras se sentit subitement ridicule.

— Pas grand-chose. Que Marouan était mal en point. En train d'être torturé.

Sébastien Fontes sentit immédiatement le malaise de son collègue.

— Sa voiture est là, Grousset l'a vu entrer mais pas sortir. Tu as bien fait de nous appeler.

Joseph Lieras soupira.

— Je n'en sais pas plus.

— Si ton *témoin* dit vrai, Chraïbi a donc hurlé. Je ne vois personne subir des sévices sans broncher. C'est forcément à la cave. Il faut y aller. Mais je te préviens, c'est un vrai gruyère là-dessous !

Le commandant Fontes ordonna à ses hommes de surveiller les environs. Il se munit d'un pied-de-biche et s'enfonça à nouveau dans les profondeurs du bâtiment, Lieras sur ses talons.

Arrivés devant la porte de la cave, Fontes ordonna

aux deux équipes qui attendaient dans les sous-sols des bâtiments voisins de commencer à progresser vers eux. Tous les pavillons de Ville-Évrard étaient reliés par un réseau souterrain. D'autres galeries partaient vers l'hôpital psychiatrique de Maison-Blanche, situé de l'autre côté de la nationale, mais les accès étaient censés avoir été murés de longue date. C'était en tout cas ce qu'affirmaient les plans.

La serrure défoncée de la porte d'accès alerta les deux hommes.

Un escalier poussiéreux les déposa dix mètres plus bas, au fond d'une sorte de fosse où aboutissaient les canalisations de service. De cet endroit partaient deux tunnels qui formaient un angle droit sous le côté est du pavillon.

La première équipe les rejoignit par le boyau provenant de la chaufferie du domaine.

— RAS, informa tout bas l'homme de tête.

Fontes fit un signe à Lieras. Ils allaient attendre sur place la liaison avec la seconde équipe. Si un criminel était coincé dans leur direction, ils allaient le rabattre vers eux.

Le trio déboucha dans la fosse en silence, lampes braquées devant eux, sans avoir rencontré âme qui vive. Par signes, ils firent comprendre à leur chef qu'ils suspectaient des traces croisées quelques mètres plus tôt.

Fontes prit la tête des opérations. Il n'eut aucune difficulté à retrouver ce que ses hommes venaient de lui indiquer. De nombreuses empreintes de chaussures aboutissaient à un passage muré.

Fontes s'accroupit devant la paroi et orienta le rayon de sa lampe sur les moellons. Certains paraissaient descellés.

— Je crois qu'on y est, Jo.

Il s'apprêtait à déloger les pierres quand Lieras suspendit son geste.

— Laisse-moi faire, s'il te plaît. Appelle les secours.

Fontes n'aimait pas recevoir d'ordres d'un subalterne. Mais cette fois, il s'agissait d'autre chose. Lieras voulait secourir un ami et Fontes comprenait parfaitement. Il se redressa et tendit le pied-de-biche à son collègue, qui le remercia d'un bref hochement de tête. Lieras coinça sa lampe torche entre ses dents et enfonça l'outil entre les pierres, qui cédèrent presque immédiatement.

Une forte odeur de sang lui souleva le cœur.

D'une main tremblante, il dirigea la lumière à l'intérieur du souterrain ainsi découvert.

Joseph Lieras venait de retrouver Marouan Chraïbi.

98

Une allée bordée de peupliers quittait la petite route départementale au tiers inférieur de la déclivité. Elle suivait ensuite la pente, passait devant une longue bâtisse basse. Un homme s'y activait. Il déchargeait des bottes de paille d'une remorque attelée à un tracteur.

— Des chevaux ! murmura Stanislas.

À partir de là, de vieux pavés remplaçaient les cailloux de l'allée. Elle franchissait un petit cours d'eau par un pont à deux piliers et rejoignait une cour occupée par trois voitures.

— J'aime bien les chevaux, répéta Stanislas, réjoui par la découverte des lieux.

L'endroit lui plut aussitôt. Le plan du château, très atypique, offrait de nombreux accès. Sur l'arrière du parc, un bois de plusieurs hectares encadrait une pièce d'eau. Le mur d'enceinte, écroulé en de nombreux endroits, lui servirait de marchepied pour pénétrer dans le domaine.

Installé à l'ombre d'un bosquet, à la lisière de la forêt domaniale qui couvrait les collines, Stanislas observait les moindres faits et gestes en provenance de la propriété des Saulxures de Jaulny. Jusqu'à présent, en dehors du vieux bonhomme qui charriait de la paille, il n'avait repéré que trois personnes, deux femmes et un homme, attablés derrière le principal corps de bâtiment. Apparemment, ils prenaient l'apéritif.

La distance ne permettait pas à Stanislas de reconnaître les visages, mais il était certain que Pierre Delcroix ne faisait pas partie des convives.

Stanislas était tenté de s'approcher, même si, en plein jour, l'aventure était risquée. Mais il devait se faire une idée précise de ce qui l'attendrait de l'autre côté du mur.

Au cours de la nuit, pendant qu'il voyageait vers l'est du pays, il avait eu le temps de réfléchir à ce qu'il allait faire. L'image qu'il nourrissait de lui-même avait beaucoup évolué ces derniers temps. De tueur occasionnel, Stanislas était devenu un prédateur forcené.

Ces petites silhouettes qui trinquaient à moins de deux cents mètres de lui incarnaient dans son esprit une future source de plaisir malsain. Stanislas en grimaçait de contentement.

Le vent portait de temps à autre des éclats de rires, des bribes de paroles incompréhensibles, les sons de vies sur le point de basculer.

Tranquillement installé dans l'ombre de jeunes noisetiers, il s'imaginait tel un lion attendant sa proie. Un détail le fascinait par-dessus tout : il était le seul à savoir qu'un carnage se préparait.

Pour quelques heures au moins, il serait le Dieu de ces trois-là, peut-être même des quatre, si le vieux charrieur de paille rejoignait le trio.

Stanislas compta sur ses doigts. Mariani, le brigadier Chraïbi, Maud et Véra, Oriane, Élise et Françoise, avec ces trois en plus et il bouclait le tour de ses mains, du pouce de la gauche à l'auriculaire de la droite.

Un mouvement sur la route attira son regard. Un 4 × 4 venait d'apparaître au sommet de la colline. Il roulait lentement, attaquant les virages avec prudence. À cinquante mètres de l'allée, il ralentit, puis tourna et remonta le chemin en soulevant un nuage de poussière blanche.

Le cœur de Stanislas s'emballa lorsque, une trentaine de secondes plus tard, un homme de grande taille s'extirpa du véhicule. Il était accompagné d'une femme très brune. Stanislas plissa les yeux. Il lui semblait la connaître, mais le souvenir était encore diffus. La manche droite de la femme fit remonter des images dans sa mémoire. Il revit la plage de Berck, Oriane assise en tailleur sur le sable et cette handicapée qui le dévorait des yeux. Les souvenirs reprenaient leur place.

Cette manche de veste qui battait dans le vent ne pouvait appartenir qu'à cette journaliste blessée à Kaboul. Stanislas savait que Salah avait questionné le personnel et les patients de l'Hôpital maritime au sujet d'Élise. Elle aussi voulait connaître le secret de cette âme pure. Et sans doute avait-elle recueilli des informations qui lui seraient précieuses.

Avant sa mort, Marouan Chraïbi avait parlé. À présent, Stanislas comprenait parfaitement ce qui était jusque-là demeuré obscur. Pierre était le frère d'Élise. Salah, en cherchant Élise, avait trouvé Pierre. Ce n'était plus une boucle qui se bouclait, mais un tourbillon de destinées qui s'animait pour son seul plaisir.

99

L'air était chargé d'humidité, le temps virait à l'orage. D'énormes cumulus noirs s'avançaient par l'ouest et réfléchissaient les rayons du soleil, renvoyant une inquiétante lumière.

— Il ne faudrait pas qu'ils restent là-bas trop longtemps, s'inquiéta Aline. S'il pleut, l'eau pourrait monter.

Pierre et Salah n'avaient pas encore donné de nouvelles depuis leur départ matinal pour la crypte. Il était déjà près de midi et le trio patientait autour de jus de fruits frais.

— Après ce qui lui est arrivé l'autre jour, avança Frédéric, ça m'étonnerait qu'elle réitère la même imprudence !

Réjane ne put s'empêcher de sourire.

— Vous êtes mignon, le railla-t-elle. Savez-vous que cette femme a passé des années sur les champs de bataille, bravant le danger ! Si elle n'avait pas eu une bonne dose d'inconscience, elle se serait barrée vite fait !

— De courage, plutôt ! protesta Aline, légèrement offusquée.

— S'ils ne sont pas rentrés dans une heure, je vais les chercher ! ajouta l'archéologue.

Aline jeta un coup d'œil vers la menace orageuse, scrutant le ciel avec attention.

— Les hirondelles volent haut dans le ciel. Il ne pleuvra pas tout de suite.

— On n'aurait quand même pas dû les laisser partir seuls !

— Ils avaient besoin de calme, ces deux-là. Je pense qu'ils se plaisent, siffla Réjane un peu moqueuse.

Frédéric Dupuis haussa les épaules.

— Si vous le dites.

L'archéologue ouvrit son sac à dos et en sortit plusieurs liasses de feuilles dactylographiées.

— Bon, mesdames, il est temps que je vous donne mes premières conclusions ! Le texte nous livre un bon nombre d'indices et soulève autant de questions ! Tout d'abord, la langue utilisée est le latin classique. S'il ne donne pas vraiment d'indications sur la période, on sait qu'il était pratiqué par les érudits religieux, et ce pendant très longtemps.

— Il existe plusieurs sortes de latin ? demanda naïvement Aline.

— Effectivement. Le latin parlé au IVe siècle avant Jésus-Christ est appelé latin archaïque. Le latin classique, celui de Cicéron, a été utilisé autour de l'an 1 sur une période d'une cinquantaine d'années et le « bas » latin beaucoup plus tard.

— Dites donc, vous êtes calé ! lança Réjane.

Frédéric Dupuis rougit.

— Pas vraiment. J'ai un copain professeur de français sur Metz, Patrice. Et avec quelques latinistes, il m'a aidé à traduire le texte. J'avais fait deux ou trois contresens à cause de l'absence de ponctuation.

— Voici nos tourtereaux ! s'exclama soudain Réjane, la mine réjouie. Vous voyez, ils ne se sont pas noyés !

Elle s'élança au-devant des retardataires qui avançaient côte à côte.

— Alors ? Où étiez-vous passés ? On commençait à se faire du mouron !

Au moment où elle les rejoignit, Pierre saisit la main de Salah et la serra de toutes ses forces.

— J'avais besoin de temps, rétorqua-t-il. Pour

quelqu'un qui n'a jamais connu sa famille, j'ai eu pas mal de retard à rattraper.

Le petit groupe s'approcha de la table sur laquelle Frédéric avait étalé ses documents.

— Venez, vite ! lança-t-il. J'ai la traduction du texte !

Salah et Pierre prirent place face à Aline et Réjane. Frédéric resta debout.

— Salut à toi, fils/fille de Melicca, articula-t-il d'une voix tremblante, premier père de Verodunum, toi qui te dis abandonné de Dieu, garde en toi la lueur de la foi. Dans le passage de l'homme venu de Myre, à la croisée des trois autels, tu détiendras la clé des âmes, pour retourner vers Dieu. Puisque ta vie n'a pas de sens, fais que ta mort en ait un.

Un long silence s'abattit sur le petit groupe. Chacun se regardait sans oser prendre la parole le premier. Pierre semblait désorienté, Réjane fixait ses pieds et Aline s'accrochait à la manche de Salah.

— C'est…

— Magnifique, susurra Aline. Bouleversant.

Aucun d'entre eux ne trouvait les mots justes pour exprimer sa joie. La découverte de ce message laissé là des siècles plus tôt dépassait tout ce qu'ils avaient pu espérer.

D'un coup d'œil, Salah incita Frédéric à poursuivre.

— *« Proles Maliccae »* signifie « fils/fille de Melicca », expliqua l'archéologue. C'est une expression utilisée par l'auteur pour s'adresser à la descendance de Melicca. Je n'ai aucune idée de qui il est. En tout cas, pas de trace dans l'histoire de la région. En revanche, le « premier père de Verodunum », *« Viroduni primi patris »* a un sens. *Verodunum* est l'ancien nom de Verdun. Le premier père pourrait être le père fondateur. Ou le premier évangélisateur de la ville. Voici qui nous amène à saint Saintin, le véritable nom de ce saint homme s'est perdu dans l'histoire. Si les inscriptions de la grotte sont exactes, il se nommerait alors Melicca.

— Ce qui nous permet de dater l'inscription, n'est-ce pas ! s'exclama Salah en adressant un sourire lumineux à Pierre. Quand est-ce que ce Saintin a bâti son église ?

— J'ai fait des recherches rapides. Il faudra les compléter avec un historien.

— Vous êtes un archéologue de la région… avec des lacunes, à ce que je vois ! critiqua Réjane.

Frédéric éclata de rire.

— Vous n'en ratez pas une, vous !

— Les enfants ! râla Aline, ce n'est pas le moment de vous chamailler.

Pierre et Salah ne se quittaient pas des yeux. Leurs visages rayonnaient d'un bonheur tout neuf.

— Saint Saintin était originaire de Meaux. Il a fondé son église en 330 après Jésus-Christ sur les restes d'un temple païen situé sur le mont Saint-Vanne, dans les faubourgs ouest de la ville, tout au bout de la voie romaine.

— Je ne comprends pas, l'interrompit Réjane, les églises ne sont-elles pas le cœur des villes ?

— Verdun étant encore païenne à l'époque, il n'a pu bâtir dans son enceinte, précisa Frédéric. Il fallait y aller en douceur avec ces sauvages !

— Ah ! Réjane fit la moue. Je retire ce que j'ai dit. Finalement, vous n'êtes pas si nul que ça !

— Nous savons que cette église était dédiée à saint Paul et saint Pierre, continua l'archéologue.

Les regards convergèrent vers Pierre Delcroix.

— Coïncidence, souffla-t-il. Ma mère était bigote.

— Certainement. Quoi qu'il en soit, nous avons ici

une indication de taille. Si nous touchons juste, alors saint Saintin est l'auteur de ce texte. Et il a laissé un message à sa descendance.

— Vous voulez dire que l'évangélisateur de Verdun est un de mes ancêtres ?

— C'est fort probable ! Saint Saintin est considéré comme le premier évêque de Verdun !

Pierre ne savait pas comment interpréter cette nouvelle découverte. Il avait tout imaginé, sauf être le descendant d'un saint évêque.

— Pourquoi cette crypte, alors ? Pourquoi tous ces corps ?

— Je n'en sais rien, Pierre.

— Fait-il mention de la maladie qui frappe la famille ? demanda Salah. Les résultats du labo tardent à nous parvenir... À ce propos, il faut que je relance le professeur Mariani. Il a contacté Nancy pour leur indiquer une piste.

— J'ai vu ça, affirma Frédéric. Le chromosome 20 ? Que cherche-t-il ?

— Je l'ignore, répondit-elle. Probablement à démontrer que les corps appartiennent vraiment à la même lignée. Nous en sommes sûrs pour Macare, Galloway et Nathié grâce à la généalogie. Reste tous les autres. Une mutation génétique déterminée serait une preuve indiscutable, selon le professeur Mariani ! Et cette maladie pourrait aussi expliquer la mort de Galloway.

— Que veux-tu dire ? lança Réjane.

Salah caressa la joue de Pierre.

— Il se serait suicidé, comme Élise, souffla Salah, incapable de poursuivre.

— Qui est ce professeur Mariani, exactement ? tenta Frédéric pour détendre l'atmosphère.

Mais il n'obtint pas de réponse.

Pierre regardait dans le vague. Ses doigts écrasaient presque ceux de Salah. Consciente de son trouble, elle se pencha vers lui et posa un baiser au coin de ses lèvres.

— Nous trouverons, je vous le promets, murmura-t-elle à son oreille. Nous comprendrons ce qui vous arrive, ensemble. Plus jamais, vous m'entendez, vous ne serez plus jamais seul.

Pierre lui sourit avec une tendresse infinie.

— Vous êtes mon Graal, Salah. C'est vous que j'attendais.

Un court silence s'installa entre les cinq protagonistes. Aline observait le tout nouveau couple avec bienveillance, mais Réjane semblait partagée. Bien sûr, elle était heureuse pour Salah, mais elle savait quel sort cruel attendait Pierre à très brève échéance. Pour donner le change, elle réussit à se forcer à sourire. Frédéric, lui, fouillait dans ses papiers, tentant de masquer sa gêne.

— Si le texte gravé ne donne pas d'indications sur la malédiction familiale, il nous explique en revanche la localisation de la crypte. *Quadrivium trium ararum* : à la croisée des trois autels.

— Les trois évêchés ! s'écria Aline en battant des mains. Oh ! Mais c'est extraordinaire !

— Ce qui est extraordinaire, poursuivit Frédéric, c'est que la construction de la crypte est antérieure à celle des premières cathédrales ! D'après mes données, c'est saint Pulchrone qui bâtit celle de Verdun en 457. Celle de saint Étienne, sur la rive droite de la Moselle à Metz, emplacement de l'édifice actuel, est mentionnée dans les écrits depuis le VIIe et celle de Toul a été érigée au Xe sur les vestiges de trois lieux de culte distincts, dédiés à saint Étienne, saint Jean-Baptiste et à la Vierge.

— Oui, mais toutes ont été construites sur d'anciens sites gallo-romains, n'est-ce pas ? demanda Aline.

— C'est exact. Ce qui est troublant, c'est que le texte peut avoir une double lecture. La crypte a-t-elle été creusée au centre des trois villes ? Ou est-ce que les cathédrales ont été construites là pour protéger le sanctuaire ?

— Pour protéger la crypte ? C'est impossible ! riposta Réjane. Rien ne vous permet de le dire ! Il faudrait avoir accès à des données très anciennes pour confirmer cette hypothèse.

— Pourquoi dis-tu ça, Réjane ? lui demanda Salah. C'est la question de l'œuf et de la poule, non ? Nous n'avons pas plus d'éléments de réponse dans un sens que dans l'autre !

— C'est vrai que nous ne disposons que de quelques textes apocryphes. Malheureusement, il faudra nous contenter de ça.

— Et d'un peu d'imagination, glissa Pierre.

— En tout cas, ce qui est certain, ajouta Salah, c'est que les lieux de culte, païens ou chrétiens, étaient nombreux à cette époque.

— Vous avez raison, Pierre, acquiesça Frédéric. L'archéologie et l'histoire ne sont pas des sciences exactes. Beaucoup de données sont établies sur la faculté de déduction et d'extrapolation des chercheurs. Basons-nous sur les faits connus et imaginons ! Quand Jules César arrive en Gaule, notre bonne vieille Lorraine est occupée par différentes tribus. Les Médiomatriques, les Leuques et les Trévires. Après l'invasion des barbares à la fin du Ve siècle, les Francs et les Alamans se partagent le gâteau avec les Gallo-Romains. Beaucoup plus tard, la Lorraine fera partie du royaume d'Austrasie, au cœur de l'empire de Charlemagne. Elle deviendra la Lotharingie en tombant entre les mains de

Lothaire II. Et c'est en 959 que ce territoire sera coupé en deux parties. Et devinez quoi ! Les villes des trois évêchés seront exclues du partage, gagnant en quelque sorte leur indépendance. Quel était le meilleur moyen de protéger un lieu secret ? La propriété ? Non. La politique ? Non plus. Trop d'invasions, trop de guerres… Le meilleur moyen était bien de la remettre entre les mains de Dieu, si vous me passez l'expression ! Saint Saintin était un sacré visionnaire ! L'évangélisation des villes et la construction des cathédrales ne se sont pas faites en quelques années ! Mais plutôt sur des siècles ! Et les zones d'influence des lieux de culte, d'abord, puis des églises et des évêchés couvrant le bois, ensuite, ont ainsi protégé la crypte de toute intrusion étrangère. Enfin, on peut l'imaginer.

Frédéric Dupuis s'arrêta brusquement. Il affichait un air satisfait. Ses auditeurs l'avaient écouté sans piper mot, fascinés par son histoire. Réjane prit la parole la première.

— Je persiste ! Suppositions… Tout ça n'est que suppositions !

— Ça colle, en tout cas, protesta Salah.

— C'est passionnant ! s'émerveilla Aline. Pierre, qu'en pensez-vous ?

Pierre secoua la tête. Il semblait submergé par ses émotions. L'idée que l'Église elle-même ait pu protéger ainsi sa famille pendant des siècles lui semblait tout simplement saugrenue. Et quand bien même il aurait adhéré à cette théorie, il restait un point capital à éclaircir : contre quoi ses aïeux avaient-ils besoin d'être protégés ?

— J'ai mieux…, glissa Frédéric d'un air mystérieux. Quelque chose qui tend à confirmer mon idée que les trois lieux de culte ont été fondés là pour défendre le site.

— Quoi ? lança Réjane, mi-sceptique mi-curieuse.

— J'ai étudié les noms gravés près des piliers. Certains ont attiré mon attention.

— Allez, dites-nous ! supplia Aline.

Pierre et Salah se lancèrent un regard complice.

— Sanctinus, Victor II et Mansuy au IVe, puis Heiman, Gérard et Thierry au Xe.

— Et ? D'autres membres de la famille ? suggéra Pierre d'un ton sarcastique.

— Victor II, sixième évêque de Metz, et saint Mansuy, premier évêque de Toul, tous deux contemporains de Sanctinus, alias saint Saintin. Heiman, Gérard et Thierry, trois évêques du Xe siècle.

— Ce qui signifie ? demanda Salah.

— Avouez que c'est quand même étrange. Ces noms sont gravés à quelques mètres du texte initial. À quoi pensez-vous ?

Les réponses fusèrent dans un joyeux brouhaha.

— Des visiteurs ?

— Des curieux ?

— Des plaisantins ?

— Des témoins ? proposa Pierre.

— Pourquoi pas ? Témoins d'une alliance secrète entre les trois évêchés par exemple. Lieu de transmission du flambeau, peut-être. Il a bien fallu que l'information traverse les siècles.

— Qu'est-ce qu'il y a dans cette crypte ? Quel secret peut pousser des générations d'érudits religieux et d'évêques à garder le silence ? s'interrogea Aline.

— Un mystère si brûlant qu'il ne pouvait être remis entre toutes les mains. En tout cas, grâce à vos documents, nous savons que le dernier évêque de Toul faisait partie de ces initiés. Et le triangle, transmis ainsi à travers les siècles, était bien un symbole permettant de localiser la crypte au centre des trois lieux de culte.

À la croisée des trois autels, ça me paraît clair. Aline, la carte gravée dans le château par votre aïeul était là dans ce but. Il permettait de donner son sens au symbole !

Pierre saisit le médaillon ciselé et le posa sur la table. Aline s'en empara. Ses yeux se mouillèrent de larmes.

— C'est incroyable, balbutia-t-elle. Mes ancêtres ont été les gardiens du secret des vôtres. Nous étions en quelque sorte liés depuis des générations.

Aline tremblait. Elle avala son verre de jus d'orange et se leva.

— Veuillez m'excuser, mais c'est trop d'émotions ! Je dois raconter ça à Charles-Henri !

— Comtesse, attendez, nous sommes loin d'avoir terminé ! protesta Réjane.

— Nous aimons vous avoir à nos côtés ! ajouta Salah.

Mais la vieille dame était décidée. Elle planta un baiser sur la joue de Salah et s'éloigna du petit groupe en trottinant.

— Il va être si heureux ! Lui qui a tant cherché !

Silencieux, Frédéric ne quittait pas le médaillon des yeux.

100

La vieille dame était assise sur un coin de gazon, juste à côté d'un caveau. Son chapeau agrémenté d'un ruban de soie reposait sur un banc moussu.

Depuis une minute, Stanislas l'observait, tout en surveillant les alentours du coin de l'œil. Personne ne venait. Maintenant, il entendait en partie la conversation qui se déroulait à un jet de pierre de sa position. Et ce qu'il comprenait était extraordinaire. Il était question de crypte secrète, de légende familiale et de saints perdus dans l'histoire.

Stanislas ressentait une excitation débordante qu'il lui fallut bien contenir. Ce n'était pas le moment de chuter dans un excès de précipitation.

Il s'approcha en silence, reproduisant comme il savait le faire la démarche des félins. Ses mains avides tendues en avant prolongeaient ses yeux, fixés sur la nuque d'Aline.

À moins d'un mètre de cette proie si facile, Stanislas s'arrêta. L'air chaud vibrait d'énergie positive. Dans les hautes branches des grands arbres du parc, des dizaines d'oiseaux s'égosillaient. Le moment était idéal. Aline parlait toute seule, le visage tourné vers le caveau.

— Ils ont trouvé, mon ami, disait-elle, la voix pleine d'enthousiasme. Ah, si vous pouviez être là ! Vos aïeux ont protégé un secret pendant des centaines d'années. La crypte, Charles-Henri ! C'est là que tout se concentre.

Stanislas écoutait religieusement le monologue de la vieille femme. Puis, quand il comprit qu'il n'en apprendrait pas plus, il décida de diriger lui-même l'interrogatoire. Sa main droite se plaqua d'un coup sur la bouche d'Aline.

— Tiens bon, la vieille, glissa-t-il à son oreille. L'Embaumeur t'honore de sa visite.

Aline ne sut que lever les bras. Ses yeux exprimaient une peur indicible.

— Où est cette crypte dont vous parliez, tes amis et toi ?

Stanislas sentit le corps de sa victime se tétaniser,

puis se relâcher soudainement. Il fit tourner sa tête et comprit, aux yeux révulsés d'Aline, que son cœur n'avait pas supporté son irruption.

Alors, il laissa la dépouille si légère de la septuagénaire s'affaisser sur le gazon. Il alla même jusqu'à lui faire prendre une posture qu'il jugea admirable, un bras négligemment posé devant elle, la main ouverte, paume contre terre, l'index pointant le caveau.

À cet instant précis, une colombe au collier gris se posa sur le banc.

Très satisfait, Stanislas disparut dans les bois, avec en tête le projet de contourner l'étang pour s'introduire dans le château par des accès invisibles depuis la terrasse.

101

— Et c'est là qu'on touche probablement de près à ce que la crypte protégeait, annonça Frédéric. Le texte est très bien construit. D'abord il permet d'identifier son auteur et il fournit des données pour établir une carte. Ensuite il est descriptif. Une des phrases, *« Myrensis homo cum transibit »*, le passage de l'homme venu de Myre, décrit la porte de calcaire. C'est évident.

— Intéressant ! s'écria Réjane. J'ai bien fait de m'avaler ce bouquin sur le saint patron de la Lorraine en arrivant. Mais dites-moi, l'archéologue, êtes-vous sûr de ce que vous avancez ?

— Vous allez me casser les pieds encore longtemps, la sceptique ?

Salah pouffa et Pierre sourit devant la mine renfrognée de Réjane.

— Toujours d'après l'histoire, poursuivit Frédéric, l'homme venu de Myre pourrait être effectivement saint Nicolas, l'évêque de Myre. Le nom et la période correspondent. Aux alentours de 320, saint Nicolas, après avoir été emprisonné, est parti en exil. Et personne ne sait où il est allé précisément. Et si Melicca, alias saint Saintin, avait croisé sa route ?

— Mais où ? Saint Nicolas était turc ! Ça fait loin, tout de même.

— Je n'ai pas la réponse, Réjane. Mais une chose est sûre, cette porte et ce saint sont liés.

— Qu'est-ce qui, dans l'histoire de saint Nicolas, pourrait avoir un lien avec la crypte ?

— Souviens-toi, Réjane, s'interposa Salah, Galloway, l'ancêtre de la branche hollandaise, faisait des recherches sur l'évêque de Myre. C'est sa famille qui aurait introduit la légende de saint Nicolas aux États-Unis !

— Il y a donc un lien, cela ne fait aucun doute. Mais lequel ?

— Ben dites donc, ça bosse dur, là ! s'écria Jean-Jean en s'approchant.

Pierre sursauta.

— J'voudrais pas vous déranger ! Où elle est, m'dame Aline ?

— Avec son homme, répondit Réjane.

— Ah ! Vous lui direz que j'suis parti donner à manger aux bêtes. J'finirai la paille demain !

— Pas de problème !

Le vieil homme s'éloigna d'un pas alerte en direction de sa voiture, qui démarra en pétaradant.

Frédéric attendit que le calme revienne et reprit :

— L'Église attribue plusieurs miracles à saint Nicolas. La légende lui confère entre autres le pouvoir de ressusciter les morts.

— Je ne pense pas que la réponse soit là…, souffla Pierre. Il y a plutôt accumulation de cadavres, dans notre cas.

— La légende la plus célèbre rapporte qu'il a rendu la vie à trois jeunes enfants qu'un horrible boucher avait tués et conservés dans un saloir, proposa Réjane.

— Une autre raconte que, pour éviter à un père sans le sou de prostituer ses filles, il a donné une dot à chacune. Mais rien à voir avec notre histoire, nous n'avons pas retrouvé de trésor ! ajouta Frédéric.

— Est-ce que votre légende fait mention de visions ? demanda subitement Pierre.

Le silence s'installa. Frédéric lança un regard interrogateur à Pierre qui haussa les épaules.

— Expliquez-moi ?

— Je vois des choses. À cause de la saloperie qui me bouffe le cerveau.

— Il a retrouvé Élise comme ça…, murmura Salah.

— Élise ? Mais qui est-ce ?

Réjane et Salah se regardèrent un long moment, incertaines.

— Il est temps de tout lui dire, n'est-ce pas ?

— Je le crois, oui. Pierre ? demanda Salah.

Pierre hocha la tête.

— Il serait temps, mesdames, pesta Frédéric. Comment voulez-vous que je vous aide si vous me cachez quelque chose ?

Salah et Réjane lui expliquèrent alors brièvement comment elles avaient atterri là, Élise et Pierre, le médaillon, les armoiries et les hallucinations. Frédéric saisit le médaillon entre ses doigts et l'observa un long moment.

— C'est étonnant. Si je comprends bien, le triangle inversé vous a conduit jusqu'aux armoiries du château…

— Et le château jusqu'à la crypte ! affirma Réjane.

— C'est… décoiffant, votre histoire !

L'archéologue rendit le médaillon à Pierre qui passa délicatement la chaîne autour du cou de Salah.

— Des hallucinations, dites-vous ? Pourquoi pas. Il me semble bien que dans l'histoire de saint Nicolas il est fait mention de phénomènes de ce genre.

Réjane fronça les sourcils et s'écria :

— Il y a quelque chose comme ça, en effet. Enfin, ce ne sont pas des visions mais…

— Raconte ! s'exclama Salah.

Réjane lança un regard interrogateur à Frédéric qui lui fit signe de commencer :

— L'évêque de Myre déjeunait avec trois princes envoyés par Constantin, quand on l'a appelé en urgence pour sauver trois marchands condamnés à mort sans raison. Il s'est précipité sur place avec ses invités et s'est jeté sur le bourreau pour lui arracher son épée. Fou de rage, il s'est rendu chez le consul pour l'accabler de reproches. Mais, devant l'insistance des trois princes, il lui a finalement pardonné. Les trois princes ont ensuite quitté l'évêque avec sa bénédiction. Grâce à cela, ils sont parvenus à soumettre des révoltés. Leur retour auprès de l'empereur s'est fait en triomphe.

— Je ne vois pas…, râla Salah.

— Patience, ma poule, j'y viens. Si mes souvenirs sont exacts, ces trois messagers de l'empereur ont fait des jaloux, qui se sont empressés de soudoyer le préfet. Celui-ci a alors accusé les trois princes de crime de lèse-majesté. Constantin les a aussitôt jetés en prison et les a condamnés à mort sans même les avoir interrogés. Désespérés, les trois hommes ont prié saint Nicolas du fond de leur cellule.

— Et la légende dit, poursuivit Frédéric, que pendant la nuit, le saint est apparu en songe au préfet, ainsi qu'à l'empereur, les exhortant à libérer les innocents sous peine d'horribles représailles. Les deux hommes affolés se sont raconté leur rêve et ont fait libérer les prisonniers.

— Ce n'est donc pas saint Nicolas qui avait des visions ! s'écria Réjane.

— Non. Il apparaissait dans les rêves des autres, corrigea l'archéologue.

Pierre se leva brusquement, invitant Salah à le rejoindre.

— Je dois y retourner, lança-t-il. Continuez sans nous.

— Mais !

Salah fit un clin d'œil qui se voulait rassurant à Réjane et suivit Pierre. Frédéric leur adressa un petit signe de la main et retourna s'asseoir.

— Nous voilà en tête à tête, chère amie, dit-il en se moquant.

— Qu'est-ce qui lui prend ?

— Y aurait-il une relation entre les hallucinations de Pierre et saint Nicolas ?

— Pouvez-vous me relire le texte ?

— Faites donc ça vous-même !

Frédéric tendit le papier à Réjane qui se mit à lire à haute voix :

— Salut à toi, fils/fille de Melicca, premier père de Verodunum, toi qui te dis abandonné de Dieu, garde en toi la lueur de la foi. Dans le passage de l'homme venu de Myre, à la croisée des trois autels, tu détiendras la clé des âmes, pour retourner vers Dieu. Puisque ta vie n'a pas de sens, fais que ta mort en ait un.

— La dernière phrase. C'est la devise de la famille d'Aline, n'est-ce pas ?

— Celle qui lui vient de l'évêque de Toul, acquiesça Réjane.

— Le passage de l'homme venu de Myre, l'arche. Peut-être est-ce un endroit clé ?

— Oui, mais pour faire quoi ?

Réjane fit la moue.

— À propos de clé, relança-t-elle. D'après vous, Frédéric, qu'est-ce que la clé des âmes ?

L'archéologue frotta ses lèvres de ses doigts, les yeux dans le vague.

— Le texte dit : tu détiendras la clé des âmes. Détenir signifie avoir, posséder.

— Si nous traduisons de manière littérale, alors dans le passage de la crypte, celui qui a la clé accédera à l'âme, ou aux âmes. Pierre aurait-il la clé ? En partant du principe que cet endroit est dédié aux descendants de Melicca… Qu'est-ce que la clé ? Le médaillon ?

— Non, je ne crois pas. Le médaillon est plutôt un moyen de trouver la crypte, proposa Frédéric. Et puis, ce n'est qu'un morceau de métal.

— Vous avez raison. Alors, Pierre détiendrait la clé des âmes en lui ? Comme tous les descendants de cette famille ? Sa maladie ? Se peut-il que sa mort prochaine soit la clé des âmes ?

— La clé des âmes. La mort ? Cette horrible fin programmée serait la clé des âmes ? Non, Réjane. Ce qu'il faudrait deviner, c'est ce qui s'est passé entre Melicca et l'évêque de Myre ! Qu'est-ce qui a entraîné la construction de la crypte ?

— Saint Nicolas était un homme bon. Il accomplissait des miracles. Peut-être a-t-il sauvé saint Saintin de la mort ? Et s'il était malade, comme Pierre ? À cette époque, comment étaient considérés les hommes qui ne dormaient pas et avaient des hallucinations ? La région n'était pas encore chrétienne, les croyances différentes selon les tribus, non ?

— Vous savez quoi ? Nous manquons cruellement d'imagination. Et de données historiques ! Nous n'aurons probablement jamais les réponses, malheureusement.

— Si j'ôte du texte toute référence à la crypte, s'entêta Réjane, ça donne : toi qui te dis abandonné de Dieu, garde en toi la lueur de la foi pour retourner vers Dieu. Ce qui peut signifier : toi qui vas mourir, crois en Dieu pour aller au paradis !

— Ou alors : toi qui es terrassé par une terrible maladie, ne perds pas la foi au moment de ta mort.

— Ou alors : n'oublie pas de hurler le nom de Dieu quand les autres t'auront mis sur le bûcher en pensant que tu es taré !

— Réjane ! Vous délirez !

Frédéric fut interrompu par la sonnerie de son téléphone portable. Il s'éloigna une dizaine de minutes. Quand il revint, il semblait très excité.

— Qu'y a-t-il ?

— C'était le labo. Ils ont trouvé ! Ils ont les résultats ! Sur une vingtaine d'échantillons analysés, cent pour cent ont une mutation sur le chromosome 20 ! Votre professeur avait raison ! Ils ont tous la même maladie génétique ! C'est fou ! En plus, les datations commencent à tomber. Certains ossements remontent à la période de Melicca ! C'est peut-être même lui en personne ! Ce qui permettrait de déterminer comment il est mort exactement !

— C'est précisément ce qui nous manque pour comprendre ! Quel est le mal dont ils souffraient ?

— Un truc complètement dingue qui donne des hallucinations terribles ! Une maladie orpheline, moins de cent cas dans le monde recensés ces trente dernières années ! Vous vous rendez compte ! Moins de cent !

— Quoi ? Quelle maladie ? insista Réjane.

— L'IFF, ou insomnie fatale familiale. C'est horrible. Un jour, ces gens se réveillent pour ne plus jamais se rendormir !

L'archéologue plongea son regard dans celui de Réjane qui venait d'attraper sa main. Il crispa ses doigts sur les siens et ajouta :

— Sauf pour mourir…

102

Salah n'osa pas rompre le silence pour demander à Pierre ce qui l'avait décidé à revenir à la crypte. Il était très excité et gardait les yeux fixés sur l'avant du capot. Ses pupilles dilatées lui donnaient un air de rapace et ses grandes mains étaient agitées de tremblements. Il se passait quelque chose de nouveau en lui, mais la journaliste était bien en peine de deviner quoi.

Lorsqu'ils arrivèrent devant l'entrée de la grotte, de grosses gouttes de pluie se mirent à cribler le pare-brise. Au-dessus de leurs têtes, les nuages s'amoncelaient de plus en plus, créant un formidable tourbillon sombre dans le ciel. La luminosité baissa d'un coup dans le bois. Les trombes d'eau annoncées ne tarderaient plus.

Pierre eut des difficultés à sortir de la voiture. Il n'y parvint qu'avec l'aide de Salah qui manqua tomber à plusieurs reprises. Elle le laissa à l'entrée du boyau principal et ressortit démarrer le groupe électrogène.

À peine une minute plus tard, trempée par l'orage qui libérait enfin l'énergie accumulée dans la terre par des semaines de sécheresse, elle le trouva hagard, ânonnant des mots incompréhensibles. Son entrejambe trempé montrait que, à nouveau, il ne se contrôlait plus.

Le cœur brisé, Salah fit mine de ne rien avoir vu et l'aida à marcher vers l'escalier. Dans leur dos, le ruissellement des eaux de l'orage transformait en boue le sol de l'entrée.

Atteindre la crypte fut une épreuve pour l'un comme pour l'autre. Salah peinait sous le poids de son compagnon. Quant à Pierre, son orgueil mis à mal luttait pour préserver son intégrité.

Parvenu dans l'antre de Melicca, Pierre s'adossa contre l'un des montants sculptés de la porte et se laissa lentement glisser jusqu'au sol.

— J'ai un coup de mou, expliqua-t-il à Salah pour donner le change.

Sur son front perlait une fine pellicule de sueur. Son visage avait blanchi subitement, ce qui renforçait les marques sombres sous ses yeux et creusait davantage son visage amaigri.

Salah s'agenouilla à ses côtés. Elle posa doucement sa main sur la joue de Pierre et l'attira contre son épaule.

— Nous aurions dû rester au château, regretta-t-elle. Cet endroit n'est pas très sain pour vous. Je…

— Au contraire, la coupa Pierre. C'est ici que je dois être. C'est ici que nous avons tous fini. Où voulez-vous donc que j'aille, Salah ?

Salah ferma les yeux pour lutter contre les larmes qui se bousculaient.

— Ne dites pas ça. Vous allez tenir, Pierre. Nous ne sommes pas au bout du voyage, pas encore.

Un sourire d'enfant éclaira maigrement le visage de Pierre, à demi enfoui dans le creux de l'épaule de Salah.

— Mentir ne sert à rien, dit-il tout bas. N'endossez pas le rôle de Marie-Jeanne.

Salah devina qu'il s'agissait de sa mère adoptive.

Elle faillit lui demander de lui en parler, mais elle renonça. Cela n'avait finalement aucune importance. Une seule chose comptait à ses yeux : que Pierre quitte ce monde sans souffrances. Elle ignorait comment tenir sa promesse, mais quoi qu'il lui en coûte, elle ne faillirait pas.

— Vous entendez, Salah ? demanda Pierre en se redressant.

Salah tendit l'oreille. Seul le bruit de l'eau dégouttant résonnait dans les grottes. En se concentrant davantage, elle perçut un ronronnement diffus, très lointain. Sans doute distinguait-elle là le vague écho du groupe électrogène.

— Vous parlez du moteur ?

— Non, les coups… vous n'entendez pas les coups de marteau ?

— Non…

Salah serra l'épaule de Pierre. Elle rageait de ne pouvoir l'aider et, pire encore, elle devinait qu'elle resterait étrangère à sa nouvelle hallucination.

— La lumière ! gronda Pierre. Ne coupez pas la lumière !

Le malheureux écarquillait les yeux. Ses mains fouillaient l'espace vide devant lui. Elles s'arrêtèrent tout à coup, comme si elles palpaient quelque chose.

Dans l'esprit de Pierre, la crypte venait de retourner à son état initial. L'autel, la porte sculptée et le pilier gravé s'étaient fondus en une masse de roche vierge. Des gravats jonchaient le sol. Tout était englué dans une obscurité angoissante, hormis une petite zone où une lueur tremblotante faisait danser des ombres démesurées.

— Là ! Salah…

Pierre pointait du doigt le pilier où le texte gravé

avait révélé son message sous les mains de Frédéric. Salah scruta l'espace dans la direction indiquée.

— Racontez-moi ce que vous voyez, Pierre.

Pierre ouvrit la bouche et la garda ainsi de longues secondes. Ses yeux suivaient un mouvement imaginaire.

— Expliquez-moi, Pierre ! insista Salah. Il faut que je comprenne !

— Je vois celui qui a creusé cet endroit, lâcha-t-il enfin. Je vois le premier des miens.

— Melicca ? interrogea Salah. Vous voyez Melicca ? C'est ça ?

— Je ne sais pas qui c'est, mais il n'y avait rien avant lui.

La vision se modifia d'un coup. La roche s'anima, se fondit en structures géométriques puis en miniatures anthropomorphes qui intégrèrent les piliers au centre de la crypte. Pierre comprit alors l'origine des coups qu'il ne cessait d'entendre. Une silhouette se matérialisa devant lui, à deux mètres à peine. Dressée au pied du second pilier, elle martelait la pierre à l'aide d'outils rudimentaires. Peu à peu, les lettres formaient des mots, le texte latin prenait corps.

— Mariani avait raison, parvint-il à articuler entre deux respirations rapides. Je vois ce qu'on vient de me raconter. Ça n'a rien d'extraordinaire. Je ne fais que reproduire…

L'homme se retourna et jeta sur Pierre un regard plein de commisération. Il avait des yeux d'un vert lumineux.

— *Tua quoniam vita nihil docet*, *fac ut mors tua documento sit*, lui dit-il d'une voix rocailleuse. *Coaerentia mondurum es.*

— Qu'est-ce que c'est ? s'écria Pierre, le visage

affichant une expression de joie teintée de déception. Qu'est-ce que ça veut dire ?

La silhouette commençait à se dématérialiser.

— Restez ! hurla Pierre. Vous ne pouvez pas me laisser comme ça !

Il ne subsista bientôt plus qu'un contour ténu de l'homme qui s'était trouvé là.

— Tu es le lien des mondes..., entendit Pierre, alors que sa vision disparaissait totalement.

Il se tourna alors vers Salah. Ses yeux tristes étaient mouillés de larmes.

— Que s'est-il passé ? demanda-t-elle.

— Il y avait un homme, là, dites-moi que vous l'avez vu, je vous en supplie.

Salah aurait aimé répondre que oui, elle l'avait vu, mais elle ne pouvait mentir à Pierre. Il fallait que l'un des deux conserve intacte sa lucidité.

— Racontez-moi ! implora Salah. Que faisait cet homme ?

— Il m'a dit : tu es le lien des mondes, articula lentement Pierre, surpris par ses propres paroles. Pour le coup, je ne sais pas d'où...

Pierre s'arrêta de parler. Son attention venait d'être attirée par un mouvement. Des ombres nouvelles dansaient sur la paroi de la crypte. Mais ce qu'il ne réalisa pas aussitôt, c'est que ces ombres n'y étaient pas projetées. Elles sortaient de la matière, s'en extirpaient pour créer peu à peu une forme en trois dimensions. Il vit alors une silhouette féminine jaillir de la roche et passer devant lui.

Cette femme portait sur le visage les mêmes stigmates que lui. Ses traits affreusement creusés attestaient un stade avancé de la maladie. Elle s'écroula sur le sol, à bout de forces. Aussitôt, un second personnage entra dans son champ de vision. Celui-ci appartenait sans doute possible au clergé. Il releva la malheureuse et l'aida à s'asseoir dans l'une des alvéoles libres de la crypte. Il lui donna de l'eau et l'installa du mieux qu'il put. Ses gestes étaient très doux, comme maternels. Il coinça la torche qu'il tenait dans une anfractuosité de la paroi et s'en alla. Pierre le suivit du regard. L'homme ne se retourna pas.

— Hé ! l'apostropha Pierre. Attendez !

Le religieux s'arrêta près de l'autel et fit volte-face.

— Décide-toi, Pierre ! égrena-t-il d'une voix qu'il modulait merveilleusement. Décide-toi, il n'est que temps.

Péniblement, Pierre se leva et s'approcha de cet homme dont il pouvait à présent sentir l'odeur. Il osa avancer une main vers lui, certain de rencontrer à nouveau cette substance transparente qui lui interdisait tout contact avec ses hallucinations depuis leur première apparition. Mais pas cette fois. Ses doigts touchèrent l'étoffe épaisse de la soutane du prêtre. Elle était râpeuse et exhalait une très forte odeur d'encens.

— Melicca ? Qui êtes-vous, qui suis-je ? Répondez-moi ! Il faut que je comprenne avant qu'il ne soit trop tard. Je dois me décider à propos de quoi ?

Le prêtre l'observa une seconde en silence.

— Quelle curieuse question, soupira-t-il. Dans quel étrange monde tu vis, Pierre. Nous sommes ceux qui ouvrent la porte, et tu es l'un d'entre nous. Bientôt, tu devras te décider sur le sens que tu apporteras à ta mort.

Melicca prononça ces paroles comme une évidence. Puis il se hâta vers la sortie de la crypte. Pierre tenta de le suivre, mais il trébucha et s'effondra sur le sol poussiéreux. Avant de perdre connaissance, il eut le temps de voir la malheureuse femme, son ancêtre, se momifier, se racornir jusqu'à ne plus être qu'un amoncellement d'ossements. Pierre songea à sa propre fin qui approchait. Puis ses yeux se drapèrent de ténèbres.

103

— On tourne en rond, avait répété Frédéric avant de monter dans sa voiture pour rallier Nancy. Il y a forcément un lien entre l'insomnie qui frappe ces gens et la clé des âmes. Et il est certainement juste sous notre nez. Croyez-moi, c'est souvent comme ça que ça se passe. À l'époque, ces hommes avaient un but précis. La crypte est peut-être tout simplement le tombeau de cette famille !

Réjane avait frappé sa tempe de son index tendu et suivi le véhicule des yeux jusqu'à ce qu'il disparaisse dans le virage. Puis elle était retournée sur la terrasse, goûtant ces quelques instants de solitude avec plaisir. Elle songea à Aline qui s'attardait au caveau, tout en supposant qu'elle s'était probablement assoupie là, comme souvent. La faim qui la tenaillerait bientôt se chargerait de la réveiller.

Récapitulons, avait pensé Réjane en griffonnant sur le verso des notes de l'archéologue. *Les membres d'une famille touchée par une insomnie incurable se retrouvent dans un même lieu pour y mourir, et ce depuis des siècles. Pourquoi pas ? À l'époque, ces gens qui ne dormaient plus devaient passer pour fous ! Alors, qu'ils aient bâti un lieu pour s'y réfugier semble logique ! Ce n'est finalement pas si étrange que ça ! On a toujours peur des maladies qu'on ne connaît pas. Les victimes du sida, du cancer ou des maladies psychiatriques sont encore mises à l'écart de nos jours.*

Et puis, on aime entasser nos morts dans le même caveau encore aujourd'hui.

Réjane releva la tête en fronçant les sourcils. Il lui avait semblé entendre des voix lointaines. Elle resta aux aguets quelques instants, puis replongea dans sa réflexion.

Ce qui est bizarre, c'est que l'Église a tout fait pour préserver l'endroit des curieux. Et que grâce à son influence, la crypte a conservé son secret pendant des siècles. Le texte gravé par le premier évêque de Verdun peut être assez facilement interprété. Comme le disait Frédéric, il contient toutes les indications pour trouver la crypte. Mais le hic, c'est qu'il est dans la crypte. Alors ? On tourne en rond. Et qu'a donc à voir saint Nicolas dans tout ça ? Pourquoi Pierre est-il parti lorsque j'ai raconté la légende des soldats ? Croit-il voir une apparition de saint Nicolas là-bas ? Pense-t-il être le saint réincarné ? Ma pauvre Salah, il a fallu que tu t'amouraches d'un homme mourant et halluciné. Il est mignon et gentil, beaucoup plus jeune que toi, mais tout de même, tu mérites tellement mieux, ma poulette.

Réjane ne put s'empêcher de sourire. Malgré les circonstances troublantes qui avaient amené Pierre à retrouver sa sœur et deviner où était morte la petite Oriane, Réjane ne voulait en aucun cas se départir de cet esprit critique qui l'avait toujours accompagnée dans son travail. Elle devait admettre qu'elle s'était prise au jeu dans cette chasse au trésor, initiée par un simple croquis sur une serviette de table. Mais le temps était venu de sortir Salah de ses rêveries et de la ramener au monde des vivants.

Comment lui prouver qu'elle a tort ? Que Pierre n'a pas un don mais que toute chose s'explique pour peu qu'on se donne la peine de chercher ?

Mariani avait bien tenté de démontrer à Salah que ses propres visions d'Élise tenaient moins du miracle que du très progressif mécanisme de sortie du coma. Sans succès. À présent, Salah et Pierre s'accrochaient aux chimères d'une vieille légende.

Il était si évident que le jeune homme espérait donner un sens à sa vie et à sa mort. Mais il n'était pas question qu'il entraîne Salah avec lui. Cette crypte témoignait du magnifique amour d'un homme pour ses descendants, sans doute. Un homme malade et déjà conscient à l'époque qu'il transmettrait sa malédiction sur des siècles. Mais cette terrible histoire ne devait pas éclabousser Salah. Demain, ils auraient enfin la preuve que toute la famille portait la même affection génétique, au moins depuis Melicca.

Frédéric a raison. Je dois maintenant veiller à ce que ce joli conte ne tourne pas en scénario catastrophe.

Le portable de Salah était logiquement hors réseau. Réjane tenta tout de même de la joindre à plusieurs reprises, sans succès.

Elle se sentit subitement seule. L'air était lourd, le ciel de plus en plus noir et bas. Il pleuvait déjà sur le bois, à quelques kilomètres de là.

Réjane frissonna.

Lieras saura, pensa-t-elle. *Pierre a vu un flic en mauvaise posture dans ses hallucinations. Lieras me dira si c'est vrai.*

Elle composa le numéro du capitaine, espérant secrètement que Pierre avait eu tort, que ce jeune flic n'avait pas été massacré.

Mais lorsqu'elle raccrocha, elle était blême et ses mains tremblaient.

Lieras avait répondu aussitôt, lui demandant où était Pierre Delcroix. Une fois encore, il avait vu juste, et cette fois, rien ne permettait d'expliquer comment il se trouvait en possession de ces informations. La police devait absolument l'interroger. Le capitaine lui avait demandé d'être prudente et allait très vite leur envoyer une équipe sur place. Car une chose était sûre. Marouan Chraïbi avait été assassiné par l'Embaumeur, sur les lieux de son premier crime. Et cette enquête les ramenait toujours à Pierre Delcroix.

— Stanislas Opalikha est un homme terriblement dangereux, Réjane. Vous devez être prudente. On ne sait jamais.

Réjane se redressa. Il fallait prévenir Aline et retrouver au plus vite Pierre et Salah.

Elle rassemblait les documents étalés sur la table lorsqu'elle entendit les graviers de la terrasse crisser derrière elle. Elle se raidit, la main sur la lourde cruche en terre cuite posée devant elle, les yeux fixés sur son téléphone abandonné sur la table.

— Aline ?

— Morte, chérie…, glissa une voix masculine dans son dos. Trépassée…

Réjane se retourna brusquement et frappa l'intrus à la tête. L'homme chancela en jurant. Puis elle s'élança vers le château.

Stanislas Opalikha la regarda courir, un sourire mauvais accroché au coin des lèvres.

104

Pierre revint à la réalité quelques minutes plus tard, sous les caresses de Salah, agenouillée à ses côtés.

— Que… que s'est-il passé ? demanda-t-il en se redressant.

— Vous vous êtes levé, vous avez marché vers l'autel et vous vous êtes mis à parler tout seul.

Le souvenir récent refit aussitôt surface.

— Melicca, expliqua-t-il.

Il regarda aussitôt la malheureuse défunte. Ses os reposaient dans leur alvéole, exacte dernière image de la décrépitude à laquelle il avait assisté.

Pierre leva sa main vers son nez. Il la huma profondément, puis la tendit vers le visage de Salah.

— Vous sentez ?

— Oui, il y a comme une odeur d'ambre, ou d'encens. Qu'est-ce que…

Salah n'acheva pas sa question. Elle comprenait. Les visions de Pierre semblaient prendre une nouvelle dimension en se prolongeant dans le réel.

Je dois rêver, pensa-t-elle en regardant autour d'elle, comme si elle cherchait une explication à ce prodige.

Ses doigts parcouraient le calcaire humide à la recherche d'une trace d'huile ou de poussière d'encens.

Salah leva les yeux vers Pierre et caressa tendrement ses joues creusées.

— Je suis perdue, murmura-t-elle. Toutes mes certitudes sur la vie et la mort sont en train de s'écrouler… Moi qui ai toujours refusé l'idée même de l'âme, de la magie et du rêve…

— Salah, lâcha Pierre dans un souffle en la serrant contre lui.

— J'ai cessé d'espérer à la mort de mes parents, continua Salah. Si la guerre était mon quotidien, c'est parce que je voulais voir le meilleur de ce monde. L'éducation que j'ai reçue avec mes frères était tournée vers Dieu. Il était celui qui veillait sur chacun de nous. Nous étions tous censés détenir une part de lumière qui nous venait de lui. Or, c'est ce même Dieu qui a laissé s'effondrer la montagne sous les pieds de mes parents, emportant avec eux mes rêves de petite fille. Et les bombes à Kaboul ont fait le reste. Allah m'a abandonnée, j'ai abandonné Allah.

Pierre la berçait tendrement. Elle était si bien entre ses bras.

— Puis j'ai rencontré Élise, poursuivit Salah, un sanglot dans la voix. Elle est venue me chercher… Là où d'autres attendaient un signe divin, c'est une femme toute simple qui m'a rendu la vie. Si je suis là aujourd'hui, si je veux comprendre, c'est d'abord pour elle. Si je ne crois plus en Dieu, je crois en revanche au destin. Élise voulait me montrer cette voie que j'ignorais. Peut-être pour me ramener à Dieu. Ou à vous.

Pierre couvrit de baisers le visage de Salah. Il tremblait tant que les secousses se propageaient jusque dans le corps de sa compagne.

— Élise voyait un autre monde, là où les âmes errent pendant le rêve. Elle vous a libérée, pour moi, pour nous.

Salah se cala plus près encore de la large poitrine, tentant de retenir ses larmes. Pierre resserra son étreinte.

— Comment avez-vous rencontré ma sœur ? ajouta-t-il. Je dois savoir…

— J'avais l'impression que ma cage thoracique était vide, sanglota Salah. C'était terrifiant. Je crois que mon esprit était envahi d'images de guerre mêlées à celles de mon enfance et de ma vie de femme. C'est difficile à décrire. Et puis, je l'ai vue, si clairement que je suis parvenue plus tard à décrire le médaillon qu'elle portait autour du cou.

— Je me sens tellement proche de vous, l'interrompit subitement Pierre. Si j'avais été une femme, j'aurais aimé être vous. Vous êtes magnifique, votre âme et votre cœur sont…

— À vous, Pierre. Pour toujours.

Une vague de désespoir le submergea un instant.

— Pourquoi si tard ?

— Cela aurait pu ne jamais arriver…

— Et je ne vous aurais pas imposé la douleur de nous perdre. Pourquoi sommes-nous ici ? Que cache cet endroit ? En dehors de ma… mort ?

Salah se redressa, plongeant son regard clair dans celui de Pierre.

— Élise était derrière une porte. Je pouvais sentir l'odeur du chêne. Et la voir au travers. Je sais que ça n'a pas de sens, mais c'est quand elle m'a ouvert que je suis revenue…

Pierre s'adossa contre la base de l'autel et prit sa tête entre ses mains.

— Élise m'a ouvert cette porte, répéta Salah. Et elle m'a attirée à elle. J'ai senti ses bras autour de moi. Je ne sais pas comment elle a fait, je ne sais pas de quoi il s'agit réellement, mais sans elle, je suis certaine que jamais je ne serais sortie du coma.

— La porte, Salah. Ceux qui ouvrent la porte. C'est ce que m'a dit Melicca. La légende de saint Nicolas, l'homme qui entrait dans les rêves des autres, est peut-être beaucoup plus qu'un conte à dormir debout, souffla Pierre. La porte, la clé des âmes, le passage de l'homme qui venait de Myre…

Il s'effondra brutalement. Le bruit de l'eau ruisselant dans le lac asséché enfla jusqu'à devenir un chant magnifique. Plusieurs voix masculines s'unirent dans une psalmodie douce et agréable. Dans le regard de Pierre, Salah disparut pour laisser la place à trois hommes en robe de bure. Puis les images devinrent floues. Pierre ne parvenait pas à entrer dans cette nouvelle hallucination. Seul le chant des prêtres résonnait dans son crâne.

Dressé au centre d'une immense clairière tapissée d'herbe verte, Melicca priait, les paumes tournées vers le ciel. À son visage creusé de fatigue, cerné d'ombres pareilles aux siennes, Pierre sut que c'était vraiment lui, le premier des siens.

D'effroyables visions de corps brûlés se mêlèrent à l'image de son ancêtre. Il vit ses joues inondées de larmes et sentit l'odeur âcre de la chair carbonisée.

Pierre encaissa un premier spasme de son estomac, mais ne put contenir les suivants. Un flot de bile se répandit sur ses vêtements.

— Pierre ! hurla Salah. Pierre !

Il tremblait violemment.

Melicca priait au pied d'un grand chêne.

Des filaments lumineux sortaient des racines et du tronc et rejoignaient les doigts entremêlés du prêtre.

Pierre se retrouva seul dans la crypte. Il chercha vainement Salah des yeux. Quelque chose venait de changer. Les alvéoles creusées dans les parois étaient vides. La pierre grisée de son souvenir brillait d'une blancheur nouvelle.

Melicca lui faisait face.

De nouveau.

Son visage rayonnait de la plus belle des lumières.

Pierre battit l'air des mains comme un aveugle. Il sentit nettement un contact chaud et rugueux caresser ses doigts.

— Seuls les nôtres peuvent refermer le passage, lui dit l'homme devant lui. Fils, tu es le lien des mondes.

Pierre ouvrit les yeux.

Salah caressait ses doigts. Sa main était froide et douce.

— Il faut refermer la porte ouverte par Élise, souffla-t-elle. Si ta vie n'a pas de sens, fais que ta mort en ait un.

105

Réjane claqua la porte du château et la boucla à double tour. Puis elle se rua dans toutes les pièces du rez-de-chaussée et ferma les fenêtres. Elle fit le tour de toutes les huisseries, espérant n'en oublier aucune.

Stanislas n'avait pas bougé de la cour. Il la regardait faire, semblait même se délecter de sa panique, son sourire malsain figé sur les lèvres. Un filet de sang barrait d'une virgule écarlate son beau visage halé.

Réjane scruta le parc à la recherche d'Aline, mais la végétation épaisse l'empêcha de distinguer quoi que ce soit. Un instant, elle pria pour la vieille dame, espérant que le tueur lui avait menti. Mais son cœur et sa raison lui criaient le contraire.

Stanislas bougea enfin.

Réjane le vit s'emparer du téléphone portable qu'elle avait laissé sur la table du jardin et le glisser dans la poche de son pantalon.

— Du calme, ma fille ! se conseilla-t-elle d'une voix aiguë. Tu te barricades et tu appelles les flics…

Elle chercha le téléphone d'Aline du regard et ne

le trouva pas. Elle quitta le salon et finit par dénicher l'appareil dans la cuisine. Ses doigts appuyèrent fébrilement sur les touches.

— Merde ! hurla-t-elle en se rendant compte qu'il n'y avait pas de tonalité. C'est pas le moment !

Réjane retourna dans la pièce centrale de l'immense bâtisse. Mais ce qu'elle pressentait s'avéra. Les fils de la base du téléphone avaient été arrachés.

— Le fils de pute ! ragea-t-elle.

Elle se précipita vers la fenêtre.

La cour était vide. De grosses gouttes d'eau claquaient à présent sur les pavés. L'orage perçait enfin.

Réjane réfléchit à toute vitesse. De quels moyens disposait-elle ?

Des scènes identiques à celle qu'elle était en train de vivre, elle en avait avalé des centaines, dans des films, des romans. Et, toujours, la victime se faisait coincer dans une pièce aveugle, sans issue, comme une salle de bains ou un grenier. Elle n'allait pas se laisser avoir comme ça. Le chat ne l'attraperait pas. Elle devait trouver un endroit sûr où elle pourrait se cacher. Mieux même, si elle dénichait de quoi se défendre, elle pourrait inverser les rôles. Le château ne manquait pas de recoins. Il possédait des dizaines de pièces, toutes plus encombrées par les travaux de réfection les unes que les autres.

Intuitivement, Réjane sut qu'elle devait rester au rez-de-chaussée. Lorsque Stanislas s'introduirait dans le bâtiment, ce qui ne manquerait pas de se produire, il faudrait qu'elle puisse en sortir rapidement. Elle décrocha d'un mur un fleuret du XVIIIe siècle et partit se cacher dans l'aile ouest du château, derrière un amoncellement de portes vermoulues et de poutres rongées par les capricornes.

Son cœur battait à tout rompre. Ses oreilles bourdonnaient tant qu'elle ne put tout d'abord écouter les bruits extérieurs. Lorsqu'elle y parvint, un coup de tonnerre déchira l'atmosphère. La foudre n'avait pas dû tomber très loin. La pluie crépitait sur les ardoises du toit.

Calme-toi ! Cette ordure ne t'aura pas. Tu es bien plus maligne que lui...

Réjane avait beau essayer de s'apaiser, son rythme cardiaque ne ralentissait pas. Elle éprouvait de tout son être une peur inconnue. Contrairement à Salah, Réjane n'avait jamais fréquenté le théâtre des abominations humaines. Les guerres des trente dernières années, elle les avait suivies par procuration, depuis la rédaction de son journal, douillettement protégée du sifflement des balles dans son bureau parisien.

Un bruit la fit sursauter. Cela provenait du premier étage. Quelque chose était tombé et roulait sur le plancher. Réjane serra la poignée du fleuret. Il ne lui restait plus que ce morceau de métal damassé de vieux cuir craquelé auquel se raccrocher.

C'est une ruse, songea-t-elle. *Il veut me faire croire qu'il est là, alors que...*

Il ne s'était pas passé cinq minutes depuis qu'elle s'était retranchée.

Un nouveau bruit résonna au-dessus d'elle. Ce n'était pas le moment de chercher à comprendre comment Stanislas était entré dans la demeure, ni par quel moyen il avait atteint si vite le premier étage.

— C'est maintenant ou jamais, ma poulette, murmura-t-elle en se relevant.

Elle traversa la pièce, les oreilles aux aguets.

Et dehors, tu vas faire quoi ? Courir ? Ma pauvre fille, tu ne tiendras pas cent mètres...

L'analyse de la situation à venir était sans concession. Certes, elle pourrait ouvrir la porte et tenter de s'échapper par le jardin. Peut-être même réussirait-elle à gagner les anciennes écuries, pourquoi pas la route. Mais si elle ne croisait pas très vite une voiture, son poursuivant la rattraperait à coup sûr. Réjane connaissait le profil de Stanislas Opalikha. Il avait quarante ans et ne portait plus aucune séquelle de son accident. Avec son pauvre fleuret, ses cinquante printemps et son absence totale d'activité physique, elle ne tiendrait pas un round.

Là, tu déconnes, ma vieille ! Les clés de la bagnole sont dans l'entrée, posées sur le bahut.

Réjane quitta la pièce sur la pointe des pieds. Elle se glissa sans un bruit dans le long couloir qui traversait l'aile et gagna la vaste pièce de vie. Le château baignait dans un silence impressionnant. La cour déserte, aperçue par l'une des fenêtres, disparaissait sous les trombes d'eau.

En découvrant les clés là où elle supposait qu'elles se trouvaient, Réjane poussa un profond soupir. L'Embaumeur n'avait pensé qu'à la priver de téléphone. Ce serait sa dernière erreur.

Le métal de son sauf-conduit tinta affreusement quand elle souleva le trousseau. Réjane retint son souffle. Aucun bruit alarmant ne vint en réponse à sa maladresse.

La porte d'entrée ne se trouvait plus qu'à deux mètres.

Elle la souleva légèrement et fit jouer la clé dans la serrure. Le mécanisme claqua sèchement. Réjane ouvrit la porte en grand, prête à s'élancer dans la cour, une joie galvanisée d'adrénaline au cœur.

Une ombre l'alerta avant qu'elle ait achevé son geste.

Stanislas l'attendait sur le pas de la porte. Son sourire l'avait quitté. À sa place, un rictus de haine enlaidissait ses traits.

Réjane tenta de refermer l'épais pan de bois sculpté, mais le pied de l'homme l'en empêcha. La porte lui revint en plein visage avec la dureté d'un bois de chêne durci par des siècles d'entretien.

Prise au piège, Réjane tourna les talons dans un réflexe de survie.

Elle courut droit devant elle, sans plus réfléchir, privée de ses moyens habituels par une situation d'extrême urgence.

Elle traversa la pièce centrale et s'engouffra dans le couloir qui desservait l'aile droite du château. Dans son dos, elle entendait les pas de son poursuivant. Il ne devait pas être très loin.

Réjane ne se retourna pas pour s'en assurer. Elle attrapa la rambarde de l'escalier et grimpa les marches deux à deux. Au bord de son champ de vision, elle aperçut la silhouette de Stanislas qui l'imitait.

Des gémissements sortaient de sa gorge et des prières se bousculaient dans son esprit. En cet instant, Réjane aurait donné tout ce qu'elle possédait pour simplement vivre quelques heures de plus.

Et puis, une certitude s'imposa à elle. Elle ne gagnerait pas si elle continuait à paniquer de la sorte.

Ne fuis pas ! Fais face ! Affronte le monstre et tu vivras !

En haut de l'escalier, elle bifurqua sur sa gauche, sans réfléchir, empruntant machinalement le chemin qui menait à la carte dessinée deux siècles plus tôt par l'évêque déchu. Elle sauta par-dessus un trou du plancher. Sous elle, six mètres de vide béaient.

Stanislas fit de même, alors que Réjane venait de disparaître derrière le robuste conduit de la cheminée centrale.

C'est là que son plan de contre-attaque se révéla, dans son évidente simplicité. Réjane s'arrêta. Puis elle se retourna, s'accroupit et tendit le fleuret droit devant elle.

Emporté par son élan, Stanislas ne put éviter la lame effilée. Il retint un cri quand le métal transperça sa cuisse.

Il s'immobilisa. L'extrémité de l'arme blanche avait traversé sa chair. Elle saillait du jambier, rougie de sang. Il examina sa blessure, puis son regard haineux revint sur Réjane.

— Tu me prends pour un papillon, grosse truie ?

Il avança d'un pas. La lame s'enfonça jusqu'à la garde.

— Tu vas faire quoi, maintenant ? Hein ? Tu vas faire quoi ?

Il hurla ces mots.

Terrorisée, Réjane lâcha le fleuret et recula sur les fesses jusqu'au mur. Au-dessus d'elle, la carte du royaume d'Austrasie attendait dans la pénombre. Elle vit alors avec effroi Stanislas retirer l'épée. Il ne sourcilla pas, ne lâcha pas même un cri. Puis il la rejoignit.

L'arme avait changé de main.

Réjane se recroquevilla sur elle-même. Stanislas jeta le fleuret derrière lui.

Il leva le poing et frappa, frappa et frappa encore. Réjane reçut les premiers coups sur les avant-bras, puis sur le visage. Elle poussa des cris stridents, puis ses hurlements se firent de moins en moins forts.

Stanislas ne s'arrêta pas, même quand la malheureuse ne bougea plus. Il continua de meurtrir les chairs à coups de poing, jusqu'à ce que la mâchoire de Réjane cède. Alors il se redressa enfin, satisfait de son forfait, les doigts endoloris, sans doute brisés par ce déluge de violence.

C'est à cet instant qu'il regarda vraiment la carte sur le mur, le triangle et les inscriptions laissées par le dernier évêque de Toul. Il fit immédiatement le rapprochement avec les cartes d'état-major qu'il avait entraperçues dans une salle du château. En une fraction de seconde, Stanislas venait de comprendre la signification du médaillon d'Élise.

106

Les eaux de l'orage avaient envahi le fond du lac souterrain asséché. Elles léchaient déjà le chemin creusé dans la roche, seul lien entre la crypte et le monde des vivants.

Salah se hâta de gravir les marches usées. Quelque part, un grondement sourd montait des profondeurs.

À l'entrée de la grotte, elle buta contre un rideau de pluie. De mémoire, jamais elle n'avait assisté à un tel déferlement. Les gouttes énormes explosaient au contact du sol, projetant de fines perles de boue jusqu'à elle.

S'extraire de la grotte ne fut pas chose aisée. Salah glissa à plusieurs reprises le long de la pente, transformée en ru par l'orage.

La voiture d'Aline était à peine visible. Elle disparaissait presque dans cet environnement dilué où tombaient pêle-mêle eau, feuilles hachées et branches mortes. Le vent agitait les grands arbres comme de vulgaires roseaux.

Salah se protégea sous le hayon arrière du véhicule tout-terrain. Elle observa là un court temps de pause. Dans un sac à provisions, elle fourra en vitesse les couvertures d'Aline, des bouteilles d'eau et des vêtements de chantier. Ils étaient bien trop grands pour elle, mais elle était certaine qu'ils iraient tout juste à Pierre.

Elle se demanda comment elle allait pouvoir redescendre. À l'entrée de la grotte, une mare s'était formée. À présent, l'eau s'y déversait à gros bouillons.

Salah gagna le sommet de la pente. Puis elle posa ses fesses dans l'eau et glissa lentement, le sac replié sur ses cuisses.

Elle réussit ainsi à se mettre à l'abri des intempéries.

À ses pieds, l'eau s'écoulait rapidement vers le fond de la grotte. Elle commençait à envahir les fosses. Pour le moment, elle ne faisait qu'humidifier la terre, mais bientôt elle s'accumulerait pour former de petits bassins.

Lorsqu'elle atteignit le tunnel donnant sur le lac souterrain, Salah attrapa un manche de pioche et s'en servit de canne.

— Mais c'est mon estropiée préférée ! ricana une voix dans son dos.

Salah se retourna d'un bond.

Elle vit une silhouette plantée au milieu du boyau. Elle lui apparaissait en contre-jour, éclairée de dos par un des projecteurs.

Salah n'eut pourtant aucun doute sur l'identité de ce visiteur. Cette voix, elle l'aurait reconnue parmi cent autres.

L'ombre avança et gagna une zone éclairée par un autre projecteur.

Le visage de Stanislas apparut alors. Ses traits étaient détendus, ses yeux rieurs. Il semblait heureux.

Salah recula prudemment vers les marches glissantes.

— À ta place, je ne ferais pas ça. Si tu veux revoir ton amoureux, tu ferais mieux d'y aller dans le bon sens !

— Vous voulez quoi ? osa-t-elle demander d'une voix tremblante.

Stanislas se contenta de la rejoindre. Sa démarche accusait un boitement nouveau.

— On peut se tutoyer, ma belle, souffla-t-il à vingt centimètres de son visage.

Salah recula encore d'un pas. Son pied fouilla le vide. Déséquilibrée par le sac, elle bascula en arrière.

— Pas si vite ! cracha Stanislas en attrapant Salah par son bras amoindri. Sache que tu m'es précieuse…

Il la tira vers lui. Ses lèvres se trouvaient presque collées à celles de la journaliste. Salah tourna la tête, écœurée par l'haleine chaude de Stanislas.

— Il est où ? gronda-t-il.

Salah ne répondit pas. Elle cherchait un moyen de se soustraire à la poigne de Stanislas.

— Il n'y a qu'à suivre les fils, je suppose, argua-t-il. Je ne suis pas certain d'avoir besoin de toi, finalement.

Un couteau jaillit dans sa main. La lame approcha l'œil droit de Salah.

— Avoue que je t'excite, avoue !

Salah grimaça de peur et de dégoût. D'immondes frissons parcouraient son corps trempé par l'orage. Pourtant, dans un gigantesque effort, elle réussit à tourner son visage vers celui de Stanislas et soutint son regard.

Dans l'esprit de Salah, des années de souvenirs affluaient. Des hommes en armes, persuadés de détenir un droit de vie et de mort sur autrui, elle en avait croisé beaucoup. Et toujours, elle s'en était tirée sans une égratignure. Ces hommes surchargés d'adrénaline, de sentiment de toute-puissance et parfois d'alcool ou de drogue cachaient sous leurs airs supérieurs un tempérament d'enfant capricieux. Il avait souvent suffi d'affirmer sa volonté pour se soustraire à leur hégémonie. Le ton comptait plus que les mots. Il fallait se montrer volontaire, mais douce, ne pas les brusquer. En quelque sorte, Salah avait su faire coïncider son personnage avec celui de leur mère. Ces petits rois, collectionneurs de kalachnikovs, n'étaient rien de plus que des gamins trop grands en mal d'un Œdipe accompli.

Alors, pour gagner du temps, donner à la providence la possibilité de lui montrer le meilleur chemin, elle utilisa son expérience.

— Tu as besoin de moi, au contraire, affirma-t-elle. Si tu veux connaître le secret de Pierre et d'Élise, tu as intérêt à me garder en vie.

Le visage de Stanislas afficha aussitôt une expression de doute. Salah avait touché juste.

— Il est où ! gronda-t-il de nouveau.

Il l'obligea à se retourner, empoigna ses cheveux et la poussa devant lui.

Le niveau du lac souterrain avait encore monté. Ils durent marcher dans vingt centimètres d'eau, sur un sol de plus en plus glissant.

Salah déroulait des dizaines de scénarios possibles, mais aucun ne paraissait réalisable. Privé de ses forces, Pierre ne lui serait d'aucune aide. Quant à son bras gauche manquant, il ne lui avait jamais autant fait défaut. Ils se trouvaient l'un comme l'autre entre les mains de ce malade qui la malmenait pour avancer. Salah dut admettre qu'ils ne pourraient compter que sur une miraculeuse aide extérieure.

Lorsqu'ils parvinrent dans la crypte, Pierre délirait. Il ne les vit pas entrer, pas plus qu'il ne les entendit parler. En découvrant l'endroit, les yeux de Stanislas brillèrent d'excitation. Jamais il n'avait imaginé un pareil décor. Ces squelettes, cette porte sculptée de motifs, cet autel, tout cela apportait une dimension sacrée à ce qu'il considérait comme son ultime épreuve.

— Toi, tu ne bouges pas ! ordonna Stanislas en forçant Salah à s'asseoir au fond d'une alvéole encombrée d'ossements.

Salah obéit sans broncher. Elle venait de découvrir que Stanislas était blessé. Elle devait donc gagner du temps. Chaque goutte de sang perdue aurait sans doute son importance. Dans une minute, une heure ou davantage.

Alors, elle se recroquevilla dans l'alvéole, tentant de ressembler le plus possible aux êtres venus rencontrer dans ce lieu leurs derniers instants.

Stanislas oublia sa présence au bout de quelques secondes. Toute son attention était accaparée par son ennemi. À maintes reprises, au cœur de ses nuits de veille ou de sommeil, il avait fantasmé cet instant. Lui, le toréador noir, l'homme-taureau au pénis surdimensionné, ne pouvait vaincre qu'au prix d'un véritable péril. Stanislas aurait adoré pouvoir se confronter réellement à Pierre.

Face à lui, sa déception était immense.

Pierre gisait dans une flaque d'urine. Son visage et ses membres vibraient de manière chaotique. Il n'était rien. Stanislas arrivait trop tard. Et cette idée était intolérable. Il jeta sur Salah un regard haineux.

— Fais-le revenir ! ragea-t-il.

Salah se tétanisa. La peur, cette compagne insidieuse, revenait avec une force décuplée.

— Il faut lui laisser du temps, rétorqua-t-elle.

Stanislas se rua sur Salah. Il l'attrapa par le cou et la jeta aux pieds de Pierre.

— Ramène-le ! hurla-t-il.

Salah roula lourdement sur le sol.

Devant le visage déformé par la haine de leur futur bourreau, elle se jeta sur Pierre pour le protéger de son corps.

— Prends-moi, mais laisse-le ! gémit-elle. Tu ne vois pas qu'il est mourant…

— Un sacrifice ! dit Stanislas, de la morgue plein la bouche. Pauvre petite femelle ! Lève-toi !

Salah se cramponna aux épaules de Pierre, qui la regardait enfin avec un reste de lucidité.

— Mon amour, réussit-il à prononcer. Sauve-toi…

— Debout, femme ! aboya Stanislas en soulevant Salah par les cheveux. Puisque tu veux donner ton corps, donne. Et reçois !

Il l'expédia de toutes ses forces contre le pilier gravé. La tête de Salah heurta violemment la pierre. Elle sentit une brutale explosion dans son crâne, puis sa vision vacilla. Une flamme minuscule persista, mais ses perceptions s'éteignirent et une noirceur s'empara de sa conscience.

107

Stanislas marcha vers Pierre, comme un chasseur approche son gibier blessé pour lui donner le coup de grâce. Et c'est précisément ce qu'il avait en tête. Le coup de grâce, le dernier acte de la partie.

Mais avant de se glorifier par ce geste définitif, Stanislas voulait obtenir une réponse de son ennemi. Il bomba le torse, leva le menton, de telle sorte qu'il dut incliner le regard pour surveiller ses gestes.

Même à terre, apparemment sans défense, il se méfiait de cet homme auquel il prêtait des pouvoirs surnaturels. Il s'accroupit à ses côtés, puis posa un genou sur le sol.

— Je veux savoir comment tu as fait, gronda-t-il tout bas.

Pierre avait récupéré un semblant de lucidité. Il gardait le visage tourné vers le corps de sa bien-aimée et psalmodiait pour lui-même des mots incompréhensibles.

— Dis-moi comment je dois faire ! insista Stanislas.

— Je suis déjà mort, dit Pierre, sans quitter des yeux la silhouette avachie de Salah.

— Foutaises ! brailla Stanislas en forçant Pierre à tourner la tête vers lui. Quand j'aurai ce que je veux, je vous laisserai, toi et ton estropiée.

— Et que cherches-tu ? Moi, j'ai cherché, longtemps même. Mais toi, tu ne cherches rien.

Stanislas claqua sèchement la joue de Pierre.

— Tu as failli me voler la vedette une fois, rugit-il. Il n'y aura pas de deuxième chance. Maintenant, c'est moi qui distribue les rôles.

Pierre désigna Salah d'un geste las.

— Laisse-la partir.

— Peut-être.

Stanislas attendait, les yeux fixés sur les mouvements des lèvres de Pierre.

— Tu veux comprendre comment j'ai fait pour m'introduire dans tes rêves et le faire à ton tour, je ne me trompe pas, hein ? articula Pierre.

— Je le savais ! lâcha Stanislas triomphant. Je le savais !

— Alors, laisse-la partir.

— Je ne peux pas, elle est dans les choux et, à mon avis, elle en a pour un bon moment.

— Nous avons le temps, dit Pierre. Enfin, moi, je l'ai.

Pierre regarda Stanislas. Il découvrit à travers ses propres yeux cet homme qu'il n'avait fait qu'entrevoir au cours de ses nuits hallucinées, toujours fuyant. Il le jugea beau, d'une beauté détestable.

— Le temps n'est pas le problème, ajouta Pierre. Qu'as-tu à me proposer en échange ?

Stanislas ne sut que répondre. Il brûlait d'envie de molester Pierre, mais l'état de sa victime le faisait douter de sa capacité à encaisser.

Alors sa colère diminua graduellement.

Avec sa disparition, l'adrénaline charriée par ses artères s'évanouit à son tour. Sa cuisse lui envoyait de puissants signaux de souffrance et les trente-six dernières heures passées à veiller s'abattirent d'un coup sur sa vigilance.

Stanislas avait du mal à l'admettre, mais il était épuisé.

— Tu ne me fais pas peur ! dit-il en se frottant les yeux de ses poings fermés. Tu n'es qu'une merde à terre.

Stanislas recula jusqu'à l'autel, où il s'appuya.

— Nous allons donc attendre, répéta Pierre en rassemblant ses dernières forces. Salah est une femme robuste. Elle en a vu d'autres.

Stanislas observa la crypte, puis il se laissa glisser au sol.

Ses paupières étaient chaudes et la peau de son visage lui semblait épaisse et craquelée. Cet état de fatigue subit contre lequel il luttait était lancinant, à la limite de la douleur.

Il ressortit son couteau et découpa le bas de son pantalon, qu'il déchira ensuite jusqu'à sa cuisse. Le trou occasionné par le passage de la lame n'était pas large, mais un filet de sang continu s'en échappait encore.

— La salope ! s'exclama-t-il d'une voix pâteuse. Elle a failli me baiser.

Il se redressa d'un coup, pointa un doigt en l'air et affirma :

— Mais c'est moi le chasseur, connasse ! C'est moi qui tire les ficelles.

Après quoi, vaincu par la fatigue et la perte de sang, il s'affaissa le long de l'autel.

— Je ne vais quand même pas crever maintenant ! aboya-t-il encore vers Pierre. J'ai autre chose à foutre.

Ses yeux peinaient à rester ouverts.

Pierre attendit, patiemment. Lui aussi sentait ses forces le quitter, mais il savait qu'avant de sombrer, il lui restait du temps. Ses pensées redevenaient claires. Seul son corps l'abandonnait. Et là où il comptait se rendre, il n'en aurait pas besoin.

108

Pendant près d'une vingtaine de minutes, Stanislas lutta contre l'étrange torpeur qui l'envahissait. Ces vingt minutes parurent une éternité à Pierre, qui l'observait à travers ses paupières mi-closes. Stanislas fermait les yeux et les rouvrait dans la seconde, puis les périodes de conscience furent de plus en plus courtes et espacées. Passé ce temps, il resta englué dans un sommeil épais.

Alors, Pierre guetta les signes. Une peur insidieuse se répandit en lui. Il la chassa par un effort de volonté, ne sachant que faire de ce sentiment dont il ne connaissait même pas l'origine. Son ennemi à terre, Salah allait pouvoir se réveiller et s'enfuir. Lui ne quitterait pas cette crypte. Il en avait acquis la certitude. Et cette idée réussissait à le rendre heureux. Finalement, c'était ce qui pouvait lui arriver de mieux.

Le premier signe fut une brusque sensation de liquéfaction de son cerveau. Mais, contrairement aux fois précédentes, cela ne provoqua aucune douleur, pas même une gêne légère.

Une onde déferla dans sa tête, se propagea au reste de son anatomie et continua au-delà de ses limites physiques, dans l'espace de la crypte, sur les corps de Stanislas et de Salah. Il éprouva dans son esprit les battements de leurs cœurs. Il eut l'impression de respirer à travers leurs bouches. En s'attardant sur Salah, il eut même le goût de ses lèvres sur les siennes.

Lorsque sa vue se brouilla, il pensa perdre tout contact avec la matière, mais cette légère altération ne faisait qu'augurer les prémices d'une transformation bien plus importante.

Pierre assistait de nouveau à une modification substantielle de l'endroit où il se tenait. La courbure de l'espace incurvait les parois de la crypte de curieuse façon. Il sembla à Pierre que le lieu prenait vie, qu'il l'accueillait, l'acceptait pour ce qu'il était, lui, l'ultime maillon d'une chaîne vieille de seize siècles.

Pierre sentit que, enfin, il devenait acteur de ses propres projections mentales. La crypte se fondit en une masse compacte, puis éclata en un nouvel univers. Un mur apparut d'abord, un mur blanc couvert de crépis. Puis le mur se prolongea d'un jardin partiellement en friche. À l'arrière-plan de ce décor, des clapiers à lapins, assemblage disgracieux de plaques de béton gris, grouillaient d'une vie en sursis. Deux enfants s'y trouvaient, agenouillés devant l'un des casiers. Le plus petit semblait aux ordres de l'aîné, un garçon mince et élancé d'une douzaine d'années au très beau visage.

Un visage que Pierre reconnut tout de suite.

Il assista sans un geste au massacre de trois lapins, coup sur coup, déchiquetés à bout portant par un tir de fusil de chasse.

Pierre chercha le sens de cette vision et ne le trouva pas. Une idée en revanche s'imposa.

Puisque ta vie n'a pas de sens, fais que ta mort en ait un.

La phrase gravée par son ancêtre tourna dans sa tête un long moment, tandis que les enfants perpétraient de nouvelles tueries gratuites.

— Jette-toi dans l'arène ! murmura-t-il dans le silence de la crypte. Pour Salah ! Pour la vie... pour que ta mort ait un sens.

Pierre ferma les yeux. Les enfants se tenaient toujours devant lui, à moins de dix mètres. Alors, il s'élança, sans faire un geste, mû par sa seule volonté tendue à l'extrême. Au travers de ses paupières, Pierre vit ses bras monter et descendre dans son champ de vision. Rien n'avait changé, à l'exception d'un détail : son corps réagissait parfaitement aux injonctions de son cerveau. Il se sentait à l'aise et formidablement véloce.

Dès qu'il le vit, l'aîné des enfants se retourna et détala.

Le décor se transforma aussitôt. En quelques secondes, le corps prépubère de l'enfant atteignit sa taille adulte. Une belle musculature saillit sous un vêtement sombre rehaussé d'or et de brillants.

Avec l'homme, la course devint plus rapide. Pierre eut d'abord du mal à suivre, puis il comprit que son ennemi ne pouvait lui échapper. C'était lui le maître de ce jeu. Il suffisait qu'il le décide.

Paniqué, Stanislas entraîna Pierre de chantiers de construction en aires d'autoroutes, de sombres caves prolongées de couloirs interminables en immeubles en cours de démolition. Mais, où qu'il aille, où qu'il bifurque sans crier gare dans son univers onirique, Pierre le suivait, pas à pas, de rêve en rêve.

Ils frôlèrent ainsi le phare de Berck-sur-Mer, un phare immense, surdimensionné, qui portait en son sommet une lumière fantastique, faite d'une matière translucide aussi rouge que le sang.

Stanislas se retournait souvent. Chaque fois, son visage affichait une expression de peur qui réjouissait Pierre.

Ensemble, à trois mètres de distance, ils franchirent les dunes du Touquet.

Pierre se retrouva ensuite dans un décor qu'il ne connaissait pas.

De longs bâtiments défilaient sur son côté droit. De l'autre, il y avait une forêt ceinte d'un haut grillage. Il pouvait sentir la fragrance des pins, des chênes, mêlée à l'odeur de la mousse. Il pouvait entendre les oiseaux, le bruit d'un tracteur tout proche, les cloches d'une église. Il compta huit coups, puis les sons furent absorbés par deux murs entre lesquels Stanislas s'engouffra.

Les parois étaient si hautes qu'elles enfermaient le ciel, minuscule bande rectangulaire où défilaient très loin de longs nuages.

Devant, Stanislas s'épuisait. Sa course ralentissait, ses foulées se faisaient plus courtes. Pierre l'imita.

Le couloir n'en finissait pas. Les murs montaient toujours plus haut, réduisant la lumière du jour à sa plus simple expression.

Deux lignes marquaient de traits fluorescents les angles au bas des murs retournés à l'obscurité. La silhouette de Stanislas brillait aussi faiblement.

Par crainte de le perdre, Pierre accéléra. Il lança un pied dans les jambes du fuyard qui, déséquilibré, roula au sol.

Stanislas se redressa d'un bond. Et, cette fois, il fit front, grimaçant de haine et de peur. Il voulut hurler, mais seule une bouillie rauque et incompréhensible sortit de sa bouche. Devant lui, Pierre s'était figé dans une posture bizarre.

C'est absurde, songea-t-il.

Stanislas comprit alors qu'il dormait.

Il était si fatigué tout à l'heure dans la crypte. Il se souvenait avoir lutté longtemps. Puis le trou noir. Rien de ce qu'il voyait et ressentait n'était réel. Cette idée le soulagea un peu. Il faisait un cauchemar, tout simplement. Et s'il en avait conscience, alors il pourrait sans doute diriger son rêve.

Stanislas projeta ses pensées vers l'hôpital de Ville-Évrard, vers son refuge de toujours. Là-bas, il connaissait tous les tunnels, toutes les cellules. Il pourrait sans mal semer son adversaire.

Dans le dos de Stanislas, les contours d'une porte venaient d'apparaître. Elle portait dans son tiers supérieur une fente rectangulaire d'où sortait un rayon de lumière crue.

Des chiffres apparurent en relief devant ses yeux.

25/12

Pierre les ignora et les traversa en avançant. Sa stature prenait de plus en plus d'ampleur. Ses jambes se couvraient d'une pilosité sombre. Ses pieds se muaient en sabots fourchus. Pierre devina la suite de la métamorphose. En se retournant, il aperçut la croupe énorme du centaure qu'il était en train de devenir.

Des effluves fortement musqués montaient jusqu'à ses narines.

Pierre se sentit invincible.

De ses doigts jaillirent des fils qui allèrent se planter dans le corps de Stanislas. Le petit toréador hurla.

Pierre éclata d'un rire énorme mâtiné de meuglements.

Lorsque la porte s'ouvrit, libérant la scène de la nuit qui l'enfermait, les fils se rigidifièrent. Stanislas ressemblait à présent à un papillon magnifique sacrifié sur l'étaloir d'un entomologiste.

Impuissant, il vit le visage du centaure s'approcher du sien et le pousser d'un coup de tête de l'autre côté de cette porte irréelle. Là, les fils se désagrégèrent, rendant à Stanislas sa liberté de mouvement. Il bondit en arrière et se heurta à un mur noir. Cette liberté relative ne lui servirait à rien. La porte donnait sur un cul-de-sac.

Fou de rage, il se jeta sur le poitrail de Pierre, qui l'expédia heurter le fond du traquenard sans effort.

Tu ne me fais pas peur, pensa-t-il. *Je rêve ! Il ne pourra rien m'arriver !*

Soulagé et certain de sa toute-puissance, Stanislas se releva, prêt à charger de nouveau le monstre qu'il avait lui-même contribué à créer.

Pierre posa une main sur la tranche de la porte. Son contact rugueux le surprit. La matière qu'il avait crue lisse était parcourue de fibres ligneuses, de nœuds et d'échardes.

La porte en chêne évoquée par Salah lui revint en mémoire.

Était-il possible…

L'image du grand vénérable de son enfance s'imposa alors.

L'univers entrait en résonance avec ses propres attentes.

En l'espace d'une seconde, Pierre vit défiler les moments honnis, les souvenirs aimés. Il remercia le Dieu de Marie-Jeanne de lui avoir permis de rencontrer Salah. Avoir vécu en ayant aimé de cette façon donnait un sens à sa vie.

Pierre hésita une dernière fois. Fermer cette porte revenait à se condamner. Mais qu'abrégerait-il finalement ? Sa fin physique était imminente. Il n'y avait pas de regrets à avoir.

Pierre posa les yeux sur Stanislas.

Il venait enfin de trouver le sens de sa mort.

À cet instant, Stanislas comprit qu'il ne rêvait pas.

Mais il était déjà trop tard.

La porte se referma sur les deux hommes, absorbant l'ultime son de leur combat. Il ne resta plus qu'un rai de lumière, sourdant d'une minuscule fente rectangulaire. Puis, tout disparut.

109

Salah remua enfin. Elle était trempée. Le froid mordait sa peau et une douleur atroce battait dans son crâne au rythme de son pouls. Lorsqu'elle parvint à ouvrir les yeux, les parois de la crypte se mouvaient dans un brouillard liquide. Le niveau du lac avait encore monté, isolant l'autel et l'arche sur une petite île triangulaire. De bruyantes cascades coulaient le long des parois, éclaboussant les vasques naturelles. Les reflets bleus et verts de l'eau bouillonnante dansaient sur les murs et le plafond.

Salah vit le grand corps de Pierre, allongé sous l'arche de calcaire. Sa tête tombait sur sa poitrine et ses bras reposaient mollement sur le sol, de part et d'autre de son buste, qui ne se soulevait plus.

Une douleur atroce vrilla le cœur de Salah.

Trop faible pour se lever, elle se traîna sur le côté, poussant sur ses jambes tremblantes. Elle passa ainsi devant Stanislas. Son corps exsangue gisait au bord de l'eau dans une mare sombre.

Elle tendit le bras et retira le médaillon d'Élise qui brillait sur son torse, outrepassant le dégoût que lui inspirait cet homme. Puis elle poursuivit son effort. La souffrance lui arracha des cris, mais elle parvint à rejoindre Pierre. Sa bouche chercha aussitôt la chaleur et le goût de cet autre versant d'elle-même.

La chaleur était encore là. La saveur aussi. La poitrine de Pierre se soulevait si peu que Salah mit quelques secondes à percevoir sa respiration.

— Mon amour, murmura-t-elle. Je suis là.

Elle glissa le médaillon d'Élise entre les longs doigts de Pierre, scrutant désespérément son visage. Mais ses yeux restèrent clos et ses lèvres soudées. Salah comprit alors qu'elle n'entendrait plus jamais sa voix, qu'elle ne se verrait plus jamais dans ses prunelles. Elle colla sa bouche contre la sienne et la couvrit de baisers. Des larmes inondaient ses yeux clairs.

— Tu peux t'en aller, chuchota-t-elle. Tu peux rejoindre les tiens.

Salah sentit contre sa paume une pression ténue. Puis les doigts de Pierre se relâchèrent et sa poitrine ne se souleva plus.

Alors Salah se redressa pour contempler une dernière fois le visage de son amant. À travers ses larmes, elle le trouva magnifique. Ses traits étaient détendus, les sillons de ses cernes comblés.

— Tu dors enfin, mon amour.

Sa gorge se serra douloureusement. Elle s'installa contre le corps de son homme et posa sa tête sur son épaule. Salah pria longtemps pour qu'on ne les retrouve jamais. Puis elle se laissa happer par le chagrin, jusqu'à ce que les douleurs conjuguées de son corps et de son esprit l'emportent enfin dans un sommeil sans rêve.

110

Noémie Charbonneau entrouvrit un œil.

Elle s'était endormie dans le petit appentis au fond du jardin avec ses sœurs et ses frères. Les deux lits superposés qui abritaient le sommeil des garçons avaient été fabriqués par leur père, le charpentier du village. Avec Ludivine, elle partageait un immense cocon à bascule orné de deux cœurs creusés dans le pin et garni d'un édredon de plumes d'oie.

La glycine en fleur filtrait les premiers rayons d'un soleil rouge. Les oisillons piaillaient tant qu'ils l'avaient réveillée bien avant le chant du coq. À moins que ce ne soit les cailloux lancés sur les carreaux…

La jeune fille se redressa, prenant garde à ne pas troubler le repos de sa cadette. Elle balança ses jambes fines au-dessus du rebord en bois. Le tapis en peau de chèvre caressa agréablement ses pieds nus. Elle enfila un châle et se faufila au-dehors.

Ce printemps, la nature avait littéralement explosé.

La douceur précoce avait fait jaillir les premiers bourgeons et les fleurs exhalaient une dizaine de parfums plus entêtants les uns que les autres. Elle chancela, étourdie.

Le jeune garçon aux cheveux blonds et au regard bleu était là, juste devant elle. Enfin. Elle l'avait tant désiré, dans le secret de ses nuits d'adolescente. Debout face à la maisonnette, il tenait une poignée de gravillons blancs qu'il jetait contre la fenêtre.

Toc. Toc.

Noémie fit un geste vers lui. Mais lorsqu'il tourna la tête, elle s'effraya de ses prunelles vides et inexpressives. Il continuait de lancer les cailloux. Tremblante, Noémie regarda autour d'elle et s'approcha. Mais il poursuivait son manège, indifférent. La jeune fille tendit la main pour le toucher. Aucun mot ne voulait sortir de ses lèvres. Le jeune garçon la traversa et se dématérialisa en milliers de papillons multicolores.

Noémie Charbonneau entrouvrit un œil.

La peau de ses mains était fine et ridée.

Elle n'avait plus quinze ans.

Toc. Toc.

Le jeune garçon de ses rêves lançait des cailloux.

Intriguée, la vieille dame se leva, enfila ses pantoufles et gagna la fenêtre. Elle souleva les rideaux en dentelle et jeta un coup d'œil au-dehors. Le soleil, d'un beau rouge orangé, se levait à peine. Il lui apparaissait derrière les grands érables qui bordaient la petite rivière au fond du jardin.

Toc. Toc. Toc.

Il n'y avait personne sur la terrasse, ni sous la tonnelle croulant sous la vigne vierge.

Toc.

Noémie baissa les yeux vers le rebord pierreux et vit l'oiseau. Une colombe d'un blanc pur. Avec un fin collier gris. Le bec du volatile cognait délicatement contre la vitre.

Toc. Toc.

Noémie tourna lentement la poignée et ouvrit. L'oiseau ne bougea pas. Il lui lança un regard en coin et roucoula.

— Bonjour, jolie colombe. Que veux-tu, ma belle ?

L'oiseau s'envola pour virevolter au-dessus de la tonnelle et revint se nicher sur le rebord de la fenêtre. Sa petite tête ronde remuait de gauche à droite. Ses yeux bruns fixaient la vieille dame.

— Que veux-tu ? répéta Noémie, interdite.

Après un moment d'hésitation, la colombe entra dans la chambre, voleta quelques instants au-dessus du lit et se posa sur le valet où Noémie pliait soigneusement ses habits. De son bec, elle attrapa le gilet de coton, tirant les mailles fragiles. Les mains sur les hanches, Noémie râla.

— Mais, tu es vilaine !

Agacée par l'oiseau, Noémie tenta de le chasser de sa chambre, en vain. La vieille dame rejoignit alors sa salle de bains, passa son visage sous l'eau et enfila ses vêtements avec lenteur. L'oiseau se posa soudain sur sa tête, picorant ses cheveux clairsemés.

— Ouh !

Noémie attrapa la colombe.

— Où est ta maîtresse ? demanda-t-elle.

L'oiseau s'envola et tournoya dans la chambre. Il s'échappa ensuite dans le couloir, puis gagna la cuisine. Noémie la suivit, intriguée. La colombe s'était installée sur le guidon du vélo appuyé contre la porte du débarras.

— Tu veux faire un tour, c'est ça ?

Noémie avala une tasse de tisane froide, croqua dans une pomme et enfourcha sa bicyclette. Elle dévala la rue principale de Jaulny, traversa la place du lavoir et rejoignit la route départementale qui longeait la forêt. La colombe la précédait, faisant de réguliers allers et retours. Elle bifurqua tout à coup pour survoler le chemin qui menait au château par le bois communal.

— Mais, je suis trop vieille pour ça ! s'exclama Noémie en riant.

Elle s'engagea sur la route goudronnée, plus sûre, pour accéder au domaine. L'air était frais et délicieux. Le vent parfumé la rendait joyeuse. Noémie appréciait cette situation inattendue. Elle sillonna la route bordée de tournesols en chantonnant un air de sa jeunesse. Salah avait probablement retrouvé les effets de Werner. Et elle avait promis de les lui rendre. Noémie aimait la façon dont la journaliste l'attirait au château. Elle avait tout de suite apprécié l'humanité et la gentillesse de cette femme hors du commun. Mais en arrivant en vue des écuries, elle devina que Salah n'était en rien responsable de sa promenade matinale. Sa voix s'étrangla. Derrière deux gendarmes en faction, un cordon rouge et blanc barrait l'accès au château. Au loin, les yeux encore perçants de Noémie distinguaient divers véhicules, gyrophares allumés, garés pêle-mêle dans la cour.

La colombe se posa sur l'épaule de Noémie et roucoula doucement, lui apportant un peu de réconfort. La vieille dame descendit de sa bicyclette et marcha vers les militaires. Elle tremblait de tous ses membres. Ses jambes faillirent se dérober sous elle. Mais elle tint bon.

— Que se passe-t-il ? lança-t-elle d'une voix qu'elle voulait insouciante.

— Noémie ! Il est un peu tôt pour une balade en vélo, non ?

Le gendarme Claudel regarda la vieille dame avec un petit sourire triste.

— Vous ne pouvez pas rester ici.

— Aline ? insista Noémie, la voix mal assurée.

La colombe s'envola et virevolta au-dessus du chemin. L'homme ne répondit pas. Déconcertée, mais certaine qu'elle n'était pas arrivée jusque-là par hasard, la vieille dame afficha un air buté.

— Je dois passer. Conduisez-moi à votre chef.

Elle hésita une fraction de seconde et décida d'y aller au culot.

— J'ai des informations pour lui, monsieur Claudel, ajouta-t-elle. On se connaît, quand même. Vous n'allez pas contrarier une vieille dame !

Le brigadier lança un coup d'œil interrogateur à son collègue, qui haussa les épaules.

— Je vais voir si je peux le déranger.

— Dites-lui que je viens pour Salah. La journaliste.

L'homme hésita encore. Mais Noémie avait décidé de tenir bon. Elle insista encore quelques minutes, arguant qu'il ne pouvait pas ignorer les témoignages, surtout dans une affaire de cette gravité.

— Un crime, ajouta-t-elle au jugé. Vous imaginez !

Quelques minutes plus tard, elle vit arriver un homme très grand aux traits asiatiques. Il semblait énervé.

— Vous avez des informations sur Mme Tounsi ? attaqua-t-il d'emblée.

Nullement impressionnée, Noémie planta son regard noisette dans celui de l'homme. Il la dépassait de deux têtes. La vieille dame tendit une main vers le ciel et la colombe se percha aussitôt sur son index.

— Suivez l'oiseau, dit-elle d'un ton péremptoire. Et vous retrouverez Salah.

Épilogue

Réjane posa son sac dans l'entrée et appela.

— Salah ? Ta vieille emmerdeuse est arrivée ! Ouh, ouh ! Salah ?

Réjane tendit l'oreille. Des chiens aboyaient au loin, un âne braillait sa détresse et des conversations d'insectes remplissaient l'air surchauffé. Mais pas d'éclats de voix.

Elle fit demi-tour et quitta l'ombre fraîche de la vieille bicoque pour observer les alentours. Le chemin en cul-de-sac serpentait jusqu'au village, se mélangeait aux ruelles biscornues et repartait à l'ascension du versant nord de la vallée. Derrière la crête, il rejoignait une route goudronnée régulièrement encombrée d'éboulis qui ralliait Tizi Ouzou, à près de cent vingt kilomètres de là.

Les lauriers roses explosaient de couleurs et de parfums. Nichés dans les crevasses des pentes escarpées, des bouquets de chênes nains luttaient pour leur survie. Les nuits de Kabylie étaient aussi froides que les journées torrides. L'hiver, les montagnes se drapaient d'un manteau neigeux.

Depuis trois ans, Salah avait trouvé refuge dans les terres ancestrales de sa famille. Elle n'avait pas souhaité transformer le confort rudimentaire de l'habitat typique où son arrière-grand-mère avait vécu. Quelques capteurs solaires pompaient l'eau du puits, alimentaient quatre ampoules basse consommation et allaient même l'hiver jusqu'à repousser un peu les assauts du froid.

Réjane râla.

— Qu'est-ce que je fous ici ? !

Elle avait bougonné à chacun de ses séjours. Mais Réjane savait bien pourquoi elle venait. Avec Salah, elles avaient triomphé du pire. Ces moments cruels traversés ensemble scellaient leur indéfectible amitié.

Sous les coups de l'Embaumeur, Réjane avait failli mourir. Elle n'en conservait pas de séquelles physiques, mais jusqu'à sa mort, son sommeil serait hanté des pires cauchemars. Réjane frissonna. Ces souvenirs délétères, elle préférait les garder pour la nuit. Ils n'avaient pas leur place dans la belle luminosité de l'Algérie. C'était curieux à formuler, mais ici, sur ces terres austères, Stanislas Opalikha lui faisait moins peur. Peut-être la distance expliquait-elle ce phénomène. Le monstre gisait à deux mille kilomètres d'elle, allongé sur un lit d'une unité carcérale médicalisée, maintenu en vie par respirateur.

Des mois après l'agression sauvage dont elle avait été victime, Réjane lui avait rendu visite, pour chasser ces démons qui la terrifiaient. Et, ainsi amoindri, même le plus impitoyable des prédateurs paraissait inoffensif. L'évocation de ce corps amaigri, immobile et sondé de toutes parts avait réussi à détendre Réjane. Elle n'avait plus rien à craindre.

Réjane fit rapidement le tour de la maison et s'avança jusqu'au pigeonnier que Salah avait fait restaurer. Elle s'y glissa doucement pour ne pas effrayer les oiseaux. La descendance de la colombe rapatriée de Lorraine roucoulait du plaisir d'être. Réjane scruta les alcôves à la recherche de la matriarche de la petite population et la repéra bientôt. Elle se trouvait à hauteur de ses yeux, nichée près d'un mâle bien plus gros qu'elle, et paraissait dormir. Réjane tendit la main et caressa l'animal. Ce collier gris de plumes tachetées, elle l'avait transmis à la moitié de ses rejetons.

— Ma petite mère, murmura-t-elle. Tu as bien mérité ta retraite.

Réjane quitta la pénombre du pigeonnier et retourna dans la maison. Les murs garnis de placards bas portaient des couleurs vives. Ils avaient été peints avec des pigments naturels, de génération de mère en génération de fille. Deux hautes jarres en terre cuite incrustées de morceaux de céramique trônaient dans un coin, à côté d'une table. C'était l'unique mobilier de la pièce. Le long d'une cloison, d'épais coussins servaient de coin salon. Trois fenêtres étroites laissaient entrer chichement le jour, dévoilant au passage l'épaisseur des murs en pierraille.

Réjane approcha de la table où traînait un carnet.

J'ose ?... J'ose pas ?

— Salah ! Salah ?

Sa main effleura la couverture damassée du cahier. Elle souleva le rabat, le reposa, puis ses doigts se refermèrent sur l'objet.

— Je suis une fouineuse invétérée, tout le monde sait ça ! murmura-t-elle en jetant un coup d'œil rapide alentour. On ne devient pas journaliste par amour de la discrétion. Et puis, on ne laisse pas traîner son journal quand on a des invités !

Réjane se disculpa ainsi. Elle sortit ses lunettes de vue, choisit un recoin confortable de la pièce et décida de s'y installer. Elle regroupa en tas les coussins colorés brodés par l'aïeule de Salah, les tassa pour confectionner une sorte de niche et se cala douillettement.

— Monsieur Pompon ! s'exclama Réjane en voyant apparaître le vieux chat. Tu es toujours des nôtres, horrible matou !

Pompon monta sur les coussins et frotta sa tête contre l'avant-bras de Réjane.

— Il faut croire que l'air des montagnes conserve ! apprécia Réjane en caressant la tête blanchissante du chat. Je me demande si je ne devrais pas t'imiter. Mais qu'est-ce que tu veux ? Où je vais trouver un fax dans les parages, hein ?

Réjane laissa Pompon se lover contre son flanc et ouvrit le carnet. Elle avait souvent vu Salah penchée au-dessus, pestant parfois contre le malheur de ne pas être ambidextre. Elle tourna la page de garde et laissa ses yeux parcourir les lignes d'écritures.

J'attendrai le bon moment pour te confier ce livre. J'ignore encore quand il arrivera, si tu seras majeure, adolescente, si je serai toujours de ce monde ou pas. Ce moment, c'est toi qui le provoqueras.

Ma chérie, tu dois connaître tes racines, le destin incroyable que vécurent tes parents, alors que rien ne pouvait laisser penser qu'ils se rencontreraient un jour.

Je t'ai parlé de ton père, je t'ai élevée dans l'amour de son souvenir, toi qui portes dans ta chair la moitié de ce qu'il fut. En dehors de mon cœur, où il demeure pour toujours, tu es tout ce qui reste de lui, le vivant espoir que rien ne meurt jamais.

Bonne entrée en matière, songea Réjane. *J'aurais aimé que ma mère fasse cet effort.*

Réjane sauta plusieurs passages. Son œil déformé par des années de métier traquait davantage les informations factuelles que les dérives sentimentales et psychologiques.

Des semaines après le départ de Pierre, j'ai pu entrer dans la maison où il a grandi. J'ai passé plusieurs journées dans cet endroit perdu dans les bois. J'y ai abandonné une partie de mon chagrin, pour ne plus jamais y revenir.

Je crois qu'ensemble, ton papa et moi, nous aurions pu repenser le monde, et pourquoi pas le changer. Nous n'en avons pas eu le temps, mais nous t'avons permis de venir sur cette Terre, toi, une enfant de l'amour comme il y en a peu.

Alors ce sera à toi de perpétuer notre trace, non pas le souvenir de ce que nous fûmes, mais cette vision du monde qui nous était chère.

(…)

Tous ceux qui m'entouraient alors ont essayé de me détourner de cette voie dans laquelle je me suis engouffrée. Ils ont voulu me montrer que le merveilleux n'existe que dans les rêves, que tout peut s'expliquer. La science, la réflexion, le matérialisme sont faits pour repousser l'obscurantisme.

Mais moi, je suis persuadée du contraire. La science n'explique pas le merveilleux. Elle permet d'appréhender notre environnement avec d'autres outils que les seuls sens. Et elle repousse le possible, toujours plus loin.

Mais finalement, que propose-t-elle ?

Le monde est merveille. Toi qui auras grandi entre l'Algérie et l'Europe, tu sauras à quel point ce que je dis est vrai.

Le monde existe bien au-delà de ce que nous voyons.

Si Jacques Mariani avait vécu, il serait devenu mon meilleur soutien. Lui avait compris. Lui avait basculé, malgré quarante ans de carrière scientifique.

Les sceptiques auraient pu ricaner.

Dans la maison d'enfance de Pierre, j'ai trouvé des livres qui auraient pu tout expliquer. Marie-Jeanne les collectionnait par milliers.

Tout dans la psyché humaine n'est que régurgitation de choses vues, croisées, entendues, vécues par le passé.

Pierre ne pouvait avoir eu de visions.

Ces choses-là n'existent pas !

Dans les rayonnages de cette maison, il y avait deux livres relatant l'œuvre du comte d'Évrard, avec photographies de l'hôpital et plans des lieux. J'y ai aussi mis la main sur des bouquins concernant la tauromachie, les phares de la côte d'Opale au Pays basque, d'autres sur le bassin d'Arcachon ou les merveilles architecturales de la Lorraine depuis l'Antiquité.

Pierre avait emmagasiné sans s'en rendre compte des informations que son cerveau malade avait ensuite utilisées au cours de ses hallucinations.

Évidemment, lorsqu'on ne veut pas voir les évidences, on leur oppose les limites du raisonnement cartésien et la mauvaise foi.

Ilis, je sais qu'il existe un monde au-delà de ce que nous voyons. Il faudra apprendre à le voir. Il suffit sans doute pour commencer de laisser son cœur s'ouvrir aux signes du quotidien. J'essaie. C'est difficile, mais l'objectif est bien plus grand que l'effort consenti. Et je ne suis pas la première. Il y a dans le monde bien des personnes, bien des civilisations qui s'y emploient. Nous, les Occidentaux, avons dirigé nos pas dans une impasse.

(…)

Nous ne saurons jamais comment tout cela s'est terminé. Nous ne le saurons jamais officiellement. De ce point de vue, les rapports de police ont conclu rapidement, étayés par des preuves médico-légales prétendues irréfutables.

Stanislas Opalikha a sombré dans un coma profond, dommage collatéral d'un accident de chantier survenu des années plus tôt, favorisé par une mauvaise blessure à la jambe.

Tu pourras consulter le dossier que je te réserve. J'y ai compilé tout ce que j'ai pu trouver.

Une maladie génétique a emporté ton père, au même moment.

Le hasard, les coïncidences, les faits inexplicables n'ont pas embarrassé la justice. Elle a tranché rapidement, aveugle aux signes dont elle ne savait que faire.

Mais moi, je sais que les choses ne se sont pas déroulées de cette façon.

Le monde n'est pas tel que nous le voyons, Ilis.

Le monde est complexe, multiple et bien plus élaboré que la vision commune dont les humains se contentent. Je te l'ai déjà dit, je me répète sans doute, mais il est tellement important que tu comprennes !

Pierre était un héritier. Certains disent qu'un abominable malheur s'est abattu sur sa naissance. Moi, je prétends que son existence était un don de Dieu. J'affirme que sa courte vie aurait pu éclairer les hommes, s'il avait su plus tôt le don qu'il avait hérité de ses ancêtres.

Les médecins ont posé un nom sur le mal dont il souffrait : l'IFF. L'insomnie fatale familiale. Cette pathologie inique transmise de génération en génération est une maladie orpheline d'origine génétique encore bien méconnue à ce jour. On a recensé depuis les années 80 moins d'une centaine de cas sur la planète. Vingt-huit familles au monde, dont la nôtre, portent en elles ces terribles gènes qui se raniment un jour pour priver définitivement leur hôte de sommeil.

(…)

Imagine, Ilis, un matin, ton père s'est réveillé pour ne plus jamais se rendormir. Un jour, Pierre Malveil s'est réveillé pour la dernière fois. Pour la dernière fois, il a senti émerger sa conscience, il s'est souvenu d'un rêve, il a étiré ses muscles engourdis par le sommeil. Ce miracle de la vie qui nous happe chaque soir et dont on ne saurait se passer. Ce refuge de l'esprit, cet abandon du corps lui était devenu inaccessible. Imagine le cauchemar de ne plus jamais rêver, imagine l'horreur de ces nuits qui se succèdent, sans que l'engourdissement et le sommeil ne t'emportent plus jamais. Imagine ce corps qui t'échappe, ces muscles qui tremblent et te lâchent, te réduisant à une simple machine qui déraille. Imagine ces longues heures, les yeux ouverts dans le noir sur des images délirantes, dans le brouhaha de paroles qui n'existent pas, d'odeurs inconnues, priant qu'enfin le calvaire cesse et que la mort vienne te délivrer.

(...)

Pierre était détenteur d'un don qui le dépassait. Pierre pouvait lire au-delà de la surface du réel, à l'intérieur de la matière dont nous sommes tous faits.

Je crois en cette vision quantique du monde. L'énergie est un jour lointain sortie du néant. L'énergie a engendré la matière, qui elle-même en se complexifiant a donné la vie. Le vivant s'est offert la conscience, peut-être pour s'admirer. Et la conscience nous a été donnée.

Nous sommes en résumé un état de la matière issu de rien.

Nous sommes un songe, mais un songe conscient de lui-même.

Pierre résumait l'histoire de la création du monde. Il savait regarder à l'intérieur de ce songe.

(...)

Juste après ta naissance, j'ai fait procéder à une analyse de ton caryotype.

Il fallait que je sache. Le résultat n'aurait en rien changé l'amour infini que je te porte. Mais il aurait influé sur l'éducation que je m'efforce de te donner.

Tu vivras, Ilis. Et tu connaîtras la vieillesse. Tu pourras jouir du sommeil jusqu'à la fin de tes jours, que je te souhaite heureux de bout en bout.

Pierre t'a transmis le meilleur de lui-même.

(...)

Pendant mille six cents ans, les ancêtres de ton père, tes ancêtres, Ilis, ont connu leurs derniers instants dans cette crypte.

Bien des questions resteront sans réponses concer-

nant ce lieu. Comment s'y sont-ils retrouvés ? Par quel moyen étaient-ils informés de son existence et, surtout, pourquoi l'avoir entourée d'un tel secret ?

Un jour du IVe siècle, l'un de tes ancêtres, Melicca, a croisé la route de l'évêque de Myre. Comment, où, là encore, nous ne le saurons pas.

Mais de cette rencontre est née la crypte, j'en suis persuadée. Le texte gravé m'apparaît limpide sur ce point. Mais là encore, les sceptiques pourraient contre-argumenter pendant des heures.

Melicca, le premier évêque de Verdun, une ville où tu te rendras sans doute un jour, a croisé le chemin d'exil de saint Nicolas. Ton ancêtre portait en lui ce mal dont souffrait ton père. Je suis sûre que le saint homme a ouvert l'esprit de Melicca vers le monde des rêves. Comment cela s'est-il passé, que se sont-ils raconté ? Des siècles de silence et d'oubli ont coulé sur ces instants. Personne n'aura jamais ces réponses. À moins que, à son tour, ton cœur s'ouvre aux signes et déchiffre ce qui nous reste de nos anciens.

Leur mémoire est gravée sur le second pilier de la crypte lorraine.

« Puisque ta vie n'a pas de sens, fais que ta mort en ait un. »

Voilà ce que révèlent les mots de Melicca.

À mon tour d'apporter une nouvelle pierre à cet édifice.

Puisque ta vie a un sens, ta mort en aura un aussi.

Aline aurait aimé cette petite modification de la devise de sa famille, j'en suis sûre.

— Tu es encore plus prévisible que je le croyais, dit Salah depuis le pas de la porte.

Prise en faute comme une collégienne, Réjane referma le cahier et tenta de le cacher sous ses cuisses repliées. Elle lança vers son amie un regard pitoyable et se redressa.

— Salut, ma poulette ! s'exclama-t-elle pour donner le change. J'ai cru que tu l'avais laissé là pour que j'y jette un œil…

— Ilis, tante Réjane est arrivée ! reprit Salah en tournant la tête vers le couloir.

Ses yeux rieurs démentaient le ton accusateur qu'elle avait utilisé. Une fillette passa entre ses jambes. Elle avait de grands yeux clairs et portait une tignasse blonde teintée de roux qui brillait dans la lumière du jour.

— Viens là, ma grande, explosa Réjane en tendant les bras. Ils sont où, mes bisous ?

Ilis se jeta sur Réjane et accéda copieusement à sa demande. Monsieur Pompon ne demanda pas son reste et déguerpit.

— Nous ne t'espérions pas avant demain, reprit Salah sans attendre que Réjane et Ilis aient achevé leurs effusions. Je n'ai pas encore préparé ta chambre.

— Alors je vais pouvoir t'aider. Tu t'en sors comment ?

D'un signe de tête, Réjane désigna la prothèse de Salah.

— Pratique, mais pas très sexy, répondit Salah en souriant. Tu t'occupes d'Ilis un instant ?

Réjane acquiesça. Salah récupéra le carnet des mains de son amie et sortit de la maison. Elle fit quelques pas, contourna la masure et s'installa à l'ombre d'un bouquet de genévriers. De sa poche, elle retira le vieux stylo de Pierre et ouvrit le carnet à la dernière page. Elle demeura plusieurs minutes les yeux braqués sur les montagnes, puis elle retourna son attention sur la feuille blanche.

Alors, d'une écriture encore incertaine, elle acheva son témoignage.

Voilà, tu sais maintenant l'essentiel. Le reste, ce sera à toi de le découvrir.

L'amour est la seule chose qui vaille en ce monde, construis ta vie sur ce principe et la vie sera clémente avec toi. Mais d'ici à ce que tu l'appliques pleinement pour toi-même, nous avons encore des années de bonheur à partager.

Salut à toi, fille de Melicca.

Salut à toi, Ilis Pierre Malveil, toi dont le prénom signifie en kabyle « fille de ».

REMERCIEMENTS

Pour écrire *Les Éveillés*, nous nous sommes servis de nombreux ouvrages de référence. Parmi eux, nous tenons à citer *Le Sommeil et le Rêve*, du professeur Michel Jouvet, à qui nous rendons hommage pour ses travaux.

Les données scientifiques que nous reprenons sont notamment tirées de son ouvrage. En revanche, le personnage de Jacques Mariani sortant de notre imagination, il n'a jamais pu rencontrer le professeur Jouvet, et encore moins travailler avec lui.

J. C. & N. H.

Jérôme Camut et Nathalie Hug dans Le Livre de Poche

LES VOIES DE L'OMBRE

1. *Prédation* n° 37255

Un cadavre dénudé est découvert dans une friche industrielle, la main droite déchiquetée. Un homme se tire une balle en pleine tête, dans un centre commercial bondé. Un jeune père, dressé comme un chien, est tourmenté sans relâche au fond d'un cachot sans porte ni fenêtre. Aucune piste, aucun lien, aucun mobile… Qui sont ces hommes ? Pourquoi ont-ils été choisis ? Pour quelle mise à mort aberrante ? *Prédation* entrouvre la porte d'un univers imprévisible et angoissant, étrangement en prise avec les faits divers les plus choquants de notre époque.

2. *Stigmate* n° 37287

Quand les victimes d'un monstre fascinant et obscène se lancent sur les traces du prédateur qui a dévasté leur vie, elles ignorent qu'elles n'auront pour seules issues que la fuite, la mort ou… les voies de l'ombre. Écoutez Kurtz : « J'ai de l'amour pour mes chiens d'attaque. Certains, il a fallu les tabasser, d'autres pas. Il n'y a pas de règles. C'est ça l'extraordinaire chimie de la nature humaine. C'est passionnant. Approche-toi, ami voyeur. Et n'aie pas honte de ton vice. Viens pénétrer le monde d'un artiste du crime. Il est temps que je me présente et que j'offre ma réflexion à la multitude. » Jérôme Camut et Nathalie Hug replongent en plein cauchemar les principaux personnages de *Prédation.*

3. *Instinct* n° 31380

Et s'il suffisait de 25 tueurs pour plonger la France dans le chaos ? Une meute sans visage dressée par un pervers de génie pour frapper ses cibles avec une perfection terrifiante… Et s'il suffisait d'un seul homme ? Pour que nous nous mettions tous à douter…

De Jérôme Camut et Nathalie Hug :

ESPYLACOPA, nouvelle, Éd. Bragelonne, « Fantasy 2006 », 2006.

LES VOIES DE L'OMBRE, I, *Prédation*, roman, Éd. Télémaque, 2006.

LES VOIES DE L'OMBRE, II, *Stigmate*, roman, Éd. Télémaque, 2007.

LES VOIES DE L'OMBRE, III, *Instinct*, roman, Éd. Télémaque, 2008.

De Jérôme Camut :

MALHORNE, I, roman, Éd. Bragelonne, 2004.

MALHORNE, II, *Les Eaux d'Aratta*, roman, Éd. Bragelonne, 2004.

MALHORNE, III, *Anasdahala*, roman, Éd. Bragelonne, 2005.

MALHORNE, IV, *La Matière des songes*, roman, Éd. Bragelonne, 2006.

TROIS FOIS PLUS LOIN, roman, Calmann-Lévy, 2009.

Composition réalisée par PCA

Achevé d'imprimer en février 2010 en Allemagne par
GGP Media GmbH, Pößneck
Dépôt légal 1re publication : mars 2010
Librairie Générale Française – 31, rue de Fleurus – 75278 Paris Cedex 06

31/2525/9